Anne Tyler · Der leuchtend blaue Faden

ANNE TYLER

Der leuchtend blaue Faden

ROMAN

Aus dem Amerikanischen von
Ursula-Maria Mössner

Büchergilde Gutenberg

Ebenfalls von Anne Tyler:
Die Reisen des Mr Leary
Im Krieg und in der Liebe
Dinner im Restaurant Heimweh
Abschied für Anfänger
Verlorene Stunden

Die Originalausgabe erschien 2015 unter dem Titel
A Spool of Blue Thread bei Alfred A. Knopf,
a division of Random House LLC, New York,
a Penguin Random House Company

Lizenzausgabe für die Büchergilde Gutenberg, Frankfurt am Main, Wien und Zürich
Mit freundlicher Genehmigung des Verlags Kein & Aber, Zürich

Umschlaggestaltung: Gerlinde Meyer, Leipzig
Satz: Dörlemann Satz, Lemförde
Druck und Bindung: CPI – Ebner & Spiegel, Ulm
ISBN 978-3-7632-6828-3

www.buechergilde.de

ERSTER TEIL

Nicht bevor der Hund stirbt

I

Im Juli 1994 bekamen Red und Abby Whitshank spätabends einen Anruf von ihrem Sohn Denny. Sie machten sich gerade bereit, zu Bett zu gehen. Abby stand im Unterrock an der Frisierkommode und zog, eine nach der anderen, die Haarnadeln aus ihrem aufgelösten sandfarbenen Knoten. Red, ein dunkelhaariger, hagerer Mann in gestreifter Pyjamahose und weißem T-Shirt, hatte sich soeben auf die Bettkante gesetzt, um seine Socken auszuziehen; als das Telefon auf dem Nachttisch neben ihm klingelte, war daher er derjenige, der abnahm. »Whitshank«, sagte er.

Und dann: »Ja, hallo.«

Abby wandte sich vom Spiegel ab, beide Arme noch hoch erhoben.

»Was soll das«, sagte er, ohne fragend zu klingen.

»Hä?«, sagte er. »Was zum Teufel, Denny!«

Abby ließ die Arme sinken.

»Hallo?«, sagte er. »Warte. Hallo? Hallo?«

Er schwieg einen Moment, dann legte er den Hörer auf.

»Was ist?«, fragte Abby.

»Er sagt, er ist schwul.«

»Was?«

»Er hat gesagt, er muss uns mitteilen, dass er schwul ist.«

»Und du legst einfach auf?«

»Nein, Abby. Er hat *zuerst* aufgelegt. Ich hab bloß gesagt: ›Was zum Teufel‹, und er hat aufgelegt. Klick. Einfach so.«

»Oh, Red, wie *konntest* du nur!«, jammerte Abby. Sie wirbelte herum und griff nach ihrem Bademantel – einem Chenille-Teil von undefinierbarer Farbe, das einmal rosa gewesen war. Sie wickelte sich hinein und knotete den Gürtel fest zu. »Was ist nur in dich gefahren, so etwas zu sagen?«, wollte sie wissen.

»Das war doch nicht *so* gemeint! Wenn man derart überfallen wird, sagt man doch unwillkürlich: ›Was zum Teufel‹, stimmts?«

Abby raufte sich die Haare, die ihr in die Stirn fielen.

»Ich habe damit doch nur gemeint«, erklärte Red, »›Was zum Teufel denn *noch* alles, Denny? Was lässt du dir als Nächstes einfallen, um uns zu ärgern?‹ Und er wusste, dass ich es so gemeint habe. Glaub mir, er wusste es. Aber jetzt kann er wieder *mir* die Schuld an allem geben, meiner Engstirnigkeit oder meiner Rückständigkeit oder wie er es sonst nennen will. Er war *froh*, dass ich das gesagt habe. Darum hat er so schnell aufgelegt; er hat die ganze Zeit nur darauf gewartet, dass ich was Falsches sage.«

»Na gut«, meinte Abby und wurde praktisch. »Von wo hat er angerufen?«

»Woher soll ich wissen, von wo er angerufen hat? Er hat keine feste Adresse, hat sich den ganzen Sommer nicht gemeldet, hat schon zweimal den Job gewechselt, soweit wir wissen, wahrscheinlich sogar öfter, *ohne* dass wir es wissen … Ist neunzehn Jahre alt, und wir haben keine Ahnung, wo er sich in der Weltgeschichte rumtreibt! Da muss man sich doch fragen, was da nicht stimmt.«

»Hat es sich angehört wie ein Ferngespräch? Konntest du

so ein Rauschen hören? Denk nach. Könnte er hier in Baltimore gewesen sein?«

»Das weiß ich nicht, Abby.«

Sie setzte sich neben ihn. Die Matratze neigte sich in ihre Richtung; Abby war eine breit gebaute, kräftige Frau. »Wir müssen ihn finden«, sagte sie. Dann: »Wir sollten diese, wie heißt das doch gleich, diese Rufnummernanzeige haben. O Gott, ich will das *auf der Stelle* haben!«

»Wozu? Damit du ihn zurückrufen kannst und er es einfach klingeln lässt?«

»Das würde er nicht tun. Er wüsste ja, dass ich es bin. Er würde drangehen, wenn er wüsste, dass ich es bin.«

Sie sprang auf und begann, hin und her zu gehen, immer den Perserläufer auf und ab, der in der Mitte fast weiß war, so oft war sie hier schon hin und her gegangen. Das Zimmer war sehr hübsch, geräumig und gut durchdacht, aber es hatte die behaglich schäbige Atmosphäre eines Raumes, dessen Bewohner längst aufgehört hatten, ihn wirklich wahrzunehmen.

»Wie hat seine Stimme geklungen?«, fragte sie. »War er nervös? War er besorgt?«

»Er war ganz okay.«

»Das sagst *du*. Meinst du, er hatte getrunken?«

»Weiß ich nicht.«

»Waren noch andere Leute da?«

»Ich *weiß* es nicht, Abby.«

»Oder vielleicht … nur *eine* Person?«

Er sah sie scharf an. »Du glaubst doch nicht etwa, dass er das ernst gemeint hat«, fragte er.

»Natürlich hat er das ernst gemeint! Warum hätte er es sonst gesagt!«

»Der Junge ist nicht schwul, Abby.«

»Woher weißt du das?«

»Weil er es nicht ist! Verlass dich drauf. Du wirst schnell merken, dass du überreagiert hast, und dir ganz schön blöd vorkommen.«

»Klar, das ist genau das, was du glauben möchtest.«

»Wo ist deine weibliche Intuition geblieben? Der Bursche hat ein Mädchen geschwängert, als er noch auf der Highschool war!«

»Na und? Das hat gar nichts zu besagen. Es könnte sogar ein Symptom gewesen sein.«

»Wie bitte?«

»Man kann nie mit absoluter Sicherheit wissen, wie das Sexleben eines anderen Menschen aussieht.«

»Nein, Gott sei Dank nicht«, sagte Red.

Er beugte sich ächzend vor und griff unter dem Bett nach seinen Hausschuhen. Abby hatte mittlerweile mit dem Hin- und Hergehen aufgehört und starrte wieder auf das Telefon. Sie legte die Hand auf den Hörer. Sie zögerte. Dann riss sie hastig den Hörer hoch, drückte ihn kurz ans Ohr und knallte ihn wieder auf die Gabel.

»Die Sache mit der Rufnummernanzeige ist«, sagte Red mehr oder weniger zu sich selbst, »dass es mir ein bisschen wie Schummeln vorkommt. Man sollte bereit sein, es darauf ankommen zu lassen, wenn man ans Telefon geht. Das ist doch irgendwie der Sinn des Ganzen, finde ich jedenfalls.«

Er hievte sich hoch und ging in Richtung Bad. Hinter ihm sagte Abby: »Es würde so vieles erklären! Stimmts? Falls sich herausstellt, dass er schwul ist.«

Red war im Begriff, die Badezimmertür zu schließen, streckte aber noch einmal den Kopf heraus und starrte Abby wütend an. Seine feinen schwarzen Augenbrauen, normalerweise wie mit dem Lineal gezogen, waren fast miteinander verknotet. »Manchmal«, sagte er, »verwünsche und bereue ich den Tag, an dem ich eine Sozialarbeiterin geheiratet habe.«

Dann schloss er sehr bestimmt die Tür.

Als er zurückkam, saß Abby aufrecht im Bett, die Arme vor dem Spitzenoberteil ihres Nachthemds verschränkt. »Du wirst ja wohl nicht meinen Beruf für Dennys Probleme verantwortlich machen wollen, oder?«, fragte sie mit Nachdruck.

»Ich sage nur, dass man auch *zu* verständnisvoll sein kann, zu nachsichtig und mitfühlend, meine ich. Immer wissen zu wollen, was im Kopf des anderen vorgeht.«

»So was wie ›zu verständnisvoll‹ gibt es nicht.«

»Klar, dass eine Sozialarbeiterin so denkt.«

Sie stieß gereizt die Luft aus und warf wieder einen Blick auf das Telefon, das auf Reds Seite stand. Red hob die Decke an und schlüpfte ins Bett, was ihr die Sicht versperrte. Er griff hinüber zur Nachttischlampe und knipste sie aus. Im Zimmer herrschte Dunkelheit, abgesehen von dem schwachen Lichtschein, der durch die dünnen Vorhänge der beiden hohen Fenster einfiel, die auf den Rasen des Vorgartens blickten.

Red hatte sich inzwischen auf dem Rücken ausgestreckt, während Abby noch immer aufrecht dasaß. Sie fragte: »Glaubst du, dass er wieder anruft?«

»Natürlich. Früher oder später.«

»Er musste bestimmt seinen ganzen Mut zusammennehmen, um überhaupt anzurufen«, sagte sie. »Und jetzt ist nichts mehr davon übrig.«

»Mut? Wieso Mut? Wir sind seine Eltern! Wieso braucht man Mut, um die eigenen Eltern anzurufen?«

»Wegen dir«, sagte Abby.

»Das ist doch lächerlich. Ich habe nie die Hand gegen ihn erhoben.«

»Stimmt, aber du hältst nichts von ihm. Dauernd hast du etwas an ihm auszusetzen. Bei den Mädchen bist du furchtbar nachsichtig, und Stem ist sowieso eher wie du. Denny dagegen! Denny tut sich mit allem schwerer. Manchmal denke ich, du magst ihn nicht.«

»Herrgott noch mal, Abby. Du weißt genau, dass das nicht wahr ist.«

»Na gut, du liebst ihn. Aber ich habe gesehen, wie du ihn anschaust – ›Wer *ist* dieser Mensch?‹ –, und bilde dir bloß nicht ein, dass er das nicht auch gesehen hat.«

»Wenn dem so ist«, sagte Red, »wieso bist dann *du* diejenige, vor der er immer weglaufen will?«

»Das will er doch überhaupt nicht!«

»Schon als er fünf oder sechs war, wollte er dich nicht mehr in sein Zimmer lassen. Hat seine Bettwäsche lieber selbst gewechselt, als dich reinzulassen! Hat so gut wie nie Freunde mitgebracht, hat nicht sagen wollen, wie sie heißen, hat dir nicht mal erzählt, was er tagsüber in der Schule gemacht hat. ›Verschwinde aus meinem Leben, Mom‹, hat er gesagt. ›Hör auf, dich einzumischen, hör auf herumzuschnüffeln, hör auf, mir ständig im Nacken zu sitzen.‹ Das Bilderbuch, das er am wenigsten mochte – das er so hasste, dass er alle Seiten herausgerissen hat, erinnerst du dich? –, in dem ging es um ein kleines Kaninchen, das sich in einen Fisch und eine Wolke und dergleichen verwandeln möchte, um abhauen zu können, und die Kaninchen-Mama sagt dauernd, dass sie sich auch verwandeln und mitkommen wird. Denny hat jede einzelne Seite rausgerissen!«

»Das war nicht wegen …«

»Willst du wissen, warum er schwul geworden ist? Nicht, dass er *tatsächlich* schwul ist, doch *wenn* er es geworden wäre, wenn es ihm in den Sinn gekommen wäre, nur um uns zuzusetzen, dann verrate ich dir jetzt mal, warum: wegen der Mutter. Schuld ist immer die Affenliebe der Mutter.«

»Oh!«, sagte Abby. »Das ist so was von altmodisch und

schwachsinnig und so was von … *falsch*, dass ich dich keiner Antwort würdigen werde.«

»Um mir das mitzuteilen, brauchst du aber viele Worte.«

»Und was ist mit dem Vater, wenn du schon bei deinen Theorien auf das Mittelalter zurückgreifst? Was ist mit dem Macho, dem Mann vom Bau, der zu seinem Sohn sagt: ›Reiß dich am Riemen, zeig ein bisschen Mumm, hör auf, wegen jeder Kleinigkeit rumzujammern, steig endlich auf das verdammte Dach und nagel die Schieferplatten an.«

»Schieferplatten werden nicht *angenagelt*, Abby.«

»Was ist mit *dem?*«, fragte sie.

»Okay, okay! Ich hab das gesagt. Ich war der schlimmste Vater der Welt. Aber so ist es nun mal.«

Einen Moment herrschte Stille. Das einzige Geräusch kam von draußen – das leise Rauschen eines vorbeifahrenden Wagens.

»Ich habe nicht gesagt, dass du der *schlimmste* warst«, erwiderte Abby.

»Na ja«, sagte Red.

Wieder war es eine Weile still.

Dann fragte Abby: »Gibt es da nicht so eine Kombination, die automatisch die Nummer des letzten Anrufers wählt?«

»Sternchen sechs neun«, antwortete Red prompt. Er räusperte sich. »Aber das wirst du auf keinen Fall tun.«

»Und warum nicht?«

»Denny war derjenige, der das Gespräch beendet hat, wie ich betonen möchte.«

»Weil seine Gefühle verletzt waren, deshalb«, sagte Abby.

»Wenn seine Gefühle verletzt gewesen wären, hätte er sich mit dem Auflegen Zeit gelassen und nicht gleich die Verbindung gekappt. Aber er hat so schnell aufgelegt, als hätte er nur darauf gewartet, auflegen zu können. Er hat sich ja praktisch die Hände gerieben, als er mir die Neuigkeit verkündet hat! Er ist sofort damit herausgerückt. ›Ich möchte euch was mitteilen.‹«

»Vorhin hast du erzählt, er hätte gesagt: ›Ich *muss* euch was mitteilen.‹«

»Eins von beiden eben.«

»Was denn nun?«

»Ist das so wichtig?«

»Und ob das wichtig ist!«

Er dachte kurz nach. Dann probierte er es im Flüsterton. »›Ich muss euch was mitteilen‹«, murmelte er. »›Ich möchte euch was mitteilen.‹ ›Dad, ich möchte …‹« Er brach ab. »Ich kann mich beim besten Willen nicht mehr erinnern.«

»Könntest du bitte Sternchen sechs neun wählen?«

»Ich begreife nicht, was er sich dabei denkt. Er weiß doch, dass ich nichts gegen Schwule habe. Herrgott noch mal, bei mir ist ein Schwuler für die Trockenbauwände zuständig. Und Denny *weiß* das. Ich begreife nicht, wie er auf die Idee kommt, dass mir das zu schaffen machen könnte. Ich meine, klar, dass ich nicht begeistert bin. Du willst immer, dass es dein Sohn im Leben so leicht wie möglich hat. Aber …«

»Gib mir das Telefon«, sagte Abby.

Das Telefon klingelte.

Red griff nach dem Hörer, während Abby sich über ihren Mann warf, um selbst danach zu greifen. Red erreichte ihn als Erster, es gab ein kleines Gerangel, und irgendwie war schließlich sie es, die den Hörer in der Hand hatte. Sie setzte sich auf und sagte: »Denny?«

Dann: »Ach, du bists, Jeannie.«

Red legte sich wieder hin.

»Nein, nein, wir sind noch nicht im Bett«, sagte sie. Sie schwieg einen Moment. »Natürlich. Was ist mit deinem?«

Und nach einer kurzen Pause: »Gar kein Problem. Wir sehen uns also morgen um acht. Bis dann.«

Sie hielt Red den Hörer hin, und er nahm ihn ihr ab und legte ihn wieder auf.

»Sie will sich mein Auto leihen«, erklärte sie ihm. Sie sank zurück auf ihre Seite des Betts.

Dann sagte sie mit dünner, verloren klingender Stimme: »Sternchen sechs neun funktioniert jetzt vermutlich nicht mehr, oder?«

»Nein«, sagte Red. »Vermutlich nicht.«

»Ach, Red. Was sollen wir bloß tun? Wir werden nie, nie mehr von ihm hören! Er wird uns nicht noch einmal eine Chance geben!«

»Komm her, Schatz«, sagte er. »Wir hören wieder von ihm. Ich versprechs dir.« Und er nahm sie in die Arme und zog sie eng an sich, sodass ihr Kopf an seiner Schulter ruhte.

So lagen sie einige Zeit da, bis Abby allmählich aufhörte herumzuzappeln und ihre Atemzüge langsamer und gleichmäßiger wurden. Red dagegen starrte weiter hinauf in die Dunkelheit. Einmal formte er mit den Lippen versuchsweise einige Worte. »›… muss euch was mitteilen‹«, sagte er leiser als im Flüsterton. Dann: »›… möchte euch was mitteilen.‹« Dann: »›Dad, ich möchte …‹ ›Dad, ich muss …‹« Er warf ungehalten den Kopf hin und her. Er fing von vorn an. »›… euch was mitteilen: Ich bin schwul.‹ ›… euch was mitteilen: Ich *glaube*, ich bin schwul.‹ ›Ich bin schwul.‹ ›Ich glaube, ich bin vielleicht schwul.‹ ›Ich bin schwul.‹«

Schließlich verstummte er, und endlich schlief auch er ein.

Natürlich hörten sie wieder von ihm. Die Whitshanks waren keine melodramatische Familie. Nicht einmal Denny war der Typ, der spurlos vom Erdboden verschwand, jeglichen Kontakt abbrach oder mit keinem mehr sprach – zumindest nicht für immer. Es stimmte zwar, dass er den Strandurlaub in jenem Sommer sausenließ, aber möglicherweise hätte er ihn ohnehin sausenlassen; er musste schließlich sein Taschengeld für das nächste Semester verdienen. (Er besuchte damals das St. Eskil College in Pronghorn, Minnesota.) Und im September rief er ja auch an. Er brauchte Geld für Lehrbücher, wie er sagte. Leider war gerade nur Red zu Hause, folglich war das Gespräch nicht sehr aufschlussreich. »Worüber habt ihr gesprochen?«, wollte Abby wissen, und Red erwiderte: »Ich habe ihm gesagt, dass er seine Lehrbücher aus der eigenen Tasche bezahlen muss.«

»Ich meine, habt ihr über seinen letzten Anruf gesprochen? Hast du dich entschuldigt? Hast du es ihm erklärt? Hast du ihn danach gefragt?«

»Dazu sind wir nicht gekommen.«

»Red!«, sagte Abby. »Das ist typisch! Das ist wieder mal eine ganz typische Reaktion: Ein junger Mann verkündet, dass er schwul ist, und seine Familie macht einfach weiter wie bisher und tut so, als wüsste sie von nichts.«

»Na schön«, sagte Red. »Ruf ihn an. Im Studentenwohnheim.«

Abby sah ihn unsicher an. »Und was soll ich als Grund für meinen Anruf nennen?«, fragte sie.

»Sag, dass du ihn ausquetschen willst.«

»Ach, ich warte einfach, bis er sich wieder meldet«, beschloss sie.

Aber als er wieder anrief – was er etwa einen Monat später tat, als Abby am Telefon war –, ging es um die gebuchten Flüge in den Weihnachtsferien. Er hatte vor, seine geplante Ankunft zu verschieben, weil er vorher nach Hibbing wollte, um seine Freundin zu besuchen. Seine Freundin! »Was sollte ich da sagen?«, erkundigte sich Abby später bei Red. »Ich konnte doch nur ›Okay, alles klar‹ sagen.«

»Was solltest du da schon sagen«, stimmte Red zu.

Er selbst sprach das Thema nicht mehr an, während es in Abby bis Weihnachten wochenlang irgendwie köchelte und brodelte. Man merkte genau, dass sie nur darauf brannte, die Sache aufs Tapet zu bringen. Die übrigen Familienmitglieder gingen ihr vorsichtshalber aus dem Weg. Sie wussten nichts von dem Schwulen-Bekenntnis – Red und Abby waren sich zumindest darin einig gewesen, es ihnen nicht ohne Dennys Erlaubnis zu sagen –, aber sie spürten, dass etwas im Busch war.

Abbys Plan (wenn auch nicht Reds) war es, eine vertrauliche Aussprache mit Denny herbeizuführen, sobald er nach Hause kam. Doch am Morgen des Tages seiner geplanten Ankunft erhielten sie einen Brief vom St. Eskil College, der sie auf folgende Vertragsbedingung hinwies: dass die Whitshanks die Studiengebühren für das nächste Semester zu entrichten hatten, obwohl Denny abgegangen war.

»Abgegangen«, wiederholte Abby. Sie war es, die den Brief geöffnet hatte, obgleich sie ihn gemeinsam lasen. Die langsame, abwägende Art, wie sie das Wort sagte, offenbarte alle damit verbundenen Konsequenzen. Denny war abgegangen; er war abgängig; er war schon seit Jahren in seiner Familie abgängig. Welcher amerikanische Teenager aus der Mittelschicht lebte denn so wie er – trieb sich im Land herum wie ein Vagabund, außerhalb jeglicher Kontrolle seitens seiner Eltern, meldete sich nur ganz sporadisch und unterließ es tunlichst, ihnen auch nur die Möglichkeit zu geben, sich in irgendeiner Weise mit ihm in Verbindung zu setzen? Wie hatte es so weit kommen können? Den anderen Kindern hatten sie jedenfalls nicht erlaubt, sich so aufzuführen. Red und Abby sahen sich verzweifelt an.

Kein Wunder also, dass Dennys Studienabbruch das Thema war, das in jenem Jahr Weihnachten beherrschte. (Er hatte beschlossen, dass das College pure Geldverschwendung war; mehr hatte er dazu nicht zu sagen, da er keinen blassen Schimmer hatte, was er im Leben machen wollte. Vielleicht in ein, zwei Jahren, sagte er.) Sein Schwulsein, oder Nicht-Schwulsein, schien dabei schlicht unterzugehen.

»Ich kann inzwischen fast verstehen, warum manche Familien so tun, als wüssten sie von nichts«, sagte Abby nach den Feiertagen.

»M-hm«, meinte Red mit unbewegter Miene.

Von Red und Abbys vier Kindern war Denny immer der Bestaussehende gewesen. (Schade nur, dass die Mädchen nicht mehr davon abbekommen hatten.) Er hatte das glatte schwarze Haar der Whitshanks und ihre schmalen, durchdringenden blauen Augen und gemeißelten Züge geerbt, aber seine Haut war einen Ton dunkler als die papierweiße Haut der anderen, und er schien besser zusammengebaut zu sein, nicht nur aus Höckern und Knochen zu bestehen. Trotzdem war da etwas an seinem Gesicht – eine gewisse Unebenheit, eine Unregelmäßigkeit oder Asymmetrie –, das verhinderte, dass er wirklich attraktiv war. Wenn Bemerkungen über sein Äußeres gemacht wurden, dann immer im Nachhinein, in überraschtem Ton, als beglückwünschten sich die Betreffenden zu ihrem Urteilsvermögen.

Vom Alter her war er das dritte Kind. Amanda war neun, als er geboren wurde, und Jeannie fünf. War es schwer für einen Jungen, ältere Schwestern zu haben? Einschüchternd? Demütigend? Die beiden konnten ganz schön von sich überzeugt sein – vor allem Amanda, die eine herrische Ader hatte. Doch er nahm Amanda mehr oder weniger gelassen hin, und zu der wilden kleinen Jeannie war er verhalten liebevoll. Folglich schrillten keine Alarmglocken. Stem dagegen! Stem war dazugekommen, als Denny vier war. Das könnte allerdings eine Rolle gespielt haben. Stem war einfach von Natur aus lieb. Es gibt solche Kinder, hin und wieder. Er war folgsam und gutmütig und nett; er musste sich nicht einmal anstrengen.

Was nicht heißt, dass Denny böse war. Er war beispielsweise wesentlich großzügiger als die anderen drei zusammen. (So tauschte er sein neues Fahrrad gegen ein Kätzchen ein, als Jeannies geliebte Katze starb.) Weder drangsalierte er andere Kinder, noch bekam er Wutanfälle. Er war nur eben furchtbar verschlossen. Er hatte diese unerklärlichen bockigen Phasen, in denen sein Gesicht starr und verkniffen wurde und niemand an ihn herankam. Es schien eine Art *innerer* Wutausbruch zu sein; als würde sich seine Wut gegen sich selbst richten und ihn hart werden oder erstarren lassen. Red warf hilflos die Hände hoch, wenn das geschah, und verzog sich, aber Abby konnte Denny nicht einfach sich selbst überlassen. Sie musste doch dagegen angehen. Sie wollte, dass ihre Lieben glücklich sind!

Einmal, als Denny aus irgendeinem Grund seinen Koller hatte, kam im Lebensmittelmarkt *Good Vibrations* aus dem Lautsprecher. Das war Abbys Lieblingssong, von dem sie immer sagte, er solle bei ihrer Beerdigung gespielt werden, und so begann sie, dazu zu tanzen. Sie wippte und hüpfte summend um Denny herum, als wäre er ein Maibaum, doch er stakste einfach den Suppengang hinunter, den Blick unverwandt geradeaus gerichtet und die Fäuste in die Jackentaschen gerammt. Ließ sie ganz schön blöd aussehen, wie sie Red erzählte, als sie nach Hause kam. (Sie versuchte, es mit einem Lachen abzutun.) Der Junge hatte sie keines Blickes gewürdigt! Sie hätte eine x-beliebige Irre sein können! Und das, als er neun oder zehn war, nicht annähernd in dem Alter, in dem Jungs ihre Mütter peinlich finden. Aber er hatte Abby offensichtlich von frühester Kindheit an peinlich gefunden. Er benahm sich, als wäre ihm die falsche Mutter zugeteilt worden, sagte sie, und als entspräche sie schlicht nicht seinen Erwartungen.

Das sei nun wirklich albern von ihr, meinte Red.

Und Abby sagte, jaja, das wisse sie. Es sei auch nicht so gemeint gewesen, wie es geklungen habe.

Wiederholt riefen Lehrer bei Abby an: »Könnten Sie bitte so bald wie möglich herkommen? Wir müssen über Denny sprechen.« Immer ging es um Unaufmerksamkeit, Faulheit oder Nachlässigkeit, nie um mangelnde Fähigkeiten. Tatsächlich ließ man ihn nach der dritten Klasse ein Jahr überspringen, da die Schule die Ansicht vertrat, er müsste vielleicht mehr gefordert werden. Aber das war vermutlich ein Fehler. Es machte ihn nur noch mehr zum Außenseiter. Die wenigen Freunde, die er hatte, waren fragwürdige Freunde – Jungs, die nicht auf seine Schule gingen, Jungs, bei denen dem Rest der Familie nicht ganz wohl war, wenn sie, was selten genug vorkam, tatsächlich einmal im Haus aufkreuzten, nuschelten und von einem Fuß auf den anderen traten und keinem in die Augen sahen.

Oh, es gab auch vielversprechende Momente, hin und wieder. Bei einem naturwissenschaftlichen Wettbewerb bekam er einmal einen Preis, weil er eine Verpackung entworfen hatte, die verhinderte, dass ein Ei zerbrach, egal wie weit es geworfen wurde. Aber das war der letzte Wettbewerb, an dem er teilnahm. Und in einem Sommer fing er mit Waldhorn an, da er in der Grundschule ein paar Stunden gehabt hatte, und bewies dabei größere Ausdauer, als die Familie je bei ihm erlebt hatte. Einige Wochen lang drang stundenlang eine blökende, röchelnde, diffuse Version von Mozarts *Horn-*

konzert Nr. 1 durch die geschlossene Tür seines Zimmers, stockend, erbarmungslos, bis Red vor sich hin zu fluchen begann; doch Abby tätschelte Reds Hand und sagte: »Ach, komm, es könnte schlimmer sein. Es könnten die Butthole Surfers sein«, deren Musik Jeannie damals bevorzugte. »Ich finde es einfach wunderbar, dass er sich ein Ziel gesetzt hat«, sagte sie, und wann immer Denny bei den Orchesterstimmen ein paar Takte pausierte, trällerte sie die fehlenden Töne. (Die ganze Familie kannte das Stück inzwischen auswendig, da es, wenn Denny es gerade nicht selbst spielte, aus der Stereoanlage schmetterte.) Aber als er den ersten Satz schaffte, ohne wiederholt von vorn anfangen zu müssen, hörte er auf. Er sagte, Waldhorn sei langweilig. »Langweilig« schien sein Lieblingswort zu sein. Fußball war ebenfalls langweilig, und nach drei Tagen verließ er das Trainingslager. Genau wie Tennis; genau wie die Schwimmmannschaft. »Vielleicht sollten wir einfach gelassener sein«, schlug Red Abby vor. »Nicht immer so begeistert tun, wenn er an etwas Interesse zeigt.«

Doch Abby sagte: »Wir sind seine Eltern! Eltern *sollten* begeistert sein.«

Obwohl Denny fanatisch auf seine Privatsphäre bedacht war – sich aufführte, als hätte er Staatsgeheimnisse zu hüten –, war er selbst ein unverbesserlicher Schnüffler. Nichts war vor ihm sicher. Er las die Tagebücher seiner Schwestern und die Akten seiner Mutter. Er hinterließ Schubladen, die oben verdächtig ordentlich waren, darunter aber wild durcheinander.

Und dann, als er das Teenageralter erreichte, kam das Trinken, das Rauchen, das Schulschwänzen, Marihuana und womöglich Schlimmeres. Verbeulte Autos hielten vor dem Haus, deren unbekannte Fahrer hupten und brüllten: »Hey, Wichser!« Zweimal bekam er Ärger mit der Polizei. (Fahren ohne Führerschein, gefälschter Ausweis.) Die Art, wie er sich anzog, ging weit über den üblichen Schmuddel-Look von Heranwachsenden hinaus: alte Männermäntel, die er auf Flohmärkten kaufte; schmutzstarrende Schlabberhosen; Turnschuhe, die mit Klebeband zusammengehalten wurden. Seine Haare waren ungewaschen, vor Fett strähnig, und er roch wie ein modriger Wandschrank. Er hätte ein Obdachloser sein können. »Welche Ironie!«, sagte Abby zu Red. Ausgerechnet ein Mitglied der Familie Whitshank, einer dieser beneidenswerten Familien, die enge Verbundenheit und Zusammengehörigkeitsgefühl und einfach … etwas Besonderes ausstrahlen; während er wie ein Penner in ihrem Dunstkreis herumgammelte.

Inzwischen arbeiteten beide Jungs halbtags bei Whitshank Construction, dem Bauunternehmen der Familie. Denny erwies sich als recht geschickt, außer im Umgang mit den Kunden. (Einer Frau, die kokett sagte: »Ich fürchte, du wirst mich nicht mehr mögen, wenn ich gestehe, dass ich meine Meinung bezüglich des Anstrichs geändert habe«, gab er zur Antwort: »Wer behauptet denn, dass ich Sie jemals gemocht habe?«) Stem dagegen war den Kunden gegenüber zuvorkommend und ging in seiner Arbeit auf – machte Überstunden, stellte Fragen, bat um neue Aufgaben. Etwas mit Holz, bettelte er. Stem liebte die Arbeit mit Holz.

Denny gewöhnte sich einen überlegenen Ton an, herablassend und belustigt. »Gewiss doch, mein Alter«, pflegte er zu antworten, wenn Stem um den Sportteil bat, und »Was immer du willst, Abigail«. Bei Abbys altbekannten Essen mit den Findelkindern, einem Sammelsurium von Sonderlingen und Einzelgängern und Bedauernswerten, wurde Dennys ausgesuchte Höflichkeit erst als charmant und dann als beleidigend empfunden. »Bitte, ich bestehe darauf«, sagte er zu Mrs Mallon, »nehmen Sie *meinen* Stuhl; er hält Ihr Gewicht besser aus.« Mrs Mallon, eine elegante, geschiedene Frau, die sich etwas auf ihre extreme Schlankheit einbildete, rief: »Aber warum …«, und er sagte: »*Ihr* Stuhl ist etwas zerbrechlich«, und seine Eltern konnten nichts tun, ohne die Aufmerksamkeit noch mehr auf die Situation zu lenken. Oder B.J. Autry, eine abgehalfterte Blondine, deren gellendes, krächzendes Lachen alle zusammenzucken ließ: Denny verbrachte einen ganzen Ostersonntag damit, sie zu ihrem »glockenhellen Gickeln« zu beglückwünschen. Obwohl B.J. ihm ausnahmsweise Paroli bot. »Zisch ab, Kleiner«, sagte sie schlussendlich. Red las Denny später ordentlich die Leviten. »In diesem Haus werden Gäste nicht beleidigt. Du wirst dich bei B.J. entschuldigen.«

Denny sagte: »Oh, mein Fehler. Ich wusste nicht, dass sie so ein Sensibelchen ist.«

»Jeder Mensch ist sensibel, Sohnemann, wenn man ihn hart genug angeht.«

»Wirklich? Ich nicht«, sagte Denny.

Natürlich dachten sie daran, ihn in eine Therapie zu schicken. Zumindest dachte Abby daran, und das schon die ganze Zeit, aber nun bestand sie darauf. Denny weigerte sich. In seinem zweitletzten Schuljahr bat sie ihn eines Tages, ihr zu helfen, den Hund zum Tierarzt zu bringen – was zwei Personen erforderte. Nachdem sie Clarence ins Auto gezerrt hatten, warf sich Denny auf den Beifahrersitz und verschränkte die Arme vor der Brust, und sie fuhren los. Hinter ihnen ging Clarence unruhig und winselnd auf der Rückbank hin und her und zerkratzte mit seinen Zehennägeln den Kunststoffbezug. Aus dem Winseln wurde Jaulen, als sie sich der Tierarztpraxis näherten. Abby fuhr, ohne anzuhalten, an der Praxis vorbei. Das Jaulen wurde schwächer und unsicherer und hörte schließlich ganz auf. Sie steuerte ein niedriges stuckverziertes Gebäude an, hielt davor und machte den Motor aus. Dann ging sie entschiedenen Schrittes um das Auto herum und riss die Beifahrertür auf. »Raus«, befahl sie. Denny rührte sich zunächst nicht, gehorchte dann aber und schob sich so langsam und widerwillig heraus, dass er geradezu *herauszusickern* schien. Sie stiegen die zwei Stufen zum Eingang des Gebäudes hinauf, und Abby drückte auf den Klingelknopf neben einem Schild, auf dem *Richard Hancock, Arzt* stand. »Ich hole dich in fünfzig Minuten ab«, sagte sie. Denny sah sie ausdruckslos an. Als der Summer ertönte, machte er die Tür auf, und Abby ging zurück zum Wagen.

Red konnte es kaum glauben. »Und er ist einfach reingegangen?«, fragte er Abby. »Er hat einfach mitgespielt?«

»Natürlich«, sagte Abby leichthin, doch dann stiegen ihr Tränen in die Augen. »Ach, Red, kannst du dir vorstellen, wie schlimm es um ihn stehen muss, wenn er mich *das* hat tun lassen?«

Zwei bis drei Monate lang ging Denny einmal in der Woche zu Dr. Hancock. »Hankie«, wie er ihn nannte. (»Ich hab keine Zeit, den Keller aufzuräumen; ich hab heute meinen verdammten Hankie-Tag.«) Er sagte nie, worüber sie sich unterhielten, und Dr. Hancock natürlich auch nicht, obwohl Abby ihn einmal anrief, um sich zu erkundigen, ob er meine, dass eine Sitzung mit der ganzen Familie hilfreich sein könnte. Dr. Hancock verneinte es.

Das war 1990, Ende 1990. Anfang 1991 brannte Denny mit einem Mädchen durch.

Ihr Name war Amy Lin. Sie war die klapperdürre, langmähnige, in Gruftiklamotten steckende Tochter zweier chinesisch-amerikanischer Orthopäden, und sie war seit sechs Wochen schwanger. Von alledem war den Whitshanks nichts bekannt. Sie hatten noch nie von Amy Lin gehört. Den ersten dunklen Hinweis bekamen sie, als der Vater anrief und fragte, ob sie eine Ahnung hätten, wo sich Amy derzeit aufhielt. »Wer?«, fragte Abby. Sie dachte zuerst, er hätte sich verwählt.

»Amy Lin, meine Tochter. Sie ist mit Ihrem Sohn weggelaufen. Auf dem Zettel stand, dass sie heiraten wollen.«

»Sie wollen *was?*«, fragte Abby. »Er ist sechzehn!«

»Genau wie Amy«, sagte Dr. Lin. »Sie hatte vorgestern Geburtstag. Sie scheint dem Eindruck zu unterliegen, sechzehn sei das gesetzliche Mindestalter, um zu heiraten.«

»In Mozambique vielleicht«, sagte Abby.

»Könnten Sie in Dennys Zimmer bitte nachsehen, ob er eine Nachricht hinterlassen hat? Ich warte.«

»Na gut«, sagte Abby. »Aber ich glaube wirklich, dass Sie an der falschen Adresse sind.«

Sie legte den Hörer hin und rief nach Jeannie – die mit Dennys Gewohnheiten am vertrautesten war –, damit sie ihr bei der Suche nach einer Nachricht half. Jeannie konnte es genauso wenig glauben wie Abby. »Denny und heiraten?«, fragte sie, als sie nach oben gingen. »Der hat ja nicht einmal eine Freundin!«

»Der Mann ist offenbar komplett verrückt«, sagte Abby. »Und so herrisch! Er hat sich mit ›Doktor Lin‹ vorgestellt. Und er spricht in diesem Befehlston, den Ärzte gegenüber Patienten an sich haben.«

Natürlich fanden sie weder eine Nachricht noch sonst einen Hinweis – einen Liebesbrief oder ein Foto. Jeannie sah sogar in einer Blechdose in Dennys Schrankfach nach, von der Abby nichts gewusst hatte, aber sie enthielt nur ein Päckchen Marlboro und ein Zündholzbriefchen. »Na bitte«, sagte Abby triumphierend.

Doch Jeannie blickte nachdenklich drein, und auf dem Weg nach unten sagte sie: »Wann hat Denny *jemals* aus irgendeinem Grund eine *Nachricht* hinterlassen?«

»Dieser Doktor irrt sich«, sagte Abby bestimmt. Sie nahm den Hörer und sagte: »Es scheint, dass Sie sich irren, Dr. Lin.«

Also blieb es den Lins überlassen, das Pärchen aufzuspüren, nachdem ihre Tochter sie per R-Gespräch angerufen hatte, um ihnen mitzuteilen, dass es ihr gut gehe, außer dass sie ein klein wenig Heimweh habe. Sie und Denny hatten sich in einem Motel außerhalb von Elkton, Maryland, verkrochen, nachdem sie bei der Beantragung der amtlichen Heiratserlaubnis auf Schwierigkeiten gestoßen waren. Inzwischen waren sie seit drei Tagen weg, und die Whitshanks mussten gezwungenermaßen zugeben, dass Dr. Lin doch nicht verrückt war, obwohl sie noch immer nicht recht glauben konnten, dass Denny so etwas tat.

Die Lins fuhren nach Elkton, um die beiden abzuholen, und dann direkt zu den Whitshanks zu einem Gespräch zwischen beiden Familien. Das war das erste und einzige Mal, dass Red und Abby Amy zu Gesicht bekamen. Sie fanden sie verblüffend unattraktiv – farblos, irgendwie ungesund und ohne jeglichen Elan. Außerdem war es, wie Abby später sagte, ein Schock, festzustellen, wie gut die Lins Denny zu kennen schienen. Amys Vater, ein kleiner Mann in einem kobaltblauen Jogginganzug, sprach mit ihm in vertrautem und sogar herzlichem Ton, und ihre Mutter tätschelte tröstend Dennys Hand, als er schließlich einräumte, dass eine Abtreibung vielleicht das Beste war. »Denny muss zigmal bei ihnen zu Hause gewesen sein«, sagte Abby zu Red, »während du und ich nicht einmal wussten, dass Amy überhaupt existiert.«

»Na ja, bei Töchtern ist das anders«, sagte Red. »Wir lernen die jungen Verehrer von Mandy und Jeannie gewöhnlich ja auch kennen, aber ich bin nicht sicher, ob deren Eltern immer Mandy und Jeannie kennenlernen.«

»Nein«, sagte Abby, »das meine ich doch nicht. Es erscheint mir eher so, als hätte er ihre Familie nicht nur kennengelernt, sondern sei in sie *eingetreten.*«

»Unsinn«, sagte Red.

Abby schien nicht überzeugt zu sein.

Sie versuchten, mit Denny über die ganze Geschichte zu reden, nachdem die Lins gegangen waren, aber er sagte nur, er habe sich darauf gefreut, sich um ein Baby zu kümmern. Als sie ihm erklärten, dass er dafür zu jung sei, schwieg er. Und als Stem in seiner linkischen, tollpatschigen Art fragte: »Dann sind Amy und du jetzt so was wie verlobt?«, sagte Denny: »Hm? Keine Ahnung.«

Tatsächlich sahen die Whitshanks Amy nie wieder, und soweit sie wussten, galt das auch für Denny. Ende der darauffolgenden Woche war er dank Dr. Hancocks, der alles Erforderliche geregelt hatte, sicher in einem Internat für schwer erziehbare Jugendliche oben in Pennsylvania untergebracht. Denny absolvierte dort die beiden letzten Schuljahre, und da er behauptete, kein Interesse am Baugewerbe zu haben, kellnerte er in den Sommerferien in Ocean City. Nach Hause kam er nur noch bei wichtigen Anlässen, wie Großmama Daltons Beerdigung oder Jeannies Hochzeit, und war im Nu wieder weg.

Es sei einfach nicht recht, sagte Abby. Sie hätten ihn nicht lange genug gehabt. Kinder sollten mindestens bis achtzehn im Haus bleiben. (Die Mädchen waren nicht einmal auswärts aufs College gegangen.) »Es ist, als wäre er uns gestohlen worden«, sagte sie zu Red. »Er wurde uns vor seiner Zeit genommen.«

»Du redest daher, als ob er gestorben wäre«, sagte Red.

»Mir *ist* ja auch, als ob er gestorben wäre.«

Und wenn er nach Hause kam, war er jedes Mal ein Fremder. Er roch anders, nicht mehr wie ein modriger Wandschrank, sondern irgendwie nach Chemie, wie neuer Teppichboden. Er trug eine griechische Schiffermütze, die Abby (ein Produkt der Sechzigerjahre) mit dem jungen Bob Dylan in Verbindung brachte. Und er sprach höflich, aber distanziert mit seinen Eltern. Ob er es ihnen übelnahm, dass sie ihn in ein Internat verfrachtet hatten? Sie hatten doch gar keine andere Wahl gehabt! Nein, sein Groll musste weiter zurückliegende Gründe haben. »Weil ich ihn nicht richtig beschützt habe«, mutmaßte Abby.

»Wovor denn?«, fragte Red.

»Ach … vergiss es.«

»Doch nicht etwa vor *mir?*«, fragte Red ungläubig.

»Wenn du das sagst.«

»Das lass ich mir nicht in die Schuhe schieben, Abby.«

»Na gut.«

In solchen Augenblicken hassten sie einander.

Und dann ging Denny aufs St. Eskil College – ein Wunder in Anbetracht seiner bewegten Vergangenheit und seines mittelmäßigen Notendurchschnitts. Obwohl man nicht sagen konnte, dass sich durch das College etwas änderte. Er war und blieb den Whitshanks ein Rätsel.

Daran änderte nicht einmal der bewusste Anruf etwas, da es nie zu einer offenen Aussprache mit Denny kam. Sie knöpften ihn sich nie vor und fragten: »Was jetzt: schwul oder nicht schwul? Ein klares Wort, mehr wollen wir gar nicht.« Es passierten zu schnell andere Dinge. Er blieb nie lange genug an einem Ort. Nach Weihnachten benutzte er sein Rückflugticket, um wieder nach Minnesota zu gehen, vermutlich wegen dieser Freundin, und arbeitete ein oder zwei Monate in einem Laden für Installateurbedarf, wie sie sich zusammenreimten, als er Jeannie eine Schirmmütze zum Geburtstag schickte, auf der *Thompson Rohre & Arma-*

turen stand. Aber als sie das nächste Mal von ihm hörten, war er in Maine. Er hatte einen Job und half beim Umbau eines Bootes; er wurde gefeuert und wollte wieder aufs College gehen, doch daraus wurde offenbar nichts.

Am Telefon sprach er in einer Art und Weise, die so intensiv und lebhaft war, dass seine Eltern hätten meinen können, er verspüre das dringende Bedürfnis nach Nähe. Manchmal rief er wochenlang jeden Sonntag an, bis sie seinen Anruf zu erwarten begannen, geradezu damit rechneten; und dann meldete er sich monatelang gar nicht, und sie hatten keine Möglichkeit, ihn zu erreichen. Es erschien pervers, dass ein Mensch, der so mobil war, kein Mobiltelefon besaß. Inzwischen hatte Abby die Rufnummernübermittlung beantragt, aber was nützte das schon? Denny war NICHT ERREICHBAR. Er war UNBEKANNTER ANRUFER. Für ihn hätte es eine spezielle Anzeige geben müssen: IHR KRIEGT MICH NICHT.

Eine Zeit lang lebte er in Vermont, doch dann schickte er eine Postkarte aus Denver. Einmal tat er sich mit jemandem zusammen, der ein vielversprechendes Software-Programm entwickelt hatte, aber das dauerte nicht lange. Jobs schienen ihn immer wieder zu enttäuschen, desgleichen Geschäftspartner, Freundinnen und ganze Landstriche.

1997 lud er die Familie zu seiner Hochzeit in ein New Yorker Restaurant ein, in dem seine Zukünftige als Bedienung arbeitete und er der Koch war. Der *was?* Wie war es denn *dazu* gekommen? Daheim hatte er nie etwas Aufwendigeres gekocht als eine Dose Chili. Natürlich gingen alle hin – Red, Abby, Stem, die beiden Mädchen und ihre Ehemänner. Rückblickend waren das vielleicht zu viele. Sie waren mehr als alle anderen Gäste zusammen. Doch sie waren schließlich eingeladen! Denny hatte gesagt, er wolle sie alle dabeihaben! Er hatte in diesem eindringlichen Ton gesprochen, der andeutete, dass er sie dabei *brauchte*. Also mieteten sie einen Minivan, fuhren nach Norden und zwängten sich in das winzige Lokal, das eher eine Kneipe war – fast schon eine Spelunke, mit sechs Barhockern an der Theke und vier runden Tischchen. Neben der Brautmutter waren noch eine weitere Bedienung und der Besitzer anwesend. Die Braut, die Carla hieß, trug ein Umstandskleid mit Spaghetti-Trägern, das knapp ihre Unterwäsche bedeckte. Sie war eindeutig älter als Denny (der damals zweiundzwanzig war, noch immer viel zu jung, um ans Heiraten zu denken). Ihr struppiger Haarschopf war so einheitlich braun gefärbt, als hätte sie ein totes Tier auf dem Kopf liegen, und ihre blauen Glasperlen-Augen hatten einen harten Blick. Sie sah fast älter aus als ihre Mutter, eine mollige, quirlige Blondine in einem Strandkleid. Dennoch taten die Whitshanks ihr Bestes. Sie zirkulierten vor der Trauung, fragten Carla, wo sie und Denny sich kennengelernt hatten, fragten die andere Bedienung, ob sie die Brautjungfer sei. Carla und Denny hatten sich bei der Arbeit kennengelernt. Eine Brautjungfer gab es nicht.

Denny zeigte sich sehr umgänglich, für seine Verhältnisse. Er trug einen halbwegs anständigen dunklen Anzug und eine rote Krawatte, ging von Gast zu Gast und sprach freundlich mit allen, kehrte zwischendurch aber immer wieder zu Carla zurück, um seine Hand besitzergreifend auf ihr Kreuz zu legen. Carla war entgegenkommend, wenngleich zerstreut, als fragte sie sich, ob sie daheim den Herd angelassen hatte. Sie hatte einen New Yorker Akzent.

Abby machte es sich zur Aufgabe, die Mutter der Braut kennenzulernen. Als es Zeit war, sich hinzusetzen, wählte sie den Stuhl neben ihr, und die beiden begannen, sich in gedämpftem Ton zu unterhalten, steckten die Köpfe zusammen und ließen ihre Blicke wiederholt zum Brautpaar schweifen. Das weckte in den anderen Whitshanks die leise Hoffnung, dass sie, sobald sie wieder unter sich waren, die Interna erfahren würden. Denn was genau lief da eigentlich? War es eine Liebesheirat? Wirklich? Und wann sollte das Baby kommen?

Der Prediger, sofern diese Bezeichnung auf ihn zutraf, war ein Fahrradkurier mit einer Lizenz der Universal Life Church. Carla bemerkte mehrmals, er habe sich »echt toll rausgemacht«, doch wenn das zutraf, konnten die Whitshanks nur Vermutungen anstellen, wie er vorher ausgesehen haben musste. Er trug eine schwarze Lederjacke – im August! – und einen stoppeligen schwarzen Spitzbart, und seine Stiefel waren mit Ketten behängt, die so schwer waren, dass sie nicht leise klirrten, sondern rasselten. Aber er nahm seine Aufgabe ernst, fragte Bräutigam und Braut der Reihe nach, ob sie sich zu lieben und zu ehren versprachen, und nachdem beide »Ja« gesagt hatten, legte er seine Hände auf ihre Schultern und intonierte: »Gehet hin in Frieden, meine Kinder.« Die andere Bedienung rief mit schwacher, unsicherer Stimme »Yey«, und dann küssten sich Denny und Carla – lang und innig, wie die Whitshanks erleichtert feststellten –, und der Besitzer holte einige Flaschen Schaumwein. Die Whitshanks hielten sich noch ein Weilchen auf, aber Denny war so mit den anderen Gästen beschäftigt, dass sie sich schließlich verabschiedeten.

Auf dem Weg zum Minivan wollten alle wissen, was Abby von Carlas Mutter erfahren hatte. Nicht viel, sagte Abby. Carlas Mutter arbeitete in einem Kosmetikgeschäft. Ihr Vater war »abhandengekommen«. Carla war schon einmal verheiratet gewesen, es hatte allerdings nur kurz gehalten. Abby sagte, sie habe gewartet und gewartet, etwas über die Schwangerschaft zu hören, doch die sei mit keinem Wort erwähnt worden, und sie selbst habe nicht danach fragen wollen. Stattdessen hätte sich Lena – so hieß die Mutter – des Längeren und Breiteren über die Plötzlichkeit der Hochzeit beklagt. Sie hätte etwas Nettes arrangieren können, wenn sie früher als nur eine Woche vorher informiert gewesen wäre. Das beruhigte Abby, da die Whitshanks auch nicht früher informiert worden waren. Sie hatte befürchtet, dass man sie absichtlich ausgeschlossen hatte. Aber dann begann Lena, von Denny zu reden, Denny dies, Denny das: Denny hatte seinen Anzug in einem Secondhandladen gekauft, Denny hatte seine Krawatte von seinem Chef geliehen, Denny hatte für die beiden eine süße Ein-Zimmer-Wohnung über einem koreanischen Plattengeschäft gefunden. Also kannte Lena ihn offensichtlich. Auf jeden Fall kannte sie ihn besser, als die Whitshanks Carla kannten. Warum war der Junge immer so erpicht darauf, seine Familie gegen die eines anderen einzutauschen?

Auf der Heimfahrt war Abby ungewöhnlich kleinlaut.

Nach der Hochzeit hörten sie fast drei Monate lang kein Wort. Bis Denny mitten in der Nacht anrief, um mitzuteilen, dass Carla ihr Baby bekommen hatte. Er klang überglücklich. Es sei ein Mädchen, sie wiege 3200 Gramm, und sie wollten sie Susan nennen. »Wann können wir sie sehen?«, fragte Abby, und er sagte: »Oh, demnächst.« Was absolut verständlich war, nur fragte man sich bei Denny unwillkürlich, an welchen Zeitraum er dabei dachte. Es war das erste Enkelkind der Whitshanks, und Abby sagte zu Red, dass sie es nicht ertragen würde, wenn sie am Leben der Kleinen nicht teilhaben dürften.

Aber zu ihrer großen Überraschung rief Denny an Thanksgiving morgens an – meistens drückte er sich vor Thanksgiving, weil da das Findelkinder-Kontingent noch größer war als sonst –, um mitzuteilen, dass er und Susan gleich den Zug nach Baltimore nehmen würden und ob sie jemand abholen könnte. Als er ankam, hatte er Susan in einer Art Tragetuch an seinem Oberkörper festgeschnallt. Ein Baby, das drei Wochen alt war! Nicht einmal drei Wochen, genau gesagt. Zu jung, um etwas anderem zu gleichen als einer kleinen zerquetschten Erdnuss mit dem Gesicht an Dennys Brust. Aber das hielt die Familie nicht davon ab, viel Aufhebens um sie zu machen. Alle waren sich einig, dass ihre feinen schwarzen Härchen reine Whitshank-Haare waren, und sie versuchten, ihre winzigen Fäuste zu öffnen, um festzustellen, ob sie auch ihre typischen langen Finger hatte. Sie konnten es kaum erwarten, dass sie die Augen aufschlug, um deren Farbe zu sehen. Abby befreite sie mühsam aus dem Tragetuch, um nachzusehen, doch Susan schlief weiter. »Wie kommt es«, sagte Abby zu Denny, während sie Susan an ihre Schulter schmiegte, »dass du alleine da bist?«

»Ich bin nicht allein da. Ich bin mit Susan da.«

Abby verdrehte die Augen, und er lenkte ein. »Carlas Mutter hat sich das Handgelenk gebrochen, und Carla musste sie in die Notaufnahme bringen.«

»So ein Pech«, sagte Abby, und die anderen murmelten mitfühlend. (Immerhin war Carla nicht »abhandengekommen«.) »Und wie soll das gehen? Hat sie abgepumpt?«

»Abgepumpt?«

»Hat sie genug Milch abgepumpt?«

»Nein, Mom, ich hab Pulver mitgebracht.« Er klopfte auf die rosa Plastiktasche, die über seiner Schulter hing.

»Pulver«, sagte Abby. »Aber dann nimmt die Menge ab.«

»Was für 'ne Menge?«

»Die Menge der Muttermilch! Wenn man einem Kind Pulvernahrung gibt, produziert die Mutter allmählich keine Milch mehr.«

»Susan ist ein Flaschenkind«, sagte Denny.

Abby hatte Bücher gelesen, wie man eine gute Großmutter ist. Das Wichtigste war, sich nicht einzumischen. Nicht zu kritisieren, keine Ratschläge zu erteilen. Also beschränkte sie sich auf »Ach«.

»Was hast du denn erwartet? Carla arbeitet ganztags«, sagte Denny. »Nicht jede Frau kann es sich leisten, daheim zu hocken und in aller Gemütsruhe zu stillen.«

»Ich habe kein Wort gesagt«, erwiderte Abby.

In der Vergangenheit hatte es Zeiten gegeben, in denen Dennys Besuch damit beendet gewesen wäre. Eine einzige harmlose Frage zu viel, und er war zur Tür hinaus. Vielleicht musste Abby gerade daran denken, denn sie drückte das Baby fester an sich. »Jedenfalls ist es schön, euch hier zu haben.«

»Schön, hier zu sein«, sagte Denny, und alle entspannten sich.

Möglicherweise hatte er auf der Bahnfahrt einen Vorsatz gefasst, da er bei diesem Besuch so umgänglich war, so unkritisch, sogar gegenüber den Findelkindern. Als B.J. Autry mal wieder ihr keckerndes Lachen ausstieß und damit das Baby aufweckte, sagte er nur: »Okay, Leute, jetzt könnt ihr euch Susans Augen anschauen.« Und er nahm Rücksicht auf Mrs Dales Schwerhörigkeit und wiederholte den gleichen Satz mehrmals, ohne im Geringsten ungeduldig zu werden.

Amanda, die im siebten Monat schwanger war, bombardierte ihn mit Fragen zur Kinderbetreuung, und er beantwortete jede einzelne. (Eine Wiege war absolut unnötig; eine Schublade tats auch. Ein Kinderwagen erübrigte sich ebenfalls. Kinderstuhl? Vermutlich nicht.) Er machte höflich Konversation über die Firma Whitshank und bezog nicht nur seinen Vater in das Gespräch ein, sondern auch Jeannie, die inzwischen als Bauschreinerin dort arbeitete, und sogar Stem. Er hörte schweigend und gelegentlich nickend zu, als Stem minutiös ein kleineres logistisches Problem schilderte.

(»Der Kunde verlangt raumhohe Einbauschränke, verstehst du, also reißen wir die ganzen Trennwände raus, und dann sagt er: ›Moment mal!‹«)

Abby fütterte das Baby, ließ es Bäuerchen machen und wechselte die winzigen Windeln, die natürlich Wegwerfwindeln waren, verzichtete aber darauf, das Wort »Müll« auch nur zu erwähnen. Wie sich herausstellte, hatte Susan ein rundliches Kinn und wunderschön geformte Lippen und einen missbilligenden, schieferblauen Blick. Abby gab sie Red, der sich übertrieben abwehrend und ungeschickt anstellte, später jedoch dabei ertappt wurde, wie er seine Nase an ihren flaumigen Kopf drückte und lang und tief den Babygeruch einatmete.

Als Denny sagte, dass er nicht über Nacht bleiben könne, verstanden sie das natürlich. Abby packte für Carla und deren Mutter etwas von dem übrig gebliebenen Truthahn ein, und Red fuhr Denny und das Baby zum Bahnhof. »Lass mal wieder von dir hören«, sagte Red, als Denny ausstieg, und Denny antwortete: »Klar. Dann bis bald.«

Was er auch früher gesagt hatte, und zwar zigmal, und es hatte nichts zu bedeuten gehabt. Doch diesmal war es anders. Vielleicht, weil er jetzt Vater war. Vielleicht begann er zu merken, wie wichtig eine Familie ist. Jedenfalls kam er an Weihnachten wieder – nur für einen Tag, aber immerhin! – und brachte nicht nur Susan, sondern auch Carla mit. Susan war sieben Wochen alt, und sie hatte einen großen Sprung gemacht, war sich ihrer Umgebung bewusst, sah einen an, wenn man mit ihr sprach, und reagierte mit einem schiefen Lächeln, bei dem in ihrer rechten Wange ein Grübchen sichtbar wurde. Carla war beiläufig freundlich, auch wenn sie sich keine allzu große Mühe zu geben schien. Sie trug Jeans und ein Sweatshirt, sodass Abby, die sich *wirklich* alle Mühe gab, ihren Denimrock anbehielt, statt sich zum

Abendessen umzuziehen. Sie sagte: »Carla, darf ich dir ein Glas Wein anbieten? Wie gut, dass du nicht stillst. Da kannst du trinken, was immer du willst.« Ihre Töchter sahen sich mit großen Augen an: Mom trug mal wieder zu dick auf, wie üblich! Aber auch sie gaben sich die allergrößte Mühe. Sie lobten alles an Carla, was ihnen einfiel, einschließlich des Tattoos mit dem Namen ihres Hundes in ihrer linken Armbeuge.

Die ganze Familie war sich später einig, dass der Besuch gut verlaufen war. Und da Denny danach begann, etwa einmal im Monat mit Susan vorbeizukommen, schien auch er dieser Meinung zu sein. (Carla brachte er nicht mit, weil er an Tagen kam, an denen sie arbeitete. Er selbst habe flexiblere Arbeitszeiten.) Susan lernte sitzen; sie fing mit fester Nahrung an; sie lernte krabbeln. Gelegentlich blieb Denny nun über Nacht. Er schlief in seinem alten Zimmer, neben sich Susan in dem Reisebettchen, das Abby aus der Zeit ihrer eigenen Kinder aufgehoben hatte. Inzwischen war Amandas Elise geboren worden, und die Familie malte sich gerne aus, wie die beiden kleinen Mädchen zusammen aufwachsen und ihr Leben lang Freundinnen bleiben.

Dann nahm Denny etwas übel, das sein Vater sagte. Das war im Sommer, und sie sprachen gerade über den bevorstehenden Strandurlaub der ganzen Familie. Denny sagte, er und Susan könnten mitkommen, Carla müsse allerdings arbeiten. Und Red fragte: »Wieso musst *du* eigentlich nicht arbeiten?«

Denny erwiderte: »Weil ich nicht muss.«

»Aber Carla schon?«

»Ja.«

»Das kapier ich nicht. Carla ist doch die Mutter, stimmts?«

»Na und?«

Es waren noch zwei weitere Personen anwesend – Abby und Jeannie –, und beide waren plötzlich alarmiert. Sie warfen Red identische warnende Blicke zu. Red schien sie nicht zu beachten. »*Hast* du überhaupt Arbeit?«

»Geht dich das was an?«, konterte Denny.

Daraufhin hielt Red den Mund, obwohl es ihn Überwindung kostete, und damit schien die Sache erledigt zu sein. Aber als Abby bat, ihr beim Aufstellen des Reisebettchens zu helfen, meinte Denny, das könne sie sich sparen. Er habe nicht vor, über Nacht zu bleiben. Er war jedoch absolut höflich und verabschiedete sich, ohne eine Szene zu machen.

Es vergingen drei Jahre, ehe sie wieder von ihm hörten.

In den ersten Monaten unternahmen sie nichts. So nachsichtig waren sie bereits, so eingeschüchtert durch die immer wieder herrschende Funkstille. Aber an Susans Geburtstag rief Abby ihn unter der Nummer an, die sie sich notiert hatte, als sie das erste Mal auf ihrem Display erschien. (Eltern von Menschen wie Denny denken sich Tricks aus wie Geheimagenten.) Red lungerte in der Nähe herum, scheinbar unbeteiligt. Das Einzige, was Abby erreichte, war jedoch eine Stimme vom Band, die »Kein Anschluss unter dieser Nummer« sagte. »Sie sind anscheinend umgezogen«, teilte sie Red mit. »Das ist ein *gutes* Zeichen, meinst du nicht? Ich wette, sie haben eine größere Wohnung gefunden, mit einem eigenen Zimmer für Susan.« Dann rief sie die Auskunft an und fragte nach der neuen Nummer von Dennis Whitshank, doch es gab keine. »Soll ich es unter Carla Whitshank versuchen?«, fragte sie mit einem nervösen Blick auf Red. (Schließlich war es nicht völlig ausgeschlossen, dass sie sich inzwischen getrennt hatten.) Aber sie legte auf und meinte: »Dann müssen wir eben warten, bis er sich meldet.«

Red nickte nur und verließ das Zimmer.

Monate vergingen. Jahre vergingen. Susan konnte inzwischen bestimmt gehen und sprechen. Das faszinierende Stadium, in dem sich die Sprache von Tag zu Tag exponentiell entwickelt, in der Kinder kleine *Schwämme* sind, die jedes Wort aufsaugen: Die Whitshanks hatten sie komplett verpasst. Zu der Zeit hatten sie zwei weitere Enkelkinder – Jeannies Deb wurde kurz nach Dennys letztem Besuch geboren –, aber zu verfolgen, wie die beiden aufwuchsen, und zu wissen, dass Susan das ebenfalls tat, ohne dass einer von ihnen es miterlebte, machte es nur schlimmer.

Dann kam der 11. September, und Abby wurde vor Angst schier wahnsinnig. Nun, natürlich war die ganze Familie besorgt. Aber soweit sie wussten, hatte Denny nichts im World Trade Center zu schaffen, und so sagten sie sich, dass ihm sicher nichts passiert war. Ja, sicher, pflichtete Abby bei. Man sah jedoch genau, dass sie nicht überzeugt war. Sie saß zwei Tage wie gebannt vor dem Fernseher, lange nachdem alle anderen den Anblick der einstürzenden Wolkenkratzer nicht mehr ertragen konnten. Sie begann, sich Gründe auszudenken, weshalb Denny hätte dort sein können. Bei Denny wusste man ja nie; er hatte schon so viele unterschiedliche Jobs gehabt. Vielleicht war er dort auch nur vorbeigegangen. Sie glaubte zu spüren, dass er in Schwierigkeiten steckte. Irgendetwas stimmte einfach nicht. Vielleicht sollten sie Lena anrufen.

»Wen?«, fragte Red.

»Carlas Mutter. Wie hieß sie doch gleich mit Nachnamen?«

»Keine Ahnung.«

»Das *musst* du doch wissen«, sagte Abby. »Denk nach.«

»Ich glaube, den haben wir nie gehört, Schatz.«

Abby fing an, hin und her zu gehen. Sie waren im Schlafzimmer, und sie beschritt ihren üblichen Weg den Perserläufer rauf und runter, dass das Nachthemd um ihre Knie schlug. »Lena Abbott, Adams, Armstrong«, sagte sie. »Lena Babcock, Bennett, Brown.« (Manchmal half ihr das Alphabet weiter.) »Wir wurden vorgestellt, Denny hat uns vorgestellt. Er muss ihren Nachnamen genannt haben.«

»Nicht, wie ich Denny kenne«, sagte Red. »Ich bin überrascht, dass er uns überhaupt vorgestellt hat, aber wenn dem so war, hat er vermutlich gesagt: ›Lena, das sind meine Eltern.‹«

Dem konnte Abby nicht widersprechen. Sie ging weiter hin und her.

Dann sagte sie: »Die Bedienung. Die andere, meine ich.«

»Ich hab keinen *Schimmer*, wie die hieß.«

»Ich auch nicht, aber sie hat Lena mit Mrs Sowieso angesprochen, daran kann ich mich erinnern. Ich weiß noch, dass ich dachte, dass sie bestimmt eine von den Schüchternen ist, wenn sie Lena in der heutigen Zeit nicht mit Vornamen anspricht.«

Sie hörte mit dem Hin- und Hergehen auf und ging um das Bett herum auf ihre Seite. »Na gut, irgendwann fällt er mir sicher ein.« Sie hielt sich viel auf ihr phänomenales Gedächtnis zugute, aber manchmal funktionierte es eben mit Verzögerung. »Mit der Zeit kommt er mir wieder, ich darf es nur nicht erzwingen wollen.«

Dann legte sie sich hin, strich ihre Decke glatt und schloss ostentativ die Augen, sodass Red ebenfalls ins Bett kam und das Licht ausmachte.

Aber mitten in der Nacht rüttelte sie an seiner Schulter und sagte: »Carlucci.«

»Hä?«

»Ich höre noch, wie die Bedienung sagt: ›Darf ich Ihnen nachschenken, Mrs Carlucci?‹ Wie konnte ich das vergessen! Carla Carlucci: Alliteration. Oder mehr als eine Alliteration, aber ich kenne den Begriff dafür nicht. Gerade eben, als ich aufs Klo musste, ist mir der Name plötzlich wieder eingefallen.«

»Aha. Na gut«, murmelte Red und drehte sich auf den Rücken.

»Ich rufe bei der Auskunft an.«

»Jetzt?« Er schaute blinzelnd auf den Radiowecker. »Es ist halb drei! Du kannst sie doch jetzt nicht anrufen.«

»Das nicht, aber ich kann mir ihre Nummer geben lassen«, sagte Abby.

Red schlief wieder ein.

Am Morgen verkündete sie, dass es in Manhattan drei L. Carlucci gab und dass sie nun alle der Reihe nach anrufen werde. Sie hatte beschlossen, um sieben Uhr damit anzufangen. Im Augenblick war es kurz nach sechs; die Whitshanks waren Frühaufsteher. »Um sieben schlafen manche Leute noch«, bemerkte Red.

»Mag sein«, sagte Abby, »aber genau genommen ist sieben Uhr morgens.«

Red sagte: »Na schön.« Er ging nach unten und machte eine Kanne Kaffee, obwohl er um diese Zeit in der Regel zur Arbeit ging und einen Stopp bei Dunkin' Donuts einlegte.

Fünf vor sieben tätigte Abby ihren ersten Anruf. »Guten Morgen, könnte ich bitte Lena sprechen?« Dann: »Oh, das *tut* mir wirklich leid! Ich muss mich verwählt haben.«

Sie tätigte den zweiten Anruf. »Hallo, spreche ich mit Lena?« Kurze Pause. »Oh, entschuldigen Sie bitte. Ja, ich *weiß*, dass es noch früh ist, aber –«

Sie zuckte zusammen. Sie wählte erneut. »Hallo, Lena?«

Sie setzte sich auf. »Ja, hallo! Hier ist Abby Whitshank, in Baltimore. Ich habe dich hoffentlich nicht geweckt.«

Sie lauschte einen Moment. »Ach, ich weiß, was du

meinst. Ich sage immer wieder zu Red, dass ich mich manchmal wirklich frage, warum ich überhaupt zu Bett gehe, wenn ich ohnehin kaum schlafen kann. Ob das am Alter liegt? Oder am Stress, der heutzutage herrscht? Da wir gerade davon sprechen, Lena, ich wollte dich fragen, ob bei Carla und Susan und Denny alles okay ist? Ich meine, nach letztem Dienstag?«

(Noch sprach man von »letztem Dienstag«. Erst in der Woche darauf begann man, »Elfter September« zu sagen.)

»Ach so«, sagte Abby. »Verstehe. Tja, das ist immerhin etwas. Das ist beruhigend. Du weißt also nicht … Tja, ich verstehe natürlich, dass du nicht … Tja, vielen Dank, Lena! Und grüß bitte Carla und Susan von mir. Hm? Ja, hier geht es allen gut, danke der Nachfrage. Nochmals vielen Dank! Auf Wiederhören!«

Sie legte auf.

»Carla und Susan geht es gut, Denny *vermutlich* auch, aber sie weiß es nicht mit absoluter Sicherheit, weil er nach New Jersey gezogen ist.«

»Nach New Jersey? Wo in New Jersey?«

»Das hat sie nicht gesagt. Nur, dass sie seine Nummer nicht hat.«

Red meinte: »Carla hat sie bestimmt. Schon wegen Susan. Du hättest nach Carlas Nummer fragen sollen.«

»Ach, was solls«, sagte Abby. »Wir wissen, dass er nicht in der Nähe der Türme war. Genügt das nicht? Und ich würde nicht mal darauf wetten, dass Carla seine Nummer hat, um ganz ehrlich zu sein.«

Dann begann sie, die Spülmaschine einzuräumen, während Red sie mit offenem Mund anstarrte.

Jetzt also New Jersey. Wieder eine Beziehung kaputt. Zwei sogar, falls Denny auch den Kontakt zu Susan abgebrochen hatte. Red sagte, natürlich sei Denny in Kontakt geblieben; war er etwa nicht der hingebungsvollste Vater, den sie kannten? Abby meinte, das eine schließe das andere nicht aus. Vielleicht sei Susan nur eine weitere flüchtige Laune gewesen, sagte sie, so wie dieses unausgegorene Software-Projekt von ihm.

Das war untypisch für Abby. Sie glaubte unerschütterlich an die Fähigkeit der Menschen, sich zu ändern, manchmal zur Verzweiflung aller anderen in der Familie. Doch nun schien sie aufgegeben zu haben. Als sie Jeannie und Amanda die Neuigkeit telefonisch mitteilte, sprach sie mit tonloser, emotionsloser Stimme, und zu Red sagte sie, Stem könne er es ja mitteilen, wenn er ihn in der Firma sah. »Das mach ich sofort«, sagte Red aufgesetzt fröhlich. »Da wird er erleichtert sein.«

»Ich wüsste nicht, warum«, meinte Abby. »Es hat ja nie eine echte Gefahr bestanden.«

Am nächsten Morgen, einem Samstag, kam Amanda unangemeldet vorbei. Amanda war Anwältin, das hartgesottenste, kompetenteste, zupackendste ihrer Kinder. »Wo ist die Nummer von dieser Lena?«, wollte sie wissen.

Abby zog den Zettel von der Kühlschranktür und gab ihn ihr. (Sie hatte die Nummer natürlich aufgehoben.) Amanda setzte sich an den Küchentisch, griff zum Telefon und wählte.

»Hallo, Lena? Hier ist Amanda. Die Schwester von Denny. Kann ich bitte Carlas Telefonnummer haben?«

Das Gemurmel am anderen Ende muss eine Art Protest gewesen sein, denn Amanda sagte: »Ich habe nicht die Absicht, sie aufzuregen, glauben Sie mir. Aber ich muss diesen Halunken von einem Bruder erreichen.«

Das schien zu wirken; sie griff mit der freien Hand in ihre Tasche und zog einen Notizblock heraus, an dem ein kleiner goldener Stift befestigt war. »Ja«, sagte sie und notierte eine Nummer. »Vielen Dank. Wiederhören.«

Sie wählte wieder. »Besetzt«, teilte sie ihren Eltern mit. Abby stöhnte, doch Amanda sagte: »*Natürlich* ist besetzt; ihre Mutter hat angerufen, um sie vorzuwarnen.« Sie trommelte kurz mit den Fingern auf den Tisch. Dann wählte sie erneut. »Hallo, Carla, hier ist Amanda. Wie gehts?«

Carlas Antwort dauerte nicht lange, trotzdem schien Amanda ungeduldig zu werden. »Gut«, sagte sie. »Kann ich die Nummer von meinem Bruder haben? Ich beabsichtige, ihm mal gehörig die Meinung zu sagen.«

Während sie sie aufschrieb, beugten sich Red und Abby vor und starrten auf den Block, wagten kaum zu atmen. »Danke«, sagte Amanda. »Wiederhören.« Und legte auf.

Abby wollte nach dem Block greifen, doch Amanda zog ihn an sich: »*Ich* rufe an.« Sie wählte abermals.

»Denny, Amanda hier.«

Sie konnten nicht hören, was er darauf erwiderte.

»Eines Tages«, sagte Amanda, »wenn du älter bist und auf dein Leben zurückblickst, wirst du dich fragen, was aus deiner Familie geworden ist. Also springst du in den Zug und fährst her, und wenn du in Baltimore ankommst, ist es einer dieser friedlichen Sommernachmittage, und durch das Glasdach der Penn Station fallen schräge Sonnenstrahlen ein, in denen Staubpartikel tanzen. Du gehst weiter und hinaus auf die Straße, wo niemand auf dich wartet, aber das ist okay; sie wussten ja nicht, dass du kommst. Trotzdem fühlt es sich irgendwie seltsam an, da ganz alleine zu stehen, während die anderen Fahrgäste Leute umarmen und in Autos steigen und wegfahren. Du gehst zum Taxistand und gibst dem Fahrer die Adresse. Du fährst durch die Stadt und siehst all die vertrauten Dinge – die Reihenhäuser, die Birnbäume, die Frauen, die außen auf der Treppe sitzen und ihren Kindern beim Spielen zuschauen. Dann biegt das Taxi in die Bouton Road ein, und sofort hast du ein komisches Gefühl. Unser

Haus weist Anzeichen einer gewissen Vernachlässigung auf, was Dad niemals geduldet hätte: abblätternde Farbe und lädierte Fensterläden. Ungleich ausgebesserte Stellen auf dem Weg, auf die Verandastufen genagelter Gummibelag – die Art von Flickschusterei, gegen die Dad immer gewettert hat. Du nimmst die Haustürklinke in die Hand und gibst ihr diesen besonderen Ruck, den es braucht, bevor man den Griff nach unten drücken kann, aber es ist abgesperrt. Du klingelst, aber die Klingel ist kaputt. Du rufst: ›Mom? Dad?‹ Niemand antwortet. Du rufst: ›Hallo?‹ Niemand kommt angerannt; niemand reißt die Tür auf und sagt: ›*Du* bist es! Ist das schön, dich zu sehen! Warum hast du nichts gesagt? Wir hätten dich am Bahnhof abgeholt! Bist du müde? Hast du Hunger? Komm rein!‹ Du stehst eine Weile da und weißt nicht, was du jetzt tun sollst. Du drehst dich um und blickst auf die Straße, und du fragst dich, was mit den anderen Familienmitgliedern ist. ›Vielleicht ist Jeannie da‹, denkst du. ›Oder Amanda.‹ Aber weißt du was, Denny? Verlass dich *ja* nicht darauf, dass *ich* dich aufnehme, denn ich bin stinkwütend. Ich bin wütend auf dich, weil du uns die ganzen Jahre immer nur Märchen aufgetischt hast, nicht nur in den letzten Jahren, sondern *all* die Jahre, in denen du an den Feiertagen weggeblieben bist, dich vor den Strandurlauben gedrückt hast, bei Mom und Dads dreißigstem Hochzeitstag gefehlt hast und bei ihrem fünfunddreißigsten und bei Jeannies Baby, damals nicht zu meiner Hochzeit gekommen bist und nicht mal eine Karte geschickt oder angerufen hast, um mir Glück zu wünschen. Aber vor allem, Denny, vor allem *eines* werde ich dir nie verzeihen: Du hast jeden einzelnen Funken Aufmerksamkeit unserer Eltern beansprucht und für uns nichts übrig gelassen.«

Sie hielt inne. Denny sagte etwas.

»Oh«, sagte sie, »mir gehts gut. Und *dir?*«

Und so kam Denny wieder nach Hause.

Beim ersten Mal kam er allein. Abby war enttäuscht, dass er Susan nicht mitgebracht hatte, doch Red meinte, er sei froh. »Das macht diesen Besuch anders als die letzten«, sagte er. »Als wolle er erst mal mit uns ins Reine kommen. Er hält es nicht für selbstverständlich, dass er einfach da weitermachen kann, wo er aufgehört hat.«

Er hatte nicht ganz unrecht. Denny wirkte tatsächlich anders – war vorsichtiger, mehr auf ihre Gefühle bedacht. Er äußerte sich zu kleinen Verbesserungen am Haus. Er sagte, dass ihm Abbys neue Frisur gefiel. (Sie hatte angefangen, ihr Haar kurz zu tragen.) Sein Gesicht hatte die jungenhafte Kantigkeit verloren, und er hatte eine ruhigere Art zu gehen. Wenn Abby ihm Fragen stellte – obwohl sie ihr Bestes tat, sie zu dosieren –, bemühte er sich, zu antworten. Man konnte nicht behaupten, dass er gesprächig war, aber er gab immerhin Antwort.

Susan ging es prima, wie er erzählte. Sie besuche inzwischen den Kindergarten. Ja, er könne sie mal mitbringen. Carla ging es auch gut, sie waren allerdings nicht mehr zusammen. Arbeit? Nun, im Moment arbeitete er in einer Baufirma.

»In einer Baufirma!«, sagte Abby. »Hast du das gehört, Red? Er arbeitet in einer Baufirma!«

Red grunzte nur. Er schien sich darüber nicht so zu freuen, wie man hätte meinen sollen.

Man beachte jedoch, was bei dem, was Denny ihnen erzählte, alles fehlte. Wie viel hatte er tatsächlich mit seiner Tochter zu tun? Und als er sagte, er und Carla seien »nicht mehr zusammen«, hieß das, dass sie geschieden waren? Wie lebte er derzeit eigentlich? Sah er seine berufliche Zukunft jetzt im Baugewerbe? Hatte er das Studium endgültig aufgegeben?

Dann kam Jeannie mit der kleinen Deb rüber, und Red und Abby ließen sie allein, und nach ihrem Besuch wussten sie mehr. Denny hatte *viel* mit Susan zu tun, berichtete Jeannie; er war sehr in ihr Leben involviert. Eine Scheidung war im Moment zu teuer. Er teilte sich ein halbes Haus mit zwei anderen jungen Männern, doch die begannen ihm auf die Nerven zu gehen. Klar würde er zu Ende studieren. Irgendwann.

Dennoch waren diese Informationen irgendwie nicht ausreichend. Immer schien da noch etwas anderes zu sein – etwas, das sein Verhalten endlich erklären würde, falls sie es jemals herausfanden.

Diesmal blieb er eineinhalb Tage. Dann ging er, aber – und das war das Entscheidende – sie hatten jetzt seine Handynummer. Damit änderte sich alles.

Sie ließen eine strategische Zeitspanne von mehreren Wochen verstreichen, bevor Abby ihn anrief (Red hielt sich im Hintergrund) und ihn einlud, an Weihnachten mit Susan zu kommen. Denny sagte, Carla würde niemals zulassen, dass Susan am Weihnachtstag woanders ist, aber vielleicht werde er *nach* Weihnachten mit ihr kommen.

Red und Abby wussten, was sein »Vielleicht« wert war.

Doch er kam tatsächlich. Und er brachte sie mit. Weihnachten fiel in jenem Jahr auf einen Dienstag, und er kam mit ihr am Mittwoch, und sie blieben bis Freitag. Susan war unterdessen eine selbstbeherrschte Vierjährige mit einem Wust brauner Locken und sehr großen, sehr braunen Augen. Die Augen waren ein kleiner Schock. Das waren keine Whitshank-Augen! Und ihre Kleidung bestand auch nicht aus den strapazierfähigen Sachen zum Herumtoben, wie die Whitshank-Kinder sie trugen. Sie kam an in einem roten Samtkleid, weißen Strumpfhosen und roten Lackschuhen. Nun ja, vielleicht weil Weihnachten war. Aber als sie am nächsten Morgen zum Frühstück herunterkam, trug sie eine weiße Rüschenbluse und einen rot karierten Trägerrock aus Taft, was kaum weniger ausgefallen war. Jeannie sagte, die Vorstellung, wie Denny all die weißen Knöpfchen hinten an Susans Trägerrock zuknöpfen müsse, mache sie ganz trübsinnig.

»Kennst du uns noch?«, fragten sie alle. »Weißt du noch, wie du uns besucht hast, als du ein Baby warst?«

Susan sagte langsam: »Ich glaube, ja«, was natürlich nicht stimmen konnte. Trotzdem war es nett von ihr, so zu tun. Sie fragte: »Hattet ihr damals einen anderen Hund?«

»Nein, das ist noch derselbe.«

»Ich dachte, ihr hättet einen *gelben* Hund«, sagte sie, und die anderen sahen sich unglücklich an. Wen brachte sie mit einem gelben Hund in Verbindung, vielleicht sogar mit einem, der nicht so versabbert und arthritisch war wie der alte Clarence?

Sie war hell begeistert von ihren Cousinen. (Aha! Die beiden konnten der Whitshank'sche Köder sein: die bezaubernde Elise und die wilde kleine Deb.) Mit Kartenspielen schien sie nicht vertraut zu sein, sie entwickelte jedoch schnell eine Vorliebe für Quartette. Außerdem stellte sich heraus, dass sie schon lesen konnte. Sie waren erstaunt, dass Carla ein frühreifes Kind großgezogen hatte, aber vielleicht ging das ja auf Dennys Konto. Sie schmiegte sich gern an Abby, buchstabierte die Wörter in den Märchenbüchern und stieß jedes Mal einen lauten Seufzer der Befriedigung aus, wenn sie eine Seite geschafft hatte.

Als sie abfuhr, war ihre Zurückhaltung verschwunden. Sie stand vor dem Bahnhof, hielt Dennys Hand, winkte wie verrückt und kreischte: »Tschüss! Bis bald! Ich bin bald wieder da! Tschüss!«

Und so brachte Denny sie wieder mit, und dann wieder.

Sie hatte nun ihr eigenes Zimmer, das frühere Zimmer der Mädchen. Sie trank ihren Kakao aus einem Becher, auf dem SUSAN stand, und wenn es Zeit war, den Tisch zu decken, wusste sie, wo der Alphabet-Teller war, den Denny früher benutzt hatte. Er lehnte sich derweil zurück und verfolgte alles wohlwollend. Er war der großmütigste Vater, den man sich vorstellen konnte. Es schien, als hätte sie seine harten Kanten abgeschliffen.

Im Jahr 2002, kurz nach der Geburt von Jeannies Alexander, kam Denny, um Jeannie mit den Kindern zu helfen. Das schien zu dem Zeitpunkt ziemlich mysteriös, denn Abby hatte den üblichen Großmutter-Einsatz bereits absolviert – hatte Urlaub genommen, um Deb zu sich zu nehmen, während Jeannie im Krankenhaus war, und hatte danach oft vorbeigeschaut, um bei Besorgungen und der Wäsche behilflich zu sein. Aber dann war plötzlich Denny da. Und er blieb – schlief volle drei Wochen auf Jeannie und Hughs Ausziehcouch, schob Deb jeden Nachmittag im Sportwagen zum Spielplatz, kochte, empfing Abby an der Haustür mit einer Windel über der Schulter und dem Baby auf dem Arm.

Später stellte sich heraus, dass Jeannie unter einer Art Postpartum-Depression gelitten hatte. Und da hatte sie Denny angerufen und ihn gebeten, herzukommen und sich um sie zu kümmern? Hatte Denny gebeten und nicht Abby? Abby tat ihr Bestes, um es herauszufinden, und das in ihrem neutralsten, unbeleidigtsten Ton. Na ja, sagte Jeannie, sie habe ihn angerufen, nur um zu reden. Und vielleicht hatte er ihrer Stimme etwas angemerkt – na ja, natürlich hatte er etwas gemerkt, weil sie ein bisschen zu weinen angefangen hatte, wie sie zu ihrer Schande gestehen musste –, und da hatte er zu ihr gesagt, er werde den nächsten Zug nehmen.

Das war rührend und beunruhigend zugleich. War Jeannie nicht klar gewesen, dass sie ihre Mutter anrufen konnte?

Schon, sagte Jeannie, aber Abby musste doch arbeiten.

Als ob Denny nicht auch arbeiten müsste.

Aber wer weiß? Vielleicht hatte er ja keine Arbeit.

Red sagte zu Abby, sie sollten einfach froh sein, dass Denny in die Bresche gesprungen war.

Abby sagte: »Ja, sicher. Das weiß ich ja.«

Nach und nach stellte sich eine Art Routine ein. Denny war zwar weiterhin nicht besonders gut darin, Kontakt mit seiner Familie zu halten, doch das traf schließlich auf viele Söhne zu. Das Entscheidende war, *dass* er in Kontakt blieb und dass sie seine Telefonnummer hatten, wenn auch nicht immer seine aktuelle Adresse.

Eigentlich schrecklich, sagte Abby zu Red, dass sie bereit waren, sich mit so wenig zu begnügen. Sie fragte: »Hättest du das für möglich gehalten? Manchmal vergehen ganze Tage, ohne dass ich an ihn denke. Das ist doch nicht normal!«

Red meinte: »Das ist *völlig* normal. Wie bei einer Katzenmutter, wenn ihre Jungen groß sind. Das beweist nur, dass du zur Vernunft gekommen bist.«

»Aber bei Menschen sollte das anders sein«, erklärte Abby.

Zumindest konnten sie sicher sein, dass Denny nie weit weg von New York City lebte. Nicht, solange Susan dort lebte. Obwohl er hin und wieder unterwegs zu sein schien, denn einmal schickte er Alexander eine Geburtstagskarte aus San Francisco. Und ein andermal kürzte er seinen Besuch an Weihnachten ab, weil er mit seiner Freundin nach Kanada fuhr. Das war das Erste, was sie von der Freundin hörten, und auch das Letzte. Susan blieb damals allein bei ihnen. Sie war inzwischen alt genug – sieben, aber sie wirkte älter. Ihr Kopf war ein wenig zu groß für ihren Körper, und ihr Gesicht war auf die Art schön, wie das Gesicht einer erwachsenen Frau schön ist, die braunen Augen groß und leicht gelangweilt, die Lippen voll und weich und kompliziert. Sie zeigte keinerlei Anzeichen von Heimweh, und als Denny sie abholen kam, begrüßte sie ihn gelassen. »Wie wars in Kanada?«, wagte Abby zu fragen.

Er sagte: »Ganz okay.«

Es war wirklich sehr schwer, sich eine Vorstellung von Dennys Privatleben zu machen.

Auch über seine Tätigkeit waren sie sich nach wie vor nie ganz im Klaren. Sie wussten, dass er irgendwann Soundsysteme installiert hatte, weil er seine Sachkenntnis anbot, als Jeannies Hugh im Hobbyraum elektrische Leitungen verlegte. Ein andermal erschien er in einem Kapuzenpulli, auf dessen Brusttasche *Komputer Klinik* eingestickt war, und auf Abbys Bitte hin reparierte er spontan ihren Mac, der ein bisschen langsam geworden war. Aber er schien immer nach Belieben kommen und gehen und so lange bleiben zu können, wie er wollte. Wie ließ sich das mit einem Vollzeitjob in Einklang bringen? Als Stem heiratete, kam Denny beispielsweise für eine ganze Woche, um seine Pflichten als Trauzeuge zu erfüllen, und obwohl Abby darüber hocherfreut war (sie befürchtete, ihre Jungs könnten sich nicht nahestehen), erkundigte sie sich mehrmals, ob er deswegen auch bestimmt keinen Ärger bei der Arbeit bekommen werde. »Bei der Arbeit?«, sagte er. »Nein.«

Einmal blieb er fast einen Monat, ohne irgendeine Erklärung. Alle vermuteten, dass es mit einer persönlichen Krise zu tun hatte, da er bei seiner Ankunft ziemlich verwahrlost aussah und nicht bei bester Gesundheit zu sein schien. Zum ersten Mal bemerkten sie kleine Fältchen in seinen Augenwinkeln. Die Haare hingen ihm hinten unordentlich über den Kragen. Aber er erwähnte nichts von Problemen, und nicht einmal Jeannie wagte es, ihn direkt zu fragen. Es war, als hätte er seine Angehörigen abgerichtet. Sie waren fast so unergründlich geworden wie Denny selbst.

Das löste in ihnen hin und wieder Unmut aus. Warum mussten sie ihn immer mit Samthandschuhen anfassen? Warum mussten sie den Fragen der Nachbarn nach ihm immer ausweichen? »Ach«, pflegte Abby zu sagen, »Denny gehts prima, danke der Nachfrage. Wirklich prima! Im Moment arbeitet er bei … Ich bin mir gerade nicht ganz sicher, *wo* genau, auf jeden Fall geht es ihm prima!«

Dennoch stellte er etwas dar, auf das sie irgendwie zählten. Er hinterließ tatsächlich eine Lücke, wenn er nicht da war. Als er beispielsweise zum ersten Mal bei dem gemeinsamen Strandurlaub fehlte, in dem Sommer, in dem er behauptete, schwul zu sein, wusste niemand, dass er nicht kommen würde. Sie warteten darauf, dass er anrief und seine Ankunft mitteilte, und als klar wurde, dass er sich nicht melden würde, empfand jeder ein schmerzhaftes Gefühl der Leere. Selbst nachdem sie in dem Strandhaus eingetroffen waren, das sie immer mieteten, die Lebensmittel ausgepackt, die Betten überzogen und sich in ihrer üblichen Urlaubsroutine eingerichtet hatten, gaben sie nicht die Hoffnung auf, dass er doch noch kommen würde. Wenn die Fliegengittertür in der abendlichen Brise zuschlug, blickten sie erwartungsvoll von ihrem Puzzle auf. Sie brachen mitten im Satz ab, wenn draußen hinter der Brandung jemand mit diesem typischen schlingernden Denny-Stil auf sie zugeschwommen kam. Und mitten in der Woche – also das war nun wirklich sehr sonderbar! –, mitten in der Woche, als Abby und die Mädchen eines Nachmittags auf der von Fliegengittern geschützten Veranda saßen und Maiskolben enthülsten, hörten sie draußen Mozarts *Hornkonzert Nr. 1*. Sie sahen sich an; sie standen auf; sie liefen durchs Haus und zur Tür hinaus und sahen, dass die Musik aus einem Auto kam, das auf der anderen Straßenseite parkte. Jemand saß auf dem Fahrersitz, hatte alle Scheiben heruntergekurbelt (trotzdem musste er schier verschmachten!) und das Radio voll aufgedreht. Ein Mann in einem Trägerhemd; ein Kleidungsstück, in dem sich Denny nie im Leben hätte blicken lassen. Ein korpulenter Mann, jedenfalls dem Umfang des Ellbogens auf dem Fensterrand nach zu schließen. Schwerer, als Denny sein könnte, selbst wenn er unaufhörlich gegessen hätte, seit sie ihn zuletzt gesehen hatten. Dennoch, man weiß ja, wie es ist, wenn man einen geliebten Menschen vermisst. Man versucht, in jedem Fremden die Person zu erkennen, auf die man wartet. Man hört ein bestimmtes Musikstück, und sofort sagt man sich, der Betreffende könnte seinen Kleidungsstil geändert, einen Zentner zugenommen, sich ein Auto zugelegt und dieses Auto vor dem Haus einer anderen Familie geparkt haben. »Da ist er!«, sagt man. »Er ist gekommen! Wir wussten, dass er kommt; wir wussten immer …« Aber dann hört man, wie erbärmlich das klingt, und allmählich verstummt man, und es bricht einem das Herz.

2

In der Familie Whitshank waren zwei Geschichten von Generation zu Generation weitergegeben worden. Beide galten als exemplarisch – als *prägend* gewissermaßen –, und jedes Familienmitglied, einschließlich Stems Dreijährigem, hatte zigmal gehört, wie sie erzählt, nacherzählt, ausgeschmückt und interpretiert wurden.

Die erste Geschichte betraf ihren frühesten bekannten Vorfahren, Junior Whitshank, einen Zimmermann, der wegen seines handwerklichen Geschicks und seinem Sinn für Formgebung in Baltimore sehr gefragt war.

Falls es seltsam anmutet, einen Stammvater »Junior« zu nennen, so gab es dafür eine logische Erklärung. Juniors richtiger Name war Jurvis Roy, der irgendwann zu J. R. verkürzt und dann wieder, ziehharmonikaartig, zu Junior verlängert wurde. (Dieser Sachverhalt war so wenig bekannt, dass seine eigene Schwiegertochter nach seinem Vornamen fragen musste, als sie kurzzeitig erwog, ihrem ersten Kind, falls es ein Junge war, den Zusatz »der Dritte« zu geben.) Noch seltsamer war, dass Junior kein ferner Urahn war, sondern lediglich Red Whitshanks Vater. Er war 1926 auf der Bildfläche erschienen, was für den Beginn eines Familienstammbaums ungewöhnlich neuen Datums war.

Woher er kam, war nirgendwo dokumentiert, aber man hatte allgemein das Gefühl, dass er aus den Appalachen gestammt haben könnte. Vielleicht hatte er diesbezüglich einmal etwas erwähnt. Oder es könnte reine Vermutung gewesen sein, basierend auf der Art und Weise, wie er sprach. Abby zufolge, die ihn seit ihrer Kindheit kannte, hatte er eine dünne, metallische Stimme und einen näselnden Südstaaten-Akzent, obgleich er irgendwann zu dem Schluss gekommen sein musste, dass es seiner gesellschaftlichen Position förderlich wäre, mehr wie die Menschen hier zu sprechen. Und so tauchten mitten in seinem schleppenden bäuerlichen Tonfall, wie Abby ihn bezeichnete, typische harte Anklänge an die hiesige Sprechweise auf, die wie Fremdkörper wirkten. Sie schien von dieser Eigenart nicht sonderlich entzückt zu sein.

Die wenigen Fotos von Junior zeigten ein Gesicht, das eine Spur zu zart war – ein Aussehen, das die Menschen damals ohne Hemmungen auf »weißen Abschaum« zurückführten. Vom Kolorit her war er ein echter Whitshank, hatte noch in seinen Sechzigern schwarze Haare, dazu eine sehr weiße Haut, leicht zusammengekniffene blaue Augen und den langgliedrigen, hageren Körperbau der Whitshanks. Und er habe tagaus, tagein einen steifen dunklen Anzug getragen, erzählte Abby, doch da fiel ihr Red gewöhnlich ins Wort und sagte, die Anzüge seien erst später gekommen, als Junior auf seinen Baustellen nur noch nach dem Rechten sehen musste. In Reds Kindheitserinnerungen trug sein Vater immer Overalls.

Auf jeden Fall tauchte Junior nachweislich erstmals als Angestellter eines Bauunternehmers namens Clyde L. Ward in Baltimore auf. Das ging aus einem maschinengeschriebenen Brief hervor, der nach Juniors Tod unter seinem Nachlass gefunden wurde, der allen, die es betraf, mitteilte, dass

J.R. Whitshank von Juni 1926 bis Januar 1930 bei Mr Ward beschäftigt gewesen war und sich als tüchtiger Zimmermann erwiesen hatte. Aber er muss mehr als nur tüchtig gewesen sein, da bereits 1934 ein kleines Inserat in der *Baltimore Post* die Dienste von »Whitshank Construction Co. – Qualität und Integrität« anpries.

Es war nicht der günstigste Zeitpunkt, eine Firma zu gründen, weiß Gott nicht, doch anscheinend hatte Junior Erfolg und führte zunächst den Umbau und später den Neubau diverser imposanter Häuser in den Stadtteilen Guilford, Roland Park und Homeland aus. Er erwarb einen Ford-Kleinlaster Modell B, auf dessen zwei Türen nur die ineinander verflochtenen Initialen WCC über einer Telefonnummer standen – ohne den vollen Namen des Unternehmens oder einen Hinweis auf dessen Tätigkeitsbereich, als ob das mittlerweile jedem, der in der Stadt zählte, längst bekannt sein müsste. 1934 hatte er acht Angestellte; 1935 waren es zwanzig.

Und 1936 verliebte er sich in ein Haus.

Nein, zuerst muss er sich in seine Frau verliebt haben, da er inzwischen verheiratet war. Irgendwann hatte er Linnie Mae Inman geheiratet. Aber er sprach so gut wie nie von Linnie, wohingegen er sehr viel, geradezu *am laufenden Band* von dem Haus in der Bouton Road sprach.

Als er es zum ersten Mal erblickte, war es nichts weiter als der Entwurf eines Architekten. Mr Ernest Brill, ein Textilfabrikant aus Baltimore, hatte die aufgerollten Baupläne ausgebreitet, als er und Junior vor dem Grundstück standen, an dem sie sich verabredet hatten. Und Junior warf zunächst einen Blick auf das Grundstück (voller Vögel und Tulpenbäume und Bestände von Weißem Hartriegel) und dann auf die Ansicht der Vorderfront, die ein mit Schindeln verkleidetes Haus und eine riesige Veranda zeigte, und ihm schossen die Worte durch den Kopf: »Aber das ist ja genau *mein* Haus!«

Nicht, dass er das laut gesagt hätte, o nein. Laut sagte er: »Hm.« Und: »Verstehe.« Und er ließ sich die Baupläne geben und studierte die Ansicht. Dann wandte er sich den anderen Plänen zu, besah sich den Grundriss der einzelnen Geschosse und sagte: »Mm-hm.«

»Was meinen Sie dazu?«, fragte Mr Brill.

Junior erwiderte: »Tja …«

Es war kein pompöses Haus, wie man es sich für Junior vorgestellt hätte. Es war eher ein, sagen wir, *familienfreundliches* Haus. Ein Haus, wie man es auf einem 1000-Teile-Puzzle sieht, schlicht und behaglich, vielleicht mit der amerikanischen Flagge davor und einem Stand mit selbstgemachter Limonade am Straßenrand. Hohe Schiebefenster, ein Kamin aus Feldsteinen, eine Lünette über der Eingangstür. Doch das Schönste von allem war diese Veranda: diese herrliche, sich über die gesamte Vorderfront erstreckende Veranda. »Die hat mich umgehauen«, wie Junior es später ausdrückte. »Ich weiß nicht, warum, aber die hat mich einfach umgehauen.«

Und so sagte er zu Mr Brill: »Ich schätze, ich könnts machen.«

Warum habe er sich denn nicht einfach das gleiche Haus gebaut, pflegten Reds Kinder zu fragen. Die Pläne kopiert und sein eigenes gebaut? Red erklärte, das wisse er nicht. Dann sagte er, dass es vielleicht etwas mit dem Grundstück zu tun hatte. Schließlich galt die Bouton Road damals als erstklassige Lage, und 1936 waren die meisten Grundstücke dort bereits aufgekauft. Zu der Zeit, als es noch keine Klimaanlagen gab, hatten die Häuser in Baltimore schwere, dunkle Markisen, die die Fenster jedes Jahr von Mai bis Oktober fast bis zum Sims verhüllten, aber wegen der vielen

Tulpenbäume konnte hier auf Markisen verzichtet werden. Hinzu kam die Stelle, an der das Haus auf dem besagten Grundstück stehen sollte, nämlich oben auf einem langen, sanft ansteigenden Hang: Wo sonst hätte es sich derart präsentieren können?

Und so baute Junior das Haus für Mr Brill.

Er baute es besser als alles, was er je im Leben gebaut hatte. Er tüftelte pedantisch an jedem Speisekammerregal und an jedem Schrankgriff herum. Er argumentierte gegen jedes Ansinnen, das ihm als Pfusch oder Mangel an gutem Geschmack erschien. Denn tatsächlich war Geschmack das Geheimnis von Juniors Reputation. Wie er ihn erworben hatte, wusste niemand, aber er hatte ein unfehlbares Gespür für alles zu Protzige. Bei Junior gabs keine über zwei Geschosse reichenden Säulen! Keine überkandidelten Portale, bei denen man unwillkürlich an vorfahrende Limousinen denkt, deren Chauffeur den Insassen den Wagenschlag öffnet! Als Mr Brill die Möglichkeit einer repräsentativen hufeisenförmigen Auffahrt vor dem Eingang anzusprechen wagte, wäre Junior fast explodiert. »Eine Auffahrt!«, rief er. »Was soll *das* denn? Sie fahren einen Chrysler Airflow und keine sechsspännige Kutsche!« (Zumindest gab er das Gespräch mit diesen Worten wieder. Allerdings könnte er seine eigene Unverblümtheit durchaus aufgebauscht haben.) Dann begann er, des Langen und Breiten und in liebevollen Einzelheiten auszumalen, wie sich Besucher demHaus einmal nähern würden. Die Zufahrt sollte seitlich verlaufen, sagte er, und nur für die Familie Brill bestimmt sein. Gäste würden unten an der Straße parken. Man stelle sich vor, wie sie aus dem Wagen steigen, die Augen zu der Veranda erheben, dann den mit Platten belegten Weg hinaufgehen, während Mr und Mrs Brill wartend auf den Verandastufen stehen, um sie willkommen zu heißen. Und im Übrigen hätten diese Stufen aus Holz zu sein. Etwas anderes komme nicht infrage. Manche Leute glaubten, Holzstufen würden sich wölben oder lösen, aber bei entsprechender Pflege gab es nichts Schöneres als eine breite Vortreppe mit lackierten Stufen (dem Lack wurde etwas feiner Sand beigemischt, um sie rutschfest zu machen), die zu einer Veranda mit Holzboden führen, der so solide ist wie ein Schiffsdeck. Eine solche Vortreppe erforderte Arbeit, erforderte Geld, erforderte Umsicht. Eine solche Vortreppe *sagte etwas aus*.

Mr Brill war ganz seiner Meinung.

Junior arbeitete fast ein volles Jahr an dem Haus und setzte nicht nur alle seine eigenen Männer ein, sondern holte noch welche von außen dazu. Dann nahmen die Brills es in Besitz, und Junior begann zu trauern. Er, der sonst so gesprächig war – seine Kunden bemühten sich normalerweise, ihm nicht über den Weg zu laufen, wenn sie etwas Dringendes vorhatten –, verfiel in tiefes Schweigen, und blies Trübsal, und interessierte sich kaum für den Auftrag, der auf den der Brills folgte. Es war Junior selbst, der all das Jahre später verriet. (Seine Frau war nicht sehr mitteilsam.) »Es wollte mir einfach nicht in den Kopf«, sagte er, »dass diese Leute in meinem Haus leben.«

Zum Glück stellte sich heraus, dass die Brills nicht über handwerkliches Geschick verfügten. Als der erste Frost kam, riefen sie Junior an, um ihm mitzuteilen, dass die Heizung nicht funktionierte, und er musste hinfahren und die Radiatoren entlüften. Natürlich hätte er den Brills zeigen können, wie man das selbst macht, aber das tat er nicht. Er ging mit dem Radiatorenschlüssel von Zimmer zu Zimmer, und als er fertig war, steckte er den Schlüssel wieder ein und sagte zu ihnen, sie sollten ihn anrufen, falls es wieder Probleme gab. Schon bald kam er praktisch jede Woche ins Haus. Die übergroßen Fenster erforderten speziell angefertigte Fliegengitter und Doppelfenster mit ausgetüftelten Beschlägen, und er war derjenige, der im Frühjahr und im Herbst kam, um ihren Einbau zu beaufsichtigen. Wie ein liebestoller Verehrer, der noch lange nach der Hochzeit um die Braut herumscharwenzelt, erfand er ständig Ausreden, um vorbeizuschauen. Er brachte eine Dose Farbe zum Ausbessern und dann einen halben Karton übrig gebliebener Bodenfliesen. Er überprüfte ein Schloss, das er erst eine Woche zuvor geölt hatte. Er kam und ging zu jeder Tageszeit und benutzte seinen eigenen Schlüssel, wenn niemand zu Hause war. Wenn er das kleinste Anzeichen einer gewissen Abnutzung entdeckte – eine abgesplitterte Stelle im Verputz oder einen Haarriss an einem der Waschbecken –, drehte er schier durch. Er führte sich auf, als ob er das Haus lediglich verliehen hätte und die Entleiher es schlecht behandeln würden.

Zu Reds frühesten Erinnerungen gehörte, wie er, mit etwa drei Jahren, vom Laster seines Vaters klettert, während Mrs Brill, eine Strickjacke um die Schultern gezogen, wartend auf der Treppe zum Hintereingang steht. »Laufen Sie ja nicht gleich wieder weg, wenn Sie es nicht sofort hören«, wies sie seinen Vater mit schriller Stimme an. »Ich weiß genau, dass es aufhört, sobald Sie das Haus betreten.« Es ging um ein Eichhörnchen auf dem Dachboden, wie Red sich entsann. »Die Frau war das reinste Nervenbündel«, sagte er. »Sie dachte, jedes Tier, das ihr begegnet, hätte es auf sie abgesehen, und ständig roch sie irgendwo Rauch, und sie hatte eine Todesangst vor Einbrechern! Einbrecher! In der Bouton Road!« Das Vernichtendste aber war, dass sie sich nie für das Haus erwärmen konnte. Sie jammerte, dass es zu weit vom Stadtzentrum entfernt sei, und dass sie ihre alte Wohnung vermisse, von der aus es nur ein Katzensprung zu ihrem Damenclub war. Gewiss, in der Roland Avenue gebe es auch einen Damenclub, aber der sei doch etwas völlig anderes.

Was alles noch schlimmer machte, war die Tatsache, dass Mr Brill häufig »schäftlich« unterwegs war, wie Junior es nannte, und Mrs Brill schutzlos mit ihren zwei verzogenen Bürschchen zurückließ. (Wenn Junior die Söhne der Brills erwähnte, dann immer in Verbindung mit dem Wort »verzogen«, obwohl er nie ein konkretes Beispiel für deren verzogenes Benehmen lieferte.) Die Jungen waren im Teenageralter und wogen mindestens so viel wie Junior, aber Junior war derjenige, den Mrs Brill anrief, wenn sie im Keller ein Geräusch hörte.

Und Red hätte fast wetten können, dass Junior für seine Bemühungen nicht bezahlt wurde. Die Brills setzten ihn schlicht als selbstverständlich voraus. Sie sprachen ihn mit Vornamen an, während sie »Mr« und »Mrs« blieben. Jedes Jahr zu Weihnachten begab sich Mrs Brill zu ihm, so wie sie sich zu ihrem Gärtner und ihrer Putzfrau begab, und erschien in ihrem bauschigen Pelzmantel mit einem Körbchen gekaufter Konfitüre vor seiner Tür. Ihr Wagen stand derweil mit laufendem Motor draußen; sie kam nie herein, obwohl sie immer dazu aufgefordert wurde.

Junior lebte in Hampden, nur ein paar Straßen von den Brills entfernt, vom Ambiente her jedoch in einer völlig anderen Welt. Er und Linnie wohnten zur Miete in einem Haus mit zwei Schlafzimmern, das etwa einen Meter unter Straßenhöhe lag, was es irgendwie geduckt aussehen ließ. Sie hatten zwei Kinder: Merrick (ein Mädchen) und Redcliffe. Oho, könnte da so mancher sagen. War es möglich, dass der mysteriöse Stammbaum der Familie Whitshank etwa Merricks aufwies? Oder Redcliffes? Aber nein, das waren bloß Namen, die nach Juniors Meinung vornehm klangen. Sie ließen illustre Vorfahren erahnen, vielleicht mütterlicherseits. Tja, Junior dachte sich eben ständig neue Methoden aus, um als etwas Besseres zu erscheinen. Trotzdem blieb er mit ihnen in dem armseligen Haus in Hampden wohnen, das er nicht einmal der Mühe wert fand, es herzurichten, obwohl er das besser gekonnt hätte als jeder andere.

»Ich hab den richtigen Moment abgepasst«, wie er Jahre später erläuterte. »Hab einfach den richtigen Moment abgepasst.« Und so fuhr er fort, in seinem geliebten Haus in der Bouton Road die Sicherungen auszuwechseln, Scharniere nachzuziehen und diverse Vögel und Fledermäuse zu vertreiben, ohne die geringste Ungeduld an den Tag zu legen.

An einem kalten Februarabend des Jahres 1942 stand Mrs Brill mit ihren beiden Söhnen im Schlepptau bei den Whitshanks vor der Tür. Keiner von ihnen trug einen Mantel. Mrs Brill hatte geweint. Linnie war diejenige, die ihnen aufmachte und sagte: »Was um alles …«

Mrs Brill packte Linnies Handgelenk. »Ist Junior da?«

»Da bin ich«, sagte Junior, der neben Linnie auftauchte.

»So etwas Furchtbares«, jammerte Mrs Brill. »Furchtbar, furchtbar, furchtbar.«

Junior fragte: »Wollen Sie nicht reinkommen?«

»Ich bin in den Wintergarten gegangen«, erzählte sie, ohne sich von der Stelle zu rühren. »Ich wollte Briefe schreiben. Sie kennen ja meinen kleinen Sekretär, an dem ich meine Korrespondenz erledige. Und dort auf dem Fußboden neben meinem Stuhl sah ich diese Segeltuchtasche, so was wie eine Werkzeugtasche. Die man oben aufklappen kann? Und die stand weit offen, und innen konnte ich das Einbrecherwerkzeug sehen.«

»Hm«, sagte Junior.

»Schraubenzieher und eine Brechstange und – o Gott!« Sie sank seitwärts gegen einen ihrer Söhne, der standhaft blieb und nicht auswich. »Und ganz oben – ein aufgerolltes Seil.«

Linnie rief: »Ein Seil!«

»Wie um jemand zu fesseln.«

»Du meine Güte!«

»Tja«, meinte Junior, »dann wollen wir der Sache mal auf den Grund gehen.«

»Würden Sie das tun, Junior? Bitte? Ich weiß, ich hätte die Polizei rufen sollen, aber das Einzige, woran ich denken konnte, war: ›Ich muss hier raus, ich muss meine Jungs hier rausschaffen.‹ Und ich habe die Wagenschlüssel geschnappt und bin losgerannt. Ich wusste nicht, an wen ich mich sonst wenden sollte, Junior.«

»Tja, Sie haben das einzig Richtige getan. Ich kümmere mich um alles. Sie bleiben hier bei Linnie, Mrs Brill, und ich sorge dafür, dass sich die Polizei davon überzeugt, dass alles sicher ist, bevor Sie wieder reingehen.«

Mrs Brill verkündete: »*Ich* geh da nicht wieder rein. Für *mich* ist das Haus gestorben, Junior.«

An dieser Stelle fragte einer ihrer Söhne: »Hä, Ma?« (Der einzige historisch belegte Kommentar von einem der beiden Brill-Bürschchen.)

Doch sie wiederholte: »Gestorben.«

»Dann wollen wir mal nachsehen«, sagte Junior und griff nach seiner Jacke.

Worüber sprachen die beiden Frauen, als sie alleine waren? Das fragte Jeannie Jahre später, aber niemand konnte ihr eine Antwort geben. Linnie selbst hatte es offenbar nie gesagt, und Merrick und Red waren noch so klein gewesen – fünf und vier –, dass sie sich nicht daran erinnerten. Es schien fast so, als ob ein Schauplatz zu existieren aufhörte, sobald Junior ihn verließ. Dann kam er zurück, und alles fing wieder an, zum Leben erweckt durch seine näselnde dünne Stimme und sein »Sagt er zu mir …« und »Sag ich zu ihm …«.

Die Polizisten sagten zu ihm: »Sieht aus wie eine ganz

normale Handwerkertasche«, und Junior antwortete: »Stimmt genau.« Er stieß sie mit der Stiefelspitze an. »Aber was ist mit dem Seil?«, setzte er nach kurzer Pause hinzu.

»Auch Handwerker brauchen mal ein Seil.«

»Tja, allerdings. Dagegen lässt sich nichts einwenden.«

Alle standen eine Weile herum und blickten hinunter auf die Tasche.

»Es ist nur so, dass meist *ich* hier der Handwerker bin«, erläuterte Junior.

»Tatsächlich?«

»Aber wer weiß schon?«

Und er drehte beide Handflächen nach oben, wie um zu prüfen, ob es regnete, sah die Polizisten mit hochgezogenen Augenbrauen an und zuckte mit den Schultern, und alle waren sich einig, die Sache zu vergessen.

Dann das Gespräch, als Mr Brill von seiner Geschäftsreise zurückkam: »*Sie* wollen das Haus kaufen?«, fragte Mr Brill. »Und was wollen Sie damit machen?«

»Na, drin leben«, sagte Junior.

»Darin leben! Ach. Verstehe. Aber … sind Sie sicher, dass Sie da glücklich sein werden, Junior?«

»Wer wäre in dem Haus *nicht* glücklich?«, fragte Junior seine Kinder Jahre später, doch zu Mr Brill sagte er damals: »Immerhin weiß ich, dass es solide gebaut ist.«

Mr Brill hatte so viel Anstand, nicht zu erläutern, dass seine Frage etwas anders gemeint gewesen war.

In Reds Erinnerung war es das Paradies, in diesem Haus aufzuwachsen. Es gab genügend Kinder in der Bouton Road, um zwei Baseball-Mannschaften zu bilden, wenn ihnen danach war, und sie verbrachten ihre ganze Freizeit damit, draußen zu spielen – Jungen und Mädchen gemeinsam, große und kleine. Das Abendessen war jeweils eine kurze, lästige Unterbrechung, die ihnen von ihren Müttern aufgezwungen wurde. Danach verschwanden sie wieder, bis sie zum Schlafengehen gerufen wurden. Sie kamen protestierend herein, erhitzt, verschwitzt und voller Grashalme, und bettelten um nur eine halbe Stunde mehr. »Jede Wette, dass ich noch heute die Namen von allen Kindern in der Straße weiß«, pflegte Red zu seinen eigenen Kindern zu sagen. Aber das war nicht sonderlich beeindruckend, weil die meisten dieser Kinder als Erwachsene ebenfalls in der Gegend geblieben waren, oder zumindest später zurückgekommen waren, nachdem sie es an anderen, weniger bedeutenden Orten probiert hatten.

Red und Merrick wurden ohne Zögern in dieses Kinderrudel aufgenommen, während ihre Eltern nie so recht zu den anderen Eltern zu passen schienen. Vielleicht lag es an Linnie; sie war extrem schüchtern und still. Sie war um einiges jünger als Junior, eine dünne, blasse Frau mit strähnigem, farblosem Haar und fast farblosen Augen, die dazu neigte, zurückzuweichen und die Hände zu ringen, wenn sie angesprochen wurde. An Junior lag es gewiss nicht, denn er ging auf die Menschen zu und fing mit jedem ein Gespräch an. Er quatschte den Leuten buchstäblich die Ohren voll. Oder war vielleicht *das* das eigentliche Problem? Die Leute waren höflich, antworteten jedoch nur sehr zurückhaltend.

Aber egal. Junior hatte endlich sein Haus. Er werkelte endlos daran herum. Er baute eine Toilette in den Wandschrank unter der Treppe ein, weil ihm, kaum dass sie eingezogen waren, klar wurde, dass ein Badezimmer nicht ausreichte. Und im Gästezimmer brachte er Schränke für Linnies Näh-Utensilien an, da sie nie Gäste hatten. Jahrelang besaßen sie so gut wie keine Möbel, weil sie jeden Cent in die Anzahlung gesteckt hatten, doch Junior weigerte sich, irgendwelchen billigen alten Kram zu kaufen, oh nein, nicht mit ihm. »In diesem Haus bestehen wir auf Qualität«, sagte er. Es war geradezu grotesk, wie viele seiner Sätze mit »in diesem Haus« begannen. In diesem Haus ging man niemals barfuß, in diesem Haus trug man seine guten Sachen, wenn man mit der Straßenbahn ins Stadtzentrum fuhr, in diesem Haus ging man sonntags bei jedem Wetter in die St. David's Episcopal Church, obwohl die Whitshanks auf keinen Fall von Anfang an der Episkopalkirche angehört haben konnten. Folglich bedeutete »dieses Haus« in Wahrheit »diese Familie«. Die beiden waren ein und dasselbe.

Etwas war allerdings ein Rätsel: Trotz Juniors überlieferter Geschwätzigkeit konnten sich seine Enkel nie ein genaues Bild von ihm machen. Wer *war* er im Grunde? Woher kam er? Und woher kam eigentlich Linnie? Red musste doch eine Ahnung haben – oder vielmehr seine Schwester, da Frauen in derlei Dingen angeblich neugieriger sind. Aber nein, beide behaupteten, es nicht zu wissen. (Falls man ihnen glauben konnte.) Und sowohl Junior als auch Linnie waren tot, bevor ihr erstes Enkelkind zwei wurde.

Außerdem: War Junior nun unausstehlich oder sympathisch? Böse oder gut? Die Antwort schien zu variieren. Einerseits waren seine Ambitionen allen peinlich. Sie zuckten zusammen, wenn sie hörten, wie sklavisch er gesellschaftlich Höherstehende nachahmte. Doch wenn sie seine bedrückenden Verhältnisse in Betracht zogen, sein sehnsüchtiges Sich-die-Nase-am-Schaufenster-Plattdrücken und sein Engagement – seine geniale Begabung, genau genommen –, mussten sie doch sagen: »Na ja …«

Er war wie jeder andere auch, erklärte Red. Unausstehlich *und* sympathisch. Böse *und* gut.

Keiner fand diese Antwort zufriedenstellend.

Aber egal, in der ersten Familiengeschichte ging es also um Junior: wie es dazu kam, dass die Whitshanks in der Bouton Road lebten.

In der zweiten ging es um Merrick.

Merrick war ganz der Vater, daran bestand kein Zweifel. Im Alter von neun Jahren hatte sie selbst ihren Wechsel von einer staatlichen an eine Privatschule organisiert, und während sich Red durch die Universität von Maryland quälte – immer seine wahre Berufung im Sinn, nämlich das Baugewerbe –, ging Merrick nach Bryn Mawr und studierte, wie man über seine Herkunft hinauswächst. Im Winter ging sie am Wochenende mit Freunden Skilaufen. Bei wärmerem Wetter ging sie segeln. Sie begann, Wörter wie »himmlisch« und »köstlich« (was sich nicht auf Speisen bezog) zu benutzen. Man stelle sich vor, ihre Eltern hätten so gesprochen! Schon damals hatte sie sich ein großes Stück von ihnen entfernt.

Merricks beste Freundin seit der vierten Klasse war Pookie Vanderlin, die ebenfalls das Bryn Mawr College besuchte. Und im Frühjahr 1958, als beide Mädchen im zweitletzten Studienjahr waren, verlobte sich Pookie mit Walter Barrister III., gemeinhin bekannt als Trey.

Dieser Trey stammte aus Baltimore, hatte Gilman und Princeton absolviert und arbeitete nun in der familieneigenen Firma, die irgendetwas mit Geld zu tun hatte. Und in den Sommerferien, wenn sich Merrick und Pookie und ihre Freunde auf der Veranda der Whitshanks trafen, um Pall Malls zu rauchen und darüber zu reden, wie sehr sie sich langweilten, war auch Trey häufig anwesend. Er schien sich seine Arbeitszeit erstaunlich frei einteilen zu können. Wenn Red von seinem Ferienjob nach Hause kam, so gegen vier Uhr nachmittags – wie auf dem Bau üblich –, hing Trey meist schon mit den anderen auf der Veranda herum, eine blütenweiße Strickjacke furchtbar lässig um die Schultern geschlungen und die Füße ohne Socken in Leder-Slippers (das erste, aber leider nicht das letzte Mal, dass Red diese Unsitte sah). Später zogen dann alle los und machten, was sie abends eben so machten. Da Red derjenige war, der diese Geschichte erzählte, war nicht zu erfahren, was Merricks Freunde genau machten, aber vermutlich aßen sie irgendwo in einem Lokal und gingen dann vielleicht ins Kino oder tanzen. Spätnachts kamen sie zurück und setzten sich wieder auf die Veranda. Die Veranda war schließlich ungewöhnlich groß, und so tief, dass die Clique selbst bei einem Gewitter nicht nass wurde. Ihre Stimmen drangen klar und deutlich zu den beiden vorderen Schlafzimmern hinauf – wo Red und seine Eltern schliefen. Red beugte sich oft aus dem Fenster, um hinunterzurufen: »He! Manche Leute müssen morgens aufstehen!«, doch seine Eltern sagten nie ein Wort. Junior freute sich wahrscheinlich diebisch: all diese gepflegten, ungezwungen eleganten jungen Leute auf seiner Veranda, deren Eltern ihn und Linnie nie auf *ihre* Veranden eingeladen hatten, nicht ein einziges Mal.

In jenem Sommer begannen sich Paare zu bilden. Das letzte Studienjahr stand bevor, und das in einer Zeit, als junge Mädchen dazu neigten, direkt nach dem College zu heiraten. Merrick schien nicht nur einen Verehrer zu haben, sondern gleich zwei, von denen Red keinen besonders gut kannte. Sie waren ein paar Jahre älter als er und ähnelten sich irgendwie, sodass er sie ständig miteinander verwechselte. Außerdem fiel es ihm schwer, zu glauben, dass sich irgendjemand ernsthaft zu seiner Schwester hingezogen fühlen konnte. Merrick war spindeldürr, unbeholfen und hatte den markanten Whitshank'schen Unterkiefer, der an den Männern besser aussah als an den Frauen; und sie trug ihr Haar in jenem Sommer in einem spektakulären neuen Stil, links nach außen abstehend und rechts glatt an den Kopf geklatscht, sodass es aussah, als würde sie ständig von einem starken Wind gepeitscht. Doch Tink und Bink, oder wie immer sie auch hießen, schienen von ihr hingerissen zu sein. Sie nannten sie »Bohne«, eine Abkürzung für »Bohnenstange«, und an ihren Frotzeleien merkte man, dass sie Merricks Gunst zu gewinnen versuchten.

Ein einziges Mal fragte ihr Vater: »Wer ist eigentlich dieser blonde Bursche? Der mit dem Bürstenhaarschnitt?«

»Welcher von beiden?«, fragte Merrick.

»Der, der gestern Abend über sein Golfspiel geschimpft hat.«

»*Welcher* von beiden, Dad?«

Daraus schloss Red, dass keiner der beiden jungen Männer sie sonderlich beeindruckt hatte. Und außerdem: dass seine Eltern, oder zumindest sein Vater, den Gesprächen auf der Veranda mit größerem Interesse gelauscht hatten, als Red klar gewesen war.

Inzwischen begann sich Pookie mit den Details ihrer Hochzeit zu beschäftigen. Es blieb nur noch ein knappes Jahr, und ein Ereignis dieser Größenordnung wollte geplant sein. Der Termin stand bereits fest, ebenso die Lokalität für den Empfang. Die Farbgebung für die Kleider der Brautjungfern wurde sorgfältig erwogen. Merrick war gebeten worden, als Trauzeugin zu fungieren. Sie sagte zu ihren Eltern, dass es bestimmt furchtbar öde werde, doch ihre Mutter meinte: »Also ich finde es nett von Pookie, dass sie dich ausgesucht hat«, und ihr Vater sagte: »Dir ist wahrscheinlich gar nicht klar, dass Walter Barrister der Erste die Barrister Financial gegründet hat.«

Red war inzwischen aufgefallen, dass Pookie, wenn nur Mädchen versammelt waren, dazu neigte, sich abfällig über

Trey zu äußern. Sie mokierte sich über die hingebungsvolle Pflege, die er seinen glatten, in die Stirn gekämmten blonden Haaren angedeihen ließ, und sie sprach von ihm ständig als »der Prinz von Roland Park«. »Ich kann morgen nicht zum Einkaufsbummel mitkommen«, sagte sie etwa. »Der Prinz von Roland Park wünscht, dass ich mit seiner Mutter zu Mittag speise.« Dies ließ sich teilweise durch die Tatsache erklären, dass ihre Clique gerne einen Ton ironischer Belustigung anschlug, unabhängig davon, worüber gerade gesprochen wurde. Aber irgendwie verdiente Trey diesen Titel auch. Schon in der Highschool hatte er einen Sportwagen gefahren, und das Haus der Barristers in Baltimore war nur eines von dreien, die sie besaßen, die anderen befanden sich in fernen Ferienorten, die in der *New York Times* inserierten. Pookie sagte, er sei total verzogen, und gab die Schuld daran seiner Mutter, »Queen Eula«.

Eula Barrister war klapperdürr, elegant und wirkte immer missmutig. Wenn Red sie in der Kirche sah, musste er jedes Mal an Mrs Brill denken. In dieser Kirche hatte Mrs Barrister das Sagen, und sie hatte das Sagen im Frauenverein, und sie hatte das Sagen in ihrer Familie, die nur aus drei Personen bestand. Trey war ihr einziges Kind – ihr geliebter Junge, wie sie sich gern ausdrückte, ihr Augenstern. Und natürlich war Pookie Vanderlin nicht annähernd gut genug für ihn.

Im Laufe des Sommers hörte Red lange Tiraden über Pookies Unstimmigkeiten mit Queen Eula. Pookie wurde zu unerträglichen Abendessen im Kreise der Familie zitiert, zu steifen Alte-Damen-Tees, zu Queen Eulas eigener Kosmetikerin, um etwas mit ihren Augenbrauen zu machen. Sie wurde gerügt, weil sie es versäumt hatte, Dankesbriefe zu schreiben, oder weil sie Dankesbriefe geschrieben hatte, die nicht begeistert genug waren. Das von ihr gewählte Silberbesteck wurde verworfen und stattdessen, ohne zu fragen, ein anderes genommen. Sie wurde ermahnt, ein Hochzeitskleid in Betracht zu ziehen, das ihre molligen Schultern bedeckte.

Wieder und wieder rang Merrick theatralisch nach Atem. »Nein! Das ist ja unglaublich!«, pflegte sie zu sagen. »Warum tritt Trey nicht für dich ein?«

»Ach, *der*«, meinte Pookie dann angewidert. »Trey glaubt, dass seine Mutter Sonne und Mond aufgehen lässt.«

Nicht nur das: Trey war rücksichtslos, egoistisch und ein Hypochonder. Wenn er zufällig seinen Kumpels begegnete, vergaß er, dass Pookie existierte. Und ausnahmsweise einmal, nur ein einziges Mal, würde sie es gerne erleben, dass er einen Abend überstand, ohne dass sein Gin-Konsum seinem Körpergewicht entsprach.

»Er sollte sich lieber vorsehen, sonst verliert er dich noch«, sagte Merrick. »Du könntest jeden haben! Du musst dich nicht mit Trey zufriedengeben. Denk nur an Tucky Bennett: Der hätte sich beinahe erschossen, als er hörte, dass du dich verlobt hast.«

Häufig trug Pookie ihre Tiraden sogar vor, wenn Red anwesend war. (Red zählte nicht in dieser Clique.) Dann fragte Red gewöhnlich: »Wieso lässt du dir das gefallen?« Oder: »Und *den* willst du *heiraten*?«

»Ich weiß. Ich bin blöd«, räumte sie daraufhin ein. Aber nicht so, als ob sie es ernst meinte.

Im Herbst, als alle wieder ans College zurückgekehrt waren, gewöhnte Merrick es sich an, jedes Wochenende nach Hause zu kommen. Das sah ihr überhaupt nicht ähnlich. Red kam selbst oft nach Hause, da College Park ganz in der Nähe war, doch allmählich wurde ihm klar, dass sie sogar öfter daheim war als er. Sonntags ging sie mit der Familie in die Kirche und blieb anschließend draußen stehen, um Eula Barrister Guten Tag zu sagen. Selbst wenn Trey einmal *nicht* wie angenagelt neben seiner Mutter stand (was üblicherweise der Fall war), pflegte Merrick in ihrem sittsamen neuen Pillbox-Hütchen eifrig zu nicken, auf diese gurrende Art zu lachen, die jeder Bruder sofort als verlogen erkennt, und jeder säuerlichen Bemerkung von Eula Barrister aufmerksam zu lauschen. Und abends, wenn Trey auf einen Besuch vorbeikam – was doch ganz normal war, wie Merrick sagte, schließlich heiratete er ihre beste Freundin! –, setzten sich die beiden draußen auf die Veranda, obwohl es dafür inzwischen zu kalt war. Der Geruch ihrer Zigaretten drang durch Reds offenes Fenster. (Aber wenn es wirklich so kalt war, fragten seine Kinder später, wieso war dann sein Fenster offen?) »Ich habe genug von ihr, das kann ich dir sagen«, verkündete Trey. »Nie kann ich ihr etwas recht machen. Ständig hackt sie auf mir herum.«

»Das klingt, als wüsste sie dich nicht zu schätzen«, meinte Merrick.

»Und du solltest mal sehen, wie sie sich Mutter gegenüber aufführt. Sie hat behauptet, sie könne Mutter nicht helfen, die vorgeschlagenen Menüs zur Probe zu essen, weil sie eine Semesterarbeit einreichen muss. Eine Semesterarbeit! Wenn es um ihre Hochzeit geht!«

»Deine arme Mutter«, sagte Merrick. »Sie wollte ihr doch nur das Gefühl geben, einbezogen zu sein.«

»Wieso verstehst *du* das, Bohne, und Pookie nicht?«

Red knallte das Fenster zu.

Junior war der Meinung, Red bilde sich da was ein. Nachdem die Sache aufflog und die Wahrheit ans Licht kam und fast ganz Baltimore nicht mehr mit Trey und Merrick sprach, wiederholte Red: »Ich habs gewusst, dass das passiert! Ich habs kommen sehen. Merrick hat es von Anfang an darauf angelegt; sie hat ihn gestohlen.«

Aber Junior sagte: »Junge, was redest du da? Menschen kann man nicht stehlen. Außer wenn sie es wollen.«

»Ich schwöre dir, sie hat im Sommer angefangen zu intrigieren, und sie hat ihren Plan verdammt noch mal durchgezogen. Sie hat Trey schamlos schöngetan und hat ihn zugleich hinter seinem Rücken bei Pookie schlechtgemacht. Und sie hat seine Mutter hofiert und umschmeichelt, bis ich dachte, ich muss gleich kotzen.«

»Tja, er war schließlich nicht Pookies Eigentum«, meinte Junior.

Und dann: »Jedenfalls gehört er jetzt Merrick.«

Und zwei Linien an seinen Mundwinkeln wurden tiefer, was immer dann der Fall war, wenn er eine Angelegenheit genau nach seinem Gusto geregelt hatte.

Ein Außenstehender könnte sagen, dass das eigentlich keine richtigen Geschichten seien. Ein Mann kauft ein von ihm bewundertes Haus, als es endlich auf den Markt kommt. Eine Frau heiratet einen Mann, der früher mit ihrer Freundin verlobt war. Dergleichen passiert ständig.

Vielleicht lag es einfach daran, dass die Whitshanks eine so *neue* Familie waren, eine so kurze Familienhistorie hatten. Sie konnten nicht unter allzu vielen Geschichten wählen. Sie mussten eben aus dem, was sie hatten, das Beste machen.

Bei Red war in dieser Hinsicht nichts zu erwarten. Er ging seinen Weg und heiratete Abby Dalton, die er kannte, seit sie zwölf war – ein Mädchen aus Hampden, wie es der Zufall wollte, aus dem Viertel, in dem die Whitshanks früher gelebt hatten. Tatsächlich wohnten die beiden in den ersten Jahren ihrer Ehe selbst in Hampden. (»Wieso sind wir überhaupt weggezogen«, fragte ihn sein Vater, »wenn du bei der erstbesten Gelegenheit wieder da hinziehst?«) Nach dem Tod seiner Eltern – sie wurden 1967 von einem Güterzug erfasst, als ihr Auto auf den Schienen stehen blieb – übernahm Red das Haus in der Bouton Road. Merrick wollte es ganz gewiss nicht. Sie und Trey besaßen etwas wesentlich Besseres, ganz zu schweigen von ihrem Anwesen in Sarasota, und außerdem, sagte sie, hätte sie das Haus sowieso nie gemocht. Die Schlafzimmer hatten kein eigenes Bad, und als Junior dem Elternschlafzimmer in den 50er-Jahren schließlich eines anfügte und den riesigen mit Zedernholz getäfelten Abstellraum umbaute, beschwerte sie sich, dass sie jedes Mal geweckt werde, wenn die Toilettenspülung betätigt wurde. Und so wohnte Red in dem Haus, in dem er aufgewachsen war und in dem er eines Tages zu sterben gedachte. Daraus ließ sich keine große Geschichte machen.

In der Nachbarschaft nannte man es nun »das Whitshank-Haus«. Junior wäre überglücklich gewesen, das zu hören. Denn zu den Dingen, über die er sich am meisten ärgerte, gehörte, dass er hin und wieder als »Mr Whitshank, der im Brill-Haus wohnt« vorgestellt wurde.

An den Whitshanks war nichts Bemerkenswertes. Keiner von ihnen war berühmt. Keiner von ihnen konnte außergewöhnliche Intelligenz geltend machen. Und was das Äußere betraf, waren sie nicht mehr als Durchschnitt. Ihre hagere Erscheinung war eher knochig, nicht die geschmeidige, elastische Schlankheit von Menschen aus der Illustrierten-Werbung, und etwas Spitziges in ihren Gesichtern ließ darauf schließen, dass sie selbst zwar gut aßen, dies bei ihren Vorfahren aber vermutlich nicht der Fall gewesen war. Wenn sie älter wurden, bekamen sie Tränensäcke unter den Augen, deren äußere Winkel ohnehin nach unten wiesen, was ihnen allen eine leicht grämliche Miene verlieh.

Der familieneigene Betrieb war sehr angesehen, was allerdings auch für andere Firmen galt, und das frühe Ausstellungsdatum auf dem Gewerbeschein bewies nichts weiter als Langlebigkeit, wozu also viel Aufhebens darum machen? An Ort und Stelle zu bleiben, schienen sie als Tugend zu betrachten. Drei der vier Kinder von Red und Abby lebten nur zwanzig Minuten von ihnen entfernt. Auch daran war nichts weiter beachtenswert.

Aber wie die meisten Familien bildeten sie sich ein, etwas Besonderes zu sein. So hielten sie sich beispielsweise viel auf ihr handwerkliches Geschick zugute. Einen Fachmann zu holen – und sei es einer ihrer eigenen Arbeiter –, wurde als ein Zeichen von Schwäche betrachtet. Alle hatten Juniors Widerwillen gegen Protz jedweder Art geerbt, und alle waren überzeugt, dass sie einen besseren Geschmack hatten als der Rest der Welt. Gelegentlich strichen sie die Marotten der Familie etwas zu sehr heraus – etwa dass sowohl Amanda als auch Jeannie einen Mann namens Hugh geheiratet hatten, sodass ihre Ehemänner »Amandas Hugh« und »Jeannies Hugh« genannt wurden; oder ihre genetische Veranlagung, mitten in der Nacht unweigerlich zwei Stunden wach zu liegen; oder ihre verblüffende Fähigkeit, ihre Hunde ewig am Leben zu erhalten. Abgesehen von Amanda schenkten sie dem, was sie morgens anzogen, viel zu wenig Beachtung, und trotzdem missbilligten sie jeden Erwachsenen, den sie in Bluejeans herumlaufen sahen. Sie rutschten verlegen auf dem Stuhl hin und her, wenn über Religion gesprochen wurde. Sie erklärten gerne, dass sie keine Süßigkeiten mochten, obwohl es Hinweise gab, dass sie ihnen nicht so abgeneigt waren, wie sie vorgaben. Mehr oder minder tolerierten sie die Ehepartner der anderen, bemühten sich aber nicht sonderlich um die Familien der Ehepartner, die sie für nicht so vertraut und seelenverwandt hielten wie ihre eigene Familie. Und sie sprachen in der gemächlichen und gedehnten Art von Menschen, die mit den Händen arbeiten, obwohl nicht alle von ihnen mit den Händen arbeiteten. Das vermittelte einen Anschein von Gutmütigkeit und Geduld, der nicht ganz verdient war.

Geduld war in der Tat das, was die Whitshanks für den Kern ihrer beiden Geschichten hielten – geduldig auf das zu warten, was ihnen ihrer Meinung nach zustand. Den richtigen Moment abzupassen, wie Junior es ausgedrückt hatte, und wie Merrick es vielleicht ausgedrückt hätte, wenn sie bereit gewesen wäre, darüber zu reden. Aber ein kritischerer Mensch könnte anmerken, dass es im Grunde um Neid ging. Und wieder ein anderer, der die Familie intim und schon ewig kannte (so jemanden gab es allerdings nicht), könnte fragen, warum keinem aufzufallen schien, dass noch ein weiteres, unausgesprochenes Thema hinter den beiden ersten steckte: Letzten Endes hatten beide Geschichten zu Enttäuschungen geführt.

Junior bekam sein Haus, aber es schien ihn nicht so glücklich zu machen, wie man hätte meinen sollen, und er war oft dabei beobachtet worden, wie er es mit irgendwie ratloser, verlorener Miene betrachtete. Er brachte den Rest seines Lebens damit zu, daran herumzubasteln, es umzubauen, Schränke anzubringen, Steinplatten neu zu verlegen, als hoffte er, die Schaffung des perfekten Heimes werde ihm endlich die Herzen jener Nachbarn öffnen, die nie Notiz von ihm nahmen. Nachbarn, die er nicht einmal mochte, wie sich herausstellte.

Merrick bekam ihren Ehemann, aber er war ein kalter, unnahbarer Mensch, außer wenn er trank, und dann wurde er streitsüchtig und rüpelhaft. Sie bekamen nie Kinder, und Merrick verbrachte die meiste Zeit allein in dem Anwesen in Sarasota, um ihrer Schwiegermutter aus dem Weg zu gehen, die sie nicht ausstehen konnte.

All diese Enttäuschungen schienen der Aufmerksamkeit

der Familie jedoch zu entgehen. Und das war eine weitere Marotte von ihnen: Sie besaßen das Talent, so zu tun, als ob alles bestens wäre. Vielleicht war es gar keine Marotte. Vielleicht war es nur ein weiterer Beweis, dass die Whitshanks in keinster Weise bemerkenswert waren.

3

Am ersten Tag des Jahres 2012 verschwand Abby.

Sie und Red hatten die drei Jungs von Stem über Nacht dagehabt, damit Stem und Nora auf eine Silvesterparty gehen konnten. Am nächsten Morgen gegen zehn Uhr kam Stem, um sie abzuholen. Wie alle in der Familie klopfte er nur der Form halber, bevor er das Haus betrat. »Hallo?«, rief er, blieb im Flur stehen und lauschte, während er dem Hund beiläufig die Ohren kraulte. Die einzigen Geräusche kamen von seinen Kindern im Wintergarten. »Hallo«, sagte er noch einmal und ging in Richtung der Stimmen.

Die Jungs saßen auf dem Teppich um ein Mensch-ärgere-dich-nicht-Brett herum, drei flachsblonde Orgelpfeifen in schmuddeligen Jeans. »Dad«, verlangte Petey, »sag Sammy, dass er nicht mitspielen darf. Er zählt die Punkte nicht richtig zusammen!«

»Wo ist eure Großmama?«, fragte Stem.

»Weiß ich nicht. Sags ihm, Dad! Und er hat den Würfel so geworfen, dass er unter die Couch gerollt ist.«

»Großmama hat gesagt, ich *darf* mitspielen«, verkündete Sammy.

Stem ging zurück ins Wohnzimmer. »Mom? Dad?«, rief er.

Keine Antwort.

Er ging in die Küche, wo er seinen Vater fand, der am Frühstückstisch saß und die *Baltimore Sun* las. Red war in den letzten Jahren schwerhörig geworden und schaute daher von seiner Zeitung erst auf, als Stem in seine Blickrichtung trat. »Hey!«, sagte er. »Frohes neues Jahr!«

»Frohes neues Jahr, Dad.«

»Wie war die Party?«

»Sehr nett. Wo ist Mom?«

»Die muss hier irgendwo sein. Willst du einen Kaffee?«

»Nein, danke.«

»Ich hab gerade welchen gemacht.«

»Nicht nötig.«

Stem ging zur Hintertür und schaute hinaus. Ein einsamer Kardinal saß im nächstgelegenen Hartriegel leuchtend wie ein übrig gebliebenes Blatt, aber ansonsten war der Garten leer. Er drehte sich um. »Wir werden Guillermo wohl feuern müssen«, sagte er.

»Wie bitte?«

»*Guillermo.* Wir sollten ihn entlassen. De'Ontay hat berichtet, dass er am Freitag wieder verkatert zur Arbeit erschienen ist.«

Red schnalzte mit der Zunge und legte die Zeitung zusammen. »Tja, es ist ja nicht so, als obs heutzutage nicht genug Leute gäbe, die einen Job suchen«, sagte er.

»Haben sich die Kinder anständig benommen?«

»Ja, prima.«

»Danke, dass ihr auf sie aufgepasst habt. Ich packe dann mal ihren Kram zusammen.«

Stem ging zurück in den Flur, stieg die Treppe hinauf und steuerte das Zimmer an, das früher seinen Schwestern gehört hatte. Jetzt stand es voller Stockbetten, und auf dem Fußboden herrschte ein Durcheinander aus weggeschleuderten Pyjamas, Comicbüchern und Rucksäcken. Er begann, alle Kleidungsstücke, die er fand, in die Rucksäcke zu stopfen, ohne sonderlich darauf zu achten, was welchem Kind gehörte. Die Rucksäcke über eine Schulter gehängt, ging er wieder in den Flur und rief: »Mom?«

Er warf einen Blick ins Schlafzimmer seiner Eltern. Keine Abby. Das Bett war ordentlich gemacht, und die Badezimmertür stand offen, genau wie die Türen der anderen Räume entlang des hufeisenförmigen Flurs – Dennys altes Zimmer, das jetzt als Abbys Arbeitszimmer diente, das Badezimmer der Kinder und das Zimmer, das früher sein eigenes war. Er schob die Rucksäcke höher die Schulter hinauf und ging nach unten.

Im Wintergarten sagte er zu den Kindern: »Okay, Jungs, auf gehts. Holt eure Jacken. Sammy, wo sind deine Schuhe?«

»Weiß ich nicht.«

»Na, dann such sie.«

Er ging wieder in die Küche. Red stand an der Arbeitsplatte und schenkte sich eine Tasse Kaffee ein. »Wir gehen dann, Dad«, sagte Stem. Sein Vater schien ihn nicht gehört zu haben. »Dad?«

Red drehte sich um.

»Wir gehen jetzt«, wiederholte Stem.

»Ach so! Dann sag Nora frohes neues Jahr.«

»Und sag Mom vielen Dank von uns, okay? Ist sie vielleicht weg, um was zu besorgen?«

»Korken?«

»*Besorgen.* Könnte es sein, dass sie Besorgungen macht?«

»Nein. Sie fährt ja nicht mehr Auto.«

»Was?« Stem starrte ihn an. »Aber letzte Woche ist sie doch noch gefahren?«

»Bestimmt nicht.«

»Sie hat Petey zu einem Spielkameraden gebracht.«

»Das war vor einem Monat, jetzt fährt sie nicht mehr.«

»Und warum fährt sie nicht mehr?«, fragte Stem.

Red zuckte die Schultern.

»Ist was passiert?«

»Ich glaube schon.«

Stem setzte die Rucksäcke der Jungs auf dem Frühstückstisch ab. »Was denn?«, fragte er.

»Das wollte sie nicht sagen. Jedenfalls war es kein Unfall oder etwas in der Art. Am Auto war nichts zu sehen. Aber sie ist heimgekommen und hat gesagt, dass sie das Autofahren aufgegeben hat.«

»Heimgekommen von wo?«, fragte Stem.

»Als sie Petey zu seinem Spielkameraden gefahren hat.«

»Ich fass es nicht«, sagte Stem.

Er und Red sahen sich einen Moment lang an.

»Ich habe daran gedacht, ihren Wagen zu verkaufen«, sagte Red, »aber dann hätten wir nur noch meinen Pick-up. Und außerdem, was ist, wenn sie es sich anders überlegt?«

»Falls wirklich etwas passiert ist, sollte sie es sich lieber *nicht* anders überlegen«, meinte Stem.

»Es ist ja nicht so, dass sie alt wäre. Erst zweiundsiebzig nächste Woche. Wie soll sie denn für den Rest ihres Lebens irgendwo hinkommen?«

Stem ging durch die Küche und machte die Tür zum Keller auf. Es war offensichtlich, dass da unten niemand war – es brannte kein Licht –, aber er rief trotzdem: »Mom?«

Stille.

Er schloss die Tür und ging zurück in den Wintergarten, dicht gefolgt von Red. »Jungs«, sagte Stem, »wisst ihr, wo eure Großmama ist?«

Die Jungen lagen noch genau so da, wie er sie verlassen hatte – um das Mensch-ärgere-dich-nicht-Brett herum, Jacken nicht an, Sammy noch immer in Socken. Verständnislos sahen sie zu ihm hoch.

»Sie war doch da, als ihr runtergekommen seid, stimmts?«, fragte Stem. »Und hat euch Frühstück gemacht.«

»Wir haben kein Frühstück gehabt«, teilte ihm Tommy mit.

»Sie hat euch kein Frühstück gemacht?«

»Sie hat gefragt, ob wir Cornflakes oder Toast wollen, und dann ist sie in die Küche gegangen.«

Sammy sagte: »Ich kriege nie, nie, nie die Fruchtringe. Es sind immer nur zwei in der Packung, und die kriegen immer Petey und Tommy.«

»Weil ich und Tommy die Ältesten sind«, entgegnete Petey.

»Das ist nicht fair, Daddy.«

Stem drehte sich zu Red um und merkte, dass er ihn gespannt ansah, als wartete er auf eine Übersetzung. »Sie war zum Frühstück nicht hier«, erklärte er ihm.

»Lass uns oben nachsehen.«

»Ich *habe* oben schon nachgesehen.«

Aber sie gingen trotzdem Richtung Treppe, wie Menschen, die ihre Schlüssel wieder und wieder an der gleichen Stelle suchen, weil sie einfach nicht glauben können, dass sie da *nicht* sind. Oben gingen sie in das Badezimmer der Kinder – ein Chaos aus zusammengeknüllten Handtüchern, Zahnpasta-Kringeln, Plastikschiffchen, die auf dem Boden der Wanne gestrandet waren. Sie gingen wieder hinaus und in Abbys Arbeitszimmer. Dort fanden sie sie, auf der Bettcouch sitzend, komplett angezogen und eine Schürze umgebunden. Vom Flur aus war sie nicht zu sehen, aber sie musste Stem rufen gehört haben. Der Hund lag ausgestreckt auf dem Läufer zu ihren Füßen. Als die Männer hereinkamen, blickten Abby und der Hund hoch, und Abby sagte: »Hallo, ihr zwei.«

»Mom? Wir haben dich überall gesucht!«

»Tut mir leid. Wie war die Party?«

»Sehr nett«, sagte Stem. »Hast du uns nicht rufen hören?«

»Nein, offenbar nicht. Tut mir wirklich leid!«

Red atmete schwer. Stem drehte sich um und sah ihn an. Red fuhr sich mit der Hand über das Gesicht und sagte: »Schatz.«

»Ja?«, fragte Abby, und ihre Stimme klang eine Spur zu munter.

»Wir haben uns Sorgen gemacht, Schatz.«

»Das ist doch lächerlich!«, sagte Abby. Sie strich ihre Schürze über dem Schoß glatt.

Das Zimmer war zu ihrem Arbeitsplatz geworden, nachdem Denny endgültig aus dem Haus war – ein Zufluchtsort, wo sie Akten durchgehen konnte, die sie mit heimbrachte, und wo sie mit ihren Schützlingen telefonierte. Selbst im Ruhestand zog sie sich in diesen Raum zurück, um zu lesen, Gedichte zu schreiben oder einfach, um ein wenig allein zu sein. Die Einbauschränke, in denen sich früher Linnies Näh-Utensilien befunden hatten, waren nun vollgestopft mit Abbys Fachzeitschriften, wahllos gesammelten Zeitungsausschnitten und selbstgemachten Karten aus der Zeit, als die Kinder noch klein waren. Eine Wand war so dicht an dicht mit Familienfotos behängt, dass kein freier Raum zwischen den Rahmen blieb. »Wie kannst du sie da wirklich *betrachten?*«, hatte Amanda einmal gefragt. Doch Abby hatte nur leichthin gesagt: »Ach, das muss ich gar nicht«, was überhaupt keinen Sinn ergab.

Normalerweise saß sie unter dem Fenster am Schreibtisch. Niemand hatte sie je auf der Bettcouch sitzen sehen, die lediglich dazu bestimmt war, überzählige Übernachtungsgäste zu beherbergen. Ihre Körperhaltung wirkte irgendwie gestellt und gekünstelt, als hätte sie sich hastig in Positur gesetzt, als sie die Schritte der Männer auf der Treppe hörte. Sie blickte mit einem nichtssagenden, undurchsichtigen Lächeln zu ihnen hoch, das seltsamerweise keine Fältchen in ihrem Gesicht hervorrief.

»Tja«, sagte Stem, und er und sein Vater sahen sich an, und damit war das Thema erledigt.

Was man am Neujahrstag macht, so heißt es, das macht man das ganze Jahr, und tatsächlich gab Abbys Verschwinden das Thema für 2012 vor. Sie begann, sich irgendwie zu entfernen, selbst wenn sie anwesend war. Bei vielen Gesprächen, die um sie herum stattfanden, schien sie teilweise zu fehlen. Amanda sagte, sie verhalte sich wie eine Frau, die sich verliebt hat. Aber ganz abgesehen von der Tatsache, dass Abby immer und ewig nur Red geliebt hatte – zumindest soweit sie wussten –, vermittelte sie nicht den Eindruck, als ob sie trunken vor Glück wäre, wie man das von Frischverliebten kennt. Sie schien vielmehr *un*glücklich zu sein, was überhaupt nicht zu ihr passte. Sie trug eine gereizte Miene zur Schau, und ihr Haar – inzwischen grau und auf Kinnhöhe gekürzt, so dicht und buschig wie die Perücke einer alten Porzellanpuppe – wirkte glanzlos und strapaziert, als hätte sie gerade etwas Schlimmes hinter sich.

Stem und Nora fragten Petey, was damals auf der Fahrt zu seinem Freund passiert war, aber zunächst wusste er nicht, welchen Freund sie meinten, und dann sagte er, die Fahrt sei ganz okay gewesen. Also sprach Amanda Abby direkt darauf an: »Wie ich höre, fährst du nicht mehr Auto.« Ja, sagte Abby, das sei ein kleines Geschenk, das sie sich selbst gemacht habe: nie mehr irgendwo hinfahren zu müssen. Und sie bedachte Amanda mit diesem neuen, nichtssagenden Lächeln. »Halte dich zurück«, besagte das Lächeln. Und: »Wie kommst du darauf, dass etwas nicht stimmt?«

Im Februar warf sie ihren Ideenkasten weg. Das war ein Schuhkarton, den sie seit Jahrzehnten hatte, vollgestopft mit

Zetteln und Notizen, die eines Tages zu Gedichten werden sollten. Sie stellte ihn an einem windigen Abend mit der Recyclingtonne hinaus, und am Morgen lagen überall in der Straße Papierfetzen herum. Nachbarn fanden sie in ihren Hecken und auf ihren Fußabtretern – *Mond wie ein weich gekochtes Eigelb* und *Herz wie ein wassergefüllter Ballon*. Woher sie stammten, stand außer Frage. Alle wussten von Abbys Gedichten, von ihrer Vorliebe für Vergleiche ganz zu schweigen. Die meisten entsorgten sie nur taktvoll, doch Marge Ellis erschien mit einer ganzen Handvoll bei den Whitshanks an der Tür, wo Red sie mit verdutzter Miene entgegennahm. »Abby«, erkundigte er sich später, »wolltest du die wirklich wegwerfen?«

»Ich habe es aufgegeben, Gedichte zu schreiben«, sagte sie.

»Aber mir haben deine Gedichte gefallen!«

»Wirklich?«, fragte sie desinteressiert. »Das ist nett.«

Es war wohl eher die *Idee*, die Red gefiel: seine Frau, die Dichterin, die emsig an ihrem antiken Schreibtisch fabuliert – den er von einem seiner Arbeiter extra hatte neu lackieren lassen –, die ihre Verse an kleine Zeitschriften schickt, welche sie prompt zurückschicken. Dennoch fing Red an, die gleiche unglückliche Miene an den Tag zu legen wie Abby.

Im April bemerkten ihre Kinder, dass sie den Hund »Clarence« zu rufen begann, obwohl Clarence seit Jahren tot war und Brenda eine völlig andere Farbe hatte, ein Golden Retriever war und kein schwarzer Labrador. Das war nicht die bei Abby übliche geistesabwesende Verwechslung von Namen – »Mandy, ich meine Stem …«, wenn sie mit Jeannie sprach. Nein, diesmal *blieb* sie bei dem falschen Namen, als hoffte sie, den Hund ihrer jüngeren Jahre zurückzuholen. Die arme Brenda wusste überhaupt nicht, was sie davon halten sollte. Sie zuckte verwirrt mit ihren hellen buschigen Augenbrauen und reagierte nicht, sodass Abby verärgert mit der Zunge schnalzte.

Es war nicht Alzheimer. (Oder doch?) Dafür schien sie zu viel Bezug zur Realität zu haben. Und sie zeigte auch keine spezifischen körperlichen Symptome, die man einem Arzt hätte aufzählen können, wie Krämpfe oder Ohnmachtsanfälle. Nicht, dass sie sich große Hoffnungen gemacht hätten, sie zu einem Arztbesuch überreden zu können. Schon mit sechzig hatte sie ihrem Internisten den Laufpass gegeben und erklärt, dass sie nun für »extreme Maßnahmen« zu alt sei, und soweit alle wussten, praktizierte er auch gar nicht mehr. Aber selbst wenn: »Ist sie vergesslich?«, würde er fragen, und sie müssten sagen: »Na ja, nicht mehr als üblich.«

»Ist sie unlogisch?«

»Na ja, nicht mehr als …«

Und da lag das Problem: »Üblich« hieß bei Abby ziemlich zerstreut. Wer konnte da schon sagen, wie viel von diesem Verhalten schlicht typisch Abby war?

Als junges Mädchen war sie ein übermütiger Kobold gewesen. Im Winter hatte sie schwarze Rollkragenpullis getragen und im Sommer bestickte Blusen; ihr Haar war lang und glatt über ihren Rücken gefallen, während die meisten Mädchen ihre Pagenfrisur nachts auf Lockenwickler drehten. Sie hatte nicht nur dichterische, sondern auch künstlerische Fähigkeiten, machte modernen Tanz und setzte sich aktiv für jede gute Sache ein, die ihr begegnete. Man konnte darauf zählen, dass sie an ihrer Schule die Sammelaktion »Konserven für die Armen« und die Handschuh-Spenden organisierte. Sie besuchte die gleiche Schule wie Merrick, eine private und piekfeine Mädchenschule, und obwohl Abby nur als Stipendiatin dort war, war sie der Star, die Anführerin. Am College ließ sie sich die Haare zu afrikanischen Zöpfchen flechten und demonstrierte für die Bürgerrechtsbewegung. Sie schloss als eine der Besten ihres Jahrgangs ab und wurde Sozialarbeiterin, die sich, man höre und staune, in Baltimore in Stadtteile wagte, von deren Existenz ihre alten Schulkameradinnen nicht einmal wussten. Und nachdem sie Red geheiratet hatte (den sie schon so lange kannte, dass keiner von ihnen sich an ihre erste Begegnung erinnern konnte), wurde sie da etwa eine ganz normale Ehefrau? Von wegen! Sie bestand auf natürlicher Geburt, stillte ihre Kinder in aller Öffentlichkeit, setzte ihrer Familie Weizenkeime und selbstgemachten Joghurt vor, marschierte mit ihrem Jüngsten auf der Hüfte gegen den Vietnamkrieg, schickte ihre Kinder auf öffentliche Schulen. Ihr Haus war angefüllt mit ihren Handarbeiten – Macramé-Ampeln für Topfpflanzen und bunten gewebten Decken. Sie nahm Fremde von der Straße bei sich auf, und manche blieben wochenlang. Man wusste nie, wer alles bei ihr zum Abendessen erschien.

Der alte Junior dachte, Red hätte sie geheiratet, um ihn zu ärgern. Das stimmte natürlich nicht. Red liebte sie schlicht und einfach um ihrer selbst willen. Linnie Mae vergötterte sie, und Abby vergötterte wiederum Linnie Mae. Merrick war entsetzt über sie. Denn Merrick war gezwungen gewesen, als Abbys Schulpatin zu fungieren, als diese neu an ihre Schule kam. Schon damals hatte sie den Eindruck, dass bei Abby Hopfen und Malz verloren war, und die Jahre hatten ihr recht gegeben.

Was Abbys Kinder betraf, so liebten sie sie natürlich. Man ging davon aus, dass selbst Denny sie auf seine Art liebte. Aber alle fanden sie furchtbar peinlich. Wenn ihre Freunde zu Besuch kamen, konnte es passieren, dass Abby ins Zimmer stürmte und ein Gedicht vortrug, das sie gerade geschrieben hatte. Sie konnte den Briefträger in ein Gespräch verwickeln, um ihm zu berichten, dass sie an Reinkarnation glaubte. (»Mozart«, gab sie als Grund an. Wie konnte man eine Komposition aus Mozarts Kindheit hören, ohne davon überzeugt zu sein, dass er aus den Erfahrungen mehrerer Leben geschöpft hatte?) Wenn sie jemanden traf, der auch nur den Hauch eines ausländischen Akzents hatte, ergriff sie seine Hand, blickte ihm tief in die Augen und fragte: »Ganz ehrlich. Aus welchem Land kommen Sie?«

»Mom!«, protestierten ihre Kinder später, und sie fragte: »Was ist? Was habe ich denn falsch gemacht?«

»Das geht dich doch nichts an, Mom! Er hat gehofft, dass du es nicht merkst! Wahrscheinlich hat er sich sogar eingebildet, dass du gar nicht errätst, dass er Ausländer ist.«

»Unsinn. Er sollte *stolz* sein, dass er Ausländer ist. Ich an seiner Stelle wäre es.«

Ihre Kinder stöhnten dann unisono.

Sie war so zudringlich, so überzeugt, überall willkommen zu sein, so völlig ohne Hemmungen. Und sie ging davon aus, dass sie das Recht hatte, jedem so viele Fragen zu stellen, wie sie wollte. Sie hatte die absonderliche Vorstellung, dass ihre Kinder, falls sie über ein intimes persönliches Problem nicht sprechen wollten, sich vielleicht anders besannen, wenn sie den Spieß umdrehte. (Hatte sie das bei ihrer Sozialarbeit gelernt?) »Lass uns mal die Rollen tauschen«, sagte sie etwa und beugte sich vertraulich vor. »Sagen wir, *du* sollst *mich* beraten. Angenommen, ich habe einen Freund, der zu besitzergreifend ist.« An dieser Stelle lachte sie kurz auf. »Ich bin mit meinem Latein am Ende!«, rief sie dann. »Sag mir, was ich tun soll!«

»Also wirklich, Mom!«

Sie bemühten sich, möglichst wenig Kontakt mit Abbys Findelkindern zu haben – den Kriegsveteranen, die Probleme damit hatten, ins normale Leben zurückzufinden,

den Nonnen, die ihren Orden verlassen hatten, den heimwehkranken chinesischen Studenten an der Hopkins-Universität –, und empfanden Thanksgiving als die reine Hölle. Sie schmuggelten Weißbrot ins Haus und Hotdogs voller Nitrate. Sie verkrochen sich, wenn sie erfuhren, dass ihre Mutter das Schulpicknick organisierte. Und am meisten, am emphatischsten, hassten sie es, dass Abbys bevorzugtes Mittel, Kontakt aufzunehmen, Anteilnahme war. »Ach, Sie Ärmste!«, sagte sie etwa. »Sie sehen ja so müde aus!« Oder: »Sie fühlen sich bestimmt sehr einsam!« Andere Menschen zeigten ihre Zuneigung, indem sie Komplimente machten; Abby offerierte Mitleid. Nach Meinung ihrer Kinder war das keine attraktive Eigenschaft.

Doch als sie wieder arbeiten ging, nachdem das letzte Kind in die Schule gekommen war, sagte Jeannie zu Amanda, das sei keine so große Erleichterung, wie sie erwartet hatte. »Ich dachte, ich würde froh sein, aber nun ertappe ich mich bei dem Gedanken: ›Wo ist Mom? Wieso sitzt sie mir nicht ständig im Nacken?‹«

»Das ist wie bei Zahnweh«, sagte Amanda. »Man merkt, dass es weg ist, aber das heißt nicht, dass man es wiederhaben will.«

Im Mai hatte Red einen Herzinfarkt.

Es war kein sehr dramatischer. Auf einer Baustelle verspürte er gewisse unspezifische Symptome, mehr nicht, und De'Ontay bestand darauf, ihn in die Notaufnahme zu fahren. Dennoch war es für seine Familie ein Schock. Er war doch erst vierundsiebzig! Er hatte so gesund gewirkt; er stieg auf Leitern wie eh und je und trug schwere Lasten, und er wog kein Pfund mehr als bei seiner Hochzeit. Nun wollte Abby, dass er sich zur Ruhe setzte, und die beiden Mädchen stimmten ihr zu. Was, wenn er das Bewusstsein verlor, während er auf einem Dach stand? Red sagte, ohne seine Arbeit würde er verrückt werden. Stem schlug vor, er könne ja weiterarbeiten, nur nicht mehr auf Dächer steigen. Denny war bei dieser Diskussion nicht anwesend, hätte aber vermutlich ausnahmsweise Stems Partei ergriffen.

Red setzte sich durch, und kurz nach der Entlassung aus dem Krankenhaus war er wieder bei der Arbeit. Er sah gut aus, räumte allerdings ein, dass er sich ein wenig schwach fühle und schneller müde werde. Vielleicht war das auch alles Einbildung; er wurde mehrmals dabei beobachtet, wie er sich den Puls fühlte oder die flache Hand prüfend auf seinen Brustkorb legte. »Alles in Ordnung?«, fragte Abby dann. Und er erwiderte: »*Natürlich* ist alles in Ordnung«, aber in einem gereizten Ton, den er früher nie angeschlagen hatte.

Er hatte inzwischen zwei Hörgeräte, behauptete jedoch, sie würden nichts nützen. Häufig ließ er sie einfach auf seinem Schreibtisch liegen – zwei rosa Plastikdinger, die in Größe und Form einem Hühnerherzen ähnelten. Folglich verliefen seine Gespräche mit Kunden nicht immer ganz unproblematisch. Mehr und mehr überließ er diesen Teil des Geschäfts nun Stem, obwohl man merkte, dass es ihn traurig stimmte, darauf verzichten zu müssen.

Und er begann, das Haus zu vernachlässigen. Stem bemerkte es als Erster. Während das Haus früher picobello instand gehalten wurde – kein lockerer Nagel in Sicht, kein Riss im Fensterkitt –, deutete nun manches auf mangelnde Pflege hin. Amanda kam eines Abends mit ihrer Tochter vorbei und traf Stem dabei an, wie er die vordere Fliegengittertür neu verkeilte, und als sie beiläufig fragte: »Probleme?«, richtete sich Stem auf und sagte: »Früher hätte es das bei ihm nicht gegeben.«

»Was denn?«

»Das halbe Fliegengitter hing schon aus dem Rahmen!

Und in der Gästetoilette tropft der Wasserhahn, ist dir das nicht aufgefallen?«

»Oje«, meinte Amanda nur und wollte Elise ins Haus folgen.

Aber dann sagte Stem: »Als ob er das Interesse verloren hätte«, sodass sie wie angewurzelt stehen blieb.

»Fast so, als wäre es ihm egal«, erläuterte Stem. »Ich hab gesagt: ›Dad, das vordere Fliegengitter hat sich gelöst‹, und er antwortet: ›Ich kann mich nicht um jede verdammte Kleinigkeit kümmern!‹«

Das war starker Tobak, dass Red Stem anfauchte. Stem war immer sein Liebling gewesen.

Amanda meinte: »Vielleicht wird ihm das alles hier einfach zu viel.«

»Es ist ja nicht nur das. Mom hat neulich den Teekessel auf dem Herd stehen lassen, und als Nora zufällig vorbeikam, pfiff der Kessel ohrenbetäubend, und Dad saß am Esszimmertisch und stellte Schecks aus, ohne was zu merken.«

»Er hat den *Kessel* nicht gehört?«

»Offenbar nicht.«

»Aber wenn der pfeift, platzt einem schier das Trommelfell«, sagte Amanda. »Vielleicht ist er überhaupt erst deshalb taub geworden.«

»Ich glaube allmählich, dass sie nicht mehr allein leben sollten«, sagte Stem.

»Tatsächlich. Schon möglich.«

Und sie ging mit nachdenklicher Miene an ihm vorbei ins Haus.

Am nächsten Abend fand ein Familientreffen statt. Stem, Jeannie und Amanda kamen rein zufällig vorbei; ohne Ehepartner und ohne Kinder. Stem sah verdächtig herausgeputzt aus, während Amanda wie immer perfekt frisiert und geschminkt war und den maßgeschneiderten grauen Hosenanzug trug, den sie in der Kanzlei angehabt hatte. Nur Jeannie hatte sich keine Mühe gemacht; sie trug wie üblich T-Shirt und zerknitterte Kakihosen, und ihr langer schwarzer Pferdeschwanz wurde nur unordentlich von einem Haargummi zusammengehalten. Abby war begeistert. Nachdem sie alle im Wohnzimmer hatte Platz nehmen lassen, sagte sie: »Ist das nett! Genau wie früher! Nicht, dass ich mich nicht freue, auch eure Familien zu sehen …«

Red fragte: »Was ist los?«

»Nun«, sagte Amanda, »wir haben uns Gedanken über das Haus gemacht.«

»Was ist damit?«

»Wir meinen, dass es ein bisschen viel wird, es in Schuss zu halten, jetzt, da du und Mom älter werden.«

»Dieses Haus könnte ich selbst dann in Schuss halten, wenn man mir eine Hand auf den Rücken binden würde«, sagte Red.

An der darauf folgenden Stille merkte man, dass seine Kinder erwogen, Einwände zu erheben. Erstaunlicherweise war Abby diejenige, die ihnen zu Hilfe kam. »Ganz bestimmt sogar, Schätzchen, aber meinst du nicht, dass es an der Zeit ist, dir ein wenig Ruhe zu gönnen?«

»Zugrennen?«

Seine Kinder mussten teils lachen, teils stöhnen.

»Da seht ihr mal, was ich mitmache«, teilte Abby ihnen mit. »Er will einfach seine Hörgeräte nicht tragen! Und wenn er so tut, als hätte er sie drin, dann rät er drauflos und stellt die aberwitzigsten Vermutungen an. Er ist einfach … abartig! Ich sage zu ihm, dass ich zum Bäcker gehe, und er sagt: ›Wozu brauchst du jetzt den Wecker?‹«

»Ist doch nicht meine Schuld, wenn du nuschelst«, sagte Red.

Abby stieß einen hörbaren Seufzer aus.

»Wir wollen doch beim Thema bleiben«, unterbrach Amanda barsch. »Mom, Dad, wir glauben, dass ihr vielleicht umziehen solltet.«

»Umziehen!«, riefen Red und Abby wie aus einem Mund.

»Wegen Dads Herz und weil Mom nicht mehr Auto fährt … käme vielleicht eine Seniorensiedlung infrage. Wäre das nicht eine gute Lösung?«

»Seniorensiedlung, ha!«, sagte Red. »Das ist was für *Alte*. In so was gehen hochnäsige alte Weiber, wenn ihre Männer wegsterben. Glaubt ihr vielleicht, dass wir da glücklich wären? Glaubt ihr, die würden sich über unsere Anwesenheit freuen?«

»Natürlich würden sie sich freuen, Dad. Wahrscheinlich hast du die Häuser der meisten umgebaut oder renoviert.«

»Stimmt«, sagte Red. »Und im Übrigen wollen wir unabhängig sein, eure Mutter und ich. Wir gehören zu den Leuten, die allein zurechtkommen.«

Seine Kinder schienen dies nicht sonderlich bewundernswert zu finden.

»Na schön«, sagte Jeannie, »*keine* Seniorensiedlung. Und wie wärs mit einer Eigentumswohnung? Vielleicht mit Garten, etwas außerhalb von Baltimore.«

»Die Dinger haben Wände aus Pappkarton«, sagte Red.

»Nicht alle, Dad. Manche sind sehr solide gebaut.«

»Und was machen wir mit dem Haus, wenn wir umziehen?«

»Na, verkaufen, nehme ich an.«

»Verkaufen? An wen denn? Seit dem Crash ist in dieser Stadt nichts mehr zu verkaufen. Es würde ewig auf dem Markt bleiben. Glaubt ihr, ich ziehe aus dem Heim meiner Familie aus, um es verlottern und verfallen zu lassen?«

»Dad, wir würden es doch nie …«

»Ein Haus braucht Menschen«, sagte Red. »Gerade *ihr* solltet das eigentlich wissen. Sicher, Menschen sorgen für Abnutzung – abgewetzte Fußböden und verstopfte Toiletten und dergleichen –, aber das ist gar nichts im Vergleich zu dem, was passiert, wenn ein Haus leersteht. Das ist, als würde es seine Seele verlieren. Es gibt nach, es senkt sich, es wird schief. Ich schwöre euch, ich muss mir nur den Firstbalken eines Hauses anschauen und weiß, ob es bewohnt ist. Und ihr glaubt, dass ich das diesem Haus antun würde?«

»Früher oder später *wird* es jemand kaufen«, erwiderte Jeannie. »Und in der Zwischenzeit komme ich jeden Tag her und sehe danach. Ich lasse die Wasserhähne laufen, gehe durch sämtliche Räume und mache alle Fenster auf.«

»Das ist nicht das Gleiche«, sagte Red. »Das Haus würde den Unterschied merken.«

Abby sagte: »Vielleicht möchte es ja einer von euch übernehmen! Ihr könntet es für einen Dollar von uns kaufen oder wie man das sonst macht.«

Daraufhin herrschte Schweigen. Ihre Kinder fühlten sich sehr wohl in ihren eigenen Häusern, und Abby wusste das.

»Es hat uns so gute Dienste geleistet«, sagte sie wehmütig. »Erinnert ihr euch, wie schön wir es hier hatten? Ich erinnere mich noch, wie ich als junges Mädchen herkam. Und dann an die vielen Stunden, die wir auf der Veranda verbracht haben, als dein Vater und ich miteinander gingen. Weißt du noch, Red?«

Er machte eine ungehaltene, wegwischende Handbewegung.

»Ich weiß noch, wie ich mit Jeannie aus dem Krankenhaus heimkam«, erzählte Abby, »als sie drei Tage alt war. Ich hatte sie in die Decke mit dem Muschelmuster gewickelt, die Großmama Dalton für Mandy gehäkelt hatte, bin durch die Haustür gegangen und habe gesagt: ›Das ist dein Zuhause, Jean Ann. Hier wirst du leben, und du wirst hier sehr glücklich sein!«

Ihre Augen füllten sich mit Tränen. Ihre Kinder blickten zu Boden.

»Egal«, sagte sie und lachte unsicher. »Aber was schwatze ich da von Dingen, die erst in Jahren auf uns zukommen. Jedenfalls nicht, solange Clarence lebt.«

Red fragte: *»Wer?«*

»Brenda. Sie meint Brenda«, erläuterte Amanda.

»Es wäre grausam, Clarence auf seine alten Tage zu verpflanzen«, sagte Abby.

Keiner schien die Energie zu besitzen, die Diskussion fortzusetzen.

Amanda überredete Red, eine Haushälterin einzustellen, die bereit war, auch Auto zu fahren. Abby hatte nie eine Haushälterin gehabt, nicht einmal, als sie noch berufstätig war, aber Amanda erklärte ihr, dass sie sich bald daran gewöhnen werde. »Du kannst dich bedienen lassen und brauchst nichts zu tun!«, sagte Amanda. »Und wenn du mal irgendwo hinwillst, wird Mrs Girt dich fahren.«

»Ich würde nur irgendwo hinwollen, um von Mrs Girt wegzukommen«, antwortete Abby.

Amanda lachte nur, als hätte Abby einen Scherz gemacht, was aber nicht der Fall war.

Mrs Girt war achtundsechzig Jahre alt, eine korpulente, fröhliche Frau, die ihren Job in einer Kantine verloren hatte und das zusätzliche Einkommen brauchte. Sie kam jeden Morgen um neun, machte sich ein Weilchen im Haus zu schaffen, indem sie halbherzig aufräumte und Staub wischte, klappte dann im Wintergarten das Bügelbrett auf und sah fern, während sie bügelte. Es gab nicht viel zu bügeln bei zwei älteren Leutchen, die allein lebten, aber Amanda hatte es ihr aufgetragen, nur damit sie beschäftigt war. Abby hielt sich unterdessen am anderen Ende des Hauses auf, ohne ihr übliches Interesse an allen Einzelheiten der Lebensgeschichte einer neuen Bekannten zu zeigen. Sobald Abby das kleinste Geräusch machte, kam Mrs Girt aus dem Wintergarten gelaufen und fragte: »Alles in Ordnung? Brauchen Sie was? Soll ich Sie wo hinfahren?« Abby sagte, es sei nicht zum Aushalten. Sie beklagte sich bei Red, dass sie das Gefühl habe, nicht mehr Herr in ihrem eigenen Haus zu sein.

Aber sie fragte nie, *warum* man diese Frau eigentlich für erforderlich hielt.

Zwei Wochen nach Arbeitsantritt nahm Mrs Girt Abby gewaltsam eine Pfanne aus der Hand und bestand darauf, ihr ein Omelett zu machen, währenddessen das Bügeleisen, das sie im Wintergarten hatte stehen lassen, ein Küchenhandtuch in Brand setzte. Es entstand kein größerer Schaden, außer an dem Küchenhandtuch, das aus billigem Frottee war und überhaupt nicht gebügelt werden musste, doch das war das Ende von Mrs Girt. Amanda sagte, die nächste Person, die sie einstellten, müsse unter vierzig sein. Und sie empfahl allen, darüber nachzudenken, einen Mann einzustellen, obwohl sie nicht erklärte, warum.

Doch Abby sagte: »Nein.«

»Nein?«, fragte Amanda. »Na gut. Dann eben eine Frau.«

»Kein Mann, keine Frau. Niemand.«

»Aber, Mom …«

»Ich kann das nicht, ich halte das nicht aus!« Abby begann zu weinen. »Ich ertrage es nicht, eine fremde Person im Haus zu haben! Ich weiß, ihr denkt, dass ich alt bin und mich mein Verstand im Stich lässt, aber ich fühle mich dabei so *elend!* Lieber sterbe ich!«

Jeannie sagte: »Hör auf, Mom. Bitte, nicht weinen, wir wollen doch nicht, dass du dich elend fühlst, Mom.« Sie weinte jetzt ebenfalls, und Red versuchte, die beiden Mädchen wegzuschieben, damit er zu Abby kam und sie umarmen konnte, während Stem derweilen im Kreis herumging und sich die Haare raufte, was er immer tat, wenn er durcheinander war.

Also: kein Mann, keine Frau, niemand. Red und Abby waren wieder allein.

Bis in die letzten Junitage, als Abby in der Bouton Road aufgefunden wurde, wo sie im Nachthemd herumirrte, und Red nicht einmal bemerkt hatte, dass sie weg war.

Daraufhin verkündete Stem, dass er und Nora zu ihnen zogen.

Nun, Amanda hätte es jedenfalls nicht gekonnt. Sie und Hugh und ihre Tochter im Teenageralter waren derart beschäftigt, dass ihr Corgi jeden Morgen in die Hundepension musste. Und Jeannies Familie lebte in dem Haus, in dem Jeannies Hugh aufgewachsen und seine Mutter inzwischen in das Gästezimmer gezogen war. Sie hätten Mrs Angell aus ihrer gewohnten Umgebung reißen und mitbringen müssen – eine völlig abwegige Idee. Und dass Denny nicht in Betracht kam, verstand sich von selbst.

Eigentlich hätte auch Stem nicht in Betracht kommen dürfen. Er und Nora hatten nicht nur drei sehr lebhafte und anstrengende Jungs, sondern liebten auch ihr kleines Handwerkerhaus drüben in der Harford Road und verbrachten jede freie Minute damit, es hingebungsvoll zu renovieren. Es wäre grausam gewesen, sie zu bitten, es zu verlassen.

Aber Nora war immerhin den ganzen Tag zu Hause. Und Stem war einfach der Typ, der alles gutmütig hinnahm, ein Mensch, der es schlicht für selbstverständlich zu halten schien, dass im Leben nicht immer alles so lief, wie er es geplant hatte. Er konnte seinem Angebot sogar ständig neue

Vorteile abgewinnen. Die Jungs würden ihren Großeltern näher sein und konnten das Schwimmbad des Viertels benutzen!

Seine Schwestern machten kaum Einwände, nachdem sie die Idee geschluckt hatten. »Bist du sicher?«, fragten sie matt. Seine Eltern leisteten größeren Widerstand. Red sagte: »Das können wir nicht von dir verlangen, mein Sohn«, und Abby bekam wieder feuchte Augen. Aber man konnte den versonnenen Ausdruck in den Gesichtern der beiden sehen. Das wäre doch die ideale Lösung! Und Stem sagte entschieden: »Wir kommen. Basta.« Und damit war es beschlossene Sache.

An einem Samstagnachmittag Anfang August zogen sie ein. Stem und Jeannies Hugh, zusammen mit Miguel und Luis aus der Firma, beluden Stems Pick-up mit Koffern, Spielzeugkisten und einem Gewirr aus Fahrrädern, Dreirädern, Tretautos und Tretrollern. (Stem und Noras Möbel wurden für die Mieter zurückgelassen, eine irakische Flüchtlingsfamilie, die von Noras Kirche unterstützt wurde.) Unterdessen fuhr Nora die drei Jungs und ihren Hund zu Red und Abby.

Nora war eine bildschöne Frau, die sich dessen nicht bewusst war. Sie hatte schulterlanges braunes Haar und ein breites, sanftes, verträumtes Gesicht ohne jegliches Make-up. Im Allgemeinen trug sie einfache Baumwollkleider, die vorne geknöpft waren, und wenn sie ging, umspielte der Saum so fließend und wie in Zeitlupe ihre Waden, dass jeder Mann in Sichtweite wie angewurzelt stehen blieb und sie anstarrte. Doch Nora bemerkte es nie.

Sie parkte das Auto wie ein Gast unten an der Straße und ging mit den drei Jungs und dem Hund den Weg zum Haus hinauf – die Jungs und Heidi hüpfend und herumtollend und sich fast überschlagend, Nora gelassen schlendernd hinter ihnen. Red und Abby erwarteten sie Seite an Seite auf der Veranda, da dies immerhin ein großer Moment war. Petey kreischte: »Hallo, Großmama! Hallo, Großpapa!«, und Tommy sagte: »Wir wohnen jetzt hier!« Sie waren sehr aufgeregt gewesen, seit sie die Neuigkeit erfahren hatten. Was Nora davon hielt, wusste niemand. Zumindest nach außen hin war sie wie Stem: Sie schien die Dinge zu nehmen, wie sie kamen. Als sie die Veranda erreichte, rief Red: »Willkommen!«, und Abby trat einen Schritt vor und umarmte sie. »Hallo, Nora«, sagte sie. »Wir sind euch ja so dankbar, dass ihr das macht.« Nora antwortete nur mit ihrem abgeklärten, geheimnisvollen Lächeln, bei dem zwei tiefe Grübchen in ihren Wangen erschienen.

Die drei Jungs sollten in dem Zimmer mit den Stockbetten schlafen. Sie rannten vor den Erwachsenen die Treppe hinauf und warfen sich auf die Betten, in denen sie immer schliefen, wenn sie über Nacht blieben. Stem und Nora sollten Stems altes Zimmer bekommen, schräg gegenüber auf der anderen Seite des Flurs. »Ich habe alle Poster und dergleichen abgenommen«, sagte Abby zu Nora. »Ihr zwei könnt also ruhig das aufhängen, was euch gefällt. Und ich habe den Schrank und den Schreibtisch leer geräumt. Meint ihr, dass ihr genug Stauraum habt?«

»O ja«, antwortete Nora mit ihrer leisen, melodiösen Stimme. Das war das Erste, was sie seit ihrer Ankunft gesagt hatte.

»Es tut mir leid, dass das Bett noch nicht da ist«, sagte Abby. »Es wird erst am Dienstag geliefert, bis dahin müsst ihr also leider mit den zwei Einzelbetten vorliebnehmen.«

Nora lächelte nur wieder und ging hinüber zum Schreibtisch, wo sie ihre Handtasche ablegte. »Zum Abendessen mache ich Brathähnchen«, sagte sie.

Red fragte: »Was?«, und Abby erklärte ihm: »Brathähnchen!« Und in leiserem Ton sagte sie: »Wir mögen Brathähnchen sehr, aber du brauchst wirklich nicht für uns zu kochen.«

»Ich koche gern«, erwiderte Nora.

»Soll Red für dich zum Lebensmittelladen fahren?«

»Douglas bringt die Lebensmittel im Laster mit.«

Douglas, so nannte sie Stem. Es war sein richtiger Name, den keiner in der Familie mehr benutzt hatte, seit er zwei war. Alle waren immer einen Moment lang verwirrt, wenn sie ihn hörten, doch sie konnten verstehen, warum Nora ein erwachsenerer Name für ihren Mann lieber war.

Als sie und Stem verkündet hatten, dass sie heiraten wollten, hatte Abby gesagt: »Entschuldige, dass ich das frage, aber erwartest du, dass ... Douglas in deine Kirche eintritt?« So ziemlich das Einzige, was sie von Nora wussten, war, dass sie einer fundamentalistischen Kirche angehörte, die offenbar eine wichtige Rolle in ihrem Leben spielte. Aber Nora hatte gesagt: »O nein. Ich halte nichts von ligatorischem Evangelisieren.« Abby hatte diese Äußerung später für die Mädchen wiederholt: »Sie hält nichts von ›ligatorischem Evangelisieren‹«. Folglich waren alle lange davon ausgegangen, dass Nora nicht besonders hell war. Obwohl sie einen verantwortungsvollen Job – medizinische Assistentin in einer Arztpraxis – gehabt hatte, bevor ihre Kinder geboren wurden. Und gelegentlich wartete sie mit verstörend scharfsinnigen Bemerkungen auf. Oder waren die reiner Zufall? Im Grunde war sie allen ein Rätsel. Vielleicht würden sie jetzt, da Nora bei ihnen lebte, aus ihr schlau werden.

Red und Abby ließen sie oben bei den Jungs, die sich eine Kissenschlacht lieferten, während Heidi, ein ungebärdiger Collie, hysterisch bellend um sie herumsprang. Sie gingen nach unten und setzten sich ins Wohnzimmer. Keiner von ihnen hatte etwas zu tun. Sie saßen einfach da und sahen sich an, die Hände im Schoß gefaltet. Abby sagte: »Glaubst du, dass es jetzt für den Rest unseres Lebens so sein wird?«

Red fragte: »Was?«

Abby sagte: »Ach, nichts.«

Stem und Jeannies Hugh erschienen mit dem Laster an der Hintertür, und alle – sogar die kleinen Jungs, sogar Abby – halfen beim Entladen, nur Nora nicht. Nora nahm das Erste, das Stem ins Haus brachte, in Empfang, eine Kühlbox mit Lebensmitteln, und holte eine Schürze heraus, die zusammengefaltet ganz oben lag. Die Art Schürze, die die Mütter von Red und Abby in den 40er-Jahren trugen, geblümte Baumwolle mit einem Latz, der im Nacken zugeknöpft wurde. Sie zog sie an und begann zu kochen.

Beim Abendessen wurde sehr viel über die Unterbringung gesprochen. Abby fragte sich ständig, ob man nicht einen der Jungs in ihr Arbeitszimmer verlegen sollte. »Vielleicht Petey, weil er der Älteste ist?«, erkundigte sie sich. »Oder Sammy, weil er der Jüngste ist?«

»Oder ich, weil ich in der Mitte bin!«, rief Tommy.

»Ist schon okay«, sagte Stem zu Abby. »Daheim haben sie sich auch ein Zimmer geteilt. Sie sind es gewohnt.«

»Ich weiß nicht, warum«, sagte Abby, »aber in den letzten Jahren scheint mir das Haus immer die falsche Größe zu haben. Wenn euer Vater und ich alleine sind, ist es zu groß, und wenn ihr alle zu Besuch kommt, ist es zu klein.«

»Das klappt schon«, sagte Stem.

»Sprecht ihr über den Hund?«, fragte Red.

»Den Hund?«

»Ich verstehe nämlich nicht, wie sich zwei Hunde das gleiche Revier teilen sollen.«

»Aber, Red, natürlich geht das«, sagte Abby. »Du weißt doch, dass Clarence eine Schmusekatze ist.«

»Wie bitte?«

»Clarence liegt ja schon auf meinem Bett!«, sagte Petey. »Und Heidi liegt auf dem von Sammy.«

Red überging Peteys letzten Satz, da ihm vielleicht entgangen war, dass Petey sprach. »Mein Vater war strikt dagegen, einen Hund ins Haus zu lassen«, sagte er. »Hunde sind nicht gut für ein Haus. Schlecht fürs Holz. Er hätte dafür gesorgt, dass die beiden Tiere draußen im Garten bleiben, und er hätte sich gefragt, wieso wir sie überhaupt halten, wenn sie keine Aufgabe haben.«

Die Erwachsenen hatten das schon zu oft gehört, um einen Kommentar dazu abzugeben, aber Petey sagte: »Heidi *hat* eine Aufgabe! Sie soll uns glücklich machen.«

»Sie sollte lieber Schafe hüten«, sagte Red.

»Können wir Schafe bekommen, Großpapa? Bitte?«

»Das Hähnchen schmeckt köstlich«, sagte Abby zu Nora.

»Danke.«

»Red, schmeckt das Hähnchen nicht köstlich?«

»Und ob! Ich habe schon zwei Portionen gehabt und liebäugle mit einer dritten.«

»Keine dritte Portion! Denk doch an deinen Cholesterinspiegel!«

In der Küche klingelte das Telefon.

»Wer um alles in der Welt kann das sein?«, fragte Abby.

»Es gibt nur *eine* Möglichkeit, das herauszufinden«, erklärte ihr Red.

»Ach, ich gehe einfach nicht dran. Jeder, der uns kennt, weiß, dass wir um diese Zeit zu Abend essen«, sagte Abby. Aber sie schob bereits ihren Stuhl zurück und stand auf. Sie hatte noch nichts von ihrer Überzeugung verloren, dass sie vielleicht irgendwo gebraucht wurde. Sie machte sich auf den Weg in die Küche, was zwei der Jungs zwang, von ihren Stühlen zu rutschen, damit sie hinter ihnen vorbeikam.

»Hallo?«, hörte man Abby sagen. »Hallo, Denny!«

Stem und Red blickten Richtung Küche. Nora legte ein Löffelchen Spinat auf Sammys Teller, obwohl der sich abwehrend krümmte.

»Niemand dachte … Was? Sei nicht albern. Niemand dachte, dass …«

»Was gibts zum Nachtisch?«, fragte Tommy seine Mutter.

Stem sagte: »Pst. Großmama telefoniert.«

»Heidelbeer-Pie«, antwortete Nora.

»Lecker!«

»Ja, natürlich hätten wir das«, sagte Abby. Kurze Pause. »Also das ist *nicht wahr,* Denny! Das ist einfach nicht … Hallo?«

Kurz darauf hörten sie, wie der Hörer des Wandapparats eingehängt wurde. Abby erschien unter der Küchentür.

»Tja, das war Denny«, verkündete sie. »Er kommt heute Nacht mit dem Null-Uhr-achtunddreißig-Zug an, aber er sagt, wir sollen einfach die Tür nicht abschließen und dass er am Bahnhof ein Taxi nimmt …«

»Ha! Das wird auch verdammt gut sein«, sagte Red, »denn *ich* bin um die Zeit nicht mehr auf.«

»Vielleicht solltest du ihn doch abholen, Red.«

»Und wieso?«

»Ich mach das«, sagte Stem zu ihr.

»Vielleicht wäre es besser, wenn dein Vater fährt, mein Schatz«, meinte Abby.

Alle schwiegen.

»Was hat er denn für ein Problem?«, fragte Red schließlich.

»Nun ja, nicht direkt ein Problem«, sagte Abby. »Er versteht nur nicht, warum wir nicht *ihn* gebeten haben, zu uns zu ziehen.«

Selbst Nora schien überrascht zu sein.

»Ausgerechnet Denny!«, sagte Red. »Hätte er's denn gemacht?«

»Er sagt, ja. Er sagt, er kommt trotzdem.«

Abby hatte die ganze Zeit unter der Tür gestanden, aber nun ging sie wieder zu ihrem Platz und ließ sich auf den Stuhl fallen, als hätte ihr kleiner Ausflug sie erschöpft. »Er hat von Jeannie erfahren, dass ihr einzieht«, teilte sie Stem mit, »und findet, er hätte konsultiert werden müssen. Er sagt, dass das Haus nicht genug Schlafzimmer für euch alle hat; darum hätte er derjenige sein sollen.«

Nora begann, geräuschlos die Teller einzusammeln und aufzustapeln.

»Was ist nicht wahr?«, fragte Red Abby.

»Wie bitte?«

»Du hast gesagt: ›Das ist nicht wahr, Denny.‹«

»Da siehst du mal wieder«, sagte Abby zu Stem. »Die halbe Zeit ist er stocktaub, und dann stellt sich heraus, dass er sogar hört, was drüben in der Küche gesagt wird.«

»Also, Abby, was ist nicht wahr?«, wollte Red wissen.

»Ach, du weißt schon«, antwortete Abby leichthin. »Nur das Übliche.« Sie legte ihr Besteck ordentlich auf den Teller und reichte ihn Nora. »Er sagt, er begreift nicht, warum wir Stem hergeholt haben … du *weißt* schon. Er sagt, dass Stem kein Whitshank ist.«

Wieder herrschte Schweigen, während Nora sich mit einer fließenden Bewegung erhob und, noch immer geräuschlos, die aufgestapelten Teller in die Küche trug.

Es traf tatsächlich zu, dass Stem kein Whitshank war. Wenn auch nur im buchstäblichsten Sinn.

Man neigte allgemein dazu, die Tatsache zu vergessen, dass Stem der Sohn eines Fliesenlegers war, der als Lonesome O'Brian bekannt war. Genau gesagt hieß er Lawrence

O'Brian; aber wie die meisten Fliesenleger war er distanziert, arbeitete am liebsten allein und behielt seine Meinung für sich, und so wurde er von allen Lonesome – Einzelgänger – genannt. Red sagte immer, Lonesome sei der beste Mann für Fliesen, den es gab, auch wenn er ganz gewiss nicht der schnellste war.

Die Tatsache, dass Lonesome einen Sohn hatte, erschien mit seinem Wesen unvereinbar. Man neigte allgemein dazu, den Mann anzuschauen – groß und nur Haut und Knochen, mit diesem dünnen Blondhaar, durch das die Schädeldecke zu sehen war – und ihn umgehend mit einem Einsiedlerdasein in Verbindung zu bringen: keine Frau, keine Kinder, keine Freunde. Nun, was die Ehefrau und vielleicht auch Freunde betraf, hatte man recht, aber tatsächlich hatte er einen kleinen Sohn namens Douglas. Mehrere Male brachte er Douglas mit zur Arbeit, wenn gerade niemand auf ihn aufpassen konnte. Das war zwar gegen die Vorschriften, doch da die beiden nie Veranlassung hatten, sich in einem Bereich mit Schutzhelm-Pflicht aufzuhalten, ließ Red es durchgehen. Lonesome steuerte immer geradewegs die Küche oder das Badezimmer an, den Raum, an dem er gerade arbeitete, und Douglas trippelte auf seinen kurzen Beinchen hinter ihm her. Lonesome blickte sich kein einziges Mal um, um nachzusehen, ob Douglas mithalten konnte; und Douglas beklagte sich nicht, noch bat er ihn, langsamer zu gehen. Dann richteten sie sich in dem jeweiligen Raum ein, die Tür fest geschlossen, und man hörte den ganzen Vormittag keinen Ton von ihnen. In der Mittagspause tauchten sie wieder auf, Douglas wie zuvor mit Trippelschritten hinter Lonesome, und aßen ihre Sandwiches zusammen mit den anderen Männern, nur ein wenig abseits. Douglas war noch so klein, dass er aus einer Schnabeltasse trank. Er war ein dünnes, unscheinbares Kerlchen, dem die niedliche Pummeligkeit fehlte, die man bei Kindern seines Alters erwarten würde. Sein Haar war beinahe weiß, kurz geschnitten und stand ab wie bei einem Igel, und seine Augen waren ein sehr helles Blau, an den Rändern fast rosa. Seine Kleidungsstücke waren allesamt zu groß für ihn. Sie schienen geradezu *ihn* zu tragen; er war nur ein Anhängsel. Seine Hosen waren unten mehrmals umgekrempelt. Die Schultern seiner roten Jacke ragten über seinen spindeldürren Körper hinaus, und die elastischen Bündchen verbargen alles bis auf seine winzigen Fingerspitzen, die leicht bestäubt aussahen wie die seines Vaters – eine berufsbedingte Begleiterscheinung.

Die anderen Männer bemühten sich nach Kräften, ihn einzubeziehen. »Na, wie gehts, Großer?«, sagten sie etwa, oder: »Was hältst du davon, Kumpel?« Douglas drückte sich dann nur noch enger an seinen Vater und starrte sie an. Lonesome bemühte sich nicht, die Sache zu erleichtern, wie es die meisten Väter getan hätten – indem sie an Stelle ihres Kindes antworten oder ihm gut zureden, sich anständig zu benehmen. Er machte einfach mit seinem Sandwich weiter, einem armseligen zusammengeklatschten Ding aus pappigem Weißbrot.

»Wo ist denn seine Mom?«, fragte gelegentlich ein neuer Arbeiter. »Ist sie krank?«

»Verreist«, sagte Lonesome jedes Mal, ohne auch nur aufzublicken.

Woraufhin der Neue die anderen Männer meist fragend ansah, die dann zur Seite blickten, um ihm zu bedeuten: »Sag ich dir später.« Und später setzte ihn prompt einer von ihnen ins Bild. (Es fehlte nie an Freiwilligen; Bauarbeiter sind notorische Klatschmäuler.) »Die Mom von dem Kleinen, die ist abgehauen, als er noch ein Baby war. Hat Lonesome mit dem Kind sitzenlassen, ob du's glaubst oder nicht. Aber wenn jemand fragt, sagt Lonesome immer, dass sie bloß verreist ist. Er tut immer so, als ob sie eines Tages zurückkommt.«

Abby hatte natürlich von Douglas gehört. Sie horchte Red jeden Abend aus, was seine Männer so erzählt hatten; das war die Sozialarbeiterin in ihr. Und als sie hörte, dass Lonesome behauptete, die Mutter von Douglas werde zurückkommen, sagte sie rundheraus: »Wer's glaubt, wird selig.« Sie kannte solche Mütter in- und auswendig.

»Anscheinend *ist* sie ja schon mindestens zweimal zurückgekommen, soweit die Männer wissen«, sagte Red. »Ist jeweils eine Woche oder so geblieben, und Lonesome war überglücklich und hat die Kinderfrau entlassen.«

Abby machte: »M-hm.«

Im April 1979, an einem frischen Frühlingsnachmittag, rief Red sie aus seinem Büro an und sagte: »Du kennst doch Lonesome O'Brian? Der Typ, der seinen Kleinen mitbringt?«

»Ja, ich erinnere mich.«

»Heute hat er ihn wieder mitgebracht, und jetzt ist er im Krankenhaus.«

»Das Kind ist im Krankenhaus?«

»Nein, Lonesome. Er hatte so eine Art Kollaps, und sie mussten den Krankenwagen rufen.«

»Der Arme …«

»Könntest du vielleicht ins Büro kommen und den Kleinen abholen?«

»Was?«

»Ich weiß nicht, was ich sonst mit ihm machen soll. Einer der Männer hat ihn hergebracht, und jetzt sitzt er da auf dem Stuhl.«

»Also …«

»Ich kann nicht lange reden; ich muss mich mit einem von der Baubehörde treffen. Könntest du herkommen?«

»Na gut.«

Sie packte Denny eilends ins Auto (er war damals vier, ging erst halbtags in den Kindergarten) und fuhr die Falls Road hinauf zu Reds Büro, einer schlichten Baracke gleich hinter der Stadtgrenze. Sie parkte auf dem geschotterten Hof, aber noch bevor sie aussteigen konnte, kam Red schon mit einem kleinen Kind auf dem Arm heraus. Man konnte sehen, dass der Junge verängstigt war. Er hielt sich sehr aufrecht, steif auf Abstand bedacht. Abby sah ihn zum ersten Mal, und obwohl er genau Reds Beschreibung entsprach, bis hin zu der viel zu großen Jacke, war sie auf seinen versteinerten Gesichtsausdruck nicht gefasst gewesen. »Ja, hallo, du!«, sagte sie munter, als Red sich in den Wagen beugte und ihn auf dem Rücksitz absetzte. »Wie gehts dir, Douglas? Ich bin Abby! Und das ist Denny!«

Douglas drückte sich in den Sitz und starrte auf seine Cordsamthose. Denny, zu seiner Linken, beugte sich neugierig vor und beäugte ihn, aber Douglas gab durch nichts zu erkennen, dass er ihn bemerkte.

»Ich fahre nach der Besprechung am Sinai Hospital vorbei«, sagte Red. »Will mal hören, was mit Lonesome los ist, und fragen, wie ich seine Kinderfrau erreiche. Könntest du ihn einfach – ich weiß das wirklich zu schätzen, Abby. Ich verspreche dir, es ist nicht für lange.«

»Ach, wir werden viel Spaß miteinander haben. Stimmts?«, fragte sie Douglas.

Douglas blickte weiter auf seine Knie. Red machte die Autotür zu und trat einen Schritt zurück, die flache Hand als stummen Abschiedsgruß erhoben, und Abby fuhr mit den beiden schweigenden Jungs auf dem Rücksitz davon.

Zu Hause befreite sie Douglas aus seiner Jacke und richtete den beiden einen kleinen Imbiss aus Bananenscheiben und Keksen in Tierform. Sie setzte sie an den Kindertisch, der in einer Ecke der Küche stand, wo Denny eifrig vor sich hin mampfte, während Douglas jeden Keks in die Hand nahm und studierte, ihn umdrehte, aus verschiedenen Blickwinkeln betrachtete, bevor er vorsichtig einen Kopf oder ein Bein abbiss. Die Bananen rührte er nicht an. Abby fragte: »Douglas, möchtest du ein Glas Saft?« Nach einer kurzen Pause schüttelte er den Kopf. Bis jetzt hatte sie ihn noch kein Wort sagen hören.

Sie erlaubte den beiden, die Kindersendungen im Fernsehen anzuschauen, was sie normalerweise nicht getan hätte. Währenddessen ließ sie Clarence herein – er war damals noch ein Welpe, den man nicht allein im Haus lassen konnte –, und der sauste in den Wintergarten und krabbelte auf die Couch, um den Jungs das Gesicht abzulecken. Douglas zuckte zunächst zurück, aber er war offensichtlich interessiert, wenn auch auf eine verhaltene Art, und so schritt Abby nicht ein.

Als die Mädchen aus der Schule kamen, machten sie einen Riesenwirbel um Douglas. Sie schleppten ihn nach oben, um die Spielzeugkiste durchzusehen, wetteiferten um seine Aufmerksamkeit und stellten ihm Fragen in honigsüßem Ton. Douglas schwieg weiter, den Blick zu Boden gesenkt. Der Welpe war auch dabei, und Douglas brachte die meiste Zeit damit zu, ihm leicht und unbeholfen den Kopf zu tätscheln.

Kurz vor dem Abendessen kam Red mit einer Einkaufstüte nach Hause. »Klamotten und Sachen für Douglas«, teilte er Abby mit, als er die Tüte in der Küche abstellte. »Ich hab mir Lonesomes Wohnungsschlüssel ausgeliehen.«

»Wie geht es ihm?«

»Ziemlich schlecht, als ich ihn sah. Scheint der Blinddarm zu sein. Noch während ich da war, haben sie ihn in den OP gebracht. Sie sagen, er muss über Nacht bleiben;

morgen Abend kann er heim. Ich habe nach seiner Kinderfrau gefragt, aber die hat anscheinend Probleme mit den Beinen. Lonesome hat gesagt, dass es ihm leidtut, dass er uns den Jungen aufhalsen muss.«

»Ach, das macht doch keine Umstände«, sagte Abby. »Man merkt ja kaum, dass er da ist.«

Beim Abendessen saß Douglas auf einem Konversationslexikon, das Red auf einen Stuhl gelegt hatte. Alles in allem aß er sieben Erbsen, die er einzeln mit den Fingern aufpickte. Die Tischgespräche gingen an ihm vorbei und über ihn hinweg, dennoch herrschte allgemein das Gefühl, dass sie einen aufmerksamen Zuhörer hatten, dass sie im Interesse von ihm sprachen.

Abby machte ihn bettfertig, ließ ihn aufs Klo gehen und die Zähne putzen, bevor sie ihn in einen verwaschenen Seersucker-Schlafanzug steckte, den sie in der Einkaufstüte gefunden hatte. Seersucker erschien ihr für die Jahreszeit nicht warm genug, aber etwas anderes hatte sie nicht. Sie brachte ihn in das zweite Einzelbett in Dennys Zimmer, und nachdem sie ihn zugedeckt hatte, zögerte sie kurz und drückte ihm dann einen Kuss auf die Stirn. Seine Haut war warm und leicht verschwitzt, als hätte er gerade eine große Anstrengung hinter sich. »Und jetzt wirst du ganz fest schlafen«, sagte sie zu ihm, »und wenn du aufwachst, ist es morgen, und du kannst zu deinem Daddy.«

Douglas sagte noch immer nichts, verzog auch keine Miene, doch sein Gesicht schien plötzlich offener, weicher und weniger verkniffen zu werden. In diesem Moment sah er gar nicht mehr so unscheinbar aus.

Am nächsten Morgen bat Abby eine Nachbarin, den Fahrdienst zu übernehmen, denn selbst damals, bevor Kindersitze Pflicht wurden, fand sie es nicht richtig, einen so kleinen Jungen mit den anderen im Auto herumpurzeln zu lassen. Als sie mit Douglas allein war, setzte sie ihn mit einem Puzzle aus Dennys Zimmer im Wintergarten auf den Boden. Er baute es nicht zusammen, obwohl es nur aus acht oder zehn Teilen bestand, aber er verbrachte eine gute Stunde damit, die Teile still hin und her zu schieben, erst das eine und dann ein anderes in die Hand zu nehmen und ganz genau zu untersuchen, während der Welpe neben ihm saß und jede Bewegung verfolgte. Nachdem Abby mit ihrer morgendlichen Hausarbeit fertig war, setzte sie sich mit ihm auf die Couch und las ihm aus Bilderbüchern vor. Ihm gefielen die mit Tieren darin, wie sie merkte, weil er manchmal, wenn sie umblättern wollte, die Hand ausstreckte und die Seite festhielt, damit er sie länger betrachten konnte.

Als sie hinter dem Haus ein Auto hörte, dachte sie, es sei Peg Brown, die Denny aus dem Kindergarten zurückbrachte. Doch als sie in die Küche kam, trat Red durch die Hintertür ein. »Ach!«, sagte sie. »Was machst *du* denn hier?«

»Lonesome ist tot«, sagte Red.

»Was?«

»Lawrence. Er ist gestorben.«

»Ich dachte, es sei nur der Blinddarm!«

»Ich weiß«, sagte er. »Ich bin in sein Zimmer gegangen, aber da war er nicht, und der Mann im Bett nebenan sagte, sie hätten ihn auf die Intensivstation gebracht. Also bin ich auf die Intensivstation, doch die wollten mich nicht zu ihm lassen. Ich dachte schon, dann geh ich eben und komme später wieder, aber plötzlich kam ein Arzt raus und hat mir mitgeteilt, dass sie ihn nicht retten konnten. Er sagte, sie hätten die ganze Nacht gekämpft und alles getan, was in ihrer Macht stand, aber sie hätten ihn nicht retten können: Bauchfellentzündung.«

Etwas veranlasste Abby, den Kopf umzudrehen, und da sah sie Douglas unter der Tür stehen. Er starrte hinauf in Reds Gesicht. Abby sagte: »Schätzchen.« Sie und Red tauschten Blicke. Wie viel hatte er mitbekommen? Vermutlich nichts, zumindest seiner erwartungsvollen Miene nach zu schließen.

Red sagte: »Hör mal …«

»Es wird nicht zu ihm durchdringen«, meinte Abby.

»Wir können es ihm doch nicht verheimlichen.«

»Er ist noch zu klein«, sagte Abby und fragte Douglas: »Wie alt bist du denn, Schätzchen?«

Keiner von ihnen hatte eigentlich eine Antwort erwartet, doch nach einer Weile hielt Douglas zwei Finger hoch. »Zwei!«, rief Abby aus. Sie wandte sich wieder an Red. »Ich dachte, er sei drei«, sagte sie, »aber er ist erst zwei Jahre alt, Red.«

Red ließ sich auf einen Küchenstuhl fallen. »Und was jetzt?«, fragte er sie.

»Das weiß ich auch nicht«, antwortete Abby.

Sie setzte sich ihm gegenüber. Douglas fuhr fort, die beiden zu beobachten.

»Du hast doch noch die Schlüssel, stimmts?«, fragte sie Red. »Du musst noch einmal in die Wohnung, Unterlagen suchen. Die nächsten Angehörigen von Lonesome ausfindig machen.«

Red sagte: »Okay«, und stand wie ein gehorsames Kind wieder auf.

Dann hupte Peg Brown hinter dem Haus, und Abby erhob sich, um Denny hereinzulassen.

Als sie am Abend in Dennys Zimmer war, um Douglas bettfertig zu machen, fragte Denny sie: »Mama?«

»Ja.«

»Wann geht der kleine Junge wieder heim?«

»Schon bald«, erwiderte sie. Er drückte sich zu dicht und hartnäckig um sie herum, noch vollständig angezogen, da es für ihn noch nicht ganz Zeit zum Schlafengehen war. »Geh nach unten«, sagte sie zu ihm. »Du darfst noch ein bisschen spielen.«

»Geht er morgen heim?«

»Vielleicht.«

Sie wartete, bis sie ihn die Treppe hinunterstapfen hörte, und wandte sich dann wieder Douglas zu. Er saß im Schlafanzug auf der Bettkante und sah peinlich sauber aus. Er hatte an diesem Abend ein Bad bekommen, was sie am Vorabend hatte ausfallen lassen. Sie setzte sich neben ihm aufs Bett und sagte: »Ich weiß, ich habe gesagt, dass du heute zu deinem Daddy kannst. Ich habe mich leider geirrt. Er konnte nicht kommen.«

Douglas' Augen blickten starr ins Leere. Er schien den Atem anzuhalten.

»Er wollte wirklich kommen. Er wollte dich sehen, aber er konnte nicht. Er kann nicht kommen.«

Das war es im Grunde – was ein Zweijähriger bestenfalls begreifen konnte. Sie verstummte, legte zögernd einen Arm um ihn, doch er schmiegte sich nicht an sie. Er saß aufrecht da, mit perfekter Körperhaltung. Nach einer Weile nahm sie ihren Arm weg, sah den Jungen aber weiter an.

Schließlich legte er sich hin, und sie deckte ihn zu, drückte ihm einen Kuss auf die Stirn und machte das Licht aus.

In der Küche stritten sich Denny und Jeannie um ein Jo-Jo, doch Mandy sah von ihren Hausaufgaben auf, sobald Abby hereinkam. »Hast du es ihm gesagt?«, fragte sie. (Sie war dreizehn und sich dessen, was vor sich ging, am ehesten bewusst.)

»Tja, soweit ich konnte«, sagte Abby.

»Hat er was gesagt?«

»Nichts.«

»Vielleicht kann er nicht sprechen.«

»Das kann er ganz bestimmt«, sagte Abby. »Er ist im Moment nur durcheinander.«

»Vielleicht ist er geistig zurückgeblieben.«

»Ich weiß genau, dass er mich versteht.«

»Mom!«, rief Jeannie dazwischen. »Denny sagt, das ist sein Jo-Jo, aber es ist meins. Er hat seins kaputt gemacht. Sags ihm, Mom! Das da gehört mir!«

»Schluss jetzt, ihr zwei.«

Die Hintertür ging auf, und Red kam herein, in der Hand wieder eine Einkaufstüte. Am Telefon hatte er nur gesagt, sie sollten ruhig schon ohne ihn essen, und so lautete Abbys erste Frage: »Hast du was gefunden?«

Er stellte die Tüte auf den Tisch. »Die Kinderfrau ist ein altes Mütterchen«, berichtete er ihr. »Ihre Nummer war mit Klebeband über dem Telefon befestigt. Nach ihrer Stimme zu schließen, ist sie bei *Weitem* zu alt, um sich um ein Kind zu kümmern. Sie weiß nicht, ob er Angehörige hat, und sie weiß nicht, wo seine Mutter ist, und sagt, sie will es auch gar nicht wissen. Sie sagt, dass er ohne sie besser dran ist.«

»Standen da noch andere Nummern?«

»Nur die vom Arzt, vom Zahnarzt, von Whitshank Construction.«

»Nicht die der Mutter? Man sollte meinen, dass Lonesome zumindest wusste, wie sie in einem Notfall zu erreichen ist.«

»Na ja, wenn sie verreist ist, Abby.«

»Ha!«, sagte Abby. »Verreist!«

Red kippte den Inhalt der Einkaufstüte auf den Tisch: Anziehsachen, zwei Plastik-Lastwagen und ein dünnes Bündel mit Papieren. »Kraftfahrzeugbrief«, sagte er, als er das erste in die Hand nahm. »Kontoauszug«, als er das nächste nahm. »Douglas' Geburtsurkunde.«

Abby streckte die Hand aus. »Douglas Alan O'Brian«, las sie vor. »Vater: Lawrence Donald O'Brian. Mutter: Barbara Jane Eames.«

Sie sah zu Red hoch. »Die beiden waren also nicht verheiratet?«

»Vielleicht hat sie nur ihren Mädchennamen behalten.«

»Achter Januar 1977. Douglas hatte recht; er ist zwei. Ich weiß nicht, warum ich ihn für älter gehalten habe. Vermutlich weil er so … so reserviert ist, oder?«

»Und was machen wir jetzt?«, fragte Red.

»Ich habe keine Ahnung.«

»Das Sozialamt anrufen?«

»Gott behüte!«

Red blinzelte erstaunt. (Abby hatte früher beim Sozialamt gearbeitet.)

»Ich wärme dir rasch dein Essen auf«, sagte Abby zu ihm. Und an der Art und Weise, wie sie aufstand, ganz geschäftsmäßig, war zu erkennen, dass sie für den Moment genug gesagt hatte.

Die Kinder gingen nacheinander zu Bett, vom jüngsten bis zum ältesten. Als Jeannie ihnen Gute Nacht sagte, fragte sie: »Können wir ihn behalten?« Aber sie schien einzusehen, dass sie keine Antwort erwarten konnte. Die beiden anderen erwähnten ihn nicht. Und Red und Abby ebenfalls nicht, als sie schließlich allein waren, obwohl Red einmal einen Versuch unternahm. »Dir ist doch klar, dass Lonesome irgendwo *Verwandte* haben muss?«, fragte er.

Abby sagte nur: »Ich bin auf einmal furchtbar müde.«

Er unternahm keinen zweiten Versuch.

Der nächste Tag war ein Samstag. Douglas schlief länger als alle von ihnen, länger sogar als Amanda, die wie alle Teenager kaum aus den Federn kam, und Abby sagte: »Lass ihn schlafen, den Armen.« Sie machte den anderen Frühstück, ohne sich zu ihnen zu setzen, sondern ging geschäftig zwischen Herd und Tisch hin und her, und sowie alle gegessen hatten, sagte sie: »Ihr drei zieht euch jetzt an und geht mit Clarence Gassi.«

»Das sollen Jeannie und Denny machen«, sagte Amanda. »Ich habe Patricia gesagt, dass sie rüberkommen kann.«

»Nein, du gehst auch mit«, bestimmte Abby. »Patricia kann später kommen.«

Amanda wollte etwas sagen, besann sich aber eines Besseren und folgte den anderen aus der Küche.

Somit war nur noch Red da, der zu seiner zweiten Tasse Kaffee den Sportteil las. Als Abby ihm gegenüber Platz nahm, blickte er unsicher auf und verschwand gleich wieder hinter seiner Zeitung.

»Ich glaube, wir sollten ihn behalten«, sagte Abby.

Er knallte die Zeitung auf den Tisch: »Also *wirklich*, Abby!«

»Wir sind die einzigen Menschen, die er hat, Red. Das steht fest. Die Mutter? Selbst wenn es uns gelingt, sie ausfindig zu machen, wie groß sind die Chancen, dass sie ihn überhaupt haben will? Oder sich anständig um ihn kümmert, falls sie ihn denn will, oder zu ihm steht, was immer auch passieren mag?«

»Wir können nicht jedes Kind adoptieren, das uns über den Weg läuft, Abby. Wir haben selbst drei Kinder. Drei ist alles, was wir uns leisten können! *Mehr*, als wir uns leisten können. Und du wolltest wieder arbeiten gehen, wenn Denny in die Schule kommt.«

»Das ist kein Problem; dann fange ich eben wieder an, wenn Douglas in die Schule kommt.«

»Außerdem haben wir keinen Rechtsanspruch auf ihn. Kein Gericht in diesem Land würde uns den Kleinen zusprechen; er hat eine Mutter, irgendwo.«

»Wir werden es den Behörden einfach nicht mitteilen«, erklärte Abby.

»Hast du den Verstand verloren?«

»Wir sagen, dass wir uns nur um ihn kümmern, bis seine Mutter ihn abholen kann. Und genau *das* werden wir tun.«

»Und im Übrigen«, sagte Red. »Woher wissen wir denn, ob er überhaupt normal ist?«

»Natürlich ist er normal!«

»Spricht er?«

»Er ist schüchtern! Er ist verängstigt! Er kennt uns nicht!«

»Zeigt er irgendwelche Reaktionen?«

»*Ja*, das tut er. Er reagiert genau wie jedes Kind, dessen Welt schlagartig komplett aus den Fugen geraten ist.«

»Es wäre doch möglich, dass bei ihm etwas nicht stimmt«, sagte Red.

»Und wenn es so wäre? Würdest du ein Kind den Wölfen zum Fraß vorwerfen, bloß weil es kein Einstein ist?«

»Und würde er sich in unsere Familie einfügen? Würde er sich mit unseren Kindern vertragen? Passt er von seiner Persönlichkeit her zu uns? Wir wissen verdammt noch mal rein gar nichts über ihn! Wir kennen ihn nicht! Wir *lieben* ihn nicht!«

»Red«, sagte Abby.

Sie stand auf. Sie war komplett und korrekt angezogen, und das an einem Samstagvormittag um halb zehn. Was bei ihr, wenn man es sich recht überlegte, am Wochenende nicht üblich war. Ihre Haare waren bereits oben zum Knoten zusammengesteckt. Sie wirkte ungewohnt imposant.

»Als er gestern Abend in seinem Schlafanzug auf der Bettkante saß«, sagte sie, »sah ich seinen Nacken, diesen zarten, stielartigen Hals, und da überkam es mich plötzlich, dass es auf der ganzen weiten Welt keinen Menschen gibt, der diesen dünnen Hals sieht und einfach die Hand ausstrecken und ihn berühren muss. Du kennst doch das Gefühl, dass man das eigene Kind manchmal einfach anfassen muss, oder? Wie man es mit den Augen verschlingt und es stundenlang anschauen könnte und nur darüber staunen kann, wie süß und unglaublich perfekt es ist? Und das wird Douglas nie wieder erleben. Er hat nirgendwo mehr einen Menschen, der ihn für etwas Besonderes hält.«

»Verdammt noch mal, Abby …«

»Komm mir ja nicht mit Fluchen, Red Whitshank! Ich brauche das! Ich muss das tun! Ich kann diesen kleinen Stiel von einem Hals nicht ansehen und den Jungen einfach seinem Schicksal überlassen. Ich kann das nicht, eher sterbe ich!«

Mandy, Jeannie und Denny standen unter der Küchentür. Red und Abby bemerkten sie gleichzeitig. Keines der drei Kinder war schon angezogen, und alle sahen sie mit weit aufgerissenen Augen erschrocken an.

Dann war hinter ihnen leises Tappen zu hören, und als sich die Kinder umdrehten, ging Douglas auf sie zu und stellte sich in ihre Mitte.

»Ich hab ins Bett gemacht«, sagte er zu Abby.

Sie adoptierten ihn nicht. Sie benachrichtigten auch nicht das Sozialamt. Sie teilten es nicht einmal ihren Freunden mit. Alles ging weiter wie bisher, und Douglas war weiter Douglas O'Brian – obwohl er nun einen Kosenamen bekam, da Abby es sich angewöhnte, ihn »mein kleiner Stem« – »mein kleiner Stiel« – zu nennen. Und manchmal sprachen die Nachbarn von Stem Whitshank, aber das war reine Gedankenlosigkeit.

Außenstehende hatten den Eindruck, dass er nur bei ihnen blieb, bis seine Mutter ihre Angelegenheiten geregelt hatte. (Oder war es ein anderer Angehöriger? Die Schilderungen variierten.) Aber nach einer Weile gingen die meisten Leute schlicht davon aus, dass er zur Familie gehörte.

Schon nach wenigen Wochen begann er, Red und Abby »Dad« und »Mom« zu nennen, aber nicht, weil ihn das jemand geheißen hatte. Er machte es lediglich den anderen Kindern nach, so wie er Abby imitierte und selbst zu Erwachsenen »Schätzchen« sagte, bis er alt genug war, um es besser zu wissen.

Er wurde mitteilsamer, allerdings so allmählich, dass sich niemand an den exakten Tag erinnern konnte, an dem er ein normaler, schwatzhafter Junge wurde. Er trug Sachen, die ihm passten, und hatte sein eigenes Zimmer. Früher war es Jeannies Zimmer gewesen, aber sie wurde bei Mandy einquartiert, weil Stem auf keinen Fall weiter das Zimmer mit Denny teilen konnte. Dennys Verhältnis zu Stem war etwas kompliziert. Doch alles spielte sich ein. Mandy tolerierte Jeannies Anwesenheit, und Jeannie war begeistert, in einem Teenagerzimmer zu wohnen, wo lauter Schminksachen auf der Kommode lagen.

Über Stems Bett hing ein gerahmtes Schwarz-Weiß-Foto von Lonesome mit einer Bierdose in der Hand, das einer von Reds Arbeitern einmal aufgenommen hatte, als sie ein Bauvorhaben abgeschlossen hatten. Abby war der festen Überzeugung, dass Stem ermuntert werden sollte, die Erinnerung an seinen Vater wachzuhalten. Auch an seine Mutter, sofern er überhaupt Erinnerungen an sie hatte, was nicht der Fall zu sein schien. Abby sagte immer zu ihm, seine Mutter sei weggegangen, weil sie unglücklich gewesen sei. Nicht, weil sie ihn nicht lieb gehabt hatte. Sie habe ihn sehr lieb, wie er merken würde, falls sie jemals zurückkam. Und Abby zeigte ihm die Seite im Telefonbuch, in dem Jahr für Jahr sein eigener Name, *O'Brian Douglas A.* zusammen mit der Nummer der Whitshanks stand, damit seine Mutter ihn mühelos finden konnte. Stem hörte sich das alles aufmerksam an, ohne jedoch etwas dazu zu sagen. Und im Laufe der Zeit schien sogar die Erinnerung an seinen Vater zu schwinden, denn als Abby ihn an seinem zehnten Geburtstag fragte, ob er manchmal an ihn dachte, sagte er: »Vielleicht erinnere ich mich an seine Stimme.«

»An seine Stimme!«, wiederholte Abby. »Und was sagt er?«

»Ich glaube, er hat mir immer vor dem Einschlafen ein Lied vorgesungen. Er oder ein anderer Mann.«

»Wie nett, Stem. Ein Wiegenlied?«

»Nein, irgendwas mit einer Ziege.«

»Ach. Und sonst nichts? Keine Erinnerung an sein Gesicht? Oder an etwas, das ihr zwei zusammen gemacht habt?«

»Ich glaube nicht«, sagte Stem, ohne deswegen sonderlich besorgt zu klingen.

Er war eine unauffällige Seele, pflegte Abby zu sagen. Er war offensichtlich der Typ, der sich anpasste und weitermachte.

Seine Schulzeit absolvierte er ohne Aufhebens, bekam zwar nur durchschnittliche Zensuren, machte jedoch alles, was ihm aufgetragen wurde. Man könnte denken, dass er die Zielscheibe der Schulrabauken war, da er in den ersten Jahren klein für sein Alter war, aber tatsächlich hatte er keine Probleme. Vielleicht lag es an seinem freundlichen Gesicht, oder daran, dass er sich kaum aus der Ruhe bringen ließ, oder an seiner Neigung, von jedem Menschen nur das Beste zu erwarten. Jedenfalls kam er mit allen zurecht. Nach dem Abschluss der Highschool fing er sofort bei Whitshank Construction an, wo er bereits in seiner Freizeit gearbeitet hatte, seit er alt genug dafür war; er meinte, er sähe keinen Grund, aufs College zu gehen. Er heiratete das einzige Mädchen, für das er sich je ernsthaft interessiert hatte, bekam eins, zwei, drei seine Kinder und schien nie Umschau zu halten und sich zu fragen, ob es woanders besser wäre. In letzterem Punkt war er Red am ähnlichsten. Er ging sogar wie Red – mit federnden Schritten, den Kopf vorgestreckt – und hatte dessen schlaksigen Körperbau, aber nicht dessen Haut. Man könnte sagen, dass er wie ein Whitshank aussah, den man zu lange zum Bleichen draußen gelassen hatte: das Haar nicht schwarz, sondern braun, die Augen nicht saphirblau, sondern hellblau. Verblichen zwar, aber dennoch ein Whitshank.

Mehr ein Whitshank als Denny, wie Denny bei Stems Eintritt in die Firma bemerkte.

Obgleich Denny, als er ein Teenager war und noch zu Hause wohnte, Abby einmal gefragt hatte: »Was *macht* der überhaupt hier? Was habt ihr euch eigentlich dabei gedacht? Ist euch nie in den Sinn gekommen, uns um Erlaubnis zu fragen?«

»Erlaubnis!«, sagte Abby. »Er ist euer Bruder!«

Und Denny erwiderte: »Er ist nicht mein Bruder. Er ist nicht einmal entfernt verwandt mit mir, und wenn du sagst, dass er das ist, dann bist du wie … wie diese ach so liberalen Typen, die immer behaupten, dass sie gar nicht bemerken, ob jemand schwarz oder weiß ist. Haben die keine Augen im Kopf? Und was ist mit *dir?* Warst du so erpicht darauf, Gutes auf der Welt zu tun, dass du nicht einen Moment darüber nachgedacht hast, ob das für *uns* gut ist?«

Abby sagte nur: »Ach, Denny.«

Ach, Denny.

4

Am Sonntagmorgen war die Tür des Arbeitszimmers – Dennys Tür – zu, und alle bemühten sich, die drei Jungs davon abzuhalten, Lärm zu machen. »Geht im Wintergarten spielen«, sagte Nora nach dem Frühstück zu ihnen. »Aber leise. Nicht euren Onkel aufwecken.« Doch selbst bei mustergültigem Betragen, indem sie die Küche übertrieben auf Zehenspitzen verließen, schienen sie Unruhe zu verbreiten. Sie drängelten und schubsten und rempelten sich an und stolperten über ihre eigenen Füße, während Heidi wie verrückt um sie herumrannte. Brenda, die in der Ecke auf dem Boden lag, hob den Kopf, um ihnen nachzuschauen, stöhnte dann und ließ die Schnauze wieder auf ihre Pfoten sinken.

Red schlief ebenfalls noch, sodass die anderen keine Ahnung hatten, wie es am Bahnhof gelaufen war. »Ich habe versucht, wach zu bleiben, bis die beiden heimkommen«, sagte Abby, »aber ich muss eingeschlafen sein. Anscheinend kann ich im Bett nicht mehr lesen! Ich hätte unten auf sie warten sollen. Noch etwas Kaffee, Nora?«

»Das kann ich doch selbst machen, Mutter Whitshank. Bleib du ruhig sitzen.«

Es würde offensichtlich ein Weilchen dauern, bevor die

beiden Frauen geregelt hatten, wer für was zuständig war. An diesem Morgen hatte Abby wie üblich Toast und Cornflakes auf den Tisch gestellt, und dann war Nora heruntergekommen und hatte, ohne auch nur zu fragen, aus einem ganzen Karton Eier Rührei gemacht.

Stem war noch im Schlafanzug und Abby im Bademantel, während Nora eines ihrer üblichen Kleider trug, weiße Baumwolle mit marineblauem Zweigmuster, und Sandalen, in denen ihre glatten, gebräunten Füße zur Geltung kamen. Zum Frühstück hatte sie mehr gegessen als alle anderen zusammen, allerdings so langsam und anmutig, dass es schien, als hätte sie kaum etwas zu sich genommen.

»Ich habe mir überlegt«, sagte Abby, »die Mädchen und ihre Familien zum Mittagessen einzuladen. Sie wollen Denny doch sicher sehen.«

»Könnten wir etwas später essen?«, fragte Nora. »Die Kinder und ich gehen in die Kirche.«

»Aber sicher. Wir könnten um … um eins essen, was meinst du? Ich glaube, ich mache einen Rollbraten.«

»Wenn du für mich den Braten in die Röhre schiebst«, meinte Nora, »kümmere ich mich um alles Weitere, wenn ich zurück bin.«

»Ich bin durchaus noch fähig, ein einfaches Mittagessen für die Familie auf den Tisch zu bringen, Nora.«

»Natürlich«, antwortete Nora gleichmütig.

Stem sagte: »Ich besorge alles, was du noch brauchst.«

»Ach, das kann Dad machen«, erwiderte Abby.

»Mom. Dafür bin ich doch da.«

»Na gut … aber geh zu Eddie's, wo du unser Konto mit dem Betrag belasten kannst.«

»Mom.«

Zu Abbys Glück kam in dem Moment Red herein. (Abby sprach nur ungern über Geld.) Er trug seinen schäbigen alten

Bademantel und seine Pantoffeln, die ein Geräusch machten wie ein Kehrbesen. »Morgen, allerseits«, grüßte er.

»Na, du!«, sagte Abby und schob ihren Stuhl zurück, doch Nora war bereits aufgestanden und holte die Kaffeekanne. »Ist Denny gut angekommen?«, fragte Abby.

»Jep«, sagte Red und setzte sich.

Stem fragte: »War der Zug pünktlich?«

Entweder hatte Red ihn nicht gehört, oder er fand die Frage keiner Antwort würdig. Er griff nach der Platte mit den Rühreiern.

»Da ist Toast«, sagte Abby. »Vollkorn.«

Er schöpfte sich eine große Ladung Rührei und gab die Platte an Nora weiter, die sich nochmals bediente.

»Wenn ich diese verdammte Statue noch einziges Mal sehen muss«, sagte er, »miete ich mir eine Abrissbirne. Das Ding ist eine Zumutung! Andere Städte haben einen Springbrunnen am Bahnhof oder eine Metallskulptur oder dergleichen. Wir haben einen riesigen Frankenstein aus Blech mit einem Herz, das rosa und blau pulsiert.«

»Wie gehts Denny?«, fragte Abby.

»Gut, soweit ich feststellen konnte.« Er linste in das Sahnekännchen. »Ist noch Sahne da?«

Nora stand auf und ging zum Kühlschrank.

»Das Einzige, worüber wir geredet haben, waren die Orioles«, sagte er und kam seinen Zuhörern endlich entgegen. »Wir glauben beide nicht, dass sie das die ganze Saison durchhalten.«

»Ach.«

»Er hat drei Koffer mitgebracht.«

»Drei?«

»Ich habe ihn gefragt«, sagte Red und rührte seinen Kaffee um. »Ich habe gefragt, warum so viel Gepäck, und er hat gesagt, es seien Sommer- und Wintersachen.«

»Wintersachen?«

»Die Wintersachen hätten den meisten Platz gebraucht, dickerer Stoff.«

»Wie hat er das alles geschleppt?«, fragte Stem.

»Beim Einsteigen hat er einen Gepäckträger genommen, wie er sagt. Und beim Aussteigen … Habt ihr mal versucht, in Baltimore einen Gepäckträger aufzutreiben? Nach Mitternacht? Aber er hat es irgendwie geschafft. Wenn ich Bescheid gewusst hätte, dann hätte ich geparkt und wäre in den Bahnhof gekommen.«

»Wintersachen!«, wiederholte Abby mit schleppender Stimme.

»Prima Eier«, teilte Red ihr mit.

»Die hat Nora gemacht.«

»Prima Eier, Nora.«

»Danke.«

»Dann sollte ich wohl besser den Schrank im Arbeitszimmer ausräumen«, sagte Abby. »Dabei musste ich schon Platz schaffen für die Sachen aus dem Schrank im Kinderzimmer und aus dem im Zimmer von Stem und Nora.« Das schien sie in leise Panik zu versetzen.

»Entspann dich«, sagte Red, ohne von seinen Rühreiern aufzublicken.

»Ich *hasse* es, wenn du verkündest, dass ich mich entspannen soll!«

Nora meinte: »Ich kann den Schrank ausräumen.«

»Du wüsstest ja nicht, wohin mit allem.«

»Nora ist ein Genie, wenns darum geht, Stauraum zu schaffen«, sagte Stem.

»Ja, gewiss, nur …«

»Morgen, allerseits«, sagte Denny und betrat die Küche. Er trug Kakihosen mit Farbspritzern und ein String-Cheese-Incident-T-Shirt, und sein Haar war zottelig und hing ihm bis über die Ohren. (In der Regel waren die Männer in der Familie fanatisch darauf bedacht, dass ihr Haar immer kurz war.) Aber er schien gesund und munter zu sein. Abby rief: »Schätzchen! Ist das schön, dich zu sehen!«, und sie stand auf, um ihn zu umarmen. Er drückte sie kurz und bückte sich dann, um Brenda zu streicheln, die sich hochgerappelt hatte und angetappt kam, um ihn zu beschnuppern. Stem hob grüßend die Hand, blieb jedoch sitzen, und Nora lächelte und sagte: »Hallo, Denny.«

»Noch Frühstück da?«

»Mehr als genug«, sagte Abby. Nora stand wieder auf, um die Kaffeekanne zu holen.

»Wo sind die Kids?«, fragte Denny, nachdem er sich gesetzt hatte.

»Im Wintergarten«, antwortete Abby. »Hoffentlich haben sie dich nicht geweckt.«

»Hab keinen Mucks gehört.«

»Wie war die Fahrt?«

»Ganz okay.« Er nahm sich Rührei.

»Du hättest ruhig bis heute Morgen warten können. Sonntagmorgens ist der Zug leer.«

»Das war er gestern Abend auch«, sagte er.

Stem fragte: »Arbeitest du noch in dieser Küchenfirma?«

»Nö, da hab ich aufgehört.«

»Und was machst du jetzt?«

»Jetzt bin ich *hier*«, sagte Denny und sah Stem fest an.

Nora sagte: »Entschuldigt mich bitte, aber ich muss die Jungs für die Kirche fertig machen.«

Denny wandte den Blick kurz ihr zu, griff dann zur Gabel und begann zu essen.

Die Jungs waren begeistert, als sie hörten, dass Denny wach war. Sie fielen wieder in die Küche ein und kletterten auf ihm herum und bombardierten ihn mit Fragen und

Wünschen – ob er seinen Baseball-Handschuh dabeihatte, ob er mit ihnen an den Bach ging –, während Heidi bellte und um sie herumsauste und sich zwischen sie zu drängen versuchte. Denny schüttelte die Jungs gutmütig ab und versprach, später etwas mit ihnen zu unternehmen, und dann brachte Nora sie nach oben, dicht gefolgt von Stem mit Sammy auf dem Rücken, und Red verzog sich mit der Morgenzeitung in den Wintergarten.

Somit blieben nur Abby und Denny zurück. Sobald sie allein waren, schenkte sie sich noch eine Tasse Kaffee ein und setzte sich wieder hin. »Dennis«, sagte sie.

»Oh-oh.«

»Was ist?«

»Wenn du mich ›Dennis‹ nennst, heißts aufgepasst«, sagte er und schöpfte sich einen Löffel Konfitüre auf den Teller.

»Denny, ich kann mir vorstellen, was Jeannie dir erzählt hat. Dass ich heutzutage so schusselig bin, dass ich Betreuung brauche.«

»Das hat sie nicht gesagt.«

»Egal, *was* sie gesagt hat, ich möchte dir nur meine Sicht der Dinge erklären.«

Er sah sie aufmerksam an.

»Das, was alle so beunruhigt hat«, sagte sie, »ich meine, der Grund, weshalb Stem und Nora dachten, dass sie zu uns ziehen sollten, also das war nicht so, wie es sich anhört. Ich bin nicht … herumgeirrt wie eine Geistesgestörte oder was. Passiert ist Folgendes. Es war in der Nacht, als wir diesen furchtbaren Sturm hatten, diesen Orkan, erinnerst du dich? Hurrikane, Tornados, El Niño … mein Gott, was es heutzutage alles gibt! Erzähl mir nicht, dass das nichts mit der Erderwärmung zu tun hat! Jedenfalls hat dieser Sturm einen der riesigen Bäume drüben bei den Ellis' umgeworfen, direkt auf der Grenze zwischen unseren Grundstücken. Ganz zu schweigen von den aberhundert anderen Bäumen und der Tatsache, dass in der halben Stadt der Strom ausgefallen ist, auch bei uns.«

»Ärgerlich«, sagte Denny und biss in seinen Toast.

»Du hättest den Baum mal sehen sollen, Denny. Er sah aus wie ein riesiger, auf der Seite liegender Brokkoli, nur mit Wurzeln. Und das Loch, das er hinterlassen hat! Ein Loch so tief wie eine Baugrube. Da ist es doch verständlich, dass man sich das genauer ansehen will.«

»Heißt das, du bist rausgegangen, um dir das Loch anzuschauen?«

»Na ja, wahrscheinlich.«

»Wahrscheinlich?«

»Ich meine, ja, ich bin ziemlich sicher, dass es so war.«

»Mom. Der Sturm hatte Orkanstärke. Da musst du dich doch erinnern können, ob du rausgegangen bist.«

»Ich erinnere mich ja. Ich meine, ich erinnere mich, *dass* ich draußen war; ich erinnere mich nur nicht, *wie* ich hinausgekommen bin. Weißt du, manchmal überspringt mein Gedächtnis einige Minuten, wie die Nadel auf einer Schallplatte. Ich mache etwas ganz Alltägliches, und dann ist es plötzlich später, verstehst du? Vielleicht fünf oder zehn Minuten später, ich weiß es nicht genau. Und da ist eine komplette Lücke zwischen der letzten Minute und jetzt. Nicht so, wie wenn man eine Routinearbeit erledigt und zwischendurch irgendwie weggedriftet ist, aber immer noch weiß, dass Zeit vergangen ist. Es ist eher wie … wie wenn man nach einer Operation aufwacht.«

»Das hört sich an wie ein kleiner Schlaganfall«, sagte Denny. »Oder was in der Art.«

»Ich habe keine Ahnung.«

»Hast du mit einem Arzt gesprochen?«

»Natürlich *nicht*.«

»Vielleicht gibt es ja ein einfaches Mittel dagegen.«

»Keins, das ich in meinem Alter haben will!«, erklärte Abby. »Und außerdem passiert es ja nicht so oft. Eigentlich gar nicht oft.«

»Na gut. Du sagst, dass du dich dabei ertappt hast, wie du bei einem Unwetter draußen warst und in ein Loch geschaut hast.«

»Es war kein Unwetter mehr. Der Regen hatte aufgehört. Aber ansonsten, ja, genau so war es. Und ich war im Nachthemd und in Hausschuhen, und ich hatte keinen Hausschlüssel dabei. Warum auch? Normalerweise steht das Türschloss auf manuell. Ach, ich *hasse* automatische Schlösser! Das war bestimmt das Werk deines Vaters; ständig muss er an allem herumbasteln. Und natürlich konnte er mich nicht hören, als ich gerufen habe; er schlief inzwischen tief und fest, und du hast ja mitbekommen, wie taub er geworden ist. Ich habe gerufen, ich habe geklopft … Klingeln konnte ich ja nicht, weil der Strom ausgefallen war, und außerdem hört er die Klingel ohnehin meistens nicht. Ich habe sogar versucht, Steinchen an unser Schlafzimmerfenster zu werfen, aber das klappt im wirklichen Leben auch nicht so wie in Büchern. Also dachte ich, na schön, dann lege ich mich in die Hängematte und warte, bis es hell wird. Das war nicht weiter schlimm. Eigentlich sogar ganz nett. Nirgendwo brannte Licht, die Straßenlampen und die Häuser waren dunkel, und die einzigen Geräusche kamen von den tropfenden Blättern und den piepsenden Laubfröschen. Ich habe mich in der Hängematte zusammengerollt und bin eingeschlafen, und als ich am Morgen aufwachte, war es noch so früh, dass dein Dad bestimmt noch nicht auf war, und da dachte ich, ich gehe ein Stück die Straße runter und sehe mir die Schäden an. Die ganze Nachbarschaft war ein einziges Katastrophengebiet, Denny! Mächtige Bäume und Äste lagen auf der Straße, überall hingen abgerissene Stromleitungen, ein zerquetschtes Auto direkt vor dem Haus der Browns … Und genau da hat mich Sax Brown gesehen, als ich nämlich nachschauen wollte, ob in dem zerquetschten Auto jemand eingeklemmt ist. Ich weiß, wie das ausgesehen haben muss: Ich war einen halben Block von zu Hause entfernt, in einem Nachthemd, das unten voller Schlamm war. Nicht gerade vertrauenerweckend!« Sie lachte kurz auf.

Denny sagte: »Okay …«

»Aber das ist doch kein Grund, gleich eine Pflegerin zu holen.«

»Nein, danach hört es sich nicht an«, bestätigte Denny.

»Gut.«

»Es hört sich eher an wie eine Verkettung unglücklicher Umstände, die außerhalb deiner Kontrolle waren. Und *das* kann ich sehr gut nachvollziehen.«

»Dann stimmst du mir also zu, dass keiner von euch hier sein muss«, sagte Abby. »Nicht, dass ich es nicht wunderbar finde, euch alle hier zu haben, jeden Einzelnen von euch. Aber ich *brauche* euch nicht.«

»Warum hast du Stem nicht alles erklärt?«

»Stem? Hab ich ja. Ich habe es versucht. Ich habe versucht, es allen zu erklären.«

»Und warum bittest du dann nicht *ihn*, wieder auszuziehen? Warum soll *ich* gehen und nicht er?«

»Aber, Schätzchen, darum bitte dich doch gar nicht! Ich hoffe, du bleibst, solange du willst. Ich sage nur, dass ich keinen Babysitter brauche. *Du* verstehst das. Bei Stem ist das … anders. Er liegt eher auf der gleichen Wellenlänge wie dein Vater, stimmts? Er und Dad stecken manchmal die Köpfe zusammen und kommen dann auf die merkwürdigsten Ideen, wenn du weißt, was ich meine.«

»Ich weiß genau, was du meinst.«

Doch dann, gerade als sich Abby mit erleichterter Miene zurücklehnte und die Anspannung endlich aus ihrem Gesicht wich, sagte Denny: »Immer das alte Lied«, stand auf und verließ die Küche.

Es war reines Pech, dass eines von Abbys Findelkindern zum sonntäglichen Mittagessen erschien. Atta – so hieß sie und hatte einen komplizierten Nachnamen – eine Neueinwanderin Ende fünfzig, übergewichtig und mit kittfarbener Haut, in einem dicken Kleid mit Gürtel und Strümpfen, die aussahen wie ein Verband. (Draußen hatte es 34 Grad, und Strümpfe hatte man in Baltimore seit Monaten nicht gesehen.) Das Erste, was man von ihr wusste, war, dass sie an der vorderen Fliegengittertür rüttelte und rief: »Hallo? Ich bin gekommen zu richtige Haus?«

»Challo« sprach sie das erste Wort aus, und statt »Haus« sagte sie »Chaus«.

»Ach, du meine Güte!«, rief Abby. Sie kam gerade hinter Stem die Treppe herunter, beide mit Papierstapeln beladen, für die sie im Wintergarten Platz zu finden hofften. »Atta, stimmts? Ja, wie nett, dass …«

Sie packte ihren Stapel auf den von Stem und öffnete Atta die Tür. »Ich bin zu früh?«, fragte Atta, als sie hereinstapfte. »Ich glaube nicht. Sie sagten zwölf Uhr dreißig.«

»Nein, natürlich nicht. Wir wollten nur gerade … Das ist mein Sohn Stem«, sagte Abby. »Atta ist neu in Baltimore, Stem, und kennt noch keine Menschenseele. Wir sind uns im Supermarkt begegnet.«

»Sehr erfreut«, sagte Stem. Er konnte Atta zwar nicht die Hand schütteln, nickte ihr aber über seinem Armvoll Papier zu. »Entschuldigen Sie; ich muss das nur erst wo absetzen.«

»Nehmen Sie doch Platz«, sagte Abby zu Atta. »Hatten Sie Schwierigkeiten, uns zu finden?«

»Natürlich nicht. Aber Sie sagten zwölf Uhr dreißig.«

»Wirklich?«, fragte Abby unsicher. Vielleicht war ihre Kleidung das Problem; sie trug eine ärmellose Bluse mit einer Reihe ineinandergehängter Sicherheitsnadeln über der einen Brust und eine weite türkisfarbene Hose, die kurz unter dem Knie endete. »Wir sind hier nicht so förmlich«, sagte sie. »Wir machen uns sonntags nicht besonders fein. Ah, da ist mein Mann! Red, das ist Atta. Sie ist zum Mittagessen gekommen.«

»Sehr erfreut«, sagte Red und schüttelte ihr die Hand. In der anderen Hand hatte er einen Schraubenzieher. Er hatte sich mal wieder am Verteilerkasten zu schaffen gemacht.

»Ich esse nicht rotes Fleisch«, teilte ihm Atta mit lauter, tonloser Stimme mit.

»Nein?«

»In meiner Heimat ich esse Fleisch, aber in Amerika sie geben Hormone.« (»Cheimat« und »Chormone«.)

»Ach«, murmelte Red.

»Nehmt doch Platz«, sagte Abby zu beiden und dann zu Stem, als er wieder aus dem Wintergarten auftauchte: »Stem, setz dich und leiste Atta Gesellschaft, während ich mich um das Essen kümmere.«

Stem warf ihr einen verzweifelten Blick zu, doch Abby schenkte ihm ein strahlendes Lächeln und verließ das Zimmer.

In der Küche stand Nora an der Arbeitsplatte und schnitt Tomaten auf. »Was mache ich denn jetzt?«, fragte Abby sie. »Wir haben einen unerwarteten Gast, der kein rotes Fleisch isst.«

Ohne sich umzudrehen, sagte Nora: »Wie wäre es mit dem Thunfischsalat, den Douglas aus dem Lebensmittelgeschäft mitgebracht hat?«

»Gute Idee. Wo ist Denny?«

»Er spielt mit den Jungs Baseball.«

Abby ging zur Fliegengittertür und schaute hinaus. Draußen im Garten rannte Sammy einem nicht gehaltenen Ball nach, während Denny dastand und untätig in seinen Baseball-Handschuh schlug. »Vielleicht lass ich ihn einfach in Ruhe«, sagte Abby und dann mit einem langen Seufzer: »Oje«, und ging zum Kühlschrank, um den Eistee zu holen.

Im Wohnzimmer erklärte Atta derweil Red und Stem, was es an den Amerikanern auszusetzen gab. »Sie tun immer extrem warm und offen, immer Hallo-Atta-sehr-erfreut, aber dann nichts. Ich habe nicht einen Freund hier.«

»Mit der Zeit«, sagte Red, »werden Sie bestimmt Freunde finden.«

»Das ich glaube nicht«, erwiderte sie.

Stem fragte: »Werden Sie sich einer Kirchengemeinde anschließen?«

»Nein.«

»Meine Frau Nora gehört nämlich einer Gemeinde an, in der es ein Komitee gibt, das sich nur um Neuankömmlinge kümmert.«

»Ich werde mich nicht anschließen einer Kirchengemeinde.«

Es trat tiefe Stille ein. Schließlich sagte Red: »Den letzten Satz habe ich nicht ganz mitbekommen.«

Stem und Atta sahen ihn an, sagten aber nichts.

»Da *wären* wir!«, flötete Abby und kam mit einem Tablett herein. Sie stellte es auf den Couchtisch. »Wer möchte ein Glas Eistee?«

»Vielen Dank, Schatz«, sagte Red von ganzem Herzen.

»Hat euch Atta von ihrer Familie erzählt? Sie hat eine höchst ungewöhnliche Familie.«

»Ja«, sagte Atta, »meine Familie war exzeptionell. Jeder beneidete uns.« Sie zog eine Packung Süßstoff aus der Zuckerdose und hielt sie sich dicht vor die Augen, um mit leicht zuckenden Lippen das Kleingedruckte zu lesen. Dann legte sie die Packung wieder in die Dose. »Wir kamen von einer bedeutenden Linie von Wissenschaftlern auf beiden Seiten, und wir hatten viele intellektuelle Gespräche. Andere Menschen wünschten, sie könnten Mitglieder sein.«

»Ist das nicht ungewöhnlich?«, fragte Abby strahlend.

Red ließ sich tiefer in seinen Sessel sinken.

Beim Mittagessen waren sie so viele, dass die Enkelkinder in der Küche essen mussten – alle bis auf Amandas Elise, die vierzehn war und sich als Erwachsene betrachtete. Zwölf Personen saßen im Esszimmer: Red und Abby, ihre vier Kinder und die drei Ehepartner der Kinder, Elise, Atta und Mrs Angell, Jeannies mit im Haus lebende Schwiegermutter. Die Teller berührten sich praktisch, das Besteck hatte kaum Platz dazwischen, und ständig fragte jemand: »Entschuldigung, ist das dein Glas oder meines?« Abby zumindest schien das Ganze höchst erheiternd zu finden. »So eine Menge *Leute!*«, sagte sie zu ihren Kindern. »Ist das nicht lustig?« Sie sahen sie missmutig an.

Davor hatte es eine kurze Zusammenkunft in der Küche gegeben, wohin die meisten geflüchtet waren, nachdem sie Attas Bekanntschaft gemacht hatten. Als Abby den Fehler beging, sich zu ihnen zu gesellen, fuhren sie auseinander und funkelten sie an. »Mom, wie *konntest* du nur!«, sagte Amanda, und Jeannie ergänzte: »Ich dachte, du hättest versprochen, damit aufzuhören.«

»Womit?«, fragte Abby. »Also ehrlich, wenn ihr euch einer Fremden gegenüber nicht ein wenig gastfreundlich zeigen könnt …«

»Es sollte nur die Familie sein! Aber du bist ja nie zufrieden, wenn nur die Familie da ist! Genügen wir dir denn *nie?*«

Inzwischen hatte sich die Lage weitgehend beruhigt. Amandas Hugh machte sein übliches Getue um das Tranchieren (er hatte einen speziellen Kurs besucht und bestand seither darauf, diese ehrenvolle Aufgabe zu übernehmen), obwohl Red immer wieder brummelte: »Das Ding *hat* keine Knochen, Herrgott noch mal; wozu das ganze Trara?« Nora schwebte zwischen Esszimmer und Küche hin und her, beruhigte die Kinder und wischte Verschüttetes auf, während Mrs Angell, eine liebenswerte Person mit einem Kranz blauweißer Haare, sich nach Kräften bemühte, Atta ins Gespräch zu ziehen. Sie erkundigte sich nach ihrer Arbeit, ihrer heimischen Küche und dem Gesundheitswesen ihres Heimatlandes, doch Atta schmetterte jede Frage mit einer knallharten Bemerkung ab. »Werden Sie die amerikanische Staatsbürgerschaft beantragen?«, fragte Mrs Angell einmal.

»Bestimmt nicht!«

»Ach.«

»Atta empfindet Amerikaner als unfreundlich«, sagte Abby zu Mrs Angell.

»Du lieber Himmel! Das habe ich ja noch *nie* gehört!«

»Oh, sie *tun* freundlich«, erklärte Atta. »Meine Kollegen fragen: ›Wie geht es dir, Atta?‹ Sie sagen: ›Schön, dich zu sehen, Atta.‹ Aber laden sie mich ein nach Hause zu ihnen? Nein.«

»Das ist ja schrecklich.«

»Sie sind, wie nennt man das? Doppelzüngig«, sagte Atta.

Jeannie beugte sich über den Tisch, um Denny zu fragen: »Erinnerst du dich an B.J. Autry?«

»M hm.«

»Ich weiß nicht, warum ich plötzlich an sie denken musste.«

Amanda gluckste, und Stem stöhnte. *Sie* wussten, warum. (B.J. mit ihrer durchdringenden Stimme und ihrem schrillen Lachen war eines der unangenehmeren Findelkinder ihrer Mutter gewesen.) Denny dagegen musterte Jeannie kurz, ohne zu lächeln, und wandte sich dann an Atta: »Ich glaube, Sie haben da einen Fehler gemacht.«

»Oh«, sagte sie. »›Doppelzüngig‹ ist ein inkorrektes Wort?«

»In diesem Fall, ja. ›Höflich‹ wäre zutreffender. Ihre Kollegen versuchen, höflich zu sein. Sie mögen Sie nicht besonders, darum laden sie Sie nicht zu sich ein, aber sie geben sich alle Mühe, nett zu Ihnen zu sein, und darum fragen sie, wie es Ihnen geht, und sagen, dass es schön ist, Sie zu sehen.«

Abby rief: »Denny!«

»Was ist?«

»Und außerdem«, teilte ihm Atta offenbar unbeeindruckt mit, »sagen sie: ›Ein schönes Wochenende, Atta‹. Wie soll ich das machen? *Das* ich sollte sie fragen.«

»Stimmt«, sagte Denny. Er lächelte seine Mutter an. Sie lehnte sich zurück und seufzte.

»Voilà!«, verkündete Amandas Hugh und spießte mit der Tranchiergabel eine Scheibe Rinderbraten auf. »Siehst du die, Red?«

»Hä?«

»Diese Scheibe ist für dich bestimmt. Hauchdünn geschnitten, wie ich betonen möchte.«

»Ist ja gut, Hugh, danke«, sagte Red.

Amandas Hugh war in der Familie berühmt, weil er einmal gefragt hatte, warum unter den Azaleen eine zusammengerollte Ehrenurkunde zu liegen schien. Er hatte das weiße PVC-Abflussrohr gemeint, das aus dem Überlaufschacht im Keller führte. Die Familie zog ihn ständig damit auf. (»Mal wieder Ehrenurkunden im Gebüsch entdeckt, Hugh?«) Sie mochten ihn durchaus, konnten sich aber nur wundern, wie erstaunlich unpraktisch er war, wie fremd ihm Dinge waren, die sie für wesentlich hielten. Nicht einmal einen Lichtschalter konnte er ersetzen! Er sah aus wie ein Model, war fit und Bewunderung gewohnt, und er fing beruflich laufend etwas Neues an, das er dann in einem Anfall von Ungeduld wieder aufgab. Derzeit besaß er ein Restaurant namens Thanksgiving, in dem nur Truthahn serviert wurde.

Jeannies Hugh dagegen war ein Handwerker, der an dem College arbeitete, das Jeannie besucht hatte. Die anderen Mädchen waren auf Medizinstudenten erpicht gewesen, aber ein einziger Blick auf den bescheidenen Hugh, mit seinem sägemehlfarbenen Bart und seinem tief über den Hüften hängenden Werkzeuggürtel, hatte Jeannie offenbar genügt, um sich auf der Stelle wie daheim zu fühlen. Das war doch mal jemand, mit dem sie sich identifizieren konnte! Sie heirateten in ihrem letzten Studienjahr, was bei der Collegeverwaltung ein gewisses Unbehagen auslöste.

Im Moment fragte er Elise nach ihrem Ballettunterricht aus, was sehr rücksichtsvoll von ihm war. (Sie war bisher nicht in die Unterhaltung einbezogen worden.) »Trägst du deine Haare wegen dem Ballett so streng zurückgekämmt?«, fragte er, und Elise sagte: »Ja, Madame O'Leary verlangt das so«, und sie setzte sich aufrechter hin – ein gertenschlankes, demonstrativ selbstsicheres Kind – und fasste sich an den kleinen Dutt auf ihrem Hinterkopf.

»Und was ist, wenn man Kraushaar hat, das man einfach nicht bändigen kann?«, fragte er. »Oder wenn man Haare hat, die nicht richtig wachsen wollen?«

»Ausnahmen gibt es nicht«, teilte ihm Elise streng mit. »Wir müssen einen Chignon haben.«

»Na, so was!«

»Und auch diese weiten Röcke«, erklärte ihm Amanda.

»Die sie sich über ihren Trikots umbinden. Jeder erwartet Tutus, aber Tutus sind nur für Vorstellungen.«

Abby fragte: »Weißt du noch, Jeannie, wie wir Elise ein Ballettröckchen angezogen haben, als sie gerade mal ein paar Wochen alt war?«

»Und ob ich das noch weiß!«, erwiderte Jeannie und lachte. »Sie hatte drei Stück davon, erinnerst du dich? Und wir haben sie in eines nach dem anderen gesteckt.«

»Deine Mom hatte uns gebeten, auf dich aufzupassen«, sagte Abby zu Elise. »Es war das erste Mal, dass sie dich allein ließ, und es schien ihr sicherer zu sein, jemand aus der Familie als Babysitter zu haben. Und wir haben zu ihr gesagt: ›Geh nur! Geh!‹, und kaum dass sie aus der Tür war, haben wir dich bis auf die Windel ausgezogen und haben dir Sachen anprobiert. Jedes einzelne Kleidungsstück, das du bei der Babyparty bekommen hattest.«

»Davon wusste ich ja gar nichts«, sagte Amanda, während Elise erfreut und verlegen dreinsah.

»Ach, wir hatten es gar nicht erwarten können, all die süßen Jäckchen und Kleidchen in die Finger zu kriegen. Nicht nur die Röckchen, sondern auch diesen entzückenden kleinen Matrosenanzug und einen winzigen Bikini, und dann – erinnerst du dich, Jeannie? – dieser marineblaue Drillich-Overall mit Hammerschlaufe.«

»Natürlich erinnere ich mich an den, ich hatte ihn ihr schließlich geschenkt.«

»Wir waren wie im Rausch«, sagte Abby zu Atta. »Elise war unser erstes Enkelkind.«

»Oder auch nicht«, bemerkte Denny.

»Wie, Schätzchen?«

»Du scheinst zu vergessen, dass Susan euer erstes Enkelkind war.«

»Oh! Natürlich war sie das! Ich meinte damit, das erste

Enkelkind, das in der Nähe war, geografisch in der Nähe. Ich würde Susan doch nie und nimmer vergessen!«

»Wie *geht* es Susan?«, fragte Jeannie.

»Gut«, sagte Denny.

Er schöpfte Soße auf sein Fleisch und gab die Sauciere an Atta weiter, die misstrauisch hineinsah und sie dann weiterreichte.

»Was macht sie diesen Sommer?«, fragte Abby.

»Sie nimmt an einer Art Musik-Seminar teil.«

»Musik! Wie nett! Ist sie musikalisch?«

»Muss sie ja wohl sein.«

»Spielt sie ein Instrument?«

»Klarinette?«, sagte Denny. »Ja, Klarinette.«

»Ach, ich dachte, vielleicht Waldhorn.«

»Wie kommst du denn *da*rauf?«

»Weil *du* früher Waldhorn gespielt hast.«

Denny schnitt in sein Fleisch.

»Was macht Susan während des Sommers?«, fragte Red.

Alle sahen ihn an.

»Klarinette, Red«, sagte Abby schließlich.

»Hä?«

»Klarinette!«

»Mein Enkel in Milwaukee spielt auch Klarinette«, erzählte Mrs Angell. »Aber es fällt schwer, ihm zuzuhören, ohne zu lachen. Jeder dritte oder vierte Ton kommt als grässliches Quäken heraus.« Sie wandte sich an Atta und sagte: »Ich habe dreizehn Enkelkinder, ist das nicht unglaublich? Haben Sie auch Enkelkinder, Atta?«

»Wie wäre das möglich?«, fragte Amanda herausfordernd.

Wieder herrschte Schweigen, diesmal war es lastend und bedrückend, und alle wandten ihre Aufmerksamkeit dem Essen zu.

Als sie fertig waren verabschiedete sich Atta, versehen mit den Resten des im Laden gekauften Blechkuchens. (Den Thunfischsalat hatte sie kaum angerührt – »Quecksilber«, hatte sie verkündet –, aber sie schien eine ausgesprochene Vorliebe für Süßes zu haben.) Elise ging mit den anderen Kindern in den Garten hinter dem Haus, während sich die Erwachsenen draußen auf die Veranda setzten. Selbst Nora konnte überredet werden, das Aufräumen der Küche auf später zu verschieben, und Red beschloss, sein Mittagsschläfchen in der nach Schimmel riechenden Hängematte am südlichen Ende der Veranda zu halten statt oben im Schlafzimmer.

»Wieso sind Dads Arme voller blauer Flecken?«, fragte Denny leise seine Schwestern. Die drei teilten sich die Verandaschaukel.

Es war Abby, die antwortete, hellhörig wie immer. Sie unterbrach ihre Unterhaltung mit Mrs Angell und rief: »Das ist der Blutverdünner, den er nimmt. Dadurch bekommt er leicht Prellungen.«

»Und seit wann schläft er mittags?«

»Das haben ihm die Ärzte verordnet. Er soll auch unter der Woche ein Nickerchen machen, aber er tut es nicht.«

Denny schwieg eine Weile, während er gedankenverloren die Schaukel hin und her bewegte und einem grauen Eichhörnchen nachsah, das unter einen Busch flitzte. »Interessant, dass mir keiner was von dem Herzinfarkt gesagt hat«, sagte er. »Bis gestern Abend hatte ich keine Ahnung. Wenn ich nicht zufällig Jeannie angerufen hätte, hätte ich es wohl nie erfahren.«

»Du hättest ja ohnehin nichts tun können«, sagte Amanda.

»Tausend Dank, Amanda.«

Abby machte eine protestierende Bewegung in ihrem Schaukelstuhl.

»Ist das nicht ein herrlicher Sommer?«, fragte Mrs Angell fröhlich.

Da es tatsächlich ein ausgesprochen heißer Sommer mit schweren Gewittern war, lag es auf der Hand, dass sie nur das Thema wechseln wollte. Abby griff nach ihrer Hand und tätschelte sie. »Ach, Lois, du betrachtest das Leben immer von seiner heiteren Seite.«

»Aber ich mag die Hitze, du etwa nicht?«

»Doch«, sagte Abby, »ich muss nur ständig an die armen Menschen in der Innenstadt denken, die keinerlei Kühlung haben.«

Bei den Whitshanks sorgten nur Deckenventilatoren und ein raffiniert installierter Ventilator auf dem Dachboden sowie hohe, altmodische Decken für Kühlung. Red sprach hin und wieder davon, eine Klimaanlage einzubauen, aber er meinte, es widerstrebe ihm, sich am Gebälk des Hauses zu vergreifen. Selbst die Veranda hatte Deckenventilatoren, drei Stück, die sich über die gesamte Länge verteilten; wunderschöne alte Ventilatoren mit lackierten Holzflügeln, passend zu der lackierten Verandadecke, dem Boden, der honigfarbenen Schaukel und der breiten Eingangstreppe. (Alles ausgewählt von Junior, so wie Junior auch entschieden hatte, die filigranen Oberlichter über allen Türen des Erdgeschosses unverglast zu lassen, damit die Luft zirkulieren konnte.) Und dann waren da natürlich die Tulpenbäume, die Schatten spendeten, auch wenn sich Abby oft über *zu viel* Schatten beklagte. Unter ihnen wollte einfach nichts wachsen; der Rasen bestand größtenteils aus verdichteter Erde, aus der gelegentlich robustes Fingergras ragte, und die einzigen Pflanzen, die an der Nordseite des Grundstücks blühten, waren die Taglilien mit ihren armseligen Knospen und ihren lang aufgeschossenen Blättern.

»Was machen denn eigentlich die Kinder der Nelsons?«,

fragte Jeannie mit Blick auf das Haus der Nelsons auf der anderen Straßenseite.

»Das weiß ich nicht genau«, sagte Abby. »Wenn man die Leute heutzutage nach ihren Kindern fragt, merkt man immer, dass man besser nicht gefragt hätte. Es heißt dann: ›Unser Sohn hat gerade seinen Abschluss in Yale gemacht, aber im Moment ist er, äh …‹, und dann stellt sich heraus, dass er als Barkeeper arbeitet oder Cappuccinos macht, und in den meisten Fällen ist er wieder bei seinen Eltern eingezogen.«

»Er kann froh sein, wenn er überhaupt einen Job gefunden hat«, sagte Amandas Hugh. »Ich habe schon Bedienungspersonal entlassen müssen.«

»Oje, läuft das Restaurant nicht gut?«

»Anscheinend geht kein Mensch mehr auswärts essen.«

»Hugh hat jetzt sowieso eine *viel* bessere Idee«, verriet Amanda. »Er hat ein völlig neues Geschäftsmodell entwickelt, er braucht nur noch die entsprechenden Geldgeber.«

»Wirklich«, sagte Abby. Sie runzelte die Stirn.

»Gehe nicht über Los«, sagte Hugh.

»Was?«

»Das wäre der Name meines Unternehmens. ›Gehe nicht über Los‹. Griffig, stimmts?«

»Und was … steckt dahinter?«

»Eine Dienstleistung für ängstliche Reisende«, erklärte Hugh. »Überängstliche, um genau zu sein. Du hast vermutlich keine Ahnung, dass es solche Menschen gibt, da ihr ja nie verreist, aber ich habe schon einige erlebt, das darfst du mir glauben. Meine eigene Cousine zum Beispiel; meine Cousine Darcy. Sie packt so lange vorher, dass sie am Ende nichts mehr zum Anziehen hat. Sie packt *alles* ein, um für sämtliche Eventualitäten gerüstet zu sein. Sie glaubt, dass ihr Haus es mysteriöserweise spürt, wenn sie im Begriff ist, es zu verlassen; sie sagt, dass es wenige Stunden vor ihrer Abreise irgendwo undicht wird oder ein Ablauf verstopft ist oder die Alarmanlage ausfällt. Die Anweisungen, die sie für den Hundesitter schreibt, sind wahre Romane. Sie hegt plötzlich den Verdacht, dass ihre Katze Diabetes hat. Und darum stelle ich mir vor, dass wir für Leute wie Darcy sämtliche Vorbereitungen übernehmen. *Weit* mehr als das, was Reisebüros tun. Sie nennt uns die Termine und den Zielort, und wir sagen: ›Alles klar.‹ Wir reservieren nicht nur ihre Flüge und ihr Hotel; drei Tage vor der Abreise packen wir ihre Koffer und versenden sie per Express; sie braucht also kein Gepäck aufzugeben. Wir organisieren die Fahrt zum Flughafen und den Fahrer, der sie am anderen Ende erwartet; besorgen die Eintrittskarten für Museen und die Fremdenführer und reservieren Tische in den besten Restaurants. Und das ist erst der Anfang! Wir kümmern uns um die Hundepension, haben Handwerker auf Abruf – darüber muss ich noch mit Red reden – und haben nur ein paar Blocks von ihrem Hotel entfernt einen Arzt mit den entsprechenden Sprachkenntnissen parat und nach der ersten Hälfte der Reise einen Friseurtermin für sie angesetzt. Drei Stunden vor Abflug klingeln wir bei ihr und sagen: ›Es ist so weit.‹ Und sie sagt vielleicht: ›Oje, meine Mutter leidet an hydropischer Herzkompensation und kann jeden Moment sterben.‹ Und wir drücken ihr ein Mobiltelefon in die Hand und sagen: ›Das ist Ihr *persönliches* Mobiltelefon, das Sie auf der ganzen Welt benutzen können. Ihre Mutter sowie die Leitung ihres Pflegeheims haben die Nummer, und wir haben eine Reiseversicherung abgeschlossen, die bei einem medizinischen Notfall Ihren umgehenden Heimflug garantiert.«

Denny lachte, sonst niemand.

»Diese Leute müssten aber schon sehr reich sein«, meinte Jeannies Hugh.

»Ich gebe zu, das Ganze wird nicht billig.«

»Sehr reich und total verrückt, und zwar gleichzeitig. Wie viele gibts davon wohl hier in Baltimore?«

»Mensch, Mann! Du *kannst* einem wirklich Mut machen!«

»Aber der *Name* gefällt mir«, sagte Abby eilends. »Hast du dir den selbst ausgedacht, Hugh?«

»Das habe ich.«

»Und ist das … Und mit ›Gehe nicht über Los‹ ist gemeint …?«

»Dass du dich vor der Reise nicht mit der Planung und dem ganzen anderen Kram herumschlagen musst, das ist damit gemeint.«

»Ach so. Es hat also nichts mit Monopoly und ins Gefängnis gehen zu tun.«

»Gefängnis? Großer Gott, nein!«

»Und was ist mit deinem Restaurant?«, fragte Jeannie.

»Das verkaufe ich.«

»Hast du schon einen Abnehmer?«

»Also wirklich, Leute!«

»Es hat mich nur interessiert«, sagte Jeannie.

Mrs Angell sagte: »Ist euch aufgefallen, dass die Vögel in letzter Zeit eher gesprächig klingen? Als würden sie heutzutage eher reden als singen. Hört ihr es?«

Alle lauschten eine Weile.

»Vielleicht wegen der Hitze«, mutmaßte Abby.

»Ich mache mir Sorgen, sie könnten die Musik aufgegeben haben. Sich auf Prosa verlegt haben.«

»Also *das* würden sie ganz bestimmt nicht tun«, sagte Abby. »Ich glaube eher, dass sie einfach müde sind. Sie haben beschlossen, die Grillen übernehmen zu lassen.«

»Wenn meine Enkel aus Kalifornien wie jeden Sommer zu Besuch kommen«, sagte Mrs Angell, »fragen sie immer: ›Was ist das für ein *Geräusch?*‹ ›Welches Geräusch?‹, frage ich. Sie sagen: ›Dieses Zirpen und Sirren, dieses Ritsch-Ritsch-

Ritsch-Geräusch.‹ ›Ach *das*‹, sage ich, ›ihr meint vermutlich die Grillen oder die Heuschrecken. Ist das nicht komisch? Ich höre sie schon gar nicht mehr.‹ ›Aber die machen doch einen *Heidenlärm*!‹, sagen sie. ›Wieso hörst du die nicht?‹«

Und kaum, dass sie gesprochen hatte, hörten alle die Grillen, obwohl bis dahin keiner den Spektakel bemerkt hatte, den sie veranstalteten. Es war ein rhythmisches, helles Geräusch, ähnlich dem Klingeling eines altmodischen Schlittengeläuts.

Amanda erklärte: »Ich persönlich finde Hughs Idee jedenfalls brillant.«

»Danke, Schatz«, sagte Hugh zu ihr, »ich bin froh, dass wenigstens *du* an mich glaubst.«

Mrs Angell bestätigte: »Aber das tun wir doch alle! Und was ist mit dir, Denny?«

»Ob ich Hughs Idee brillant finde?«

»Ich meinte, was du derzeit beruflich machst.«

»Na, nichts«, teilte ihr Denny mit. »Ich bin hier, um meinen Eltern auszuhelfen.« Er legte den Kopf an die Rückenlehne der Schaukel und verschränkte die Finger über der Brust.

»Es ist so nett, ihn daheim zu haben«, sagte Abby zu Mrs Angell.

»Das kann ich mir vorstellen!«

»Bist du immer noch bei dieser Küchenfirma?«, fragte Jeannies Hugh.

»Nicht mehr«, sagte Denny. Und ergänzte: »Ich bin jetzt Aushilfslehrer.«

Abby fragte: *»Was?«*

»Aushilfslehrer. Im Frühjahr war ich's jedenfalls.«

»Braucht man dafür keinen College-Abschluss?«

»Eigentlich nicht. Aber ich habe einen.«

Alle sahen Abby an und warteten auf ihre nächste Frage.

Doch die kam nicht. Sie saß einfach da und blickte starr hinüber zum Haus der Nelsons, ihre Mundpartie angespannt und wie verkrampft. Schließlich stellte Jeannie die Frage, die alle interessierte: »Du hast das College abgeschlossen?«

»Ja«, sagte Denny.

»Und wie hast du das *gemacht?*«

»So wie jeder, nehme ich an.«

Alle blickten wieder zu Abby. Sie blieb weiter stumm.

»Na ja, das Bauhandwerk hast du ja nie besonders gemocht«, meinte Stem nach einer Weile. »Das weiß ich noch von früher, als du in den Sommerferien bei Dad gearbeitet hast.«

»Gegen das Handwerk an sich habe ich nichts, ich konnte nur die Kunden nicht ausstehen«, sagte Denny und setzte sich auf. »Diese ganzen trendigen Hausbesitzer, die unbedingt einen Weinkeller im Untergeschoss haben wollen.«

»Weinkeller! Ha!«, sagte Stem. »Und in der Garage eine Hunde-Waschstation.«

»Hunde-Waschstation?«

»'ne Frau oben in Ruxton.«

Denny schnaubte verächtlich.

»Mutter Whitshank?«, fragte Nora. »Kann ich dir etwas holen? Noch ein bisschen Eistee?«

»Nein, danke«, sagte Abby schroff.

Die Enkelkinder siedelten vom Garten hinter dem Haus in den vorderen Teil über, und Sammy drang bis auf die Veranda vor, wo er die Stufen hinaufkletterte, um sich seiner Mutter auf den Schoß zu werfen und sich über seine Brüder zu beklagen. »Da ist jemand *sehr* müde«, sagte Nora zu ihm, blieb aber schlaff sitzen und blickte über Sammys Kopf hinweg zu den anderen Kindern, die über die Spielregeln diskutierten. »Bei den Büschen am Haus ist frei, bei denen auf der anderen Seite nicht«, sagte eines.

»Aber unter denen auf der anderen Seite kann man sich am besten verstecken!«

»Warum soll dann ausgerechnet dort frei sein?«

»Oh.«

Das war Jeannies Sohn Alexander, dessen Anblick etwas schmerzte, weil er der erste Whitshank in der Geschichte war, der eine Neigung zur Pummeligkeit hatte. Wenn er rannte, warf er unbeholfen die Beine weg und ruderte mit beiden Armen in der Luft herum. Ironischerweise war seine Schwester Deb die beste Sportlerin in der Familie – ein drahtiges Mädchen mit muskulösen, von Mücken zerstochenen Beinen –, und sie schlug ihn beim Rennen zum größten Azaleenstrauch mühelos und trällerte: »Ätsch, ätsch! Frei!«

»Kann mal bitte jemand Heidi rufen?«, fragte Alexander die Erwachsenen. »Die ist mir dauernd im Weg.«

Heidi war nicht einmal in seiner Nähe – sie jagte mit ihrer üblichen Ausgelassenheit um das Grundstück herum –, aber Stem pfiff ihr trotzdem, und sie kam die Verandatreppe heraufgesaust. »Sitz, Mädchen«, sagte er. Er zerzauste ihr liebevoll das Fell, und sie winselte resigniert und rollte sich zu seinen Füßen zusammen.

»Brenda scheint alt zu werden«, sagte Denny zu seinen Schwestern. »Früher wäre sie auch draußen gewesen und hätte Heidi durch die Gegend gescheucht.«

Jeannie sagte: »Der Gedanke, dass sie alt ist, bringt mich fast um. Könnt ihr euch das Haus hier ohne Hund vorstellen?«

»Ohne Weiteres«, erwiderte Denny. »Hunde sind nicht gut für ein Haus.«

»Oh, Denny.«

»Was? Sie zerkratzen das Holz, sie wetzen die Fußböden ab …«

Amanda gab ein amüsiertes *Tsk* von sich.

»Was ist denn da so komisch?«, fragte er sie.

»Hör dich an! Du klingst wie Dad. Du bist doch der Einzige von uns, der keinen Hund hat, und Dad behauptet, wenn es nach ihm ginge, hätte er auch keinen.«

»Ach, das ist doch nur Gerede«, sagte Abby zu ihnen. »Euer Dad liebt Clarence genau wie wir alle.«

Ihre vier Kinder tauschten Blicke.

In der Hängematte ächzte Red und setzte sich auf. »*Was* habt ihr gesagt?«, fragte er und wühlte sich in den Haaren.

»Nur, wie sehr du Hunde magst, Dad«, rief Jeannie.

»Ich?«

Amanda berührte Dennys Handgelenk. »Wann sehen wir Susan wieder?«, fragte sie ihn.

»Tja, sie kann erst kommen, wenn wir ein Zimmer frei haben und sie unterbringen können«, sagte Denny.

Wenn Stem und seine Familie ausgezogen sind, sollte das natürlich heißen, aber Amanda ging nicht darauf ein, sondern sagte: »Sie könnte ja bei den Jungs im Zimmer schlafen. Oder würde ihr das etwas ausmachen?«

»Oder bis zum Strandurlaub warten«, schlug Jeannie vor. »Der kommt ja bald, und das Strandhaus hat jede Menge Betten.«

Denny ließ das Thema fallen. Sein Blick folgte den spielenden Kindern im Garten – wie Petey mit Tommy stritt, Elise sie auseinanderzerrte und mit ihrer dünnen, herrischen Stimme tadelte.

»Ich glaube, ich muss die Petronelli-Brüder anrufen, damit sie mal wieder den vorderen Weg reparieren«, sagte Red und kam über die Veranda zu ihnen geschlendert. Unterwegs schnappte er sich einen Schaukelstuhl, den er neben Abby stellte.

»Jedes Mal, wenn ich herkomme, machst du irgendwas am Weg«, sagte Denny zu ihm.

»Der hat schon zur Zeit deines Großvaters Probleme bereitet. Er war nie glücklich damit, wie er verlegt war.«

»Er schien dauernd daran herumzuwerkeln«, sagte Abby. »Zu meinen ersten Erinnerungen gehört, wie er, kurz nachdem wir eingezogen waren, den ganzen Mörtel rausreißen und die Platten neu verlegen ließ. Aber er war trotzdem nicht zufrieden. Er behauptete, der Weg sei nicht richtig planiert.«

»Was hat denn das mit *jetzt* zu tun?«, fragte Stem. »Seit damals ist er doch schon mehrmals planiert worden. Um den Weg ein für alle Mal zu reparieren, müsste man sämtliche Bäume fällen, deren Wurzeln sich unter ihn gegraben haben. Ich kann mir nicht vorstellen, dass du das übers Herz bringen würdest.«

»Ach, ihr Männer! Hört auf zu fachsimpeln«, unterbrach Abby. »Dafür ist es ein viel zu schöner Tag. Hab ich recht, Lois?«

»Meine Güte, ja! Es ist ein *wunderbarer* Tag. Ich glaube, ich kann schon ein Lüftchen spüren.«

Es stimmte. Die Blätter hatten zu rascheln begonnen, und Heidis langes Fell bewegte sich wie ein Röckchen um ihre Flanken.

»Bei einem Wetter wie heute muss ich immer an den Tag denken, an dem ich mich in Red verliebt habe«, sagte Abby versonnen.

Die anderen lächelten. Sie kannten die Geschichte gut; selbst Mrs Angell kannte sie.

Sammy schlief tief und fest an der Brust seiner Mutter. Elise drehte und drehte sich unter einem Hartriegel, den Kopf in den Nacken gelegt und die Arme ausgebreitet.

»Es war ein wunderschöner gelb und grüner Nachmittag, und ein sanftes Lüftchen wehte …«, begann Abby. So begann sie immer, jedes Mal mit exakt den gleichen Worten.

Alle auf der Veranda entspannten sich. Ihre Gesichter glätteten sich, und ihre im Schoß liegenden Hände wurden schlaff. Es war so erholsam, mit der Familie hier zu sitzen, während die Vögel in den Bäumen schwatzten und die Grillen zirpten und der Hund zu ihren Füßen schnarchte und die Kinder »Frei! Ich bin frei!«, riefen.

5

Am Montag schlief Denny bis kurz vor elf. »Da ist ja der Langschläfer!«, sagte Abby, als er endlich nach unten kam. »Wann bist du zu Bett gegangen?«

Er zuckte die Schultern und holte eine Packung Cornflakes aus dem Schrank. »Halb zwei? Zwei?«

»Dann wundert es mich nicht.«

»Wenn ich lange genug aufbleibe, besteht Hoffnung, dass ich durchschlafe. Sonst stürmen diese schwarzen Nachtgedanken auf mich ein, und das hasse ich.«

»Dein Dad steht in dem Fall auf und liest«, erklärte ihm Abby.

Denny gab sich erst gar nicht mit einer Antwort ab. Die Whitshanks vertraten gegensätzliche Meinungen, was das Verhalten bei Schlaflosigkeit betraf, und sie hatten das Thema schon vor Langem bis zum Überdruss diskutiert.

Nach dem Frühstück, wie um die verlorene Zeit wettzumachen, verfiel er in eine hektische Betriebsamkeit. Er saugte das gesamte Erdgeschoss, ölte die Scharniere am hinteren Gartentor und schnitt die Hecke hinter dem Haus. Er verzichtete auf das Mittagessen, um den Holzkohlegrill zu schrubben, und dann lieh er sich Abbys Auto und fuhr zu Eddie's, um Grillsteaks für das Abendessen zu kaufen. Abby wies ihn an, ihr dortiges Konto zu belasten, und er erhob keine Einwände.

Im Haus schien zwischen Noras und Abbys Bereich eine unsichtbare Trennwand zu bestehen – Nora betätigte sich in der Küche oder kümmerte sich um ihre Kinder, Abby war oben in ihrem Schlafzimmer oder las im Wohnzimmer. Sie waren höflich zueinander, aber auf der Hut, und beide bemühten sich nach Kräften, einander nicht in die Quere zu kommen. Das einzige Mal, dass sie an diesem Tag wirklich miteinander sprachen, war, als Denny zum Einkaufen gefahren war. Nora, die Sammy zu seinem Mittagsschlaf nach oben trug, begegnete Abby, als diese mit einem Papierstapel die Treppe herunterkam. »Oh, Mutter Whitshank, kann ich dir bei etwas helfen?«

»Nein, danke, Liebes. Ich dachte nur, während Denny weg ist, könnte ich meine letzten Sachen aus seinem Zimmer holen. Weiß der Himmel, wo ich sie unterbringen soll.«

»Könntest du sie nicht in einen Karton packen und hinten in seinen Schrank stellen?«

»O nein, besser nicht.«

»Ich könnte einen Karton aus dem Keller holen. Neben der Waschmaschine stehen welche.«

»Besser nicht«, sagte Abby mit Nachdruck, und dann seufzte sie und klopfte auf den Spiralblock oben auf dem Stapel. »Mir ist nie ganz wohl, wenn meine Siebensachen wo sind, wo Denny drankommen kann.«

»Oh«, sagte Nora. Sie rückte Sammy auf ihrer Hüfte zurecht, setzte ihren Weg die Treppe hinauf aber nicht fort.

»Ich weiß, dass er sich nichts Böses dabei denkt, nur sind da Gedichte und Tagebücher und kleine Gedanken, die ich mir notiert habe. Ich käme mir albern vor, wenn die jemand sehen würde.«

»Natürlich.«

»Darum dachte ich, ich schaffe alles in den Wintergarten und miste ein bisschen aus. Mal sehen, ob Red mir eine seiner Schreibtischschubladen überlässt.«

»Ich bringe gern alles runter, was noch da ist«, sagte Nora.

»Ach, ich glaube, ich habe schon alles, Liebes.«

Und die beiden gingen ihrer Wege.

Zum Abendessen gab es Dennys Grillsteaks und Noras selbstgemachtes Succotash, einen Bohnen-Mais-Eintopf. Nora kochte eher deftig, doch der Rest der Familie war ein Gericht wie Succotash nicht gewohnt. Und sie folgte auch dieser neuen Mode, eine völlig andere Mahlzeit für die Kinder zuzubereiten, als diese ihre Steaks nicht essen wollten. Sie ging klaglos in die Küche und machte ihnen Makkaroni mit Käsesauce aus der Packung. Abby sagte zu den Jungs: »Eure arme Mutter! Ist das nicht nett von ihr, dass sie ihr Essen stehen lässt, um euch etwas Besonderes zu kochen?«, was ihre Art war, zum Ausdruck zu bringen, dass ihre eigenen Kinder immer aßen, was ihnen vorgesetzt wurde. Aber die Jungs hatten das schon früher gehört und sahen sie lediglich ausdruckslos an. Nur Red schien sie verstanden zu haben. »Lass gut sein, Schatz«, sagte er zu ihr. »So ist das nun mal heutzutage.«

»Das weiß ich selbst!«

Die Jungs hatten den späten Nachmittag mit Nora im nahen Schwimmbad verbracht und hatten nun rosa Gesichter, angeklatschte Haare und verquollene Augen. Sammys Kopf kippte immer wieder über seinen Teller; er hatte nachmittags nicht geschlafen. »Heute gehts früh ins Bett«, verkündete Stem.

»Können wir nicht erst mit Onkel Denny Fangen spielen?«, fragte Petey.

Stem blickte hinüber zu Denny.

»Nichts dagegen«, sagte Denny.

»Hurra!«

»Wie wars denn heute bei der Arbeit?«, erkundigte sich Abby bei Red.

»Wieder mal verdammt stressig. Kommt doch diese Frau …«

»Entschuldige«, sagte Abby, stand auf, ging hinaus in die Küche und rief: »Nora, bitte komm jetzt und *iss!* Ich kümmere mich um die Makkaroni.«

Red verdrehte die Augen, machte sich dann aber ihre Abwesenheit zunutze, um nach der Butter zu greifen und ein ordentliches Stück in sein Succotash zu rühren.

»Ich habs gleich gewusst, dass das Weib eine Nervensäge ist, als sie mit ihrer dicken Mappe ankam«, sagte Stem zu Red.

»Hat nur herumgenörgelt«, stimmte Red ihm zu. »Nur herumgekrittelt.«

Nora tauchte mit einem Stieltopf und einem Servierlöffel aus der Küche auf, gefolgt von Abby. »Prima Succotash, Nora«, sagte Red.

»Danke.«

Sie schöpfte Makkaroni auf Tommys Teller, dann auf Peteys, dann auf Sammys. Abby ließ sich wieder auf ihrem Stuhl nieder und griff nach ihrer Serviette. »Also«, sagte sie zu Red. »Was wolltest du erzählen?«

»Wie bitte?«

»Was wolltest du gerade über die Arbeit erzählen?«

»Hab ich vergessen«, erwiderte Red beleidigt.

»Er hat von Mrs Bruce gesprochen«, erklärte ihr Stem. »Die Frau, die ihre Küche modernisieren lässt.«

»Ich habe sie vor dem Fugenkitt gewarnt«, sagte Red. »Ich habe ihr mehr als nur ein Mal erklärt: ›Ma'am, wenn Sie diesen Urethan-Fugenmörtel wollen, dann heißt das zwei zusätzliche Tage Arbeit. Den wegzukriegen ist eine Scheißarbeit.‹«

»Entschuldigung«, murmelte er, da Nora ihm unter ihren langen, dichten Wimpern einen betrübten Blick zuwarf.

»Den wegzukriegen ist verflixt schwer – schwierig, meine ich. Weil immer ein Grauschleier zurückbleibt. Hab ich's ihr nicht gesagt, Stem?«

»Das hast du.«

»Und was macht sie? Besteht auf Urethan. Und bekommt einen Tobsuchtsanfall, weil die Männer so lange brauchen.«

Er hielt einen Moment inne, runzelte die Stirn und fragte sich vielleicht, ob er etwas gesagt hatte, an dem Nora Anstoß nehmen konnte.

»Ich verstehe nicht, warum ihr euch mit solchen Leuten abgebt«, sagte Denny.

»Gehört nun mal zum Geschäft.«

»Ich würde mir das nicht bieten lassen.«

»*Du* vielleicht nicht«, erklärte ihm Red, »doch diesen Luxus können wir uns nicht leisten. Die Hälfte unserer Männer hatte in den ersten zwei Aprilwochen keine Arbeit. Glaubst du vielleicht, dass das Spaß macht? Wir nehmen derzeit jeden Auftrag, den wir kriegen können, und können noch von Glück reden.«

»Du warst doch derjenige, der sich beklagt hat«, sagte Denny.

»Ich habe nur erklärt, wie es bei der Arbeit *zugeht*, mehr nicht. Aber was weißt *du* schon davon.«

Denny beugte sich über sein Steak und schnitt schweigend ein Stück ab.

»Ich muss sagen«, verkündete Abby, »ich weiß nicht, wann ich je so gut gegessen habe, Nora!«

»Ja, es schmeckt prima, Schätzchen«, sagte Stem.

»Die Steaks hat Denny gegrillt«, sagte Nora.

»Prima Steaks, Denny.«

Denny sagte nichts.

»Können wir jetzt Fangen spielen?«, fragte ihn Tommy.

Stem meinte: »Lass ihn erst zu Ende essen, Sohnemann.«

»Ich bin fertig«, sagte Denny. »Danke, Nora.« Er schob seinen Stuhl zurück und stand auf, obwohl der größte Teil seines Steaks noch dalag und er das Succotash kaum angerührt hatte.

Am Dienstag schlief Denny bis um zwölf. Dann putzte er alle Badezimmerböden und den Boden in der Küche. Er fegte die vordere Veranda, wischte die Verandamöbel feucht ab und machte einen lockeren Pfosten fest, den er im Verandageländer entdeckt hatte. Er reparierte den Verschluss an einer Perlenkette von Abby und wechselte die Batterie eines Rauchmelders aus. Am späten Nachmittag, als Nora mit den Kindern im Schwimmbad war, bereitete er eine aufwendige Gemüse-Lasagne vor, die er zum Abendessen servieren wollte. Nora hatte geplant, Hamburger und Maiskolben zu machen, wie sie ihm bei ihrer Rückkehr erklärte, aber Denny meinte, das könnten sie ja am nächsten Abend essen.

»Wir könnten auch deine Lasagne morgen Abend essen«, sagte Nora, »denn Hamburger und Maiskolben sollten frisch gegessen werden.«

»Ach, ihr zwei!«, rief Abby. »Ihr braucht euch doch nicht ums Abendessen zu kümmern. Dazu bin ich *durchaus* noch imstande!«

»Meine Lasagne sollte ebenfalls frisch gegessen werden«, sagte Denny. »Schau, Nora. Ich versuche nur, mich irgendwie nützlich zu machen. Ich habe hier nicht genug zu tun.«

»Dafür gibt es einen einfachen Grund«, erklärte Abby ganz allgemein. »Weil zu viele Leute helfen wollen!«

Sie hätte jedoch genauso gut nicht vorhanden sein können. Keiner der beiden blickte auch nur in ihre Richtung;

sie waren zu sehr damit beschäftigt, sich gegenseitig niederzustarren.

Am Abend gab es Hamburger und Maiskolben. Mitten im Essen fragte Denny in distanziert neugierigem Ton: »Stem, ist dir schon mal in den Sinn gekommen, dass du vielleicht deine Mutter geheiratet hast?«

»Meine Mutter?«, fragte Stem. »Welche Mutter?«

»Beide nehmen für sich in Anspruch, ungeheuer entgegenkommend zu sein, aber man merkt genau, dass ...« Denny brach ab. »Hä?«, sagte er. »*Welche* wohl!«

Er lehnte sich zurück und starrte Stem an.

Nora fuhr ungerührt fort, ihren Maiskolben mit Butter zu bestreichen. Stem sagte: »Nora ist tatsächlich sehr entgegenkommend. Ich wüsste zu gern, wie viele andere Frauen bereit gewesen wären, zusammenzupacken und ihr eigenes Haus aufzugeben, wie sie es getan hat.«

»Das haben wir doch gar nicht von ihr *verlangt!*«, jammerte Abby. »Das würden wir doch von keinem von euch verlangen!«

Nora sagte: »Natürlich nicht, Mutter Whitshank. Wir haben es aus freien Stücken getan. Wir wollten es so. Nach allem, was Douglas euch schuldet.«

»Schuldet?«, wiederholte Abby. Das Wort schien sie getroffen zu haben.

Am oberen Tischende wurde Red plötzlich lebendig und fragte: »Was? *Was* ist los?« Er blickte von einem Gesicht zum anderen, doch Abby machte eine abweisende Handbewegung, und so ging er der Sache nicht weiter nach.

Am Mittwoch stand Denny um halb elf auf, was vielleicht bedeutete, dass er sich langsam auf einen halbwegs normalen Rhythmus zubewegte. Er saugte alle Schlafzimmer und legte eine Ladung Wäsche zusammen, die Nora in den

Trockner getan hatte, wobei er allerdings völlig durcheinanderbrachte, welche Kleidungsstücke wem gehörten. Dann ersetzte er einen Knopf an einer von Abbys Blusen und hinterließ ein Gewirr von Garnrollen und Häkelnadeln in dem Fach im Wäscheschrank, wo Abby ihren Nähkasten aufbewahrte. Danach spielte er mit den drei Jungs Crazy Eights. Als Abby sich auf den Weg in ihren Töpferkurs machte, bot er an, sie zu fahren, aber sie sagte, dass Ree Bascomb sie immer mitnehme. »Wie du willst«, meinte Denny, »ich sitze hier rum und drehe Däumchen; du kannst meine Hilfe also ruhig in Anspruch nehmen.«

»Du *bist* mir ja eine Hilfe, Schatz, nur Ree und ich fahren da schon ewig zusammen hin. Aber ich weiß dein Angebot zu schätzen.«

»Kann ich mir deinen Computer leihen, während du weg bist?«, fragte Denny.

»Meinen Computer«, sagte Abby. Ein Anflug von Panik huschte über ihr Gesicht.

»Ich würde gern ein bisschen im Netz surfen.«

»Du willst doch nicht … du wirst aber nicht meine E-Mails oder Ähnliches lesen, hörst du?«

»Nein, Mom. Wofür hältst du mich?«

Sie schien nicht beruhigt zu sein.

»Ich möchte nur mal wieder Kontakt mit der Außenwelt aufnehmen, ich fühle mich hier irgendwie isoliert.«

»Ach, Denny, habe ich das nicht gleich gesagt? Du solltest gar nicht *hier* sein!«

»Willkommen daheim.«

»Ach, du weißt, was ich meine. Ich bin keine alte Frau, Denny. Ich brauche keinen, der mich bemuttert!«

»Ist das so?«, fragte Denny.

Und dann, als hätten ihre Worte alles verhext, hatte sie am Nachmittag einen ihrer leeren Momente.

Sie hatte versprochen, gegen vier von ihrem Töpferkurs zurück zu sein. Erst um fünf fingen sie an, sich Sorgen zu machen. Red und Stem waren inzwischen zu Hause, und Red war derjenige, der fragte: »Meint ihr nicht, dass eure Mom inzwischen daheim sein müsste? Ich weiß, dass sie und Ree ins Plaudern geraten, aber trotzdem!«

»Hast du Rees Telefonnummer?«, fragte Denny.

»Die steht im Kurzwahlspeicher. Vielleicht könnte einer von euch anrufen. Ich habe inzwischen Probleme beim Telefonieren.«

Die drei Männer sahen Nora an. »Natürlich, ich mache das«, sagte sie.

Sie ging zum Telefon im Wintergarten, und Red trottete hinterher. Stem und Denny blieben im Wohnzimmer. »Hallo? Mrs Bascomb?«, hörten sie Nora sagen. »Hier ist Nora, die Schwiegertochter von Abby Whitshank. Ist Abby zufällig bei Ihnen?«

Es gab eine kurze Pause, und dann sagte sie: »Ich verstehe. Haben Sie vielen Dank! Ja, das wird sie bestimmt. Auf Wiederhören.« Der Hörer wurde aufgelegt. »Sie sind vor einer Stunde bei Mrs Bascomb angekommen. Und Mutter Whitshank hat sich sofort auf den Heimweg gemacht.«

»Verdammt! Tut mir leid«, sagte Red. »Ich habe es ihr wieder und wieder gesagt. ›Lass dich von Ree an der Haustür absetzen‹, hab ich gesagt. Sie weiß doch, dass sie nicht allein heimgehen soll. Mist, ich wette, sie ist auch zu Fuß rübergegangen.«

Stem und Denny tauschten Blicke. Ree wohnte keine zwei Blocks weiter, und es war beiden neu, dass man sich nicht mehr darauf verlassen konnte, dass Abby diese Strecke alleine bewältigte.

»Vielleicht hat sie auf dem Heimweg irgendwo auf einen Sprung vorbeigeschaut«, meinte Nora.

»Nora«, sagte Red. »In diesem Viertel schaut niemand *auf einen Sprung* vorbei.«

»Das wusste ich nicht«, erwiderte Nora.

Sie gingen zurück ins Wohnzimmer, wo Denny sich aus seinem Sessel erhob. »Okay«, sagte er, »Stem, du gehst die Bouton Road in Richtung der Bascombs hoch. Ich geh in die andere Richtung für den Fall, dass sie am Haus vorbeigegangen ist.«

»Ich komme auch mit«, sagte Red.

»Gut.«

Die drei machten sich auf den Weg. Nora trat auf die Veranda, um ihnen nachzuschauen, die Arme vor der Brust verschränkt.

Stem ging mit langen, federnden Schritten in Richtung der Bascombs, während Red und Denny die entgegengesetzte Richtung einschlugen. Red bewegte sich mühsamer. Früher war er immer in Eile gewesen; jetzt schleppte er sich vorwärts. Noch bevor sie das dritte Haus erreicht hatten, hörten sie Stem rufen: »Hab sie gefunden!« Das heißt, Denny hörte ihn. Red trottete einfach weiter. Denny zupfte ihn am Ärmel: »Er hat sie gefunden.«

»Hä?« Red drehte sich um.

»Stem hat sie gefunden.«

Sie machten kehrt, gingen am Haus vorbei und sahen Stem am Ende des Blocks stehen, vor dem Haus der Lincolns, doch Abby konnten sie nicht sehen. Denny ging schneller, ließ Red hinter sich zurückfallen.

Abby saß auf den Klinkerstufen, die zum Vordereingang der Lincolns führten, und hatte einen bunten Keramikgegenstand auf dem Schoß. Ihr schien nichts zu fehlen, aber sie machte keine Anstalten aufzustehen. »Es tut mir furchtbar leid«, sagte sie zu Denny und Red, als sie bei ihr ankamen. »Ich weiß nicht, wie ich es erklären soll. Das Erste, was ich wusste, war, dass ich hier gesessen habe. Ich habe hier auf den Stufen gesessen und gedacht: ›Komme ich, oder gehe ich?‹ Ich konnte es beim besten Willen nicht sagen. Das war so *verstörend.*«

»Du hattest doch deine Keramik dabei«, gab Stem zu bedenken.

»Meine was?«

Sie blickte nach unten – auf ein reizendes Häuschen aus Ton, nicht größer als ein Karteikasten. Das Äußere war leuchtend gelb, das Dach rot. Über dem einen Ende des Daches breitete sich ein Gewirr grüner Tonranken aus, das belaubte Äste andeuten sollte.

»Meine Keramik«, sagte sie verwundert.

»Du musst also auf dem Heimweg gewesen sein, stimmts? Auf dem Heimweg vom Töpferkurs.«

»Oh. Stimmt.« Abby nahm das Häuschen in beide Hände und hielt es ihnen hin. »Das Beste, was ich je gemacht habe, seht ihr?«

»Gute Arbeit, Schatz«, versicherte ihr Red.

Die drei Männer nickten eifrig, übertrieben strahlend wie Eltern, die ein Bild bewundern, das der Kleine aus dem Kindergarten nach Hause gebracht hat.

So wie das Haus in der Bouton Road gebaut war, konnte man sich im oberen Flur ans Geländer stellen und alles hören, was unten im Eingangsbereich gesprochen wurde. Die Whitshank-Kinder – und gelegentlich auch Red – machten sich das früher zunutze, wenn es klingelte, um ungesehen oben zu lauern, bis sie sicher sein konnten, dass es keines von Abbys Findelkindern war.

Aber Merrick war natürlich selbst einmal ein Kind in diesem Haus gewesen, sodass sie, als sie am Donnerstagabend vorbeikam, unverzüglich nach oben spähte, als Abby ihr die

Tür öffnete. »Wer ist da?«, rief sie laut. »Ich weiß, dass da oben jemand ist.«

Nach kurzem Zögern tauchte Denny an der Treppe auf. »Hallo, Tante Merrick.«

»Denny? Was machst *du* denn hier? Hallo, Redcliffe«, setzte sie hinzu, da Red nun ebenfalls vorgetreten war, die Haare noch nass von seiner üblichen Dusche nach der Arbeit.

»Hallo«, sagte er.

Abby sagte: »Schön, dich zu sehen, Merrick«, und küsste sie leicht auf die Wange, wobei sie sich um den Karton in Merricks Armen herumbeugen musste.

»Abby«, erwiderte Merrick in neutralem Ton. Dann: »Ja, hallo, meine Süße!«, da Heidi gerade japsend und freudig hereingesaust kam. Merrick war zu Hunden immer netter als zu Menschen. »Wer ist denn *dieses* Goldstück?«, fragte sie Abby.

»Das ist Heidi.«

»Sag bloß nicht, dass die arme Brenda zu guter Letzt gestorben ist.«

»Nein …«

»Ja, guten Tag, Heidi, wie *gehts* dir denn?«, sagte Merrick und schob sich ihren Karton auf die Hüfte, um Heidis lange Schnauze zu streicheln.

Abgesehen von dem Karton war Merrick die Eleganz in Person – eine knochige Frau mit scharf geschnittenem Gesicht, die viel zu schwarzen Haare kurz geschnitten wie bei einem Jungen und angetan mit einer engen weißen Hose und einer asiatisch anmutenden Tunika. »Wir sind im Begriff, eine Kreuzfahrt zu machen«, teilte sie Abby mit, »und anschließend bin ich in unserem Haus in Florida, darum bringe ich euch die übrig gebliebenen guten Sachen aus meinem Kühlschrank.«

»Hm«, sagte Abby. Merrick lud andauernd ihre letzten armseligen Reste bei ihnen ab. Verschwendung war ihr ein Graus. »Dann bring sie rein«, sagte Abby und führte Merrick in die Küche. Red und Denny, die so langsam wie möglich die Treppe heruntergekommen waren, folgten ihnen in gebührendem Abstand.

»Wie lange bleibst du?«, erkundigte sich Merrick bei Denny.

»Ich bin da, um auszuhelfen.«

Das beantwortete nicht direkt ihre Frage, aber bevor sie nachhaken konnte, mischte sich Abby ein und fragte: »Was hast du denn so getrieben, Merrick? Wir haben dich ja den ganzen Sommer nicht gesehen!«

»Du weißt genau, dass ich es hasse, bei Hitze herzukommen«, sagte Merrick. »Es ist barbarisch, in der heutigen Zeit keine Klimaanlage zu haben.« Sie stellte den Karton mit einem Rums auf den Küchentisch. »Ah, Norma«, sagte sie.

Nora wandte sich kaum merklich von dem Topf ab, in dem sie rührte. »Nora«, sagte sie kühl.

»Heißt das, dass Stem auch da ist?«, erkundigte sich Merrick bei Abby. »Stem und Denny *gleichzeitig*?«

»Ja, ist das nicht toll?«, fragte Abby im Ton eines begeisterten Teenagers.

»Es geschehen noch Zeichen und Wunder.«

»Er ist gerade oben und duscht. Er kommt bestimmt jeden Moment runter.«

»Wieso duscht er *hier*?«

Abby wurde davor bewahrt, antworten zu müssen, da Red plötzlich fragte: »Wie bitte?«

»Wieso hier, habe ich gesagt.«

»Wieso *was* hier?«

»Also ehrlich, Redcliffe. Kauf dir endlich ein Hörgerät.«

»Ich habe ein Hörgerät. Sogar zwei.«

»Dann kauf dir welche, die funktionieren.«

Die drei Jungs erschienen auf der hinteren Veranda, wo sie gegen das Fliegengitter drückten, das sich ohnehin schon zu wölben begann. Sie rissen die Tür auf und stürmten herein, außer Atem und überhitzt. »Ist das Abendessen fertig?«, fragte Petey.

»Jungs, ihr erinnert euch doch an eure Großtante Merrick«, sagte Abby.

»Hallo«, sagte Petey unsicher.

»Guten Tag«, sagte Merrick und streckte die Hand aus. Er betrachtete kurz ihre Hand und hob dann seine, um Merrick abzuklatschen, was nicht so recht klappte. Es lief darauf hinaus, dass er ihr unbeabsichtigt auf den Handrücken schlug. Seine Brüder versuchten es erst gar nicht. »Wir haben Hunger!«, rief einer von ihnen. »Wann gibts Essen?«

»Es ist alles fertig«, sagte Nora. »Wenn ihr euch die Hände gewaschen habt, setzen wir uns zu Tisch.«

»Jetzt *gleich*?«, fragte Merrick. »Bekomme ich denn keinen Drink?«

Alle sahen Abby an. Sie sagte: »Ach. Möchtest du einen?«

»Ich nehme doch stark an, dass ihr Wodka im Haus habt«, sagte Merrick munter.

Einen Moment lang schien es, als wollte Abby es verneinen, doch dann muss die Gastgeberin in ihr gesiegt haben: »Natürlich.« (Sie hatten ihn nur wegen Merrick im Haus.) Red und Denny sackten zusammen. »Kümmerst du dich um die Drinks, Schatz?«, sagte Abby zu Denny. »Wir anderen gehen schon mal ins Wohnzimmer.«

Als sie, Red und Merrick die Küche verließen, hörte man, wie Petey sagte: »Aber wir sind am Verhungern!«, und Nora etwas Unverständliches murmelte.

»Ich war den ganzen Tag auf den Beinen«, teilte Merrick

Abby mit, als sie durch den Flur gingen. »Reisevorbereitungen sind immer eine solche Strapaze.«

»Wohin fahrt ihr?«

»Wir machen eine Kreuzfahrt auf der Donau.«

»Wie nett.«

»Trey passt es mal wieder nicht. Er würde lieber irgendwo Golfurlaub machen. Hallo, Brenda! Da bist du ja! Mein Gott, die sieht ja ganz hinüber aus, das arme Ding. Was ist mit Vaters Uhr passiert?«

Abby blickte von Brenda, die auf den kühlenden Platten vor dem offenen Kamin lag, zu der Uhr auf dem Sims darüber. Das Glas des Uhrkastens hatte einen Sprung. »Das war ein kleines Missgeschick mit einem Baseball«, sagte sie. »Willst du nicht Platz nehmen?«

»Kleine Jungs sind nicht gut für ein Haus«, sagte Merrick und ließ sich auf einem Sessel nieder. Heidi, die ihr die ganze Zeit gefolgt war, setzte sich erwartungsvoll vor sie hin. »Und wieso sind es so viele? Drei, wenn ich richtig gezählt habe.«

»Stimmt«, sagte Abby. »Es sind genau drei.«

»War das dritte Kind geplant?«, fragte Merrick. »Hallo, Stem. Hattet ihr das dritte Kind *geplant*?«

»Eigentlich nicht«, sagte Stem fröhlich. Er verströmte den Duft von Dial-Seife, als er durch das Zimmer zu einem Sessel ging. »Wie gehts, Tante Merrick?«

»Ich erzählte gerade, dass ich den ganzen Tag auf den Beinen war. Die Vorbereitungen für eine Reise scheinen von Jahr zu Jahr strapaziöser zu werden.«

»Warum bleibst du dann nicht zu Hause?«

»Was?«, rief sie entsetzt. Dann setzte sie sich aufrechter hin; Denny kam gerade mit den Drinks. In der einen Hand hatte er ein großes, randvoll mit Wodka gefülltes Glas, in dem Eiswürfel klirrten, und in der anderen ein Glas Weißwein.

Drei Bierdosen hatte er sich abenteuerlich unter den linken Arm geklemmt. »Da wären wir«, sagte er. Er stellte das große Glas auf den Lampentisch neben ihr, ging zu Abby, um ihr den Wein zu bringen, reichte dann Red und Stem jeweils eine Bierdose, setzte sich anschließend mit der dritten Dose auf die Couch und riss die Lasche auf. »Prost«, sagte er.

Merrick nahm einen tiefen Zug und stieß ein befriedigtes »Ahh« aus. Sie fragte Denny: »Ist Sarah auch da?«

»Welche Sarah?«

»Sarah, deine Tochter.«

»Du meinst Susan.«

»Susan, Sarah … Ist *Susan* auch da?«

»Sie kommt zum Strandurlaub her.«

»O Gott, doch nicht dieser ewige Strandurlaub!«, rief Merrick. »In diesem Punkt seid ihr wie Lemminge! Oder wie laichende Lachse oder was. Habt ihr denn noch nie daran gedacht, mal woanders Urlaub zu machen?«

»Wir *lieben* diesen Strand«, erwiderte Abby.

»Also wirklich«, sagte Merrick zu Red und fuhr mit ihren scharfen violetten Fingernägeln über Heidis Kopf. »Manchmal kann ich nur staunen, dass unsere Vorfahren den Mumm hatten, nach Amerika aufzubrechen.«

»Wie bitte?«

»Amerika!«, rief sie laut.

Red sah sie verwirrt an.

»Mutter und Vater sind nie verreist, wie du dich erinnern wirst.«

»Na, *du* hast das jedenfalls wettgemacht«, meinte Red. »Du scheinst sogar mehr als *ein* Haus zu brauchen.«

»Was soll ich dazu sagen? Ich hasse den Winter.«

»Im Winter nach Florida zu gehen, das ist in meinen Augen so etwas wie … wie Schummeln. Als würde man sich vor dem schwierigen Teil drücken.«

»Nennst du den Sommer in Baltimore etwa den *leichten* Teil?«, fragte Merrick. Dann, wie um zu beweisen, wie recht sie hatte, sagte sie: »Puhh!«, und hörte auf, Heidi zu streicheln, um sich mit der Hand das Gesicht zu fächeln. »Kann mal jemand den Ventilator höher stellen?«

Stem stand auf und zog an der Ventilatorkordel.

»*Ich* verstehe, warum du zwei Häuser haben willst«, mischte sich Denny ein. »Oder sogar mehr als zwei. Das leuchtet mir ein. Ich wette, dass du morgens manchmal aufwachst und einen Moment lang nicht weißt, wo du bist, stimmts? Dass du völlig desorientiert bist.«

»Na ja … mag schon sein.«

»Bevor du die Augen aufschlägst, denkst du: ›Wieso scheint das Licht von links zu kommen? Ich dachte, das Fenster ist rechts von mir. In welchem Haus bin ich eigentlich?‹ Oder du stehst nachts auf, um pinkeln zu gehen, und läufst gegen eine Wand. ›Herrje‹, sagst du. ›Wo ist denn das Badezimmer hin?‹«

Merrick sagte: »Na ja …«, und Abbys Miene verdüsterte sich. (Offenbar hatte Denny einen seiner unerwartet offenherzigen Momente.)

»Ich *liebe* dieses Gefühl«, fuhr er fort, »wenn man seinen Platz in der Welt nicht kennt, nicht festgelegt ist, nicht an diesem einen immer gleichen alten unverrückbaren Ort angenagelt ist.«

»Mag schon sein«, sagte Merrick.

»Meinst du, das könnte der Grund sein, weshalb die Leute verreisen?«, fragte er. »Ich würde wetten, dass es sich so verhält. Verreist du *deshalb*?«

»Na ja, bei mir ist es eher so, dass ich möglichst weit weg von Treys Mutter sein will«, erklärte Merrick. Sie ließ das Eis in ihrem Glas kreisen. »Die alte Schreckschraube hat gerade ihren neunundneunzigsten Geburtstag gefeiert«, teilte sie, zu Red gewandt, mit. »Ist das zu glauben? Queen Eula die Unsterbliche. Ich schwöre dir, sie bleibt nur mir zum Trotz am Leben. Nicht nur, dass sie selbst ein Ekel ist; sie ist auch schuld, dass Trey ein solches Ekel geworden ist. Sie hat den Kerl nach Strich und Faden verwöhnt, das kann ich dir sagen. Hat ihm alles reingestopft, was er nur haben wollte: der Prinz von Roland Park.«

Red fasste sich mit der Hand an die Stirn und sagte: »Das ist wirklich *unheimlich*! Das reinste Déjà-vu! Warum habe ich das Gefühl, das schon mal irgendwo gehört zu haben?«

»Und je älter er wird, desto schlimmer wird er«, fuhr sie ungerührt fort. »Schon früher war er ein hoffnungsloser Hypochonder, aber jetzt erst! Glaubt mir, es war ein dunkler Tag in der Geschichte der Menschheit, als das Internet es ermöglichte, Recherchen über sämtliche Wehwehchen anzustellen.«

Sie hätte vermutlich so weitergemacht (was sie normalerweise auch tat), wenn nicht in dem Moment Petey ins Zimmer gekommen wäre: »Großmama, können wir den Rest vom Karamellpudding haben?«

»Was? Vor dem Abendessen?«, fragte Abby.

»Wir haben schon gegessen.«

»Dann könnt ihr ihn haben. Und nimm Heidi mit, wenn du rausgehst, ja? Sie niest wieder.«

Heidi hatte tatsächlich zu niesen begonnen – ein richtiggehender Niesanfall, nicht sehr laut, dafür feucht. »Gesundheit«, sagte Merrick zu ihr. »Was hast du denn, Herzchen? Du wirst doch nicht krank werden?«

»Das macht sie schon den ganzen Tag«, erklärte Abby. »Man sollte nicht meinen, dass Niesen derart irritierend sein kann, aber es ist so.«

Petey sagte: »Mom meint, weil sie gegen Großmamas Teppiche allergisch ist.«

»Dann würde ich das arme Schätzchen eben nicht zu Besuch mitbringen«, bemerkte Merrick.

»Sie *muss* hier sein, sie wohnt hier.«

»Heidi wohnt hier?«

»Sie wohnt hier bei uns.«

»Ihr *wohnt* hier?«

»Ja, und Sammy ist auch allergisch. Nachts schnauft er immer ganz laut.«

Merrick sah Abby an.

»Bring Heidi in die Küche, Petey«, sagte Abby. »Ja«, erklärte sie Merrick, »sie sind zu uns gezogen, um uns auszuhelfen; ist das nicht nett?«

»Aushelfen? Bei was?«

»Nun ja … du weißt schon. Wir werden eben älter!«

»Ich werde auch älter, aber deshalb mache ich aus meinem Haus noch lange keine Kommune.«

»Jeder nach seinem Geschmack«, trällerte Abby munter.

»Moment mal«, sagte Merrick, »gibt es da etwas, das ich nicht erfahren soll? Wurde bei einem von euch eine tödliche Krankheit diagnostiziert?«

»Nein, aber nach Reds Herzinfarkt …«

»Red hatte einen Herzinfarkt?«

»Das weißt du doch. Du hast ihm einen Obstkorb ins Krankenhaus geschickt.«

»Ach«, sagte Merrick. »Ja, das habe ich wohl.«

»Und ich bin auch nicht mehr so agil.«

»Das ist einfach lächerlich«, sagte Merrick. »Zwei Menschen werden ein bisschen wackelig, und die ganze Familie zieht bei ihnen ein? So etwas habe ich ja noch nie gehört!«

Denny räusperte sich. »Genau genommen«, sagte er, »ist Stem nicht auf Dauer hier.«

»Na, Gott sei Dank.«

»Aber *ich*.«

Merrick sah ihn an, wartete darauf, dass er weitersprach. Die anderen blickten zu Boden.

»Ich bin derjenige, der hierbleibt«, wiederholte Denny.

Stem sagte: »Nun, nicht …«

»Warum, um Himmels willen, bleibt *überhaupt* jemand hier?«, fragte Merrick. »Wenn eure Eltern wirklich so hinfällig sind – und ich muss sagen, dass es mir schwerfällt, das zu glauben, wo sie gerade mal Anfang siebzig sind –, dann sollten sie in eine Seniorensiedlung ziehen. So wie andere Leute auch.«

»Dafür legen wir zu viel Wert auf unsere Unabhängigkeit«, erklärte ihr Red.

»Unabhängigkeit? Quatsch. Das ist doch nur ein anderes Wort für Egoismus. Sture Leute wie ihr sind am Ende die größte Belastung.«

Stem stand auf. »Tja«, sagte er, »Nora macht sich vermutlich Sorgen, dass das Essen kalt wird«, und blieb wartend mitten im Zimmer stehen.

Alle sahen überrascht zu ihm hoch. Schließlich sagte Merrick: »Ach *so.* Schafft das lästige Weib hier raus, die hat zu viele unbequeme Wahrheiten parat.« Aber sie stand auf, während sie sprach, und trank auf dem Weg in die Diele ihr Glas bis auf den letzten Tropfen aus. »Schon verstanden«, sagte sie. »Jetzt weiß ich, woran ich bin.«

Die anderen erhoben sich, um ihr zu folgen. »Da«, sagte Merrick an der Haustür und hielt Abby das leere Glas hin. »Und im Übrigen«, sagte sie zu Denny, »solltest du inzwischen dein eigenes Leben führen. Doch du schiebst lieber alles auf die lange Bank und kommst wegen jeder Kleinigkeit nach Hause gerannt.«

Sie ging, klapperte flotten, energischen Schrittes über die Veranda wie jemand, der innerlich triumphiert, weil er weiß, dass er allen den Kopf zurechtgerückt hat.

»Wovon *redet* die eigentlich?«, fragte Denny nach einer Weile.

Abby sagte: »Ach, du weißt doch, wie sie ist.«

»Ich kann das Weib nicht ausstehen.«

Normalerweise hätte Abby ihn getadelt, doch diesmal seufzte sie nur und begab sich in die Küche.

Die Männer gingen ins Esszimmer und setzten sich wortlos an den Tisch, nur Red stöhnte kurz, als er sich auf seinen Stuhl fallen ließ. Sie warteten in einer Art erschöpftem Schweigen. Aus der Küche drangen undeutlich die Stimmen der drei Jungs und das Klappern von Gerätschaften. Dann tauchte Nora mit einer Auflaufform durch die Schwingtür auf. Abby folgte ihr mit dem Salat. »Ihr solltet Merricks Reste sehen«, sagte sie zu den Männern. »Ein im Laden gekauftes Glas Pastasauce, in dem gerade noch knapp der Boden bedeckt ist. Eine Ecke Brie, die unter der Rinde völlig hohl ist. Und … was noch, Nora?«, fragte sie.

»Ein kaltes gegrilltes Lammkotelett«, antwortete Nora und stellte die Auflaufform auf den Tisch.

»Ja, ein Lammkotelett, und ein kleiner Becher Reis vom Chinesen und ein einziges, einsames Essiggürkchen in einer trüben Brühe.«

»Wir sollten sie mit Hugh in Kontakt bringen«, sagte Denny.

»Mit Hugh?«, fragte Abby.

»Amandas Hugh. Gehe nicht über Los. Sie könnte ihn vor jeder Reise anrufen.«

»Du hast recht, die beiden sind wie füreinander geschaffen!«

»Er würde ihr sagen, dass er eine Suppenküche kennt, die es gar nicht *erwarten* kann, ihre Reste zu bekommen, und er würde bei ihr vorbeikommen und alles abholen und in den Mülleimer schmeißen.«

Das brachte die anderen zum Lachen – sogar Nora, ein wenig. Red sagte: »Also wirklich, Leute«, aber auch er lachte.

»Was ist?«, fragte Tommy. Er hatte die Küchentür einen Spaltbreit aufgemacht. »Warum lacht ihr?«

Keiner wollte es ihm sagen; alle lächelten nur und schüttelten den Kopf. Für ein Kind müssen sie ausgesehen haben wie ein fröhlicher, heimeliger Verein, dem nur Erwachsene angehören können.

Es wurden insgesamt fünf Fahrzeuge benötigt, um alle an den Strand zu befördern. Sie hätten es auch mit weniger geschafft, doch Red bestand wie üblich darauf, seinen Pick-up zu fahren. Wie sollten sie sonst alles mitnehmen können, was sie brauchten, fragte er immer – die Badeflöße und Boogiebretter, das Sandspielzeug für die Kinder, die Drachen und die Paddleball-Schläger und den riesigen Pavillon mit seinem aufklappbaren Metallgestell? (Früher, bevor es Computer gab, pflegte er das komplette Konversationslexikon mitzunehmen.) Also legten er und Abby die dreistündige Fahrt im Pick-up zurück, während Denny Abbys Auto fuhr, mit Susan auf dem Beifahrersitz und den Körben und Taschen mit den Lebensmitteln hinten. Stem, Nora und die Jungs kamen in Noras Auto, während Jeannie und Jeannies Hugh mit ihren beiden Kindern von zu Hause aus aufbrachen, allerdings ohne Hughs Mutter, die während des einwöchigen Strandurlaubs immer Hughs Schwester in Kalifornien besuchte.

Amanda, Amandas Hugh und Elise reisten an einem anderen Tag an – am Samstagmorgen statt am Freitagnachmittag, da Amanda immer viel in ihrer Kanzlei zu tun hatte – und wohnten in einem anderen Ferienhaus, weil Amandas Hugh das Getümmel, wie er es nannte, nicht ertragen konnte.

Von den Hunden war keiner dabei. Die waren alle in der Haustierpension Penpals untergebracht.

Das Haus, das die Whitshanks jeden Sommer mieteten, stand direkt am Strand – einem relativ leeren Abschnitt an der Küste von Delaware – und war alles andere als luxuriös zu nennen. Die Wände bestanden aus einfachen Holzverbindungen und waren in einem deprimierenden Erbsensuppen-Grün gestrichen; die Fußbodenbretter waren so rissig, dass sich keiner traute, barfuß zu gehen; die Küche stammte aus den 40er-Jahren. Aber das Haus war groß genug für alle und wesentlich gemütlicher als die blitzenden neuen Villen mit den riesigen pompösen Fenstern, die überall an der Küste aus dem Boden geschossen waren. Außerdem kam Red die eine oder andere Reparaturarbeit immer sehr gelegen, so hatte er wenigstens etwas zu tun. (Er war kein geborener Urlauber.) Noch bevor Abby und Nora alle Lebensmittel auspacken konnten, hatte er sich schon mit Begeisterung ein halbes Dutzend kleinerer Notfälle im Haus notiert. »Seht euch diese Steckdose an!«, sagte er. »Die hängt praktisch nur noch an einem Faden!« Und weg war er, um sein Werkzeug aus dem Pick-up zu holen, dicht gefolgt von Jeannies Hugh.

»Die Leute von nebenan sind auch wieder da«, rief Jeannie, als sie durch die Fliegengittertür eintrat.

Nebenan war faktisch das einzige Haus, das ebenso unauffällig war wie ihres, und die Leute, von denen sie sprach, hatten es schon mindestens so lange gemietet wie die Whitshanks ihres. Seltsamerweise verkehrten die beiden Familien jedoch nicht miteinander. Sie lächelten sich zu, wenn sie zufällig zur gleichen Zeit am Strand waren, aber sie sagten nichts. Und obwohl Abby ein- oder zweimal erwogen hatte, sie auf einen Drink zu sich einzuladen, hatte Red sie immer überstimmt. Lieber alles beim Alten belassen, meinte er: das verringere das Risiko, später unliebsame Überraschungen zu erleben. Selbst Amanda und Jeannie, die in den ersten Jahren immer auf der Suche nach Spielkameraden gewesen waren, hatten sich scheu zurückgehalten, weil die beiden Töchter der Nachbarn immer eigene Freunde mitbrachten und außerdem etwas älter waren.

Und so hatten die Whitshanks in all den Jahren – inzwischen waren es sechsunddreißig – aus der Ferne verfolgt, wie die schlanken jungen Eltern von nebenan um die Taille herum fülliger wurden, wie ihr Haar ergraute und ihre Töchter sich von Kindern in junge Frauen verwandelten. In einem Sommer Ende der 90er-Jahre, als die Töchter noch im Teenageralter waren, fiel auf, dass der Vater kein einziges Mal an den Strand ging, sondern die ganze Woche unter einer Wolldecke auf einem Sofa auf der Terrasse verbrachte – und im nächsten Sommer war er nicht mehr dabei. In dem Jahr waren die Leute von nebenan ein stilles, trauriges Grüppchen gewesen, während sie früher immer so vergnügt gewirkt hatten; aber sie kamen trotzdem, und sie kamen auch weiterhin, die Mutter, die ihre frühmorgendlichen Strandspaziergänge nun alleine machte, die Töchter in Begleitung männlicher Freunde, die sich nach und nach in Ehemänner verwandelten, und dann tauchten ein kleiner Junge und später ein kleines Mädchen auf.

»Der Enkel hat dieses Jahr einen Freund mitgebracht«, berichtete Jeannie. »Ach, ich könnte heulen.«

»Heulen? Warum denn?«, fragte Hugh.

»Weil … weil sich alles irgendwie wiederholt. Als ich die Leute von nebenan zum ersten Mal sah, waren die Töchter diejenigen, die Freunde mitbrachten, und jetzt ist es der Enkel, und alles fängt wieder von vorne an.«

»Du hast anscheinend viel über diese Leute nachgedacht«, sagte Hugh.

»Na ja, weil sie doch gewissermaßen *wir* sind«, erwiderte Jeannie.

Für Hugh war das offensichtlich schwer zu verstehen.

An dem Freitag, an dem die Whitshanks ankamen, gingen nur die Männer und die Kinder an den Strand. Die Frauen waren damit beschäftigt, auszupacken, die Betten zu überziehen und das Abendessen zu organisieren. Doch am Samstag, als Amanda und ihre Familie eintrafen, hatte sich bei allen bereits die übliche Routine eingestellt: vormittags Strand, Mittagessen in sandigen Badeanzügen im Haus, nachmittags wieder Strand. Der Pavillon schützte die weißhäutigen erwachsenen Whitshanks, während Schwiegersöhne und Schwiegertochter dreist in der Sonne saßen. Die drei Jungs von Stem forderten die Brandung heraus, sie umzuwerfen, rannten dann aber im letzten Moment lachend und kreischend weg, während Stem mit verschränkten Armen am Ufer Wache stand. Amandas Elise, staksig und blass in einem tutu-artigen Badeanzug, die auf einem Zipfel der Decke unter dem Pavillon saß, blieb sich selbst überlassen, während Susan und Deb die meiste Zeit damit verbrachten, durch die Wellen zu tauchen. Susan war in diesem Sommer vierzehn – so alt wie Elise, schien jedoch mehr mit der dreizehnjährigen Deb gemeinsam zu haben. Beide waren noch Kinder, Deb ein dünnes kleines Ding, Susan stabiler gebaut, ohne Taille und fast flachbrüstig, jedoch mit etwas geradezu Sinnlichem um die vollen Lippen und die großen braunen Augen. Die zwei hatten in diesem Jahr ein Zimmer für sich. Davor hatte Elise bei ihnen kampiert statt im Ferienhaus ihrer Eltern, aber das war vorbei. (Sie sei eingebildet geworden, behaupteten Deb und Susan.) Alexander war ebenfalls meist auf sich gestellt – zu jung für die Mädchen und zu unbeweglich für die Jungs von Stem. Meist blieb er am Rande des Wassers sitzen und ließ die Wellen schäumend über seine weichen weißen Beine plätschern und sich wieder zurückziehen, es sei denn, sein Vater konnte ihn zu einer Partie Paddleball oder einer Ausfahrt mit dem Badefloß überreden.

Anderswo am Strand bauten Teenager mächtige Sandburgen, Mütter tauchten die Füße ihrer Babys in die Gischt, und Väter spielten mit ihren Kindern Frisbee. Darüber kreischten Möwen, ein kleines Flugzeug mit Spruchband flog die Küste auf und ab und machte für ein Lokal Reklame, in dem man für einen Festpreis so viele Krebse essen konnte, wie man wollte.

Amanda und Amandas Hugh schienen Probleme miteinander zu haben. Zumindest machte Amanda diesen Eindruck; Hugh wirkte, als wäre er sich dessen überhaupt nicht bewusst. Auf alles, was er zu ihr sagte, reagierte sie kurzangebunden, und wenn er sie zu einem Spaziergang am Strand einlud, erwiderte sie: »Nein, danke«, und zog die Mundwinkel nach unten, sobald sie ihm nachsah, wie er alleine loszog.

Abby, die neben Amanda, aber außerhalb des Pavillons in der Sonne saß, sagte: »Der arme Hugh! Findest du nicht, dass du mitgehen solltest?« (Sie behielt die Ehen ihrer Töchter immer scharf im Auge.) Doch Amanda gab keine Antwort, und Abby ließ es gut sein und wandte sich wieder ihrer Lektüre zu. Unter dem Fernseher hatten sie einen Stapel illustrierter Erzeugnisse der Regenbogenpresse entdeckt, zweifellos die Hinterlassenschaft eines früheren Mieters, und diese Zeitschriften waren durch die Hände von Abbys Enkelinnen, dann durch die ihrer Töchter gewandert und schließlich bei Abby selbst gelandet, die gerade in einer davon blätterte und sich über den Schund mokierte. »So ein Wirbel, bloß weil die Soundso schwanger sein könnte«, sagte sie zu ihren Töchtern, »dabei weiß ich nicht einmal, wer die Soundso *ist!* Ich habe noch nie von ihr gehört.« In ihrem rosa Badeanzug mit Röckchen, ihren vom Sonnenöl glänzenden rundlichen Schultern und ihren leicht mit Sand bestäubten Beinen sah sie fast wie ein Napfkuchen aus. Sie hatte sich bis jetzt noch nicht ins Wasser gewagt, und Red auch nicht. Tatsächlich trug Red seine Arbeitsschuhe und dunkle Socken. Dies war offenbar das Jahr, in dem die beiden sich offiziell für alt erklärten.

»Ich weiß noch, dass ich ihn für einen Trottel gehalten habe, als ich ihn kennenlernte«, sagte Amanda zu Denny. Sie meinte wohl Hugh. »Ich hatte damals die Wohnung in der Chase Street, mit dem Müllschlucker am Ende des Korridors, und ständig lagen dort volle Müllbeutel auf dem Boden, die nicht in den Müllschlucker geworfen worden waren, wie es sich gehört. Und aus den Beuteln schauten Bierflaschen und Chilidosen heraus, die eigentlich in die Recyclingtonne gehört hätten. Das hat mich stinkwütend gemacht! Und darum habe ich eines Tages einen Zettel auf einen der Beutel geklebt: »WER SO WAS MACHT, IST EIN SCHWEIN.«

»Amanda! Also wirklich!«, sagte Abby, doch Amanda schien sie nicht zu hören. »Ich weiß nicht, woher er wusste, dass *ich* das war«, erklärte sie Denny, »aber er muss es gewusst haben. Er klopfte bei mir und hielt den Zettel hoch. ›Haben Sie das geschrieben?‹, fragte er, und ich antwortete: ›O ja, das habe ich.‹ Dann hat er seinen ganzen Charme spielenlassen. Hat gesagt, dass es ihm leidtut, dass es nicht wieder vorkommt, dass er sich mit den Recycling-Vorschriften nicht auskennt und dass er den Beutel deshalb nicht in den Müllschlucker geworfen hat, weil er nicht hineingepasst hat, bla, bla, bla – als ob das eine Entschuldigung wäre. Aber ich gebe zu, er hat mich rumgekriegt. Und weißt du, was? Ich hätte mich vorsehen sollen. Von Anfang an lag doch alles klar auf der Hand: dass das jemand ist, der sich für den einzigen Menschen auf dem Planeten hält. Augenfälliger hätte es gar nicht sein können!«

»Und, *recycelt* er jetzt?«, fragte Denny.

»Du kapierst nicht, worum es geht«, sagte Amanda. »Ich spreche von seinem Charakter, vom Wesen dieses Mannes. Es geht immer nur darum, was für ihn opportun ist. Gerade hat er vereinbart, das Restaurant spottbillig zu verkaufen, praktisch für ein Butterbrot, bloß weil ihm langweilig ist und er etwas Neues anfangen will. Ist das zu glauben?«

»Ich dachte, du findest die neue Idee gut. Du hast doch gesagt, sie sei brillant.«

»Ach, ich wollte ihm bloß beispringen. Außerdem habe ich nichts gegen ein neues Projekt, sondern gegen die Art und Weise, wie er das alte loswird. Er hat mich nicht einmal konsultiert! Hat einfach das erste Angebot angenommen, das er bekam, denn wenn er etwas haben will, dann jetzt und auf der Stelle.«

Abby berührte Amandas Arm. Sie warf einen vielsagenden Blick auf Elise, doch Amanda sagte: »*Was* denn«, und wandte sich wieder ab. Und Elise stand mit einer langsamen, anmutigen Bewegung auf und ging Richtung Wasser, als ob nichts, was die Erwachsenen redeten, sie in irgendeiner Weise berühren könnte.

»Ich wusste gar nicht, dass du ihn *so* kennengelernt hast«, sagte Abby. »Das ist ja wie im Kino! Wie in einem Film mit Rock Hudson und Doris Day, die sich am Anfang auch nie ausstehen können. Ich dachte, ihr wärt euch im Fahrstuhl oder so begegnet.«

»Der Mann ist unmöglich«, sagte Amanda, als ob Abby überhaupt nicht gesprochen hätte.

»Es ist doch verständlich, dass er die Gelegenheit beim Schopf ergriffen hat«, meinte Denny. »Ich glaube nicht, dass es einfach ist, ein Lokal zu verkaufen, in dem nur Truthahn serviert wird.«

»Es muss ja nicht mit Truthahn *verheiratet* sein. Es könnte auch andere Sachen anbieten. Und da ist die ganze Einrichtung, die Öfen und die Sachen in der Küche, die viel Geld wert sind.«

»Ach«, sagte Abby, »der arme Hugh. Männer können mit Misserfolgen nicht gut umgehen.«

»Mom. Bitte. Schluss mit ›der arme Hugh‹.«

»Lust auf einen Spaziergang, Abby?«, fragte Red unvermittelt. Es war nicht klar, ob er zugehört hatte. Vielleicht wollte er im Moment ja wirklich nur einen Spaziergang machen. Jedenfalls hievte er sich hoch und ging hinüber zu Abby, um ihr beim Aufstehen behilflich zu sein. Als sie am Strand entlanggingen, schüttelte Abby noch immer den Kopf.

»Jetzt können sie sich lang und breit darüber auslassen, was für eine schlechte Ehefrau ich bin«, meinte Amanda, die ihnen nachblickte.

»Dad geht inzwischen so langsam«, sagte Jeannie. »Schaut ihn euch an, wie steif er geworden ist.«

»Und wie kommt er bei der Arbeit zurecht?«, fragte Denny sie.

»Bei der Arbeit fällt es mir nicht weiter auf. Er macht ja nichts mehr körperlich Anstrengendes.«

Sie sahen, wie ihre Eltern mit Nora zusammentrafen, die von ihrem eigenen Spaziergang zurückkehrte. Sie wechselte ein paar Worte mit ihnen und ging dann weiter in Richtung Stem und Kinder, wobei sie engelgleich durch eine Gruppe junger Burschen glitt, die sich am Wasser einen Ball zuwarfen. Ein schwarzer Wickelrock flatterte und öffnete sich über ihrem züchtigen Schwimmanzug, und in der Brise schwebten ihre dunklen Haare über ihren Schultern. Die jungen Burschen unterbrachen ihr Spiel, um sie mit Blicken zu verfolgen, während einer von ihnen den Ball unter dem Arm festhielt.

»Die unwissentliche *femme fatale*«, murmelte Denny, und Amanda zischelte leicht belustigt.

»Gefällt es Elise hier?«, erkundigte sich Jeannie bei Amanda. »Sie scheint sich dieses Jahr etwas abseits zu halten.«

»Ich habe keine Ahnung«, antwortete Amanda. »Ich bin ja nur ihre Mutter.«

»Vielleicht hat sie durch das Ballett jetzt andere Interessen.«

Amanda gab keine Antwort. Die drei saßen eine Weile stumm da, den Blick auf ein Kind in Schwimmwindeln gerichtet, das in der Nähe einigen Möwen nachlief. Die Möwen stolzierten würdigen Schrittes vor ihm her, wurden allmählich schneller, taten aber so, als würden sie den Kleinen nicht bemerken.

»Und Susan?«, erkundigte sich Jeannie bei Denny. »Gefällt es ihr hier?«

»Die amüsiert sich blendend«, sagte er. »Sie kommt wirklich gerne her. Sie hat ja sonst keine Cousins und Cousinen.«

»Ach, hat Carla keine Geschwister?«

»Nur einen unverheirateten Bruder.«

Jeannie und Amanda sahen sich mit hochgezogenen Augenbrauen an.

»Und wie *geht* es Carla so?«, fragte Amanda schließlich.

»Gut, soweit ich weiß.«

»Siehst du sie oft?«

»Nein.«

»Siehst du *sonst* jemand?«

»Ob ich jemand sehe?«

»Du weißt, was ich meine. Frauen.«

»Eigentlich nicht«, sagte Denny. Und dann, gerade als die Unterhaltung beendet zu sein schien, fügte er hinzu: »Seien wir ehrlich, ich bin nicht gerade eine gute Partie.«

»Warum nicht?«, fragte Jeannie.

»Weil ich wie ein Versager rüberkomme. Ich meine, es ist ja nicht so, als ob ich in all den Jahren eine steile Karriere hingelegt hätte.«

»Das ist doch lächerlich. Viele Frauen würden auf dich stehen.«

»Nein«, sagte Denny. »Wenn man es recht bedenkt, hat sich nicht viel verändert seit der Zeit, als Eltern noch versuchten, ihre Töchter mit Adeligen und Großgrundbesitzern zu verheiratet. Frauen wollen noch immer wissen, was man beruflich macht, wenn sie dich kennenlernen. Das ist das Erste, wonach sie fragen.«

»Na und? Du bist Lehrer. Oder zumindest Aushilfslehrer.«

»Stimmt.«

Ein kleines Mädchen lief an ihnen vorbei zum Wasser – die Enkelin der Leute von nebenan. Denny und seine Schwestern drehten sich instinktiv halb um und verfolgten, wie die Leute von nebenan von ihrem Haus zum Strand zogen, beladen mit Handtüchern, Klappstühlen und einer Styropor-Kühlbox. Sie machten keine zehn Meter von den Whitshanks entfernt halt. Die Erwachsenen klappten ihre Stühle auf und stellten sie mit Blick auf den Ozean in einer Reihe nebeneinander auf, während der Enkel und sein Freund zu dem kleinen Mädchen hinuntergingen, das in der Brandung herumhüpfte.

»Haben wir jemals herausgefunden, ob sie wirklich nur für eine Woche herkommen?«, fragte Amanda. »Vielleicht sind sie den ganzen Sommer hier.«

»Nein«, sagte Jeannie, »wir haben sie doch damals ankommen sehen, erinnerst du dich? Mit ihren Koffern und ihrer Strandausrüstung.«

»Aber vielleicht bleiben sie noch, wenn wir abreisen.«

»Vielleicht. Möglich wäre es. Ich stelle mir allerdings gerne vor, dass sie gleichzeitig gehen. Und über das gleiche Thema diskutieren wie wir: ob sie nächstes Jahr *zwei* Wochen bleiben sollen? Aber am Ende des Urlaubs sagen sie: ›Ach, eine Woche genügt eigentlich.‹ Und so kommen sie Jahr für Jahr in der gleichen Woche her, und in fünfzig Jahren werden wir sagen« – hier wechselte Jeannies Stimme in den dünnen Ton einer alten Dame –: »Ach, schaut mal, da sind die Leute von nebenan, und der Enkel hat jetzt einen Enkel!«

»Heute haben sie ihr Mittagessen mitgebracht«, bemerkte Denny. »Wir könnten ja mal nachsehen, was es gibt.«

Jeannie sagte: »Was wäre, wenn wir jetzt einfach rübergingen und uns vorstellen würden?«

»Das wäre eine Ernüchterung«, meinte Amanda.

»Wieso?«

»Weil sich herausstellen würde, dass sie einen langweiligen Nachnamen haben, wie Smith oder Brown. Dass sie, sagen wir, in der Werbung arbeiten oder Computer verkaufen oder Unternehmensberater sind. Ganz *egal*, was sie beruflich machen, es wäre eine Enttäuschung. Sie würden sagen: ›Wie nett, Sie kennenzulernen; wir waren schon immer neugierig auf Sie‹, und dann müssten wir ihnen *unsere* langweiligen Namen sagen und unsere langweiligen Berufe.«

»Meinst du wirklich, dass sie sich Gedanken über uns machen?«

»Ganz bestimmt.«

»Meinst du, dass sie uns sympathisch finden?«

»Die können doch gar nicht anders«, sagte Amanda.

Ihr Ton war scherzhaft, aber sie lächelte nicht. Sie musterte die Leute von nebenan ungeniert mit ernster, forschender Miene, als wäre sie sich da gar nicht so sicher. Fanden sie die Whitshanks attraktiv? Faszinierend? Bewunderten sie ihre große Familie und ihre enge Verbundenheit? Oder war ihnen irgendwo ein unsichtbarer Riss aufgefallen – ein scharfer Wortwechsel, ein gereiztes Schweigen oder eine gewisse Spannung? Welche Meinung hatten sie von ihnen? Welche tieferen Einsichten könnten sie offenbaren, falls die Whitshanks auf der Stelle hinübergingen und sie fragten?

Es war üblich, dass die Männer im Urlaub abends den Abwasch machten. Sie scheuchten die Frauen aus der Küche – »Raus mit euch! Raus jetzt! Ja, wir wissen Bescheid: Die Reste kommen in den Kühlschrank« –, und dann ließ Denny heißes Wasser ins Spülbecken laufen, und Stem griff zum Geschirrtuch. Unterdessen brachte Jeannies Hugh, einer dieser gründlichen, gewissenhaften Menschen, die ganze Küche in Ordnung und schrubbte sämtliche Flächen ab. Red trug höchstens ein paar Teller aus dem Esszimmer, ließ sich jedoch, auf Drängen der anderen, schon bald mit einem Bier am Küchentisch nieder und sah ihnen bei der Arbeit zu.

Amandas Hugh war nicht dabei. Ihre Kleinfamilie aß abends meistens in der Stadt.

An ihrem letzten Abend, dem Donnerstag, war die Säuberungsaktion aufwendiger. Alle Essensreste mussten weggeworfen, die Kühlschrankfächer ausgeräumt und feucht abgewischt werden. Jeannies Hugh war in seinem Element. »Weg damit! Das auch«, rief er, als Stem einen noch fast vollen Behälter mit Krautsalat hochhielt. »Bringt nichts, den nach Baltimore mitzuschleppen.« Die drei warfen einen verstohlenen Blick auf Red, dem Verschwendung genauso ein Graus war wie seiner Schwester, aber er blätterte in einer der alten Illustrierten und bekam nichts mit.

»Wie sieht der Plan für morgen aus?«, fragte Denny. »Gehts wieder bei Tagesanbruch los?«

Hugh sagte: »In meinem Fall schon. Ich hab ein halbes Dutzend Nachrichten auf dem Handy.« Er meinte damit Nachrichten vom College. »In den Wohnheimen ist 'ne Menge zu tun.«

»Das heißt«, sagte Denny zu Stem, »es wird Herbst.«

»Und zwar bald«, bestätigte Stem und legte einen nicht ganz sauberen Teller zurück ins Spülbecken.

»Du solltest nicht zu lange mit dem Umzug warten«, sagte Denny zu ihm, »sonst müssen die Kinder die Schule wechseln.«

Stem, der gerade einen neuen Teller abtrocknete, hielt einen Moment inne, und machte dann weiter. »Sie haben schon gewechselt. Nora hat die beiden Älteren letzte Woche umgemeldet.«

»Aber es wäre doch vernünftiger, wieder in euer eigenes Haus zu ziehen, jetzt, wo ich da bin.«

Stem legte den Teller auf den entsprechenden Stapel.

»Du bleibst ja nicht«, sagte er.

»Was?«

»Du verschwindest doch wieder.«

»Was redest du denn da?«

Denny hatte sich umgedreht und sah ihn an, doch Stem fuhr fort, Teller abzutrocknen, und meinte: »Du wirst mit einem von uns Streit anfangen oder irgendetwas übelnehmen. Oder du bekommst einen dieser Anrufe von einem dubiosen Bekannten, der sich in einer dubiosen Notlage befindet, und machst dich wieder aus dem Staub.«

»Blödsinn«, sagte Denny.

Jeannies Hugh bat: »Hört auf, ihr beiden …«, und Red blickte von seiner Illustrierten hoch, wo ein Finger die Stelle kennzeichnete, an der er gerade war.

»Das sagst du nur, weil du nicht *willst*, dass ich bleibe«, sagte Denny zu Stem. »Mir ist nur allzu bewusst, dass du mich aus dem Weg haben willst – was mich nicht weiter überrascht.«

»Ich will dich nicht aus dem Weg haben«, erwiderte Stem. Sie standen sich inzwischen Auge in Auge gegenüber. Stem hielt in der einen Hand noch immer einen Teller und in der anderen das Geschirrtuch, und er sprach etwas lauter als nötig. »Mein Gott! Was muss ich denn tun, um dich davon zu überzeugen, dass ich nicht darauf aus bin, dich *dranzukriegen*? Ich will doch nichts, was dir gehört! Das hab ich noch nie gewollt. Ich versuche doch nur, Mom und Dad behilflich zu sein!«

Red fragte: »Was? Moment mal.«

»Das ist mal wieder typisch für dich«, sagte Denny zu Stem. »Übersprudelnd vor Selbstlosigkeit. Heiliger als der Allmächtige persönlich.«

Stem wollte etwas entgegnen, holte tief Luft und machte den Mund auf. Er stieß einen verzweifelten Laut aus, der fast wie ein Knurren klang, und dann, scheinbar ohne nachzudenken, fuhr er herum und versetzte Denny einen heftigen Stoß.

Es war nicht direkt ein Angriff. Eher ein Akt schierer Verzweiflung. Aber Denny war überrumpelt, taumelte und ließ den Teller los, der zu Boden fiel und zerbrach. Er versuchte, sich zu fangen, stürzte dennoch und schlug mit dem Kopf an die Tischkante, bevor er auf dem Boden zu sitzen kam.

»Oh«, sagte Stem. »Mist.«

Red stand mit offenem Mund auf, in der einen Hand die

Illustrierte. Hugh, der unsicher vor dem Kühlschrank stehen geblieben war, sagte nur: »Macht keinen Quatsch«, und hielt sich hilflos an seinem Wischtuch fest.

Denny blutete an der linken Schläfe. Er begann, sich hochzurappeln. Stem wollte ihm aufhelfen, aber statt seine Hand zu ergreifen, warf sich Denny auf Stem und versetzte ihm einen Schlag auf das Brustbein. Stem krümmte sich, ging rückwärts zu Boden und krachte dabei gegen einen Schrank. Er setzte sich wieder auf, schien jedoch groggy zu sein, und fasste sich vorsichtig hinten an den Kopf.

Mit einem Mal war die Küche voller herumflatternder Frauen und entsetzter Kinder mit weit aufgerissenen Augen. Es schienen weitaus mehr Menschen zu sein, als es erwiesenermaßen sein konnten. Abby sagte immer wieder: »Was ist *los?* Was ist passiert?«, und Nora hatte sich über Stem gebeugt und versuchte, ihm auf die Beine zu helfen. »Er soll sitzen bleiben«, wies Jeannie sie an. »Stem? Ist dir schwindelig?« Stem fasste sich noch immer an den Hinterkopf, einen unsicheren Ausdruck im Gesicht. Überall um ihn herum lagen Scherben.

Denny hatte sich mit dem Rücken an die Spüle gelehnt. Er schien vor allen Dingen verdutzt zu sein. »Ich weiß nicht, was ihn gepackt hat, plötzlich war er von null auf hundert!« Blut lief ihm seitlich am Gesicht hinunter und färbte sein olivgrünes T-Shirt dunkel.

»Lass mal sehen«, sagte Jeannie. »Wir müssen dich in die Notaufnahme bringen. Euch beide.«

»Ich *brauche* keinen Arzt«, sagte Denny im gleichen Moment, in dem Stem sagte: »Mir fehlt nichts. Lass mich aufstehen.«

»Ihr beide braucht einen Arzt«, meinte Abby. »Denny muss genäht werden, und Stem hat vielleicht eine Gehirnerschütterung.«

»Mir *fehlt* nichts«, sagten Stem und Denny im Chor.

»Du solltest dich wenigstens auf die Couch legen«, sagte Nora zu Stem. Sie schien nicht allzu besorgt zu sein. Sie half ihm auf, ohne dass Jeannie diesmal Einwände erhob, und führte ihn aus der Küche. Alle Kinder folgten ihr stumm, abgesehen von Susan, die dicht neben Denny stehen blieb und sein Handgelenk streichelte. Tränen strömten ihr über die Wangen. »Warum weinst du denn?«, fragte Denny. »Das ist nichts Schlimmes. Es tut nicht mal weh.« Sie nickte und schluckte, doch die Tränen strömten weiter. Abby legte den Arm um sie: »Es ist alles gut, Herzchen. Kopfwunden bluten immer sehr stark.«

»Raus«, befahl Jeannie. »Alle raus aus der Küche, damit ich mir den Schaden besehen kann. Hugh, bring mir den Erste-Hilfe-Kasten. Er ist im unteren Badezimmer. Susan, ich brauche Papierhandtücher.«

Red hatte sich irgendwann wieder auf seinen Stuhl fallen lassen, doch Abby berührte seine Schulter und sagte: »Lass uns ins Wohnzimmer gehen.«

»Ich verstehe gar nicht, was passiert ist«, sagte er zu ihr.

»Ich auch nicht, aber Jeannie wird sich um alles kümmern.«

Sie half ihm auf, und die beiden gingen hinaus. Nur Susan blieb zurück. Sie reichte Jeannie eine Küchenrolle. »Danke«, sagte Jeannie. Sie riss mehrere Blätter ab und machte sie unter dem Wasserhahn nass. »Als Erstes werden wir die Wunde säubern und nachsehen, ob sie genäht werden muss«, sagte sie zu Denny. »Setz dich hin.«

»Ich muss nicht genäht werden«, antwortete er. Er ließ sich auf einem Stuhl nieder. Sie beugte sich über ihn und drückte die zusammengeknüllten feuchten Tücher an seine Schläfe. Susan hatte sich unterdessen auf den Stuhl neben ihm gesetzt und hielt seine Hand fest. »Hm«, sagte Jeannie. Sie betrachtete Dennys Wunde, knüllte die Papierhandtücher anders zusammen und betupfte wieder seine Schläfe.

»Autsch«, rief er.

»Hugh! Wo bleibt der Erste-Hilfe-Kasten?«

»Bin schon da«, sagte Jeannies Hugh, der soeben in die Küche trat. Er reichte ihr das Gewünschte, das aussah wie ein Angelkasten aus Metall.

»Sag den anderen«, teilte ihm Jeannie mit, »sie sollen dafür sorgen, dass Stem nicht einschläft, hörst du? Lass das«, da Hugh Anstalten machte, die Scherben aufzuheben. »Wir müssen sicher sein, dass er nicht ins Koma fällt.« Sie war schon immer der Typ, der in einer Krise autoritär wird. Ihr langer schwarzer Pferdeschwanz knallte geradezu, als sie ihn nach hinten warf.

Hugh ging. Sobald er weg war, sagte Denny: »Ich schwöre dir, es war nicht meine Schuld.«

»Wirklich«, erwiderte Jeannie.

»Ehrlich. Das musst du mir glauben.«

»Susan, bring mir das Neosporin.«

Susan blickte hinauf in Jeannies Gesicht, rührte sich aber nicht von der Stelle.

»Salbe. Im Erste-Hilfe-Kasten«, wies Jeannie sie an und legte die Papierhandtücher, die jetzt fast rot durchtränkt waren, erneut anders zusammen. Susan ließ Dennys Hand los, um die Salbe zu suchen. Ihre Bluse war an der Schulter leicht blutverschmiert.

»Wir haben einfach nur den Abwasch gemacht«, berichtete Denny, »alles war ganz friedlich. Und dann dreht Stem auf einmal durch, nur weil ich gesagt habe, dass er jetzt wieder ausziehen kann.«

»Das kann ich mir vorstellen«, meinte Jeannie.

»Was soll das heißen?«

Sie warf die Papierhandtücher in den Mülleimer und ließ

sich von Susan das Neosporin geben. »Halt still«, wies sie Denny an. Sie trug einen Klecks Salbe auf die Wunde auf. Denny hielt still und sah unentwegt zu ihr hoch. Sie sagte: »Wann wirst du endlich damit aufhören, Denny? Finde dich damit ab! Gib es auf!«

»Was denn? Er war doch derjenige, der angefangen hat!«

»Meinst du nicht, dass jeder Mensch eine Art ... Verletzung mit sich herumträgt? So wie Stem zum Beispiel! Könnte ich nicht *auch* eifersüchtig sein, wenn ich es darauf anlegen würde? Dad zieht Stem *mir* bei Weitem vor, obwohl ich wirklich gute Arbeit leiste. Er spricht immer davon, dass Stem eines Tages die Firma übernehmen wird, als ob es mich gar nicht gäbe, als ob ich nicht auch alles könnte, was ein Mann kann, sobald man es mir erklärt hat. Aber weißt du was, Denny? Tatsache ist, Stem muss man nichts erklären. Er scheint es, wie soll ich sagen, von Geburt an zu *wissen*. Er kapiert alles, ohne dass ihm jemand sagen muss, wie es geht. Er hat es ehrlich verdient, die Firma zu leiten.«

Denny stieß ein ungehaltenes Schnauben aus, von dem sie keine Notiz nahm. »Heftpflaster«, wies sie Susan an. »Wenn du welche findest, haben wir's geschafft.«

Susan kramte im Erste-Hilfe-Kasten, in dem offenbar ziemliche Unordnung herrschte. Sie warf Scheren, Pinzetten, Gazerollen, eine Flasche mit Essig gegen Quallenstiche beiseite und brachte eine Schachtel mit Heftpflaster zum Vorschein.

»Toll«, sagte Jeannie. Sie schüttelte einige auf den Tisch, nahm dann eines und riss die Schutzfolie ab. »Zwei müssten reichen«, sagte sie zu Denny. »Halt bitte still.«

»Ich hab ja nichts dagegen, dass er die Leitung übernimmt«, erklärte Denny. »*Ich* will sie ganz bestimmt nicht. Der springende Punkt ist, dass Dad mit uns anderen nie zufrieden ist. Seinen eigenen drei Kindern! Du hast es selbst gesagt: *Du* solltest diejenige sein, die die Firma leitet. Du bist eine Whitshank. Aber nein, Dad musste außerhalb der Familie auf die Suche gehen.«

»Er ist nicht auf die Suche gegangen«, sagte Jeannie. Sie beugte sich zurück, um das Pflaster zu begutachten, das sie angebracht hatte, und griff dann nach dem nächsten. »Er hat Stem doch nicht für seine Familie *ausgewählt*. Das hat sich einfach so ergeben.«

»Dad hat mich mein Leben lang spüren lassen, dass ich nicht seinen Erwartungen entspreche – als ob ich … lahm wäre oder mir etwas fehlen würde. Ich erzähle dir mal was, Jeannie. Als ich in dem einen Sommer in Minnesota gearbeitet habe, hatte ich einen Boss, der fand, dass ich ein wirklich gutes Auge habe. Wir haben damals Schränke eingebaut, und ich habe ein paar Entwürfe gemacht, von denen er sagte, sie seien fantastisch. Er hat gefragt, ob ich mal daran gedacht habe, als Möbeltischler zu arbeiten, und meinte, ich hätte wirklich Talent. Warum hat Dad nie so etwas gesagt?«

»Und dann?«, fragte Jeannie.

»Wie, was dann?«

»Was ist aus der Möbeltischlerei geworden?«

»Ach … hab ich vergessen. Ich glaube, weil danach der langweilige Teil kam. Scheuerleisten und so Kram. Irgendwann hab ich gekündigt.«

Jeannie seufzte und sammelte die abgezogenen Schutzfolien auf dem Tisch ein. »Okay, Susan«, sagte sie. »Du kannst deinem Dad jetzt ins Wohnzimmer helfen.«

Aber gerade als Denny aufstand, kam Stem herein, dicht gefolgt von Nora. Nach seinem Aussehen zu urteilen, hatte er sich von dem Schlag auf den Kopf erholt. Er schien wieder er selbst zu sein, nur blasser und zerknitterter. »Denny, ich möchte mich entschuldigen.«

»Es tut ihm sehr, sehr leid«, bemerkte Nora.

»Ich hätte nicht die Beherrschung verlieren dürfen, und ich möchte dir auf jeden Fall dein String-Cheese-Incident-T-Shirt bezahlen.«

Denny schnaubte leicht belustigt, und Abby, die hinter ihnen in die Küche gekommen war – sie musste natürlich dabei sein, sich fast überschlagen, um ihre Familie wieder ins Lot zu bringen –, sagte: »Ach, Stem, das ist doch kein Problem, das geht beim Waschen wieder raus«, was Denny laut auflachen ließ.

»Vergiss es«, sagte er zu Stem. »Sagen wir einfach, es ist nicht passiert.«

»Das ist sehr großzügig von dir.«

»Fakt ist, dass ich irgendwie erleichtert bin, dass du auch nur ein Mensch bist«, meinte Denny. »Bis jetzt dachte ich immer, du hättest keinen Funken Neid in dir.«

»Neid?«

»Komm schon, schlag ein«, sagte Denny und hielt ihm die Hand hin.

Stem fragte: »Wieso sagst du, dass ich neidisch bin?«

Denny ließ die Hand sinken. »Mann! Du hast mich gerade angegriffen, weil ich gesagt habe, dass *ich* derjenige sein sollte, der bei Mom und Dad aushilft. Ist das etwa kein Neid?«

»*Verdammt* noch mal!«, brüllte Stem.

Nora sagte: »Douglas, bitte!«

Stem schlug Denny mit der Faust auf den Mund.

Es war kein fachmännischer Schlag – er landete ungeschickt, nicht zielgenau –, aber er genügte, um Denny wieder auf seinen Stuhl zu werfen. Seine Unterlippe war aufgeplatzt und blutete. Er schüttelte benommen den Kopf. Abby kreischte: »Hört auf! Hört bitte auf!«, Jeannie rief: »Um Himmels willen«, und Susan begann wieder zu weinen und an ihren Fingerknöcheln zu kauen. Die anderen standen so urplötzlich unter der Tür, als ob sie nur darauf gewartet hätten. Stem schien völlig überrascht zu sein. Er starrte auf seine Faust, die an den Knöcheln aufgeschürft war. Sein Blick wanderte zu Denny.

»Raus«, befahl Jeannie allen.

Und dann mit müder Stimme: »Als Erstes werden wir die Wunde säubern und nachsehen, ob sie genäht werden muss.«

6

Abby war wegen des Termins bei Dr. Wiss zunächst nervös, doch dann dachte sie: »Das schaffe ich schon, schließlich bin ich ja mit der Wiss-Zickzackschere meiner Mutter vertraut.« Und augenblicklich fiel ihr das exakte Gewicht dieser klobigen Schere ein, einschließlich des allzu dicken Griffs, der unten am Daumen immer so unangenehm gegen den Knochen drückte, und die anfängliche Störrischkeit, wenn die schweren gezähnten Klingen den Stoff zu zerteilen begannen.

Moment mal. Der eine Wiss hatte doch überhaupt nichts mit dem anderen zu tun.

Es war Nora, die den Termin vereinbart hatte. Sie hatte sich bei ihrem Pastor nach dem Namen eines Gerontologen erkundigt, und rief dann in der Praxis von Dr. Wiss an, ohne Abby auch nur zu fragen. Aufdringlich! Sie musste es vorher mit Red besprochen haben, denn als Abby sich bei ihm beklagte, schien er nicht überrascht zu sein und meinte, es würde nicht schaden, mal die Meinung eines Arztes zu hören.

Abby stellte fest, dass Nora ihr langsam auf die Nerven ging. Warum nannte sie Abby beispielsweise hartnäckig »Mutter Whitshank«? Das hörte sich an, als wäre Abby eine alte Bauersfrau in Holzpantinen und Kopftuch. Abby hatte allen Ehepartnern ihrer Kinder die Wahl zwischen »Mom« und »Abby« gelassen, als sie Familienmitglieder wurden. »Mutter Whitshank« war ihr nicht einmal über die Lippen gekommen.

Außerdem stapelte Nora die Teller aufeinander, wenn sie den Tisch abräumte, statt in jeder Hand jeweils einen hinauszutragen, was – wie man Abby gelehrt hatte – die feine Art war. So kamen alle Teller mit Essensresten an der Unterseite in der Küche an. Und *sie* kritisierte Abbys Haushaltsführung! Zumindest ließ sie das durchblicken, wenn sie die Schuld an Sammys Allergien auf den Staub in den Teppichen schob. Außerdem kochte sie zu fett und zu viel Gebratenes, was für Reds Herz nicht gut war, und sie war viel zu lax mit ihren Kindern. Und das Doppelbett, das sie verlangt hatte, füllte Stems kleines Zimmer völlig aus, sodass man kaum drum herumgehen konnte.

Ach, es war nur die übliche Mitbewohner-itis, sagte sich Abby. Die ständige körperliche Nähe auf engstem Raum; deshalb war sie so gereizt.

Das sagte sie sich mehrmals am Tag.

Und sie besann sich darauf, dass manche unserer Beziehungen brandneue Beziehungen sind, die nichts mit unseren früheren Inkarnationen zu tun haben – neue Erfahrungen, die unseren Horizont erweitern. Vielleicht hatte Nora in Abbys Leben die Aufgabe, Abbys Seele auszudehnen und zu bereichern; ob es *das* war?

Es war ja nicht so, als ob Abby eine schwierige Schwiegermutter wäre. Man brauchte sich doch nur anzuschauen, wie gut sie mit Amandas Hugh auskam! Eine Herausforderung, wie Amanda selbst einräumte, doch Abby fand ihn unterhaltsam. Und Jeannies Hugh war natürlich ein echter Schatz! Einige von Abbys Freundinnen hatten große

Probleme mit ihren Schwiegertöchtern und -söhnen. Mit Schwiegertöchtern mehr als mit Schwiegersöhnen, da waren sich alle einig. Manche waren völlig zerstritten. In dieser Hinsicht schnitt Abby wesentlich besser ab.

Wenn sie sich nur nicht so beiseitegedrängt gefühlt hätte. So unwichtig, so überflüssig.

Sie war immer davon ausgegangen, dass sie im Alter endlich absolutes Selbstvertrauen haben werde. Aber da war sie: noch immer unsicher. In vielen Dingen war sie jetzt unsicherer, als sie in jungen Jahren gewesen war. Und wenn sie sich reden hörte, erschrak sie oft, wie aufgesetzt munter sie klang – wie töricht und oberflächlich, als wäre sie irgendwie in die Rolle der komischen Mutter in einer diesen seichten Fernsehserien geschlüpft.

Was um alles auf der Welt war bloß aus ihr geworden?

Ihr Termin bei Dr. Wiss war erst im November. (Geriatrische Problemfälle standen offenbar Schlange.) Bis dahin konnte alles ganz anders aussehen. Vielleicht waren ihre belanglosen kleinen Aussetzer – wenn ihr Gehirn »aus der Spur geriet«, wie sie es nannte – bis dahin von selbst verschwunden. Oder sie war vielleicht tot! Nein, daran wollte sie noch keinen Gedanken verschwenden.

Es war erst Mitte September. Noch sommerlich, die Blätter begannen sich erst kaum merklich zu färben, und morgens war es frisch, aber nicht wirklich kalt. Sie konnte nach dem Frühstück nur im Pullover auf der Veranda sitzen, mit den Fußspitzen leicht die Schaukel hin und her bewegen und die Eltern und Kinder beobachten, die auf dem Weg in die Schule vorbeikamen. Man merkte genau, dass das Schuljahr erst begonnen hatte, weil die Kinder so adrett angezogen waren. Einen Monat später gaben sie sich nicht mehr so viel Mühe. Und einige der älteren Kinder waren dann ohne ihre Eltern unterwegs, doch Petey und Tommy waren dafür natürlich noch zu klein. Sie waren vor wenigen Minuten mit Nora aufgebrochen – samt Sammy, der sich in seinem Buggy vorbeugte wie ein Kapitän, der nach Land Ausschau hält, und Heidi, die an ihrer absurd langen Leine vor ihnen herumsprang. Drei kleine Blondschöpfe, die zwischen den Bäumen aufleuchteten; ganz und gar nicht typisch Whitshanks. Aber da Stem ein Blondschopf gewesen war, konnte man wohl nichts anderes erwarten.

Die drei Jungs schienen sich problemlos in der Nachbarschaft eingelebt zu haben, sausten mit ihren Tretrollern die Bürgersteige rauf und runter und brachten Spielkameraden auf einen Imbiss mit. Sie erzählten ihr, dass die anderen Kinder ihr Haus »das Verandahaus« nannten. Das gefiel Abby. Sie erinnerte sich gut daran, wie sie selbst das Haus zum ersten Mal gesehen hatte, als sie eine sommersprossige Schülerin aus Hampden war und die hochnäsige Merrick Whitshank die ihr zugewiesene Schulpatin. Der Blick von der Straße auf diese riesige, wunderbare Veranda, auf der sich Merrick und zwei gleichaltrige Freundinnen genau hier in dieser Schaukel räkelten, so lässig, so schick in hochgekrempelten Bluejeans und gemusterten Nickitüchern, die kess geknotet waren. »O Gott, da kommen die Wichtel«, hatte Merrick gestöhnt, da Abby zwei Klassenkameradinnen dabeihatte, die Schulpatenkinder der beiden Freundinnen von Merrick. Sie sollten eigentlich einen geselligen, fröhlichen Samstagnachmittag miteinander verbringen, den Text der Schulhymne auswendig lernen und zusammen Plätzchen backen. Doch daran konnte sich Abby nicht erinnern – nur noch an ihr ehrfürchtiges Staunen beim Anblick dieser Veranda und des eindrucksvollen Plattenwegs, der zu ihr hinaufführte. Ach, und an Merricks Mutter, die liebe Linnie. (Vielmehr Mrs Whitshank, wie Abby sie damals nannte.)

Wahrscheinlich war Linnie diejenige gewesen, die das Plätzchenbacken beaufsichtigt hatte, bestimmt nicht Merrick.

Linnie Mae Whitshank war blass und zurückhaltend und trug ein farbloses geblümtes Hängerkleid, das aus einem Dorfladen hätte stammen können, aber etwas an dem Geflecht der Lachfältchen in ihren Augenwinkeln verriet Abby, dass sie wohl mehr mitbekam, als sie sich anmerken ließ. Lange nachdem die Farce mit den Schulpatenschaften vorbei war, dachte Abby noch immer gern an Linnie. Und Jahre später, als Abby mit Reds Freund Dane zu gehen begann, war da Linnie, die, großherzig wie eh und je, Abend für Abend auf die Veranda kam, um der ganzen Clique selbstgemachte Limonade zu bringen. Manchmal ließ sich auch Junior blicken – »Ja, hallo! Na, Jungs. Na, Mädels.« Er lungerte herum und redetet und redete, sagte den Mädchen, dass sie heute Abend ganz besonders hübsch aussahen, und kaute mit den jungen Männern die Spiele der Colts durch, bis Linnie ihn am Ärmel zupfte und meinte: »Komm jetzt, Junior. Es wird Zeit, die jungen Leute sich selbst zu überlassen.«

Beide inzwischen tot und begraben; ach ja. Vom Antlitz der Erde gefegt von einem Güterzug, sodass nicht einmal Leichen zurückblieben, die man hätte betrauern können; nur zwei geschlossene Särge, und die traurige Nachricht musste die Polizei überbringen. So unbefriedigend, so ergebnislos. Das machte Abby mehr zu schaffen als Red. Red war der Meinung, ein sofortiger Tod sei eine Gnade, doch Abby wollte Abschied nehmen können. Sie hätte gerne gesagt: »Linnie, du warst eine seelengute Frau, und es hat mir immer leidgetan, dass du ein so einsames Leben geführt hast.«

Abby wurde in letzter Zeit oft von Gedanken an all die Menschen heimgesucht, bei deren Tod sie zugegen gewesen war. Zwei Großeltern, ihre Mutter, ihr geliebter älterer Bruder, der jung gestorben war. Anders als bei ihrem Vater. Bei ihm war sie nur wenige Minuten zu spät gekommen. Aber als sie sich über ihn beugte und ihr Gesicht an seines legte, hatte sie gehofft, dass noch ein letzter Rest von ihm verweilte, der ihre Anwesenheit spüren würde. Selbst jetzt, da sie auf der Veranda saß und die Bouton Road hinuntersah, fühlte sie, dass ihr Tränen in die Augen stiegen bei der Erinnerung an seine liebe, stoppelige Wange, die bereits kalt wurde. Wenn wir gehen, sollte jemand *bei uns sein!* Das wünschte sie sich jedenfalls: Reds große Hand, die ihre umfasste, wenn sie im Sterben lag. Was allerdings auch bedeuten würde, dass er ohne sie wäre, wenn seine eigene Stunde kam, und diesen Gedanken konnte sie nicht ertragen. Wie sollte Red weiterleben, wenn sie vor ihm ging?

Er hielt immer ihre ganze Hand, statt seine Finger mit ihren zu verschränken. Als sie dreizehn oder vierzehn war und ihre frühreiferen Freundinnen von den Jungs erzählten, die ihnen im Kino die Hand hielten, hatte sie sich immer diesen umfassenden Griff vorgestellt; und der erste Junge, der verstohlen seine Finger zwischen ihre schob, hatte sie davon überzeugt, dass Händchenhalten ganz und gar nicht so toll war, wie es immer hieß. Bis Red kam.

Vielleicht konnten sie und Red ja gleichzeitig sterben. Zum Beispiel bei einem Flugzeugabsturz. Sie hätten dann ein paar Minuten Vorwarnung, die Ankündigung eines Piloten, die es ihnen ermöglichen würde, letzte Worte zu wechseln. Doch wie sollte das gehen, wo sie doch nie irgendwo hinflogen?

»Das Ärgerliche am Sterben«, hatte sie einmal zu Jeannie gesagt, »ist, dass man nicht erfährt, wie alles ausgeht. Dass man nie das Ende kennt.«

»Aber es *gibt* kein Ende, Mom«, sagte Jeannie.

»Das weiß ich selbst«, antwortete Abby.

Theoretisch.

Möglicherweise dachte sie im Grunde ihres Herzens, ohne sie gehe das Leben nicht weiter. Ach, dass die Menschen sich auch immer etwas vormachen mussten! Denn die schlichte Tatsache war doch, dass niemand sie mehr brauchte. Ihre Kinder waren erwachsen, und ihre Schutzbefohlenen hatten sich in Luft aufgelöst, als sie in Rente ging. (Und gegen Ende hatte sie ohnehin den Eindruck gehabt, dass die Bedürfnisse ihrer Klientel ins Uferlose stiegen – dass die Gesellschaft schneller auseinanderbrach, als sie sie zusammenflicken konnte. Sie hatte gerade noch rechtzeitig den Absprung geschafft, fand sie damals.) Selbst ihre »Findelkinder«, wie ihre Familie sie nannte, waren fast alle tot. B.J. Autry starb an Drogen und der alte Mr Dale an einem Schlaganfall, und die diversen ausländischen Studenten waren entweder in ihre Heimatländer zurückgekehrt oder hatten sich so erfolgreich assimiliert, dass sie den traditionellen Truthahn an Thanksgiving inzwischen selbst zubereiteten.

Früher hatte sie immer über alles Bescheid gewusst. Sie hatte jedermanns Geheimnisse gekannt; jeder vertraute sich ihr an. Linnie hatte ihr – unter dem Siegel der Verschwiegenheit – erzählt, dass sie und Junior die schwarzen Schafe ihrer Familien waren; und Denny hatte ihr, als sie sich über Susans braune Augen wunderte, (beiläufig) mitgeteilt, dass Susan nicht von ihm war. Nichts, was sie erfuhr, hatte Abby je weitererzählt, nicht einmal Red. Sie war eine Frau, die zu ihrem Wort stand. Ach, die Leute hätten gestaunt, was Abby alles wusste und für sich behielt!

»Deinen Job hast du mir zu verdanken«, hätte sie zu Jeannie sagen können. »Dein Vater war strikt dagegen, eine Frau auf der Baustelle zu haben, doch ich habe ihn überredet.« Was für eine Versuchung, damit herauszurücken! Aber sie tat es nicht.

Und jetzt war sie so überflüssig, dass ihre Kinder fanden, sie sollte in eine Seniorensiedlung ziehen – zusammen mit Red, obwohl sie beide dafür bei Weitem noch nicht alt genug waren. Gott sei Dank war nichts daraus geworden. Und das war es sogar wert, sich mit Nora abzufinden. Das war es sogar wert gewesen, sich mit Mrs Girt abzufinden. Beinahe jedenfalls.

Abby hatte ein schlechtes Gewissen wegen Mrs Girt. Sie hatten sie ohne Bedenken gehen lassen! Dabei hatte sie vermutlich eine sehr traurige Lebensgeschichte. Es passte so gar nicht zu Abby, sich die Chance entgehen zu lassen, die traurige Lebensgeschichte eines anderen Menschen zu hören. »Amanda«, hatte sie neulich gefragt, »haben wir Mrs Girt eine Abfindung gezahlt?«

»Eine Abfindung? Die Frau war ganze neun Tage bei euch!«

»Trotzdem, sie hat es nur gut gemeint. Und *du* hast es auch gut gemeint, als du sie engagiert hast; hoffentlich hältst du mich nicht für undankbar.«

»Na ja, da Dad und du aus irgendwelchen Gründen strikt gegen eine Seniorensiedlung wart …«

»Aber du kannst unseren Standpunkt doch verstehen, oder? Ich wette, die haben da Sozialarbeiter, die sich mit den Insassen beschäftigen. Wir wären Fälle für Sozialarbeiter! Kannst du dir das vorstellen?«

Woraufhin Amanda erwidert hatte: »Insassen? Fälle? Also wirklich, Mom. Ist das deine Einstellung zu deinem eigenen langjährigen Beruf?«

Amanda konnte manchmal so schonungslos sein.

Jeannie war die Einfachere der beiden Mädchen. (Abby wusste, dass sie aufhören sollte, sie »die Mädchen« zu nennen, doch sie wäre sich albern vorgekommen, »die Frauen« und »die Männer« zu sagen.) Jeannie war gefällig und anspruchslos; sie hatte nicht Amandas bissige Art. Aber sie zog Abby nicht ins Vertrauen. Es war ein solcher Schlag gewesen, als Jeannie damals Denny um Hilfe gebeten hatte, als sie nach der Geburt von Alexander diese schlimme Phase durchmachte. Sie hätte doch Abby fragen können! Abby war hier in der Stadt! Und dann Denny: Warum hatte er nie erwähnt, dass er das College abgeschlossen hatte? Er musste doch jahrelang Kurse belegt haben, zwischen seinen diversen Jobs, hatte jedoch kein Wort gesagt, und warum nicht? Weil er wollte, dass sie sich weiter Sorgen um ihn machte, darum. Er wollte sie zappeln lassen. Und als er dann damals nach dem Mittagessen alle damit überfiel, war das für sie wie ein Schlag ins Gesicht gewesen. Sie wusste, sie hätte sich für ihn freuen sollen, stattdessen war sie gekränkt gewesen.

Eines sprachen Eltern von Problemkindern nie laut aus: dass es eine Erleichterung war, wenn aus diesen Kindern am Ende doch etwas wurde, aber wohin dann mit dem Groll, den die Eltern all die Jahre gehegt hatten?

Obwohl aus Denny *eigentlich* noch nichts Rechtes geworden war. Abby machte sich seinetwegen immerzu Sorgen. Sollte er sich nicht Arbeit suchen? Vielleicht als Aushilfslehrer? Oder sogar als *richtiger* Lehrer? Er konnte seine Mithilfe im Haushalt doch nicht als hinreichende Beschäftigung betrachten, oder? Und das bisschen Geld, das sie ihm zusteckte – ein paar Zwanziger, wann immer er eine Besorgung für sie machte, ohne nach dem Wechselgeld zu fragen –, konnte man ja wohl kein auskömmliches Einkommen nennen.

Gestern hatte sie ihn gefragt: »Was ist mit deinen anderen Sachen? Du musst doch mehr haben als das, was du mitgebracht hast. Hast du sie irgendwo eingelagert?«

»Das ist kein Problem«, hatte er gesagt. »Die sind in meiner alten Wohnung verstaut.«

»Dann musst du also noch Miete zahlen?«

»Nö. Das ist nur ein Zimmer über einer Garage; meine Vermieterin hat nichts dagegen.«

Das war merkwürdig. Welche Hausbesitzerin verlangte nur dann Miete, wenn ihr Mieter körperlich anwesend war? Ach, so vieles in Dennys Leben wirkte so … irgendwie unnormal.

Vielleicht war es ja auch völlig normal, und Abby war nur durch zu viele frühere Erfahrungen mit Denny übersensibel – zu viele Ausflüchte, Halbwahrheiten und verdächtige Alibis.

Letzte Woche hatte sie an seiner Zimmertür geklopft, um zu fragen, ob er sie fahren könnte, weil sie Glückwunschkarten kaufen wollte. Sie dachte, sie hätte ihn »Herein« sagen hören, hatte sich aber geirrt; er war am Handy. »Das weißt du doch«, sagte er gerade, »was muss ich tun, damit du mir glaubst?« Dann hatte er Abby gesehen, und sein Gesichtsausdruck veränderte sich. »Was willst du?«, hatte er sie gefragt.

»Ich warte, bis du dein Gespräch beendet hast«, hatte sie erwidert, und er hatte ins Telefon gesagt: »Ich muss auflegen«, und das Handy schleunigst zugeklappt.

Wenn es eine Frau war, mit der er gesprochen hatte, dann freute sich Abby aufrichtig. Jeder Mensch sollte jemanden haben. Dennoch fühlte sich etwas in ihr unwillkürlich verletzt, weil er diese Person nie erwähnt hatte. Warum musste er aus allem ein Geheimnis machen? Ach, er hatte einfach seinen Spaß daran, gegen den Strich zu gehen! Nein, sie meinte, gegen den Strom zu schwimmen. Das war das reinste Hobby von ihm.

Manchmal kam es ihr vor, als ob ihr vor lauter Sorge um Denny die anderen Kinder unbemerkt entglitten wären. Nicht, dass sie sie vernachlässigt hätte, aber sie hatte sie ganz gewiss nicht derart mit *Argusaugen* beobachtet wie Denny. Und trotzdem war Denny derjenige, der sich darüber beklagte, zu kurz gekommen zu sein!

Als sie neulich ihre Post durchsah, war ihr irgendwann bewusst geworden, dass er mit ihr sprach. »Hm?«, hatte sie geistesabwesend gemurmelt, während sie einen Briefumschlag aufschlitzte. »›*Vermögensverwaltung*‹«, hatte sie betont Silbe für Silbe vorgelesen. »Ist das nicht ein grässliches Wort?«, worauf Denny erwiderte: »Du hörst mir nicht zu, verdammt noch mal.«

»Ich höre ja zu.«

»Als Kind«, teilte er ihr mit, »habe ich davon geträumt, dich zu kidnappen, nur um deine ungeteilte Aufmerksamkeit zu haben.«

»Ach, Denny, ich habe dir *so viel* Aufmerksamkeit geschenkt. Zu viel, wie dein Dad immer sagt.«

Er sah sie nur schief an.

Sie hatte ihm nicht nur Aufmerksamkeit geschenkt, sondern insgeheim auch mehr Freude an ihm gehabt als an jedem der anderen Kinder. Er war so voller Leben, so stürmisch. (Tatsächlich erinnerte er sie manchmal an Dane Quinn – ihren aufsässigen Exfreund, der vor vielen Jahren ohne Fremdverschulden bei einem Autounfall ums Leben gekommen war.) Und er konnte sie mit seinen unerwarteten Einsichten amüsieren. Letzten Monat, als er den angeblich staubigen Läufer im Zimmer der Jungs zusammenrollte, hatte er innegehalten und gefragt: »Hast du dir mal überlegt, wie eingebildet diese orientalischen Teppichweber sind, die glauben, sich *bemühen* zu müssen, einen Fehler zu machen, um nicht Gott gleichzukommen? Als ob ihre Arbeit andernfalls perfekt gewesen wäre.« Abby musste laut lachen.

Vielleicht wenn er erwachsen ist, hatte sie während seiner Kindheit häufig gedacht, vielleicht würde er ihr dann endlich verraten, was ihn früher so zornig gemacht hatte. Aber als er erwachsen war und sie ihn schließlich gefragt hatte, meinte er nur: »Ehrlich gesagt, ich habe keine Ahnung.«

Abby seufzte und sah einem Schüler nach, der unter der Last seines vollgestopften Rucksacks vornübergebeugt vorbeiging.

Die Veranda war nicht nur lang, sondern auch breit – so breit wie ein kleineres Wohnzimmer. In Abbys ersten Jahren hier, als sie eine übereifrige junge Hausfrau war, hatte sie eine komplette Garnitur Korbmöbel bestellt, die im gleichen Honiggold lackiert waren wie die Schaukel – einen niedrigen Tisch, ein Sofa und zwei Sessel –, und sie am einen Ende der Veranda in einem »gesprächsfördernden« Kreis arrangiert. Doch keiner wollte mit dem Rücken zur Straße sitzen, und so waren die Sessel allmählich rechts und links des Sofas gelandet, und man saß wieder in einer Reihe nebeneinander und sah sich nicht an, sondern blickte nach draußen, wie Passagiere an Deck eines Dampfers. Abby fand, damit sei alles über ihre Rolle in dieser Familie gesagt. Sie hatte ihre eigenen Vorstellungen, ihre eigenen Ideen, wie alles sein sollte, aber jeder machte einfach rücksichtlos, was er wollte.

Sie spähte durch die Bäume nach unten und sah etwas Weißes aufblitzen: die fliegende Mähne von Heidi, die auf dem Heimweg herumtollte, gefolgt von Nora, die schlendernd und gemächlich den Buggy schob. Ohne auch nur nachzudenken, sprang Abby wie eine wesentlich jüngere Frau von der Schaukel und huschte ins Haus.

In der Diele roch es noch nach Kaffee und Toast, was sie normalerweise als anheimelnd empfand, ihr heute jedoch ein beklemmendes Gefühl verursachte. Sie ging geradewegs zur Treppe und stieg schnell hinauf. Als sie das Rums-Rums von Sammys Buggy auf den Verandastufen hörte, war sie außer Sichtweite.

Die Tür ihres Arbeitszimmers – nun Dennys Zimmer – war zu, und dahinter lag eine lastende Stille. Sein Tagesrhythmus hatte sich nicht normalisiert, wie sie zunächst gedacht hatte. Er ging abends noch immer als Letzter zu Bett und stand morgens als Letzter auf, erschien um zehn oder elf in seinem abgewetzten Aufzug aus tristem olivgrünem T-Shirt und nicht allzu sauberer Kakihose, das Gesicht vom Kissen noch zerknittert und die Haare strähnig und fettig. Ach, Gott.

»Wer hat eigentlich gesagt: ›Man ist nur so glücklich wie das unglücklichste der eigenen Kinder?‹«, hatte sie Ree letzte Woche im Töpferkurs gefragt.

»Sokrates«, antwortete Ree prompt.

»Wirklich? Ich dachte, es könnte von Michelle Obama sein.«

»Ehrlich gesagt, ich habe keine Ahnung«, gestand Ree, »aber das war schon lange vor Michelle eine Tatsache, das kannst du mir glauben.«

Man wacht morgens auf, fühlt sich gut, doch auf einmal denkt man: »Irgendetwas stimmt nicht. Irgendetwas ist nicht in Ordnung; aber was?« Und dann fällt einem ein, dass es das eigene Kind ist – welches auch immer gerade unglücklich ist.

Sie ging durch den Flur, um die Tür zum Kinderzimmer zu schließen, in dem ein Wust von Kleidungsstücken, Handtüchern und Spielsachen herumlag. Wenn man es ohne Schuhe betrat, stachen einem Legosteine in die Fußsohlen. Sie zog sich in ihr eigenes Schlafzimmer zurück und schloss geräuschlos die Tür hinter sich.

Das Bett war noch nicht gemacht, weil sie unten in Ruhe hatte frühstücken wollen, bevor Nora und die drei Jungs herunterkamen. (Ach, dieser ermüdende Überschwang, mit dem sich kleine Kinder auf jeden neuen Tag stürzen!) Sie strich die Bettdecke glatt, hängte ihren Bademantel auf, legte Reds Schlafanzug zusammen und schob ihn unter sein Kopfkissen. An Werktagen zog sich Red im Dunkeln an und hinterließ jedes Mal Unordnung.

Dieses Zimmer hatte die wenigsten Bewohner erlebt: nur Mr und Mrs Brill, dann Junior und Linnie, dann Red und Abby. Der Kleiderschrank in der Ecke stammte sogar von den Brills, weil er für die Stadtwohnung, in die sie zogen, zu massig gewesen war. Und die anderen Möbel stammten von Junior und Linnie. Aber die dekorativen Dinge waren von Abby – ein gerahmter Farbdruck aus ihrer Kindheit, auf dem ein Schutzengel hinter einem kleinen Mädchen schwebt, das Nadelkissen ihrer Mutter, roter Samt in einem gläsernen Pantoffel, und die kleine Hummelfigur eines Geige spielenden Jungen, die Red ihr geschenkt hatte, als sie miteinander gingen.

Unten hörte sie Noras Stimme, leise und unverständlich, und das fröhliche Krähen von Sammy. Gleich darauf wurde an ihrer Tür gekratzt. Sie öffnete, und Clarence schlüpfte herein. »Ich weiß, Schätzchen«, sagte Abby. »Da unten ist es furchtbar laut.« Er drehte sich ein paarmal auf dem Läufer im Kreis herum und legte sich dann hin. Guter alter Clarence. Brenda. Egal. Abby wusste genau, dass dies Brenda war, wenn sie sich die Mühe machte, darüber nachzudenken.

»Es ist, wie wenn man am Einschlafen ist und im Kopf etwas ausrastet«, würde sie Dr. Wiss erklären. »Ist Ihnen das auch schon passiert? Man hängt einem ganz klaren Gedanken nach, und dann ist man auf einmal bei etwas völlig *anderem*, das total unlogisch ist und mit dem vorherigen Gedanken überhaupt nichts zu tun hat und sich nicht zu ihm zurückverfolgen lässt. Wahrscheinlich ist es nur Müdigkeit.

Ich meine, vor fünf oder zehn Jahren – lange bevor ich alt war – musste ich einmal spätabends allein vom Strand nach Hause fahren, weil ich am nächsten Morgen einen Termin hatte, und plötzlich fand ich mich in einem angsteinflößenden Stadtteil von Washington, D. C. wieder. Und ich könnte schwören, dass ich da hingekommen bin, ohne die Bucht zu überqueren! Ich weiß nicht, *wie* ich das angestellt habe. Ich weiß es bis heute nicht. Ich war einfach nur müde. Das war alles.«

Oder letzten Dezember, als die McCarthys sie und Red zusammen mit einer Reihe weiterer Freunde zu einem Weihnachtskonzert eingeladen hatten und sie so mitteilsam und vertrauensselig zu dem Mann gewesen war, der zufällig neben ihr saß, aber dann, nach und nach, entdeckt hatte, dass er ein wildfremder Mensch war, der nichts mit den McCarthys zu tun hatte und Abby zweifellos für geistesgestört hielt. Nur ein Sprung in eine andere Rille der Schallplatte, mehr nicht. Man weiß doch, wie so etwas passiert.

»Und dann die Zeit«, würde sie Dr. Wiss erklären, »Sie wissen ja, wie das mit der Zeit ist. Wie langsam sie verstreicht, wenn man klein ist, und wie sie schneller und schneller vergeht, wenn man erwachsen ist. Nun, jetzt rast sie nur noch an mir vorbei. Ich kann ihr nicht mehr folgen! Allerdings scheint die Zeit irgendwie … ausbalanciert zu sein. Wir sind nur während eines kurzen Teils unseres Lebens jung, und dennoch scheint unsere Jugend ewig zu dauern. Dann sind wir jahrelang alt, aber da verfliegt die Zeit am schnellsten. Sodass sich am Ende alles wieder ausgleicht, verstehen Sie?«

Sie hörte Nora die Treppe heraufkommen und hörte sie sagen: »Nein, Dummerchen. Plätzchen gibt es zum Nachtisch.« Ihre Schritte bewegten sich würdevoll auf das Zimmer der Jungs zu, gefolgt von Sammys kleinen Turnschuhen.

Stimmte etwas nicht mit Abby, wenn sie nicht alles daransetzte, von früh bis spät jede Minute mit ihren Enkelkindern zu verbringen? Sie liebte sie schließlich. Sie liebte sie so sehr, dass sie jedes Mal eine Art Leere auf der Innenseite ihrer Arme verspürte, wenn sie sie sah – ein schmerzhaftes Verlangen, sie an sich zu ziehen und fest an sich zu drücken. Die drei Jungs waren ein so unentwirrbares Knäuel, dass sie immer als eine Einheit betrachtet wurden, aber Abby wusste, wie sehr sie sich voneinander unterschieden. Petey war der Besorgte, der seine Brüder nicht aus Bosheit herumkommandierte, sondern aus Beschützerinstinkt; Tommy hatte das sonnige Gemüt seines Vaters und dessen friedensstiftendes Talent; und Sammy war ihr Baby, das noch nach Orangensaft und Urin roch, sich noch immer gerne an sie kuschelte und sich von ihr vorlesen ließ. Und dann die Älteren: Susan so ernst und lieb und wohlerzogen – ob es ihr *gut* ging? – und Deb, die genau wie Abby in diesem Alter war, ein drahtiges Bündel Wissbegierde, und der arme unbeholfene, bemühte Alexander, bei dem ihr manchmal schwer ums Herz wurde, und schließlich Elise, die so komplett anders war als Abby, dass Abby sich privilegiert fühlte, sie überhaupt aus der Nähe betrachten zu dürfen.

Aber es war irgendwie einfacher, aus einiger Entfernung über alle nachzudenken, als sich mitten unter ihnen behaupten zu müssen.

Im oberen Flur war es wieder still. Abby drehte langsam den Türgriff herum, öffnete die Tür ein absolutes Minimum und huschte hinaus. Der Hund stieß die Tür mit der Schnauze weiter auf und tappte so geräuschvoll schnuppernd hinter Abby her, dass sie zusammenzuckte und rasch zum Zimmer der Jungs blickte.

Dann die Treppe hinunter, zur Haustür hinaus und auf

die Veranda. Dort blieb sie abrupt stehen, als wäre ihr etwas eingefallen. Sie griff nach der Leine, die neben der Tür an einem Haken hing. Clarence stieß ein freudiges Winseln aus und zottelte hinter ihr auf die Veranda, während irgendwo im Haus drinnen Heidi neidisch jaulte. Und wenn du noch so kläffst, Heidi. Abby hatte für überdrehte Hunde nichts übrig.

Sie blieb auf dem Plattenweg stehen, um die Leine am Halsband von Clarence zu befestigen. Eine altmodische, kurze Leine, keines dieser freien Auslauf erlaubenden aufrollbaren Dinger, die man heutzutage bevorzugte. Genau genommen brauchte Clarence keine Leine; er war so langsam, schwerfällig und stumpfsinnig gehorsam. Aber er hatte eine mutwillige Ader, was sehr kleine Hunde betraf. Diese schienen die Lebhaftigkeit seiner Welpenzeit zum Vorschein zu bringen. Er konnte nie widerstehen, sich auf einen Zwergterrier zu stürzen.

»Wir gehen nicht weit«, teilte ihm Abby mit, »mach dir also keine Hoffnungen.« Anhand der steifbeinigen Art, wie er sich bewegte, bezweifelte Abby ohnehin, dass er mehr als einen oder zwei Blocks schaffte.

Als sie die Straße erreichten, gingen sie nach links – entgegengesetzt zu der Richtung, in der Rees Haus lag. Nicht, dass sie Ree nicht liebend gern gesehen hätte, aber nach ihrem kleinen Aussetzer damals wäre Ree bestimmt beunruhigt gewesen, wenn sie Abby alleine unterwegs angetroffen hätte. Und Abby ging so gerne alleine spazieren! Ach, es tat so gut, einfach aufzubrechen, frei wie ein Vogel, ohne dass unausgesprochen »Was machen wir bloß mit Mom?« über ihrem Kopf hing! Sie hoffte, dass sie keinem begegnete, den sie kannte.

Manchmal kam ihr auf ihren Spaziergängen in den Sinn, dass von ihrer ganzen ursprünglichen Familie nur noch sie übrig war. Wem wäre es je im Traum eingefallen, dass sie einmal ohne sie alle durchs Leben gehen würde? Sie dachte wieder an das gerahmte Bild in ihrem Schlafzimmer: das Kind, das zwischen drohend aufragenden Bäumen mutterseelenallein einen Weg entlanggeht, dahinter der Schutzengel, der über ihm wacht. Nur dass Abby nicht an Engel glaubte, und das seit ihrem siebten Lebensjahr nicht mehr. Nein, sie war wahrhaft auf sich allein gestellt.

Früher hatte sie immer mindestens eines ihrer Kinder bei sich, wenn sie irgendwo hinging. Das war tröstlich und lästig zugleich. »Hand? Hand?«, sagte sie jedes Mal, bevor sie eine Straße überquerte. Es fiel ihr jetzt so deutlich wieder ein: der steif zur Seite ausgestreckte Arm mit der Handfläche nach hinten, die zuversichtliche Erwartung, dass eine vertrauensvolle kleine Hand nach ihrer griff.

Clarence beobachtete ein Eichhörnchen, blieb jedoch bei Fuß, war nicht einmal versucht, ihm nachzujagen. »Du hast vollkommen recht«, sagte Abby zu ihm, »Eichhörnchen sind unter deiner Würde.« Dann fasste sie sich mit der flachen Hand kurz an den Hals. Hatte sie daran gedacht, den Hausschlüssel umzuhängen, bevor sie aufbrach? Nein, aber egal; das Schloss stand auf manuell. Und notfalls war ja Nora da, um ihr aufzumachen.

Ein weiteres Geheimnis, das sie kannte, das ihr aber niemand erzählt hatte: Erst vor Kurzem war sie darauf gekommen, dass das Lied, mit dem, wie Stem sich erinnerte, sein Vater ihn in den Schlaf gesungen hatte, möglicherweise *Jim the Goat* gewesen sein könnte. Burl Ives sang es auf einer Kinderschallplatte, die sie besessen hatte, als sie klein war. Sollte sie es Stem gegenüber erwähnen? Vielleicht versetzte es ihn zurück in die Vergangenheit, wenn er es nach so vielen Jahren wieder hörte. Er könnte aber auch denken, dass sie ihn taktloserweise daran erinnern wollte, dass er kein

Whitshank war. Vielleicht gab es auch einen egoistischeren Grund, es für sich zu behalten. Vielleicht wollte sie nur, dass er vergaß, dass sie nicht seine einzige Mutter war.

Er und Denny gingen seit der Prügelei im Strandhaus betont höflich miteinander um. Man hätte meinen können, dass sie sich kaum kannten. »Denny, möchtest du nicht das letzte Stück Huhn nehmen?«, fragte Stem etwa, und Denny antwortete: »Danke, nimm du es.« Doch *ihr* konnten sie nichts vormachen. Sie hätten zwei Fremde in einem Wartezimmer sein können, und sie begann die Hoffnung aufzugeben, dass sich das je ändern würde.

Ach, in letzter Zeit schien es im Strandhaus jedes Mal eine Krise zu geben. Kein Wunder, dass ihr vor Ferien graute! Nicht, dass sie es sich je anmerken ließ.

»Was ist eigentlich bei uns schiefgelaufen?«, hatte sie Red in diesem Jahr auf der Heimfahrt gefragt. »Früher waren wir doch eine so glückliche Familie! Oder nicht?«

»Soweit ich mich erinnern kann«, hatte Red geantwortet.

»Weißt du noch, wie wir damals im Kino alle diesen Lachanfall bekamen?«

»Tja …«

»Es war ein Western, und das Pferd der Hauptfigur sah uns frontal an, direkt in die Augen, und kaute Hafer, und wenn es schluckte, traten an den Backen immer so zwei kugelförmige Muskeln hervor. Das sah so albern aus! Erinnerst du dich? Wir lachten alle lauthals, alle gleichzeitig, und die Leute im Publikum drehten sich verständnislos zu uns um.«

»War ich dabei?«, fragte Red.

»Aber ja. Du hast auch gelacht.«

Vielleicht hatte er es deshalb vergessen, weil er es für selbstverständlich hielt, dass sie glücklich waren. Er dachte gar nicht darüber nach. Während Abby … ach, sie machte sich ständig Sorgen. Sie konnte den Gedanken nicht ertragen, dass ihre Familie nur eine weitere verkorkste, unzufriedene, *gewöhnliche* Familie war.

»Wenn du einen Wunsch frei hättest«, hatte sie Red einmal nachts im Bett gefragt, als keiner von ihnen schlafen konnte, »was würdest du dir wünschen?«

»Keine Ahnung.«

»Ich würde mir ein wunderbares Leben für unsere Kinder wünschen«, sagte Abby.

»Das ist gut.«

»Und du?«

»Na ja«, meinte er, »vielleicht, dass Harford Contractors bankrottgeht und mich nicht mehr unterbietet.«

»Red! Also ehrlich!«

»Wieso?«

»Man ist doch in erster Linie auf das Wohl der eigenen Kinder bedacht!«

»Das bin ich doch! Aber dafür hast du ja schon mit *deinem* Wunsch gesorgt.«

»Ha«, hatte Abby gesagt und sich auf ihre Seite des Betts geworfen, sodass sie ihm den Rücken zukehrte.

Auch er wurde langsam alt, nicht nur sie! Er trug jetzt eine Lesebrille, die ihm auf der Nase herunterrutschte und ihn aussehen ließ wie seinen Vater. Und dieses »Hä?«, wenn er etwas nicht richtig gehört hatte: Wo hatte er denn *das* her? Es war fast so, als würde er eine Rolle spielen. Er dachte wohl, dass man in seinem Alter so klingen müsse. Und manchmal war das, was er sagte, völlig daneben – »Rotkohl« beispielsweise, als er ein Rotkehlchen auf dem Vogelhäuschen sitzen sah. Was vermutlich ebenfalls mit seinem Gehör zusammenhing, trotzdem, es machte ihr nun mal Sorgen. Sie sah doch, wie Verkäufer ihn in letzter Zeit behandelten, so herablassend, viel zu laut sprachen und kürzere Wörter benutzten. Für diese Leute war er bloß ein tatteriger alter Mann. Es tat Abby in der Seele weh, wenn sie das sah.

Verschwendete denn nie jemand einen Gedanken daran, dass die sogenannten Alten von heute früher Marihuana rauchten, Herrgott noch mal, und sich Tücher um den Kopf banden und vor dem Weißen Haus demonstrierten? Wenn Amanda sie rügte, weil sie ein Wort wie »super« benutzte (»Ich hasse es, wenn die ältere Generation die jüngere nachäfft«, hatte sie gesagt), war ihr da nicht klar, dass »super« auch zu Abbys Zeit in Gebrauch war, und außerdem schon lange vorher?

Es machte ihr nichts aus, alt *auszusehen*. Das bekümmerte sie nicht weiter. Ihr Gesicht war inzwischen leicht aufgedunsen, und ihr Körper war schlaffer und ein wenig zusammengesackt, doch wenn sie die Fotos im Familienalbum betrachtete, fand sie, dass ihr jüngeres Ich im Vergleich zu jetzt unattraktiv mickrig aussah – verkniffen, angespannt und halb verhungert. Und Red wirkte auf diesen Fotos geradezu hinfällig mit seinem ausgeprägten Adamsapfel, der scharf an seinem viel zu langen Hals hervortrat. Er wog jetzt nicht mehr als damals, vermittelte nun aber den Eindruck größerer Solidität.

Abby hatte einen kleinen Trick, zu dem sie jedes Mal griff, wenn Red sich wie ein verschrobener alter Knacker aufführte. Sie rief sich schlicht den Tag ins Gedächtnis, an dem sie sich in ihn verliebt hatte. »Es war ein wunderschöner gelb und grüner Nachmittag, und ein sanftes Lüftchen wehte«, begann sie, und dann kam alles zurück – das Neue daran, diese ganze neue Welt, die sich wie von Zauberhand in dem Moment vor ihr auftat, als ihr zum ersten Mal klar wurde, dass dieser Mensch, von dem sie in all den Jahren kaum Notiz genommen hatte, tatsächlich ein Schatz war. Er war einfach *perfekt*, befand sie im Stillen. Und dann blitzte dieser scharfsichtige, besonnene junge Mann unter Reds Tränensäcken und Falten auf, unter seinen zerknitterten Augenlidern, seinen hohlen Wangen, den beiden tiefen Kerben an den Mundwinkeln und unter seiner ganzen Abgestumpftheit, seiner Sturheit, seiner wahnsinnig machenden Überzeugung, dass sich alle Probleme im Leben mittels klarem logischem Denken lösen ließen, und sie schätzte sich wieder unendlich glücklich, dass sie bei ihm gelandet war.

Beim Gehen sang sie das Lied von Jim, dem Ziegenbock. Dann brach sie ab, da ihr weiter vorn jemand entgegenkam. Aber er bog an der Ecke nach links ab, und so sang Abby weiter. Clarence trottete stumm neben ihr her, stieß nur hin und wieder zufällig oder vielleicht absichtlich gegen ihr Knie.

Eigentlich interessant, dass einem die Texte von Liedern wesentlich länger im Gedächtnis blieben als reine Prosa. Nicht nur die Songs aus ihrer Teenagerzeit, sondern auch Lieder aus ihrer Kindheit und alte Sachen, die ihre Mutter zu singen pflegte, und sogar Abzählreime. Offenbar alles, was sich reimte. Reime prägten dem Gehirn etwas ein. Man sollte sich am besten einen Reim auf Zahnarzttermine machen, und auf wichtige Jahrestage. Überhaupt auf alle bedeutenderen Ereignisse im Leben! Wenn man etwas vergessen hatte, musste man nur anfangen und alles singen, woran man sich noch erinnerte – zuversichtlich die erste Zeile in Angriff nehmen –, dann fiel einem der Rest im Handumdrehen wieder ein.

Abby machte sich früher Sorgen, dass sie vergesslich werden könnte, weil ihr Großvater mütterlicherseits dement geworden war. Doch das erwies sich nicht als ihr Problem. Sie hatte ein besseres Gedächtnis als die meisten ihrer Freundinnen, da waren sich alle einig. Letzte Woche etwa hatte Carol

Dunn angerufen, aber als Abby abnahm, war nur Schweigen zu hören gewesen. »Hallo?«, hatte sie ein weiteres Mal gefragt, und Carol hatte erwidert: »Ich habe vergessen, wen ich anrufen wollte.« »Hier ist Abby«, sagte Abby, und Carol sagte: »Oh, hallo, Abby! Wie gehts? Ich würde noch meinen Kopf vergessen, wenn er nicht … wie dem auch sei, ich wollte ohnehin nicht dich anrufen«, und schon hatte sie aufgelegt.

Oder Ree, die ständig alle möglichen Namen vergaß. »Ich glaube, nächsten Sommer pflanze ich welche von diesen … Maryland-Blumen«, sagte sie, und Abby fragte: »Schwarzäugige Rudbeckien?« »Ja, genau die.« Immer schien Abby diejenige zu sein, die die leere Stelle ausfüllen musste. Das sollte sie Dr. Wiss mitteilen.

»In mancher Hinsicht«, sollte sie zu ihm sagen, »ist mein Gedächtnis heute besser als damals, als ich jung war. Plötzlich sind die erstaunlichsten Dinge wieder da! Winzige Details, klitzekleine Details. Neulich fiel mir auf einmal die exakte Handbewegung ein, mit der ich den Griff in den Keramik-Kochtopf eingesetzt habe, den ich zur Hochzeit geschenkt bekam. Ich bekam einen ganzen Satz dieser Töpfe, zu denen so ein austauschbarer Griff gehörte, den man drehen musste, damit er einrastete. Das ist fast fünfzig Jahre her! Ich habe die Töpfe nicht lange benutzt, weil unten immer alles anbrannte. Wer erinnert sich schon an so etwas?«

Oder sie konnte plötzlich den bitteren, scharfen, die Augen reizenden Geruch der gehackten Zwiebeln und grünen Paprikaschoten riechen, die ihre Mutter früher fast jeden Abend als Basis ihrer Schmorgerichte dünstete, als Abby noch klein war und vor Hunger, Müdigkeit und Spätnachmittags-Blues quengelte. Oder sie hörte das Summen der elektrischen Leitungen, das die Straßenbahn der Linie 29 auslöste, wenn sie mit hoher Geschwindigkeit durch die

Roland Avenue fuhr. Und aus dem Nichts tauchte Binky auf, der Hund, den sie als Kind gehabt hatte, der mit beiden Pfoten über der Schnauze schlief, damit er in kalten Nächten nicht fror. Es war wie eine Zeitreise. Sie saß in einer Zeitmaschine und blickte aus dem Fenster auf die unterschiedlichsten Schauplätze, die in loser Reihenfolge erschienen. Auf eine Geschichte nach der anderen. Ach, es hatte in ihrem Leben so viele Geschichten gegeben! Die Whitshanks behaupteten, nur zwei zu haben; sie konnte sich nicht erklären, warum. Warum sollte man nur ganz bestimmte Geschichten auswählen, um sich zu definieren? Abby hatte Geschichten in Hülle und Fülle.

Jahrelang hatte sie beklagt, wie sehr ihr das Leben zwischen den Fingern zerronnen war. Wenn sie eine zweite Chance bekäme, würde sie mehr darauf achten, es festzuhalten und etwas daraus zu machen. Doch in letzter Zeit stellte sie fest, dass sie trotz allem etwas daraus gemacht und es nur vergessen hatte, und jetzt kam alles zurück.

Welche Straße war das? Sie hatte nicht aufgepasst.

Sie blieb am Bordstein stehen und sah sich um, und Clarence hockte sich hin. Links von ihr war das Haus der Hutchinsons mit dem mächtigen Magnolienbaum, der immer wie frisch lackiert aussah. Sie war überrascht, wie weit sie gegangen war; man sollte meinen, dass Clarence längst protestiert hätte. Sie schnalzte mit der Zunge, und er erhob sich ächzend, als lastete das ganze Gewicht der Welt auf seinen Schultern, den Kopf so tief gesenkt, dass er fast den Boden berührte. »Jetzt gehen wir heim«, verkündete sie ihm, »und du kannst ein ausgiebiges Schläfchen halten.«

Aber genau da – wie konnte das passieren? – stolzierte auf dem Bürgersteig gegenüber ein wahrer Winzling von einem Chihuahua vorbei. Kein Besitzer weit und breit, keine Leine und nicht einmal ein Halsband. Clarence sprang sofort auf, als wäre seine Müdigkeit nur Schau gewesen, und raste mit verblüffend lautem Gebell so urplötzlich los, dass er Abby die Leine aus der Hand riss. Irgendwie sah sie sein ganzes Leben an sich vorbeiziehen: seinen weichen, rundlichen Bauch und die tapsigen Pfoten, als er ein Welpe war, seine alte Vorliebe, einen vollgesabberten Tennisball zu apportieren, seine pure überschwängliche Freude, wenn die Kinder aus der Schule heimkamen. »Clarence!«, schrie sie gellend, aber er kümmerte sich nicht darum, und so lief sie hinter ihm her hinaus auf die Straße, während etwas, das sie nicht ganz einordnen konnte – etwas Großes, Schnittiges, Metallisches, mit dem sie nicht gerechnet hatte –, in hohem Tempo auf sie zukam.

»Oje«, dachte sie. »Das ist sicher ein …«

Und dann nichts mehr.

7

In der Familie Whitshank starb man nicht, davon waren ihre Mitglieder überzeugt. Natürlich sagte das niemand laut. Es hätte anmaßend gewirkt. Ganz abgesehen davon, dass irgendein Nicht-Whitshank mit Sicherheit darauf hingewiesen hätte, dass zumindest Junior und Linnie gestorben waren. Doch das war schon so lange her; Red war der einzige noch Lebende, der sich aus erster Hand daran erinnerte. (Merrick wurde nicht mitgezählt.) Und Red war derzeit nur noch ein Schatten seiner selbst. Er lief in Hausschuhen herum, unrasiert, einen leeren Blick in den Augen. Einen ganzen Tag lang schien es, als hätte er die Sprache verloren, bis sich herausstellte, dass er lediglich vergessen hatte, seine Hörgeräte einzusetzen.

Abby starb an einem Dienstag, am Mittwoch wurde sie eingeäschert, wie sie es immer gewollt hatte; aber die Trauerfeier sollte erst am darauffolgenden Montag stattfinden. Auf diese Weise konnten sich alle erst einmal fassen und überlegen, was eine Trauerfeier eigentlich beinhaltete. Keiner von ihnen hatte in derlei Dingen Erfahrung, abgesehen von Nora, die jedoch aus einem so völlig anderen Milieu kam, dass sie wirklich nicht viel helfen konnte.

Die Trauerfeier hinauszuschieben, könnte allerdings ein

Fehler gewesen sein, denn es bedeutete, dass sie alle in einer Art Schwebezustand verharrten. Sie drückten sich im Haus herum, tranken Kaffee, gingen ans Telefon, seufzten, stritten, nahmen die von Nachbarn gebrachten Schüsseln mit Essen entgegen, tauschten von Abby handelnde komische Geschichten aus, die sie jedoch nicht zum Lachen brachten, sondern zum Weinen. Beide Hughs waren da, weil ihre Ehefrauen Beistand brauchten. Stem führte am Handy das eine oder andere geschäftliche Gespräch, doch Red machte sich nicht einmal die Mühe, zu fragen, um was es sich handelte. Die Enkelkinder gingen wie gewohnt in die Schule, versammelten sich nachmittags aber im Haus, eingeschüchtert und befangen, während der kleine Sammy, der den ganzen Tag mit den Erwachsenen daheim eingesperrt war, langsam durchzudrehen schien. Er ging nicht mehr aufs Töpfchen – bestenfalls ohnehin eine unsichere Angelegenheit – und fing an, spektakuläre Wutanfälle zu bekommen. Als Nora ihn, mit allzu ruhiger Stimme, fragte, was ihn bedrücke, sagte er, er wolle Clarence wiederhaben. Das ließ alle zusammenzucken. »Du meinst Brenda«, erklärte ihm Nora. »Brenda ist jetzt bei Jesus.«

»Ich will aber, dass er zurückkommt.«

»Sie«, sagte Nora. »Du möchtest, dass *sie* zurückkommt. Sie ist glücklicher da, wo sie jetzt ist.«

»Sie war doch schon alt, Kumpel«, sagte Stem.

Im Zimmer trat verlegene Stille ein. Zum Glück stellte Sammy nicht die offenkundige Verbindung her. Er hatte Abby kein einziges Mal erwähnt, obwohl sie ihm stundenlang immer und immer wieder sein unsäglich langweiliges Dinosaurier-Buch vorgelesen hatte.

Sie hatte gesungen, wie Louisa Hutchinson berichtete. Louisa war diejenige, die auf die Straße gerannt war, als sie den Zusammenstoß hörte, und dann den Rettungsdienst angerufen und später telefonisch die Familie verständigt hatte. Gott sei Dank, denn Abby hatte keinerlei Ausweispapiere bei sich gehabt. »Sie kam singend auf unser Haus zu«, erzählte Louisa, »und ich bin zum Fenster gegangen und hab noch zu Bill gesagt: ›Da hat aber jemand gute Laune!‹ Ich glaub nicht, dass ich Abby vorher je hab singen hören.«

»Singen!«, riefen Jeannie und Stem wie aus einem Mund. Dann fragte Jeannie: »Was hat sie denn gesungen?«

»Irgendwas über eine Ziege, soweit ich verstanden habe.«

Jeannie sah Stem an. Er zuckte die Schultern.

Louisa sagte: »Der Hund lag weit weg von da, wo Abby lag, wahrscheinlich hat ihn das Auto weggeschleudert. Die Fahrerin hat ihn gefunden, die arme Frau. Sie war fix und fertig. Sie hat ihn gleich neben dem Laternenmast gefunden, den sie mit ihrem Auto umgefahren hat. Ich bin bloß froh, dass Abby ihn nicht so daliegen hat sehen müssen.«

»Sie«, sagte Jeannie.

»Wie bitte?«

»Der Hund war eine Sie.«

»Oh, tut mir leid.«

»Sie war schon alt«, sagte Jeannie. »Ich meine den Hund. Sie hat ein gutes langes Leben gehabt.«

»Trotzdem«, sagte Louisa.

Dann hielt sie den Auflauf hoch, den sie mitgebracht hatte, und bemerkte, er sei glutenfrei, falls das jemand wissen müsse.

Und wie, bitte schön, konnte es passieren, dass Abby einfach losgezogen war, um der Nachbarschaft ein Ständchen darzubieten, und keiner in der Familie etwas bemerkt hatte? Amanda war die Einzige, die das geradeheraus fragte, nachdem Louisa gegangen war, aber zweifellos fragten sich die anderen das auch. Sie saßen lustlos im Wohnzimmer, wo das Licht von der falschen Seite hereinkam – Sonnenschein, der an einem Werktagvormittag durch die Fenster auf der Rückseite hereinfiel, wenn die meisten von ihnen eigentlich bei der Arbeit sein sollten. »*Mich* brauchst du nicht anzuschauen«, sagte Denny zu Amanda. »Ich war noch gar nicht *auf*« – womit er Nora unterbrach, die bekümmert dreinblickte und ebenfalls zu sprechen begonnen hatte.

»Das habe ich mich wieder und wieder gefragt«, sagte Nora. »Ihr könnt euch nicht vorstellen, wie oft ich mich das schon gefragt habe. Als die Kinder und ich uns auf den Schulweg machten, saß sie auf der Veranda. Als ich zurückkam, war sie da nicht mehr. Aber wo war Mutter Whitshank? War sie oben in ihrem Zimmer? War sie hinten im Garten? Wie konnte sie das Haus ohne mein Wissen zu einem Spaziergang verlassen?«

»Du konntest sie ja nicht jede einzelne Minute im Auge behalten«, sagte Jeannie.

»Das hätte ich aber tun müssen! Ich hätte auf sie aufpassen müssen! Es tut mir furchtbar leid. Zwischen ihr und mir bestand nämlich ein ganz besonderes Band. Ich werde mir das niemals verzeihen.«

»Hey«, sagte Stem. »Schatz.«

Was in etwa das Äußerste war, wozu sich Stem aufraffen konnte, wenn es darum ging, Trost zu spenden. Nora schien jedoch dankbar zu sein. Sie lächelte ihn mit feuchten Augen an.

»Wir sind keine Gedankenleser«, sagte Denny. »Sie hätte uns *Bescheid* geben sollen, dass sie spazieren gehen will. Sie hatte kein Recht, einfach so loszuziehen!«

Ach ja, jeder verhielt sich erwartungsgemäß – Denny war wütend, Nora reumütig und Amanda auf der Suche nach einem Schuldigen. »Wie hätte sie dir denn Bescheid geben sollen«, erkundigte sich Amanda bei Denny, »wenn du im Bett liegst und pennst?«

»Hoppla!«, rief er und wich in seinem Sessel zurück, die Hände abwehrend erhoben.

»Man könnte meinen, du müsstest Tag und Nacht wer weiß wie schuften«, fuhr Amanda fort.

»Na, *du* hast dich hier jedenfalls *nicht* kaputt gearbeitet.«

»Hört auf, alle beide«, sagte Jeannie. »Wir kommen vom Thema ab.«

»Und was *ist* das Thema?«, fragte Amandas Hugh.

»Ich habe das absolut grässliche Gefühl, dass Mom wollte, dass bei ihrer Trauerfeier *Good Vibrations* gespielt wird.«

»Was?«, fragte Hugh.

»Das hat sie jedenfalls immer gesagt. Stimmts, Mandy?«

Amanda konnte nicht antworten, weil sie zu weinen begonnen hatte, und so schaltete sich Denny ein: »Ich weiß nicht, ob sie das wörtlich gemeint hat.«

»Wir müssen ihre Anweisungen finden. Ich weiß, dass sie was aufgeschrieben hat.«

»Dad?«, fragte Stem. »Weißt du, wo ihre Anweisungen sein könnten?«

Red starrte ins Leere, die Hände auf die Knie gelegt. »Hä?«

»Moms Anweisungen für die Trauerfeier. Hat sie dir gesagt, wo sie die hingelegt hat?«

Red schüttelte den Kopf.

»Wir sollten in ihrem Arbeitszimmer nachsehen«, sagte Stem zu den anderen.

»Da sind sie bestimmt nicht«, meinte Nora. »Sie hat die Regale und Fächer ausgeräumt, als Denny dort eingezogen ist. Sie wollte Vater Whitshank um etwas Platz in seinem Schreibtisch bitten.«

»Richtig!«, sagte Red. »Das hat sie. Sie hat gefragt, ob sie ihren Kram in eine meiner Schubladen tun kann.«

Amanda setzte sich aufrechter hin und tupfte sich mit

einem Papiertaschentuch die Nase ab. »Dann sehen wir da mal nach«, sagte sie munter. »Und Jeannie, ich bin sicher, dass sie *Good Vibrations* nicht wirklich wollte. Nicht, wenn der Moment gekommen war.«

»Da kennst du Mom aber schlecht«, meinte Jeannie.

»*Meine* einzige Sorge ist, dass sie womöglich *Amazing Grace* verlangt hat.«

»Ich mag *Amazing Grace*«, sagte Stem ruhig.

»Ich mochte es auch, bis es zu einem Klischee wurde.«

»Für *mich* ist es kein Klischee.«

Amanda blickte gequält zur Decke.

Statt zu kochen, kramten sie mittags nur im Kühlschrank.

»Ich kann hier bloß Aufläufe finden«, schimpfte Denny, und Amanda sagte: »Irgendwie interessant, dass die Leute nie Alkohol bringen, wenn jemand stirbt, ist euch das mal aufgefallen? Warum nicht einen Kasten Bier? Oder eine wirklich gute Flasche Wein? Immer nur diese ewigen Aufläufe! Wer isst denn heutzutage noch Aufläufe!«

»Ich«, erklärte Nora. »Ich mache mehrmals in der Woche einen Auflauf.«

Amanda warf Denny einen schuldbewussten Blick zu und schwieg.

»Heute Morgen beim Aufwachen musste ich an die Leute von nebenan denken«, sagte Jeannie. »Die Leute vom Strand. Die werden nächsten Sommer zueinander sagen: ›Schaut mal! Die haben sicher ihre Mutter verloren!‹«

»Ob wir wohl auch in Zukunft an den Strand fahren?«, fragte sich Stem laut.

»Selbstverständlich«, teilte ihm Amanda mit. »Mom würde es von uns erwarten. Es würde sie *umbringen*, wenn wir nicht mehr hinfahren würden!«

Das ließ alle verstummen. Dann stieß Jeannie einen

Schluchzer aus und vergrub das Gesicht in ihrem Taschentuch.

Nora stand auf und ging, Sammy rittlings auf der Hüfte, um den Tisch herum, um Jeannies Schulter zu streicheln. Sammy beugte sich von ihr weg und blickte interessiert hinunter auf Jeannie. »Ich weiß, ich weiß«, sagte Nora zu ihr. »Aber es wird leichter werden, glaube mir. Gott bürdet uns nicht mehr auf, als wir tragen können.«

Jeannie weinte nur noch lauter.

»Fakt ist, das stimmt nicht«, sagte Denny in belehrendem Ton. Er hatte sich mit verschränkten Armen an den Kühlschrank gelehnt.

Nora blickte flüchtig zu ihm hin, fuhr jedoch fort, beruhigend über Jeannies Schulter zu streichen.

»Er bürdet den Menschen tagtäglich mehr auf, als sie tragen können«, teilte er ihr mit. »Die halbe Welt läuft doch meistens … total *kaputt* herum.«

Die anderen drehten sich gespannt zu Nora um, doch sie schien es nicht übelzunehmen, sondern sagte nur: »Douglas, könntest du bitte Sammys Saftbecher holen?«

Stem stand auf und verließ das Zimmer. Die anderen blieben, wo sie waren. Alle schienen irgendwie zerfahren, irgendwie ungepflegt und ziemlich aus dem Gleichgewicht zu sein.

Stem war derjenige, der Reds Schreibtisch nach Anweisungen für die Trauerfeier durchsuchte, während Red untätig von der Couch aus zusah, die Hände schlaff auf die Knie gelegt. Es stellte sich heraus, dass Abby die unterste Schublade vollgestopft hatte mit ihren Sachen – ihren Gedichten und Tagebüchern, Briefen von bedürftigen Findelkindern und alten Freunden, Fotos von ehemaligen Klassenkameradinnen und Abbys Eltern und diversen Unbekannten.

All das blätterte Stem planlos durch und gab es dann an Red weiter, der sich mehr Zeit damit ließ. Allein die Fotos nahmen mehrere Minuten in Anspruch. »Das ist ja Sue Ellen Moore, an die habe ich seit Jahren nicht mehr gedacht!« Und er verweilte lange bei einem Bild, das eine lachende junge Abby am Arm eines missmutigen Burschen zeigte, der eine Zigarette rauchte. »Ich hab mich schon in sie verliebt, als ich sie zum ersten Mal sah«, sagte er zu Stem. »Ich weiß, sie hat immer von dem Tag erzählt, an dem sie sich in *mich* verliebt hat. ›Es war ein wunderschöner gelb und grüner Nachmittag, und ein sanftes Lüftchen wehte‹, sagte sie immer, aber das war, als sie schon fast erwachsen war, nein, *als* sie erwachsen war, während ich … ich war schon immer in Abby verknallt. Das ist mein Freund Dane, der da neben ihr steht; Dane war der, den sie zuerst mochte.«

Ein getrocknetes Veilchen, das zwischen Wachspapier lag, veranlasste ihn, zunächst perplex die Stirn zu runzeln und dann zu lächeln, allerdings ohne zu sagen, warum, und er brachte geraume Zeit damit zu, eine getippte Liste mit, wie es schien, guten Vorsätzen für das neue Jahr zu studieren. »›Ich werde bis zehn zählen, bevor ich im Zorn mit den Kindern spreche‹«, las er laut vor. »›Ich werde jeden Tag daran denken, dass meine Mutter alt wird und wir sie nicht ewig haben werden.‹« Die Mappe mit Abbys Gedichten dagegen legte er ohne einen Blick beiseite, als fürchtete er, sie könnten zu quälend sein; und ihre kleinen schwarzrot eingebundenen Tagebücher schlug er nicht einmal auf.

Einige der Sachen waren rätselhaft. Ein zerknittertes, glatt gestrichenes Schokoladenpapier, das von einem Hershey-Riegel stammte; ein Stückchen Baumrinde in einer kleinen braunen Tüte; ein vergilbtes zweiseitiges Mitteilungsblatt eines Pflegeheims in Catonsville. »›Fünf Aufgaben beim Sterben‹«, las Stem laut daraus vor.

»Beim Erben?«

»Sterben.«

»Ach so. Und was steht da?«

»Nichts, was mit Trauerfeiern zu tun hat«, sagte Stem und gab ihm das Blatt. »Dass man den anderen sagen soll, dass man sie liebt, dass man sich von ihnen verabschieden soll …«

»Ich hoffe bei Gott, dass sie kein ›Fest‹ haben will«, sagte Red. »Mir ist im Moment nicht nach Feiern zumute.« Er ließ das Mitteilungsblatt ungelesen neben sich auf die Couch fallen. Stem schien ihn jedoch nicht gehört zu haben. Er studierte eingehend ein Blatt Dünndruckpapier, dessen maschinengeschriebener Text leicht verwischt war – offenbar ein Kohlepapierdurchschlag; das Einzige, das sich in einem unbeschrifteten braunen Umschlag befand.

»Fündig geworden?«, fragte Red.

»Nein, nur …«

Stem las weiter. Dann hob er den Kopf. Seine Lippen waren weiß geworden; er sah eingefallen aus, fast dehydriert. »Da«, sagte er und reichte Red den Durchschlag.

»›Ich, Abigail Whitshank‹«, las Red laut vor, »›willige hiermit ein …‹« Er brach ab. Sein Blick wanderte an das untere Ende des Blattes. Er räusperte sich und fuhr fort: »›… hiermit ein, Douglas Alan O'Brian wie mein eigenes Kind aufzuziehen samt allen damit verbundenen Rechten und Pflichten. Ich verspreche, dass seiner Mutter ungehinderter Zugang zu ihm gewährt wird, wann immer sie dies wünscht, und dass sie ihn ganz für sich reklamieren kann, sobald ihre Lebensumstände dies erlauben. Diese Vereinbarung ist abhängig von dem Versprechen seiner Mutter, dass sie ihrem Sohn nie und nimmer aus irgendeinem Grund ihre wahre Identität preisgibt, sofern und solange sie nicht dauerhaft die Verantwortung für ihn übernimmt; noch werde ich selbst diese preisgeben.« Er räusperte sich erneut. Er sagte: »Unterzeichnet: Abigail Dalton Whitshank. Unterzeichnet: Barbara Jane Autry.«

»Ich kapier das nicht«, sagte Stem.

Red gab keine Antwort. Er starrte nur weiter auf den Vertrag.

»Ist das etwa *B. J.* Autry?«, fragte Stem.

Red sagte noch immer nichts.

»Es stimmt«, sagte Stem. »Es muss so sein. Zuerst hieß sie Barbara Jane Eames, und dann muss sie irgendwann jemand namens Autry geheiratet haben. Wir hatten sie die ganze Zeit direkt vor uns.«

»Vermutlich hat sie deinen Namen im Telefonbuch entdeckt«, sagte Red und blickte vom Vertrag auf.

»Warum habt ihr mir das nicht gesagt?«, wollte Stem wissen. »Es war eure Pflicht, es mir zu sagen! Ganz egal, was ihr versprochen habt!«

»*Ich* habe gar nichts versprochen«, entgegnete Red. »Ich habe überhaupt nichts davon gewusst.«

»Aber du *musst* es gewusst haben.«

»Ich schwöre dir, deine Mom hat mir kein Wort davon gesagt.«

»Willst du behaupten, dass sie die ganze Zeit die Wahrheit kannte und sie ihrem eigenen Mann verschwiegen hat?«

»Offenbar«, sagte Red. Er rieb sich die Stirn.

»Das kann nicht sein«, erklärte ihm Stem. »Warum um alles in der Welt sollte sie das tun?«

»Na ja ... vielleicht hatte sie Angst, dass ich sie veranlassen würde, dich herzugeben, dass ich sagen würde, sie muss dich B. J. überlassen. Wenn ja, hatte sie recht: Genau das hätte ich gesagt.«

Stem fiel die Kinnlade herunter: »Du hättest mich einfach so hergegeben?«

»Seien wir ehrlich, Stem: Das Ganze war doch total *verrückt.*«

»Trotzdem«, sagte Stem.

»Trotzdem was? Du warst nun mal von Rechts wegen B. J.s Sohn.«

»Dann ist es wahrscheinlich gut, dass sie nicht mehr da ist«, sagte Stem bitter. »Sie ist doch gestorben, oder?«

»Ja, wenn ich mich recht entsinne«, erwiderte Red.

»Wenn du dich recht entsinnst«, sagte Stem, als wäre es ein Vorwurf.

»Stem, ich schwöre bei Gott, dass ich keine Ahnung hatte. Ich kannte die Frau ja kaum! Und ich kann mir nicht erklären, wie deine Mutter einen Anwalt dazu bringen konnte, bei so etwas mitzumachen.«

»Das hat kein Anwalt aufgesetzt. Schau dir den Text doch an. Klar, sie hat *versucht*, sich juristisch auszudrücken – ›samt allen damit verbundenen Rechten und Pflichten‹ und ›sofern und solange‹ –, aber welcher Anwalt schreibt denn ›nie und nimmer‹? Und welches offizielle Dokument ist nur einen Absatz lang? Das hat sie sich selbst ausgedacht, mit B. J. zusammen. Sie haben es nicht einmal notariell beglaubigen lassen!«

»Ich muss sagen«, meinte Red, der wieder auf den Vertrag blickte, »dass mich die Sache ein bisschen … ärgert.«

Stem schnaubte verächtlich.

»Deine Mutter konnte manchmal so … ich meine, Abby konnte manchmal …«, Reds Stimme verlor sich.

»Hör zu«, sagte Stem. »Versprich mir nur eins. Versprich mir, dass du es keinem sagen wirst.«

»Was, *keinem*? Nicht einmal Denny und den Mädchen?«

»Niemand. Versprich mir, dass du es für dich behältst.«

»Und warum?«, fragte Red.

»Weil ich es so will.«

»Aber du bist jetzt erwachsen. Es würde sich also nichts ändern.«

»Ich meine es wirklich ernst: Vergiss, dass du das jemals gesehen hast.«

»Na gut«, sagte Red. Und er beugte sich vor und reichte ihm das Blatt.

Stem faltete den Vertrag zusammen und steckte ihn in die Hemdentasche.

Wie sich herausstellte, hatte nicht einmal Reds unterste Schreibtischschublade genug Platz für Abbys Papierkram geboten. Letztendlich tauchten ihre Anweisungen für die Trauerfeier in dem Schränkchen unter der Fensterbank auf, zwischen Programmheften der Trauerfeiern anderer Leute – ihrer Eltern, ihres Bruders und einer »Gedenkzeremonie« für eine Person namens Shawanda Simms, von der noch nie jemand in der Familie gehört hatte. Und sie verlangte auch weder *Good Vibrations* noch *Amazing Grace*, was das betraf. Sie wollte *Sheep May Safely Graze* und *Brother James's Air*, beide nur vom Chor gesungen, Gott sei Dank; und danach sollten die Anwesenden gemeinsam *Shall We Gather at the River* singen. Anschließend konnten Freunde und/oder Familienmitglieder einige Worte sagen, gesetzt den Fall, dass sie Wert darauf legten (diese Ausdrucksweise erschien ihren Töchtern jämmerlich unverbindlich), und Reverend Stock konnte eine kurze Ansprache halten, die – falls das nicht zu viel verlangt war – »nicht übermäßig religiös« sein sollte.

Die Erwähnung von Reverend Stock versetzte alle in helle Aufregung. Zunächst einmal hatten sie keine Ahnung, wer das überhaupt war. Dann reimte sich Jeannie zusammen, dass es sich vermutlich um den Pastor der Hampden Fellowship handelte – der kleinen Kirche, in die Abby von Zeit zu Zeit gegangen war, weil sie in ihrer Kindheit dieser Gemeinde angehört hatte. Das offizielle Gotteshaus der Whitshanks, zumindest an Weihnachten und Ostern, war jedoch St. David, und St. David war die Kirche, die Amanda für Montag elf Uhr gebucht hatte. Ob das denn wirklich einen so großen Unterschied mache, fragte sich Amanda laut. Red meinte, das tue es. Und weil er vielleicht dachte, dass Nora ihre Expertin für religiöse Angelegenheiten war, beauftragte er sie, die entsprechenden Anrufe bei St. David und Reverend Stock zu tätigen. Nora ging an das Telefon im Wintergarten, und als sie einige Zeit später zurückkam, berichtete sie, dass Reverend Stock sich schon vor Jahren zur Ruhe gesetzt hatte, dass aber Reverend Edwin Alban es sehr bedauere, von ihrem Verlust zu hören, und am Nachmittag einen Besuch abstatten werde, um die Einzelheiten zu besprechen. Bei der Erwähnung eines Besuchs wurde Red blass, bedankte sich dennoch bei Nora, dass sie alles arrangiert hatte.

Inzwischen war die ganze Familie mit den Nerven am Ende. Die drei Kleinen wachten andauernd nachts auf und tappten durch den Flur, um zu Stem und Nora ins Bett zu klettern. Stem vergaß, einen Termin mit einer Frau aus Guildford abzusagen, die einen größeren Anbau an ihrem Haus plante. Jeannie und Amanda gerieten in Streit, nachdem Amanda sagte, Alexander habe vielleicht tatsächlich einen besonderen Platz in Abbys Herzen gehabt, das sei nicht anders zu erwarten, denn »Alexander ist schließlich so … na, du weißt schon.« »Schließlich so *was?* Raus damit!«, hatte Jeannie zu wissen verlangt, und Amanda hatte erwidert: »Vergiss es«, und übertrieben den Mund zusammengepresst. Keine zehn Minuten später verpasste Deb ihrer Cousine Elise ein blaues Auge, weil diese behauptet hatte, ihre Großmama habe ihr einmal anvertraut, dass sie Elise am liebsten habe. »Und wie lenken wir sie heute ab?«, fragte

Red – eine Zeile aus einem Christopher-Robin-Gedicht, die Abby zu zitieren pflegte, wenn sich in der Familie mal wieder eine Katastrophe anbahnte. Dann blickte er gequält drein, weil in seinem Kopf zweifellos Abbys fröhliche Stimme widerhallte. Während Denny, wie man es von ihm kannte, sich die meiste Zeit in seinem Zimmer aufhielt, ohne dass jemand wusste, was er da trieb, obwohl man ihn gelegentlich telefonieren hörte – aber mit wem? Es war allen ein Rätsel. Selbst Heidi begann durchzudrehen. Ständig wühlte sie unter der Spüle im Mülleimer und hinterließ eklige Knäuel zerkauter Alufolie unter dem Esszimmertisch.

»Ihr Mädchen müsst es mir sagen, wenn ich verwahrlost aussehe«, hatte Red seinen Töchtern erklärt. »Jetzt, wo eure Mutter nicht mehr da ist und mich in Schuss hält.« Doch als die Woche voranschritt, seine Hemden mit Essen bekleckert waren und er nie aus diesen elenden Pantoffeln herauskam, tat er alles ab, was sie ihm nahelegten. »Hör mal, Dad«, sagte Jeannie, »ich glaube, die Hose da ist reif für den Lumpensack«, und er erwiderte: »Was redest du denn da? Die habe ich gerade erst richtig eingelaufen.« Als Amanda anbot, seinen Anzug vor der Trauerfeier in die Reinigung zu bringen, sagte er, das sei nicht nötig; er werde einen Dashiki tragen. »Einen *was?*«, fragte Amanda. Er drehte sich um und verließ den Wintergarten, während seine Töchter sich bestürzt ansahen. Einige Minuten später kam er wieder, in der Hand einen Kleiderbügel mit einer Art langem Hemd in einem Türkisblau, das so knallig war und so elektrisch vibrierte, dass einem die Augen wehtaten. »Den hat mir eure Mutter für unsere Hochzeit genäht«, verkündete er, »und ich dachte, es wäre angemessen, wenn ich ihn zu ihrer Trauerfeier trage.«

»Dad«, sagte Amanda, »eure Hochzeit war in den Sechzigerjahren.«

»Na und?«

»So was hat man vielleicht in den Sechzigern getragen, obwohl ich mir nicht … aber das ist fast ein halbes Jahrhundert her! Die ganzen Nähte sind ausgefranst, sieh nur. Und unter dem einen Ärmel ist ein Riss.«

»Das kann man reparieren, dann ist er wieder so gut wie neu.«

Amanda und Jeannie tauschten einen Blick, den Red aufschnappte. Er drehte sich abrupt zu Denny um, der auf der Couch lag und sich durch die TV-Kanäle zappte. »Das ist *leicht* zu flicken«, sagte Red zu ihm und hielt den Kleiderbügel mit dem Dashiki hoch. »Stimmts? Hab ich recht?«

Denny sagte: »Hm?«, und sah kurz hin. »Klar, falls ich Nähgarn in der Farbe auftreiben kann.«

Die Mädchen stöhnten, doch Denny stand auf, nahm Red den Dashiki ab und verließ das Zimmer. »Danke«, rief Red ihm nach. Dann wandte er sich wieder seinen Töchtern zu und sagte: »Ich hab ne Cordhose, die ich dazu tragen könnte, in so einem hellen Grau. Grau passt doch zu Blau, oder?«

»Ja, Dad«, sagte Amanda.

»Bei unserer Hochzeit habe ich eine Hose mit Schlag getragen«, erzählte er. »Eure Großmama Dalton hat einen hysterischen Anfall gekriegt.«

Es gab keine Fotos von ihrer Hochzeit, weil Abby behauptet hatte, ein Fotograf würde die Stimmung ruinieren. Amanda und Jeannie wurden daher munterer, und Jeannie fragte: »Und was hat Mom getragen?«

»So was Langes und Fließendes, ich hab vergessen, wie es heißt«, sagte Red. »Einen Kaplan?«

»Einen Kaftan?«

»Genau das.« Seine Augen wurden feucht. »Sie hat so hübsch ausgesehen.«

»Das kann ich mir denken.«

»Ich weiß, ich sollte nicht fragen: ›Warum ich?‹«

Inzwischen liefen ihm Tränen über das Gesicht, doch er schien es nicht zu merken. »Wir hatten achtundvierzig gute Jahre miteinander. Wesentlich mehr als viele andere. Und ich weiß, ich sollte froh sein, dass sie vor mir gegangen ist, denn ohne mich wäre sie nie und nimmer zurechtgekommen. Sie konnte ja nicht mal einen tropfenden Wasserhahn reparieren!«

»Stimmt, Dad«, sagte Jeannie, und sie und Amanda weinten nun ebenfalls.

»Aber manchmal frage ich mich das doch. Könnt ihr das verstehen?«

»Ja, Dad. Das verstehen wir.«

Carla war nicht glücklich, Susan wegen der Trauerfeier einen Tag aus der Schule zu nehmen. Alle hörten, wie Denny am Telefon mit ihr debattierte. »Sie war das Lieblings-Enkelkind meiner Mutter! Willst du mir tatsächlich sagen, dass sie ihr zuliebe nicht einmal eine armselige Mathe-Arbeit versäumen kann?« Am Ende einigten sie sich darauf, dass Susan zwar kommen, aber nicht über Nacht bleiben würde, damit sie am Dienstagmorgen wieder in der Schule war. Also fuhr Denny am Morgen der Trauerfeier gleich nach dem Frühstück zum Bahnhof, um sie abzuholen. Das Kind, mit dem er zurückkam, war wesentlich ernster und würdevoller als die Susan, die mit ihnen im Strandurlaub gewesen war. Sie trug ein anthrazitfarbenes Strickkleid mit einem sittsamen weißen Kragen, schwarze Strumpfhosen und schwarze Wildlederpumps. Unter dem Kleid zeichnete sich ein etwas schief sitzender Büstenhalter ab. Die drei Jungs von Stem beäugten sie zunächst scheu und wollten nichts sagen, doch schon bald ging sie mit ihnen in den Wintergarten, und einige Minuten später drang bereits lautes Geschnatter Richtung Küche, wo die Erwachsenen noch am Frühstückstisch saßen.

Red trug weite graue Cordhosen und seinen Dashiki, der ohne Kleiderbügel noch alarmierender aussah. Die Ärmel bauschten sich ballonartig über elastischen Bündchen, was Red etwas Piratenhaftes gab, und der Schlitz vorne am Hals war so tief, dass ein Büschel grauer Brusthaare zu sehen war. Doch Nora meinte: »Hat Denny das nicht wunderbar ausgebessert?«, und Red blickte zufrieden drein, offenbar ohne zu bemerken, dass sie kein Wort über den Gesamteindruck verloren hatte.

Als es klingelte und Heidi zu bellen anfing, rissen sich alle zusammen. Das musste Ree Bascombs Dienstmädchen sein, das sich bereit erklärt hatte, auf die drei Jungs aufzupassen. Nachdem sie ihre Anweisungen erhalten hatte, gingen alle zur Hintertür hinaus – Stem und Nora, Red, Denny und Susan – und stiegen in Abbys Auto. Denny fuhr. Red saß neben ihm. Während der zehnminütigen Fahrt zur Kirche sagte er kein Wort, sondern sah nur zum Seitenfenster hinaus. Im Fond machte Nora mit Susan Small Talk. Wie es dieses Jahr in der Schule lief. Wie es ihrer Mutter ging. Susan antwortete höflich, wenn auch knapp, als hielte sie es für respektlos, sich nicht ganz auf die Trauerfeier zu konzentrieren. Denny trommelte mit den Fingern auf das Lenkrad, wenn sie an einer Ampel anhalten mussten.

In Hampden genoss der Rest der Welt einen ganz normalen Montagvormittag. Zwei korpulente Frauen unterhielten sich auf dem Bürgersteig, die eine mit einem Räderkarren voll Wäsche hinter sich. Ein Mann schob einen Buggy mit einem dick eingemummten Kind. Der Tag hatte kühl begonnen, wurde jedoch schnell wärmer, und einige Leute hatten Pullover an, aber ein Mädchen, das aus einem

Spirituosengeschäft kam, trug nur knappe Shorts und Flip-Flops.

Die Kirche erwies sich als ein kleiner, unauffälliger weißer Kubus, der eher von einer Art Kuppel als von einem Kirchturm gekrönt war und sich zwischen einen Tante-Emma-Laden und ein Haus quetschte, das schon über und über für Halloween geschmückt war. Ohne das Schild davor wären sie vorbeigefahren. Oben stand HAMPDEN FELLOWSHIP, und darunter in beweglichen Lettern WILLKOMMEN DAHEIM GEFREITER SPRINKLE. Es gab nicht einmal einen Parkplatz, jedenfalls konnte Denny keinen entdecken. Sie mussten auf der Straße parken. Während sie ausstiegen, kamen hinter ihnen Jeannie und Hugh mit ihren beiden Kindern und Hughs Mutter an. Dann trafen Amanda und *ihr* Hugh zu Fuß mit Elise ein, die hochhackige Lackschuhe und ein glänzendes Rüschenkleid trug, das so kurz war, dass sie glatt Kellnerin in einer Cocktail-Bar hätte sein können. Eine dicke Make-up-Schicht verbarg ihr blaues Auge nur notdürftig. Ein Blick auf die andere genügte, um Jeannie und Amanda in Tränen zerfließen zu lassen und eng umschlungen auf dem Bürgersteig stehen zu bleiben, während Mrs Angell mitfühlend gluckste und sich die Handtasche an den Busen drückte. Sie trug einen hübschen blumenbesetzten Hut, der sehr nach Kirchgang aussah. Tatsächlich hatten alle ihren Sonntagsstaat angezogen, abgesehen von Red, dessen Dashiki ein ganzes Stück unter seinem Blouson mit Orioles-Schriftzug hervorhing.

Schließlich stiegen alle die zwei Eingangsstufen hinauf und betraten einen niedrigen weißen Raum mit dunklen Bankreihen. Drinnen war es so kalt wie in einem Zimmer, das eine Herbstnacht ohne Heizung hinter sich hat, obwohl man irgendwo einen Heizkessel rumoren hörte. Direkt gegenüber befand sich ein Lesepult aus Holz mit einem schlichten dunklen Kruzifix an der Wand dahinter, und auf der einen Seite saß eine Frau mit gefärbten roten Haaren an einem Klavier und spielte *Sheep May Safely Graze.* (Reverend Alban hatte ihnen bereits erklärt, dass die Mitglieder seines Chors berufstätig waren und an einem Wochentag nicht singen konnten.) Die Pianistin blickte nicht in Richtung der Familie, sondern klimperte weiter, während alle den Gang hinaufgingen und in der zweiten Bankreihe Platz nahmen. Sie hätten sich auch für die erste Reihe entscheiden können, waren sich jedoch stillschweigend einig, dass das zu dünkelhaft gewirkt hätte.

Vor dem Lesepult stand eine große Vase mit weißen Hortensien. Wo kamen *die* denn her? Die Whitshanks hatten keine Blumen bestellt, und sie hatten in der Traueranzeige in der *Sun* explizit angegeben, dass anstelle von Blumen um Spenden für das »House of Ruth« gebeten werde, falls sich jemand bemüßigt fühlte. Was Blumen betraf, war Abby komisch gewesen. Sie mochte sie, wenn sie draußen wuchsen, ungepflückt. Jeannie flüsterte: »Vielleicht sind sie aus dem Garten von jemand«, was immerhin besser gewesen wäre als Blumen aus dem Blumenladen, aber Amanda, die neben ihr saß, flüsterte: »Ist es dafür nicht zu spät im Jahr?« Sie hätten in normalem Ton sprechen können, aber sie waren alle etwas befangen. Keiner von ihnen war sich ganz sicher, was die Etikette bei einer Trauerfeier verlangte – wen man zu begrüßen hatte, wohin man zu blicken hatte, wem am Ende der Feier diskret Umschläge mit Bargeld zu überreichen waren. Noch am Vormittag hatte Amanda zweimal Ree Bascomb telefonisch um Rat gefragt.

Die Enkelkinder saßen am anderen Ende der Bank, in der Mitte Susan, weil sie von auswärts kam und daher am interessantesten war. Red saß am Gang, auf Amandas Drängen hin. Sie hatte zu bedenken gegeben, dass vielleicht Freunde herkommen und einige Worte mit ihm wechseln wollten. Da dies jedoch genau das war, was Red befürchtete, saß er mit gebeugten Schultern und gesenktem Kopf da wie ein Vogel im Regen und starrte unverwandt auf seine Knie.

Aus einer Seitentür neben dem Klavier trat Reverend Alban, vielmehr Eddie, denn er hatte die Familie gebeten, ihn so zu nennen. Er war ein sehr blonder, irritierend junger Mann in einem schwarzen Anzug, und seine Haut war so hell, dass man darunter das Blut in den Adern sehen konnte. Als Erstes beugte er sich über Red und drückte ihm mit beiden Händen die rechte Hand, und dann fragte er Amanda, ob sie die Liste der Personen habe, die sprechen würden. Bei seinem Hausbesuch hatten sie noch nicht entschieden gehabt, wer sprechen sollte, aber nun reichte ihm Amanda ein Blatt Papier, und er überflog es und nickte. »Ausgezeichnet«, sagte er. »Und wie spricht man das aus? E-leis?«

»E-lies«, sagte Amanda mit Nachdruck, und Jeannie erstarrte neben ihr. Es schien kein gutes Omen zu sein, dass er das hatte fragen müssen. Er steckte das Blatt in die Innentasche seines Jacketts und nahm auf einem Stuhl neben dem Lesepult Platz.

Nach und nach fanden sich Trauergäste in den Bänken hinter ihnen ein. Die Whitshanks hörten Schritte und Gemurmel, blickten aber weiterhin nach vorn.

Reverend Alban – Eddie – hatte bei seinem Hausbesuch eingeräumt, dass er Abby nicht persönlich gekannt hatte. »Ich bin erst seit drei Jahren als Seelsorger in Hampden und bedaure, dass wir keine Gelegenheit hatten, uns kennenzulernen. Sie war sicher eine sehr nette alte Dame.«

Das Wort »alte Dame« hatte bei allen versteinerte Mienen und Skepsis ausgelöst. Der Mann hatte ja keine *Ahnung* von Abby! Er stellte sich wohl ein greises Mütterchen in Gesundheitsschuhen vor. »Sie war gerade mal zweiundsiebzig«, hatte ihm Jeannie mit vorgerecktem Kinn mitgeteilt.

Doch er selbst war derart jung, dass ihm das vermutlich uralt erschien. »Ja«, sagte er, »es scheint einem immer zu früh zu sein. Doch der Herr in seiner Weisheit … Sagen Sie, Mr Whitshank, haben Sie persönlich irgendwelche Wünsche bezüglich der Feier?«

»Ich? O nein«, hatte Red gesagt. »Nein, ich bin nicht … ich habe nicht … wir haben in dieser Familie noch nicht viele Trauerfeiern veranstaltet.«

»Ich verstehe. Dürfte ich dann vorschlagen …«

»Es stimmt zwar, dass meine Eltern gestorben sind, aber ich meine, das war ganz plötzlich. Ihr Auto ist auf einem Bahnübergang stehen geblieben. Ich nehme an, dass ich einen Schock hatte; ich erinnere mich eigentlich an so gut wie gar nichts von der Trauerfeier.«

»Das war gewiss …«

»Wenn ich jetzt so zurückdenke, habe ich das Gefühl, dass ich es gar nicht richtig begriffen habe. Als ob es irgendwie an mir vorbeigerauscht wäre. Und es scheint ja auch ewig her zu sein, obwohl es, um die Wahrheit zu sagen, erst in den Sechzigern war. Moderne Zeiten! Wir hatten schon Menschen in den Weltraum geschickt. Jedenfalls lebten meine Eltern lange genug, um noch Fliegengitter mit Aluminiumrahmen, aufklebbare Fenstersprossen, versenkbare Türen und Kunststoff-Badewannen zu erleben.«

»Erstaunlich«, bestätigte Reverend Alban.

Kurz und gut: Bei seinem Besuch war nicht viel geklärt worden. Keiner in der Familie wusste, worauf man gefasst sein musste, als er aufstand, endlich an das Lesepult trat und das Klavier verstummte.

»Lasset uns beten«, sagte er zu der Trauergemeinde. Er hob beide Arme hoch, und alle standen auf; überall im

Raum knarrten Bänke. Er schloss die Augen, doch die Whitshanks behielten ihre offen – bis auf Nora. »Himmlischer Vater«, intonierte er mit hohl klingender Stimme, »wir bitten Dich heute Morgen, tröste uns in unserem Schmerz. Wir bitten Dich …«

»Diese Atta ist auch da«, flüsterte Jeannie ihrem Mann zu.

»Wer?«

»Das Findelkind, das letzten Monat zum Essen kam.«

Offenbar war es Jeannie, als sie sich zum Gebet erhob, gelungen, einen kurzen Blick nach hinten auf die Anwesenden zu werfen. Nun blickte sie sich erneut um und sagte: »Und die Fahrerin des Wagens. Sie hat jemand bei sich; könnte ihr Mann sein.«

»Die arme Frau«, sagte Hugh.

Die Fahrerin des Wagens hatte ihnen am nächsten Tag völlig aufgelöst einen Besuch abgestattet und sich tausendmal entschuldigt, obwohl allen klar war, dass sie keine Schuld traf. Sie sagte immer wieder, dass sie bis an ihr Lebensende diesen süßen Hund vor sich sehen werde.

»Es sind ein *Haufen* Leute da«, flüsterte Jeannie, doch dann ließ ein Blick von Amanda sie verstummen.

Abby hatte keine spezielle Bibelstelle genannt, aber Reverend Alban hatte trotzdem eine parat – eine lange Passage aus den Sprüchen Salomos über ein tugendhaftes Weib. Das war okay. Zumindest fand die Familie nichts Anstößiges daran. Dann wurden sie aufgefordert, die Hymne *Hier bin ich, Herr* zu singen, die keiner kannte. Offenbar hatte Reverend Alban ein größeres musikalisches Angebot für erforderlich gehalten, als Abby vorgeschlagen hatte. Auch das war okay. Jeannie sagte später, sie habe sich dabei vorgestellt, wie Abby forsch, tatendurstig und ganz Sozialarbeiterin im Himmel ankommt und verkündet: »Hier bin ich, Herr; was gibts zu tun?«

Allerdings hatte Abby ein spezielles Gedicht genannt. Nämlich das Gedicht *If I Can Stop One Heart from Breaking* von Emily Dickinson, das Amanda am Lesepult vorlas, nachdem sie alle Anwesenden begrüßt und ihnen für ihr Kommen gedankt hatte. Sie war das einzige von Red und Abbys Kindern, das hatte sprechen wollen. Denny behauptete, in derlei Dingen nicht gut zu sein; Jeannie hatte Angst, sie würde zusammenbrechen; Stem hatte es schlicht abgelehnt, ohne Gründe zu nennen.

Merrick hingegen hatte sich freiwillig gemeldet. Ausgerechnet Merrick! Damit hatte niemand gerechnet. Sie war umgehend aus Florida hergeflogen, nachdem sie die Nachricht erhalten hatte, und geradewegs zum Haus gekommen, bereit, die Ärmel hochzukrempeln und das Kommando zu übernehmen. Amanda war es gelungen, sie abzuwimmeln, aber keiner konnte es ihr abschlagen, als sie darum bat, bei der Trauerfeier einige Worte sagen zu dürfen. »Ich habe Abby länger gekannt als jeder von euch«, hatte sie erklärt. »Sogar länger als Red!« Und genau damit begann sie ihre Ansprache, bei der sie nicht hinter dem Lesepult stand, sondern seitlich davon, wie um der ganzen Trauergemeinde freien Blick auf ihr strenges schwarzes Kleid mit dem asymmetrischen Saum zu gewähren. »Ich habe Abby Dalton gekannt, seit sie zwölf Jahre alt war«, sagte sie. »Seit sie ein rauflustiges kleines Mädchen aus Hampden war, dessen Vater eine dieser Eisenwarenhandlungen besaß, die man betritt und unwillkürlich ausruft: ›Ach du lieber Gott! In was für einer Rumpelkammer bin ich denn da gelandet!‹ Schaufeln, Rechen und Schubkarren, alles wild durcheinander, Seilrollen und lange Ketten an der unglaublich niedrigen Decke, an der man sich praktisch den Kopf anstieß, und eine getigerte Katze, die tief und fest auf einem Sack Grassamen schlief. Aber wisst ihr, was? Abby erwies sich als das größte

Energiebündel unserer ganzen Schule. Sie ließ sich durch ihre einfache Herkunft nicht aufhalten! Sie sprühte vor Leben, und ich bin stolz, sagen zu können, dass sie meine engste und teuerste Freundin war.« Dann fing ihr Kinn an zu zittern, und sie presste sich die Fingerspitzen auf den Mund, schüttelte den Kopf und eilte zurück zu ihrem Platz, der zufällig neben dem ihrer Schwiegermutter war. Alle anderen Whitshanks sahen sich mit großen Augen an – Red eingeschlossen.

Als Nächstes kam Ree Bascomb, die treue Seele, klein und elfenartig mit ihren wippenden weißen Löckchen. Sie begann schon auf dem Weg zum Lesepult zu sprechen. »Ich war sogar einmal mit Abby *in* einer Eisenwarenhandlung«, erzählte sie. »Natürlich nicht in der ihres Vaters. Damals kannte ich sie noch nicht. Ich lernte sie erst kennen, als wir junge Mütter waren und uns daheim die Decke auf den Kopf fiel. Manchmal zogen wir einfach zusammen los, schnappten uns ihr oder mein Auto, verstauten die Kinder auf dem Rücksitz und fuhren irgendwohin, einfach um mal rauszukommen. Und so waren wir eines Tages im Baumarkt Topps, weil Abby einen Feuerlöscher für die Küche kaufen wollte. Als der Mann an der Kasse den Preis eintippte, sagte sie: ›Könnten Sie bitte etwas schneller machen? Das ist nämlich ein Notfall.‹ Nur so aus Jux; sie hatte es natürlich als Scherz gemeint. Doch das hat der Mann nicht kapiert. Er sagte: ›Ich habe meine Vorschriften‹, und Abby und ich haben uns vor Lachen gebogen. Wir haben *Tränen* gelacht! Ich glaube nicht, dass ich je wieder so lachen werde, wie ich mit Abby gelacht habe. Ich werde sie schmerzlich vermissen!«

Sie verließ das Lesepult trockenen Auges und lächelte den Whitshanks zu, als sie an ihnen vorbeiging, aber ihre Rede war diejenige, die Jeannie und Amanda wieder zum Weinen brachte.

»Vielen Dank«, sagte Reverend Alban. »Und nun hören wir Elise Baylor, Mrs Whitshanks Enkeltochter.«

Elise hatte eine Karteikarte in der Hand. Sie schwankte auf ihren hochhackigen Riemchensandalen zum Lesepult, blickte mit einem strahlenden Lächeln auf die Trauergemeinde und räusperte sich: »Als ich und meine Cousins klein waren, rief uns Großmama manchmal an und sagte: ›Es ist Samstag! Heute ist Großmama-Tag!‹ Und dann gingen wir alle zu ihr nach Hause, und sie machte mit uns Handarbeiten – gepresste Blumen und Topflappen und Bilderrahmen aus den Hölzchen von Eis am Stiel – oder sie las uns aus Märchenbüchern über Kinder in anderen Ländern vor. Einige der Bücher waren ziemlich langweilig, aber zum Teil auch ganz interessant. Ich werde meine Großmama mein Leben lang nicht vergessen.«

Deb und Susan sahen sie finster an – es war wohl das »*meine* Großmama«, das sie ärgerte –, während Alexanders Miene den grämlichen Ausdruck eines Jungen annahm, der nicht zu weinen versucht. Elise bedachte die Trauergemeinde mit einem triumphierenden Blick und stöckelte zurück an ihren Platz.

»Vielen Dank Ihnen allen«, sagte Reverend Alban. Er gab der Pianistin ein Zeichen, die sich hastig ihrem Klavier zuwandte und eine Interpretation von *Brother James's Air* zum Besten gab. Es schien eine merkwürdig fröhliche Melodie für diesen Anlass zu sein. Amandas Hugh begann geistesabwesend mit dem Fuß den Takt zu schlagen, bis Amanda sich vorbeugte und ihm einen vielsagenden Blick die Bank hinunter zuwarf.

Nach dem Stück erhob sich Reverend Alban und trat wieder an das Lesepult. Er legte die Fingerspitzen aneinander. »Ich habe Mrs Whitshank nicht gekannt und habe daher, im Gegensatz zu Ihnen allen, keine Erinnerungen an sie. Aber gelegentlich kommt mir in den Sinn, dass unsere Erinnerungen an geliebte Menschen möglicherweise nicht das Entscheidende sind. Vielleicht sind *ihre* Erinnerungen das Entscheidende – all das, was sie mitnehmen. Was, wenn der Himmel nur ein riesiges Bewusstsein ist, in das die Toten eingehen? Und es ihre Aufgabe ist, über die Erfahrungen zu berichten, die sie während ihrer Zeit auf Erden gesammelt haben? Die Eisenwarenhandlung, die der Vater besaß, mit der schlafenden Katze auf dem Grassamen-Sack, und die Freundin, mit der sie gelacht haben, bis ihnen Tränen über die Wangen liefen, und die Samstage, an denen ihre Enkelkinder neben ihnen saßen und Bilderrahmen bastelten. Frühlingsmorgen, an denen sie aufwachten und eine Million Vögel jubilierten, Sommernachmittage mit über dem Verandageländer hängenden Badetüchern, und Oktoberluft, die nach Holzrauch und Apfelmost roch, und das warme gelbe Licht in den Fenstern, wenn sie an einem verschneiten Abend nach Hause kamen. ›Das sind *meine* Erfahrungen‹, werden sie sagen, und diese werden dann all den anderen hinzugefügt – ein weiterer Bericht darüber, wie es sich anfühlte, zu leben. Wie es war, lebendig zu sein.«

Dann hob er die Arme und sagte: »Gesangbuch Seite zwei neununddreißig: *Shall We Gather at the River*«, und alle standen auf.

»Ich hab da was nicht kapiert«, sagte Red im Schutze der Musik zu Amanda. »*Wo*, hat er gesagt, ist sie hingegangen?«

»In ein weites Bewusstsein«, erklärte ihm Amanda.

»Das hört sich tatsächlich nach deiner Mutter an«, meinte er. »Aber ich weiß nicht recht; ich hatte mir eigentlich etwas Konkreteres erhofft.«

Amanda tätschelte seine Hand und deutete dann auf die nächste Zeile im Gesangbuch.

Ree Bascomb hatte sie zuvor darauf aufmerksam gemacht, dass gleich nach der Trauerfeier bestimmt Leute ins Haus kommen würden. Ob eingeladen oder nicht, sagte sie, sie würden da sein und etwas zu essen und zu trinken erwarten. Somit war die Familie zumindest vorbereitet, als der erste Besucher klingelte. Ohne auch nur Zeit zum Verschnaufen gehabt zu haben, standen sie wieder da und sprachen murmelnd ihren Dank aus, nahmen Umarmungen hin und ließen sich die Hand drücken. Rees Dienstmädchen ging mit einem Tablett mit kleinen Sandwiches herum, die der Partyservice am Vormittag geliefert hatte. Ein Trio offenbar aus dem Nahen Osten stammender Männer, formeller gekleidet als Abbys eigene Söhne, verfolgte fassungslos schweigend, wie die drei Jungs von Stem um die Beine der Erwachsenen herum Fangen spielten; und eine winzige alte Frau, die niemand kannte, erkundigte sich bei mehreren Personen, ob es auch die Plätzchen gab, die Abby immer gemacht hatte.

Als Denny sich verabschiedete, bevor er Susan zum Bahnhof fuhr, war klar, dass er davon ausging, dass die Gäste verschwunden waren, wenn er zurückkam. Aber nein, sie waren auch bei seiner Rückkehr noch da. Sax Brown und Marge Ellis diskutierten über Afghanistan. Elise hatte ein Glas Weißwein ergattert; sie hielt den Stiel geziert zwischen Daumen und Zeigefinger, die anderen Finger abgespreizt, und ihr Make-up hatte sich weitgehend verflüchtigt, sodass ihr blaues Auge wieder zum Vorschein kam. Ree Bascombs Dienstmädchen ging inzwischen auf Strümpfen mit Crudités herum, und Ree selbst, die vielleicht einen Schluck zu viel intus hatte, hatte den Arm um die Taille eines Teenagers gelegt, offenbar der Sohn von einem der Gäste. Red sah erschöpft aus. Sein Gesicht war ganz grau und schlaff. Nora versuchte, ihn zum Sitzen zu bewegen, aber er blieb stur stehen.

Dann waren die Gäste plötzlich weg, alle gleichzeitig, wie auf ein geheimes Kommando hin. Im Wohnzimmer befand sich nur noch die Familie, und es schien viel zu hell zu sein, wie außen vor dem Kino nach einer Nachmittagsvorstellung. Auf einem Polsterhocker lag ein dezimiertes Käsebrett, der Teppich war mit Crackerkrümeln übersät, und über einer Stuhllehne hing ein vergessener Schal. Ree Bascombs Dienstmädchen machte sich in der Küche mit den Gläsern zu schaffen. In der Gästetoilette wurde die Spülung betätigt, und Tommy kam mit noch halb heruntergelassener Hose ins Wohnzimmer.

»Tja«, sagte Red. Er sah alle der Reihe nach an.

»Tja«, wiederholte Amanda.

Alle standen. Alle hatten nichts in der Hand. Alle sahen aus wie Menschen, die auf ihre nächste Aufgabe warten, die es natürlich nicht gab. Es war vorbei. Sie hatten Abby verabschiedet.

Es schien, als müsste es noch etwas anderes geben – eine Art Zusammenfassung, eine Art Berichterstattung. »Du glaubst ja nicht, was Merrick gesagt hat«, hätten sie gerne erzählt. Und: »Du hättest dich gekringelt, wenn du Queen Eula gesehen hättest. Von Trey mal wieder keine Spur, wie du dir denken kannst, weil er eine wichtige Besprechung hatte, doch Queen Eula war da. Kannst du dir das vorstellen? Erinnerst du dich, wie sie früher Stein und Bein geschworen hat, dass du eine Kommunistin bist?«

Aber halt. Abby war tot. Nichts von alledem würde man ihr je erzählen können.

8

Man könnte argumentieren, dass nach Abbys Tod keine Notwendigkeit mehr bestand, dass jemand bei Red im Haus blieb. Schließlich war er körperlich mehr oder weniger fit, und am Morgen nach der Trauerfeier ging er gleich wieder zur Arbeit. Am Nachmittag kam er jedoch früher heim und legte sich unbemerkt oben ins Bett. Wenn Nora nicht mit einem Stoß Bügelwäsche in sein Zimmer gekommen wäre, hätte er vielleicht Gott weiß wie lange unentdeckt dort gelegen, die eine Hand auf die Brust gepresst und die Stirn vor Schmerzen oder Sorgen gefurcht. Er sagte, es sei nichts weiter, nur ein Anflug von Müdigkeit, aber er protestierte nicht, als Nora darauf bestand, dass Denny ihn in die Notaufnahme fuhr.

Es war tatsächlich nichts weiter – eine Magenverstimmung, wie die Ärzte sechs Stunden später entschieden. Man schickte ihn mitsamt seinen vier Kindern heim, da die anderen drei sofort ins Krankenhaus geeilt waren, nachdem Nora sie angerufen hatte. Dennoch gab es seinen Töchtern zu denken.

Bis dahin waren sie sich einig gewesen, dass noch reichlich Zeit war, die häuslichen Angelegenheiten zu regeln. Erst wieder Normalität einkehren lassen, sagten sie sich.

Doch während des Rests der Woche schienen die beiden Mädchen öfter in der Bouton Road zu sein als bei sich zu Hause – und gewöhnlich ohne ihre Ehemänner und Kinder, wie um zu zeigen, dass sie es ernst meinten. Sie schauten aus irgendeinem Grund vorbei, etwa weil Jeannie Abbys Rezeptsammlung wollte oder Amanda Kartons aus dem Supermarkt brachte, in die Abbys Kleidung sortiert werden sollte, und dann lungerten sie herum und verwickelten den einen oder anderen zielstrebig in ein Gespräch.

»Du weißt, dass wir uns nicht langfristig auf Denny verlassen können«, sagte Amanda beispielsweise zu Nora. »Er verspricht einem das Blaue vom Himmel, aber eines schönen Tages ist er auf und davon. Ich bin überrascht, dass er es überhaupt so lange hier ausgehalten hat.« Dann kam Denny in die Küche, und sie brach ab. Hatte er sie gehört? Doch selbst nachdem er seine Tasse ins Spülbecken gestellt hatte und wieder hinausgegangen war, gab Nora keine Antwort. Mit freundlicher und unverbindlicher Miene ließ sie Plätzchen vom Backblech gleiten, als hätte Amanda nur geredet, um sich selbst reden zu hören.

Und dann Stem! Vielleicht war es der Kummer, jedenfalls war er sehr wortkarg geworden. »In seinem Innersten«, versuchte Jeannie ihm einmal zu erklären, »ist Dad, wie ich glaube, stets davon ausgegangen, dass du und Nora immer hier leben werdet. Dass ihr das Haus erbt, meine ich, wenn er nicht mehr da ist.« Dann warf sie einen schuldbewussten Blick auf Denny, der neben Stem auf der Couch saß und sich durch die TV-Kanäle zappte, doch Denny verzog lediglich kurz das Gesicht. Sogar *er* wusste, dass Stem derjenige war, auf den Red seine Hoffnungen gesetzt hatte. Stem selbst schien Jeannie nicht gehört zu haben. Sein Blick war auf den Fernseher geheftet, obwohl dort im Moment nur Werbung und nochmals Werbung zu sehen war.

Am Sonntag nach dem Mittagessen, als Red oben sein Nickerchen machte, sagte Amanda zu den anderen: »Im Grunde braucht Dad keine Betreuung. Das will ich gerne zugeben. Aber es sollte sich zumindest jeden Morgen jemand vergewissern, dass er die Nacht überstanden hat.«

»Das lässt sich mit einem einfachen Telefonanruf feststellen«, sagte Stem.

Jeannie und Amanda sahen sich mit hochgezogenen Augenbrauen an. Diese Bemerkung hätten sie eher von Denny erwartet als von Stem.

Stem sah keine der beiden an, sondern schaute seinen Kindern beim Spielen zu, die auf dem Teppich mit einem Brettspiel beschäftigt waren.

Denny sagte: »Na ja, vielleicht sucht sich Dad ja früher oder später eine Freundin.«

»Denny!«, rief Jeannie empört.

»Was?«

»Das wäre durchaus möglich«, meinte Amanda ungerührt. »Einerseits wünsche ich mir, dass er irgendwann jemanden findet. Eine nette, fürsorgliche Frau. Andererseits frage ich mich, was passiert, wenn sie nicht unser Typ ist? Oder wenn sie den Kragen hinten hochklappt oder was?«

»Dad würde sich *nie* für eine Frau interessieren, die den Kragen hinten hochklappt!«, sagte Jeannie.

Dann waren Reds Schritte auf der Treppe zu hören, und alle verstummten.

Später am Nachmittag, als die Mädchen ihre Familien eingesammelt hatten und im Begriff waren, sich an der Haustür zu verabschieden, erkundigte sich Red bei Amanda, ob er Abbys Tod dem Anwalt mitteilen sollte. »Unbedingt«, sagte Amanda. »Hast du das noch nicht getan? Wer *ist* denn euer Anwalt?«, und Red erwiderte: »Ich habe keine Ahnung. Unsere Testamente haben wir schon vor Jahren gemacht. Um solche Sachen hat sich immer eure Mutter gekümmert.«

Stem stieß einen jähen, scharfen Ton aus, der wie ein Lachen klang, und alle starrten ihn an.

»Genau wie in dem alten Witz«, erklärte er ihnen. »Der Mann sagt: ›Alle unwichtigen Entscheidungen trifft meine Frau, zum Beispiel, welche Stelle ich annehme und welches Haus wir kaufen, und ich treffe die wichtigen Entscheidungen, zum Beispiel, ob wir China in die UNO aufnehmen.‹«

Jeannies Hugh sagte: »Was?«

»Es sind immer die Frauen, die das Kommando haben«, erklärte Stem. »Verlasst euch drauf.«

»*Ist* China nicht schon in der UNO?«

Doch da schaltete sich Nora ein und sagte: »Sei unbesorgt, Vater Whitshank, ich werde den Namen eures Anwalts ausfindig machen«, und der Moment war vorbei.

Am Montag, als Red bei der Arbeit war, kam Amanda mit weiteren Kartons an. Man hätte meinen können, sie hätte keinen Job. Sie war jedoch tipptopp gekleidet und daher vermutlich auf dem Weg in ihre Kanzlei. »Sag mir die Wahrheit, Nora«, sagte sie, sobald sie die Kartons in einer Ecke des Esszimmers abgestellt hatte, »kannst du dir vorstellen, dass du und Stem für immer hier wohnt?«

»Du weißt, dass wir Vater Whitshank niemals allein lassen würden, wenn er wirklich Unterstützung braucht«, antwortete Nora.

»Und glaubst du, *dass* er Unterstützung braucht?«

»Ach, diese Frage sollte besser Douglas beantworten.«

Amanda ließ die Schultern hängen, drehte sich wortlos um und verließ das Zimmer.

In der Eingangshalle begegnete sie Denny, der gerade auf Strümpfen die Treppe herunterkam. »Manchmal wünschte ich«, sagte sie zu ihm, »Stem und Nora wären nicht so … tugendhaft. Das macht mich noch fix und fertig.«

»Tatsächlich?«, fragte Denny.

Red erzählte seinen Söhnen, er habe irgendwo gehört, dass ein Mann, wenn seine Frau stirbt, sich im Bett auf ihre Seite legen soll. Dann sei es weniger wahrscheinlich, dass er nachts aus Versehen die Hand nach ihr ausstreckt. »Ich habe damit experimentiert«, teilte er ihnen mit.

»Und, funktioniert es?«, fragte Denny.

»Bis jetzt noch nicht so gut. Mir scheint, dass ich selbst im Schlaf daran denke, dass sie nicht mehr da ist.«

Denny reichte Stem den Schraubenzieher. Sie waren dabei, alle Fliegengitter abzumontieren, um anschließend die Doppelfenster für den Winter anzubringen, und Red überwachte das Ganze. Nicht, dass das wirklich nötig gewesen wäre, da die beiden das schon oft gemacht hatten. Trotzdem hatte er sich auf die Hintertreppe gesetzt, angetan mit einer unförmigen Strickjacke, die Abby in ihrer Strickperiode angefertigt hatte.

»Letzte Nacht habe ich von ihr geträumt«, sagte er. »Sie hatte sich ein Tuch mit Fransen dran um die Schultern gewickelt, und ihre Haare waren lang, so wie früher. Sie hat gesagt: ›Red, ich möchte jeden Schritt von dir lernen und die ganze Nacht durchtanzen.‹« Er brach ab, zog ein Taschentuch heraus und schnäuzte sich. Denny und Stem blieben stehen, ein Fliegengitter zwischen sich balancierend, und sahen sich hilflos an.

»Dann bin ich aufgewacht«, sagte Red nach einem Moment. Er steckte das Taschentuch wieder ein. »Ich dachte: ›Das bedeutet sicher, dass es mir fehlt, dass ich nicht mehr ihre volle Aufmerksamkeit habe, wie ich es immer gewohnt war.‹ Dann bin ich wieder aufgewacht, diesmal richtig. Ist euch das auch schon passiert? Dass man träumt, man sei aufgewacht, und dann feststellt, dass man die ganze Zeit geschlafen hat? Und als ich tatsächlich aufgewacht bin, dachte ich: ›Junge, Junge, da hab ich aber noch einen langen Weg vor mir.‹ Wie es scheint, bin ich noch nicht ganz drüber weg, oder?«

»Tja«, sagte Stem, »das ist nicht leicht.«

»Wie wärs mit Schlaftabletten?«, schlug Denny vor.

»Was könnten *die* schon helfen!«, wollte Red wissen.

»Ich meine ja nur.«

»Du glaubst, dass sich jedes Problem im Leben lösen lässt, wenn man sich was reinwirft.«

»Komm, wir lehnen das Ding an den Baum da drüben«, sagte Stem zu Denny.

Denny nickte mit zusammengekniffenen Lippen, drehte sich mit dem Rücken zum Fliegengitter und trug es mit Stem zu einem der Tulpenbäume.

Am Abend brachte Ree Bascomb einen Apfelstreusel vorbei und blieb, um ein Stück mitzuessen. »Es ist Rum drin, deshalb wollte ich warten, bis die drei Kleinen im Bett sind.« Tatsächlich waren die drei Kleinen noch gar nicht im Bett, obwohl es fast neun war. (Sie schienen keine feste Schlafenszeit zu haben, wie Abby ihren Töchtern gegenüber häufig in erstauntem Ton bemerkt hatte.) Aber sie waren mit einer Rennbahn beschäftigt, die sie durch das ganze Wohnzimmer gebaut hatten, also verzogen sich die Erwachsenen ins Esszimmer, wo Ree Apfelstreusel-Quadrate auf Abbys Porzellan für jeden Tag legte und die Teller herumreichte. Sie kannte Abbys Haus so gut wie ihr eigenes, wie sie oft betonte. »Du brauchst keinen Finger zu rühren«, sagte sie zu Nora, obwohl Nora bereits eine Kanne koffeinfreien Kaffee aufgesetzt hatte und Sahne, Zucker, Becher, Besteck und Servietten zusammentrug.

Ree setzte sich an den Tisch, wünschte guten Appetit und nahm ihre Gabel in die Hand. »Es heißt ja, wenn man traurig ist, soll man etwas Süßes essen. Ich persönlich stelle immer wieder fest, dass es hilft.«

»Das ist sehr nett von dir, Ree«, sagte Red.

»Ich hatte heute Abend selbst etwas Süßes nötig. Ich weiß nicht, ob ihr es schon gehört habt, aber zu allem Überfluss ist jetzt auch noch Jeeter gestorben.«

»Ach, das tut mir leid«, sagte Nora. Jeeter war Rees getigerter Kater und an die zwanzig Jahre alt. Jeder in der Nachbarschaft kannte ihn.

Red sagte: »Mein Gott!« Er legte die Gabel weg. »Wie um alles in der Welt ist *das* passiert?«, fragte er.

»Ich bin heute Morgen zur Hintertür hinausgegangen, und da lag er, auf der Fußmatte. Ich hoffe nur, dass er nicht die ganze Nacht da gewartet hat, der Ärmste.«

»Das ist ja entsetzlich! Aber man wird doch bestimmt die Todesursache untersuchen«, sagte Red. Er schien erschüttert zu sein. »So etwas passiert doch nicht grundlos.«

»Wenn man alt ist, schon, Red.«

»Alt? Er war ja noch nicht einmal im Kindergarten!«

»Was?«, fragte Ree.

Alle starrten ihn an.

»Ich weiß noch, wie er geboren wurde! Das ist höchstens zwei, drei Jahre her!«

»Was *redest* du denn da?«, fragte Ree.

»Ich … Hast du nicht gesagt, dass Peter gestorben ist? Dein Enkel?«

»Ich sagte *Jeeter*«, teilte ihm Ree mit erhobener Stimme mit. »Jeeter, mein Kater. Du meine Güte!«

»Ach so! Entschuldige. Mein Fehler.«

»Ich habe mich schon gewundert, seit wann du ein solcher Katzenliebhaber bist.«

»Ha! Und *ich*«, sagte er, »habe mich gewundert, wie du so unbeteiligt sein kannst, wenn dein einziger Enkel gestorben ist.« Er gluckste verlegen und griff wieder zu seiner Gabel. Dann blickte er hinüber zu Nora. Sie presste sich die Serviette auf den Mund, und ihre Schultern bebten, und sie gab schwache quietschende Geräusche von sich. Zunächst schien es, als hätte sie sich verschluckt, bis klar wurde, dass die Tränen, die über ihr Gesicht liefen, von einem Lachkrampf verursacht wurden. Stem sagte: »Schatz?«, und die anderen starrten sie an. Keiner von ihnen hatte bei Nora je einen Lachanfall erlebt.

»Tut mir leid«, sagte sie, als sie wieder sprechen konnte, doch dann drückte sie sich erneut die Serviette auf den Mund. »Tut mir *furchtbar* leid!«, stieß sie keuchend hervor.

»Freut mich, dass du mich so amüsant findest«, sagte Red steif.

»Ich bitte um Entschuldigung, Vater Whitshank.«

Sie ließ die Serviette sinken und setzte sich aufrechter hin. Ihr Gesicht war schamrot und ihre Wangen nass. »Das muss der Stress sein.«

»Ganz bestimmt«, versicherte Ree, »ihr habt alle mehr als genug Stress hinter euch! Das hätte ich bedenken müssen, bevor ich hier mit meiner armseligen Neuigkeit anspaziere.«

»Nein, wirklich, ich …«

»Komisch, mir war noch nie aufgefallen, dass sich die beiden Namen reimen«, bemerkte Ree nachdenklich. »Peter, Jeeter.«

Red sagte: »Es war nett von dir herzukommen, Ree, und der Apfelstreusel ist köstlich, ehrlich.« Es schien ihm nicht aufzufallen, dass er noch keinen Bissen davon gegessen hatte.

»Ich habe Granny-Smith-Äpfel genommen«, erklärte ihm Ree. »Alle anderen Sorten zerfallen, wie ich finde.«

»Die hier zerfallen überhaupt nicht.«

»Ja, schmeckt wirklich prima«, sagte Denny, und Stem bestätigte es mit einem unverständlichen Murmeln. Sein Blick ruhte noch immer auf Nora, obwohl sie sich beruhigt zu haben schien.

»Tja!«, sagte Ree. »Nachdem der lustige Teil somit erledigt wäre, sollten wir über euch reden. Wie sehen eure Pläne aus? Stem? Denny? Werdet ihr weiter bei eurem Dad wohnen?«

Es hätte ein peinlicher Moment sein können – am Tisch machte man sich eindeutig darauf gefasst –, doch da sagte Red: »Nein, die ziehen alle in Kürze aus. Ich werde mir eine Wohnung nehmen.«

»Eine Wohnung!«, sagte Ree.

Die anderen wurden sehr still.

»Na ja, die Kids haben schließlich ihr eigenes Leben«, sagte Red. »Und es hat keinen Sinn, hier alleine herumzugeistern. Ich denke, ich sollte mir etwas mieten, eine dieser schicken Einzimmerwohnungen, die nicht viel Arbeit machen. Vielleicht sogar mit Fahrstuhl, falls ich mal alt und klapprig werde.« Er gluckste auf seine typische Art, wie um durchblicken zu lassen, dass das höchst unwahrscheinlich war.

»Da bist du ganz schön mutig, Red! Und ich weiß auch genau das Richtige für dich. Erinnerst du dich an Sissy Bailey? Sie ist in dieses neue Gebäude in Charles Village gezogen und ist begeistert. Du erinnerst dich sicher, dass sie dieses große Haus in der St. John's Road hatte, aber jetzt, sagt sie, muss sie sich keine Gedanken mehr darüber machen, den Rasen zu mähen, Schnee zu schippen, die Doppelfenster anzubringen …«

»Gerade heute Nachmittag haben die Jungs die Doppelfenster anmontiert«, sagte Red. »Wisst ihr, wie oft ich das in meinem Leben gemacht habe? Im Herbst anmontieren, im Frühjahr abmontieren. Anmontieren, abmontieren. Anmontieren, abmontieren. Man fragt sich unwillkürlich, ob das denn *nie* aufhört.«

»Da ist es nur vernünftig, das alles hinter sich zu lassen«, sagte Ree. Sie blickte sich strahlend am Tisch um. »Findet ihr nicht auch?«

Nach kurzem Zögern nickten Denny und Stem und Nora. Keinem von ihnen war auch nur das Geringste am Gesicht abzulesen.

Amanda sagte, es sei wie beim Tauziehen, wenn die gegnerische Mannschaft ohne Vorwarnung das Seil loslässt. »Ich meine, es ist beinahe eine Enttäuschung.«

Und Jeannie sagte: »Natürlich wollen wir uns keine Sorgen um ihn machen müssen, aber hat er die Sache auch durchdacht? Ein Umzug in eine winzige moderne Wohnung ohne Kranzprofile?«

»Ich finde sein Verhalten zu gottergeben«, meinte Amanda. »Da stimmt doch etwas nicht. Wir müssen herausfinden, was dahintersteckt.«

»Ja, man fragt sich wirklich, warum er es so eilig hat.«

Sie sprachen miteinander am Mobiltelefon – Jeannie vor einer Geräuschkulisse aus Bohrmaschinen und Nagelpistolen, Amanda in der Stille ihres Büros. Schockierenderweise hatte niemand Reds Ankündigung den beiden umgehend mitgeteilt. Und so hörten sie erst am nächsten Morgen davon. Stem hatte die Neuigkeit zufällig bei der Arbeit erwähnt, als er und Jeannie sich mit einem beim Möbelbau aufgetretenen Problem befassten.

»Du hast ihm doch sicher klargemacht, dass wir das besprechen müssen«, hatte Jeannie sofort gesagt.

»Warum sollte ich?«

»Und, hast du?«

»Er ist ein erwachsener Mann«, sagte Stem, »und er macht genau das, was ihr die ganze Zeit gehofft habt. Aber ganz egal, was er macht: Nora und ich ziehen aus.«

»Wirklich?«

»Wir warten nur, bis Noras Kirchengemeinde ein neues Heim für unsere Mieter gefunden hat.«

»Davon hast du nie etwas gesagt! Du hast nie mit uns darüber gesprochen!«

»Warum sollte ich?«, fragte Stem. »Ich bin ein erwachsener Mann.«

Dann rollte er seine Baupläne zusammen und ging.

»Stem scheint in letzter Zeit ein anderer Mensch zu sein«, sagte Jeannie am Telefon zu Amanda. »Er ist fast *griesgrämig*. So war er früher nie.«

»Das hat bestimmt etwas mit Denny zu tun.«

»Mit Denny?«

»Denny hat bestimmt etwas gesagt und Stems Gefühle verletzt. Du weißt doch, dass er es nie verwunden hat, dass Stem wieder daheim eingezogen ist.«

»Was könnte er denn zu ihm gesagt haben?«

»Die Frage ist doch: Was könnte er gesagt haben, das er nicht schon *früher* gesagt hat. Was immer es auch war, es muss ein Hammer gewesen sein.«

»Das kann ich mir nicht vorstellen«, meinte Jeannie. »Denny hat sich in letzter Zeit ziemlich anständig benommen.«

Doch sobald sie aufgelegt hatte, rief sie ihn an. (War es nicht typisch, dass sie ihn selbst jetzt, wo er wieder in der Bouton Road lebte, auf dem Handy anrufen musste, wenn sie mit ihm reden wollte?)

Es war nach zehn Uhr morgens, doch offenbar war er noch nicht ganz wach, denn als er abnahm, klang seine Stimme dumpf: »Was ist?«

»Stem hat erzählt, dass Dad in eine Wohnung ziehen will«, sagte Jeannie.

»Sieht so aus.«

»Aber *wieso* denn?«

»Keine Ahnung.«

»Und Stem und Nora warten nur, bis ihre Mieter etwas anderes finden, und ziehen dann auch aus.«

Denny gähnte laut und meinte: »Macht doch Sinn.«

»Hast du was zu ihm gesagt?«

»Zu Stem?«

»Hast du irgendetwas gesagt, das ihn veranlasst hat, ausziehen zu wollen?«

»Jeannie. Warum sollte Stem bleiben, wenn Dad auszieht?«

»Aber Stem will auf jeden Fall ausziehen, wie er sagt. Und er ist seit Neuestem so anders als sonst, so muffelig und gereizt.«

»Wirklich?«, fragte Denny.

»Irgendetwas nagt an ihm, das steht fest. Wie es scheint, hat er nicht einmal versucht, Dad die Sache auszureden.«

»Er so wenig wie wir.«

»Heißt das, dass du es richtig findest? Dass Dad das Haus aufgibt, das sein eigener Vater gebaut hat?«

»Ja.«

»Dir ist aber klar, dass du dann kein Zuhause mehr hast? Wir werden es verkaufen müssen. Ich kann mir nicht vorstellen, dass du dir die Steuern für ein Haus mit acht Zimmern in der Bouton Street leisten kannst, ohne Job.«

»Stimmt«, sagte Denny, offenbar ohne sich angegriffen zu fühlen.

»Gehst du wieder nach New Jersey?«

»Höchstwahrscheinlich.«

Jeannie schwieg eine Weile.

»Ich verstehe dich nicht«, sagte sie schließlich.

»Okay …«

»Du lebst mal hier, mal da, du ziehst durch die Gegend, als wäre es völlig egal, *wo* du lebst. Du scheinst keine Freunde zu haben, du hast keinen richtigen Beruf … Gibt es irgendeinen Menschen, der dir wirklich etwas bedeutet? Susan nicht mitgezählt, denn unsere Kinder sind nur … Fortsetzungen unseres eigenen Ichs. Kümmert es dich eigentlich, welche Sorgen du Mom und Dad gemacht hast? Liegt dir überhaupt etwas an *uns*? An mir? Hast du etwas zu Stem gesagt, das ihn so verletzt hat, dass er jetzt auf jeden sauer ist?«

»Kein Wort!«, antwortete Denny und legte auf.

»Ich habe ein schlechtes Gewissen«, sagte Jeannie zu Amanda. Sie telefonierten wieder miteinander, doch diesmal hatte Amanda in gehetztem, ungeduldigem Ton abgenommen. »Was ist denn *jetzt* wieder?«, hatte sie gefragt und mehr wie Denny geklungen, als ihr bewusst war.

»Ich habe Denny zusammengestaucht«, berichtete Jeannie. »Ich habe ihm vorgeworfen, dass er gemein zu Stem ist und Mom und Dad nur Kummer gemacht hat, dass er nicht arbeitet und keine Freunde hat.«

»Na und? Stimmt doch alles.«

»Ich habe ihn gefragt, ob ihm überhaupt etwas an uns liegt. Speziell an mir.«

»Eine vernünftige Frage, würde ich sagen«, meinte Amanda.

»Ich hätte das nicht fragen dürfen.«

»Jetzt reg dich ab, Jeannie. Er hat jedes einzelne Wort verdient.«

»Aber ihn zu fragen, ob ihm etwas an mir liegt, wo er damals seinen Job hingeschmissen hat und mit der Miete in Rückstand geraten ist, nur damit er herkommen und mir helfen konnte, weil ich Angst hatte, ich würde mein Baby an die Wand knallen!«

Es trat Stille ein.

»Das wusste ich nicht«, sagte Amanda schließlich.

»Erinnerst du dich denn nicht, dass Denny damals herkam und bei mir geblieben ist?«

»Ich wusste nicht, dass du Angst hattest, du könntest Alexander an die Wand knallen.«

»Oh. Vergiss das lieber.«

»Du hättest es *mir* sagen können. Oder Mom. Sie war schließlich Sozialarbeiterin, Herrgott noch mal!«

»Amanda, vergiss es. Bitte.«

Wieder trat Stille ein. Dann sagte Amanda: »Wie dem auch sei. Alles andere musste einmal gesagt werden. Denny *war* gemein zu Stem. Und er *hat* Mom und Dad Kummer bereitet; er hat ihnen das Leben zur Hölle gemacht. Und er *ist* arbeitslos, und *falls* er Freunde hat, haben wir noch nie einen kennengelernt. Und ich bin mir auch nicht sicher, ob ihm das Geringste an uns liegt! Du hast mir selbst gesagt, dass er unglücklich klang, als er an dem Abend anrief, bevor er nach Hause kam. Vielleicht hat er nur einen *Vorwand* gesucht, um nach Hause zu kommen.«

»Trotzdem habe ich ein schlechtes Gewissen«, erklärte Jeannie.

»Hör zu, ich muss jetzt los, ich komme zu spät zu einem Termin.«

»Dann geh halt«, antwortete Jeannie und beendete das Gespräch mit einem ärgerlichen Tastendruck.

Denny und Nora waren in der Küche, um nach dem Abendessen aufzuräumen. Das heißt, Nora räumte auf, weil Denny das Kochen übernommen hatte. Aber er lungerte noch herum, nahm mal hier, mal da etwas in die Hand, besah es sich von allen Seiten und legte es dann wieder auf die Arbeitsplatte.

Nora hatte über Sissy Baileys Wohnung geredet. Sie hatte sie am Nachmittag mit Red besichtigt. Aber er hatte behauptet, die Wände seien so dünn, dass er mit dem Zeigefinger ein Loch hineinbohren könne, und daher werde am Samstag eine Bekannte der Familie, die Immobilienmaklerin war …

Denny fragte: »Ist Stem wegen irgendwas sauer?«

»Wie bitte?«

»Jeannie sagt, dass er schlecht gelaunt ist.«

»Warum fragst du ihn nicht selbst?«, meinte Nora. Sie brachte den letzten Kochtopf auf kleinstem Raum in der Spülmaschine unter.

»Ich dachte, du könntest es mir vielleicht sagen.«

»Ist es so schwer, zu ihm zu gehen? Kannst du ihn so wenig leiden?«

»Ich kann ihn doch leiden!«

Nora machte die Spülmaschine zu und drehte sich zu ihm um. Denny sagte: »Glaubst du mir denn nicht? Wir kommen prima miteinander aus! Wir sind immer prima miteinander ausgekommen. Ich meine, sicher, er kann ein furchtbarer Tugendbold sein, so nach dem Motto: ›Da seht ihr mal, dass ich viel besser bin als alle anderen‹; und er spricht mit einer Engelsgeduld, was immer so herablassend klingt; und bekanntlich führt er sich auch dann gut auf, wenn in seinem Leben nicht alles perfekt läuft, obwohl, seien wir ehrlich, wie oft ist in Stems Leben etwas *nicht* perfekt gelaufen? Aber *ich* habe kein Problem mit Stem.«

Nora sah ihn nur mit ihrem rätselhaften Lächeln an.

»Okay«, meinte Denny. »Dann frage ich ihn eben selbst.«

»Danke, dass du das Abendessen gemacht hast«, sagte Nora zu ihm. »Es war köstlich.«

Er hob kurz den Arm und verließ die Küche.

Im Wintergarten liefen die Abendnachrichten, doch Red war der Einzige, der sie verfolgte. »Wo ist Stem?«, fragte Denny.

»Oben bei den Jungs. Ich glaube, einer hat was kaputt gemacht.«

Denny ging hinaus in den Flur und stieg die Treppe hinauf. Aus dem Kinderzimmer drang lautes Stimmengewirr. Als er es betrat, waren die drei Jungs mit ihrer kreuz und quer auf dem Fußboden verlaufenden Rennbahn beschäftigt, während Stem auf einem der unteren Betten saß und zwei Teile einer Schreibtischschublade begutachtete.

»Was ist passiert?«, fragte Denny.

»Die Kids haben die Kommode offenbar mit einem Berg verwechselt.«

»Das war der Everest«, teilte Petey Denny mit.

»Aha.«

»Gibst du mir mal den Leim?«, sagte Stem.

»Willst du das wirklich kleben?«

Stem sah ihn nur an.

Denny reichte ihm die Flasche mit Holzleim, die auf der Kommode stand. Dann lehnte er sich an den Türpfosten, verschränkte die Arme und legte lässig einen Fuß über den anderen. »Ihr zieht also aus?«

Stem sagte: »Jep.« Er spritzte Leim auf einen Teil der Schwalbenschwanznut.

»Du bist offenbar fest entschlossen.«

Stem hob den Kopf und sah Denny finster an. »Komm mir ja nicht damit, dass ich ihm etwas schuldig bin.«

»Was?«

Die drei Jungs blickten kurz auf, wandten sich dann aber wieder ihrer Rennbahn zu.

»Ich habe meine Pflicht und Schuldigkeit getan«, erklärte

Stem. »Du kannst ja dableiben, wenn du meinst, dass jemand hier sein muss.«

»Hab ich das gesagt?«, fragte ihn Denny. »Warum sollte denn irgendjemand hierbleiben, wenn Dad auszieht?«

»Du weißt ganz genau, dass er nur darauf wartet, dass wir es ihm ausreden.«

»Davon weiß ich nichts«, erwiderte Denny. »Was ist eigentlich mit dir los? Warum bist du so miesepetrig? Und behaupte nicht, dass es nur wegen Mom ist.«

»Sie war *eure* Mom«, sagte Stem. Er stellte die Leimflasche auf den Boden. »Nicht meine.«

»Na gut, wenn du es so ausdrücken willst.«

»*Meine* Mom war B.J. Autry, falls es dich interessiert.«

Denny sagte: »Oh!«

Die drei Kleinen spielten unbekümmert weiter. Sie inszenierten spektakuläre Zusammenstöße auf einer Überführung.

»Und Abby wusste es die ganze Zeit«, fuhr Stem fort. »Sie wusste es und hat es mir nicht gesagt. Nicht einmal Dad hat sie es gesagt.«

»Ich verstehe trotzdem nicht, wieso du eingeschnappt bist.«

»Ich bin eingeschnappt, wie du es nennst, weil …«

Stem brach ab und starrte ihn an.

»Du hast es gewusst!«

»Hm?«

»Es überrascht dich nicht die Spur, stimmts? Das hätte ich mir denken können! Natürlich! Du musstest ja immer alles ausspionieren! Du hast es seit Jahren gewusst!«

Denny zuckte die Schultern und sagte: »Für *mich* spielt es keine Rolle, wer deine Mom war.«

»Versprich mir nur eins«, bat Stem. »Versprich mir, dass du den anderen nichts sagst.«

»Warum sollte ich es ihnen sagen?«

»Wenn du es weitersagst, bring ich dich um.«

»Ich zittere schon!«

Inzwischen waren die drei Kleinen aufmerksam geworden. Sie hatten ihr Spiel unterbrochen und starrten Stem mit offenem Mund an. Tommy fragte: »Dad?«

»Geht nach unten«, sagte Stem. »Alle drei.«

»Aber Dad …«

»Sofort!«

Sie rappelten sich hoch und zogen ab, blickten sich im Gehen jedoch zu ihm um. Sammy hatte noch einen Plastik-Abschleppwagen in der Hand. Denny zwinkerte ihm zu, als er an ihm vorbeiging.

»Schwöre es«, verlangte Stem.

»Okay! Okay!«, sagte Denny und hielt beide Hände hoch. »Äh, Stem, dir ist doch klar, wie schnell der Leim da trocknet. Du solltest die Teile schleunigst zusammenfügen.«

»Schwöre mir bei deinem Leben, dass du es keiner Menschenseele jemals verraten wirst.«

»Ich schwöre dir bei meinem Leben, dass ich es keiner Menschenseele jemals verraten werde«, wiederholte Denny feierlich. »Trotzdem kapier ich es nicht. Warum liegt dir so viel daran?«

»Mir liegt eben daran, okay? Ich brauche dir keine Gründe zu nennen«, sagte Stem, fuhr jedoch gleich fort: »Ich habe mal irgendwo gelesen, dass sogar Neugeborene die Stimme ihrer Mutter erkennen. Hast du das gewusst? Sie nehmen sie im Mutterleib auf. Vom Augenblick ihrer Geburt an ist ihnen die Stimme ihrer Mutter lieber als alle anderen Stimmen. Und ich habe mich gefragt, welche Stimme *mir* damals lieber war als alle anderen. Ich fand es irgendwie traurig, dass es eine Stimme gab, nach der ich mich mein Leben lang gesehnt habe, die ich aber nie zu hören bekam, jedenfalls nicht nach der Zeit ganz am Anfang. Und das war ausgerechnet die Stimme von B.J. Autry – diese schrille, krächzende Stimme und diese primitive Ausdrucksweise. Wenn man bedenkt, wie *Abby* spricht, ich meine, gesprochen hat! Ich hätte Abby gehören sollen.«

»Ja und?«, sagte Denny. »Das hast du letztendlich doch. Und alle waren glücklich und zufrieden.«

»Weißt du noch, wie sich die ganze Familie hinter ihrem Rücken über B.J. lustig gemacht hat? Alle sind zusammengezuckt, wenn sie gelacht hat; sie haben Grimassen geschnitten und die Augen verdreht, wenn sie mal wieder über etwas schwadroniert hat. ›Ihr kennt mich ja; ich sage nur, wie es ist‹, sagte sie etwa. ›Ich rede immer Klartext; ich nehme kein Blatt vor den Mund.‹ Als ob man damit angeben könnte! Und wie sich dann alle am Tisch verstohlene Blicke zugeworfen haben. Darum würde ich mich zu Tode schämen, wenn alle erfahren würden, dass das meine Mutter war. Gleichzeitig schäme ich mich auch, dass ich mich ihretwegen schäme. So langsam glaube ich, dass die Familie kein *Recht* hatte, ihr gegenüber so hochnäsig zu sein. Ich weiß nicht mehr, was ich denken soll! Manchmal ist es, als würde ich um alles trauern, was mir entgangen ist: Da sitzt meine richtige Mutter bei uns am Esstisch, und ich habe keinen blassen Schimmer, und das macht mich so wahnsinnig wütend auf Abby, weil sie mir nichts gesagt hat – nur wegen diesem absolut dämlichen Vertrag! Sie hat meiner eigenen Mutter nicht erlaubt, mir zu sagen, dass ich ihr Sohn bin! Und wenn B.J. mich je hätte wiederhaben wollen, dann hätte mich Abby mit Freuden zurückgegeben. ›Bitte sehr, da hast du ihn‹ – wie gewonnen, so zerronnen. Und kannst du dir vorstellen, was Dad gesagt hat? Er hat mir erklärt, dass *er* mich von Anfang an zurückgegeben hätte.«

»Du hast mit Dad darüber gesprochen?«

»Und weißt du was?«, sagte Stem, der ihn nicht gehört zu haben schien. »B. J. wollte mich überhaupt nicht zurückhaben. Sie hat mich über den Tisch hinweg angeschaut und wollte mich nicht haben. Sie hat mich ja auch so gut wie nie gesehen. Dabei hätte sie mich jederzeit sehen können, sooft sie wollte, aber sie kam nur ab und zu her, zwei- oder dreimal im Jahr.«

»Na und? Du hast sie ja nicht einmal gemocht. Du hast vorhin selbst gesagt, dass du ihre Stimme nicht ausstehen konntest.«

»Trotzdem, sie war meine Mutter. Die eine Frau auf der Welt, die einen für etwas Besonderes hält – hat das nicht jedes Kind verdient?«

»Du hattest so jemanden. Du hattest Abby.«

»Sicher, entschuldige, aber das war nicht genug. Abby war *eure* Mom. Ich brauchte meine eigene.«

»Glaubst du etwa, dass Abby dich *nicht* für etwas Besonderes gehalten hat?«

Stem schwieg. Er starrte auf die Schublade in seinen Händen.

»Komm schon«, sagte Denny. »Sie hat sogar deinen Nacken für etwas Besonderes gehalten. Wenn nicht, wäre dein Leben ganz anders verlaufen, das kannst du mir glauben. Du wärst Gott weiß wie und wo herumgeschubst worden, wurzellos, heimatlos, wärst irgendwo in einer Pflegeeinrichtung gelandet und vermutlich einer von diesen Außenseiter-Typen geworden, die Probleme haben, einen Job zu behalten oder verheiratet zu bleiben oder ihre Freunde festzuhalten. Du hättest dich überall fehl am Platz gefühlt; du hättest nirgendwo dazugehört.«

Er brach ab. Etwas in seiner Stimme ließ Stem aufblicken, doch da sagte Denny: »Ha! Dir ist doch klar, was das beweist.«

»Was denn?«

»Dass du die Familientradition fortsetzt, die Ich-wünschte-ich-hätte-das-was-der-andere-hat-Tradition – bis man es dann *tatsächlich* bekommt. So wie der alte Junior mit seinem Traumhaus, oder Merrick mit ihrem Traummann. Genau! Das könnte die dritte Geschichte in der Familie sein. ›Vor langer Zeit‹«, intonierte Denny theatralisch, »›sehnte sich einer von uns dreißig Jahre lang nach der Stimme seiner richtigen Mutter, aber als er sie fand, merkte er, dass sie ihm nicht halb so gut gefiel wie die Stimme seiner angeblichen Mutter.‹«

Stem lächelte unglücklich.

»Verdammt noch mal. Du bist viel mehr ein Whitshank als ich«, sagte Denny.

Und dann: »Jetzt ist der Leim knochentrocken. Ich hatte dich gewarnt. Jetzt kannst du alles abkratzen und von vorne anfangen.«

Er drückte sich vom Türpfosten weg, richtete sich auf und ging wieder nach unten.

Die mit der Familie bekannte Immobilienmaklerin ging auf die Zeit zurück, als Brenda noch so agil war, dass sie ab und zu in den Robert E. Lee Park mitgenommen wurde. Helen Wylie pflegte dort ihren Irish Setter auszuführen, und sie und Abby waren ins Gespräch gekommen. Als sie am Samstagvormittag eintraf – eine lebhafte, vernünftige Frau in Cordhose und Steppweste –, waren daher keine längeren Erläuterungen erforderlich. »Ich weiß schon«, erklärte sie Red geradeheraus. »Sie wollen etwas Solides. Baujahr vor dem Krieg, könnte ich mir denken. Völlig absurd, etwas in dem neuen Wohnblock auch nur in Erwägung zu ziehen! Sie wollen eine Wohnung, die Sie Ihren Freunden aus der Baubranche zeigen können, ohne sich schämen zu müssen.«

»Da haben Sie recht«, meinte Red. Obwohl er gar keine Freunde in der Baubranche hatte, zumindest keine, die ihm einen Besuch abstatten würden.

»Dann wollen wir mal«, sagte Helen zu Amanda. Amanda war diejenige, die sich mit ihr in Verbindung gesetzt hatte, und würde ebenfalls mitkommen. Selbst Red hatte zugegeben, dass er bei dieser Sache Hilfe gebrauchen konnte.

Die erste Wohnung war in der Nähe des University Parkway – alt, aber in gutem Zustand, mit glänzenden Hartholzfußböden. Der Vermieter sagte, die Küche sei 2010 umgestaltet worden. »Wer hat es gemacht?«, fragte Red. Als er den Namen hörte, verzog er das Gesicht.

Die nächste Wohnung lag im zweiten Obergeschoss eines Hauses ohne Fahrstuhl. Red war nur leicht außer Atem, als er oben ankam, widersprach jedoch nicht, als Amanda darauf hinwies, dass das langfristig keine gute Entscheidung wäre.

Die dritte Wohnung hatte einen Fahrstuhl, und das Baujahr war akzeptabel, doch sie war derart mit Möbeln und Krimskrams vollgestopft, dass man sich keine genaue Vorstellung von ihr machen konnte. »Ich will ganz ehrlich sein«, sagte der Verwalter. »Der Vormieter ist gestorben. Seine Kinder lassen die Sachen innerhalb der nächsten zwei Wochen wegschaffen, und ich sorge dafür, dass sie anschließend gründlich geputzt und frisch gestrichen wird.«

Amanda warf Helen einen entmutigten Blick zu, und Helen zog die Mundwinkel nach unten. Über der Rückenlehne eines Schaukelstuhls hing eine mausgraue Strickjacke. Auf dem unaufgeräumten Couchtisch stand ein Becher, in dem noch ein Teebeutel hing. Red schien davon unbeeindruckt zu sein. Er ging durch das Wohnzimmer in die Küche und sagte: »Schaut euch das an: Er hat alles so angeordnet, dass er nicht mehr aufstehen musste, wenn er sich zum Frühstück hingesetzt hat.«

In der Tat waren auf dem wackeligen Kartentisch ein Toaster, ein Wasserkocher und ein Radiowecker entlang der Wand aufgereiht, und in der Mitte, wo die meisten Menschen eine Blumenvase hingestellt hätten, lag eine Medikamentenbox für eine ganze Woche. Im Schlafzimmer sagte Red: »Mit dem Gerät da kann man im Bett fernsehen.« Es war einer dieser schweren, altmodischen Apparate, tiefer als breit, der auf der niedrigen Kommode unten am Fußende des Betts stand. »Da brauche ich mich nach den Spätnachrichten nur umzudrehen, um zu schlafen«, stellte Red beifällig fest, obwohl in seinem Schlafzimmer in der Bouton Road noch nie ein Fernsehapparat gesichtet worden war. Aber vielleicht hatte Abby es so gewollt. »Das ist doch mal eine richtig praktische Wohnung für einen Mann, der sich selbst versorgt«, meinte Red.

Amanda sagte: »Ja, schon …«, und sie und Helen sahen sich wieder vielsagend an.

»Sie müssen sie sich ohne die Möbel vorstellen«, empfahl Helen. »Sie dürfen nicht vergessen, dass der Fernseher und die anderen Sachen weg sein werden.«

»Ich könnte ja meinen eigenen hinstellen«, erwiderte Red.

»Natürlich könnten Sie das. Aber wir sollten uns auf die Wohnung selbst konzentrieren. Gefällt Ihnen der Grundriss? Ist sie geräumig genug? Die Zimmer scheinen mir etwas klein zu sein. Und was ist mit der Küche?«

»Die Küche ist prima. Alles in Reichweite. Man braucht nur die Hand auszustrecken, um den Toast direkt aus dem Toaster zu holen. Um seine Tabletten zu nehmen. Um den Wetterbericht einzuschalten.«

»Sicher … Der Fußbodenbelag ist Linoleum, ist Ihnen das aufgefallen?«

»Hm? Sieht gut aus. Ich glaube, so einen Küchenboden hatten meine Eltern in unserem ersten Haus.«

Und damit war der Fall erledigt. Wie Amanda den anderen später berichtete, brauchte es offenbar Fantasie. Reds Fantasie; und der hatte keine. Er schien einfach froh zu sein, dass ein anderer alles arrangiert hatte, damit er es nicht tun musste.

Nun, das machte seinen Kindern die Sache leichter. Und sie konnten ja noch das eine oder andere ummodeln, wenn er eingezogen war.

Helen sollte auch den Verkauf des Hauses übernehmen. Sie kam nach der Besichtigungstour mit ihnen zurück, um alles Nötige zu besprechen, wobei auch Stem und Denny anwesend waren. »Ein ausgesprochen behagliches altes Haus«, sagte sie, als sie sich im Wohnzimmer umsah. »Und die Veranda ist natürlich ein absoluter Kaufanreiz. Es wird ein Vergnügen sein, es Interessenten zu zeigen.«

Das schienen alle außer Red erfreulich zu finden. Red schielte auf eine in der Nähe liegende Zeitung, als wünschte er, diese jetzt lesen zu können.

»Aber der Markt ist nun mal flau«, erklärte Helen. »Und wie ich aus Erfahrung weiß, erwartet der Käufer in diesen Zeiten Perfektion. Wir werden das Haus also ein bisschen aufmöbeln müssen.«

»Aufmöbeln?«, sagte Red. »Was kann man denn noch *mehr* verlangen? Alle Zimmer im Erdgeschoss außer der Küche haben Schiebetüren.«

»O ja, und die sind wirklich …«

»Und eine Eingangshalle wie unsere, zwei Stockwerke hoch, sieht man nicht alle Tage. Und offene Oberlichter mit Laubsägearbeit auch nicht.«

»Aber es hat nun mal keine Klimaanlage«, sagte Helen.

Red murmelte: »O Gott«, und sackte in seinem Sessel zusammen.

»Heutzutage«, begann Helen.

»Jaja.«

»Das müsste zu machen sein«, sagte Denny zu ihm. »Es gibt ja jetzt diese kleinen Einkanal-Anlagen, bei denen man keine Wände mehr aufreißen muss.«

Red erwiderte: »Was glaubst du eigentlich, wen du vor dir hast? Ich weiß Bescheid über diese Anlagen.«

Denny zuckte die Schultern.

»Außerdem«, sagte Helen und räusperte sich. »Es liegt natürlich ganz bei Ihnen, aber vielleicht sollten Sie neben dem Elternschlafzimmer separate Bäder für sie und ihn in Betracht ziehen.«

Red blickte auf. »*Was* soll ich?«

»Ich würde es nicht ansprechen, aber da Sie ein Bauunternehmen besitzen, wäre es kein allzu großer finanzieller Aufwand. Das Elternbad, das Sie bereits haben, ist riesig. Sie könnten ohne Weiteres zwei daraus machen, mit einer Duschkabine dazwischen, die von beiden Seiten zugänglich ist. Ich habe da neulich eine umwerfende Duschkabine gesehen, mit Flusskieselboden und Mehrfachstrahlreglern.«

Red sagte: »Als mein Vater dieses Haus gebaut hat, hatte es nur das eine Badezimmer oben im Flur.«

»Nun ja, das war vor …«

»Und nachdem wir eingezogen waren, hat er unten eine Toilette eingebaut, und wir dachten, das sei etwas ganz Besonderes.«

»Gewiss, man braucht natürlich …«

»Das Elternbad hat er erst eingebaut, als meine Schwester und ich schon in der Highschool waren. Ich will mir gar nicht ausmalen, was er zu diesem separaten Sie-und-ihn-Kram gesagt hätte.«

»In den besseren Objekten ist das heutzutage die Regel. Wie Ihnen aus der Baubranche sicher bekannt ist.«

»Er selbst ist in einem Haus mit Plumpsklo aufgewachsen!« Red wandte sich an die anderen. »Ich wette, dass ihr das von eurem Großvater nicht gewusst habt, stimmts?«

Es stimmte. Im Grunde wussten sie so gut wie nichts über ihren Großvater.

»Ein Plumpsklo«, sagte Helen lachend. »Das wäre nun wirklich ein Kaufhindernis.«

»Dann wollen wir diesen Sie-und-ihn-Kram mal ganz schnell vergessen«, erklärte ihr Red. »Also, wie lange wird es Ihrer Meinung nach dauern, einen Käufer zu finden?«

»Nun, wenn Sie eine Klimaanlage eingebaut haben und in der Küche vielleicht hochwertigere Arbeitsplatten …«

»Arbeitsplatten!«

Doch dann presste er die Lippen zusammen, wie um sich zu ermahnen, nicht an allem herumzumäkeln.

»Es scheint Bewegung in den Markt zu kommen«, sagte Helen. »Es gab eine Zeit, da waren Immobilien ein Jahr oder länger nicht an den Mann zu bringen, aber seit Neuestem sind es bei unseren hochwertigeren Objekten im Durchschnitt nur noch vier bis sechs Monate.«

»In vier bis sechs Monaten verlottert es«, erklärte ihr Red. »Es tut einem Haus nicht gut, wenn es leersteht. Es modert; es kommt sich einsam und verlassen vor; es würde mir das Herz brechen.«

Amanda sagte: »O Dad, das würden wir doch nie zulassen. Wir kommen her und machen hier, was weiß ich, Picknick oder was.«

Red sah sie nur kläglich an, mit einem so leeren Blick, dass er fast blind wirkte.

»Mal ganz ehrlich«, sagte Jeannie zu Amanda. »Bist du nicht auch ein klein wenig erleichtert, dass Mom so plötzlich gestorben ist?«

»Du meinst, wegen ihrer Aussetzer?«

»Die wären schlimmer geworden, das steht ja wohl fest. Egal, was die Ursache war. Und Dad hätte versucht, sich um Mom zu kümmern, Nora ebenfalls; und Denny hätte sich irgendwann unter einem Vorwand aus dem Staub gemacht.«

»Vielleicht waren es ja nur Kreislaufprobleme oder etwas in der Art, und die Ärzte hätten Mom kurieren können.«

»Das ist nicht sehr wahrscheinlich«, sagte Jeannie.

Es war ein regnerischer Sonntagnachmittag, und sie waren oben in Reds Schlafzimmer und packten Kartons, während sich die anderen unten im Fernsehen ein Baseballspiel anschauten. Beide trugen alte Klamotten, und Amanda hatte Druckerschwärze von den Zeitungen am Kinn.

Sie packten schon die ganze Woche, in jeder freien Minute, die sie finden konnten. Im Haus hatten sich hier und da größer werdende Inseln mit Habseligkeiten zu bilden begonnen, als jeder nach und nach seine Wünsche anmeldete: im oberen Flur Abbys Bastelbedarf und ihre Nähmaschine für Nora, im Esszimmer das in einer Kiste verpackte gute Porzellan für Amanda. (Red sollte das Geschirr für jeden Tag behalten, das sie daher bis unmittelbar vor seinem Umzug im Küchenschrank stehen ließen.) Die Möbel trugen farblich unterschiedliche Aufkleber – einige Stücke für Reds Wohnung, andere für Stem und Jeannie und Amanda und bei Weitem die meisten für die Heilsarmee.

Jeannie und Amanda zerrten einen vollen Karton in den Flur, wo einer der Männer ihn später holen konnte. Dann klappte Jeannie einen weiteren Umzugskarton auf und sicherte die Unterseite mit Klebeband. »Wie ich Mom kenne«, sagte sie, »hätte sie eine Operation sowieso abgelehnt.«

»Das ist wahr. In ihrer Patientenverfügung stand ja praktisch, dass wir sie auf einer Eisscholle aussetzen sollen, falls sich bei ihr auch nur ein Fingernagel ablöst.« Sie sammelte die gerahmten Fotos auf Abbys Kommode ein. »Die packe ich für Dad ein«, sagte sie zu Jeannie.

»Hat er überhaupt Platz dafür?«

»Tja, vielleicht nicht.«

Sie betrachtete einen Schnappschuss der vier lachenden Kinder am Strand, Amanda gerade mal ein Teenager, die anderen noch klein. »Wir scheinen Spaß gehabt zu haben«, sagte sie.

»Das *hatten* wir ja auch.«

»Ja, aber ab und zu war es auch ganz schön nervig.«

»Bei der Trauerfeier«, erzählte Jeannie, »hat Marilee Hodges zu mir gesagt: ›Ich habe dich und deine Familie immer beneidet. Wie ihr alle draußen auf eurer Veranda um Zahnstocher gepokert habt, und deine beiden Brüder, so groß und gutaussehend, und dieser machomäßige rote Pick-up, den dein Vater gefahren hat, mit euch vier Kindern hinten auf der Ladefläche.‹«

»Marilee Hodges war schon immer ein Schwachkopf«, sagte Amanda.

»Du meine Güte, wieso *das* denn?«

»Auf der Ladefläche mitzufahren, war die reinste Hölle. Ich bezweifle sogar, dass es erlaubt war. Und ich finde, dass jedes Kind sein eigenes Zimmer haben sollte. Und Mom konnte so unsensibel sein, so unbedarft und begriffsstutzig. Wie damals, als sie Denny psychologisch testen ließ und uns allen dann seine Ergebnisse verkündet hat.«

»Daran kann ich mich gar nicht erinnern.«

»Angeblich hatte einer dieser Tintenkleckse gezeigt, dass er in frühester Kindheit von einer Frau enttäuscht worden war. ›Welche Frau könnte das sein?‹, hat Mom uns immer wieder gefragt. ›Er kannte doch damals noch gar keine Frauen!‹«

»Daran kann ich mich überhaupt nicht erinnern.«

»Es war nicht zu übersehen, dass sie ihn am meisten geliebt hat«, sagte Amanda, »obwohl er sie schier zum Wahnsinn trieb.«

»Das sagst du bloß, weil du nur *ein* Kind hast«, erklärte ihr Jeannie. »Mütter ziehen keines von ihren Kindern vor; sie lieben sie …«

»… nur jeweils auf andere Weise«, beendete Amanda den Satz für sie. »Ich weiß, ich weiß.« Dann hielt sie ein Foto von Stem im Alter von vier oder fünf Jahren hoch. »Meinst du, dass Nora das gern hätte?«

Jeannie warf einen Blick darauf. »Legs in ihren Karton.«

»Und was mache ich mit dem da von Denny?«

»Hat er schon einen Karton?«

»Er sagt, er will nichts.«

»Fang einen Karton für ihn an. Ich könnte wetten, dass er zwischen kahlen Wänden haust.«

»Ich habe ihn gestern gefragt«, berichtete Amanda, »ob er seiner Vermieterin Bescheid gesagt hat, dass er zurückkommt, und er meinte nur: ›Wir arbeiten noch daran.‹«

»Sie arbeiten noch daran? Was soll *das* denn heißen?«

»Er tut immer so verdammt geheimnisvoll«, sagte Amanda. »Er stöbert und schnüffelt in unserem Leben herum und dreht fast durch, wenn wir uns nach seinem erkundigen.«

»Ich glaube, er wird langsam milder«, meinte Jeannie. »Vielleicht hat der Verlust von Mom das bewirkt. Als ich die vielen Fotos in seinem Zimmer von der Wand genommen habe, habe ich ihn gefragt, ob ich sie wegwerfen soll. Die ganzen Fotos von den Daltons, den behäbigen Tanten aus den Vierzigerjahren mit ihren Schulterpolstern und dicken Strümpfen. Aber Denny hat gemeint: ›Ich weiß nicht recht; das erscheint mir doch ein bisschen brutal, findest du nicht?‹ Ich habe ihm bloß an den Kopf geklopft und gefragt: ›Was geht eigentlich in deinem Hirn vor?‹«

»Gut«, sagte Amanda prompt. »Dann geben wir ihm die.« Und sie griff nach einem Blatt Zeitungspapier und begann, ein Foto einzupacken.

»Denny wird immer netter, Stem immer unausstehlicher«, sagte Jeannie. »Und Dad erst! Er ist wirklich unmöglich.«

»Tja, Dad«, sagte Amanda. »Anscheinend kann man ihm derzeit nichts recht machen.« Sie legte das eingepackte Foto in den Karton, den Jeannie gerade aufgeklappt hatte. »Er macht sich Sorgen wegen dem Haus. Wie lange es dauern wird, es zu verkaufen, ob die Leute es vielleicht nicht zu würdigen wissen … Also habe ich ihn gefragt, ob wir versuchen sollen, uns mit den Brills in Verbindung zu setzen.«

»Den Brills?«, wiederholte Jeannie.

»Ja, den ursprünglichen Besitzern. Die Leute, für die das Haus damals gebaut wurde.«

»Ich weiß, wer die Brills sind, Amanda, aber müssten die nicht längst tot sein?«

»Nicht die Söhne, vermute ich mal. Die Söhne waren erst im Teenageralter, als Dad klein war. Darum habe ich gesagt: ›Was ist, wenn die Söhne diesem Haus all die Jahre nachgetrauert haben und gerne noch hier leben würden?‹ Ich habe ihn daran erinnert, was einer von ihnen damals gesagt hat, als ihre Mutter vom Ausziehen sprach. ›Hä, Ma?‹, hat er gesagt. Ich hätte ebenso gut vorschlagen können, das Haus abzufackeln! ›Bist du übergeschnappt? Wie kommst du denn auf so eine hirnrissige Idee? Diese verzogenen Brill-Bürschchen werden dieses Haus *nie* in die Finger kriegen. Schlag dir das sofort aus dem Kopf‹, hat er gesagt. Ich habe mich entschuldigt und gesagt: ›Tut mir leid. Fehler meinerseits.‹«

»Das ist der Kummer«, erklärte ihr Jeannie. »Er hat gerade die Liebe seines Lebens verloren, vergiss das nicht.«

»Von welchem Verlust sprichst du – von Mom oder dem Haus?«

»Von beiden, nehme ich an.«

»Also wirklich«, sagte Amanda. »Ich habe noch nie gehört, dass Kummer übellaunig macht.«

»Manche Leute schon.«

Sie hatten ein Stadium des Packens erreicht, in dem es den Anschein hatte, als wäre das herrschende Durcheinander größer als das, das sie beseitigt hatten. Mehrere halbvolle Kartons standen offen im Zimmer herum – die Fotos in einem Karton für Denny, Wolldecken in einem Karton für Red, ein Stapel Pullover von Abby in einem Karton für die Kleidersammlung. Bei jedem Pullover hatte es eine Diskussion gegeben – »Willst du den nicht nehmen? Der würde dir gut stehen!« –, aber nachdem sie ihn kurz hochgehalten hatten, seufzte gewöhnlich die eine oder andere und ließ ihn in den Karton fallen. Der Läufer war voller Fussel, der Fußboden übersät mit weggeworfenen Kleiderbügeln und Plastikhüllen aus der Reinigung, und in dem harten grauen Licht, das durch die vorhanglosen Fenster einfiel, wirkte der Raum trostlos und vernachlässigt.

»Du hättest Dad hören sollen, als ich vorgeschlagen habe, dass er das Bett hier zurücklässt und ein Einzelbett mitnimmt«, sagte Amanda.

»Das kann ich verstehen. Er will eben das Bett, an das er gewöhnt ist.«

»Du hast seine neue Wohnung noch nicht gesehen. Die ist winzig.«

»Es wird ein komisches Gefühl sein, ihn dort zu besuchen«, meinte Jeannie.

»Bestimmt. Als ich mich gestern Abend von ihm verabschiedet habe, gab es da einen merkwürdigen Moment. Er fragte nämlich: ›Kann ich dir was von den Resten mitgeben?‹ Das, was *Mom* immer gefragt hat! ›Dann brauchst du diese Woche abends mal nicht zu kochen‹, hat er gesagt. O

Gott, ist es nicht seltsam, wie das Leben … nach einem Todesfall einfach weitergeht?«

»Sogar die drei Kleinen haben sich damit arrangiert«, sagte Jeannie. »Eigentlich erstaunlich, wenn man es sich recht überlegt – dass Kinder in so jungen Jahren dahinterkommen, dass Menschen sterben.«

»Da fragt man sich, warum wir uns die Mühe machen, mehr und immer mehr anzuhäufen, wenn wir von frühester Kindheit an wissen, wie alles endet.«

Amanda betrachtete das Angehäufte, während sie sprach – die Umzugskartons, die aufgestapelten Kissen und die verschnürten Zeitschriftenstöße und die Lampen ohne Lampenschirme. Und das war gar nichts verglichen damit, wie es anderswo im Haus aussah – die bedenklich aufgetürmten vergilbten Bücher auf dem Schreibtisch im Wintergarten, die zusammengerollten Teppiche im Esszimmer, die Gläser auf der Anrichte, die jedes Mal klirrten, wenn die drei Kleinen vorbeitobten. Und draußen auf der Veranda ein Sammelsurium von Dingen, die kein Mensch auf der Welt haben wollte und die für den Sperrmüll bestimmt waren: ein Reisebettchen, das nur noch drei Beine hatte, ein defekter Kinderwagen, ein Hochstuhl, dessen Ablage fehlte, und eine geflickte Einkaufstasche mit kaputten Plastikspielsachen und darauf ein kleines, plumpes Keramikhaus, bemalt in naiven Rot-, Grün- und Gelbtönen.

ZWEITER TEIL

Was für eine Welt, was für eine Welt

9

Es war ein wunderschöner gelb und grüner Vormittag im Juli 1959, und ein sanftes Lüftchen wehte, als Abby Dalton im vorderen Zimmer am Fenster stand und wartend auf die Straße blickte. Sie wollte hinauslaufen, bevor Dane hupen konnte. Eine der Regeln ihrer Mutter besagte, dass junge Männer zu klingeln und hereinzukommen und sich erst höflich zu unterhalten hatten, bevor sie Abby entführen durften, aber versuche mal einer, das Dane Quinn klarzumachen! Small Talk lag ihm nicht.

Falls sich ihre Mutter später beschweren sollte, würde Abby sagen: »Hast du ihn nicht klingeln hören?« Ihre Mutter würde ihr nicht ganz glauben, würde es aber vermutlich durchgehen lassen.

Abby war in dem neuen Stil gekleidet, in dem sie im Frühjahr aus dem College nach Hause gekommen war – geblümter, durchsichtiger Rock, schwarzes Trikot und schwarze Nylonstrümpfe, obwohl der Tag bereits warm wurde. Die Strümpfe verliehen ihr etwas Beatnikhaftes, zumindest hoffte sie das. (Es war ihr einziges Paar, und sie wusste, wenn sie sie abends auszog, würde sie hier und da alarmierende schwarze Flecken an ihren Beinen entdecken, wo sie die Löcher mit Filzstift kaschiert hatte.) Ihre langen blonden Haare waren von der Sonne eines halben Sommers strähnchenartig ausgebleicht, ihre Augen dick mit schwarzem Maybelline-Augenbrauenstift umrandet, doch ihre Lippen waren blass, was laut ihrer Mutter so aussah, als hätte sie etwas vergessen. Dane neigte nicht dazu, Komplimente zu machen – und das war in Ordnung, Abby konnte das verstehen, doch wenn sie in sein Auto schlüpfte, ließ er seinen Blick manchmal etwas länger als sonst auf ihr ruhen, und darum dachte sie, dass er das heute Morgen vielleicht auch tun werde. Sie hatte sich besonders sorgfältig zurechtgemacht, sich die Haare angefeuchtet, um sie glatt zu kämmen, und etwas Vanille-Essenz auf die Innenseite ihrer Handgelenke getupft. An manchen Tagen war es Mandelextrakt oder Rosenwasser oder Zitronenöl, aber heute war eindeutig ein Vanille-Tag.

Sie hörte die Schritte ihrer Mutter, die oben durch den Flur ging, und drehte sich um, doch die Schritte hielten inne, und ihre Mutter sagte etwas zu Abbys Vater. Er rasierte sich gerade bei offener Tür am Waschbecken im Badezimmer; es war Sonntag, und er hatte für seine Verhältnisse lange geschlafen. »Hast du daran gedacht, dass …«, fragte ihre Mutter, und dann folgte etwas Unverständliches. Abby entspannte sich und drehte sich wieder zum Fenster. Die Vincents von nebenan stiegen gerade in ihren Chevy. Gut, dass sie wegfuhren: Mrs Vincent war die Sorte Frau, die Abbys Mutter, scheinbar in aller Unschuld, gefragt hätte: »Wer war denn der junge Mann, zu dem ich Abby heute Morgen habe hinausrennen sehen? Die heutige Jugend ist ja so … ungeniert, habe ich recht?«

Abby hatte ihrer Mutter nur gesagt, dass Dane sie zu den Whitshanks mitnahm, um bei den Vorbereitungen für Mericks Hochzeit zu helfen. Sie hatte es wie eine lästige Pflicht klingen lassen, nicht wie ein Rendezvous. (Obwohl es in ihren Augen ein Rendezvous *war.* Sie und Dane befanden sich noch in dem frühen Stadium, in dem Abby sich schon auserwählt fühlte, bei einer x-beliebigen Besorgung mitkommen zu dürfen, auch nur in seinem Dunstkreis zu sein wie ein vor dem Lebensmittelgeschäft angebundenes Hündchen.) Bis jetzt waren sich Dane und ihre Mutter nur zweimal begegnet, und es war nicht gerade erfreulich gewesen. Ihre Mutter hatte so einen Hang, Menschen auf Anhieb abzulehnen, manchmal jedenfalls. Sie sagte es nie offen heraus, aber Abby wusste immer Bescheid.

Die Vincents fuhren weg, und ein Kastenwagen belegte die frei gewordene Stelle. Parkplätze waren in ihrer Nachbarschaft rar. Fast niemand hatte eine Garage. Was die Garage der Daltons hätte sein können – ein Lagerraum auf Straßenhöhe, der an den Bürgersteig grenzte –, war die Eisenwarenhandlung von Abbys Vater. Falls Dane bei ihr hätte klingeln wollen, hätte er wer weiß wo parken und von dort zu Fuß zu ihrem Haus gehen müssen. Zu hupen war also nur vernünftig.

Ihre Mutter beschwerte sich auf ihre sanfte Art über etwas. »… dich schon mindestens ein Dutzend Mal gebeten …«, sagte sie gerade, und Abbys Vater gab gedämpft Antwort – vielleicht »Entschuldige, Schatz« oder »… ja gesagt, dass ich's mache«. Abbys Kater kam zielstrebig die Treppe herunter, wobei jede Pfote mit einem *Plop* auf den Stufen landete, als wäre er beleidigt. Er sprang auf den Sessel neben Abby, rollte sich zusammen und rümpfte angewidert die Nase.

Etwas Bedrückendes an dem Zimmer – die kleine Größe oder die viel zu schweren Möbel oder das Halbdunkel, verglichen mit dem Sonnenschein draußen auf der Straße – löste in Abby plötzlich den verzweifelten Wunsch aus, von hier wegzukommen. Obwohl sie ihr Zuhause wirklich liebte, und ihre Familie ebenfalls, und gedacht hatte, es kaum erwarten zu können, ihr erstes Collegejahr hinter sich zu bringen und wieder heimzukommen, wo sie geschätzt, umhegt und bewundert wurde. Aber nun war sie schon den ganzen Sommer über so nervös und kribbelig. Ihr Vater erzählte Witze mit Bart und lachte dann selbst am lautesten darüber, »Ha! Ha! Ha!«, den Mund weit aufgerissen, und ihre Mutter hatte die Angewohnheit, alle paar Minuten etwas aus einem Kirchenlied zu summen, nur ein paar Takte und ganz leise, wonach das Lied vermutlich unhörbar in ihrem Kopf weiterging, bis kurz darauf die nächsten Töne herauskamen. Hatte sie das schon immer gemacht? Wenn Abbys Bruder da gewesen wäre, hätte er Leben in die Bude gebracht, doch er war in Pennsylvania, wo er einen Job als Rettungsschwimmer in einem Pfadfinderlager hatte.

Da kam Dane ja! Sein zweifarbiger Buick, blau und weiß, bremste an dem Stoppschild an der Ecke. Schon jetzt konnte sie das Wummern seines Radios hören. Sie schnappte ihre Handtasche, riss die Fliegengittertür auf und lief so blitzschnell hinaus, dass sie, als er gegenüber vor dem Waschsalon in zweiter Reihe anhielt, bereits die Treppe seitlich am Haus hinunterstürmte und er nicht hupen musste. Er hatte den Arm aus dem Fenster gehängt – gebräunte Haut, dezent muskulös, schimmernde goldene Härchen, wie sie wusste – und den Kopf in ihre Richtung gedreht, aber seinen Gesichtsausdruck konnte sie nicht erkennen, weil ständig Autos zwischen ihnen durchfuhren. (Ganz plötzlich herrschte hier Verkehr, als hätte seine Anwesenheit die ganze Nachbarschaft belebt.) Sie wartete ein Auto ab, dessen Fahrer viel zu viel Getue darum machte, um Dane herumfahren zu müssen, und eilte dann über die Straße, was einen anderen Fahrer veranlasste, zu bremsen und zu hupen. Sie ging vorne um den Buick herum, machte die Beifahrertür auf und stieg mit wehendem Rock ein. Der Song, der gerade lief, war *Johnny B. Goode*. Chuck Berry in vollem Einsatz. Sie legte ihre Handtasche zwischen sich und Dane auf den Sitz und sah ihn an.

Er warf die Zigarettenkippe aus dem Fenster und sagte: »Na, du.«

»Na, du.«

Gestern Abend hatten sie nicht genug voneinander kriegen können, während sie heute offenbar die Unbeteiligten spielten.

Er legte den Gang ein und fuhr los, den linken Arm noch immer aus dem Fenster gehängt, das rechte Handgelenk lässig oben aufs Lenkrad gelegt. »Du siehst noch ganz verschlafen aus«, sagte Abby.

Tatsächlich sah er immer so aus. Seine Augen waren ständig zusammengekniffen, sodass man nicht wusste, welche Farbe sie hatten, und seine hellblonden Haare waren zu lang und fielen ihm ins Gesicht.

»Ich *hab* ja auch nicht ausgeschlafen! Dass sonntagmorgens der Wecker klingelt, ist das Allerletzte.«

»Jedenfalls ist es nett, dass du mitmachst.«

»Das hat nichts mit nett zu tun. Ich brauch das Geld«, sagte er.

»Ach, du wirst dafür bezahlt?«

»Glaubst du vielleicht, dass ich aus purer Herzensgüte so früh aufstehe?«

Er klang eben gern knallhart, das war alles. Denn er und Red waren alte Freunde, und sie wusste genau, dass er bereitwillig mithalf.

Obwohl es vermutlich stimmte, dass er knapp bei Kasse war. Er war vor einigen Wochen gefeuert worden. Seine Familie war finanziell gut gestellt – jedenfalls besser als ihre –, aber in letzter Zeit hatte er sich mit ihr zu Rendezvous verabredet, die nicht viel kosteten: zu Hamburgern in einem

Drive-in, zu Treffen mit Freunden im Hobbyraum bei jemand zu Hause oder ins Kino. Er sah sich jeden Film an, der lief, am liebsten Western und alberne Horrorfilme, die ihn zum Lachen brachten. Sie hingegen war davon weniger begeistert, weil man sich im Kino nicht richtig unterhalten konnte. Sollte sie vorschlagen, dass zukünftig jeder für sich selbst bezahlte? Allerdings sollte das wenige, das sie in ihrem Ferienjob verdiente, ihr Stipendium aufbessern. Und außerdem könnte er sich beleidigt fühlen. Er war empfindlich, wie sie gemerkt hatte.

Sie ließen Hampden hinter sich. Die Häuser standen weiter auseinander; die Rasenflächen waren größer und grüner. Dane sagte: »Ich weiß nicht, ob ich es erwähnt habe, aber mein Vater hat mich rausgeschmissen.«

»Rausgeschmissen?«

»Vor die Tür gesetzt.«

»Du meine Güte!«

»Ich wohne jetzt bei meinem Cousin. Der hat eine Wohnung in der St. Paul Street.«

Dane gab nicht oft unaufgefordert persönliche Details preis. Sie wurde sehr still. (Im Radio lief inzwischen *Good Golly Miss Molly*, und Danes grelle, affektierte Stimme unterschied sich kaum von der von Little Richard.) »Ich musste da sowieso raus«, sagte er gerade. »Ich und Pop haben dauernd gestritten.«

»Weshalb denn?«

Dane griff nach seiner am Rückspiegel hängenden Sonnenbrille und setzte sie auf. Es war eine dieser gebogenen und sehr dunklen Brillen, sodass sie seine Augen jetzt überhaupt nicht mehr sehen konnte.

»Tja«, meinte sie schließlich, »das kommt in den besten Familien vor.«

Erst als sie in der Roland Avenue an einer Ampel hielten,

wagte sie es, das Schweigen erneut zu brechen. »Bei was sollst du heute eigentlich helfen?«, fragte sie ihn.

»Wir sollen einen Baum zersägen.«

»Einen Baum?«

»Einer von Mr Whitshanks Bautrupps hat ihn gestern gefällt, und den müssen wir heute zersägen. Er will, dass der Garten für die Hochzeit tipptopp aussieht.«

»Aber die Hochzeit ist doch in der Kirche. Und die Feier ist irgendwo in der Innenstadt.«

»Schon möglich, aber der Fotograf kommt ins Haus.«

»Ach so«, sagte sie, noch immer ohne es zu verstehen.

»Mr Whitshank hat da irgendwie so eine feste Vorstellung im Kopf. Er hat uns alles genau erklärt. Mann, kann der Typ reden! Der redet und redet, bis einem die Ohren abfallen. Er will zwei Fotos haben. Eines, wie Merrick im Hochzeitskleid die Treppe runterkommt und ihre Brautjungfern hufeisenförmig über ihr im oberen Flur stehen. Und dann will er eins von ihr draußen auf dem Plattenweg mit dem Brautstrauß in der Hand und den Brautjungfern v-förmig hinter ihr aufgestellt. Der Fotograf soll mit Weitwinkelobjektiv unten an der Straße stehen, damit er das ganze Haus aufs Bild bekommt. Nur dass da genau vor dem linken Flügel der Brautjungfern ein Tulpenbaum stand, und darum musste der weg.«

»Er lässt wegen eines Fotos einen völlig gesunden Tulpenbaum fällen?«

»Er sagt, der sei schon krank gewesen.«

»Hm.«

»Merrick und ihre Brautjungfern müssen sich am Hochzeitstag in aller Herrgottsfrühe fertig machen, weil es bestimmt ewig dauert, die zwei Fotos aufzunehmen«, meinte Dane. »Mrs Whitshank sagt, wegen ihm kommt Merrick noch zu ihrer eigenen Hochzeit zu spät.«

»Aber die bodenlangen Kleider! Die sind hinterher doch voller Blätter und kleiner Zweige!«

»Mr Whitshank behauptet, dass sie das *nicht* sind. Er lässt nämlich den ganzen Weg mit weißem Teppich auslegen und auch den Bereich beim Haus, wo die Brautjungfern stehen werden.«

Abby sah Dane mit offenem Mund an. Hinter seiner dunklen Sonnenbrille war nicht zu erkennen, was er von diesem Plan hielt.

»Ich bin überrascht, dass Merrick da mitmacht«, sagte sie.

»Tja, du kennst ja Mr Whitshank.«

Eigentlich kannte Abby Mr Whitshank gar nicht. (*Mrs* Whitshank war die Einzige, die sie mochte.) Sie hatte allerdings den Eindruck, dass er ein Mann mit entschiedenen Ansichten war.

Sie fuhren an der Kirche vorbei, in der in sechs Tagen die Trauung stattfinden sollte. Leute bewegten sich grüppchenweise auf sie zu, vielleicht, um in die Sonntagsschule oder in einen Gottesdienst zu gehen – die Frauen und Mädchen in pastellfarbenen Kleidern, blumengeschmückten Hüten und weißen Handschuhen, die Männer und Jungen in Anzügen. Abby hielt Ausschau nach Merrick, konnte sie jedoch nirgendwo entdecken. Es war auch Danes Kirche – nicht, dass er sie je zu besuchen schien.

Abby kannte Dane, zumindest vom Sehen, seit ihrer frühesten Teenagerzeit, aber sie waren sich erst im Mai nähergekommen, gleich in der ersten Woche nach Abbys Rückkehr vom College. Sie hatte eines Abends zufällig Red Whitshank in der Schlange vor dem Senator-Kino getroffen; er hatte zwei Freunde dabei, einer davon war Dane Quinn. Und Abby war mit zwei *Freundinnen* da; es war also genau aufgegangen. Möglicherweise hatte Red gehofft, im Kino neben ihr zu sitzen (es war allgemein bekannt, dass er ein bisschen in sie verknallt war), aber ein kurzer Blick auf Dane, auf sein abweisendes mürrisches Gesicht und seine abwehrend hochgezogenen Schultern, genügte ihr, um sich zwischen ihn und ihre Freundin Ruth zu schieben wie ein schamloses Flittchen (wie Ruth später frotzelte). Es überkam sie einfach; sie hatte das Gefühl, von ihm geradezu *angezogen* zu werden. Ihr gefiel seine Gereiztheit, sein Argwohn, sein offensichtlicher Groll gegen das Universum. Ganz abgesehen von seinem guten Aussehen. Nun ja, jeder wusste über ihn Bescheid. Er war der typische Junge aus gutem Hause, der nach dem Schulabschluss nach Princeton ging, wie vor ihm sein Vater und seine beiden Großväter, aber letztes Jahr im September – zu Beginn seines vorletzten Studienjahres – hatte seine Mutter kurzerhand seinen Vater verlassen und war nach Hunt Valley zu dem Mann gezogen, bei dem sie ihr Pferd stehen hatte. Und sowie Dane es erfuhr, hatte er das Studium abgebrochen und war nach Hause gekommen. Zunächst hockte er daheim und blies Trübsal, doch schließlich bekam er, auf Drängen seines Vaters, eine Stelle bei Stephenson Savings & Loan. (Bertie Stephenson war in Princeton der Zimmergenosse seines Vaters gewesen.) Er sprach nie über seine Mutter, versteinerte regelrecht, sobald sie erwähnt wurde, was in Abbys Augen nur bewies, wie zutiefst verletzt er war. Sie hatte eine besondere Schwäche für Menschen, die ihre Verletzungen zu verbergen suchten. Er wurde zu ihrer neuesten würdigen Sache. Sie stürzte sich auf ihn, arbeitete daran, ihn aus sich herauszuholen, konzentrierte sich bei jedem Zusammentreffen nur auf ihn, ließ sich nicht abwimmeln. Denn zunächst *wimmelte* er sie ab. Er stand abseits der anderen herum, trank zu viel, rauchte zu viel und gab missmutige einsilbige Antworten selbst auf ihre teilnahmsvollsten Bemerkungen. Doch eines Abends – auf Red Whitshanks Veranda, wie es der Zufall wollte – ging er fast drohend auf sie los, drängte sie gegen die Wand und sagte: »Ich will jetzt wissen, wieso du dauernd um mich rumhängst.«

Sie hätte jede Menge guter Gründe nennen können. Hätte sagen können, sie tue das, weil er offensichtlich unglücklich war oder weil sie überzeugt war, dass sie in seinem Leben etwas bewirken konnte. Tatsächlich sagte sie: »Wegen dieser länglichen Delle zwischen deiner Nase und deiner Oberlippe.«

Er sagte: »Was?«

»Weil deine Haare so zottig runterhängen, als wärst du nicht ganz bei Trost.«

Er blinzelte und machte einen Schritt rückwärts. »Ich weiß nicht, was du meinst.«

»Das musst du auch gar nicht wissen«, sagte sie, und dann, ganz gegen ihre Art, trat sie vor, hielt ihm ihr Gesicht hin und sah, dass er ihr zu glauben anfing.

Inzwischen wurde mehr oder weniger akzeptiert, dass sie ein Paar waren, obwohl sie genau merkte, dass ihr und sein Freundeskreis überrascht waren. Sie rechtfertigte sich ihnen gegenüber nicht. Sie wurde, in gewisser Weise, ein wenig wie er, zugeknöpft und ausweichend. Ihr begann aufzufallen, wie spießig ihre und Danes Freunde waren, und obschon sie bis dahin davon ausgegangen war, ihr wahres Lebensziel seien ein Ehemann, vier Kinder und ein behagliches Haus mit Garten, fing sie plötzlich an, Wörter wie »häuslich« und »im Grünen« verächtlich mit hochgezogenen Augenbrauen und heruntergezogenen Mundwinkeln auszusprechen. »Wer geht zum Abendessen mit in den Club?«, fragte etwa jemand, und Dane sagte dann: »Mann, in den Club, wie unsäglich *auf*regend.« Woraufhin alle zu Abby schielten, die aber nur nachsichtig lächelte und an ihrer Cola nippte. Sie war die Einzige, die ihn kannte, wollte sie damit sagen – die Einzige, die erriet, dass er nicht annähernd so verdorben war, wie er vorgab.

Obwohl sie sich hin und wieder, nur den Bruchteil einer Sekunde lang, fragte, ob seine Verdorbenheit nicht genau das war, was sie anzog. Nicht, dass er *wirklich* verdorben gewesen wäre, aber er hatte etwas Gewagtes an sich, etwas Widerspenstiges und Empörendes. Beispielweise hatte er, nachdem er gefeuert worden war, das Gebäude mit vierundzwanzig Schachteln Heftklammern verlassen. Siebenundfünfzigtausendsechshundert Heftklammern, wie er später ausgerechnet hatte. (Seine Schadenfreude, als er es ihr erzählte, hatte ihr unwillkürlich ein Lächeln entlockt.) Dabei besaß er nicht einmal einen Hefter! Und eines Nachts war er zu dem Haus gefahren, in dem seine Mutter jetzt mit dem Pferdetypen lebte, wie er ihn nannte, und hatte sämtliche Türen mit Klebeband zugeklebt. Über *diesen* Streich hatte Abby laut lachen müssen. »Warum in aller Welt …?«, hatte sie gefragt, doch er konnte oder wollte es nicht erklären; das war praktisch das einzige Mal, dass ihm das Wort »Mutter« über die Lippen gekommen war, und vielleicht bereute er es bereits.

Und dann seine Trinkerei, die zwar beklagenswert war, ihm aber das schlurfende und draufgängerische Gehabe eines jugendlichen Straftäters verlieh, was ihr zu Herzen ging, auch wenn sie darüber den Kopf schüttelte. Wenn er einen halben Block weiter vorn auf einen zukam, erkannte man ihn sofort an seinem schwankenden Gang, den in die Hosentaschen gerammten Fäusten, den langen Haaren, die das halbe Gesicht verdeckten, und dem grüblerisch gekrümmten Rücken. Ach, es waren nicht nur die Zukurzgekommenen, die Mitgefühl brauchten! Sein Leben war, in mancherlei Hinsicht, genauso hart wie das der kleinen Negerkinder, die sie in diesem Sommer unterrichtete. Er konnte sie regelrecht mit einem Pfeil Traurigkeit durchbohren.

Sie blickte hinüber auf sein Profil, den Umriss seiner Wange unterhalb der dunklen Brille, und bedachte ihn mit einem kleinen, warmen Lächeln, auch wenn er es nicht sehen konnte.

»Also. Jedenfalls. Wie gesagt«, setzte er an und hob den Arm zum Zeichen, dass er abbiegen wollte. »Also, mein Cousin …«

»Dein Cousin?«, wiederholte sie.

»Der, bei dem ich jetzt wohne. Er heißt George.«

»Kenne ich ihn?«

»Nein, er ist älter. Er hat einen Beruf und alles. Er ist nächstes Wochenende weg, weil er seine Freundin in Boston besucht.«

Der Buick neigte sich leicht zur Seite, als sie in die Bouton Road abbogen, und Abby griff nach ihrer Handtasche, bevor diese auf den Boden fallen konnte.

»Ich hab also sturmfreie Bude«, sagte Dane. Er parkte vor dem Haus der Whitshanks und zog den Zündschlüssel ab. Das Radio ging aus, doch er blieb sitzen und blickte weiter nach vorn durch die Windschutzscheibe. »Ich hab mir gedacht, du könntest am Freitagabend rüberkommen. Du könntest deiner Mom vielleicht sagen, dass du bei einer Freundin übernachtest.«

Sie hatte geahnt, dass früher oder später etwas in der Art kommen würde. Darauf lief es zwischen ihnen doch die ganze Zeit hinaus. Und sie *wollte* ja, dass es darauf hinauslief.

Daher konnte sie sich ihre nächsten Worte nicht erklären. »Tja«, sagte sie. »Mal sehen«, sagte sie.

Er drehte sich zu ihr um, obwohl seinem Gesicht hinter der dunklen Brille noch immer nichts abzulesen war. »Mal sehen?«, wiederholte er.

»Ich weiß nicht recht, welche Freundin mir meine Mutter abkaufen würde, und außerdem bin ich an dem Abend vielleicht beschäftigt oder muss vielleicht mit meinen Eltern wohin. Ich weiß es noch nicht genau.«

Sie handhabte die Sache nicht sehr souverän. Sie war auf sich selbst wütend, weil sie so aufgeregt klang. »Ich muss mal sehen«, sagte sie zu ihm und stieß die Beifahrertür auf und wäre fast hinausgefallen, so eilig hatte sie es, diesen Moment hinter sich zu lassen.

Als sie jedoch vor ihm auf das Haus zuging, war sie sich ihrer schmalen Taille und ihres wippenden Rocks und ihrer auf dem Rücken schwingenden Haare durchaus bewusst. Er musste schon länger darüber nachgedacht haben. Bestimmt hatte er ganz bewusst beschlossen, dass er sie haben wollte, und sich vorgestellt, wie es sein würde. Dieser Gedanke gab ihr das Gefühl, mysteriös und begehrenswert und erwachsen zu sein.

Red Whitshank und Ward Rainey, ein weiterer Freund, standen mit zwei Arbeitern am unteren Ende des Rasens und unterhielten sich. Einer der Arbeiter hatte eine Kettensäge in der Hand, Red und der andere Arbeiter hatten Äxte dabei. Um sie herum lagen, wirr durcheinander, dicke Äste und ein zersägter Baumstamm. Der Tulpenbaum musste riesig gewesen sein. (Und alles andere als krank, den ganzen grünen Blättern nach zu schließen.) Der Rest des Baumstammes, rund drei Meter hoch, ragte noch in der Nähe der Veranda empor, so glatt abgesägt und absolut zylindrisch wie eine architektonische Säule.

»… auf Mitch warten, der wird uns schon mitteilen, wie viel stehen bleiben soll«, sagte Red gerade, und der Mann mit der Kettensäge meinte: »Ich kann mir nicht vorstellen, dass *überhaupt* was davon stehen bleiben soll, weil er ihn bestimmt nicht mitsamt der Wurzel und allem rauszieht. Dann wär da ja ein Riesenloch.«

»Du glaubst, er kommt mit der Stubbenfräse?«

»Wär jedenfalls das Vernünftigste.«

Abby rief: »Hallo allerseits.«

Sie drehten sich um, und Red sagte: »Hallo, Abby! Tag, Dane.«

»Red«, sagte Dane teilnahmslos.

Abby war schon immer der Meinung, dass Reds Aussehen nicht zu seinem Namen passte. Er hätte rote Haare und die damit einhergehende rosa Haut haben müssen; er hätte sommersprossig und teigig sein müssen. Stattdessen war er schwarz-weiß, hager und schlaksig, hatte einen jungenhaft vorstehenden Adamsapfel und Handgelenke so ausgeprägt wie Schrankgriffe. Heute trug er ein T-Shirt, das mehr Löcher als Stoff aufwies, und Kakihosen mit schmutzigen Knien. Er hätte einer der Arbeiter seines Vaters sein können. »Das sind Earl und Landis«, sagte er, »die Burschen, die das Monstrum umgelegt haben.«

Earl und Landis nickten, ohne zu lächeln, und Ward hob leicht die Hand.

»Den haben Sie beide ganz alleine gefällt?«, fragte Abby.

»Nö, Red hat schwer mitgeholfen«, sagte Earl.

»Und alles nur mit Muskelkraft«, verkündete Red. »Earl und Landis wussten genau, was sie machen müssen, damit nichts anderes umgerissen wird.«

»Ham ihn hingelegt wie ne Eins«, sagte Landis mit Genugtuung.

Abby hob den Blick, um das Blätterdach über ihnen zu betrachten. Es standen noch so viele Bäume, dass sie keine Stelle entdecken konnte, an der der Lichteinfall anders war; dennoch tat es ihr um den Tulpenbaum leid. Die herumliegenden Teile des Stamms sahen absolut gesund aus, und der Saft erfüllte die Luft mit einem Geruch, der so vital und herb war wie frisches Blut.

Die Männer hatten sich wieder dem Thema Entfernen

des Baumstumpfs zugewandt. Earl war der Meinung, sie sollten einfach loslegen und den Stumpf auf Bodenhöhe absägen, während Landis empfahl, auf Mitch zu warten. »Bis dahin können wir ja die Äste frei machen«, sagte er und setzte einen Fuß auf den am nächsten liegenden Ast und tippte mit der Axt versuchsweise auf einen der Zweige daran. Abby hörte gerne zu, wenn Arbeiter über logistische Fragen diskutierten. Sie hatte dann immer das Gefühl, wieder ein kleines Kind zu sein, auf dem Ladentisch ihres Vaters zu sitzen, mit den Beinen zu baumeln und den Geruch von Metall und Maschinenöl einzuatmen.

Earl zog ruckartig an der Schnur seiner Kettensäge und löste einen ohrenbetäubenden Lärm aus. Er setzte die Kette mit den Sägezähnen am dicksten Teil eines Astes an, während Ward sich bückte, um einen anderen Ast zu packen und aus dem Weg zu schaffen. »Ich nehme nicht an, dass du eine Axt mitgebracht hast«, brüllte Red Dane zu.

Dane, der sich gerade eine Zigarette anzündete, wedelte das Streichholz aus und fragte: »Wo soll *ich* denn eine Axt herkriegen?«

»Ich hol dir eine aus dem Keller«, sagte Red. Er lehnte seine eigene Axt an einen Hartriegel. »Komm mit, Abby, ich bring dich rauf zum Haus.«

»Kann ich hier wirklich nichts helfen?«, fragte sie. Es war jammerschade, dass sie nicht bei Dane bleiben konnte.

Aber Red sagte: »Du kannst meiner Mom mit dem Mittagessen helfen, wenn du willst.«

»Oh. Okay.«

Dane zog zum Abschied wortlos eine Augenbraue hoch, und sie ging mit Red den Plattenweg hinauf. Als sie das Getöse der Kettensäge hinter sich ließen, hatte sie das Gefühl, taub geworden zu sein. »Glaubst du wirklich, dass das bis zum Mittagessen dauert?«, fragte sie Red.

»Oh, viel länger. Wir können froh sein, wenn wir vor Einbruch der Dunkelheit fertig sind.«

Das war vielleicht gar nicht so schlecht. Das gab ihr mehr Zeit, ihre Gelassenheit gegenüber Dane wiederzugewinnen. Bis zum Abend würde sie ein völlig anderer Mensch sein, selbstbeherrscht und gereift.

Sie kamen an der Verandatreppe an, aber statt sie dort zu verlassen, blieb Red stehen. »Hör mal, ich wollte fragen, ob du eine Mitfahrgelegenheit zur Hochzeit brauchst.«

»Ich weiß noch gar nicht, ob ich hingehe«, sagte Abby.

Eigentlich hatte sie beschlossen, nicht zu der Hochzeit zu gehen. Die Einladung (auf so dickem Papier, dass das doppelte Porto erforderlich gewesen war) war für sie überraschend gekommen; sie und Merrick standen sich nicht gerade nahe. Außerdem war Dane nicht eingeladen. Merrick kannte Dane kaum. Daher hatte Abby schon seit Wochen vor, schriftlich abzusagen.

Worauf Red erwiderte: »Du willst nicht kommen? Mom hat fest mit dir gerechnet!«

Abby runzelte die Stirn.

»Und ich auch«, sagte er. »Sonst kenne ich ja keinen von der Bande!«

Sie fragte: »Musst du nicht den Zeremonienmeister oder so was machen?«

»Davon hat kein Mensch etwas gesagt.«

»Jedenfalls vielen Dank für das nette Angebot, Red. Ich sage dir Bescheid, falls ich mich entschließe hinzugehen, okay?«

Er zögerte einen Moment, als ob er gern noch mehr gesagt hätte, aber dann lächelte er ihr zu, ging weiter und verschwand hinter dem Haus.

Mit drei langen Schritten, groß und zerfurcht wie Abraham Lincoln und nicht viel anders gekleidet als Lincoln, überquerte Junior Whitshank die Veranda, neigte den Kopf ein paar Millimeter in Abbys Richtung und ging rasch die Stufen hinunter. »Morgen, junge Dame«, sagte er.

»Guten Morgen, Mr Whitshank.«

»Merrick ist noch nicht auf, soviel ich weiß.«

»Ich wollte eigentlich zu Mrs Whitshank.«

»Sie ist in der Küche.«

»Danke.«

Mr Whitshank bog vom Plattenweg in Richtung der Stelle ab, wo die Männer arbeiteten. Abby, die ihm nachsah, fragte sich, wo um alles in der Welt er seine Hemden kaufte. Sie waren unweigerlich weiß und am Kragen altmodisch hoch, sodass ein breites weißes Band seinen mageren Hals umschloss. Sie hatte oft das Gefühl, dass er einem Ideal nacheiferte – einer illustren Persönlichkeit aus seiner Vergangenheit, die er bewundert hatte. Aber seine engen schwarzen Hosen schienen am Sitz leer zu sein, und das Ypsilon seiner Hosenträger betonte die müde, gebeugte Haltung eines gewöhnlichen, körperlich arbeitenden Mannes.

»Mitch schon da?«, hörte sie ihn rufen, und ein Gemurmel von Antworten erhob sich über dem Knattern der Kettensäge wie das Summen von Bienen in einem Holzklotz.

Abby ging die Treppe hinauf, überquerte die Veranda, machte die Fliegengittertür auf und trällerte: »Ju-hu!« Das war etwas, das Linnie Whitshank getan hätte. Abby schien automatisch auf Mrs Whitshanks Ausdrucksweise und auf ihren Tonfall umgeschaltet zu haben – dünn und flötend.

»Hier hinten!«, rief Mrs Whitshank aus der Küche.

Abby liebte das Haus der Whitshanks. Selbst an einem heißen Julitag wie heute war es kühl und schummrig, weil oben über der hohen Eingangshalle der Deckenventilator rotierte und sich im Esszimmer gemächlich ein weiterer Ventilator drehte. Am einen Ende des Tisches lag eine zusammengefaltete Tischdecke mit einer Ladung Silberbesteck darauf bereit, später verteilt zu werden. Abby ging durch das Zimmer in die Küche, wo Mrs Whitshank gerade Okraschoten unter dem Wasserhahn abspülte. Mrs Whitshank war klein und schmächtig, doch das Oberteil ihres karierten Hauskleides wurde von einem unverhältnismäßig großen und schweren Busen ausgefüllt. Ihr farbloses Haar fiel schlaff fast bis auf ihre Schultern. Es war die Frisur eines jungen Mädchens, und ihr Gesicht, als sie sich zu Abby umdrehte, wirkte ebenfalls jung – faltenfrei und unscheinbar und arglos. »Hallo, Liebes!«, sagte sie, und Abby sagte: »Hallo.«

»Was siehst du heute wieder hübsch aus!«

»Ich wollte fragen, ob ich was helfen kann?«

»Ach, Schätzchen, du willst dir doch nicht deine schönen Sachen schmutzig machen. Setz dich einfach hin und leiste mir Gesellschaft.«

Abby zog einen Stuhl unter dem Küchentisch hervor und nahm darauf Platz. Sie hatte gelernt, Mrs Whitshank nicht zu widersprechen, die eine Naturgewalt war, was Kochen betraf, und sich von Abby nur behindert gefühlt hätte.

»Was macht der Baum?«, erkundigte sich Mrs Whitshank.

»Sie fangen an, die Äste zu zerkleinern.«

»Hat die Welt schon mal so etwas erlebt? Dass man einen ganzen Tulpenbaum fällt, bloß wegen einer Fotografie.«

»Fotegrafie«, sprach sie es aus. Sie sprach wie jemand vom Land, und im Gegensatz zu ihrem Mann unternahm sie keinen Versuch, das zu ändern.

»Dane sagt, Mr Whitshank zufolge sei der Baum schon krank gewesen«, erzählte Abby.

»Ach, Junior hat halt manchmal so *Vorstellungen*, wie alles zu sein hat«, erklärte ihr Mrs Whitshank. Sie drehte den Wasserhahn zu und wischte sich die Hände an der Schürze ab. »Ob man's glaubt oder nicht, er hat sogar schon Rahmen für die Fotos gekauft. Zwei große Rahmen, aus Holz. Ich hab ihn gefragt: ›Willst du die über den Kaminsims hängen?‹ Und er hat gesagt: ›Linnie Mae.‹« Sie ließ ihre Stimme tief und barsch werden. »›Familienfotos hängt man nicht im Wohnzimmer auf‹, hat er gesagt. Und ich hab gesagt: ›Das hab ich gar nicht gewusst.‹ Hast *du* das gewusst?«

»Meine Mom hat im Wohnzimmer *überall* Fotos.«

»Na bitte. Also weiter im Programm.«

Mrs Whitshank holte eine Flasche Milch aus dem Kühlschrank und goss eine gewisse Menge in eine Schüssel. »Ich mach Okra und aufgeschnittene Tomaten«, erklärte sie, »und Brathähnchen, mit meinen kleinen Brötchen dazu. Ach, bei den Brötchen kannst du mir später helfen, du weißt ja jetzt, wie's geht. Und zum Nachtisch Pfirsichkuchen.«

»Das klingt köstlich.«

»Hat Red dir gesagt, dass er dich zur Hochzeit mitnehmen kann?«

»Ja, aber ich bin noch nicht sicher, ob ich hingehe.«

Es war ihr mittlerweile peinlich, dass sie so lange brauchte, um sich zu entscheiden. Ihre Mutter wäre entsetzt gewesen, wenn sie das gewusst hätte. Doch Mrs Whitshank sagte nur: »Ach, ich würd mich so freuen, wenn du mitkämst! Ich brauch jemand, auf den ich mich stützen kann.«

Abby lachte.

»Merrick hat mich gezwungen, mir bei Hutzler ein gelbes Kleid zu kaufen«, erzählte Mrs Whitshank. »Ich seh darin aus, als ob ich Gelbsucht hätte, aber Merrick war ganz erpicht darauf. Sie ist wie ihr Vater, setzt sich so Ideen in den Kopf.« Sie gab ein paar Löffel Maismehl in eine zweite Schüssel.

Abby sagte: »Ich befürchte nur, dass ich niemand kennen werde. In Merricks Clique sind alle älter als ich.«

»Ich kenn die auch nicht«, sagte Mrs Whitshank. »Es werden hauptsächlich Studienfreunde von ihr da sein – kaum jemand von hier.«

»Wer kommt denn alles von Ihrer Familie?«, fragte Abby.

»Wie meinst du das?«

»Großeltern, meine ich, Tanten und Onkel.«

»Ach, das haben wir alles nicht!«

Sie klang nicht so, als würde sie das sonderlich bedauern. Abby wartete auf nähere Einzelheiten, aber Mrs Whitshank war nun mit dem Salz zugange.

»Ich habe Red jedenfalls gesagt, dass ich sein Angebot zu schätzen weiß«, sagte Abby schließlich. »Es ist gut zu wissen, dass ich notfalls eine Mitfahrgelegenheit habe.«

Sie sollte wirklich einfach zusagen und es hinter sich bringen. Sie wusste nicht genau, was sie davon abhielt. Es ging ja nur um einen halben Samstag, um ein winziges Stück ihres Lebens.

Um den Samstag, nachdem sie die Nacht mit Dane verbracht hatte. *Falls* sie die Nacht mit ihm verbrachte.

Sie stellte sich vor, wie er sagen würde: »Ach, komm, du wirst mich doch nicht allein lassen wollen am Morgen, nachdem wir …«

Nachdem wir …

Sie blickte hinunter auf ihren Rock und strich ihn über den Knien glatt.

»Was macht dein Ferienjob?«, fragte Mrs Whitshank. »Magst du die kleinen farbigen Kinder immer noch?«

»Ja, ich habe sie wirklich liebgewonnen.«

»Es gefällt mir ganz und gar nicht, dass du in so ein Viertel gehst«, meinte Mrs Whitshank.

»Es ist kein verrufenes Viertel.«

»Es ist ein *armes* Viertel, hab ich recht? Die Leute dort sind bettelarm und täten dich lieber ausrauben als anschauen. Allen Ernstes, Abby, manchmal bist du sehr unvernünftig und merkst nicht, vor wem man Angst haben muss.«

»Ich könnte vor diesen Menschen nie Angst haben!«

Mrs Whitshank schüttelte den Kopf und kippte den Durchschlag mit den Okras auf ein Schneidbrett.

»Ach, was für eine Welt, was für eine Welt«, sagte Abby.

»Wie meinst du das, Liebes?«

»Das sagt die böse Hexe im *Zauberer von Oz*. Wussten Sie das? Der Film läuft gerade mal wieder in der Innenstadt, und ich war gestern Abend mit Dane drin. Die Hexe sagt: ›Ich schmelze, ich schmelze! Ach, was für eine Welt, was für eine Welt.‹«

»Ich erinnere mich an das mit dem Schmelzen«, sagte Mrs Whitshank. »Ich bin mit Red und Merrick in den Film gegangen, als sie noch ganz klein waren.«

»Jedenfalls spricht sie dann über diese merkwürdige Welt. Hinterher habe ich zu Dane gesagt, dass ich das noch nie gehört hatte! Ich hatte keine Ahnung, dass sie das sagt.«

»Ich auch nicht, es klingt irgendwie bedauernswert.«

»Genau«, sagte Abby. »Und da hat sie mir plötzlich leidgetan, wissen Sie? Ich bin ganz sicher, die meisten Menschen, die furchterregend wirken, sind einfach nur schrecklich traurig.«

»Ach, Abby, der Herr bewahre dir deinen Kinderglauben«, sagte Mrs Whitshank mit einem gütigen Lachen.

Laute, harte Absätze klapperten die Treppe herunter und durch die Diele. Das Klappern durchquerte das Esszimmer, und Merrick erschien unter der Küchentür, angetan mit einem roten Satinkimono, roten Pantoletten mit einer Quaste aus roten Federn darauf. Große Lockenwickler aus Metall schlossen ihren Kopf ein wie ein Raumfahrerhelm. »Gott, wie spät ist es?«, fragte sie. Sie nahm sich einen Stuhl, setzte sich neben Abby und zog eine Packung Kent aus dem Ärmel.

»Guten Morgen, Merrick«, sagte Abby.

»Morgen. Ist das Okra? Igitt.«

»Fürs Mittagessen«, erklärte ihr Mrs Whitshank. »Da draußen sind ein Haufen Männer, die wollen verköstigt werden.«

»Mom ist der einzige Mensch, der es für unhöflich hält, die eigenen Arbeiter ihre Sandwiches selbst mitbringen zu lassen«, teilte Merrick Abby mit. »Sag bloß, du hast *Strümpfe* an, Abby Dalton! Da musst du doch glatt zerschmelzen.«

»Ich schmelze, ich schmelze!«, jammerte Abby im Ton einer bösen Hexe, und Mrs Whitshank lachte, doch Merrick blickte nur gequält drein. Sie zündete sich eine Zigarette an und stieß eine lange Rauchfahne aus. »Ich hatte einen absolut grässlichen Traum«, sagte sie. »Ich habe geträumt, dass ich auf einer gewundenen Bergstraße ein bisschen zu schnell fahre und aus einer Kurve getragen werde. Ich dachte: ›Oh-oh, das geht nicht gut aus.‹ Ihr kennt ja diesen Moment, wenn einem plötzlich klar ist, was unweigerlich passieren wird. Ich bin über den Rand einer Klippe gesegelt, habe die Augen fest zugekniffen und mich auf den Aufprall gefasst gemacht. Aber das Komische war, ich bin immer weitergesegelt und nie irgendwo gelandet.«

Abby meinte: »Das ist ja ein schrecklicher Traum!«, während Mrs Whitshank ungerührt fortfuhr, Okra in Scheiben zu schneiden.

»Ich dachte: ›Oh, jetzt verstehe ich‹«, sagte Merrick. »›Ich muss schon tot sein.‹ Und dann bin ich aufgewacht.«

»War das Auto ein Cabrio?«, fragte Mrs Whitshank.

Merrick stutzte, die Zigarette auf halbem Weg zum Mund. Sie sagte: »Wie bitte?«

»Das Auto in deinem Traum. War das ein Cabrio?«

»Ja, wenn du's genau wissen willst.«

»Wenn man träumt, dass man in einem Cabrio sitzt, bedeutet das, man ist im Begriff, einen schweren Fehler zu machen.«

Merrick warf Abby einen übertrieben erstaunten Blick zu. »Ich frage mich, an was für einen schweren Fehler du dabei denken könntest.«

»Und wenn das Auto *kein* Cabrio ist, dann bedeutet das, dass man in irgendeiner Form befördert wird.«

»Aber wie es der Zufall will, habe ich nun mal von einem Cabrio geträumt! Alle Welt weiß, dass du strikt gegen diese Heirat bist, also spar dir deine Worte, Linnie Mae.«

Merrick nannte ihre Mutter häufig »Linnie Mae«. Der Ton, in dem sie den Namen aussprach, schaffte es irgendwie, sämtliche Unzulänglichkeiten ihrer Mutter durchblicken zu lassen – ihre näselnde Stimme, ihre sackartigen Kleider, ihre hinterwäldlerische Ausdrucksweise. Mrs Whitshank tat Abby leid, doch Mrs Whitshank selbst schien sich nicht beleidigt zu fühlen. »Ich sag ja nur«, sagte sie sanft und legte eine Handvoll Okra in die Schüssel mit der Milch.

Merrick tat einen tiefen Zug an ihrer Zigarette und blies den Rauch zur Decke.

»Jedenfalls«, sagte Abby zu Merrick, »war das ganz bestimmt einer von diesen Träumen, aus denen man gerne aufwacht, oder?«

»M-hm«, meinte Merrick, den Blick auf die rotierenden Ventilatorflügel über ihr gerichtet.

Dann hörte man eine Mädchenstimme rufen: »Merrick? Hallo?«, und Merrick setzte sich auf und rief: »In der Küche.«

Die Fliegengittertür wurde zugeknallt, und einen Moment später erschienen Pixie Kincaid und Maddie Lane in der Küche, beide in Bermuda-Shorts und Maddie mit einem taubenblauen Beautycase in der Hand. »Merrick Whitshank, du bist ja noch im Morgenrock!«, rief Pixie.

»Ich bin erst nach drei von der Party heimgekommen.«

»Wir auch, aber es ist fast zehn! Hast du vergessen, dass wir heute dein Make-up ausprobieren wollen?«

»Hab ich nicht.« Merrick drückte ihre Zigarette aus. »Kommt mit nach oben, wir legen los.«

»Tag, Mrs Whitshank«, sagte Pixie nachträglich. »Tag, äh, Abby. Bis später.« Maddie machte nur kurz eine scheibenwischerartige Handbewegung. Dann gingen die drei, Merrick wieder mit klappernden Absätzen. Jähe Stille trat ein.

»Merrick ist zurzeit sicher ziemlich angespannt?«, fragte Abby nach einer Weile.

»O nein, so ist sie immer«, sagte Mrs Whitshank fröhlich. Sie war mit dem Aufschneiden der Okras fertig und rührte die Scheiben mit einem Schaumlöffel in die Milch. »Sie war ein schnippisches kleines Mädchen, und jetzt ist sie halt ein schnippisches *großes* Mädchen, da kann man nichts ändern.« Sie begann, die Okrascheiben in die Maismehlmischung zu legen. »Manchmal«, sagte sie, »scheint mir, dass es ganz bestimmte Arten von Menschen gibt, die wieder und immer wieder in unserem Leben auftauchen, wenn du weißt, was ich meine. Umgängliche Menschen und schwierige Menschen; wir begegnen ihnen andauernd. Merrick hat mich schon immer an meine Inman-Großmutter erinnert. Der konnte man nichts recht machen, die hatte Haare auf den Zähnen. Von mir hat sie nie viel gehalten. Aber *du*, du bist ein mitfühlender Mensch, genau wie meine Tante Louise.«

»Oh! Ja, ich verstehe, was Sie meinen. So eine Art Reinkarnation.«

»Na ja …«

»Nur eben innerhalb eines einzigen Lebens und nicht über mehrere verschiedene Leben verteilt.«

»Mag schon sein«, sagte Mrs Whitshank. Und dann: »Liebes, würdest du etwas für mich tun?«

»Gern«, antwortete Abby.

»Nimm den Wasserkrug aus dem Eisschrank und die Pappbecher da drüben auf der Arbeitsplatte und bring sie raus zu den Männern, machst du das? Die sind bestimmt schon am Verdursten. Und sag ihnen, wir essen früh zu Mittag. Die wollen das sicher wissen.«

Abby stand auf und ging zum Kühlschrank. Ihre Strümpfe klebten hinten an ihren Beinen. Es war vielleicht doch keine so gute Idee gewesen, an einem Tag wie heute Strümpfe anzuziehen.

Als sie durch die Diele ging, hörte sie zufällig, dass Mr Whitshank im Wintergarten telefonierte. »Heute Nachmittag? Hols der Teufel!«, sagte er gerade. »Verdammt noch mal, Mitch, da draußen stehen fünf Männer und warten, dass du ihnen sagst, was sie mit dem Baumstumpf machen sollen!« Abby bemühte sich, leiser zu gehen, da sie dachte, es könnte ihm peinlich sein, dass sie ihn beim Fluchen ertappt hatte.

Draußen schlug ihr die Luft wie ein warmer Waschlappen ins Gesicht, und die Holzdielen der Veranda verströmten den Geruch von heißem Lack. Aber das sanfte, frische Lüftchen – so ungewöhnlich für diese Jahreszeit – hob die feuchten Strähnen an ihrem Haaransatz an, und der Wasserkrug, den sie an sich drückte, kühlte die Innenseite ihrer Arme.

Landis hatte irgendwo eine zweite Kettensäge aufgetrieben, und er und Earl zerlegten die dicksten Äste in kamingerechte Blöcke. Dane und Ward hackten die dünneren Äste ab und zerrten sie auf einen großen Haufen unten nahe der Straße, während Red einen Hackklotz aufgestellt hatte und die Blöcke in vier Teile hackte. Alle unterbrachen die Arbeit, als Abby kam. Earl und Landis schalteten ihre Kettensägen aus, und Abbys Stimme klang in der Stille plötzlich erschreckend laut: »Möchte jemand Wasser?«

»Da sag ich nicht Nein«, meinte Earl, und alle legten ihr Werkzeug weg und gingen zu ihr. Ward hatte sein Hemd ausgezogen, was ihn wie einen Amateur aussehen ließ, und er und Dane hatten knallrote Gesichter. Red hatte natürlich schon den ganzen Sommer über so hart gearbeitet, aber selbst ihm lief der Schweiß in Strömen herunter, und Earl und Landis waren so nassgeschwitzt, dass ihre hellen Hemden fast dunkelblau wirkten.

Abby verteilte Pappbecher und füllte sie, wenn die Männer sie ihr hinhielten, sie in einem Zug leerten und ihr abermals hinhielten, noch bevor Abby allen das erste Mal eingeschenkt hatte. Erst als sie bereits zum dritten Mal einschenkte, sagte einer von ihnen mehr als »Danke«. Und Red fragte: »Weißt du, ob Dad inzwischen Mitch erreicht hat?«

»Ich glaube, er telefoniert gerade mit ihm.«

»Und ich sag trotzdem, wir sollten das Ding einfach umlegen«, meinte Earl.

»Ich will nur nicht, dass Mitch ankommt und sagt, wir hätten ihm die Arbeit schwerer gemacht.«

Dane und Abby sahen sich an. Danes Haare waren feucht, und er verströmte einen herrlichen Geruch von sauberem Schweiß und Tabak. Abby fiel plötzlich etwas Beunruhigendes ein: Sie besaß gar keine schicke Unterwäsche. Nur schlichte weiße Baumwollschlüpfer und weiße Baumwoll-BHs mit einer winzig kleinen rosa Rosenknospe in der Mitte. Sie wandte den Blick wieder ab.

»Hallo?«

Ein vierschrötiger Mann in einem Seersucker-Anzug schob sich durch die Azaleenhecke, die an den Rasen des Hauses nebenan grenzte. Zweige knackten unter seinen kreideweißen Schuhen, als er auf sie zukam. »Hör mal«, sagte er, als er bei ihnen ankam. Seine Augen waren speziell auf Red gerichtet.

»Morgen, Mr Barkalow«, sagte Red.

»Ist dir eigentlich klar, wann eure Leute heute Morgen hier angefangen haben?«

Es war Landis, der antwortete. »Um acht.«

»Um acht«, wiederholte Mr Barkalow, der noch immer Red ansah.

Landis sagte: »Da haben ich, Red und Earl angefangen. Die anderen sind später gekommen.«

»Um acht Uhr morgens«, wiederholte Mr Barkalow. »An einem *Sonntag*. Am Wochenende. Hältst du das für angebracht?«

»Ich halte es für vertretbar, Sir«, sagte Red in ruhigem Ton.

»Ach ja? Acht Uhr an einem Sonntagmorgen scheint dir also eine gute Zeit zu sein, um die Kettensäge anzuwerfen.«

Er hatte rötliche Augenbrauen, die sich aggressiv sträubten, doch Red schien nicht eingeschüchtert zu sein. Er sagte: »Ich dachte, die meisten Leute wären …«

»Morgen, allerseits!«, rief Mr Whitshank.

Er kam mit langen Schritten über den abfallenden Rasen auf sie zu und trug nun eine schwarze Anzugjacke, die er offenbar in aller Eile angezogen hatte. Das linke Revers stand ab wie ein umgestülptes Hundeohr. »Schöner Tag heute!«, sagte er zu Mr Barkalow. »Freut mich, zu sehen, dass Sie das Beste draus machen.«

»Mr Whitshank, ich habe Ihren Sohn gerade gefragt, was er als annehmbare Zeit betrachtet, eine Kettensäge laufen zu lassen.«

»Wieso, gibts ein Problem?«

»Das Problem ist, dass heute Sonntag ist, falls Ihnen das entgangen sein sollte.«

Er hatte seinen Buschige-Augenbrauen-Blick nun auf Mr Whitshank gerichtet, der heftig nickte, als wäre er voll und ganz seiner Meinung. »Nun, wir wollen auf keinen Fall …«, sagte er.

»Es ist *pervers*, wie liebend gern Sie und Ihre Leute Krach veranstalten, während andere Menschen zu schlafen versuchen. Sie hämmern an Ihren Dachrinnen herum, Sie reißen Ihren Plattenweg auf … Und gestern haben Sie einen ganzen Baum umgesägt! Einen völlig gesunden Baum, wie ich hinzufügen möchte. Und immer, immer scheint es am Wochenende zu sein.«

Mr Whitshank richtete sich plötzlich zu seiner vollen Größe auf.

»Es *scheint* nicht am Wochenende zu sein, es *ist* am Wochenende«, sagte er. »Weil das die einzige Zeit ist, wo rechtschaffene Männer wie wir nicht damit beschäftigt sind, für Leute wie Sie die Arbeit zu machen.«

»Sie können von Glück sagen, wenn ich Sie nicht anzeige«, sagte Mr Barkalow. »Schließlich gibt es polizeiliche Verordnungen.«

»Verordnungen! Dass ich nicht lache. Bloß weil Sie und Ihre Sorte bis mittags im Bett liegen, Sie und Ihr verzogener Sohn mit seinem dicken fetten …«

»Wenn man es recht bedenkt«, fiel ihm Red ins Wort, »spielt es eigentlich keine Rolle, ob es Verordnungen gibt oder nicht.«

Die beiden Männer starrten ihn an.

»Das Entscheidende ist doch, dass wir offenbar unsere Nachbarn wecken. Und das tut mir leid, Mr Barkalow. Es war ganz gewiss nicht unsere Absicht, Sie zu inkommodieren.«

»Inkommodieren?«, wiederholte sein Vater in verwundertem Ton.

Red meinte: »Es müsste doch möglich sein, sich auf eine Uhrzeit zu einigen, die beiderseits akzeptabel ist.«

»Beiderseits akzeptabel?«, wiederholte sein Vater echoartig.

»Oh«, sagte Mr Barkalow. »Tja.«

»Wäre, sagen wir, zehn Uhr für Sie in Ordnung?«, fragte ihn Red.

»Zehn Uhr!«, rief Mr Whitshank.

»Zehn?«, sagte Mr Barkalow. »Tja, selbst zehn ist noch … aber gut, notfalls könnten wir uns auf zehn einlassen.«

Mr Whitshank blickte wie Beistand heischend zum Himmel, doch Red sagte: »Zehn Uhr. Abgemacht. Wir werden darauf achten, uns in Zukunft daran zu halten, Mr Barkalow.«

»Tja«, meinte Mr Barkalow. Er schien unschlüssig zu sein. Dann warf er wieder einen Blick auf Mr Whitshank und sagte: »Also gut, einverstanden. Das hätten wir geregelt.« Damit drehte er sich um und ging Richtung Hecke davon.

»Da *siehst* du, was du angerichtet hast«, sagte Mr Whitshank zu Red. »Zehn Uhr, Herrgott noch mal! Praktisch Mittagessenszeit!«

Red reichte Abby kommentarlos seinen Pappbecher.

Landis fragte: »Äh, Chef?«

»Was ist?«

»Was von Mitch gehört?«

»Er kommt am Nachmittag mit der Stubbenfräse von seinem Schwager her. Er meint, ihr sollt den Stumpf so weit wie möglich absägen.«

»Also bis dicht am Boden?«

»So dicht wie möglich«, sagte Mr Whitshank, der sich bereits umgedreht hatte und schon wieder halb den Hang hinauf war, als wasche er seine Hände in Unschuld. Der Saum seines Jacketts hing schief, wie Abby bemerkte – an den Seiten tiefer und in der Mitte höher, als gehörte es einem wesentlich älteren und schäbigeren Mann.

Sie sammelte schweigend die Pappbecher ein und ging ebenfalls wieder den Hang hinauf.

»Junior meint manchmal, die Nachbarn täten die Nase über ihn rümpfen«, erklärte Mrs Whitshank, als sie von dem Zwischenfall im Garten hörte. »In dem Punkt ist er ein bisschen empfindlich.«

Abby sagte es nicht laut, konnte ihn jedoch verstehen. In ihren Jahren als Stipendiatin hatte sie es selbst mehrmals mit Leuten wie Mr Barkalow zu tun gehabt – so rechthaberisch, so überzeugt, dass es nur *eine* Art zu leben gab, nämlich ihre. Zweifellos spielten alle seine Söhne Lacrosse, und alle seine Töchter bereiteten sich auf ihren Debütantinnenball vor. Aber sie schüttelte den Gedanken ab und faltete den ausgewellten Teig auf der Arbeitsplatte ein zweites Mal und ein drittes Mal. (»Falten, falten und nochmals falten«, lauteten Mrs Whitshanks Instruktionen, als sie Abby gelehrt hatte, wie man ihre Brötchen macht. »So lange falten, bis der Teig Bäuerchen macht, wenn du ihn auf die Arbeitsplatte schlägst.«)

»Jedenfalls«, erzählte Abby, »hat Red sie dazu gebracht, sich zu einigen. Es ist also gut ausgegangen.«

»Red nimmt nichts so schnell übel«, sagte Mrs Whitshank. Sie holte eine große Schüssel aus dem Kühlschrank und nahm das Tuch ab, mit dem sie zugedeckt war. »Wahrscheinlich weil er hier aufgewachsen ist. Er ist Leute wie die Barkalows gewohnt.«

In der Schüssel lagen Hähnchenteile in einem flüssigen weißen Ausbackteig. Mrs Whitshank hob eines nach dem anderen mit einer Zange heraus und legte sie zum Abtropfen auf eine Platte. »Er scheint mit jedem gut auszukommen«, sagte sie, »mit den Nachbarn und mit den Arbeitern. Ich weiß, wenns nach ihm ginge, würde er das Studium sofort aufgeben und ganz beim Bautrupp arbeiten. Er hält bloß wegen Junior bis zum Abschluss durch.«

»Es kann nie schaden, ein Diplom zu haben«, meinte Abby.

»Das sagt Junior auch. Er sagt immer zu ihm: ›Du willst doch mal die Möglichkeit haben, mehr zu erreichen. Du willst nicht so enden wie ich.‹ Und Red sagt: ›Was spricht dagegen, so zu enden wie du?‹ Für ihn ist das Problem mit dem College, dass das Praktische fehlt. Dass die Leute dort nicht *praxisnah* sind. Manchmal kämen sie ihm richtig dämlich vor.«

Abby hatte Red noch nie über das College reden hören. Er war zwei Jahre über ihr, und sie begegneten sich selten auf dem Campus. »Wie sind denn seine Noten?«, fragte sie Mrs Whitshank.

»Die sind okay. Na ja, so lala. Er ist eben anders gestrickt, weißt du? Er ist einer, dem zeigt man ein Gerät, das er noch nie gesehen hat, und er sagt prompt: ›Schon kapiert; das Teil muss in das da rein und dann in das andere Teil da …‹ Genau wie sein Daddy, aber sein Daddy will, dass Red anders ist als er. Ist das nicht immer so?«

»Ich könnte wetten, dass Red einer von den kleinen Jungen war, die die Küchenuhr auseinandernehmen«, sagte Abby.

»Ja, nur dass er sie auch wieder hat zusammensetzen können, was die meisten anderen kleinen Jungen nicht schaffen. Nicht so, Abby, so darfst du das nicht machen. Ich hab *genau* gesehen, dass du das Glas drehst!«

Sie meinte das Glas, mit dem Abby die Brötchen ausstach. »Du musst es fest nach unten auf den Teig drücken, schon vergessen?«

»Tut mir leid.«

»Ich bring dir die Bratpfanne.«

Abby wischte sich mit dem Handrücken die Stirn ab. Die Küche heizte sich allmählich auf, und Abby hatte noch dazu eine von Mrs Whitshanks Trägerschürzen umgebunden.

Wenn es zutraf, dachte Abby, dass sie eine wiederkehrende Gestalt in Mrs Whitshanks Leben darstellte – die »Verständnisvolle« –, dann traf es ebenso zu, dass auch Mrs Whitshanks Typ schon zuvor in Abbys Leben aufgetaucht war, nämlich die lehrreiche ältere Frau. Die Großmutter, die sie stricken gelehrt hatte, die Englischlehrerin, die länger geblieben war, um ihr bei ihren Gedichten zu helfen. Geduldiger und mit ruhigerer Stimme als Abbys forsche, effiziente Mutter, hatten sie sie angeleitet und ermutigt, so wie Mrs Whitshank jetzt, als sie sagte: »Ach, die sehen aber gut aus! Ich hätts nicht besser machen können.«

»Vielleicht kann Red ja nach dem College in die Firma seines Vaters eintreten«, meinte Abby. »Dann könnte sie Whitshank und *Sohn* heißen. Das würde Mr Whitshank sicher gefallen, stimmts?«

»Ich glaub nicht«, sagte Mrs Whitshank. »Er hofft, dass Red Jura studiert. Jura oder Betriebswirtschaft, eins von beiden. Red hat eine echte Begabung fürs Kaufmännische.«

»Aber wenn er damit nicht glücklich wäre …«

»Junior sagt, dass das kein Argument ist«, erklärte ihr Mrs Whitshank. »Er sagt, Red muss sich bloß *entschließen*, glücklich zu sein.«

Sie hörte auf, in einer Schublade zu kramen, und sagte: »Ich will ihn nicht schlechtmachen.«

»Natürlich nicht«, erwiderte Abby.

»Er will ja nur das Beste für seine Familie, verstehst du? Wir sind doch alles, was er hat.«

»Natürlich.«

»Keiner von uns hat noch was mit seiner eigenen Familie zu tun.«

»Warum nicht?«

»Ach, wie's halt so geht. Die Umstände. Wir haben irgendwie den Kontakt verloren. Sie leben drunten in North Carolina, und meine Seite war sowieso schon immer dagegen, dass wir zusammen sind.«

»Sie meinen, Sie und Mr Whitshank?«

»Genau wie bei Romeo und Julia«, sagte Mrs Whitshank. Sie lachte, wurde aber schnell wieder ernst: »Mal sehen, ob du das weißt. Rate mal, wie alt Julia war, als sie sich in Romeo verliebt hat.«

»Dreizehn«, antwortete Abby prompt.

»Ach.«

»Das habe ich in der Schule gelernt.«

»Merrick auch, in der zehnten Klasse. Sie ist heimgekommen und hat es mir erzählt. ›So was ist doch lächerlich‹, hat sie gesagt. Und dass sie Shakespeare nicht mehr ernst nehmen kann, seit sie das gehört hat.«

»Wieso denn?«, fragte Abby. »Man kann sich doch auch mit dreizehn schon verlieben.«

»Genau! Das kann man! So wie ich.«

»Sie?«

»Ich war dreizehn, als ich mich in Junior verliebt hab, das will ich damit sagen.«

»Du meine Güte, und jetzt sind Sie mit ihm verheiratet! Das ist wirklich toll! Und wie alt war Mr Whitshank?«

»Sechsundzwanzig.«

Abby brauchte einen Moment, um das zu verdauen. »Er war sechsundzwanzig und Sie dreizehn?«

»Sechsundzwanzig Jahre«, wiederholte Mrs Whitshank, »da staunst du, stimmts?«

»O ja«, sagte Abby.

»Er war ein ausgesprochen gutaussehender Bursche, ein bisschen wild, hat auf dem Holzplatz gearbeitet, aber nur gelegentlich. Ansonsten war er weg, ist auf die Jagd gegangen, hat gefischt, Fallen gestellt und Ärger bekommen. Das hatte natürlich was Verlockendes. Wer konnte so einem Kerl widerstehen? Vor allem mit dreizehn. Und ich war eine *frühreife* Dreizehnjährige. Ich bin ihm bei einem Picknick der Kirchengemeinde begegnet, wo er mit einem anderen Mädchen war, und es war bei uns beiden Liebe auf den ersten Blick. Er hat auf der Stelle was mit mir angefangen. Danach haben wir uns bei jeder sich bietenden Gelegenheit davongeschlichen. Ach, wir konnten einfach nicht die Finger voneinander lassen! Aber eines Abends hat uns mein Daddy erwischt.«

»Wo denn?«, fragte Abby.

»Na ja, in der Scheune, im Heu. Und wir waren … du weißt schon.« Mrs Whitshank wedelte mit der Hand durch die Luft. »Ach, es war schrecklich!«, sagte sie vergnügt. »Es war wie im Kino! Mein Daddy hat ihm das Gewehr an den Hals gedrückt. Dann haben mein Daddy und meine Brüder ihn aus Yancey County gejagt. Kannst du dir das vorstellen? Gott, wenn ich heute daran zurückdenke, kommts mir vor, als wär das jemand anderem passiert. ›War das wirklich *ich?*‹, frag ich mich manchmal. Ich hab ihn erst an die fünf Jahre später wiedergesehen.«

Abby hatte aufgehört, Brötchen auszustechen. Sie stand nur da und starrte Mrs Whitshank an, sodass ihr Mrs Whitshank das Glas aus der Hand nahm und den Rest zack, zack selbst erledigte.

»Aber Sie sind sicher in Verbindung geblieben«, sagte Abby.

»O nein! Ich hab ja nicht mal gewusst, wo er ist.« Mrs Whitshank legte die Brötchen in konzentrischen Kreisen dicht an dicht in die eingefettete Bratpfanne. »Aber ich bin ihm treu geblieben, hab ihn nicht eine Minute lang vergessen. Ach, was wir hatten, war eine der großen Liebesgeschichten der Welt, im kleinen Stil! Und als wir wieder zusammenkamen, war es, als ob wir nie getrennt gewesen wären. Du weißt ja, wie das manchmal so geht. Wir haben genau dort weitergemacht, wo wir aufgehört haben, genau wie vorher.«

»Aber …«

War es Mrs Whitshank denn nie in den Sinn gekommen, dass das, was sie da schilderte, eine … nun ja, eine Straftat war?

Mrs Whitshank sagte: »Ich weiß gar nicht, warum ich dir das alles erzähle. Es soll nämlich ein Geheimnis bleiben. Ich hab es nicht mal meinen eigenen Kindern erzählt! Denen schon gar nicht. Merrick würde sich nur über mich lustig machen. Versprich mir, dass du es ihnen nicht verrätst, Abby. Schwör es bei deinem Leben.«

»Ich werde es keiner Menschenseele verraten.«

Abby hätte nicht einmal gewusst, welche Wörter sie hätte benutzen sollen. Das Ganze war zu drastisch und verstörend.

Mr und Mrs Whitshank und Red, Earl und Landis, Ward, Dane und Abby: acht Personen zum Mittagessen. (Merrick werde nicht mit ihnen essen, hatte Mrs Whitshank gesagt.) Abby ging um den Tisch herum und verteilte Messer und Gabeln. Das Besteck der Whitshanks war echtes Silber mit einem eingravierten gotischen W. Sie fragte sich, wann sie das erworben hatten. Vermutlich nicht gleich zu Beginn ihrer Ehe.

Ihre Eltern hatten nur Besteck aus dem Billigkaufhaus, und nicht alle Teile passten zusammen.

Plötzlich sehnte sie sich nach ihrer umtriebigen, vernünftigen Mutter und ihrem gütigen Vater mit der Hemdentasche voller Kugelschreiber und Drehbleistifte.

Alle Esszimmerfenster standen offen, das sanfte Lüftchen ließ die Vorhänge nach innen schweben, und Abby konnte hinaus auf die Veranda sehen, wo Pixie und Maddie mit dem Rücken zu ihr auf der Schaukel saßen und sich leise und träge unterhielten. Merricks Schminksitzung musste also beendet sein; Abby hörte oben die Dusche rauschen.

Sie ging in die Küche, um die Teller zu holen, und als sie zurückkam, sprang wieder dröhnend eine der Kettensägen an. Bis dahin war ihr die Stille gar nicht aufgefallen. Der Lärm war so nahe, dass sie sich aus einem der Fenster beugte, um nachzusehen, was los war. Offenbar nahmen die Männer gerade den Baumstumpf in Angriff. Landis stand links davon und verfolgte alles, während sich Earl mit seiner Säge tief hinunterbeugte. Er arbeitete auf der anderen Seite des Stumpfes, für Abby also halb verdeckt, und brachte vermutlich eine Kerbe an, damit der Baumstumpf nicht in Richtung des Hauses fiel; aber von da, wo Abby stand, konnte sie es nicht mit Bestimmtheit sagen. Sie sorgte sich immer, dass jemand bei so einer Arbeit zerquetscht werden könnte, obwohl die beiden ganz genau zu wissen schienen, was sie zu tun hatten.

Sie verteilte die Teller, holte die entsprechende Anzahl Servietten aus der Anrichte und legte neben jede Gabel eine. Sie ging zurück in die Küche und fragte Mrs Whitshank: »Soll ich schon den Eistee einschenken?«

»Nein, damit warten wir noch ein bisschen«, sagte Mrs Whitshank. Sie stand am Herd und briet die Hähnchenteile. »Warum setzt du dich nicht auf die Veranda und kühlst dich ein bisschen ab? Ich ruf dich, wenn es so weit ist.«

Abby widersprach nicht. Sie war froh, die heiße Küche verlassen zu können. Sie nahm die Schürze ab und hängte sie über eine Stuhllehne, ging auf die Veranda und setzte sich in einen der Schaukelstühle, etwas abseits von Pixie und Maddie. Als sie sich nach Dane umblickte, sah sie, dass er gerade einen großen belaubten Ast zu dem Haufen nahe der Straße zerrte. Seine Haare glänzten fast metallisch, als er ins Sonnenlicht trat.

Was sollte sie ihrer Mutter sagen? »Ich übernachte heute bei Ruth«, könnte sie sagen, nur dass ihre Mutter sie vielleicht bei Ruth anrief; dergleichen war schon vorgekommen. Und selbst wenn Abby sich trauen sollte, Ruth zu bitten, sie zu decken, waren da immer noch Ruths Eltern.

Red warf Holzscheite in eine Schubkarre. Ward trocknete sich die Stirn mit seinem zusammengeknüllten Hemd ab. Gerade als Earl die Kettensäge ausmachte, trat Merrick auf die Veranda, machte »Puh« und ließ die Fliegengittertür hinter sich zuknallen. »Mir ist, als hätte ich mir eine Gummimaske abgewaschen«, sagte sie zu Pixie und Maddie. Sie hatte einen Teller Cornflakes in der Hand, ging zu einem Sessel mit Rohrsitz, hakte den Fuß um eines der Beine, zog ihn näher zur Schaukel und setzte sich. Ihre Haare waren noch eingedreht, aber sie trug jetzt Bermudas und eine ärmellose weiße Bluse.

»Wir haben uns gerade gefragt, wer dieser James Dean ist«, teilte ihr Pixie mit.

»Der Wer? Ach so, das ist Dane.«

»Er ist *um*werfend.«

»Wenn es nächsten Samstag auch so heiß ist«, meinte Merrick, »läuft mir glatt das Make-up aus dem Gesicht, mein Mascara zerfließt, und ich habe Augen wie ein Waschbär.«

»Dann passt du zu deiner Schwiegermutter«, bemerkte Maddie und kicherte.

»Wenn ich jemals Augenringe wie die kriege, könnt ihr mich gleich umbringen«, sagte Merrick. »Wisst ihr, welchen Verdacht ich habe? Ich habe den Verdacht, dass sie die aufmalt. Sie gehört nämlich zu den Leuten, die gern krank aussehen. Sie rennt ständig zu ihrem Arzt, der ihr natürlich erklärt, dass sie kerngesund ist, aber wenn sie heimkommt, sagt sie: ›Nun, er *denkt*, dass ich wieder gesund werden könnte …‹«

»Kommt er auch zur Hochzeit?«, fragte Pixie.

»Kommt *wer* auch zur Hochzeit?«

»Dieser Dane.«

»Keine Ahnung. Kommt Dane zur Hochzeit?«, rief Merrick über die Veranda Abby zu.

»Er ist nicht eingeladen.«

»Nein? Du kannst ihn ruhig mitbringen, wenn du willst.«

»Ach, geht ihr zwei miteinander?«, erkundigte sich Pixie bei Abby.

Abby zuckte leicht mit den Schultern in der Hoffnung, damit zu verstehen zu geben, dass sie zwar miteinander gingen, dass es für sie selbst aber keine *so* ernste Sache war, und Pixie stieß einen theatralischen Seufzer der Enttäuschung aus.

»Und jetzt kommt die große Preisfrage«, sagte Merrick. »Was ist mit meinen Lockenwicklern?«

»Was soll damit sein?«, fragte Maddie.

»Ihr seht ja selbst, wie groß und dick die Dinger sind. Mit denen gehe ich schon ins Bett, seit ich vierzehn bin. Sonst hängen meine Haare runter wie Schnittlauch. Die Frage ist also: Was mache ich in meiner Hochzeitsnacht?«

»Frag mich was Schwereres«, erwiderte Maddie. »Du gehst natürlich ohne ins Bett, Dummerchen. Am nächsten Morgen stehst du ganz früh auf, also lange bevor Trey aufwacht, schleichst ins Bad, drehst die Lockenwickler rein und nimmst eine heiße Dusche. Aber nicht die Haare nass machen; nur den Dampf einwirken lassen. Und danach unter die Trockenhaube – die musst du natürlich am Abend vorher ins Bad schmuggeln …«

»Ich kann doch meine Trockenhaube nicht auf die Hochzeitsreise mitnehmen! Die braucht einen eigenen Koffer!«

»Kauf dir doch einen von diesen neuen Haartrocknern, die man in der Hand hält.«

»Was? Soll ich mir vielleicht einen tödlichen Stromschlag holen wie die Frau in der Zeitung? Außerdem hast du ja keine Ahnung, wie störrisch meine Haare sind. Zwei Minuten Dampf helfen da gar nichts.«

Pixie sagte: »Dann solltest du die Haare so wie sie tragen.«

»Wie wer?«

»Na, die«, sagte Pixie und deutete mit dem Kinn auf Abby. Sie grinste leicht boshaft. »Abby.«

Merrick hielt es nicht für nötig, darauf zu antworten. »Ich müsste nur ein paar Stündchen von Trey wegkönnen. Wenn das Hotel einen Schönheitssalon hätte, der morgens um fünf aufmacht …«

Die Kettensäge donnerte wieder los und übertönte den Rest ihrer Worte. Landis ging hinüber zu einem Hartriegel und hob eine Seilrolle auf. Dane ging den Hang hoch zu der Stelle, an der er seine Axt abgelegt hatte.

Bevor die Männer zum Essen hereinkamen, hielten sie die Köpfe unter den Wasserhahn an der Seite des Hauses, kamen triefend herein und wischten sich mit den Händen das Gesicht ab. Earl schüttelte sich sogar wie ein Hund, als er sich hinsetzte.

Mr Whitshank saß am oberen Ende des Tischs, Mrs Whitshank am unteren. Abby saß zwischen Dane und Landis. Sie und Dane saßen knapp fünfzig Zentimeter auseinander, aber er schob seinen Fuß so weit herüber, dass er fast ihren berührte. Die Augen hatte er jedoch auf seinen Teller gerichtet, als ob sie beide nichts miteinander zu tun hätten.

Mr Whitshank ließ sich über Billie Holiday aus. Sie war

einige Tage davor gestorben, und er konnte nicht verstehen, warum manche Leute derart erschüttert waren. »Hat sich für mich immer angehört, als ob sie den Ton nicht halten kann«, sagte er. »Ihre Stimme hat dann so gewackelt, und manchmal hat sie sogar falsch gesungen.« Er hatte die Angewohnheit, den Kopf langsam von einer Seite des Tischs zur anderen zu drehen, während er sprach, wie um alle seine Zuhörer einzubeziehen. Abby kam sich vor wie ein Jünger, der an den Lippen des Meisters hängt, was vermutlich genau seine Absicht war. Sie änderte ihren Blickwinkel – darauf verstand sie sich – und stellte sich vor, sie säße mit Dreschern oder Maispflückern oder anderen Landarbeitern am Tisch, bei einem dieser Ernteeinsätze von früher, und das munterte sie auf. Wenn sie erst ihr eigenes Heim hatte, sollte es so einladend und gastfreundlich sein wie das der Whitshanks, wo jeder zum Essen hereinschneien konnte und junge Leute auf der Veranda plauderten. Das Haus ihrer Eltern wirkte so eng, das der Whitshanks so offen. Was keinesfalls an *Mr* Whitshank lag. Aber war das nicht immer so? Die Frau war diejenige, die für die Atmosphäre sorgte.

»Also die Musik, die ich persönlich vorziehe«, sagte Mr Whitshank gerade, »ist mehr in der Richtung von John Philip Sousa. Ich nehme an, dass ihr alle wisst, von wem ich spreche. Redcliffe, von wem spreche ich?«

»Vom Marschkönig«, antwortete Red mit vollem Mund. Er war mit seiner Hähnchenkeule beschäftigt.

»Dem Marschkönig«, bestätigte Mr Whitshank. »Erinnert sich noch wer von euch an die Cities Service Band of America?«

Offenbar niemand. Alle bückten sich tiefer über ihre Teller.

»Sendung im Radio«, sagte Mr Whitshank. »Nur Märsche. *Stars and Stripes Forever* und *The Washington Post March*, mein Lieblingsstück. Ich hab schier den Koller gekriegt, als sie die abgesetzt haben.«

Abby versuchte, eine Spur des wilden Burschen aus Yancey County an ihm zu entdecken. Sie konnte verstehen, warum manche ihn gutaussehend nannten, mit seinem kantigen Gesicht und noch immer ohne Bauchansatz in seinen Fünfzigern oder vielleicht sogar Sechzigern. Aber seine Kleidung war so korrekt, beinahe eine Karikatur von Korrektheit (er hatte das widerspenstige Revers inzwischen richtig hingelegt), und seine herunterhängenden Augenwinkel wirkten irgendwie desillusioniert. Auf seinen Handrücken traten dicke violette Adern hervor, und sein Kinn war mit schwarzen Bartstoppeln übersät. Ach, bloß nicht alt werden! Sie drückte den linken Fußknöchel an Danes Knöchel und reichte die Brötchen an Landis weiter.

»Für meinen Vater kommt keiner an Billie Holiday heran«, bemerkte Dane. Er trank einen Schluck Eistee und lehnte sich ganz entspannt zurück. »Er sagt, Baltimores größter Anspruch auf Berühmtheit ist, dass Billie Holiday früher in der Innenstadt für ein paar Cents Treppen geputzt hat.«

»Also werden ich und dein Vater uns wohl darauf einigen müssen, verschiedener Meinung zu sein«, erwiderte Mr Whitshank. Dann runzelte er kurz die Stirn. »Wer *ist* denn dein Vater?«

»Dick Quinn.«

»Quinn wie in Quinn Marketing?«

»Genau der.«

»Wirst du mal in die familieneigene Firma eintreten?«

»Nö«, sagte Dane.

Mr Whitshank wartete. Dane hielt seinem Blick freundlich stand.

»Ich würde meinen, dass man sich so eine Gelegenheit

nicht entgehen lassen sollte«, sagte Mr Whitshank nach kurzer Pause.

»Ich und Pop sind gewöhnlich nicht derselben Ansicht«, erklärte ihm Dane. »Außerdem ist er sauer, weil sie mich gefeuert haben.«

Es schien ihm nicht das Geringste auszumachen, freiwillig damit herauszurücken. Mr Whitshank runzelte wieder die Stirn. »Und warum hat man dich gefeuert?«

»Hat eben nicht funktioniert, nehme ich an.«

»Nun, wie ich immer zu Redcliffe sage: ›Egal, was du im Leben machst, gib dein Bestes. Es ist mir gleich, ob du Müllkutscher wirst, aber mach deine Arbeit so gut, wie sie noch keiner gemacht hat. Sei stolz darauf.‹ Eine Entlassung sieht im Lebenslauf immer schlecht aus. So was bleibt hängen und verfolgt einen ewig.«

»Das war bei einer Spar- und Darlehenskasse«, sagte Dane. »Ich habe nicht vor, mein Leben mit Sparbüchern und Darlehen zu verbringen, so viel steht fest.«

»Der springende Punkt ist, welches Ansehen man sich erwirbt. Welche Meinung die Gemeinde von einem hat. Nun, selbst wenn du nicht glaubst, dass eine Spar- und Darlehenskasse dein Ein und Alles ist …«

Wie konnte dieser Mann der Held von Mrs Whitshanks Liebesgeschichte sein? Egal, ob man sie stürmisch oder geschmacklos fand, es war zumindest eine Liebesgeschichte *gewesen*, inklusive Intrige, Skandal und herzzerreißender Trennung. Aber Junior Whitshank war ein knochentrockener Mensch und schwafelte unbeirrt weiter, während die anderen am Tisch beharrlich schweigend aßen. Nur seine Frau sah ihn an, mit strahlendem Gesicht und interessiert, als er über den Wert harter Arbeit schwadronierte, dann über den bedauerlichen Mangel an Initiative der jüngeren Generation, dann über die Vorteile, die man daraus zog, die Weltwirtschaftskrise durchgemacht zu haben. Wenn die jungen Leute von heute eine Wirtschaftskrise durchgemacht hätten, wie *er* sie durchgemacht hatte – doch da brach er ab und rief: »Ah! Gehst wohl mit den Mädels aus?«

Seine Worte waren an Merrick gerichtet, die soeben durch die Eingangshalle ging. Sie blieb stehen und drehte sich zu ihm um. »Jep«, sagte sie, »ihr braucht nicht mit dem Abendessen zu warten.« Ihre Haare waren zu einem Schopf wippender schwarzer Locken geworden, die ihren ganzen Kopf umtanzten.

»Merricks Verlobter, also der *ist* in die Firma seiner Familie eingetreten«, teilte Mr Whitshank den anderen mit. »Leistet da gute Arbeit, wie man hört. Wir würden zwar nicht gerade sagen, dass er praktisch veranlagt ist – weiß nicht mal, wie man einen Ölwechsel macht; kaum zu glauben, was?«

»Bis dann«, sagte Merrick, wedelte kurz mit den Fingern in Richtung Tisch und ging. Ihr Vater blinzelte und nahm den Faden wieder auf – die »Verzogenheit« der Reichen und ihre völlige Unfähigkeit, allein zurechtzukommen –, doch Abby hatte aufgehört zuzuhören. Sie fühlte sich plötzlich ganz elend, erschlagen von seinem selbstgerechten, selbstgefälligen Ton, seinem nicht ganz korrekten »ich und dein Vater«, seinem allzu bemühten »Mädels«, seiner Detailbesessenheit in puncto Gesellschaftsschicht und Privilegien. Aber Mrs Whitshank fuhr fort, ihn anzulächeln, während Red sich noch eine Tomatenscheibe nahm. Earl stapelte drei Brötchen übereinander auf seinen Tellerrand, als habe er vor, sie mit nach Hause zu nehmen. Ward hatte etwas von seinem Hähnchen an der Unterlippe hängen.

»Was alles«, sagte Mr Whitshank gerade, »nur mal wieder beweist, warum man nie. Niemals. Unter keinen Umständen. Vor diesen Leuten kuschen darf. Ich spreche mit *dir*, Redcliffe.«

Red hörte auf, seine Tomate zu salzen, und blickte hoch. »Mit mir?«

»Warum man vor ihnen nicht katzbuckeln darf. Ihnen keinen Honig ums Maul schmieren darf. Ihnen nicht hinten reinkriechen darf. Zu ihnen nicht sagen darf: ›Ja, Mr Barkalow‹ und ›Nein, Mr Barkalow‹ und ›ganz wie Sie wünschen, Mr Barkalow. Wir wollen Sie doch nicht *inkommodieren*, Mr Barkalow.‹«

Red schnitt in seine Tomatenscheibe, ohne dass er seinen Vater ansah oder ihn auch nur zu hören schien. Seine Wangenknochen wirkten wie aufgescheuert, als wäre jemand mit den Fingernägeln darüber gefahren.

»›Oh, Mr Barkalow‹«, sagte Mr Whitshank in affektiertem Ton. »›Ist das Ihrerseits akzeptabel?‹«

»Wir haben den Baumstumpf jetzt weg, Chef«, sagte Landis. »Alles weg bis auf Bodenhöhe.«

Abby hätte ihn am liebsten umarmt.

Mr Whitshank machte Anstalten, noch mehr zu sagen, zögerte dann aber und blickte hinüber zu Landis. »Na gut, jetzt müssen wir nur noch warten, bis Mitch bei seiner verdammten Schwiegermutter zu Ende gegessen hat.«

»Das kann dauern, Chef. Sind Sie seiner Schwiegermutter mal begegnet? Die Frau kocht wie ein Weltmeister. Sieben Kinder, alle verheiratet, alle mit eigenen Kindern, und jeden Sonntag nach der Kirche treffen sich alle bei ihr daheim, und sie serviert dreierlei Fleisch, zweierlei Kartoffeln, Salat, Mixed Pickles, Gemüse …«

Abby lehnte sich zurück. Ihr war nicht bewusst gewesen, wie verkrampft sie dagesessen hatte. Der Hunger war ihr vergangen, und als Mrs Whitshank sie drängte, noch ein Stück Hähnchen zu nehmen, schüttelte sie nur stumm den Kopf.

»Noch was«, sagte Red.

Er war neben ihr stehen geblieben, als die Männer das Esszimmer verließen. Abby, die gerade das benutzte Besteck einsammelte, drehte sich zu ihm um.

»Falls du meinst, dass du nicht zur Hochzeit kommen sollst, weil es so kurzfristig ist«, sagte er, »dann kann ich dich beruhigen. Das ist kein Problem. Viele Leute, die Merrick eingeladen hat, bleiben weg. Nämlich alle, die mit Pookie Vanderlin befreundet sind, inklusive deren Mütter und Väter – die meisten haben abgesagt. Jede Wette, dass wir bei der Feier mit viel zu viel Essen dastehen.«

»Ich werde daran denken«, sagte Abby und tätschelte kurz seinen Arm, wie um sich zu bedanken, aber was sie damit wirklich sagen wollte, war, dass sie die Tirade seines Vaters schon verdrängt hatte und hoffte, dass er das auch tun werde.

Dane, der an der Tür auf Red wartete, zwinkerte ihr zu. Er machte sich gelegentlich über Reds Gefühle für sie lustig und nannte ihn »dein Kerl«. Normalerweise lächelte sie darüber, doch heute fuhr sie einfach fort, den Tisch abzuräumen, und gleich darauf gingen er und Red hinaus zu den anderen.

Sie brachte das Silberbesteck in die Küche, wo Mrs Whitshank gerade Gläser spülte, und ging dann wieder ins Esszimmer. Dort stand Mr Whitshank und klaubte mit den Fingern einen klebrigen Brocken Pfirsichkuchen aus der Backform. Er erstarrte, als er Abby sah, doch dann reckte er herausfordernd das Kinn vor und stopfte sich den Brocken in den Mund. Danach wischte er sich betont bedächtig die Finger an einer Serviette ab.

Abby sagte: »Es muss schwer sein, so zu sein wie Sie, Mr Whitshank.«

Seine Finger hielten inne. Er fragte: »Was hast du gesagt?«

»Sie freuen sich, dass Ihre Tochter einen reichen jungen

Mann heiratet, aber es ärgert Sie, dass reiche junge Männer so verzogen sind. Sie wollen, dass Ihr Sohn in den besseren Kreisen verkehrt, sind aber wütend, wenn er zu diesen Leuten höflich ist. *Ihnen* kann man es wohl *nie* recht machen, stimmts?«

»Was fällt dir ein, in diesem Ton mit mir zu reden, Mädchen!«

Abby hatte das Gefühl, gleich keine Luft mehr zu bekommen, ließ sich jedoch nicht einschüchtern. »Und?«, fragte sie. »Habe ich recht?«

»Ich bin stolz auf meine beiden Kinder«, sagte er mit eisiger Stimme. »Was vermutlich mehr ist, als *dein* Daddy bei *dir* mit deinem vorlauten Mundwerk sagen kann.«

»*Mein* Vater ist sehr stolz auf mich«, teilte sie ihm mit.

»Vielleicht sollte mich das nicht weiter wundern, wenn man bedenkt, wo du herkommst.«

Abby öffnete den Mund und machte ihn wieder zu, schnappte die Backform und marschierte mit ihr hinaus in die Küche, den Rücken durchgedrückt und den Kopf hoch erhoben.

Mrs Whitshank hatte den Abwasch unterbrochen und angefangen, die Sachen abzutrocknen, die auf dem Abtropfbrett standen. Abby nahm ihr das Geschirrtuch ab, und Mrs Whitshank sagte: »Danke, Liebes«, und ging wieder ans Spülbecken. Sie schien nicht zu bemerken, dass Abbys Hände zitterten. Abby empfand bittere Genugtuung, war jedoch auch verletzt – bis ins Mark.

Wie konnte er es wagen, auch nur *ein* Wort über ihre Herkunft zu sagen? Ausgerechnet er, mit seiner zwielichtigen, schändlichen Vergangenheit! Ihre Familie war sehr angesehen. Sie hatten Vorfahren, derer sie sich rühmen konnten: einen Ururgroßvater zum Beispiel, der einmal einen König gerettet hatte. (Zugegeben, bei der Rettung ging es nur darum mitzuhelfen, das Rad einer Kutsche aus einer Wagenspur in der Straße zu heben, aber der König hatte ihm persönlich zugenickt, wie es hieß.) Und eine Großtante drüben im Westen, die mit Willa Cather aufs College gegangen war, auch wenn die Großtante damals gar nicht wusste, dass Willa Cather überhaupt existierte. Oh, an den Daltons war nichts Unterschichtsmäßiges, nichts Zweitklassiges. Und ihr Haus mochte nicht besonders groß sein, doch sie kamen wenigstens mit ihren Nachbarn aus.

Mrs Whitshank sprach gerade über Geschirrspüler. Sie sehe einfach keine Notwendigkeit dafür. »Beim Abwasch hab ich schon die nettesten Unterhaltungen gehabt! Aber Junior meint, wir sollten uns eine Maschine anschaffen, er ist ganz erpicht darauf.«

»Was versteht *der* denn schon davon!«, entgegnete Abby.

Mrs Whitshank schwieg einen Moment. Dann sagte sie: »Ach, er will mir nur das Leben leichter machen, nehm ich an.«

Abby trocknete grimmig einen Teller ab.

»Die Leute verstehen Junior manchmal nicht«, fuhr Mrs Whitshank fort. »Glaub mir, er ist besser, als du denkst, Liebes.«

»Ha«, entgegnete Abby.

Mrs Whitshank lächelte sie an. »Könntest du bitte auf der Veranda nachsehen, ob da noch Geschirr rumsteht?«

Abby war froh wegzukommen. Sonst hätte sie vielleicht etwas gesagt, das sie später bereuen würde.

Auf der Veranda war niemand. Sie nahm Merricks Cornflakes-Teller und den Löffel, richtete sich dann auf und blickte zum Rasen. Im Augenblick schwiegen beide Kettensägen. Es schien seltsam hell zu sein; der nackte Baumstumpf hatte offenbar doch mehr ausgemacht, als sie vermutet hatte. Er lag jetzt flach da, in Richtung Straße, und

Landis nahm gerade das Seil ab, das um ihn gebunden gewesen war. Dane machte eine Zigarettenpause, Earl und Ward beluden die Schubkarre, und Red stand mit gesenktem Kopf neben dem abgesägten Baumstumpf.

Aufgrund seiner Haltung dachte Abby zunächst, er grüble über die Ereignisse beim Mittagessen nach, und so drehte sie sich rasch um, damit er nicht merkte, dass sie ihn gesehen hatte. Aber noch während sie sich umdrehte, wurde ihr klar, dass er die Baumringe zählte.

Nach allem, was Red an diesem Tag mitgemacht hatte – die zermürbende körperliche Anstrengung, der Lärm, die mörderische Hitze, die Auseinandersetzung mit dem Nachbarn und die peinliche Szene mit seinem Vater –, stand er da und studierte seelenruhig diesen Baumstumpf, um festzustellen, wie alt er war.

Warum munterte sie das derart auf? Vielleicht war es Reds unbeirrbare Konzentration, vielleicht seine Unempfänglichkeit für Beschimpfungen oder sein Mangel an Groll. »Ach, *das*«, schien er zu sagen, »vergiss es. In allen Familien gibt es Höhen und Tiefen. Jetzt wollen wir erst mal das Alter dieses Tulpenbaums feststellen.«

Abby fühlte sich innerlich von einer Art Luftigkeit erfasst, ähnlich der Luftigkeit des Rasens, nachdem der Baumstumpf entfernt worden war. Sie ging so leichtfüßig zurück ins Haus, dass sie fast kein Geräusch machte.

»Wie läufts draußen?«, fragte Mrs Whitshank. Sie wischte gerade die Arbeitsplatte ab; die letzten Töpfe und Pfannen waren abgetrocknet und verstaut.

»Der Baumstumpf ist jetzt weg, aber Mitch ist noch nicht aufgetaucht. Dane macht eine Zigarettenpause, Ward, Earl und Landis räumen auf, und Red zählt Baumringe.«

»Baumringe?«, fragte Mrs Whitshank. Dann, vielleicht weil sie dachte, Abby habe keine Ahnung von der Welt der

Natur, sagte sie: »Ach so! Er will sicher nur rausfinden, wie alt der Baum war.«

»Er steht einfach da, nach allem, was heute passiert ist, und fragt sich, wie alt der Tulpenbaum war«, sagte Abby, und mit einem Mal war sie den Tränen nahe; sie hatte keine Ahnung, warum. »Er ist ein guter Mensch, Mrs Whitshank.«

Mrs Whitshank blickte überrascht auf, und dann lächelte sie – ein heiteres, zufriedenes, strahlendes Lächeln, bei dem sich Fältchen um ihre Augen bildeten. »Ja, Liebes, das ist er.«

Abby ging wieder hinaus auf die Veranda und setzte sich auf die Schaukel. Es war ein herrlicher Nachmittag, so heiter und gelb-grün und mit einem Himmel so unnatürlich blau wie ein Noxzema-Kosmetiktiegel, und gleich würde sie zu Red gehen und ihm sagen, dass sie gern mit ihm zur Hochzeit fahren würde. Im Moment behielt sie es noch für sich – bewahrte es in ihrem Herzen.

Sie stieß sich mit dem Fuß am Verandaboden ab, um die Schaukel in Bewegung zu setzen, schaukelte langsam hin und her und ließ ihre Fingerspitzen gedankenverloren über die vertraute, sich leicht sandig anfühlende Unterseite der Armlehnen gleiten. Ihr Blick ruhte nun auf Dane; sie betrachtete ihn mit einem entfernt reumütigen Gefühl. Sie sah, wie er die Zigarette fallen ließ, wie er sie mit dem Absatz austrat, wie er seine Axt nahm und zu einem Ast schlenderte. Was für eine Welt, was für eine Welt. Und dann der Satz, der danach kam: »Ich hätte nie gedacht«, hatte die Hexe gesagt, »dass ein kleines Mädchen wie du mich wegschmelzen und meinen bösen Taten ein Ende machen könnte.«

Aber Abby erhob sich trotzdem von der Schaukel und begann, auf Red zuzugehen, und bei jedem Schritt spürte sie, wie sie glücklicher und ihrer Sache sicherer wurde.

DRITTER TEIL

Ein Eimer blaue Farbe

10

Im Erdgeschoss hatte jedes Zimmer außer der Küche Schiebetüren, und über jeder Tür befand sich ein Oberlicht mit Gitterwerk aus Holz, damit im Sommer die Luft zirkulieren konnte. Die Fenster waren so maßgerecht eingepasst, dass es selbst der heftigste Wintersturm nicht schaffte, sie zum Wackeln zu bringen. Der Flur im Obergeschoss hatte ein kanneliertes Geländer, das an der Treppe eine elegante Biegung machte, bevor es hinunter in die Eingangshalle führte. Alle Fußböden waren aus altem Kastanienholz. Alle Metallteile waren aus massivem Messing – Türgriffe, Schrankgriffe, sogar die zweizackigen Haken, an denen die Kordeln der marineblauen Leinenvorhänge hingen, die jedes Frühjahr vom Dachboden geholt wurden. In jedem Raum, oben wie unten, befand sich ein Deckenventilator mit Flügeln aus Holz, und draußen auf der Veranda hingen deren drei. Der Ventilator über der Eingangshalle hatte einen Durchmesser von zwei Metern.

Mrs Brill hatte einen Kronleuchter in der Eingangshalle haben wollen – einen glitzernden, ganz aus Kristall, in der Form einer auf dem Kopf stehenden Hochzeitstorte. Blödes Weibsbild. Junior hatte sie davon abgebracht, indem er auf einen unpraktischen Aspekt hinwies: Jedes Mal, wenn sie die kleinste Spinnwebe an einem der Glasplättchen hängen sah, würde er einen Arbeiter mit einer fünf Meter hohen Trittleiter herschicken müssen. (Er versäumte allerdings zu erwähnen, dass er für einen anderen Kunden einmal ein raffiniertes Aufzugsystem entworfen hatte, um den Kronleuchter nach Belieben herablassen oder hochziehen zu können.) Sein Haupteinwand war natürlich, dass ein Kronleuchter nicht im Einklang mit dem Haus gewesen wäre. Dies war nämlich ein schlichtes Haus, so wie eine handgefertigte Wäschetruhe schlicht ist – einfach, aber tadellos gebaut, wie Junior, der es gebaut hatte, selbst am besten wissen musste. Er hatte jedes Detail überwacht, überall selbst mit Hand angelegt, außer bei den Dingen, die ein anderer besser konnte als er; beispielsweise bei dem Wabenmuster aus winzigen schwarzen und weißen Keramikfliesen im Badezimmer, das zwei Brüder aus Little Italy verlegt hatten, die nur Italienisch sprachen. Die Treppe dagegen, deren Treppenpfosten in von Hand aus den Trittstufen herausgeschnittenen Öffnungen saßen und unten hervorragten, und die Schiebetüren, die fast geräuschlos in die jeweilige Wand glitten: die waren Juniors Werk. In allen anderen Lebensbereichen war er ungestüm und voreilig, ein Mann, der Stoppschilder überfuhr, ohne auch nur eine Zehe vom Gaspedal zu nehmen, ein Mann, der das Essen hinunterschlang und die Getränke in sich hineinkippte und einem stotternden Kind befahl: »Jetzt mach schon, spucks aus«, der aber, wenn es darum ging, ein Haus zu bauen, alle Geduld der Welt besaß.

Mrs Brill hatte auch samtbeflockte Tapeten im Wohnzimmer haben wollen, Teppichböden in den Schlafzimmern und Buntglasfenster in Rot und Blau in der Lünette über der Eingangstür. Nichts davon bekam sie. Ha! Junior ging praktisch aus jeder Debatte siegreich hervor. Meistens, wie bei dem Kronleuchter, führte er praktische Gründe ins Feld, doch wenn es sein musste, scheute er sich nicht, das Thema Geschmack anzuschneiden. »Also, ich weiß nicht, warum, Mrs Brill«, sagte er etwa, »aber so was macht man nicht. Die Remingtons haben das nicht gemacht, und die Warings auch nicht« – indem er zwei Familien in Guildford nannte, die Mrs Brill ganz besonders bewunderte. Woraufhin Mrs Brill meist nachgab – »Nun, Sie wissen es wahrscheinlich am besten« – und Junior genau das tat, was er ursprünglich vorgehabt hatte. Es war schließlich das Haus seines Lebens (so wie bei einem anderen Typ Mann die Liebe seines Lebens), und gegen alle Regeln der Vernunft war er felsenfest davon überzeugt, dass er eines Tages darin wohnen würde. Selbst nachdem die Brills eingezogen waren und ihr Wust an Dekorationen die luftigen Räume verstopfte, blieb er gelassen optimistisch. Und als Mrs Brill davon zu reden begann, wie isoliert sie sich fühlte, so weit entfernt vom Stadtzentrum, als sie zusammenbrach, nachdem sie im Wintergarten das Einbruchswerkzeug entdeckt hatte, da wusste er, dass seine Welt sich nun an ihrem rechtmäßigen Platz eingeklinkt hatte. Endlich würde das Haus das seine sein.

Was es eigentlich schon immer gewesen war.

In den Wochen, in denen er es herausputzte, bevor er sich mit seiner Familie hier niederließ, fuhr er manchmal frühmorgens hin, nur um darin herumzugehen und die aufregend leeren Räume, die nicht knarrenden Fußbodendielen und die robusten Griffe der Wasserhähne über dem Waschbecken im Badezimmer zu genießen. (Mrs Brill hatte Wasserhähne gewollt, die sie in einem Pariser Hotel gesehen hatte, mit facettierten Kristallgriffen so groß wie Tischtennisbälle. Aber Juniors Meinung nach war das einzige vernünftige Design ein kräftiger weißer Porzellan-Kreuzgriff – der sich mit seifigen Händen am leichtesten drehen ließ –, und Mr Brill hatte sich ausnahmsweise einmal eingemischt und ihm recht gegeben.)

Er blickte gern die Treppe hinauf und malte sich aus, wie seine Tochter sie hinunterschreitet, eine elegante junge Frau in einem Hochzeitskleid aus weißem Satin. Er stellte sich den Esszimmertisch vor, an dem auf beiden Seiten Enkelkinder sitzen, hauptsächlich Buben, die Buben seines Sohnes, die den Namen Whitshank weitergeben. Alle würden ihre Gesichter Junior zuwenden, wie Sonnenblumen der Sonne, und zuhören, wie er sich über ein lehrreiches Thema ergeht. Eventuell könnte er auch jeden Abend vor dem Essen ein Thema vorgeben – Musik oder Kunst oder aktuelle Ereignisse. Vor ihm würde ein Schinken oder vielleicht eine gebratene Gans darauf warten, tranchiert zu werden, das Wasser würde in Kelchgläsern serviert werden, und das Salatbesteck wäre vorher gekühlt worden, wie er das einmal bei dem Dienstmädchen im Haus der Remingtons in Guildford beobachtet hatte.

Bis jetzt war alles provisorisch gewesen – seine lückenhafte Ausbildung, seine verstohlene Liebschaft, seine dahinhinkende Ehe und sein schäbiges kleines gemietetes Haus in einem heruntergekommenen Viertel. Das würde sich nun ändern. Sein wahres Leben konnte beginnen.

Und dann musste Linnie Mae bei der Schaukel dazwischenfunken.

Zur Zeit der Brills war die Verandaschaukel ein hässliches weißes schmiedeeisernes Ding mit scharfkantigen Schnörkeln gewesen, die sich einem in den Rücken bohrten. Die verrosteten Achterhaken, an denen sie hing, quietschten jämmerlich, und die schweren Ketten konnten einem böse die Finger einklemmen, wenn man sie nicht richtig anfasste. Aber in dieser Schaukel hatte Mrs Brill als kleines Mädchen geschaukelt, und der wehmütige Ton, in dem sie davon sprach, machte deutlich, wie gern sie auf dieses kleine Mädchen zurückblickte, wie lieb und teuer ihr die Vorstellung von sich als dem süßen kleinen Fratz von damals war. Also hatte Junior die Schaukel wohl oder übel erlauben müssen.

Da die Brills in eine Wohnung zogen, ließen sie ihre ganzen Verandamöbel zurück. Mrs Brill wies Junior mit trauriger Kleinmädchenstimme an, gut auf ihre Schaukel aufzupassen, und Junior sagte: »Ja, Ma'am, das mach ich ganz bestimmt.« Doch kaum dass sie weg waren, kletterte er auf die Leiter und hängte die Schaukel höchstpersönlich ab.

Er wusste, was er an ihrer Stelle haben wollte: eine schlichte Bank aus Holz, lackiert in einem Honigton und mit gedrechselten Holzstäben, die die Rückenlehne bilden und auf denen auch die Armlehnen ruhen. Diese Bank sollte an speziellen Seilen hängen, die weißer und weicher waren als gewöhnliche Seile, angenehmer für die Hände, und wenn sie sich bewegte, sollte kein Geräusch zu hören sein, oder höchstens ein vornehmes Knirschen, wie er es sich bei einem Segelboot vorstellte. Eine solche Schaukel hatte er einmal bei ihnen daheim gesehen, bei Mr Muldoon. Mr Muldoon leitete die Glimmerminen, und sein Haus hatte vorne eine lange Veranda mit lackierten Fußbodendielen, die Stufen waren ebenfalls lackiert, die Schaukel auch.

Junior konnte diese Schaukel nirgendwo im Handel finden und musste sie daher bauen lassen. Das kostete ihn ein Vermögen. Wie viel genau, sagte er Linnie nicht. Sie fragte danach, weil Geld damals ein Thema war; die Anzahlung für das Haus hatte sie nahezu ruiniert. Aber er sagte: »Was solls! Ich wohne jedenfalls um keinen Preis der Welt in einem Haus mit einer kitschigen weißen Schaukel davor.«

Die Schaukel kam im Rohzustand, wie er spezifiziert hatte, damit er sie genau in dem Ton lackieren konnte, der ihm vorschwebte. Er beauftragte Eugene damit, seinen besten Maler. Ein anderer seiner Männer spleißte die Seile um die schweren Messinghalterungen, ein Bursche von der Ostküste, der sich mit solchen Dingen auskannte. (Und der einen Pfiff ausstieß, als er die Messingteile sah, doch Junior hatte seinen eigenen privaten Vorrat, und es war ja nicht *seine* Schuld, dass Krieg war.) Als die Schaukel schließlich hing – die Maserung des Holzes durch den Lack schimmerte, die weißen Seile seidig und leise waren –, empfand er tiefste Genugtuung. Ausnahmsweise einmal war etwas, wovon er geträumt hatte, genau so geworden, wie er es geplant hatte.

Bis zu diesem Zeitpunkt hatte Linnie Mae das Haus noch kaum besucht. Sie schien nicht so begeistert davon zu sein wie Junior. Er konnte das nicht begreifen. Die meisten Frauen hätten Freudentänze aufgeführt! Aber sie hatte ständig irgendwelche Vorbehalte: zu teuer, zu angeberisch, zu weit weg von ihren Freundinnen. Egal, sie würde sich schon noch anders besinnen. Er konnte sich die Worte sparen. Doch als die Schaukel hing, wollte er sie ihr unbedingt zeigen, und am Sonntag darauf schlug er morgens vor, sie und die Kinder nach der Kirche mit dem Laster hinzufahren. Die Schaukel erwähnte er nicht, weil er wollte, dass Linnie gewissermaßen von alleine darauf kam. Er meinte lediglich, dass sie vielleicht ein paar von den bereits gepackten Kartons mitnehmen könnte, da es bis zum Umzug nur noch wenige Wochen waren. Linnie sagte: »Na gut.« Aber nach der Kirche begann sie herumzutrödeln, meinte, dass sie zuerst essen sollten, und als er entgegnete, essen könnten sie auch hinterher, sagte sie: »Dann muss ich wenigstens meine guten Sachen ausziehen.«

»Wozu willst du dich umziehen?«, fragte er. »Komm, wie du bist.« Er hatte das Thema noch nicht angesprochen, fand jedoch, dass Linnie, wenn sie erst mal eingezogen waren, ein bisschen mehr darauf achten sollte, wie sie sich kleidete. Sie kleidete sich nämlich wie die Frauen bei ihnen daheim. Und sie nähte die meisten ihrer Sachen selbst, genau wie die der Kinder. Ihm war aufgefallen, dass alles, was seine Kinder trugen, irgendwie unförmig und schief wirkte.

Aber Linnie sagte: »Ich schleppe doch keine staubigen Kartons in meinem besten Kleid rum.« Also musste er warten, bis sie umgezogen war und die Kinder in ihre Spielklamotten gesteckt hatte. Er selbst behielt seinen Sonntagsanzug jedoch an. Bis jetzt hatten ihn seine zukünftigen Nachbarn, sofern sie aus den Fenstern spähten (und er hätte wetten können, dass sie das taten), nur im Arbeitsoverall gesehen, und er wollte sich ihnen von seiner besseren Seite zeigen.

Im Laster saß Merrick zwischen Junior und Linnie, die Redcliffe auf dem Schoß hielt. Auf der Fahrt wählte Junior die hübschesten Straßen, um Linnie zu beeindrucken. Es war April, und alles blühte, die Azaleen, die Judasbäume und die Rhododendren, und als sie das Haus der Brills – das Haus der Whitshanks! – erreichten, machte er sie auf den weißen Hartriegel aufmerksam. »Wenn wir eingezogen sind, kannst du dir ja ein paar Rosen pflanzen«, erklärte er Linnie, aber sie antwortete: »In *dem* Garten wachsen keine Rosen! Da ist ja überall Schatten!« Er hielt seine Zunge im Zaum und parkte unten an der Straße, obwohl es wegen dem ganzen Kram, den sie auszuladen hatten, vernünftiger gewesen wäre, hinter dem Haus zu parken. Er stieg aus, und während er wartete, bis sie die Kinder aus dem Lastwagen gehoben hatte, blickte er hinauf zum Haus und versuchte, es mit ihren Augen zu sehen. Sie *musste* es einfach lieben. Es war ein Haus, das »Willkommen« sagte, das »Familie« sagte, das sagte: »Hier leben anständige Menschen.« Doch Linnie ging bereits zum Heck des Lasters, wo die Kartons waren. »Lass sie stehen«, wies er sie an, »die holen wir später. Ich möchte, dass du erst mal mitkommst und dein neues Haus kennenlernst.«

Er legte die Hand auf ihren Rücken, um sie zu führen. Merrick nahm seine andere Hand und ging neben ihm, und Redcliffe folgte ihnen auf unsicheren Beinchen mit seinem selbstgemachten Holztraktor, den er an einer Schnur hinter sich herzog. Linnie sagte: »Schau mal, die haben ja ihre Verandamöbel dagelassen.«

»Ich hab dir doch gesagt, dass sie die dalassen.«

»Haben sie was dafür verlangt?«

»Nö. Sie haben gesagt, ich kann sie umsonst haben.«

»Das ist aber nett.«

Er würde sie nicht auf die Schaukel hinweisen. Er würde warten, bis sie sie von allein bemerkte.

Einen Moment lang fragte er sich, ob sie sie *überhaupt* bemerken würde – sie konnte manchmal sehr unaufmerksam sein –, doch dann blieb sie abrupt stehen, und auch er blieb stehen und verfolgte, wie sie die Schaukel in sich aufnahm. »Ach«, sagte sie, »die ist wirklich hübsch, Junior.«

»Gefällt sie dir?«

»Ich kann verstehen, warum dir die lieber ist als die schmiedeeiserne.«

Er schob seine Hand um ihre Taille und zog sie näher an sich. »Und um einiges bequemer, das kannst du mir glauben«, sagte er.

»Wie willst du sie anstreichen?«

»Was?«

»Könnten wir sie blau anstreichen?«

»Blau!«, rief er.

»In so einem Mittelblau, so wie … ich weiß nicht, wie die Farbe genau heißt, aber sie ist jedenfalls dunkler als Babyblau und heller als Marineblau. So ein *Mittel*blau eben, weißt du? Wie ein … vielleicht sagt man Schwedischblau dazu. Oder … gibt es auch Holländischblau? Nein, ich glaub nicht. Meine Tante Louise hatte eine Verandaschaukel in dem Blauton, der mir vorschwebt, die Frau von meinem Onkel Guy. Sie haben drüben in Spruce Pine gewohnt, in einem süßen kleinen Haus. Die beiden waren so ein goldiges Paar! Ich hab mir immer gewünscht, meine Eltern wären so wie sie. Aber die waren eher, na ja, du weißt schon … Tante Louise und Onkel Guy waren so freundlich, so aufgeschlossen und lebenslustig, und sie hatten keine Kinder, und ich hab immer gedacht: ›Wenn sie doch nur fragen würden, ob *ich* ihr Kind sein will.‹ Und im Sommer sind sie an jedem schönen Abend miteinander in der Schaukel gesessen, und die war in so einem wirklich hübschen Blau. Vielleicht Mittelmeerblau. Gibt es eine Farbe, die Mittelmeerblau heißt?«

»Linnie Mae«, erwiderte Junior, »die Schaukel ist schon gestrichen.«

»Wirklich?«

»Lackiert, um genau zu sein. Sie ist fix und fertig. Genau so bleibt sie.«

»Ach, Junie, können wir sie nicht blau anstreichen? Bitte? Ich überlege, wie ich dieses Blau am besten beschreiben kann. Es ist ein Himmelblau, aber ich meine damit einen *richtigen* Himmel, einen tiefblauen Sommerhimmel. Nicht taubenblau oder türkisblau oder hellblau, sondern mehr, wie heißt das denn …«

»Schwedischblau«, sagte Junior mit zusammengebissenen Zähnen.

»Was?«

»Schwedischblau. Was du zuerst gesagt hast. Ich weiß es, weil jedes verdammte Haus in Spruce Pine schwedischblaue Verandamöbel gehabt hat. Man hätte meinen können, was anderes sei verboten. Das war eine *gewöhnliche* Farbe. Gewöhnlich und kleinbürgerlich.«

Linnie sah ihn mit offenem Mund an, und Merrick zog an seiner Hand, damit er weiterging. Er entwand sich ihrem Griff und stürmte den Weg hinauf, ohne sich darum zu kümmern, ob die anderen folgten. Wenn Linnie noch *ein* Wort sagte, würde er den Kopf in den Nacken werfen und brüllen wie ein wildes Tier in Gefangenschaft. Aber sie schwieg.

Das Wichtigste, was er tun musste, bevor sie einzogen, war, hinten eine Veranda anzubauen. Bis jetzt befand sich dort nur ein kleiner betonierter Absatz – einer der wenigen Kämpfe mit den Brills, die Junior verloren hatte, obwohl er sie wiederholt darauf hingewiesen hatte, dass ihr Architekt keinen Abstellraum für den ganzen Krempel vorgesehen hatte, der sich im normalen Leben ansammelt, wie Schneestiefel, Baseball-Helme, Hockeyschläger und nasse Schirme.

Junior spuckte immer geradezu aus, wenn jemand Architekten erwähnte.

Wegen des Krieges konnte er derzeit keine Männer entbehren. Zwei von ihnen hatten sich unmittelbar nach Pearl Harbor freiwillig gemeldet, einer hatte zu der Schiffswerft in Bethlehem gewechselt, und einige andere waren eingezogen worden. Ihm blieb nur, Dodd und Cary von der Baustelle bei den Adams abzuziehen, sie die grundlegende Arbeit an der Veranda ausführen zu lassen und die Feinarbeit dann selbst zu erledigen. Meist ging er abends hin und nutzte das letzte Tageslicht für die Außenarbeiten, um anschließend innen (die Veranda war an einem Ende abgeschlossen) im Schein der Deckenlampe weiterzumachen, die sein Elektriker installiert hatte.

Er arbeitete gern allein. Die meisten seiner Männer –

oder zumindest die jüngeren – hielten ihn vermutlich für streng und abweisend. Er belehrte sie nicht eines Besseren. Sie redeten über Ärger mit den Weibern und berichteten von ihren Saufgelagen am Wochenende, doch sobald er auftauchte, verstummten alle, und er musste innerlich lächeln, weil sie keine Ahnung hatten. Aber es war besser, wenn sie es nie herausfanden. Er legte noch immer mit Hand an, war sich nicht zu schade dafür, doch im Allgemeinen arbeitete er in einem anderen Raum als seine Männer – indem er etwa einen Wandsockel verkleidete, während diese das Balkengerüst für einen Anbau aufrichteten. Sie tratschten, machten Witze und zogen einander auf, nur Junior (ansonsten so redselig) arbeitete schweigend. Oft ging ihm dabei, ohne sein Zutun, eine Melodie im Kopf herum – bei einer Arbeit etwa *You Are My Sunshine* und *Blueberry Hill* bei einer anderen –, sodass sich seine Arbeit dem Rhythmus des Songs anpasste. Eine gute Woche lang, in der er eine komplizierte Treppe einbaute, war es *White Cliffs of Dover*, und er dachte, er würde nie fertig werden, so langsam und schwermütig bewegte er sich. Doch die Treppe wurde hervorragend. Es gab nichts Schöneres, als seine Arbeit gut gemacht zu haben – zu sehen, wie exakt ein Zapfen in einem Schlitz saß, oder wie das perfekte Klemmstück, perfekt zugeschnitten, perfekt eingefügt, eine Fuge fast nahtlos machen konnte.

Einige Tage nachdem er mit Linnie das Haus besucht hatte, fuhr er gegen vier Uhr nachmittags hin und parkte hinten. Aber als er aus dem Lastwagen stieg, sah er etwas, das ihn wie angewurzelt stehen bleiben ließ.

Auf einer Abdeckplane neben der Zufahrt stand die Schaukel.

Und sie war blau.

Ein scheußliches Blau, bei Gott, ein langweiliges, belangloses, nichtssagendes *Schwedisch*blau. Es war ein solcher

Schock, dass er sich einen Moment lang fragte, ob er halluzinierte und unvermittelt eine höhnische Vision aus seiner Jugend vor sich sah. Er stöhnte auf, knallte die Tür des Lasters hinter sich zu und ging hinüber zur Schaukel. Blau, tatsächlich. Er berührte eine der Armlehnen mit dem Finger, der danach klebrig war, was ihn nicht überraschte, da er die frische Farbe riechen konnte.

Schnell blickte er um sich, weil er das Gefühl hatte, beobachtet zu werden. Jemand lauerte drüben im Schatten, beobachtete ihn und lachte. Doch nein, er war allein.

Er hatte schon den Schlüssel in der Hand, bevor er merkte, dass die Hintertür offen stand. »Linnie?«, rief er. Drinnen sah er Dodd McDowell am Spülbecken stehen und einen Pinsel auf einem fleckigen Lappen ausdrücken.

»Was zum *Teufel* fällt dir eigentlich ein?«, fragte Junior.

Dodd fuhr herum.

»Hast *du* die Schaukel gestrichen?«, fragte Junior.

»Klar, Junior.«

»Und warum? Wer hat gesagt, dass du das machen sollst?«

Dodd war ein sehr blasser, kahlköpfiger Mann mit weißlich blonden Augenbrauen und Wimpern, doch jetzt lief er dunkelrot an, und seine Augenlider wurden so rosa, als hätte er Tränen in den Augen. Er sagte: »Linnie.«

»Linnie!«

»Hat sie dir nichts gesagt?«

»Wo hast du Linnie gesehen?«, wollte Junior wissen.

»Sie hat mich gestern Abend angerufen. Hat gefragt, ob ich einen Eimer schwedischblaue Hochglanzfarbe abholen kann und die Schaukel für sie streiche. Ich hab gedacht, du weißt Bescheid.«

»Glaubst du vielleicht, dass ich alles nach massivem Kirschbaum abklappere und ein Schweinegeld dafür hinlege und Eugene beauftrage, sie genau passend zu den Verandamöbeln zu lackieren, damit du später blaue Farbe draufklatschen kannst?«

»Das hab ich doch nicht gewusst! Ich hab halt gedacht: Weiber. Du weißt schon.« Und Dodd breitete die Arme aus, noch immer Pinsel und Lappen in der Hand.

Junior zwang sich, tief durchzuatmen. »Stimmt, Weiber.« Er gluckste und schüttelte den Kopf. »Wie soll man gegen die ankommen. Aber hör zu«, sagte er und wurde wieder ernst. »Ab jetzt, Dodd, bekommst du deine Anweisungen nur noch von mir. Kapiert?«

»Verstanden, Junior. Tut mir leid, das Ganze.«

Dodd sah noch immer so aus, als würde er gleich heulen. Junior sagte: »Na gut, vergiss es. Das lässt sich reparieren. Weiber!«, wiederholte er noch einmal und lachte erneut auf, drehte sich dann um, ging hinaus und machte die Tür hinter sich zu. Er brauchte ein bisschen Zeit, um sich wieder in den Griff zu bekommen.

Sie war der Fluch seines Lebens. Sie war der Klotz an seinem Bein. Damals, an dem Abend 1931, als er zum Bahnhof fuhr, um sie abzuholen, und sie draußen auf ihn wartete – ihr grauer Mantel mit dem schiefen Saum zu dünn für den Winter in Baltimore, ihr schlabberiger breitkrempiger Hut so altmodisch, dass es selbst Junior auffiel –, war ihm der absonderliche Gedanke gekommen, dass sie wie Schimmel auf Holz war. Man glaubt, man hätte ihn abgeschrubbt, doch eines Tages stellt man fest, dass er wieder da ist.

Er hatte erwogen, sie *nicht* abzuholen. Sie hatte ihn in seiner Pension angerufen, und als er dieses verfluchte »Junie?« (so nannte ihn sonst niemand) und diese dünne hohe Stimme hörte, wusste er sofort, wer es war, und ihm blieb vor Schreck schier das Herz stehen. Er hätte am liebsten den Hörer auf die Gabel geknallt. Aber er saß in der Falle. Sie hatte die Telefonnummer seiner Zimmerwirtin. Gott allein wusste, wie sie an die Nummer gekommen war.

Er sagte: »Ja.«

»Ich bins! Linnie Mae!«

»Was willst du?«

»Ich bin hier in Baltimore, da staunst du, was? Ich bin am Bahnhof! Kannst du mich abholen?«

»Warum?«

Es entstand eine winzige Pause. Dann fragte sie: *»Warum?«* Der ganze Schwung war aus ihrer Stimme verschwunden. »Bitte, Junie, ich hab Angst. Hier hats einen Haufen Farbige.«

»Farbige tun dir nichts«, erwiderte er. (Bei ihnen daheim gab es keine Farbigen.) »Tu einfach so, als ob du sie nicht siehst.«

»Was soll ich denn machen, Junior? Wie soll ich dich finden? Du musst kommen und mich abholen.«

Nein, er *musste* nicht kommen und sie abholen. Sie hatte nicht den geringsten Anspruch auf ihn. Zwischen ihnen war nichts. Zwischen ihnen war nur das Schlimmste, was er je erlebt hatte.

Dennoch gestand er sich bereits ein, dass er sie nicht einfach da stehen lassen konnte. Sie wäre völlig verloren gewesen.

Außerdem hatte sich ein klein wenig Neugier in seinem Kopf zu regen begonnen. Jemand von daheim! Hier in Baltimore!

Tatsache war, dass er nicht viele Leute in Baltimore kannte, mit denen er reden konnte.

Also sagte er schließlich: »Na gut. Dann warte dort auf mich.«

»Aber beeil dich, Junie!«

»Geh zum Haupteingang raus und warte draußen, bis ich mit dem Auto komme.«

»Du hast ein Auto?«

»Klar«, sagte er und versuchte, es lässig klingen zu lassen.

Er ging nach oben, um seine Jacke zu holen. Als er wieder herunterkam, machte seine Zimmerwirtin ihre Wohnzimmertür einen Spaltbreit auf und steckte den Kopf heraus. Ihre Haare hatten eine merkwürdige goldgelbe Farbe und Löckchen, die ihn ziemlich irritierten: Sie klebten an ihren Schläfen und waren so rund und glatt wie Münzen. »Alles in Ordnung, Mr Whitshank?«, erkundigte sie sich, und Junior sagte: »Ja, Ma'am«, und durchquerte mit zwei langen Schritten das Foyer und war weg.

Nun, Juniors damaliger Besitz hätte mühelos in einen kleineren Koffer gepasst, allerdings besaß er ein Auto: einen 1921er Essex. Er hatte ihn einem anderen Zimmermann für siebenunddreißig Dollar abgekauft, als sie alle zu Beginn der Wirtschaftskrise ihre Arbeit verloren. Er hatte die Ausgabe damit gerechtfertigt, dass ihm ein Auto bei der Arbeitssuche helfen würde, was tatsächlich der Fall gewesen war, obwohl Junior nicht mit so vielen Ausfällen und Pannen gerechnet hatte. Als er den kalten Motor mühsam dazu brachte anzuspringen, fiel ihm ein, dass er Linnie hätte sagen können, sie solle die Straßenbahn nehmen. Aber er wusste, dass sie das überfordert hätte. Straßenbahnen kannte sie nicht. Sie hätte bestimmt alles durcheinandergebracht. Er konnte sich nicht einmal vorstellen, wie sie die Bahnfahrt allein geschafft hatte, da sie ja, wie er wusste, in Washington, D. C. hatte umsteigen müssen, ganz zu schweigen von den vielen kleineren Stationen davor.

Er wohnte im Industriebezirk, nördlich des Bahnhofs – tatsächlich ziemlich weit nördlich. Um nach Süden zu kommen, fuhr er Richtung Osten bis zur St. Paul Street und dann zwischen den Reihen schwach beleuchteter Häuser weiter, wobei er sich von Zeit zu Zeit vorbeugte, um die von seinem Atem beschlagene Windschutzscheibe abzuwischen. Schließlich passierte er den Bahnhof und bog nach rechts ab auf die Fahrspur, die vor den imposant wirkenden Säulen verlief. Er entdeckte Linnie sofort – der einzige Mensch weit und breit, ihr weißes, ängstliches Gesicht, das suchend von einer Seite auf die andere blickte. Aber er hielt nicht an. Ohne sich bewusst zu entscheiden, beschleunigte er und fuhr weiter. Er bog abermals nach rechts ab, kam in die Charles Street und steuerte heimwärts. Doch schon nach dem ersten Block begann er sich vorzustellen, wie sich ihre Stirn bestimmt geglättet hatte, sobald sie ihn entdeckte, wie erleichtert sie ausgesehen haben musste, wie erfahren und routiniert er gewiss gewirkt hatte, als er in seinem roten Essex ankam. Er wendete und passierte abermals die imposanten Säulen, und diesmal bog er auf die Abholspur ab. Als er zum Stehen kam, sah er, wie sie ihren Pappkartonkoffer schnappte, und beeilte sich, die Beifahrertür aufzumachen.

»Bist du schon mal an mir vorbeigefahren?«, wollte sie wissen, kaum dass sie Platz genommen hatte.

Und schon war seine Überlegenheit dahin.

»Ich wollte gerade ins Bett«, sagte er, und seine Stimme klang irgendwie weinerlich. »Ich bin hundemüde.«

Sie erwiderte: »Armer Junie, das *tut* mir wirklich leid«, beugte sich über ihren Koffer und küsste ihn auf die Wange. Ihre Lippen waren warm, aber sie selbst verbreitete den Geruch von Frost. Und darunter noch einen anderen Geruch, einen, den er mit früher und daheim verband: fast wie gebratener Speck. Das drückte auf seine Stimmung.

Aber nachdem er losfuhr, den Essex auf Touren brachte, glaubte er, wieder die Oberhand zu haben. »Ich weiß gar nicht, was du hier willst«, sagte er.

»Du weißt nicht, was ich hier *will?*«, fragte sie.

»Und ich weiß auch nicht, wo ich mit dir hinsoll. Ich hab

kein Geld, um dich in ein Hotel zu bringen. Es sei denn, *du* hast Geld.«

Falls sie welches hatte, so verriet sie es nicht. »Du nimmst mich mit zu dir«, verkündete sie ihm.

»Auf keinen Fall! Meine Zimmerwirtin vermietet nur an Männer.«

»Dann schmuggelst du mich halt rein.«

»Was? In *mein* Zimmer?«

Sie nickte.

»Nie im Leben!«, sagte er.

Dennoch fuhr er weiter in Richtung der Pension, weil er nicht wusste, was er anderes tun sollte.

Sie kamen an eine Kreuzung, und er bremste und drehte sich zu ihr um. Die fünf Jahre, in etwa, hatten sie nicht im Geringsten verändert; sie hätte noch immer dreizehn sein können. Ihr Gesicht schien noch immer zu straff gespannt zu sein, als hätte die Haut nicht ganz dafür gereicht, und ihre Lippen waren noch immer dünn und farblos. Es war, als wäre für sie an dem Tag die Zeit stehengeblieben, an dem er wegging. Er wusste nicht, warum er sie jemals attraktiv gefunden hatte. Aber sie konnte natürlich nicht wissen, was er dachte, denn sie lächelte, drückte das Kinn nach unten und blickte von der Seite zu ihm hoch und sagte: »Ich hab die Schuhe an, die du so magst.«

Was denn für Schuhe? Er erinnerte sich nicht an irgendwelche Schuhe. Er warf einen Blick auf ihre Füße und sah dunkle, hochhackige Spangenpumps, so klotzig und überdimensioniert, dass ihre Schienbeine dünn wie Grashalme aussahen.

»Wie hast du rausgekriegt, wo ich bin?«, fragte er.

Ihr Gesicht wurde ernst. Sie setzte sich auf und stellte ihre große Handtasche vorne auf ihre Knie.

»Also«, sagte sie und nickte entschieden mit dem Kopf.

(Er hatte vergessen, dass sie das früher immer gemacht hatte. Es bedeutete: »Und jetzt zum Geschäft.« Es bedeutete: »Lass *mich* das machen.«) »Ich hab vor vier Tagen Geburtstag gehabt. Ich bin jetzt achtzehn Jahre alt.«

»Herzlichen Glückwunsch«, sagte er dumpf.

»Achtzehn, Junie! Volljährig!«

»Volljährig ist man erst mit einundzwanzig«, erklärte er ihr.

»Um *wählen* zu gehen, vielleicht … Ich hatte schon meinen Koffer gepackt, hatte schon mein Geld gespart. Das hab ich mir jeden Herbst beim Gala-Pflücken verdient, seit du weg bist. Aber ich hab gewartet, bis ich achtzehn bin, damit mich keiner aufhalten kann. Und am Tag nach meinem Geburtstag hab ich mich von Martha Moffat zum Holzplatz in Parryville fahren lassen und hab die Männer gefragt, ob sie wissen, wo du steckst.«

»Du hast die ganzen Leute dort gefragt?«, sagte er, und sie nickte wieder.

Er konnte sich genau vorstellen, wie *das* ausgesehen haben musste.

»Und einer davon hat gemeint, dass du in den Norden gegangen sein könntest. Er hat sich daran erinnert, dass du eines Tages zur Arbeit gekommen bist und gefragt hast, ob jemand weiß, wo der Zimmermann ist, zu dem sie Trouble gesagt haben, weil er richtig Trimble heißt. Und dass sie dir gesagt haben, dass der Trouble nach Baltimore gegangen ist, und dass du da vielleicht *auch* hingegangen bist, hat der Mann gesagt, um Arbeit zu suchen. Und da hab ich mich von Martha nach Mountain City bringen lassen und hab mir eine Fahrkarte nach Baltimore gekauft.«

Junior musste an diese Zeichentrickfilme denken, in denen jemand über eine Klippe hinaustritt und gar nicht merkt, dass er keinen Boden mehr unter den Füßen hat.

Hatte Linnie nicht erfasst, wie *riskant* das war? Er hätte ja schon vor Jahren weitergezogen sein können. Er könnte jetzt in Chicago leben, oder in Paris, in Frankreich.

Es kam ihm plötzlich wie ein Versagen vor, dass das nicht der Fall war; dass er noch immer hier war, nach all der Zeit. Und dass sie irgendwie gewusst hatte, dass er noch hier sein würde.

»Martha Moffat heißt jetzt Shuford«, erzählte Linnie. »Hast du gewusst, dass sie geheiratet hat? Sie hat Tommy Shuford geheiratet, aber *Mary* Moffat ist immer noch ledig, und man merkt genau, dass sie das schier umbringt. Dauernd streitet sie mit Martha wegen nichts und wieder nichts. Aber die haben sich ja noch nie so gut verstanden, als man meint.«

»Wie man meint«, sagte er.

»Was?«

Er gab es auf.

Sie fuhren jetzt durch die Innenstadt, mit den dicht an dicht stehenden Häusern und den brennenden Straßenlampen, doch Linnie warf kaum einen Blick aus dem Fenster. Er hatte gedacht, dass sie beeindruckter wäre.

»Wie ich in Baltimore aus dem Zug ausgestiegen bin«, erzählte sie weiter, »bin ich direkt zum öffentlichen Fernsprecher gegangen und hab dich im Telefonbuch gesucht, und wie ich dich nicht gefunden hab, hab ich alle Leute namens Trimble angerufen. Hätt ich jedenfalls, bloß dass der Trouble mit Vornamen Dean heißt, und der kommt im Alphabet ziemlich weit vorn. Und der hat gesagt, du *wärst* mal bei ihm gewesen, und er hätt dir gesagt, wos vielleicht Arbeit gibt, aber dass er nicht weiß, ob sie dich genommen haben, und dass er nicht sagen kann, wo du wohnst, außer du bist noch bei dieser Mrs Bess Davies, wo viele Arbeiter am Anfang wohnen, wenn sie in den Norden kommen.«

»Du solltest dich im Detektivbüro Pinkerton bewerben«, sagte Junior. Er war nicht erfreut, zu hören, wie leicht er zu finden gewesen war.

»Ich hab Angst gehabt, dass du umgezogen bist, was Eigenes gefunden hast oder so.«

Er runzelte die Stirn. »Wir haben eine Wirtschaftskrise, falls dir das entgangen sein sollte.«

»*Mir* machts nichts aus, wenn du in einer Pension wohnst«, sagte sie und tätschelte seinen Arm. Er riss ihn weg, und danach war sie eine Weile still.

Als sie die Straße von Mrs Davies erreichten, parkte er in einiger Entfernung von ihrem Haus, am dunkleren Ende des Blocks. Er wollte nicht, dass sie gesehen wurden.

»Freust du dich, dass ich da bin?«, fragte Linnie.

Er machte den Motor aus und sagte: »Linnie …«

»Meine Güte, wir müssen ja nicht gleich über alles auf einmal reden!«, meinte Linnie. »Ach, Junior, ich hab dich ja so vermisst! Ich hab kein einziges Mal einen anderen Mann angeschaut, seit du weggegangen bist.«

»Da warst du dreizehn«, sagte Junior.

Was so viel hieß wie: »Du hast die ganze Zeit, seit du dreizehn warst, nie einen Freund gehabt?«

Doch Linnie, die ihn falsch verstand, strahlte ihn an und sagte: »Ich weiß.«

Sie griff nach seiner rechten Hand, die noch immer auf dem Schalthebel lag, und drückte sie mit beiden Händen. Ihre Hände waren warm, trotz der Kälte, doch seine musste ihr kalt vorkommen. »Kalte Hände, warmes Herz«, verkündete sie und fuhr fort: »Da bin ich also, und jetzt werd ich gleich die erste ganze Nacht in meinem Leben mit dir verbringen.« Sie schien es für selbstverständlich zu halten, dass er sie in sein Zimmer schmuggeln würde.

»Die erste und die letzte Nacht«, sagte er ihr. »Morgen

musst du dir selbst was suchen, es ist schon riskant genug. Wenn Mrs Davies uns sieht, schmeißt sie uns beide raus.«

»Das macht mir nichts aus«, meinte Linnie. »Nicht, wenn ich bei dir bin. Das wäre romantisch.«

Junior zog seine Hand zurück und hievte sich aus dem Auto.

Am Fuß der Eingangstreppe hieß er sie warten, machte leise die Haustür auf und vergewisserte sich, dass Mrs Davies nicht zu sehen war, bevor er Linnie hereinwinkte. Als er und Linnie die Treppe hinaufschlichen, hielt er bei jedem Knarren der Stufen einen Moment inne, voller Angst, aber sie schafften es. Im zweiten Obergeschoss – der Dienstbotenetage, wie er wegen der winzigen Zimmer mit der niedrigen, schiefen Decke immer dachte – deutete er mit dem Kinn auf eine offen stehende Tür und flüsterte: »Bad«, weil er nicht wollte, dass sie womöglich die halbe Nacht dorthin unterwegs war. Sie wedelte kurz mit den Fingern und verschwand darin, während er mit ihrem Koffer in sein Zimmer ging. Er ließ die Tür einen Spalt offen, damit Licht auf die Korridordielen fiel, bis Linnie hereinhuschte und sie hinter sich zumachte. Sie hatte ihren Hut in der Hand, und ihr Haar war an den Schläfen feucht, wie er sah. Es war kürzer als damals, als er sie kennengelernt hatte. Früher hing es ihr über den ganzen Rücken herab, jetzt endete es auf Kinnhöhe. Sie war außer Atem und lachte leise. »Ich hab meine Seife nicht dabeigehabt und keinen Waschlappen, kein Handtuch und auch sonst nichts«, sagte sie. Sie flüsterte zwar, aber es war ein scharfes, tragendes Flüstern, und er sah sie finster an: »Pst.« Während ihrer Abwesenheit hatte er sich bis auf die lange Unterhose ausgezogen. In der Ecke stand ein kleiner, fast quadratischer Sessel mit einem nicht dazu passenden Polsterhocker davor – das einzige Mobiliar außer der schmalen Pritsche und einer kleinen Kommode mit zwei Schubladen –, und dort richtete er sich ein, so gut es ging, und deckte sich mit seiner Winterjacke zu. Linnie blieb mitten im Zimmer stehen und sah ihn mit offenem Mund an. »Junie?«, fragte sie.

»Ich bin müde«, sagte er. »Ich muss morgen arbeiten.« Und er drehte das Gesicht von ihr weg und schloss die Augen.

Geraume Zeit hörte er keine Bewegung, dann Kleiderrascheln, das Aufschnappen von zwei Kofferschlössern, weiteres Rascheln. Das lautere Rascheln des Bettzeugs. Die Lampe wurde ausgeknipst, und er entspannte sich, schlug die Augen auf und starrte in die Dunkelheit.

»Junior?«

Er merkte, dass sie offenbar auf dem Rücken lag. Ihre Stimme schwebte irgendwie nach oben.

»Junior, bist du böse auf mich? Hab ich irgendwas falsch gemacht?«

Er schloss die Augen.

»Was hab ich denn gemacht, Junior?«

Aber er zwang sich, sehr langsam und gleichmäßig zu atmen, und sie fragte nicht noch einmal.

11

Was Linnie falsch gemacht hatte:

Nun, um damit anzufangen, sie hatte ihm nicht gesagt, wie alt sie war. Als er sie zum ersten Mal sah, saß sie mit den Moffat-Zwillingen auf einer Picknickdecke, mit Mary und Martha, die beide im letzten Highschool-Jahr waren, und er war einfach davon ausgegangen, dass sie so alt war wie die beiden. Blöd von ihm. Er hätte es an ihrem unbedarften, ungeschminkten Gesicht merken müssen, an ihren offen über den Rücken hängenden Haaren und daran, wie sichtlich stolz sie auf ihr neues Erwachsensein war – insbesondere auf ihre Brüste, die sie von Zeit zu Zeit, wie prüfend, verstohlen mit den Fingerspitzen berührte. Und diese Brüste waren ausgesprochen *groß*, drückten gegen das enge Oberteil ihres gepunkteten Kleides; und sie trug klobige weiße Sandalen mit hohen Absätzen. War es da ein Wunder, dass er sie für älter hielt? Kein Mensch trug mit dreizehn hohe Absätze, soweit Junior wusste.

Er war mit Tillie Gouge gekommen, aber nur, weil sie ihn eingeladen hatte, deshalb fühlte er sich ihr gegenüber zu nichts verpflichtet. Er nahm sich ein handtellergroßes Melasse-Plätzchen an dem mit Essen beladenen Tisch und ging hinüber zu Linnie Mae. Mit vorgebeugtem Oberkörper –

was wie eine Verneigung ausgesehen haben musste – hielt er ihr das Plätzchen hin. »Für dich«, sagte er.

Sie blickte auf, und ihre Augen waren fast so farblos blau wie Mason-Weckgläser. »Oh!«, sagte sie, errötete und nahm das Plätzchen. Die Moffat-Zwillinge waren plötzlich ganz Ohr, setzten sich sehr aufrecht hin und warteten, was als Nächstes kam, doch Linnie schlug nur ihre feinen hellen Wimpern nieder und knabberte den Rand des Plätzchens an. Dann leckte sie einen Finger nach dem anderen ab. Juniors Finger waren ebenfalls klebrig – er hätte lieber einen Ingwerkeks nehmen sollen –, und so wischte er sie an dem Taschentuch ab, das er aus der Hose zog, sah Linnie Mae dabei aber unverwandt an. Als er fertig war, hielt er ihr das Taschentuch hin. Sie nahm es, ohne ihm in die Augen zu schauen, tupfte sich die Finger ab und gab es ihm zurück; und dann biss sie ein weiteres halbmondförmiges Stück von dem Plätzchen ab.

»Gehörst du zur Von-Wannen-Gemeinde?«, fragte er. (Das Picknick wurde nämlich von der Baptistenkirche zu Ehren des Ersten Mai veranstaltet.)

Sie nickte, geziert kauend, die Augen niedergeschlagen.

»Ich war hier noch nie«, sagte er. »Führst du mich rum?«

Sie nickte wieder, und einen Moment lang schien es, als wäre die Sache damit erledigt, doch dann stand sie leicht nervös und unbeholfen auf – sie hatte auf ihrem Kleid gesessen, dessen Saum sich kurz an einem ihrer Absätze verfing – und ging mit ihm weg, ohne auch nur einen flüchtigen Blick auf die Moffat-Zwillinge zu werfen. Noch immer knabberte sie an ihrem Plätzchen. Da, wo der Kirchhof an den Friedhof grenzte, blieb sie stehen und nahm das Plätzchen in die andere Hand und leckte erneut ihre Finger ab. Wiederum hielt er ihr sein Taschentuch hin, wiederum nahm sie es. Leicht amüsiert dachte er, dass das ewig so weitergehen konnte, aber als sie sich die Finger abgetupft hatte, legte sie den Rest ihres Plätzchens auf das Taschentuch und wickelte es sorgfältig hinein, wie jemand, der ein Geschenk einpackt, und gab es ihm. Er stopfte es in die linke Hosentasche, und sie gingen weiter.

Wenn er heute an diese Episode zurückdachte, kam es ihm vor, als ob jedes Detail, jede Bewegung laut »Dreizehn!« geschrien hätte. Doch er konnte beschwören, dass es ihm damals nicht im Entferntesten in den Sinn gekommen war. Er war keiner, der es mit Kindern trieb.

Dennoch musste er zugeben, dass er genau in dem Moment auf sie aufmerksam geworden war, als sie ihre Brüste berührte. Damals hatte das verführerisch gewirkt, erst bei näherem Nachdenken vermutete er, dass es sich auch lediglich als kindlich interpretieren ließ. Vielleicht hatte sie ja nur über deren nagelneues Vorhandensein gestaunt.

Sie ging vor ihm durch den Friedhof, wobei ihre dünnen Knöchel bedenklich in den hochhackigen Schuhen wackelten, und zeigte ihm die Grabsteine der Eltern ihres Daddys – Jonas Inman und Loretta Carroll Inman. Dann war sie also eine von den Inmans, einer Familie, die für ihre Hochnäsigkeit bekannt war. »Wie heißt du mit Vornamen?«, fragte er.

»Linnie Mae«, sagte sie und errötete wieder.

»Ich bin Junior Whitshank.«

»Ich weiß.«

Er fragte sich, woher sie das wusste, was sie über ihn gehört haben mochte.

»Linnie Mae«, sagte er, »kann ich deine Kirche mal von innen sehen?«

»Wenn du willst.«

Sie machten kehrt und verließen den Friedhof, überquerten den ungepflasterten Kirchhof und gingen die Stufen zu »Von Wannen Mir Hilfe Kommt« hinauf. Das Innere bestand aus einem einzelnen dämmerigen Raum mit rauchgeschwärzten Wänden und einem Kanonenofen, und die wenigen Stuhlreihen blickten auf einen Tisch, auf dem eine kleine Spitzendecke lag. Sie blieben gleich hinter der Tür stehen; mehr gab es nicht zu sehen.

»Bist du religiös?«, fragte er.

Sie zuckte die Schultern: »Nicht so arg.«

Das ließ ihn einen Moment zögern, weil es nicht das war, was er erwartet hatte. Offenbar war sie komplizierter, als er angenommen hatte. Er grinste. »Ein Mädchen nach meinem Geschmack.«

Mit einem Mal blickte sie ihn direkt an. Die Farblosigkeit ihrer Augen verstörte ihn aufs Neue.

»Tja, ich sollte mich jetzt lieber mal wieder um das Mädel kümmern, mit dem ich da bin«, sagte er und ließ es wie einen Scherz klingen. »Aber vielleicht können wir ja morgen Abend ins Kino gehen.«

»Ist gut«, antwortete sie.

»Wo wohnst du eigentlich?«

»Ich wart einfach am Drugstore auf dich.«

»Oh«, sagte er.

Er fragte sich, ob sie sich schämte, ihn ihrer Familie vorzuzeigen. Doch dann dachte er, was solls, und sagte: »Um sieben?«

»Ist gut.«

Sie traten wieder hinaus in den Sonnenschein, und ohne einen weiteren Blick ließ sie ihn am Eingang stehen und ging schnurstracks auf die Moffat-Zwillinge zu. Die natürlich alles genau verfolgten, neugierig wie zwei Spatzen, die spitzen kleinen Gesichter in Junior und Linnies Richtung gewandt.

Sie trafen sich schon seit drei Wochen, bevor ihr Alter herauskam. Nicht, dass sie es von sich aus preisgegeben hätte; sie erwähnte nur eines Abends rein zufällig, dass ihr älterer Bruder am nächsten Tag die achte Klasse absolvieren würde. »Dein *älterer* Bruder?«, fragte er.

Sie kapierte es nicht sofort und erzählte, dass ihr jüngerer Bruder blitzgescheit sei, ihr älterer Bruder aber nicht, und dass er deshalb darum gebettelt habe, die Schule jetzt abbrechen zu dürfen und nicht auf die Highschool in Mountain High gehen zu müssen, wie seine Eltern es erwarteten. »Der hat noch nie gern gelernt«, sagte sie. »Der geht lieber auf die Jagd und so Sachen.«

»Wie alt ist er?«, fragte Junior.

»Was? Vierzehn.«

»Vierzehn.«

»M-hm.«

»Und wie alt bist *du?*«, fragte Junior.

Da dämmerte es ihr. Sie wurde rot, versuchte jedoch, sich herauszureden: »Ich mein damit, er ist älter als mein *anderer* Bruder.«

»Wie alt bist du?«, fragte er noch einmal.

Sie reckte das Kinn vor und sagte: »Dreizehn.«

Es war wie ein Schlag in die Magengrube.

»Dreizehn!«, rief er. »Dann bist du ja noch … du bist nur halb so alt wie ich!«

»Aber für dreizehn bin ich *alt*«, sagte Linnie.

»Großer Gott, Linnie Mae!«

Denn inzwischen trieben sie es miteinander. Und das schon seit ihrer dritten Verabredung. Sie gingen nicht mehr ins Kino, gingen nicht Eis essen, und schon gar nicht trafen sie sich mit Freunden. (Welche Freunde hätten das überhaupt sein sollen?) Sie fuhren einfach mit dem Laster seines Schwagers an den Fluss, breiteten hastig eine Steppdecke unter einem Baum aus und fielen übereinander her. Eines Abends goss es in Strömen, aber das hatte sie nicht eine Minute abgehalten; danach lagen sie mit ausgestreckten Armen und Beinen da und ließen den Regen in ihre offenen Münder laufen. Es war nicht so, dass er sie dazu überredet hätte. Linnie war diejenige, die den ersten Schritt getan hatte, indem sie sich eines Abends in dem geparkten Laster von ihm losmachte und bebend und eilig ihr vorne geknöpftes Kleid aufriss.

Er konnte dafür verhaftet werden.

Ihr Vater baute Tabak auf Land an, das ihm selbst gehörte. Ihre Mutter stammte aus Virginia; und alle Welt wusste, dass sich Leute aus Virginia für etwas Besseres hielten. Sie würden ihm, ohne mit der Wimper zu zucken, den Sheriff auf den Hals hetzen. Ach, Linnie war ja so dumm gewesen, so absolut hirnlos, sich mitten in ihrem Heimatort vor dem Drugstore mit ihm zu treffen, noch dazu in ihrem Sonntagsstaat und ihren Stöckelschuhen! Junior wohnte drüben in der Nähe von Parryville, gute zehn Kilometer entfernt, sodass vielleicht niemand, der sie in Yarrow zusammen gesehen hatte, ihn kannte; aber es konnte keinem entgangen sein, dass er ein erwachsener Mann war, meist in schäbigen Klamotten, alten Arbeitsstiefeln und mit Zweitagebart. Es wäre nicht allzu schwer gewesen, seinen Namen herauszubekommen und ihn ausfindig zu machen. »Hast du jemand was von uns erzählt?«, fragte er.

»Nein, Junior, ich schwörs.«

»Auch nicht den Moffat-Zwillingen oder sonst wem?«

»Niemand.«

»Ich könnte dafür ins Gefängnis kommen, Linnie.«

»Ich habs keiner Menschenseele erzählt.«

Er beschloss, sich nicht mehr mit ihr zu treffen, sagte es jedoch nicht geradeheraus, weil sie sonst geheult und gebettelt hätte, dass er es sich anders überlegt. Linnie hatte nämlich ein bisschen was von einer Klette an sich. Ständig sprach sie von der wunderbaren Romanze zwischen ihnen und sagte, dass sie ihn liebe, obwohl er selbst das Wort Liebe nie in den Mund nahm, und fragte ihn, ob er die Soundso hübscher finde als sie. Wahrscheinlich weil für sie alles so neu war. O Gott, er hatte sich mit einem Kind eingelassen! Es wollte ihm nicht in den Kopf, dass er so blind gewesen war.

Sie legten die Steppdecke zusammen und stiegen in den Laster, und Junior fuhr Linnie Mae zurück, ohne unterwegs auch nur *ein* Wort zu sagen, während sie ununterbrochen über die bevorstehende Abschlussparty ihres Bruders schwatzte. Als er vor dem Drugstore anhielt, sagte er, dass er sich am nächsten Abend nicht mit ihr treffen könne, weil er versprochen habe, seinem Vater bei einer Zimmermannsarbeit zu helfen. Sie schien es nicht seltsam zu finden, dass er abends Zimmermannsarbeiten ausführen wollte. »Dann am Abend drauf?«, fragte sie.

»Mal sehen.«

»Aber woher weiß ichs?«

»Ich geb dir Bescheid, wann ich Zeit hab.«

»Ich werd dich ganz furchtbar vermissen, Junior!«

Und sie schlang die Arme um seinen Hals, doch er zog ihre Arme weg und sagte: »Du gehst jetzt besser.«

Natürlich gab er ihr *nicht* Bescheid. (Er hatte keine Ahnung, wie er das überhaupt hätte bewerkstelligen sollen, wo er ihr doch gesagt hatte, dass sie es keinem erzählen dürften.) Er blieb strikt auf seinem eigenen Territorium – bestehend aus zwei Morgen rotem Lehmboden außerhalb von Parryville, umgeben von einem windschiefen Zaun, und einer Hütte mit drei Räumen, die er sich mit seinem Vater und seinem letzten unverheirateten Bruder teilte.

Zufällig hatten die drei in dieser Woche tatsächlich Arbeit, da sie für eine Frau weiter unten in der Straße das Dach eines Schuppens erneuerten. Sie brachen frühmorgens im Fuhrwerk auf, mit einer Blechkanne Buttermilch und einem Kanten Maisbrot fürs Mittagessen, ließen ihr Maultier dann auf Mrs Honeycutts Weide frei laufen und stiegen auf das Dach, wo sie den ganzen Tag in der prallen Sonne arbeiteten. Abends war Junior so erledigt, dass er sich sogar zwingen musste, noch etwas zu essen. (Nach dem Tod ihrer Mutter hatte sein Bruder Jimmy das Kochen übernommen – der einfach briet, was immer sie als Letztes getötet hatten, und dazu die gut einen Zentimeter dicke weiße Fettschicht benutzte, die ständig in der Pfanne auf dem Holzherd stand.) Um acht oder halb neun lagen sie im Bett, die übliche Zeit für Arbeiter. So ging das drei Tage hintereinander, und Junior verschwendete so gut wie keinen Gedanken an Linnie Mae. Einmal fragte ihn Jimmy, ob er Lust hätte, nach dem Abendessen mit in die Stadt zu gehen und vielleicht Mädchen aufzugabeln, doch Junior lehnte ab, allerdings nicht wegen Linnie. Er war einfach zu kaputt.

Dann waren sie mit dem Dach fertig und hatten keinen weiteren Auftrag. Junior verbrachte den nächsten Tag daheim, langweilte sich aber zu Tode, und sein Vater hatte mal wieder schlechte Laune, und so dachte er, dass er am nächsten Morgen zum Holzplatz gehen und nach Arbeit fragen sollte. Die Leute dort waren es gewohnt, dass er ab und zu auftauchte; und meistens konnten sie Hilfe brauchen.

Er saß gerade mit den Hunden draußen auf der Treppe und rauchte eine Zigarette – das Zwielicht noch in dem Stadium, in dem es durchlässig ist, und die Glühwürmchen im Hof erst aufzuleuchten beginnen –, als ein Auto, das er nicht kannte, hereinfuhr, ein klappriger Chevrolet, am Steuer ein Bursche mit einer Kappe aus der Samenhandlung. Ein Mädchen sprang vom Beifahrersitz, kam auf ihn zu und sagte: »Hallo, Junior.« Eine von den Moffat-Zwillingen. Die Hunde hoben kurz den Kopf, um ihn gleich wieder auf die Pfoten zu legen. »Hallo«, erwiderte Junior, ohne einen Namen zu nennen, weil er nicht genau wusste, welche der beiden es war. Sie reichte ihm ein weißes Blatt Papier, und er faltete es auf, aber in der Dämmerung war es schwer zu lesen. »Was ist das?«, fragte er.

»Das ist von Linnie Mae.«

Er hielt das Blatt in den schwachen Laternenschein, der durch die Fliegengittertür fiel. *Junior, ich muss mit dir reden*, las er. *Die Moffats sollen dich zu mir nach Hause bringen.*

Er hatte plötzlich einen Eisklotz in der Brust. Wenn ein Mädchen sagt, dass es mit einem reden muss … o Gott! Etwas in ihm versuchte sich schon zu überlegen, wohin er flüchten konnte, wie er wegkommen konnte, bevor sie ihm die Nachricht mitteilte, die bedeutete, dass er bis an sein Lebensende in der Falle saß. Aber der Zwilling sagte: »Kommst du?«

»Jetzt gleich?«

»Ja, jetzt, wir fahren dich hin.«

Er stand auf und trat seine Zigarette aus. »Na gut.«

Er folgte ihr zum Wagen. Es war eine Limousine mit vier Türen, und sie stieg vorne ein, sodass er sich hinten neben die Zwillingsschwester setzen musste, die »Hallo, Junior« sagte.

»Hallo.«

»Unseren Bruder Freddy kennst du ja.«

»Hallo, Freddy«, sagte er, konnte sich aber nicht erinnern, ihm je begegnet zu sein. Freddy grunzte nur, legte den Gang ein und fuhr aus dem Hof die Seven Mile Road hinunter.

Junior wusste, dass er Konversation machen sollte, doch das Einzige, woran er denken konnte, war, was Linnie ihm mitteilen würde und was er dann machen sollte. Was *konnte* er denn schon machen? Er war kein solches Schwein, so zu tun, als ob er es nicht gewesen wäre. Obwohl ihm dieser Gedanke tatsächlich durch den Kopf schoss.

»Linnies Eltern schmeißen heut Abend eine Party für Clifford«, sagte der erste Zwilling.

»Wer ist Clifford?«

»Ihr Bruder. Er ist gerade mit der achten Klasse fertig.«

»Ach so.«

Es kam ihm irgendwie komisch vor, ein solches Tamtam um die achte Klasse zu veranstalten. Als *er* die achte Klasse hinter sich hatte, war es bei dem großen Trara darum gegangen, warum um alles in der Welt er so erpicht darauf war, auf die Highschool zu gehen. Sein Vater hatte gemeint, dass er endlich arbeiten sollte, während Junior fand, dass es noch so manches gab, was er zu lernen hatte.

Linnie erwartete doch wohl nicht, dass er auf die Party kam, oder? So blöd konnte nicht einmal *sie* sein.

Aber der Zwilling sagte: »Da kann sie sich besser aus dem Haus schleichen, weil viele Leute da sind. Da merkts keiner, wenn sie weg ist.«

»Ach so«, sagte er erleichtert.

Damit schienen alle Gesprächsthemen erschöpft zu sein.

Sie bogen in die Sawyer Road ab, statt nach Yarrow hineinzufahren, sodass er vermutete, dass die Farm der Inmans im Norden der Stadt lag. Durch das offene Fenster drang der Geruch von frischem Mist herein. Die Sawyer Road war nur geschottert, und bei jeder Unebenheit flackerten die Scheinwerfer des Chevrolet und drohten auszugehen. Das machte ihn nervös. Verflixt, *alles* machte ihn nervös.

Er fragte sich, ob das eine Falle war, ob sie den Sheriff geholt hatten und der bereits auf ihn wartete. Junior war beim Sheriff alles andere als beliebt. Als Junge hatte er beinahe einen Unfall verursacht, als er und einige Freunde hinten auf einem Fuhrwerk saßen und dem folgenden Auto signalisiert hatten, dass es überholen konnte. Und im Laufe der Jahre hatte es noch andere Zwischenfälle geben.

Am Ende der Sawyer Road bog Freddy nach links in die Pee Creek Road ab, die asphaltiert war und für eine wesentlich ruhigere Fahrt sorgte. Ein Stück weiter bog er rechts in eine unbefestigte Einfahrt ein. Das Haus kam Junior groß vor. Es war weiß oder hellgrau gestrichen, und alle Fenster waren erleuchtet. Auf dem Gras davor standen kreuz und quer einige Autos und Laster. Freddy hielt jedoch nicht an, sondern fuhr auf die Rückseite, wo Junior die Umrisse mehrerer dunkler Schuppen und Scheunen ausmachen konnte. »Da wären wir«, sagte der erste Zwilling.

Ein Schatten löste sich von der am nächsten stehenden Scheune und wurde zu Linnie, die etwas Farbloses trug. Als sie auf sie zukam, fragte Junior die Moffats: »Wartet ihr auf mich oder was?«

Bevor jemand antworten konnte, trat Linnie an sein Fenster und flüsterte: »Junior?«

»Ja«, sagte er.

Sie beugte sich herein, nahm aber doch wohl nicht an, dass er vor den anderen irgendwie zärtlich wurde, oder etwa doch? Er wehrte sie ab, indem er die Tür aufmachte und sie dadurch wegdrängte. »Ihr wartet hier«, sagte er zu den Moffats. »Ich brauch jemand, der mich heimfährt.«

Linnie sagte: »Danke, Freddy. Hallo, Martha. Hallo, Mary.«

»Hallo, Linnie«, grüßten die Zwillinge im Chor.

Junior stieg aus und machte die Tür hinter sich zu, und schon legte Freddy den Rückwärtsgang ein und begann zurückzusetzen. »Wo wollen die hin?«, erkundigte sich Junior bei Linnie.

»Ach, irgendwohin halt.«

»Und wie soll ich heimkommen?«

»Die kommen ja wieder! Mach schon.«

Sie nahm ihn bei der Hand und führte ihn zu der Scheune, aus der sie gekommen war. Er sträubte sich. »Ich hab nur einen Moment Zeit«, sagte er, »die hätten warten sollen.«

»*Komm* schon, Junior. Sonst sieht dich noch wer!«

Er gab sich geschlagen und folgte ihr in die Scheune, in der es stockfinster war, nachdem Linnie die Tür hinter ihnen zugemacht hatte. »Wir gehen rauf auf den Heuboden«, flüsterte sie.

Aber das war ihm nicht ganz geheuer. Auf einem Heuboden konnte man in die Enge getrieben werden. »Wir können auch hier unten reden. Ich kann nicht lang bleiben. Ich muss heim. Bist du sicher, dass die Moffats wissen, dass sie mich abholen sollen? Warum hast du denen von uns erzählt? Du hast geschworen, dass du es keiner Menschenseele sagst.«

»Hab ich auch nicht! Nur den Zwillingen. Die finden es so romantisch. Die freuen sich richtig für uns.«

»Herrgott noch mal, Linnie.«

»Wir gehn rauf auf den Heuboden, hab ich gesagt. Da ist es bequemer, wegen dem Heu.«

Er achtete nicht auf sie und ging tiefer in die Scheune hinein, über knarrende, mit Stroh übersäte Holzdielen. Sie sagte: »Ich weiß gar nicht, warum du so plötzlich so anders bist.« Sie streckte den Arm in der Dunkelheit aus, tastete nach etwas und zog daran, und über ihnen ging eine Glühlampe an und tat ihm in den Augen weh. Diese Leute hatten sogar in ihren Außengebäuden Strom! Er sah, dass er neben einem verrosteten Pflug stand. In der Ecke dahinter lag eine dünne Schicht niedergetrampeltes Heu. In der plötzlichen

Helligkeit sah Linnies Gesicht ganz zerknittert aus, genau wie seins, wie er vermutete. Sie trug ein Kleid, das ihm eine Spur zu tief ausgeschnitten erschien. Er war überrascht, dass ihre Mutter so etwas erlaubt hatte; Linnie tat immer so, als ob ihre Mutter sehr streng wäre. Er sah genau, wie sich die beiden Hügel ihrer Brüste oberhalb des Stoffs wölbten, aber es berührte ihn nicht. Er zog seine Camels aus der Hemdentasche. »Über was willst du mit mir reden?«, fragte er.

»Du darfst hier nicht rauchen!«

Er steckte die Camels wieder ein.

»Na los, sag schon.«

»Was denn?«, fragte sie.

»Was du mir zu sagen hast. Weshalb du mich hast herkommen lassen.«

Sie richtete sich kerzengerade auf. »Junior, ich weiß, warum du dich nicht mehr mit mir treffen willst. Du denkst, ich bin zu jung für dich.«

»Was? Mal langsam.«

»Alter ist bloß ein Tag im Kalender. Und das ist was, wo ich nichts dran ändern kann. Und darum ist das nicht fair von dir. Du siehst doch, dass ich eine Frau bin. Hab ich mich nicht *verhalten* wie eine Frau? *Fühl* ich mich nicht *an* wie eine Frau?«

Sie nahm seine Hand und legte sie auf ihren u-förmigen Ausschnitt, wo die Wölbungen begannen. Er fragte: »*Das* hast du mir sagen wollen?«

»Ich wollte dir bloß sagen, wie engstirnig du bist.«

»Mensch, Linnie, du bist also nicht schwanger?«

»Schwanger! Nein!«

Er wusste nicht, warum sie so schockiert klang; schließlich hatten sie nicht immer aufgepasst. Aber ihm fiel ein solcher Stein vom Herzen, dass er laut auflachte und sich dann vorbeugte, um seine Lippen auf ihre zu legen und seine

Hand in ihren Ausschnitt zu schieben, tief hinein, wo sie keinen Büstenhalter zu tragen schien, obwohl sie durchaus einen hätte brauchen können. Er drückte, und sie zog scharf die Luft ein, und er schob sie rückwärts in die Ecke der Scheune und legte sie auf das Heu, ohne auch nur ein einziges Mal seine Lippen von ihren zu nehmen. Irgendwie kickte er seine Stiefel weg, entledigte sich in einem Rutsch seines Overalls und seiner Unterhose. Linnie kämpfte sich derweil aus ihrem Schlüpfer, und gerade als er ihr dabei helfen wollte, hörte er … nicht Worte, sondern ein Brüllen, wie von einem Stier, und dann: »Allmächtiger!«

Er rollte sich weg und kam auf die Beine. Ein dünner kleiner Mann stürzte mit ausgestreckten Armen auf ihn zu, doch Junior konnte ausweichen. Der Mann fiel gegen den Pflug und richtete sich hastig wieder auf. »Clifford!«, brüllte er. »Brandon!«

Junior hatte das verrückte Gefühl, dass der Mann es bei ihm mit verschiedenen Namen versuchte, doch dann hörte er vom Haus her eine andere Stimme rufen: »Daddy?«

»Kommt raus! Bringt mir das Gewehr!«

»Daddy, warte, du verstehst das falsch«, sagte Linnie.

Doch der war zu sehr damit beschäftigt, Juniors Kehle zu umklammern. Junior fand, dass man ihm einen Moment Zeit geben sollte, seine Hose anzuziehen; ohne sie befand er sich im Nachteil. Er befreite sich ohne größere Schwierigkeiten aus Mr Inmans Griff, aber als er seine Sachen schnappen wollte, packte der Mann ihn erneut. Und jemand schrie: »Keine Bewegung!« Junior drehte den Kopf und sah zwei junge Burschen unter der Tür stehen, die ihre Winchesters auf ihn gerichtet hatten.

Er machte keine Bewegung.

»Gib her«, befahl Mr Inman, und der jüngere der beiden Burschen kam und gab ihm sein Gewehr.

Mr Inman trat gerade so weit zurück, dass die Länge des Gewehrs zwischen ihn und Junior passte. Er spannte den Hahn und befahl Junior: »Umdrehen.«

Junior tat, wie ihm geheißen, und wandte nun den Burschen das Gesicht zu, die eher interessiert als wütend wirkten. Ihre Augen waren auf seinen Schritt gerichtet. Junior spürte die kalte, kreisrunde Gewehrmündung mitten im Nacken. »Vorwärts«, befahl Mr Inman und stieß ihn mit dem Gewehr an.

»Kann ich nicht erst …«

»Vorwärts!«

»Sir, kann ich nicht erst meine Sachen holen?«

»Nein, kannst du nicht. Will erst seine Sachen holen, der Kerl! Los jetzt. Raus aus meiner Scheune, runter von meinem Land und raus aus unserem Bundesstaat, hast du verstanden? Wenn du bis morgen nicht über alle Berge bist, hetze ich dir die Polizei auf den Hals, das schwöre ich bei Gott. Ich hätte gute Lust, es sofort zu tun, aber ich will meiner Familie die Schande ersparen.«

»Aber, Daddy, er ist halb nackig«, sagte Linnie.

»Du hältst den Mund«, wies Mr Inman sie an.

Er stieß Junior das Gewehr heftiger in den Nacken, und Junior taumelte vorwärts, mit einem letzten verzweifelten Blick auf seine im Heu verstreuten Sachen. Darunter lugte eine Stiefelspitze hervor.

Im Hof war es dunkel, aber im Schein der Glühbirne über der Hintertür des Hauses war er deutlich zu sehen, wie er merkte, weil die Leute, die sich auf der Treppe drängten, alle nach Luft rangen und murmelten – Frauen und ein paar Männer und ein Haufen Kinder jeden Alters, alle mit weit aufgerissenen Augen, während die kleinen Jungs sich mit den Ellbogen anstießen.

Es war ein Segen, den Lichtkreis zu verlassen und in die

tiefe, samtene Dunkelheit dahinter zu treten. Mit einem letzten Stoß der Gewehrmündung blieb Mr Inman stehen und ließ Junior allein weiterstolpern.

Seit der Grundschule war er nicht mehr barfuß gelaufen. Jeder Stock und jeder Stein ließ ihn zusammenzucken.

Neben dem Hof der Inmans lag Wald, mit dichtem Unterholz aus Dornensträuchern, die seine nackte Haut zerkratzten, aber das war immer noch besser als die Straße, wo er jederzeit von Autoscheinwerfern erfasst werden konnte. Er fand einen halbwegs dicken Baum, hinter den er sich stellen konnte, nahe genug, um durch das Buschwerk noch die erleuchteten Fenster der Inmans zu sehen. Er hoffte, dass Linnie Mae irgendwann mit seinen Sachen herauskommen würde.

Stechmücken sirrten in seinen Ohren, und Baumfrösche piepsten. Er trat von einem Fuß auf den anderen und schlug etwas Weiches weg, einen Nachtfalter. Sein Herzschlag normalisierte sich.

Linnie kam nicht. Er vermutete, dass sie sie eingesperrt hatten.

Nach einiger Zeit zog er sein Hemd aus und band es sich wie eine Schürze um die Taille, indem er die Ärmel hinten verknotete. So trat er hinter dem Baum hervor und ging hinunter zur Straße. Der Boden daneben war steinig, also blieb er auf dem Asphalt, der glatt und von der Hitze des Tages noch leicht warm war. Bei jedem Schritt lauschte er, ob ein Auto zu hören war. Wenn es das Auto der Moffats war, würde er es anhalten müssen. Er konnte sich jetzt schon das Gelächter der Zwillinge vorstellen.

Einmal hörte er in der Ferne ein schwaches Brummen und sah einen Lichtschein am Horizont. Er verzog sich sicherheitshalber wieder ins Gebüsch und hielt Ausschau, doch die Straße blieb leer, und der Lichtschein verschwand.

Das Fahrzeug musste irgendwo abgebogen sein. Er ging zurück auf die Straße.

Würde er das Auto der Moffats rechtzeitig erkennen, sofern sie überhaupt kamen? Würde er ein anderes Auto für ihres halten und von wildfremden Leuten ohne Hose erwischt werden?

Er befand sich in einer Situation wie in den typischen Männerwitzen seiner Arbeitskollegen. Aber wenn er sich vorzustellen versuchte, die Geschichte jemals jemandem zu erzählen, dann gelang es ihm nicht. Erstens einmal war das Mädchen dreizehn. Schon das allein ließ die Sache in einem völlig anderen Licht erscheinen.

Die Sawyer Road tauchte derart lange nicht auf, dass er schon befürchtete, zu weit gegangen zu sein. Er hätte schwören können, dass sie näher war. Er wechselte auf die andere Straßenseite, damit er sie auf keinen Fall verpasste, obwohl auf der anderen Seite niedrig bestandene Felder lagen und er dort leichter auszumachen war. Über sich hörte er ein Flattern und dann den Schrei einer Eule, was er aus irgendeinem Grund tröstlich fand.

Später, viel später, als er erwartet hatte, stieß er auf das schmale helle Band der Sawyer Road und folgte ihr. Der Schotter tat höllisch weh, aber er hatte es aufgegeben, vorsichtig zu gehen. Unbeirrt trottete er weiter, und empfand eine Art perverse Freude bei dem Gedanken, dass seine Fußsohlen völlig zerschnitten sein mussten.

Er hoffte, dass Linnie inzwischen eine Möglichkeit gefunden hatte, das Haus zu verlassen, und jetzt im Hof stand, »Junior? Junior?« rief und die Hände rang. Viel Glück dabei, denn *ihn* würde sie ihr Lebtag lang nie wieder zu Gesicht bekommen. Wenn sie es nicht noch ausgesprochen hätte, dass er ohne Hose erwischt worden war, hätte er ihr vielleicht verzeihen können, doch sie hatte »Daddy, er ist halb nackig!« gesagt, und damit war das wenige, was er möglicherweise für sie empfunden hatte, jetzt endgültig dahin.

Er wusste nicht, wie viel Uhr es war, als er endlich die Seven Mile Road erreichte. Er ging genau in der Straßenmitte, wo der Asphalt am glattesten war, aber seine Füße waren inzwischen so zerschunden, dass selbst das eine Qual war.

Als er daheim ankam, wurde der Himmel bereits hell – oder Junior hatte sich in ein Tier mit Nachtsicht verwandelt. Er schob mit dem Fuß einen schlafenden Hund beiseite, machte die Fliegengittertür auf und trat in das stickige, muffige Dunkel, wo Schnarchen zu hören war. Im Schlafzimmer warf er das umgebundene Hemd ab, tastete sich zum Schrank und holte eine Unterhose heraus. Sie anzuziehen, war das herrlichste Gefühl der Welt. Er ließ sich neben Jimmy auf die zerwühlten Laken sinken und schloss die Augen.

Allerdings nicht, um zu schlafen. O nein. Auf dem ganzen Heimweg hatte er sich nach Schlaf gesehnt, doch nun war er hellwach, wie elektrisiert, und lebhafte Bilder schossen ihm durch den Kopf. Die glotzenden Partygäste auf der Hintertreppe. Seine dünnen weißen Beine ohne Hose. Linnies einfältiges Gesicht und ihr offen stehender Mund.

Er ist halb nackig!

Er hasste sie.

Während der ersten Monate in Baltimore ließen ihn diese Bilder häufig zusammenzucken und heftig den Kopf schütteln, wie um sie loszuwerden. Doch mit der Zeit verblassten sie. Er hatte nun an anderes zu denken. Beispielsweise daran, in der Welt voranzukommen. Herauszufinden, wie alles funktioniert. Sich an den beunruhigenden Horizont in dieser Gegend zu gewöhnen – das Gewirr niedriger, dicht beieinanderstehender Gebäude, wohin er auch blickte, das

Fehlen der ausladenden violetten Berge in der Ferne, die ihn zu beschützen schienen.

Irgendwann kam ihm der Gedanke, dass ihm Mr Inman aller Wahrscheinlichkeit nach nicht die Polizei auf den Hals gehetzt hätte. Wie der Mann selbst gesagt hatte, wollte er seiner Familie die Schande ersparen. Junior hätte sich nur eine Weile nicht blicken lassen dürfen und sich vielleicht ein- oder zweimal prügeln müssen, falls er mal zufällig am falschen Ort gewesen wäre. Aber diese Erkenntnis veranlasste ihn nicht, zusammenzupacken und heimzufahren. Zum einen fiel es ihm erstaunlich leicht, seine Familie hinter sich zu lassen. Seine Mutter war die Einzige gewesen, für die er etwas empfunden hatte, und sie war gestorben, als er zwölf war. Danach war sein Vater bösartig geworden, und seinen Geschwistern, die alle wesentlich älter waren, stand er nie nahe. (Hatte er im Grunde nur einen Vorwand gesucht, um von ihnen allen wegzukommen?) Aber was noch wichtiger war: Er hatte inzwischen entdeckt, was Arbeit ist. Arbeit, die stolz macht, die einen dazu bringt, jeden Morgen gerne aufzustehen.

Als er sich damals auf dem Holzplatz nach Troubles Verbleib erkundigt hatte, geschah dies mit dem Hintergedanken, vielleicht einen Job bei ihm zu bekommen. Trouble hatte immer sein Interesse geweckt. Für ihn war Holz eine ernste Sache. Sein Spitzname war kein Zufall: Sobald sein Laster auf dem Holzplatz auftauchte, begannen die Männer, gutmütig zu stöhnen, weil alle genau wussten, dass er darauf bestand, jedes einzelne Brett so eingehend zu begutachten, als wollte er es heiraten. Es durfte keine Astlöcher haben, keine abgefressenen Enden und keine unansehnliche Maserung. (»Unansehnlich« war das Wort, das er benutzte.) Er stellte nämlich erstklassige Möbel her. Früher hatte er in einer Fabrik in High Point gearbeitet, dann aber empört gekündigt und sich in Parryville, wo seine Frau herkam, selbstständig gemacht. Und er hatte den Männern auf dem Holzplatz mehr als nur einmal gesagt, dass er gute Lust hätte, Parryville ebenfalls zu verlassen und in den Norden zu gehen, wo es für Möbel wie seine einen größeren Markt gab.

Und so ging Junior an dem Morgen, an dem er sein Zuhause verließ (in seinen Schnürschuhen für den Kirchgang, in denen seine aufgeschürften Füße noch mehr wehtaten), hinüber zu seinem Schwager und bat ihn, auf dem Weg aus der Stadt kurz beim Holzplatz zu halten. Dort wussten die Männer nur etwas von Baltimore, doch das genügte ihm. Er stieg wieder in den Laster, und sie fuhren zu der Tankstelle am Highway 80. »Richte den anderen aus, ich schicke eine Postkarte, wenn ich weiß, wo ich bin«, sagte er, als er ausstieg. Raymond nahm nur kurz grüßend die Hand vom Lenkrad und fuhr weiter, und Junior ging in die Tankstelle, um jemanden zu finden, der nach Norden unterwegs war.

Er hatte eine Papiertüte mit zwei Sätzen Kleidung dabei, einen Rasierer, einen Kamm und dazu achtundzwanzig Dollar in der Hosentasche.

Allerdings hätte ihm klar sein müssen, dass Trouble ihn nicht einstellen würde, denn Trouble arbeitete am liebsten allein. (Und hatte vermutlich ohnehin kein Geld für eine Hilfskraft.) Nachdem Junior zwei Tage damit zugebracht hatte, seine Werkstatt ausfindig zu machen, bot der Mann ihm nicht einmal ein Glas Wasser an, obwohl er nicht unhöflich war. »Arbeit? Du meinst, auf einem Holzplatz?«, fragte er, die Augen auf die Front einer Schublade gerichtet, die er gerade abschrägte.

Junior erklärte: »Ich dachte eher an was, bei dem man handwerkliches Geschick braucht. Das hab ich nämlich. Ich würde gern was machen, auf das ich hinterher stolz sein kann.«

Daraufhin unterbrach Trouble seine Arbeit. Er sah zu Junior hoch und sagte: »Na ja, es gibt da einen Bauunternehmer, der mir ziemlich heikel zu sein scheint. Clyde Ward heißt er. Ich mach manchmal Schränke für ihn. Ich könnte dir ja vielleicht sagen, wo du den findest.« Außerdem schlug er die Pension von Mrs Davies als Unterkunft vor, worüber Junior sehr froh war, weil er in einem Seemannsheim unten beim Hafen übernachtet hatte, wo von ihm erwartet wurde, dass er jeden Abend Kirchenlieder mitsang.

Danach sah er Trouble nie wieder. Doch er mietete ein Zimmer bei Mrs Davies, in ihrem dreistöckigen Haus in Hampden, das früher einem Fabrikbesitzer oder zumindest einem Betriebsleiter gehört haben musste, und er begann, für Clyde Ward zu arbeiten, den anspruchsvollsten Baumeister, der ihm je begegnet war. Und von Mr Ward lernte er, welche Freude es bereitet, etwas genau richtig zu machen.

Irgendwann schickte er seiner Familie tatsächlich eine Postkarte, bekam aber nie eine Antwort, und so schickte er keine zweite. Das war in Ordnung; er dachte nicht einmal mehr an sie. Auch an Linnie Mae dachte er nicht mehr. Sie war eine winzige, undeutliche Person, die er zusammen mit dieser anderen Person in seinen Hinterkopf verbannt hatte – diesem völlig anderen Ich, das nichts mehr mit ihm zu tun hatte, das jedes Wochenende losgezogen war und sein Geld für Zigaretten, leichte Mädchen und geschmuggelten Whiskey ausgegeben hatte. Der neue Junior hatte einen Plan. Er wollte eines Tages sein eigener Herr sein. Sein Leben war jetzt eine gerade, leuchtende Straße mit einem klaren Ziel, und er vermutete, dass er Linnie dankbar sein sollte, dass sie ihn auf diesen Weg gebracht hatte.

12

Linnies erste Tat in Baltimore war, mit Junior auf die Straße gesetzt zu werden.

Nachts war Junior zweimal aufgewacht – das erste Mal mit rasendem Herzklopfen, weil er spürte, dass jemand im Zimmer war –, dann aber merkte er, dass er im Sessel saß, und dachte: »Ach, das ist nur Linnie«, was unter den gegebenen Umständen eine Erleichterung war; und das zweite Mal, als er aus traumlosem Schlaf ruckartig hochschreckte, weil ihm plötzlich klar wurde, dass Linnie mit ihrer Aussage, sie sei jetzt volljährig, vermutlich gemeint hatte, dass sie jetzt von Rechts wegen heiraten konnte. »Sie ist wie … wie einer von diesen Affen«, dachte er, »die ihre Arme um den Hals des Leierkastenmanns schlingen.« Danach hatte er stundenlang nicht wieder einschlafen können.

Dennoch stand er früh auf, weil das nun einmal seine Art war, aber auch, weil morgens immer ein großer Ansturm auf das Badezimmer herrschte. Er zog sich an, ging sich rasieren, kam dann ins Zimmer zurück und tippte auf Linnies knochige Schulter. »Aufstehen«, sagte er.

Sie rollte sich herum und sah ihn an. Er hatte den Eindruck, dass sie schon seit einiger Zeit wach war; ihre Augen waren weit geöffnet und klar. »Du kannst nicht hierbleiben, während ich arbeite, du musst hier weg. Morgens kommt ein Mädchen und macht die Zimmer.«

»Ach so«, sagte sie. »Ist gut.« Und sie setzte sich auf, schlug die Decke zurück und schwang die Füße auf den Boden. Sie trug ein Nachthemd, das eher für den Sommer geeignet war, ein dünnes weißes unterrockartiges Ding aus Baumwolle, das kaum ihre Knie bedeckte. Es war das erste Mal, dass er sie ohne ihre Winterklamotten sah, und er stellte fest, dass sie sich mehr verändert hatte, als er zunächst gedacht hatte. Sie war vielleicht noch immer zu dünn, hatte jedoch ihre fohlenhafte Unbeholfenheit verloren. Ihre Waden und Oberarme waren jetzt rundlicher.

Als sie aufstand, drehte er sich weg, um nicht zuzuschauen, wie sie sich anzog, und ging hinüber zur Kommode. Dort stand eine große Hafermehldose; er machte sie auf und nahm den industriell hergestellten Laib Brot heraus, den er wegen der Mäuse hier aufbewahrte. Danach schob er das Schiebefenster hoch und holte die Milch herein. »Frühstück«, sagte er zu Linnie.

»Ist das dein Frühstück? Macht dir deine Zimmerwirtin keines?«

»Nein. Ein paar von den anderen können sich Vollpension leisten, ich nicht.«

Er schloss das Fenster, öffnete die Milchflasche und trank einen Schluck. (Es war ihm fast ein Vergnügen, zu demonstrieren, wie geschickt er Widrigkeiten meisterte.) Dann hielt er Linnie die Flasche hin, noch immer sorgfältig darauf bedacht, sie nicht anzusehen, und spürte, wie sie danach griff. »Und wenn's heiß ist?«, fragte sie. »Was machen wir im Sommer, damit die Milch nicht sauer wird?«

Wir? Er spürte wieder diese Leierkastenmann-Panik, antwortete aber in ruhigem Ton. »Wenn's heiß ist, nehme ich Buttermilch, da kann nicht viel passieren.«

Die Milchflasche stieß an seinen Ellbogen, und so nahm er sie und reichte Linnie dafür eine Scheibe Brot, das Gesicht noch immer stur zum Fenster gewandt, wo der Rauch draußen senkrecht aus den Kaminen aufstieg, als wäre es zu kalt, um sich auszubreiten. Am Abend sollte er die Milch wohl lieber hereinholen, damit sie nicht gefror.

Linnie Mae ließ jetzt, dem Geräusch nach zu schließen, ihren Koffer aufschnappen. Junior klappte seine Brotscheibe zweimal zusammen, um schneller fertig zu sein, nahm einen großen Bissen und kaute beharrlich, während er auf das Rascheln hinter sich horchte. Dann hörte er das Türschloss klicken und fuhr herum. Linnie war schon im Begriff, den Türknauf zu drehen; er stürzte an ihr vorbei und stellte sich ihr in den Weg. Sie erschrak und wich zurück, als hätte sie Angst, er würde sie schlagen – was er niemals getan hätte, aber immerhin wusste sie jetzt, dass mit ihm nicht zu spaßen war.

»Du kannst hier nicht einfach rauslaufen!«, sagte er.

»Aber ich muss mal.«

»Das geht nicht. Es könnte dich jemand sehen.«

»Aber ich muss pinkeln, Junior. Ganz arg.«

»In dem Café weiter unten gibts eine Toilette«, sagte er. »Zieh deinen Mantel an; wir müssen los. Ich zeig dir, wo das Café ist.« Sie trug etwas, das wie ein Sommerkleid aussah, mit Gürtel und kurzen Ärmeln. Gabs bei denen daheim keinen Winter mehr? Und an den Füßen wieder diese hochhackigen Schuhe. »Und zieh dir wärmere Schuhe an«, sagte er.

»Ich hab keine wärmeren mitgebracht.«

Was um alles in der Welt ging eigentlich in ihrem Kopf vor? »Dann komm halt, wie du bist. Es ist zu riskant, das Bad zu benutzen; morgens stehen da sechs Männer Schlange.«

Sie holte ihren Mantel aus dem Wandschrank und zog ihn so umständlich an, dass man hätte meinen können, sie wolle

Junior ärgern, und schließlich nahm sie ihre Handtasche aus dem Schrankfach. Er stellte unterdessen die Milch wieder hinaus, zwängte sich in seine Jacke und ging zum Bett. Dort lag ihr aufgeklappter Koffer, frech wie Oskar, und so machte er ihn zu, bückte sich und schob ihn unter das Bett, bis hinten an die Wand. Nachdem er sich ein letztes Mal im Zimmer umgesehen hatte, sagte er: »Also los jetzt.«

Als Erstes spähte er in den Korridor, um sich zu vergewissern, dass niemand da war. Er bedeutete ihr herauszukommen und schloss die Tür hinter ihnen ab. Sie gingen durch den langen Korridor und die zwei Treppen hinunter, ohne jemandem zu begegnen. Sie durchquerten das Foyer, den gefährlichsten Teil, aber die Wohnzimmertür blieb zu. Junior hörte Geschirr klappern und konnte Kaffee riechen. Er selbst war kein Freund von Kaffee, doch beim Geruch sehnte er sich immer danach – oder schlicht nach Menschen, die miteinander frühstücken, während die schrägen Strahlen der Morgensonne auf die Tischdecke fallen.

Draußen auf dem Bürgersteig empfand er die kalte Luft zunächst als Wohltat. (Im zweiten Obergeschoss staute sich immer die Hitze.) Junior blieb stehen und zeigte auf die Kreuzung mit der Dutch Street, wo das Schild des Cafés deutlich zu sehen war. »Und wenn's noch nicht offen hat?«, fragte Linnie. Sie bemühte sich nicht mehr, leise zu sprechen, obwohl sie direkt unter Mrs Davies' Wohnzimmerfenster standen.

»Es hat offen. Das hier ist ein Arbeiterviertel.«

»Und danach? Was soll ich dann machen?«

»Das ist *deine* Sache!«

»Kann ich nicht mit hinkommen, wo du arbeitest? Vielleicht kann ich was helfen. Ich weiß, wie man hämmert und sägt, ein bisschen jedenfalls.«

»Keine gute Idee«, sagte er.

»Oder ich warte einfach in deinem Auto. Ich kann doch nicht den ganzen Tag in der Kälte rumlaufen.«

Sie stand zu dicht vor ihm und hielt ihm ihr Gesicht hin. Er konnte sogar ihren warmen Atem spüren und dessen Schlafgeruch riechen. Ihr Haar sah wirr und ungekämmt aus, und ihre Nase war gerötet.

»Das hättest du dir überlegen sollen, bevor du hergekommen bist«, sagte er. »Setz dich halt in den Bahnhof oder was. Fahr mit der Straßenbahn hin und her. Ich treffe dich kurz nach fünf vor dem Café.«

»Um fünf!«

»Dann reden wir über deine Pläne.«

Die Art, wie sich ihre Stirn glättete, sagte ihm, dass sie dachte, er spreche von ihren *gemeinsamen* Plänen. Er hielt sich nicht damit auf, sie zu berichtigen.

In der besagten Woche arbeitete er für ein älteres Ehepaar in Homeland, wo er in einer unfertigen Dachkammer den Fußboden verlegte und anstelle der Lüftungsklappe ein Fenster einbaute. Den Auftrag hatte er auf die gleiche Weise bekommen wie fast alles in letzter Zeit: indem er in eine der besseren Wohngegenden fuhr und die Häuser abklapperte. Im Handschuhfach bewahrte er das Referenzschreiben auf, das Mr Ward ihm ausgestellt hatte, als das Baugeschäft Ward hatte schließen müssen. Doch im Allgemeinen glaubte man Junior aufs Wort, dass er wusste, was er tat. Er achtete darauf, saubere Sachen zu tragen, sich jeden Tag zu rasieren, in respektvollem Ton zu sprechen und sich nach Kräften um eine korrekte Ausdrucksweise zu bemühen. Wenn er einen Auftrag bekommen hatte, fuhr er los, um das benötigte Material zu besorgen; in einer Baustoffhandlung in Locust Point konnte er auf Kredit einkaufen. Dann kam er mit dem schwer beladenen Essex zurück, der aussah wie eine Ameise mit einem übergroßen Brotkrümel auf dem Rücken. Sich den Essex zuzulegen, war die beste Entscheidung, die er je getroffen hatte. Viele Arbeiter mussten ihr Material mit der Straßenbahn transportieren – und für ihre Rohre oder Bretter extra bezahlen und noch dazu die Hilfe des Schaffners in Anspruch nehmen, um sie außen am Wagen festzubinden –, aber nicht Junior.

Die Arbeit war nicht sonderlich interessant, jedoch wesentlich nützlicher als die handgeschnitzten Kaminsimse und die eingebauten Nippes-Regale während seiner Zeit bei Mr Ward. Die erwachsene Tochter des Paares zog mit ihren vier Kindern und ihrem arbeitslos gewordenen Mann wieder daheim ein; in der Dachkammer sollten die Kinder schlafen. Außerdem wusste Junior, dass sich die Lage früher oder später bessern musste. Die Menschen hier in der Gegend würden wieder ihre Kaminsimse und Nippes-Regale haben wollen, und dann würden sie sich an ihn erinnern.

Die Leute in Homeland konnten Außenstehenden gegenüber recht abweisend sein, aber dieses Ehepaar war freundlicher, und an manchen Tagen rief die Frau vom Fuß der Dachbodentreppe aus herauf, dass sie ihm etwas zum Mittagessen hingestellt hatte. Heute war es ein diagonal durchgeschnittenes Eiersandwich. Er aß die eine Hälfte, die andere wickelte er in sein Taschentuch, um sie Linnie mitzubringen. Obwohl er sie unbedingt loswerden wollte, war es gar nicht so schlecht, zu wissen, dass irgendwo jemand auf ihn wartete.

Junior hatte in Baltimore nicht viel Glück mit Frauen gehabt, um die Wahrheit zu sagen. Die Frauen oben im Norden waren nun mal schwieriger. Schwerer zu durchschauen und auch schwerer rumzukriegen.

Also machte er ein wenig früher Schluss, so gegen halb fünf statt um fünf.

Er fand einen Parkplatz nur einen halben Block von Mrs

Davies entfernt – einer der Vorteile, wenn man um diese Zeit nach Hause kam. Beim Einparken blickte er zufällig nach hinten in Richtung der Pension, und was erblickte er da? Den schlabberigen altmodischen Filzhut und darunter Linnie Mae, die, eingemummt in eine viel zu große Drillichjacke, völlig unverfroren auf Mrs Davies' Eingangstreppe saß. Er wusste nicht, was bestürzender war: dass sie sich dreist in der Öffentlichkeit zeigte oder dass es ihr gelungen war, ihren Hut zu holen, den sie am Morgen nicht aufgehabt hatte, und dazu seine Jacke, die hinten im Schrank hing und auf wärmeres Wetter wartete. Wie hatte sie das *geschafft?* War sie ins Zimmer zurückgegangen? Hatte sie sein Schloss geknackt oder was?

Beim Aussteigen knallte er die Autotür zu, und Linnie schaute her, und ihr Gesicht begann zu strahlen. »Da bist du ja!«, rief sie aus.

»Was zum Teufel treibst du da, Linnie?«

Sie stand auf und zog die Jacke enger um sich. Darunter trug sie ihren Mantel. »Werd jetzt nicht bös, Junie«, sagte sie, sobald er nahe genug war.

»Du solltest doch an der Ecke warten.«

»Ich *wollte* ja an der Ecke warten, aber da kann man nirgends hinsitzen.«

Junior packte nicht gerade sanft ihren Ellbogen und schob sie von der Treppe weg und vor das Haus nebenan. »Wieso hast du meine Jacke an?«, fragte er sie.

»Also«, erklärte sie ihm, »das war so. Zuerst bin ich in das Café gegangen, weil ich aufs Klo gemusst hab, aber die haben gesagt, das geht nicht, weil ich nichts bestellt habe. Also hab ich ihnen gesagt, dass ich hinterher eine heiße Schokolade nehme, und dann hab ich mit der Schokolade da gesessen und *gesessen*; alle halbe Stunde oder so hab ich bloß ein Schlückchen davon getrunken. Die waren richtig unfreundlich, Junior. Nach einiger Zeit haben sie gesagt, dass sie meinen Stuhl brauchen. Also bin ich gegangen und bin ewig rumgelaufen, und dann hab ich wo eine Holzbank gefunden und mich ein Weilchen hingesetzt, und bin mit dieser alten Dame ins Gespräch gekommen, und die hat mir gesagt, dass drei Straßen weiter eine Suppenküche ist, ich soll mitkommen, weil sie da auch hingeht, nur dass man früh anstehen muss, weil sonst kriegt man nichts mehr. Es war erst zehn oder halb elf, aber sie hat gemeint, wir sollten gleich hin und uns anstellen. Ich hab gesagt: ›Suppenküche!‹ Und: ›Von der Wohlfahrt?‹ Aber ich bin mitgegangen, weil ich mir gedacht hab, auf jeden Fall sitzt man dort im Warmen. Und dann haben wir ewig in der Schlange gestanden, mit den ganzen Leuten, und Kinder waren auch dabei, Junior, und ich hab meine Füße nicht mehr gespürt, die waren wie zwei Eisklumpen. Und dann, als sie endlich aufgemacht haben, weißt du, was dann war? Die haben uns nicht reingelassen! Die sind bloß vor die Tür gekommen und haben jedem von uns ein in Wachspapier eingewickeltes Sandwich gegeben, zwei Scheiben Brot mit einem Brocken Käse dazwischen. Ich hab die alte Dame, die bei mir war, gefragt: ›Lassen die uns nirgendwo hinsitzen?‹ – ›Hinsitzen!‹, hat sie gesagt. ›Wir müssen froh sein, dass wir überhaupt was zwischen die Zähne kriegen. Bettler können nicht wählerisch sein‹, hat sie gesagt. Und ich hab gedacht: ›Sie hat recht. Wir sind Bettler.‹ Und dann hab ich gedacht: ›Ich bin Schlange gestanden und hab bei fremden Menschen um was zu essen gebettelt‹, und hab angefangen zu heulen. Ich hab die alte Dame stehen lassen, bin weiß Gott wie weit gelaufen und hab mein Sandwich gegessen und geheult, und ich hatte keine Ahnung, wo ich bin und wo das Café ist, vor dem ich mich mit dir treffen soll, und das Sandwich war so trocken wie Sägemehl, das kannst du mir glauben, und ich hätt so gern ein Glas Wasser gehabt, und meine Füße haben so wehgetan. Und dann hab ich hochgeschaut, und was seh ich da? Die Pension von Mrs Davies. Das war wie heimkommen, nach allem, was ich durchgemacht hab. Und ich hab gedacht: ›Er hat gesagt, dass das Mädchen morgens zum Saubermachen kommt. Und jetzt ist nicht mehr morgens und darum …‹«

Junior stöhnte.

»… bin ich reingegangen, und im Foyer wars so warm und gemütlich! Ich bin die Treppe rauf, ohne dass mich wer gesehen hat, und bin zu deinem Zimmer gegangen und wollte die Tür aufmachen, aber die war abgeschlossen.«

»Das hast du doch gewusst«, sagte Junior. »Du hast doch gesehen, wie ich zugeschlossen habe.«

»Wirklich? Ich kann mich nicht erinnern; da war ich sicher abgelenkt. Du hast mich ja auch so gehetzt … ›Egal‹, hab ich gedacht, ›dann setz ich mich halt in den Korridor und warte. Da ist es wenigstens warm‹, hab ich gedacht und hab mich direkt vor deiner Zimmertür auf den Boden gesetzt.«

Er stöhnte wieder.

»Und als Nächstes hör ich einen Schrei. Wahrscheinlich war ich eingeschlafen. ›Aah‹, hat jemand geschrien, und da steht diese Farbige über mir, macht Augen wie ein abgestochenes Kalb und kreischt: ›Miz Davies! Kommen Sie schnell! Eine Einbrecherin!‹ Wo sie doch genau gesehen hat, dass ich adrett gekleidet bin. Und Mrs Davies hats gehört und ist angerannt gekommen, ist außer Atem die Treppe raufgepoltert und hat gefragt: ›Was machen Sie hier?‹ Ich hab gedacht, weil sie eine Frau ist, hat sie vielleicht ein gutes Herz und lässt Gnade walten. ›Mrs Davies‹, hab ich gesagt, ›ich will offen zu Ihnen sein: Ich bin von daheim hergekommen, um Junior zu besuchen, weil wir zwei lieben uns. Und draußen ist es so kalt, Sie glauben ja nicht, wie kalt es da draußen ist, und das Einzigste, was ich den ganzen Tag gehabt hab, ist eine kleine heiße Schokolade und ein Sandwich aus der Suppenküche und ein einziger Schluck von der Milch vor dem Fenster von Junior und eine Scheibe von seinem Fabrikbrot …«

»Großer Gott, Linnie!«, sagte Junior entsetzt.

»Was hätt ich denn *sonst* sagen sollen? Ich hab halt gedacht, weil sie eine Frau ist … Da denkt man doch, dass sie so was sagt wie: ›Ach, Sie armes kleines Ding. Sie müssen ja völlig durchgefroren sein.‹ Aber sie war richtig gemein zu mir, Junior. Ich hätts mir denken können, bei *den* gefärbten Haaren. ›Raus!‹, hat sie gerufen. ›Raus, alle beide! Und ich habe Junior Whitshank für einen anständigen arbeitsamen Mann gehalten!‹, sagt sie. ›Ich hätte wesentlich mehr Miete bekommen können von jemand, der seine Mahlzeiten bei mir einnimmt, aber ich habe ihn aus christlicher Nächstenliebe hier wohnen lassen, und das ist jetzt der Dank dafür! Raus! Wir sind hier nicht im Bordell‹, und dann schnappt sie den Schlüsselring, den sie am Gürtel hängen hat, schließt deine Tür auf und sagt: ›Sie packen auf der Stelle alles ein, was Ihnen und ihm gehört, und dann raus aus meinem Haus.‹«

Junior fasste sich an den Kopf.

»Und dann ist sie da stehen geblieben, Junior, als wär ich ein Verbrecher oder was, und hat jede Bewegung verfolgt, während ich gepackt hab. Die Farbige hat neben ihr gestanden und immer noch geglotzt wie ein Kalb. Was hätt ich da denn stehlen sollen? Was hätt ich da schon stehlen *wollen?* Ich hab keinen Koffer von dir gefunden und hab ganz höflich gefragt: ›Mrs Davies‹, hab ich gesagt, ›dürfte ich mir vielleicht einen Karton ausleihen, wenn ich verspreche, ihn später zurückzubringen?‹ Aber sie hat gesagt: ›Ha! Als ob man Ihnen trauen könnte!‹ Wie wenn ein alter Pappkarton was Wertvolles wär. Ich hab deine Sachen in einen zusammengebundenen Overall von dir packen müssen, weil was anderes war nicht da.«

»Du hast alles eingepackt, was mir gehört?«, fragte Junior.

»Ist alles in dem Landstreicherbündel da. Und dann …«

»Hast du meine Prinz-Albert-Dose eingepackt?«

»Ich hab jede Kleinigkeit eingepackt, verlass dich drauf.«

»Aber hast du meine Prinz-Albert-Dose auch wirklich eingepackt, Linnie?«

»*Ja*, ich hab deine Prinz-Albert-Dose eingepackt. Was machst du denn so ein Tamtam drum? Ich hab gedacht, du rauchst Camel.«

»Heutzutage rauche ich gar nichts«, sagte er bitter. »Das kostet nämlich zu viel.«

»Aber warum …?«

»Damit ich das richtig verstehe«, fragte er nach. »Willst du damit sagen, dass ich keine Unterkunft mehr habe?«

»Nein, und ich auch nicht. Ist das nicht unglaublich? Wärst du je auf die Idee gekommen, dass sie so gemein sein kann? Und dann musste ich die ganzen Sachen runter auf die Straße tragen – meinen Koffer und das große unhandliche Bündel und deine Dose mit dem Brot drin und – o nein! Deine Milchflasche, Junior! Ich hab deine Milchflasche vergessen! Das tut mir so leid!«

»*Das* tut dir leid?«

»Ich kauf uns eine neue. Ich bin an einem Laden vorbeigekommen, da kostet Milch zehn Cents. Und zehn Cents hab ich leicht.«

»Das heißt also, dass ich heute Abend auf der Straße schlafen muss«, sagte Junior.

»Nein, warte; dazu komm ich gleich. Da war ich also, bepackt mit unserem ganzen Hab und Gut, und bin die Straße langgegangen, hab geheult und nach einem Schild *Zimmer zu vermieten* Ausschau gehalten, hab aber nirgendwo eins gesehen, und da hab ich zuletzt einfach bei einer Dame an die Tür geklopft und gesagt: ›Bitte, mein Ehemann und ich haben unsere Wohnung verloren, und wir wissen nicht, wohin.‹«

»*Die* Tour funktioniert nicht«, meinte Junior. (Die Sache mit dem »Ehemann« musste warten, die würde er später klären.) »*Den* Satz könnte jeder Zweite im Land sagen.«

»Stimmt«, sagte sie fröhlich, »es hat auch nicht funktioniert, nicht bei ihr und nicht bei der nächsten Frau und bei der danach auch nicht, obwohl alle wirklich nett zu mir waren. ›Tut mir leid, Schätzchen‹, haben sie gesagt, und eine Dame hat mir ein Stück Ingwerkuchen angeboten, aber ich war noch satt von dem Wohlfahrts-Sandwich. Mittlerweile war ich schon weit unten in der Dutch Street. Ich war am Café links abgebogen, und *dort* habe ich erst gar nicht gefragt, so wie die mich behandelt haben. Aber die nächste Frau hat gesagt, dass sie uns nimmt.«

»Was?«

»Und das Zimmer ist auch viel netter. Es hat ein größeres Bett, du brauchst also nicht mehr auf dem Sessel zu schlafen. Keine Kommode, dafür einen Nachtkasten mit Schubladen, und einen Wandschrank. Die Frau hat es mir nur gegeben, weil ihr Mann entlassen worden ist und sie sich schon länger überlegt hat, dass ihr kleiner Junge vielleicht zu seiner Schwester ins Zimmer ziehen könnte, damit sie sein Zimmer für fünf Dollar die Woche vermieten kann.«

»Fünf Dollar!«, sagte Junior. »Ganz schön happig.«

»Ist das happig?«

»Bei Mrs Davies zahl ich vier.«

»Wirklich?«

»Ist das mit Vollpension?«

»Na ja, nein.«

Junior blickte sehnsüchtig auf Mrs Davies' Haus. Eine halbe Sekunde lang erwog er, ihre Treppe hinaufzugehen und zu klingeln. Vielleicht ließ sie mit sich reden. Sie schien ihn immer gemocht zu haben. Sie hatte ihm sogar angeboten, sie Bess zu nennen, doch das wäre ungehörig gewesen; sie war bestimmt schon in ihren Vierzigern. Und erst letzte Weihnachten hatte sie ihn in ihr Wohnzimmer auf ein Glas von etwas ganz Besonderem (wie sie es nannte) eingeladen, das sie wohl im Farbengeschäft gekauft hatte, aber das war Junior irgendwie unangenehm gewesen, denn obwohl er niemanden hatte, mit dem er reden konnte, war ihm bei Mrs Davies nichts eingefallen, was er sagen sollte.

Vielleicht könnte er so tun, als wollte er seinen Schlüssel zurückbringen, und dann ganz nebenbei erwähnen, dass er Linnie Mae kaum kannte (was ja auch der Wahrheit entsprach), dass sie ihm nichts bedeutete, lediglich ein Mädchen von daheim war, das einen Platz zum Schlafen brauchte, und er sich ihrer eben erbarmt hatte.

Aber noch während sein Blick auf das Haus gerichtet war, wurden die einen Spaltbreit geöffneten Wohnzimmervorhänge mit einem wütenden Ruck zugezogen, und er wusste, dass es zwecklos war.

Er machte sich auf den Weg zum Essex, und Linnie ging so federnden Schrittes neben ihm her, dass sie fast zu hüpfen schien. »Cora Lee wird dir gefallen«, meinte sie. »Sie kommt aus West Virginia.«

»Ach, ihr seid schon beim Vornamen.«

»Sie findet uns einfach süß und abenteuerlustig, weil wir zwei ganz allein und so weit weg von unseren Familien sind.«

»Linnie Mae«, sagte er und blieb unvermittelt auf dem Bürgersteig stehen, »warum hast du behauptet, dass ich dein Ehemann bin?«

»Was hätt ich denn *sonst* sagen sollen? Wer würde uns denn ein Zimmer geben, wenn sie nicht denken würden, dass wir verheiratet sind? Außerdem *fühle* ich mich verheiratet. Und darum hatte ich überhaupt nicht das Gefühl, was zu erfinden.«

»Hier oben nennt man so was lügen«, erklärte er ihr. »Da scheut man sich nicht, von einer Lüge zu sprechen.«

»Dafür kann *ich* doch nichts. Bei uns daheim ist es ungezogen, wenn man sagt, dass jemand lügt, und das weißt du ganz genau.« Sie stieß ihn leicht in die Rippen, und sie gingen weiter. »Jedenfalls«, sagte sie, »trifft keins von beidem zu, weder lügen noch erfinden. Ich hab ganz ehrlich das Gefühl, dass du und ich schon ewig Mann und Frau sind, schon seit bevor wir auf der Welt sind sogar.«

Junior hatte keine Ahnung, wo er anfangen sollte, sich dagegen zu verwahren.

Inzwischen waren sie bei seinem Auto angelangt, und er ging auf die Fahrerseite, stieg ein und startete den Motor, sodass Linnie sich die Beifahrertür selbst aufmachen musste. Wenn sie nicht die Einzige gewesen wäre, die wusste, wo sich sein gesamter irdischer Besitz befand, hätte er sie mit Freuden einfach stehen lassen.

Das neue Zimmer war nicht netter als das alte. Es war sogar kleiner und befand sich in einem gedrungenen Schindelhaus, das einem Fabrikarbeiter gehörte, etwa fünf Blocks von Mrs Davies entfernt. Das Bett war ein Einzelbett mit durchgelegener Matratze, zugegebenermaßen breiter als die Pritsche bei Mrs Davies, wenn auch nur wenig, und in der Nähe des Fensters war ein Wasserfleck an der Decke. Doch Cora Lee schien tatsächlich nett zu sein – eine mollige, braunhaarige Frau Anfang dreißig –, und praktisch ihre ersten Worte, als sie ihm das Zimmer zeigte, waren: »Sie müssen es uns sagen, wenn etwas nicht in Ordnung ist, wir haben ja noch nie Untermieter gehabt und kennen uns da nicht so aus.«

»Tja«, sagte Junior, »für mein altes Zimmer hab ich vier Dollar bezahlt. Haben wir vier Dollar bezahlt.«

An der Art, wie Cora Lees Gesicht plötzlich lang wurde und erstarrte, merkte er, dass sie sich auf fünf Dollar versteift hatte. Ein gewiefterer Mann hätte trotzdem gehandelt, aber Junior hatte nicht das Zeug dazu, und so wechselte er das Thema und erkundigte sich nach der Benutzung des Badezimmers. Cora Lee sah wieder glücklicher aus. Da ihr Mann keine Arbeit habe, sagte sie, könne Junior das Bad morgens gern als Erster benutzen. Linnie ging unterdessen geschäftig herum und strich unnötigerweise die Bettdecke glatt. Gespräche über Geld waren ihr offensichtlich peinlich.

Nachdem Cora Lee sie allein gelassen hatte, stellte sich Linnie vor ihn hin und schlang die Arme um ihn, als wären sie Flitterwöchner oder was, aber er machte sich los und ging zum Schrank, um etwas zu suchen. »Wo ist meine Prinz-Albert-Dose?«, fragte er.

»Die ist bei deinem Rasierzeug.«

Er holte eine zerknitterte Papiertüte aus dem obersten Fach. Tatsächlich, die Dose war da, samt den zusammengerollten Geldscheinen darin. Er stellte die Dose wieder in den Schrank. »Wir müssen was fürs Abendessen kaufen«, sagte er.

»Ach, zum Abendessen führe ich uns aus.«

»Und wohin?«

»Hast du das Lokal an der Ecke gesehen? Es heißt Sam und Davids Speisehaus. Cora Lee sagt, dass es sauber ist. Das Tagesgericht ist heute Hackbraten, zwanzig Cent die Portion.«

»Also insgesamt vierzig Cent«, antwortete er. »Im Laden

kostet eine große Konservendose Lachs gerade mal dreiundzwanzig Cent, und die reicht mir eine halbe Woche.«

Doch für *zwei* würde sie keine halbe Woche reichen, wie ihm klar wurde, und der Gedanke, statt einer Person zwei ernähren zu müssen, jagte ihm beinahe Angst ein.

»Wir haben doch was zu feiern«, sagte Linnie, »das ist unser erster richtiger Abend miteinander; gestern Abend zählt nicht. Und ich will diejenige sein, die bezahlt.«

Er fragte: »Wie viel Geld hast du eigentlich?«

»Sieben Dollar und achtundfünfzig Cent!«, sagte Linnie, als ob man damit angeben könnte.

Er seufzte. »Du solltest es lieber aufheben.«

»Bloß das eine Mal, Junie! Bloß an unserem ersten Abend!«

»Würdest du *bitte* aufhören, mich Junie zu nennen?«

Aber er zog bereits seine Jacke wieder an.

Draußen auf der Straße war Linnie selig, hängte sich beim Gehen bei ihm ein und schwatzte drauflos. Sie sagte, Cora Lee habe ihnen ein halbes Fach im Eiskasten angeboten. »Im Kühlschrank«, verbesserte sie sich. »Die haben einen Kelvinator. Wir können dort unsere Milch aufbewahren und Käse, und wenn ich sie besser kenne, frag ich, ob ich mal ihren Herd benutzen darf. Und hinterher putz ich ihn ganz gründlich, damit sie mich ihn wieder benutzen lässt, und bevor du dichs versiehst, ist es wie unsere eigene Küche. Ich weiß genau, wie ich das anstellen muss.«

Junior zweifelte nicht daran.

»Außerdem besorg ich mir Arbeit«, sagte sie. »Gleich morgen such ich mir was.«

»Und wie stellst du dir das vor?«, fragte Junior. »Da draußen laufen sich tausend erwachsene Männer die Hacken nach Arbeit ab, die alles nehmen würden, was sie nur kriegen können.«

»Ach, ich find schon was. Warts ab.«

Er zog seinen Arm weg und ging getrennt von ihr. Er hatte das Gefühl, sich in Karamellfäden verheddert zu haben: Kaum hat man sie am einen Finger weg, kleben sie schon am nächsten – genau wie Linnie. Aber er durfte sich nicht in die Karten schauen lassen, denn er brauchte das Zimmer, das sie ihnen besorgt hatte. Sofern er Mrs Davies nicht irgendwie dazu bewegen konnte, ihn wieder aufzunehmen.

Sam und Davids Speisehaus war winzig, und das Tagesgericht stand in Kalkfarbe vorne auf der beschlagenen Fensterscheibe. Zu dem Hackbraten-Gericht für zwanzig Cent gehörten Brot und grüne Bohnen. Junior ließ sich von Linnie hineinziehen. Innen gab es vier kleine Tische und eine Theke mit sechs Barhockern; Linnie wählte einen Tisch, obgleich sich Junior an der Theke wohler gefühlt hätte. Die Gäste dort waren einzelne Männer in Arbeitskleidung, während an den Tischen Paare saßen.

»Du brauchst nicht den Hackbraten zu nehmen«, erklärte ihm Linnie. »Du kannst auch was Teureres essen.«

»Hackbraten ist okay.«

Eine Frau mit Schürze kam an den Tisch und füllte ihre Wassergläser, und Linnie strahlte sie an und sagte: »Ja, hallo auch! Ich bin Linnie Mae, und das hier ist Junior. Wir sind gerade erst hierhergezogen.«

»Tatsächlich«, antwortete die Frau. »Nun, ich bin Bertha. Die Frau von Sam. Ich wette, dass Sie bei den Murphys wohnen, stimmts?«

»Woher wissen Sie das?«

»Cora Lee war kurz da und hats mir erzählt. Sie war ganz aus dem Häuschen, dass sie so ein nettes junges Ehepaar gefunden hat. Ich hab gesagt: ›Schätzchen, *die* sollten ganz aus dem Häuschen sein.‹ Es gibt keine feineren Menschen als Cora Lee und Joe Murphy.«

»Das hab ich gleich gemerkt«, sagte Linnie, »das hab ich sofort gewusst. Ein Blick auf das liebe lächelnde Gesicht von ihr, und ich habs gewusst. Sie ist genau wie die Leute bei uns daheim.«

»Wir sind alle wie die Leute daheim«, sagte Bertha. »Wir *sind* die Leute von daheim. Alle in Hampden sind so.«

»Da haben wir aber Glück gehabt!«

Junior studierte die Preisliste an der Wand hinter der Theke, bis die beiden zu Ende geredet hatten.

Beim Hackbraten, der, wie sich herausstellte, besser schmeckte als alles, was er seit langer Zeit gegessen hatte, erzählte ihm Linnie von ihrem Plan, wie sie die Zimmermiete senken konnten. »Du hältst die Augen offen, ob irgendwo was zu reparieren ist – ein lockeres Brett oder ein wackliges Scharnier oder so was. Dann fragst du Cora Lee, ob sie was dagegen hat, wenn du dich drum kümmern tust. Bloß nie nichts von Geld erwähnen.«

»Doppelte Verneinung«, sagte er.

Sie presste die Lippen zusammen.

»Du musst aufhören, so hinterwäldlerisch zu reden, wenn du hier dazugehören willst«, erklärte er ihr.

»Tja, und ein paar Tage später reparierst du was anderes. Diesmal fragst du nicht, sondern machst es einfach. Dann hört sie dich hämmern und kommt angerannt. Und dann sagst du: ›Hoffentlich ist es Ihnen recht. Ich hab das gerade bemerkt und konnte einfach nicht anders.‹ Und sie sagt natürlich, dass es ihr *sehr* recht ist; die nasse Stelle an unserer Zimmerdecke beweist ja, dass *ihr* Mann es nicht macht. Und dann sagst du: ›Wissen Sie‹, sagst du dann, ›ich hab darüber nachgedacht. Mir scheint, Sie brauchen jemand, der das Haus in Schuss hält, und da hab ich mir überlegt, dass wir uns irgendwie arrangieren könnten.‹«

»Linnie, ich glaube, die brauchen die Kohle.«

»Die Kohle?«

»Lieber lassen sie das Haus verkommen, als nichts zu *essen* zu haben, das will ich damit sagen.«

»Aber wieso denn? Die brauchen immer noch ein Dach über dem Kopf! Die brauchen immer noch ein Dach, das dicht ist.«

»Sag mir eins: Sind das für die Leute in Yancey County keine schweren Zeiten?«, fragte Junior.

»Und ob das schwere Zeiten für sie sind! Die Hälfte aller Läden hat schließen müssen, und keiner hat Arbeit.«

»Warum kannst du die Murphys dann nicht verstehen? Sie sind vermutlich nur *eine* Ratenzahlung davon entfernt, ihr Haus an die Bank zu verlieren.«

»Oh«, sagte Linnie Mae.

»Nichts ist mehr so wie früher«, fuhr er fort, »kein Mensch hat heutzutage etwas zu verschenken. Und kein Mensch kann dir Arbeit geben. Du wirst deine sieben Dollar aufbrauchen, und damit hat es sich. Ich kann es mir nicht leisten, dich zu ernähren, selbst wenn ich es wollte. Weißt du, was in meiner Prinz-Albert-Dose ist? Da drin sind dreiundvierzig Dollar. Mein ganzes Erspartes. Es waren mal hundertzwanzig, bevor sich die Dinge änderten. Ich hab seit Jahren auf alles verzichtet, selbst in besseren Zeiten – hab das Rauchen aufgegeben, hab das Trinken aufgegeben, hab schlechter gegessen als früher die Hunde von meinem Vater, und wenn mir der Magen geknurrt hat, bin ich in den Lebensmittelladen gegangen und hab mir für einen Cent ein Gürkchen aus dem Fass gekauft; ein saures Dillgürkchen kann einem wirklich den Appetit verderben. Ich war bei Mrs Davies länger Untermieter als jeder andere, und nicht etwa, weil es mir gefallen hat, mit fünf anderen Männern um das Bad zu kämpfen, sondern weil ich ein Ziel hatte. Ich wollte ein eigenes Geschäft aufmachen. Ich wollte solide Häuser bauen für Menschen, die sie zu schätzen wissen – echter Schiefer auf dem Dach, echte Fliesen auf den Böden, keine Teerpappe und kein Linoleum. Ich wollte gute Leute unter mir haben, Männer wie Dodd McDowell und Gary Sherman vom Baugeschäft Ward, und ich wollte meinen eigenen Laster fahren mit dem Namen meiner Firma an den Seiten. Doch dafür brauche ich Kunden, und die gibts heutzutage nicht. Und jetzt weiß ich, dass es nie dazu kommen wird.«

»Natürlich wird es dazu kommen!«, sagte Linnie. »Junior Whitshank! Du denkst vielleicht, dass ich es nicht weiß, aber ich weiß genau, dass du die Highschool abgeschlossen hast und nie schlechter als eine Eins gehabt hast. Und dass du mit deinem Daddy schon Zimmermannsarbeiten gemacht hast, wie du noch ganz klein warst; und jeder auf dem Holzplatz hat gewusst, dass du jede Frage beantworten kannst, die man dir stellt. Du schaffst es ganz bestimmt!«

»Nein«, erwiderte er, »so läuft das heutzutage nicht mehr.« Und dann: »Du musst heimfahren, Linnie.«

Sie riss den Mund auf: »Heim?«

»Hast du überhaupt die Highschool abgeschlossen? Hast du nicht, stimmts?«

Sie reckte das Kinn vor, was Antwort genug war.

»Und deine Eltern werden sich fragen, wo du bist.«

»Von *mir* aus können die sich lange fragen. Außerdem ist es ihnen egal. Du weißt ja, dass ich und meine Mama nie miteinander ausgekommen sind.«

»Trotzdem«, sagte er.

»Und Daddy hat seit vier Jahren und zehn Monaten nicht mit mir gesprochen.«

Junior legte die Gabel weg. »Was? Kein Wort?«

»Nicht ein einziges Wort. Wenn er mich braucht, weil ich ihm das Salz geben soll, sagt er zu Mama: ›Sag der, sie soll mir das Salz geben.‹«

»Das ist ganz schön gehässig!«

»Ach, Junior, was hast *du* denn gedacht? Dass sie mich mit einem Mann im Heu erwischen, und am nächsten Tag ist alles vergessen? Eine Zeit lang hab ich gedacht, du kommst und holst mich. Ich hab mir immer vorgestellt, wie das wäre. Ich geh die Pee Creek Road runter, und du kommst im Laster von deinem Schwager angefahren und rufst: ›Steig ein, ich bring dich von hier weg.‹ Dann hab ich gedacht, dass du mir einen Brief schickst, mit dem Fahrgeld drin. Ich wär im nächsten Moment auf und davon gewesen, wenn du das gemacht hättest! Es war ja nicht bloß mein Daddy, wo nicht mit mir geredet hat; das hat so gut wie keiner gemacht. Sogar meine zwei Brüder waren anders zu mir; und die Mädchen, die mir in der Schule schöngetan haben, die wollten sich bloß mit mir anfreunden, damit ich ihnen alle Details erzähle. Ich hab gedacht, wenn ich auf die Highschool gehe, dann wissen die dort nichts davon und ich kann neu anfangen, aber die haben natürlich Bescheid gewusst, weil die Kinder aus der Grundschule, die mit mir hingegangen sind, es ihnen erzählt haben. ›Das ist Linnie Mae Inman‹, haben sie gesagt, ›die und ihr Freund sind splitterfasernackig auf der Abschlussparty von ihrem Bruder rumstolziert.‹ So weit wars nämlich inzwischen gekommen.«

»Du tust gerade so, als ob das meine Schuld wäre«, entgegnete Junior. »Du warst doch diejenige, die angefangen hat.«

»Das streit ich ja gar nicht ab. Ich war *schlecht*. Aber ich war verliebt. Ich bin immer noch verliebt! Und ich weiß, dass du das auch bist.«

»Linnie …«

»Bitte, Junior«, sagte sie. Sie lächelte – er wusste nicht, warum –, aber sie hatte Tränen in den Augen. »Gib mir eine Chance. Machst du das bitte? Lass uns nicht gerade jetzt darüber reden; lass uns unser Abendessen genießen. Schmeckt es nicht gut? Ist der Hackbraten nicht köstlich?«

Er blickte hinunter auf seinen Teller. »Ja«, sagte er, »das ist er wirklich.«

Doch er griff nicht wieder zur Gabel.

Auf dem Heimweg begann sie, ihn nach seinem Alltag auszufragen: wie er seine Abende verbrachte, was er am Wochenende machte, ob er Freunde hatte. Obwohl er beim Essen nur Wasser getrunken hatte, breitete sich dieses beschwingte Gefühl in ihm aus, das früher der Alkohol ausgelöst hatte. Das lag wohl daran, dass all das aus ihm herausgesprudelt war, was er so lange in sich aufgestaut hatte. Denn tatsächlich *hatte* er keine Freunde, nicht seit das Baugeschäft Ward zugemacht und er den Kontakt mit den anderen Arbeitern verloren hatte. (Um gesellig zu sein, braucht der Mensch Geld – jedenfalls, wenn man ein Mann ist. Männer mussten Schnaps, Hamburger und Benzin kaufen; sie konnten nicht untätig herumsitzen und plaudern, wie Frauen das taten.) Er sagte Linnie, dass er abends nichts unternahm; meist war er damit beschäftigt, seine Sachen in der Badewanne zu waschen; und als sie lachte, sagte er: »Nein, im Ernst. Und am Wochenende schlafe ich viel.« Er hatte seine Scham überwunden; er erzählte Linnie alles rundheraus, ohne zu versuchen, sich als beliebt, erfolgreich oder weltgewandt darzustellen. Sie gingen die Stufen vor dem Haus der Murphys hinauf und sperrten die Haustür auf, passierten das Wohnzimmer, hinter dessen geschlossener Tür sie ein Radio hören konnten – es klang wie Tanzmusik – und das Geräusch von zwei Kindern, die gutmütig miteinander zankten. »Du hast geguckt, ich habs gesehen!« »Nein, hab ich nicht!« Obwohl es nicht Juniors Wohnzimmer war und er diesen Kindern noch nie begegnet war, empfand er ein heimeliges Gefühl.

Sie gingen die Treppe hinauf und in ihr Zimmer (*ohne* Schloss an der Tür), und sofort begann sich Junior Sorgen zu machen, wie es weitergehen sollte. Wäre er allein gewesen, wäre er zu Bett gegangen, da er morgens immer sehr früh aufstehen musste, aber das hätte bei Linnie einen falschen Eindruck erwecken können. Möglicherweise hatte sie jetzt schon einen falschen Eindruck; er spürte es an der züchtigen Art, wie sie ihren Mantel auszog, und an der Sorgfalt, mit der sie ihn aufhängte. Sie nahm ihren Hut ab und legte ihn in den Schrank. Ihre Haare waren durcheinander, und sie befühlte sie prüfend mit den Fingerspitzen, den Rücken immer ihm zugewandt, als mache sie sich für ihn bereit. Etwas an ihrem blassen, demütigen Nacken, den ihre zufällig am Hinterkopf auseinanderfallenden Haare entblößt hatten, ließ ihn Mitleid mit ihr haben. Er räusperte sich und sagte: »Linnie Mae.«

Sie drehte sich um und fragte: »Was?« Und dann: »Willst du nicht deine Jacke ausziehen? Machs dir doch bequem.«

»Hör zu, ich will ganz ehrlich sein«, sagte er, »ich möchte da gern was klarstellen.«

Zwischen ihren Augenbrauen begann sich eine Falte zu bilden.

»Was du daheim durchgemacht hast, tut mir ehrlich leid«, sagte er, »das war bestimmt nicht lustig. Aber wenn du mal darüber nachdenkst, Linnie, was haben wir beide eigentlich miteinander zu tun? Wir kennen uns ja kaum! Wir sind weniger als einen Monat miteinander gegangen! Und ich versuche, hier oben irgendwie über die Runden zu kommen. Für einen allein ist das schon schwer genug; zu zweit ist das ein Ding der Unmöglichkeit. Daheim hast du wenigstens deine Familie. Die würden dich nie verhungern lassen, ganz egal, wie sie zu dir stehen. Ich finde, du solltest heimfahren.«

»Das sagst du bloß, weil du wütend auf mich bist.«

»Was? Nein, ich bin nicht …«

»Du bist wütend, weil ich dir nicht gesagt hab, wie alt ich bin, aber warum hast du mich nie *gefragt?* Warum hast du nicht gefragt, ob ich noch in die Schule gehe oder ob ich wo arbeite oder was ich so mache, wenn ich nicht bei dir bin? Warum hast du dich nicht für mich *interessiert?*«

»Was? Das hab ich doch, ehrlich!«

»Hör auf, wir wissen doch beide, für was du dich interessiert hast!«

»Jetzt mal langsam«, erwiderte er. »Hältst du das für fair? Wer hat sich denn als Erste ausgezogen, wenn ich dich daran erinnern darf? Und wer hat mich in die Scheune gezerrt? Wer hat denn meine Hand genommen und sich in den Ausschnitt gelegt? Hast *du* dich etwa dafür interessiert, wie *ich* meine Zeit verbringe?«

»Ja, das habe ich, und ich hab dich auch gefragt. Aber du hast es nie für nötig gehalten, mir zu antworten, weil du viel zu sehr damit beschäftigt gewesen bist, mich flachzulegen. Ich hab gesagt: ›Erzähl mir was von dir, Junior, komm schon. Ich will alles über dich wissen.‹ Hast du mir was erzählt? Nein. Du hast einfach angefangen, meine Knöpfe aufzumachen.«

Junior hatte das Gefühl, eine Debatte zu verlieren, an der ihm nicht einmal etwas lag. Er wollte auf etwas ganz anderes hinaus. Er sagte: »Mensch, Linnie Mae«, und rammte die Fäuste in die Jackentaschen, nur dass ihm in der linken Tasche etwas im Weg war, und so holte er es heraus und besah es sich. Ein halbes Sandwich, eingewickelt in ein Taschentuch.

»Was ist das?«, fragte sie ihn.

»Ein … ein Sandwich.«

»Was für eins?«

»Mit … mit Ei.«

»Woher hast du ein Eiersandwich?«

»Von der Frau, für die ich heute gearbeitet habe«, sagte er. »Die eine Hälfte habe ich gegessen, und die andere Hälfte hab ich für dich mitgebracht, aber du wolltest ja unbedingt auswärts essen.«

»O Junior, ist das süß!«

»Nein, ich hab nur …«

»Das war ja so nett von dir!«, sagte sie und nahm ihm das Sandwich aus der Hand, samt Taschentuch und allem. Ihr Gesicht hatte sich leicht gerötet; sie sah plötzlich hübsch aus. »Ich freue mich ja so, dass du mir ein Sandwich mitgebracht hast.« Sie wickelte es ehrfürchtig aus, betrachtete es einen Moment und sah dann mit feuchten Augen zu ihm auf.

»Es ist zerquetscht«, sagte er.

»Und wenn es noch so zerquetscht ist! Ich freue mich so, dass du an mich gedacht hast, als du in der Arbeit warst. Ach, Junior, ich bin die ganzen Jahre so einsam gewesen! Du hast ja keine Ahnung, wie einsam ich gewesen bin. Die ganze Zeit so ganz, ganz allein!«

Und sie warf sich auf ihn, noch immer mit dem Sandwich in der Hand, und begann zu weinen.

Nach einer Weile hob Junior die Arme und erwiderte ihre Umarmung.

Sie fand natürlich keine Arbeit. Dieser Teil ihres Plans funktionierte nicht. Dafür klappte ihr Küchen-Benutzungs-Plan. Sie und Cora Lee wurden Freundinnen, sie kochten miteinander und redeten dabei über das, worüber Frauen eben so reden, und schon bald war es einfach vernünftiger, dass Junior und Linnie ihre Mahlzeiten gemeinsam mit Cora Lee und ihrer Familie einnahmen. Dann, als es warm wurde, kamen die beiden Frauen auf die Idee, Obst und Gemüse direkt bei den Bauern zu kaufen, die auf ihren Fuhrwerken nach Hampden gefahren kamen, und anschließend verbrachten sie den ganzen Tag damit, alles einzudosen und die Küche in einen Glutofen zu verwandeln; Linnie war die Mutige, die später mit ihren Produkten bei den Nachbarn hausieren ging. Sie verdienten damit nicht viel Geld, aber sie verdienten ein bisschen was.

Und Junior reparierte tatsächlich so manches im Haus, weil es sonst nie gemacht worden wäre, verlangte jedoch nichts dafür und versuchte auch nicht, die Miete zu drücken.

Selbst als die Zeiten besser wurden und Junior und Linnie in das Haus in der Cotton Street zogen, blieben Linnie und Cora Lee befreundet. Tja, Linnie war eben mit aller Welt befreundet, wie es Junior schien. Manchmal fragte er sich, ob die Jahre als Ausgestoßene ein übermäßiges Bedürfnis nach gesellschaftlichem Umgang bei ihr hinterlassen hatten. Wenn er von der Arbeit kam, konnte es passieren, dass die Küche dicht an dicht voller Frauen war und die diversen Kinder im Garten spielten. »Gibts heute kein Abendessen?«, fragte er dann, woraufhin die Frauen auseinanderstoben und im Gehen ihre Kinder einsammelten. Aber er konnte nicht behaupten, dass Linnie faul war. O nein. Sie und Cora hatten noch immer ihren kleinen Konservenbetrieb, und als Junior mehr Kunden zu haben begann, nahm sie für ihn die Anrufe entgegen und kümmerte sich um die Abrechnungen und Ähnliches. Im Umgang mit den Kunden war sie sogar besser als er, immer bereit, sich Zeit für einen kleinen Plausch zu nehmen, und geschickt darin, bei Problemen oder Beschwerden zu besänftigen.

Inzwischen hatte er seinen Laster – gebraucht, doch gut in Schuss – und ein paar Männer, die für ihn arbeiteten, und er besaß erstklassiges Handwerkszeug, das er hier und da Männern abgekauft hatte, die vom Pech verfolgt waren. Solides Werkzeug, wie man es früher liebevoll hergestellt hatte. Beispielsweise eine Säge mit einem geölten Holzgriff, in den kunstvoll und präzise ein Rosmarinzweig geschnitzt war. Gewiss, der Schweiß, der den Griff dunkler hatte werden lassen, war nicht der Schweiß von Juniors Vorfahren, aber er erfüllte ihn dennoch mit Stolz. Er war immer sorgfältig auf sein Werkzeug bedacht. Und er ging immer auf Holzplätze, wo er jedes einzelne Brett selbst aussuchen konnte. »Also, Männer, glaubt bloß nicht, dass ihr mich übers Ohr hauen könnt, ich kenne mich nämlich aus. Kommt mir also nicht mit was daher, was Astlöcher hat, verzogen ist oder modrig …«

»Und wenn ich verheiratet gewesen wäre?«, fragte er Linnie Jahre später einmal. »Wenn du in den Norden gekommen wärst und ich eine Frau und sechs Kinder gehabt hätte?«

»Ach, Junior«, sagte sie. »Das hättest du gar nicht fertiggebracht.«

»Was macht dich da so sicher?«

»Na ja, schon deshalb nicht, weil du in fünf Jahren nicht sechs Kinder kriegen kannst.«

»Du weißt, was ich meine.«

Sie lächelte nur.

In mancher Hinsicht wirkte sie älter als er, in anderer schien sie permanent dreizehn zu sein – munter und aufsässig und rechthaberisch. Er war verblüfft, wie leicht sie jeglichen Kontakt mit ihrer Familie abgebrochen hatte. Das ließ auf ein Maß an Bitterkeit schließen, dessen er sie nicht für fähig gehalten hätte. Sie zeigte keinerlei Verlangen, ihre hinterwäldlerische Ausdrucksweise abzulegen, und sagte noch immer »plärren« statt »weinen«, »laufen« statt »gehen« und

»stracks« statt »sofort«. Und sie blieb stur dabei, ihn »Junie« zu nennen. Außerdem hatte sie die irritierende Angewohnheit, demonstrativ in sich hineinzukichern, bevor sie ihm etwas Lustiges erzählte, als wollte sie ihm beibringen, wie man kichert. Sie drückte sich zu eng an ihn, wenn sie ihn zu etwas überreden wollte; und zupfte ihn mit spitzen Fingern am Ärmel, während er sich mit anderen unterhielt.

Ach, diese schreckliche, erdrückende, die Luft abschnürende Bürde, wenn ein Mensch glaubt, dass man ihm gehört!

Wenn Junior tatsächlich der Ungestüme war, wie kam es dann, dass jedes Mal Linnie Mae schuld war, wenn er sich in einer misslichen Lage befand, und das, seit sie sich kannten?

Er war ein scharfknochiger, schmalbrüstiger Mann ohne ein Gramm Fett am Leib, ein Mann, der sich nie sonderlich dafür interessiert hatte, was er aß. Aber wenn er am späten Nachmittag von der Arbeit heimkam und Linnie hinten im Garten mit der Nachbarin tratschte, stellte er sich manchmal vor den Kühlschrank und aß alles auf, was übrig geblieben war, die Schweinekoteletts und die Würstchen, das kalte Kartoffelpüree, die kalten Erbsen und die gekochten Rüben – Sachen, die er nicht einmal mochte, als wäre er am Verhungern, als hätte er nie das bekommen, was er wirklich haben wollte. Später fragte Linnie dann: »Hast du die Erbsen gesehen, die ich aufgehoben hab? Wo sind die Erbsen?«, und er sagte keinen Ton. Sie musste doch Bescheid wissen. Glaubte sie etwa, die kleine Merrick sei scharf auf kalte Erbsen? Aber auch sie sagte nie etwas. Dafür war er ihr dankbar, gleichzeitig ärgerte es ihn. Ihn so von oben herab zu behandeln, unglaublich! Sich einzubilden, ihn durchschaut zu haben!

In solchen Momenten ließ er die lange zurückliegende Fahrt zum Bahnhof vor seinem geistigen Auge ablaufen, nun aber mit einem anderen Ende. Durch die dunklen Straßen, hinter dem Bahnhof rechts abbiegen, wieder rechts abbiegen auf die Charles Street und zurück zur Pension. In sein Zimmer gehen und die Tür hinter sich zuschließen. Sich auf die Pritsche fallen lassen. Allein einschlafen.

13

Junior beauftragte Eugene, die Verandaschaukel zu Tilghman Brothers zu bringen, einem Betrieb in der Hafengegend, in den Whitshank Construction die Fensterläden seiner Kunden schickte, wenn die Farbschichten darauf so dick und zäh waren wie ein zerkautes Karamellbonbon. Offenbar besaßen die Gebrüder Tilghman einen riesigen Tank mit einer Ätzlauge, die alles bis auf das nackte Holz abbeizte. »Sag denen, wir brauchen die Schaukel in exakt einer Woche«, wies er Eugene an.

»In einer Woche von heute?«

»Wie ich gesagt habe.«

»Chef, so was kann bei denen einen Monat dauern. Die lassen sich nicht gern hetzen.«

»Sag ihnen, es ist ein Notfall. Und dass wir extra bezahlen, wenns sein muss. Der Umzug ist am übernächsten Sonntag, und ich will, dass die Schaukel bis dahin hängt.«

»Ich kanns ja versuchen, Chef.«

Junior merkte genau, dass Eugene das Ganze für einen Riesenaufwand hielt, wo es doch nur um eine Verandaschaukel ging, aber klug genug war, es nicht zu sagen. Eugene war ein Experiment – Juniors erster farbiger Arbeiter, den er eingestellt hatte, nachdem ein Maler der Firma die

Einberufung erhalten hatte. Bis jetzt machte er sich gut. Tatsächlich hatte Junior in der Woche davor einen weiteren Farbigen eingestellt.

Linnie Mae sorgte sich in letzter Zeit, dass Junior selbst eingezogen werden könnte. Als er darauf hinwies, dass er zweiundvierzig Jahre alt war, meinte sie: »Na und? Die können jederzeit das Einzugsalter erhöhen. Oder du meldest dich womöglich freiwillig.«

»Freiwillig! Für wie dumm hältst du mich eigentlich?«

Manchmal hatte er das Gefühl, sein Leben sei ein Eisenbahnwaggon, den man auf ein Abstellgleis geschoben hatte, wo er jahrelang stand – in den ganzen vergeudeten, wilden Jahren seiner Jugend und in den Jahren der Wirtschaftskrise. Er hinkte hinterher; er rannte, um aufzuholen; er war endlich auf dem richtigen Gleis, und es fiel ihm nicht im Traum ein, sich von einem Krieg in Europa aufhalten zu lassen.

Als die Schaukel zurückkam, war sie aus jungfräulichem Holz – ein Wunder! Selbst in der allerfeinsten Fuge war nicht die winzigste Spur von blauer Farbe zu entdecken. Junior ging staunend um sie herum. »Mann, ich möchte lieber nicht wissen, was die da in ihrem Tank drin haben«, sagte er zu Eugene.

Eugene gluckste. »Soll ich sie lackieren?«, fragte er.

»Nein«, antwortete Junior, »das mache ich selbst.«

Eugene schaute ihn überrascht an, enthielt sich aber eines Kommentars.

Die beiden trugen die Schaukel nach hinten und stellten sie verkehrt herum auf eine Abdeckplane, damit Junior zuerst die Unterseite lackieren und trocknen lassen konnte. Es war ein warmer Maitag und kein Regen vorhergesagt, und so dachte Junior, dass er sie unbesorgt über Nacht draußen stehen lassen konnte, um am nächsten Morgen wiederzukommen und den Rest zu machen.

Wie die meisten Zimmerleute hatte er eine heftige Abneigung gegen Malerarbeiten, und ihm war auch bewusst, dass er sich nicht besonders gut darauf verstand. Doch aus irgendeinem Grund erschien es ihm wichtig, diese Arbeit selbst zu übernehmen, und so ging er sorgsam und geduldig zu Werke, obwohl dieser Teil der Schaukel später nicht zu sehen sein würde. Eigentlich war es eine angenehme Tätigkeit. Das Sonnenlicht fiel durch die Bäume ein, ein sanftes Lüftchen kühlte sein Gesicht, und in seinem Kopf spielte *Chattanooga Choo-Choo.*

You leave the Pennsylvania Station 'bout a quarter to four,
Read a magazine and then you're in Baltimore …

Als er fertig war, reinigte er den Pinsel und räumte den Lack und das Lösungsmittel auf, ging nach Hause, um zu Abend zu essen, und war sehr zufrieden mit sich.

Am nächsten Morgen kam er wieder, um weiterzuarbeiten. Die Schaukel war trocken, aber auf der Unterseite der Sitzbank klebte eine dünne Schicht Blütenstaub. Er hätte es vorhersehen müssen. Kein Wunder, dass er Malerarbeiten hasste! Leise vor sich hin fluchend, zerrte er die Abdeckplane mit der Schaukel darauf zur hinteren Veranda. Dann breitete er im geschlossenen Teil der Veranda eine zweite Abdeckplane aus, schleppte die Schaukel hinein und stellte sie mit der richtigen Seite nach oben darauf ab. Die würde fachgerecht gemacht werden, bei Gott! Er versuchte, zu verdrängen, wie rau sich die Unterseiten der Armlehnen angefühlt hatten, als er sie anfasste.

Eugene hatte die hintere Veranda erst wenige Tage davor innen gestrichen, und der Geruch der Farbe und des Lacks machte Junior leicht schwindelig. Versonnen zog er den Pinsel über das Holz. Es war schon interessant, dass die Maserung geradezu eine Geschichte erzählte – dass man den Linien folgen konnte und überrascht war, wie weit sie gingen oder wo sie unerwartet abbrachen.

Er fragte sich, ob Merrick eines Tages auf dieser Schaukel einen Heiratsantrag bekommen würde, ob Redcliffes Kinder so ausgelassen in ihr hin und her schaukeln würden, dass ihre Mutter die Seile festhalten und sie bremsen musste.

Seit Junior wusste, was ein Mann für seine Kinder empfinden kann, hegte er einen tiefen und beständigen Groll gegen seinen eigenen Vater. Sechs Söhne und eine Tochter hatte er gehabt und hatte sie unbekümmerter sich selbst überlassen als eine Hündin ihre Welpen. Je älter Junior wurde, desto unbegreiflicher war das für ihn.

Er machte eine knappe, abschüttelnde Kopfbewegung und tauchte den Pinsel wieder ein.

Dieser Lack hatte die Farbe von Buchweizenhonig. Er hob den Charakter des Holzes hervor und verlieh ihm Tiefe. Nie wieder diese ewigen schwedischblauen Schaukeln bei ihnen daheim! Nie wieder schäbige Fleckenteppiche und verrostete Metallschienen; nie wieder babyblaue Verandadecken, die, wie er annahm, den Himmel vortäuschen sollten; nie wieder schlachtschiffgraue Verandaböden.

Linnie würde am Umzugstag den Weg hinaufgehen und am Fuß der Verandatreppe stehen bleiben und »Oh!« sagen. Sie würde die Schaukel anstarren, sich vor Schreck den Mund zuhalten. »Oh, warum …!« Oder auch nicht. Vielleicht würde sie sich ihre Überraschung nicht anmerken lassen; raffiniert genug war sie. Egal, Junior selbst würde unbeirrt die Treppe hinaufgehen. Er würde durch nichts zu verstehen geben, dass etwas anders war. »Wollen wir reingehen?«, würde er sie fragen, sich zu ihr umdrehen und mit einer einladenden Geste auf die Eingangstür zeigen.

Er empfand eine gewisse Genugtuung, wenn er sich diese

Szene ausmalte, und doch hatte er das Gefühl, dass etwas fehlte. Ihr würde gar nicht klar sein, was alles dahintersteckte: Sein Schock, als er sah, was sie angerichtet hatte, seine Empörung, sein Gefühl der Ungerechtigkeit und seine harte Arbeit, den Schaden zu beheben. Eugenes Fahrt zu Tilghman Brothers, der exorbitante Preis, den sie wegen des knappen Termins verlangt hatten (genau das Doppelte ihres üblichen Preises), Juniors zwei Fahrten zum Haus, um den Lack aufzutragen, und die letzte Fahrt, die er am Freitagvormittag unternehmen würde, um die Ringschrauben wieder anzubringen, die Seile wieder an den Achterhaken zu befestigen und die Schaukel an der Decke aufzuhängen: Von alldem hatte Linnie nicht die leiseste Ahnung. Und das spiegelte das Muster ihres gemeinsamen Lebens wider – die vielen Dinge, die er vor ihr geheim gehalten hatte, obwohl er versucht war, sie ihr mitzuteilen. Sie würde nie erfahren, wie sehr er sich all die Jahre danach gesehnt hatte, frei zu sein; dass er nur bei ihr geblieben war, weil er wusste, dass sie sonst verloren gewesen wäre; wie mühsam es war, Tag für Tag weiterzumachen, in Ordnung zu bringen, was er falsch gemacht hatte. Nein, sie war der felsenfesten Überzeugung, dass er bei ihr blieb, weil er sie liebte. Und wenn er ihr die Wahrheit sagen würde – sofern es ihm gelang, sie von seinem Opfer zu überzeugen –, wäre sie am Boden zerstört, und das Opfer wäre umsonst gewesen.

Er umkreiste mit dem Pinsel jede Rundung, glättete jede Fuge mit Lack, spürte jeder Vertiefung der gedrechselten Teile mit zarten, liebkosenden Bewegungen nach.

Dinner in the diner, nothing could be finer
Than to have your ham 'n' eggs in Carolina.

Als er am Freitag wieder hinging, um die Schaukel aufzuhängen, nahm er von daheim weitere Kartons und einige kleine Möbelstücke mit – den Spieltisch aus dem Kinderzimmer und die dazu gehörenden Stühlchen. Es konnte nicht schaden, so viel wie möglich vor dem Umzug hinüberzuschaffen. Er parkte hinter dem Haus und trug alles durch die Küche hinein und die Treppe hinauf. Oben gönnte er sich eine genaue Betrachtung seines neuen Besitzes. Er stellte sich ans Treppengeländer, um die schimmernde Eingangshalle unten zu bewundern, und er betrat das Elternschlafzimmer, um sich an dessen Geräumigkeit zu weiden. Die Betten von ihm und Linnie standen bereits – zwei Einzelbetten, wie sie die Brills gehabt hatten, letzte Woche geliefert von der Firma Shofer. Linnie konnte nicht verstehen, warum sie sich nicht weiterhin ihr altes Doppelbett teilten, aber Junior sagte: »So ist es viel vernünftiger. Überleg doch mal, wie ich mich nachts immer hin und her wälze.«

»Mir macht dein Herumwälzen nichts aus.«

»Wir probieren es einfach mal. Wir werfen das alte Bett ja nicht weg, sondern stellen es ins Gästezimmer. Wenn wir unsere Meinung ändern, können wir es ja wieder nehmen.«

Obwohl er persönlich keinesfalls die Absicht hatte, es wieder zu nehmen. Ihm gefiel die *Idee* der zwei Einzelbetten – ihr filmreifer Luxus. Außerdem hatte er sich in seiner Kindheit lange genug ein Bett mit diversen Brüdern teilen müssen.

In der gegenüberliegenden Ecke des Schlafzimmers stand der Kleiderschrank der Brills, ihr »Armoire«, wie Mrs Brill ihn genannt hatte, den er ebenfalls sehr luxuriös fand. Allerdings wurde er noch immer rot, wenn er daran dachte, dass er zunächst verstanden hatte, diese Art Schrank werde als »Mohr« bezeichnet. »Mrs Brill«, hatte er gesagt, »wie ich höre, wollen Sie Ihren Mohr nicht in die neue Wohnung mitnehmen. Könnte ich Ihnen den vielleicht abkaufen?«

»Meinen …?«, hatte Mrs Brill stirnrunzelnd gefragt.

»Den Mohr in Ihrem Schlafzimmer. Ihr Junge hat gemeint, der sei zu groß.«

»Ach so! Aber sicher. Jim? Junior möchte wissen, ob er unseren Armoire kaufen kann.«

Erst da hatte Junior seinen Fehler bemerkt. Er war wütend auf Mrs Brill, weil sie ihn ertappt hatte, obwohl er zugeben musste, dass sie sehr taktvoll gewesen war.

Doch in gewisser Hinsicht war es genau ihr Taktgefühl, das ihn wütend machte.

Ach, immer, immer wieder lief es auf »wir und die« hinaus. Ob es die Stadtkinder in der Highschool waren oder die Reichen in Roland Park, immer war da jemand, der hervorhob, dass Junior nicht allen Ansprüchen genügte, dass er es eben nicht ganz schaffte. Und stets wurde davon ausgegangen, dass es seine eigene Schuld war, da er schließlich in einem Land lebte, in dem er, theoretisch, *alles* schaffen konnte. Nichts hinderte ihn daran. Außer dass es da eben *doch* etwas gab, er konnte nur nicht den Finger darauf legen. Immer war da eine winzige eigentümliche Besonderheit in der Kleidung oder der Ausdrucksweise, die dafür sorgte, dass er draußen blieb und zuschauen musste.

Unsinn. Schluss damit. Er besaß jetzt einen riesigen, mit Zedernholz ausgekleideten Schrank, der nur für die Aufbewahrung von Wollsachen bestimmt war. Die Tapete in seinem Schlafzimmer kam direkt aus Frankreich. Die Fenster waren so hoch, dass man Junior, wenn er dort stand, von der Straße aus vom Kopf bis fast zu den Knien sehen konnte.

Aber dann entdeckte er, dass die Farbe an der Ecke einer Fensterbank Blasen geworfen hatte. Die Brills mussten das Fenster während eines Gewitters offen gelassen haben. Oder es war auf Kondensation zurückzuführen; *das* wäre allerdings nicht gut.

Außerdem war die Tapete unterhalb davon nicht sauber Stoß an Stoß geklebt. Tatsächlich gingen die beiden Bahnen sogar auseinander. Und dort, wo die Tapete an die Fensterbank stieß, löste sie sich ein klein wenig von der Wand ab.

Samstags war er immer unterwegs, um Angebote abzugeben, weil an dem Tag die Ehemänner daheim waren. Daher ging er nicht zum neuen Haus und erledigte seine Termine früher als sonst, da sie morgen umzogen und es noch einiges zu packen gab. Er kam gegen drei Uhr nachmittags heim und ging direkt in die Küche, wo Linnie gerade die Putzmittel in der Orangenkiste unter dem Spülbecken ausräumte. Sie kniete auf dem Boden, und ihre nackten, ihm zugewandten Fußsohlen waren grau vor Dreck. »Ich bin wieder da«, teilte er ihr mit.

»Oh, gut. Könntest du mir den Servierteller vom Eisschrank runterholen? Den hab ich doch glatt vergessen! Ich hätt ihn schier hier stehen lassen.«

Er holte den Servierteller und stellte ihn auf die Arbeitsplatte. »Ich hätte gute Lust, noch eine Ladung ins Haus zu bringen, bevor es dunkel wird«, sagte er, »dann hätten wir das morgen früh schon weg.«

»Nein, lieber nicht. Du machst dich bloß kaputt. Wart bis morgen, bis Dodd und alle da sind.«

»Ich will ja nichts Schweres mitnehmen. Nur ein paar Kartons und so.«

Sie gab keine Antwort. Er wünschte, sie würde den Kopf aus der Orangenkiste nehmen und ihn ansehen, doch sie tat furchtbar beschäftigt, und so ließ er sie nach einer Weile allein.

Im Wohnzimmer türmten die Kinder leere Kartons auf,

um etwas zu bauen. Merrick jedenfalls. Redcliffe war noch zu klein, um einen Plan im Kopf zu haben, aber er war glücklich, dass Merrick mit ihm spielte, und zerrte begeistert Kartons dorthin, wo sie ihm sagte. Der Teppich war bereits zusammengerollt, sodass die Kinder eine große leere Fläche hatten. »Schau mal, Daddy, unsere Burg«, rief Merrick, und Junior sagte: »Sehr schön«, und ging ins Schlafzimmer, um sich umzuziehen. Er trug immer seinen Anzug, wenn er Angebote abgab.

Als er wieder in die Küche kam, packte Linnie die Putzmittel gerade in einen Karton. »Der Mann von Mrs Abbott hat die Hälfte von allem abgelehnt, was sie haben wollte«, erzählte Junior. »Er ist die ganze Liste durchgegangen: ›Warum kostet *das* da so viel? Und warum *das*?‹ Wenn ich das vorher gewusst hätte, hätte ich mir nicht so viel Mühe mit dem Angebot gemacht.«

»Schade«, sagte Linnie, »aber vielleicht kann sie ihn ja noch zu ein paar Dingen überreden.«

»Nein, die hat nur allem zugestimmt. Sie hat bloß ganz traurig und wehmütig *ach* geseufzt, wenn er wieder was gestrichen hat.«

Er wartete auf eine Reaktion von Linnie, aber es kam keine. Sie wickelte gerade eine Flasche Ammoniak in ein Geschirrtuch ein. Er wünschte, sie würde ihn ansehen, und fühlte sich langsam unbehaglich.

Linnie Mae war nicht der Typ, der schrie oder schmollte oder mit Sachen warf, wenn sie wegen irgendetwas wütend war; sie sah ihn einfach nicht mehr an. Na ja, sie sah ihn schon an, wenn es sein musste, aber sie *betrachtete* ihn nicht. Sie sprach in freundlichem Ton, lächelte, benahm sich wie immer, und trotzdem schien stets etwas anderes ihre Aufmerksamkeit zu beanspruchen. In solchen Momenten war er selbst verblüfft, wie dringend er ihren Blick brauchte, und ihm wurde schlagartig klar, wie oft sie ihn ansah, wie ihre Augen auf ihm verweilten, als wäre sein Anblick eine reine Freude für sie.

Ihm fiel jedoch kein Grund ein, weshalb sie gerade jetzt wütend auf ihn sein sollte. Er war derjenige, der wütend sein sollte – und wütend *war.* Aber er hasste diese Ungewissheit. Er stellte sich direkt vor sie hin, sodass nur der Putzmittelkarton zwischen ihnen war, und fragte: »Möchtest du heute Abend auswärts essen?«

Sie aßen selten auswärts. Es musste schon ein besonderer Anlass sein. Trotzdem sah ihn Linnie nicht an. Sie sagte: »Das müssen wir wohl, weil ich heut alles aus dem Eisschrank ins Haus gebracht hab.«

»Wirklich? Wieso denn?«

»Ach, Doris hat die Kinder genommen, damit ich packen kann, und da hab ich gedacht: ›Warum schau ich mir das neue Haus nicht mal allein an?‹ Du weißt ja, dass ich noch nie allein da war. Also hab ich zwei Taschen mit Lebensmitteln vollgepackt und bin mit der Straßenbahn hingefahren.«

»Wir hätten die Lebensmittel morgen im Laster transportieren können«, meinte Junior. Seine Gedanken überschlugen sich. Hatte sie die neu lackierte Schaukel gesehen? Ganz bestimmt. Er sagte: »Ich verstehe nicht, warum du geglaubt hast, das allein hinschleppen zu müssen.«

»Ich hab halt gedacht, wenn ich sowieso hingeh, kann ich auch was mitnehmen. Und so können wir morgen dort frühstücken und sind den Männern nicht im Weg.«

Sie konzentrierte sich darauf, eine Packung Scheuerpulver in eine Ecke des Kartons zu schieben.

»Und«, fragte er, »wie hat es dir gefallen?«

»Ganz gut.« Sie brachte eine langstielige Bürste in einer anderen Ecke unter. »Aber die Tür klemmt.«

»Welche Tür?«

»Die Haustür.«

Dann war sie eindeutig durch den Vordereingang gegangen. Musste sie ja wohl, wenn sie von der Straßenbahn kam.

Er sagte: »Die Tür klemmt nicht!«

»Wenn man die Klinke runterdrückt, geht sie nicht auf. Ich hab erst gedacht, ich hätt nicht richtig aufgeschlossen, aber wie ich die Tür ein bisschen hergezogen und *dann* gedrückt hab, ist sie aufgegangen.«

»Das ist die Abdichtung«, erwiderte Junior. »Die Tür ist nur gut abgedichtet, damit es nicht zieht. Die klemmt nicht.«

»Mir ist es jedenfalls so vorgekommen.«

»Die klemmt nicht.«

Er wartete. Er hätte sie beinahe gefragt. Er wäre beinahe mit der Sprache herausgerückt und hätte gefragt: »Hast du die Schaukel gesehen? Warst du überrascht, dass sie wieder wie vorher ist? Musst du nicht zugeben, dass sie so besser aussieht?«

Aber dadurch würde er sich verraten, sie wissen lassen, dass ihm etwas an ihrer Meinung lag. Oder sie *glauben* lassen, dass ihm etwas daran lag.

Sie könnte womöglich sagen, dass die Schaukel albern aussehe; dass sie eine allzu bemühte Kopie der Schaukel reicher Leute sei; dass er vorgebe, jemand zu sein, der er nicht ist.

Und darum sagte er nur: »Wenn der Winter kommt, wirst du um die Abdichtung froh sein, verlass dich drauf.«

Linnie verstaute eine Packung Seifenflocken im Karton. Kurz darauf verließ Junior die Küche.

Als sie in der Dämmerung zum Lokal gingen, kamen sie an Leuten vorbei, die auf ihren Veranden saßen, und jeder – ob Freund oder Fremder – sagte »Hallo« oder »Schöner

Abend«. Linnie sagte: »Hoffentlich grüßen uns die Nachbarn im neuen Haus auch.«

»Ganz bestimmt«, meinte Junior.

Er hatte Redcliffe auf den Schultern sitzen. Merrick sauste auf ihrem alten hölzernen Kiddie Kar vor ihnen her, das sie mit den Füßen vorwärtsbewegte. Sie war inzwischen viel zu groß dafür, doch wegen des Kautschukmangels konnten sie ihr kein Dreirad kaufen.

»Diese Mrs Brill«, sagte Linnie. »Weißt du noch, wie sie immer ›mein‹ Lebensmittelhändler und ›mein‹ Drogist gesagt hat? Als täten sie ihr gehören! Und an Weihnachten, wenn sie uns das Körbchen gebracht hat: ›Den Mistelzweig habe ich bei meinem Blumenhändler gekauft‹, hat sie immer gesagt, und ich hab gedacht: ›Der Blumenhändler würd Augen machen, wenn er hören tät, dass er dir gehört!‹ Ich kann nur hoffen, dass unsere neuen Nachbarn nicht so daherreden.«

»Sie hat das nicht so gemeint, wie es sich anhört«, antwortete Junior. Dann machte er zwei lange Schritte und drehte sich um, sodass er rückwärtsging und ihr ins Gesicht sah. »Sie hat vermutlich nur gemeint, dass *unser* Blumenhändler vermutlich keine Mistelzweige führt, ihrer dagegen schon.«

Linnie lachte. »*Unser* Blumenhändler!«, wiederholte sie. »Kannst du dir das vorstellen?«

Aber ihre Augen waren auf den alten Mr Early gerichtet, der gerade seine Vordertreppe mit dem Schlauch abspritzte, und sie winkte ihm zu und rief: »Wie gehts, Mr Early?«

Junior gab es auf und ging wieder vorwärts.

Am längsten hatte sie ihn nicht angesehen, als sie ein Kind wollte und er nicht. Sie hatte schon seit Jahren eins gewollt, und er hatte sie immer wieder vertröstet – nicht genug Geld, nicht der richtige Moment –, und sie hatte es eine

Zeit lang akzeptiert. Zuletzt hatte er offen gesagt: »Linnie Mae, die nackte Wahrheit ist, ich *will* keine Kinder.« Sie war fassungslos gewesen; sie hatte geweint; sie hatte argumentiert; sie hatte behauptet, das sage er nur wegen seiner Mutter. (Seine Mutter war bei einer Geburt gestorben, und das Baby mit ihr. Doch das hatte nichts damit zu tun. Wirklich nicht! Diese Sache hatte er längst abgehakt.) Und dann hatte Linnie ganz allmählich aufgehört, seinen Anblick zu genießen. Er musste zugeben, dass es ihm gefehlt hatte. Er hatte immer gewusst, ohne dass sie es gesagt hätte, dass sie ihn für gutaussehend hielt. Nicht, dass ihm dergleichen etwas bedeutete! Trotzdem war er sich dessen bewusst gewesen, und nun vermisste er etwas.

Er war damals derjenige gewesen, der nachgab. Er hatte etwa eine Woche durchgehalten. Dann hatte er gesagt: »Hör zu. Falls wir Kinder haben *sollten* …«, und bei dem unvermittelten, aufmerksamen Blick, mit dem ihre Augen über sein ganzes Gesicht glitten, kam er sich vor wie eine halb vertrocknete Pflanze, die endlich Wasser bekommt.

Beim Abendessen sprach er mit Merrick und Redcliffe darüber, dass nun jeder sein eigenes Zimmer bekam. Redcliffe war damit beschäftigt, seine Limabohnen aus der Haut zu schnippen, aber Merrick sagte: »Ich kann es kaum erwarten. Ich hasse es, mein Zimmer zu teilen! Redcliffe riecht jeden Morgen nach Pipi.«

»Das ist nicht nett«, erwiderte Linnie. »Du hast früher auch nach Pipi gerochen.«

»Hab ich nicht!«

»Doch, als du ein Baby warst.«

»Redcliffe ist ein Baby!«, hänselte Merrick ihren Bruder.

Redcliffe ließ noch eine Limabohne flutschen.

»Wer möchte ein Eis?«, fragte Junior.

Merrick sagte: »Ich!«, und Redcliffe sagte: »Ich!«

»Linnie Mae?«, fragte Junior.

»Das wäre nett.«

Aber sie hatte sich zu Redcliffe gedreht und wischte die Limabohnenhäute an seinen Fingern ab.

Sie hatten die Angewohnheit, gemeinsam Radio zu hören, wenn die Kinder im Bett waren – Linnie nähte oder flickte, Junior ging den Arbeitsplan für den nächsten Tag durch. Doch im Wohnzimmer herrschte ein ziemliches Durcheinander, und das Radio war bereits eingepackt. Linnie sagte: »Ich glaub, ich geh dann auch ins Bett«, und Junior erwiderte: »Ich komme gleich nach.«

Er verbrachte noch einige Zeit damit, seine Geschäftsunterlagen für den Umzug zu verpacken, machte dann das Licht aus und ging nach oben. Linnie hatte ihr Nachthemd an, hantierte aber noch im Schlafzimmer herum und war gerade dabei, die Sachen, die auf der Kommode lagen, in den Schubladen zu verstauen. Sie fragte: »Brauchst du den Wecker?«

»Nö, ich wach bestimmt von allein auf.«

Er zog sich bis auf die Unterwäsche aus und hängte Hemd und Overall an den Haken innen an der Tür des Wandschranks, obwohl er sie normalerweise einfach über den Stuhl geworfen hätte, da er sie am nächsten Tag wieder anziehen würde. »Unsere letzte Nacht in diesem Haus, Linnie Mae«, sagte er.

»M-hm.«

Sie faltete das Kommodendeckchen und legte es in die oberste Schublade.

»Und unsere letzte Nacht in diesem Bett.«

Sie ging zum Wandschrank und raffte eine Handvoll leerer Kleiderbügel zusammen.

»Aber ich kann dich jederzeit in deinem neuen Bett *besu-*

chen«, meinte er und gab ihr einen neckischen Klaps auf das Hinterteil, als sie an ihm vorbeiging.

Sie machte eine kleine ausweichende Bewegung, sodass sein Klaps an ihr abglitt, und bückte sich dann, um die Kleiderbügel in der Kommodenschublade zu verstauen.

»Junior«, sagte sie, »sag mir die Wahrheit: Woher war das Einbrecherwerkzeug?«

»Einbrecherwerkzeug? Welches Einbrecherwerkzeug?«

»Das in Mrs Brills Wintergarten. Du weißt genau, was ich meine.«

»Ich habe keine blasse Ahnung.«

Er legte sich ins Bett und deckte sich zu, drehte das Gesicht zur Wand und schloss die Augen. Er hörte, wie Linnie wieder zum Wandschrank ging und eine weitere Ladung Kleiderbügel auf der Stange zusammenschob. Draußen vor dem offenen Fenster fuhr ein Auto vorbei – ein älteres Modell, dem Tuckern nach zu schließen –, und irgendwo begann ein Hund zu bellen.

Einige Minuten später hörte er, wie sie leise zum Bett kam, und spürte, wie sie sich auf ihre Seite setzte. Sie legte sich hin und drehte sich von ihm weg; er spürte es an dem leichten Ziehen der Bettdecke. Die Lampe auf ihrem Nachttisch wurde ausgeknipst.

Er hätte zu gerne gewusst, wie sie reagiert hatte, als sie die neu lackierte Schaukel sah. Hatte sie ungläubig geblinzelt? Hatte sie nach Luft geschnappt? Hatte sie einen Schrei ausgestoßen?

Er konnte sich vorstellen, wie sie ausgesehen haben musste, als sie mit den zwei Taschen voller Lebensmittel den Weg hinaufgestapft war: Linnie Mae Inman in ihrem altmodischen Strohhut mit den Holzkirschen auf der Krempe und ihrem Baumwollkleid mit den umgeschlagenen kurzen Ärmeln, die ihre dürren Arme und ihre rauen Ellbogen entblößten. Aus irgendeinem Grund tat es ihm … weh. Es tat ihm ihretwegen weh. Ganz allein war sie gewesen, war mühsam unter den hohen Tulpenbäumen zu der breiten vorderen Veranda hinaufgegangen. Ganz allein hatte sie die richtige Straßenbahn ausfindig gemacht, eine Linie, die sie noch nie benutzt hatte – sie fuhr höchstens mal zu den Kaufhäusern in der Howard Street –, und sie hatte entschieden, in welche Richtung sie an der Ecke gehen musste, wo sie ausgestiegen war, und sie hatte zweifellos stolz das Kinn vorgereckt, als sie an den anderen Häusern vorbeiging für den Fall, dass die neuen Nachbarn sie beobachteten.

Er schlug die Augen auf und legte sich auf den Rücken. »Linnie Mae«, fragte er in Richtung Decke. »Bist du wach?«

»Ich bin wach.«

Er rollte sich auf die Seite, sodass sich sein Körper an ihren schmiegte, und schlang von hinten die Arme um sie. Sie entzog sich ihm nicht, blieb aber unnachgiebig. Er atmete tief ihren salzigen, rauchigen Geruch ein.

»Ich bitte dich um Verzeihung«, sagte er.

Sie schwieg.

»Ich strenge mich doch so an, Linnie. Vielleicht strenge ich mich zu *sehr* an. Ich versuche nur, allen Anforderungen gerecht zu werden. Ich will doch bloß alles richtig machen.«

»Ach, Junior«, sagte sie und drehte sich zu ihm um. »Junie, Schätzchen, das tust du doch. Das weiß ich. Ich *kenn* dich doch, Junior Whitshank.« Und sie nahm sein Gesicht in beide Hände.

In der Dunkelheit konnte er nicht erkennen, ob sie ihn ansah oder nicht, doch er spürte, wie ihre Fingerspitzen seine Züge nachfuhren, bevor sie ihre Lippen auf seine drückte.

Dodd McDowell, Hank Lothian und der neue Farbige sollten um acht eintreffen – Junior ließ seine Männer etwas später anfangen, wenn sie am Wochenende arbeiten mussten –, und so fuhr er Linnie und die Kinder sowie einige Kartons mit Küchenutensilien gegen sieben zum Haus. Geplant war, dass sie dort blieb und auspackte, während er zurückfuhr, um beim Einladen der Möbel zu helfen.

Als sie auf die Straße bogen, kam Doris Nivers von nebenan im Morgenrock und mit einer Topfpflanze heraus. Linnie kurbelte die Scheibe herunter und rief: »Guten Morgen, Doris!«

»Ich muss aufpassen, dass ich nicht zu heulen anfange«, sagte Doris zu ihr. »Ohne dich wird hier nichts mehr so sein wie früher! Also, die Pflanze da macht vielleicht nicht viel her, aber in einigen Wochen blüht sie, und dann hast du jede Menge schöne Zinnien.«

Sie reichte Linnie die Pflanze durch das Fenster, die sie in beide Hände nahm und die Nase hineinsteckte, als blühte sie bereits. »Ich werd jetzt nicht danke schön sagen«, erklärte sie Doris, »weil sonst geht sie ein, wie man sagt, aber damit du's weißt, ich werd jedes Mal an dich denken, wenn ich sie anschaue.«

»Das will ich auch schwer hoffen! Ade, Kinder! Ade, Junior.« Doris trat einen Schritt zurück und winkte.

»Bis dann, Doris«, sagte Junior. Die Kinder, die noch schlaftrunken waren, starrten sie nur an, aber Linnie winkte und streckte den Kopf aus dem Fenster, bis ihr Laster um die Ecke bog und Doris nicht mehr zu sehen war.

»Ich werde sie so furchtbar vermissen!«, sagte Linnie zu Junior, als sie den Kopf hereinzog. Sie beugte sich über Redcliffe und stellte die Pflanze zwischen ihren Füßen auf den Boden. »Mir ist, wie wenn ich eine Schwester verloren hätte.«

»Du hast sie doch nicht *verloren*. Du ziehst nur zwei Meilen weg! Du kannst sie jederzeit zu dir einladen.«

»Nein, ich weiß genau, was passiert.« Linnie tupfte sich mit dem Zeigefinger erst unter dem rechten Auge ab, dann unter dem linken. »Angenommen, ich lad sie zum Mittagessen ein«, sagte sie. »Sie und Cora Lee und alle. Wenn ich ihnen was Ausgefallenes vorsetze, sagen sie bestimmt, dass ich mich aufspielen will, und wenn ich ihnen das vorsetze, was ich sonst koche, sagen sie bestimmt, dass ich sie nicht für so fein halte wie meine neuen Nachbarn. Und dann laden sie mich nicht mehr zu sich ein; sie werden sagen, dass mir ihre Häuser nicht mehr gut genug sind, und nach und nach nehmen sie dann *meine* Einladungen nicht mehr an, und damit hat es sich.«

»Linnie Mae. Es ist kein Kapitalverbrechen, in ein größeres Haus zu ziehen«, sagte Junior.

Linnie griff in ihre Rocktasche und holte ein Taschentuch heraus.

Als sie vor dem Haus anhielten, fragte sie: »Sollten wir nicht lieber hinten parken? Wir haben doch so viel reinzutragen.«

»Ich dachte, wir frühstücken erst mal«, sagte er.

Was eigentlich keinen Sinn ergab – sie hätten ebenso gut frühstücken können, wenn er hinten geparkt hätte –, aber er wollte ihre gemeinsame Ankunft zu einem besonderen Ereignis machen. Und Linnie hatte das vielleicht erraten, denn sie sagte: »Siehst du? Jetzt bist du froh, dass ich was zu essen hergebracht habe.«

Während sie ihren Kram einsammelte – auf dem Boden nach ihrer Handtasche suchte und sich nach der Pflanze bückte –, kam er um den Laster herum und machte ihr die Tür auf. Das schien sie zu überraschen, doch sie gab ihm Redcliffe und stieg aus. »So, Kinder«, sagte Junior, als er

Redcliffe absetzte. »Jetzt kommt unser großer Auftritt.« Und die vier begannen, den Weg hinaufzugehen.

Unter dem Schutz der Bäume bekam die Vorderseite des Hauses keine Morgensonne, aber dadurch wirkte die tiefe, schattige Veranda nur umso anheimelnder. Und das Honiggold der Schaukel, die jetzt hinter dem Geländer sichtbar wurde, wärmte Junior das Herz. Er musste sich zwingen, nicht zu Linnie zu sagen: »Siehst du? Siehst du, dass sie so genau richtig ist?«

Als seine Augen etwas Blaues aufblitzen sahen, hielt er es zunächst für Einbildung – für eine Art verrückte Nachwirkung all dessen, was zuvor passiert war.

Er sah genauer hin und erstarrte.

Eine blaue Farbspur zog sich den Plattenweg hinunter – eine wirre Explosion von Blau, die direkt vor der Eingangstreppe begann, sich dann sammelte und in einem breiten Streifen den Weg hinunterlief, schmaler wurde und kurz vor seinen Schuhen endete. Der Streifen war so dick, dass Junior fast das Gefühl hatte, ihn mit den Fingern abziehen zu können, und so glänzend, dass er instinktiv den Fuß zurückzog, obwohl er bei genauerem Hinsehen merkte, dass die Farbe bereits trocken war. Und jeder – oder etwa nur Junior? – wusste nach einem flüchtigen Blick darauf, dass die Farbe aus Wut ausgekippt worden war.

Linnie hatte unterdessen ihre Hand von seiner gelöst, ging voraus und rief: »Nicht so schnell, Merrick! Nicht so schnell, Redcliffe! Euer Daddy muss erst die Tür aufschließen!«

Seine Männer würden Tage brauchen, um das zu reinigen. Sie würden Schmirgelmittel und Chemikalien brauchen – auf Anhieb konnte er nicht einmal sagen, welche – und schrubben und kratzen und schleifen müssen; und trotzdem würden Spuren von Blau zurückbleiben, man würde die Farbe nie wegkriegen, jedenfalls nicht ganz. Im Mörtel würden für immer und ewig mikroskopisch kleine blaue Spritzer sitzen, die Fremden vielleicht nicht auffielen, für Junior aber unübersehbar waren. Er konnte die nahe Zukunft deutlich wie einen Film vor sich ablaufen sehen: wie er es erst mit der einen Methode probiert, dann mit einer anderen, Experten konsultiert, nachts wach liegt, wie ein Besessener nach allen möglichen Lösungen sucht und zu guter Letzt das ganze Ding ausgraben und neu machen muss. Andernfalls blieb der Gehweg unauslöschlich verunstaltet, mit Schwedischblau verschandelt für alle Zeiten.

Derweil ging Linnie Mae mit kerzengeradem Rücken und absolut korrekt sitzendem Hut den Weg hinauf, völlig unschuldig und unbekümmert. Ohne auch nur einen Blick zurück, um zu sehen, wie er auf die Verunstaltung reagierte.

Warum hatte er auch nur eine Sekunde lang gezögert, sie am Bahnhof stehen zu lassen? Sie wäre *bestens* ohne ihn zurechtgekommen! Sie würde überall bestens zurechtkommen.

Sie hatte alles darangesetzt, sich ihn zu angeln, und es war ihr ohne große Anstrengung gelungen. Sie hatte fünf Jahre der öffentlichen Verachtung ganz alleine durchgestanden. Sie hatte Gott weiß wie viele Züge auf Gott weiß wie vielen Nebenstrecken benutzt und ihn problemlos ausfindig gemacht. Er sah sie an der Abholspur den Hals verrenken; er sah sie mit ihrem Koffer und ihrem Landstreicherbündel bei wildfremden Leuten klingeln; er sah sie mit Cora Lee in der Küche lachen. Er sah, wie sie sein ganzes Leben umstülpte wie einen Pullover, den sie gewaschen hatte und in Form zog.

Für Letzteres sollte er vermutlich dankbar sein.

Redcliffe stolperte, konnte sich jedoch fangen. Merrick rannte voraus. »Wartet«, rief Junior, da sie sich inzwischen der Verandatreppe näherten. Alle blieben stehen und drehten sich zu ihm um, und er ging schneller, um sie einzuholen. Vögel sangen in den Tulpenbäumen über ihm. Kleine weiße Schmetterlinge flatterten in der Sonne. Als er bei Linnie ankam, griff er nach ihrer Hand, und dann gingen die vier die Treppe hinauf. Sie durchquerten die Veranda. Er schloss die Eingangstür auf. Sie betraten das Haus. Ihr Leben begann.

VIERTER TEIL

Eine Rolle blaues Nähgarn

14

Vor Jahren, als die Kinder noch klein waren, hatte Abby damit begonnen, jeden Oktober an der vorderen Veranda entlang Gespenster aufzuhängen. Insgesamt waren es sechs. Ihre Köpfe bestanden aus weißen Gummibällen, um die dünne weiße Gaze gebunden war, die fast bis zum Fußboden herunterhing und sich beim kleinsten Lufthauch bewegte. Die ganze Vorderfront des Hauses bekam dadurch etwas Nebelhaftes und Schwebendes. An Halloween mussten sich die von Tür zu Tür gehenden Kinder durch diaphane Schleier schieben, die älteren lachend, die jüngeren fast in Panik, vor allem dann, wenn es ein windiger Abend war und die Gazebahnen sich hoben, herumwirbelten und sich um sie schlangen.

Die drei Jungs von Stem verlangten lautstark, dass die Gespenster auch in diesem Jahr aufgehängt wurden, so wie immer, doch Nora sagte, das gehe nicht. »Halloween ist erst am Mittwoch«, erklärte sie ihnen. »Und da sind wir schon nicht mehr hier.« Das Haus sollte am Sonntag geräumt werden – der früheste Termin, an dem Red in seine Wohnung konnte. Der Plan war, dass alle zu Beginn der Arbeitswoche ihr neues Zuhause bezogen hatten.

Red hörte es zufällig und sagte: »Ach, lass sie doch ihre

Gespenster haben, wenn sie unbedingt wollen. Es ist ihre letzte Chance. Unsere Leute können sie ja für uns abnehmen, wenn sie am Montagmorgen kommen.«

»Ja!«, schrien die Jungs, und Nora lachte und warf geschlagen die Hände in die Luft.

Und so wurden die Gespenster aus ihrer Schachtel auf dem Dachboden geholt, und Stem stieg auf die Leiter, um sie an den Messinghaken aufzuhängen, die in die Verandadecke geschraubt waren. Aus der Nähe betrachtet, sahen die Gespenster schäbig aus. Sie hatten es nötig, neu eingekleidet zu werden, was in regelmäßigen Abständen fällig war, aber niemand hatte Zeit dafür, weil so viel anderes zu tun war.

Die für Jeannie und Amanda bestimmten Sachen waren bereits von den beiden Hughs in Reds Pick-up weggebracht worden. Die Sachen von Stem stapelten sich in einer Ecke des Esszimmers. Dennys einzelner Karton stand in seinem Zimmer, aber er sagte, dass er ihn im Zug nicht mitnehmen könne. »Dann schicken wir ihn mit UPS«, entschied Jeannie.

»Vielleicht kann ihn ja erst mal eine von *euch* aufbewahren«, meinte er. Und dabei beließ man es vorläufig.

Es standen immer noch Dinge auf dem Dachboden, immer noch Dinge im Keller – das meiste sollte weggeworfen werden. Der Rest des Hauses war so leer, dass es widerhallte. Auf dem nackten Fußboden im Wohnzimmer standen nur noch eine Couch und ein Sessel, die in Reds Wohnung kommen sollten. Der Esszimmertisch war in Kommission gegeben worden, und der Küchentisch, der ebenfalls mit zu Red sollte, stand noch an seinem Platz, wo er lächerlich klein und hausbacken wirkte. Die größeren Möbelstücke hatten sie durch die Eingangstür hinaustragen müssen, weil es durch die Küche zu schwierig gewesen wäre; und jedes Mal hatte jemand die langen Schleppen der beiden mittleren

Gespenster auf der Veranda zusammenraffen und mit Gummiseilen an den Seitenwänden festbinden müssen. Dennoch verfingen sich Stem und Denny – oder wer gerade mit Tragen beschäftigt war – hin und wieder in den Gazebahnen, mussten sich fluchend ducken und mühsam befreien. »Was müssen die verdammten Dinger ausgerechnet *jetzt* hier hängen«, sagte dann einer. Doch keiner ging so weit vorzuschlagen, sie abzunehmen.

Die ganze Familie hatte immer wieder davon gesprochen, wie hilfsbereit Denny in letzter Zeit gewesen war, und was tat *er?* Er verkündete am Samstagabend, dass er am nächsten Morgen abreisen werde. »Morgen Vormittag?«, fragte Jeannie. Die Gruppe aus der Bouton Road hatte sich bei ihr zum Abendessen eingefunden, da ihre eigenen Töpfe und ihr Geschirr bereits eingepackt waren, und Jeannie hatte gerade einen Schweinebraten vor Amandas Hugh gestellt, damit er ihn tranchierte. Sie ließ sich auf ihren Stuhl fallen, die Topfhandschuhe noch an, und sagte: »Aber Dad zieht morgen Vormittag um!«

»Ich weiß, und es tut mir ja auch leid«, erwiderte Denny.

»Und Stem morgen Nachmittag!«

»Was soll ich machen?«, fragte Denny die Tischrunde. »Sie sagen, dass ein Hurrikan im Anzug ist. Das ändert alles.«

Seine Angehörigen waren verwirrt. (Der Hurrikan war *das* Thema in den Nachrichtensendungen, laut Vorhersage wurde er allerdings nördlich von ihnen erwartet.) Jeannies Hugh sagte: »Normalerweise fährt man von einem Hurrikan *weg* und nicht auf ihn zu.«

»Schon, aber ich muss mich vergewissern, dass daheim alles dicht ist«, antwortete Denny. Es trat Stille ein, alle waren verblüfft. »Daheim« war kein Wort, das die Familie mit New Jersey verband. Nicht einmal Denny, soweit sie alle bis zu diesem Moment wussten. Jeannie blinzelte und wollte etwas sagen. Red blickte sich mit fragender Miene am Tisch um; es war nicht klar, ob er alles gehört hatte. Deb war die Erste, die die Sprache wiederfand: »Ich dachte, deine Sachen sind alle in einer Garage untergestellt, Onkel Denny.«

»Stimmt«, sagte Denny. »In der Garage von meiner Vermieterin. Aber meine Vermieterin ist alleinstehend. Da kann ich doch nicht sagen, sie soll zusehen, wie sie alleine klarkommt, oder?«

Stem fragte: »Könntest du nicht wenigstens bleiben, bis wir Dads Umzug gemacht haben?«

»Der Wetter-Kanal meldet, dass Amtrak morgen Nachmittag womöglich den Zugverkehr einstellt. Dann würde ich hier festsitzen.«

»Festsitzen!«, wiederholte Jeannie beleidigt.

»Es heißt, die ganzen Bahnlinien in den Nordosten könnten gesperrt werden.«

»Also …«, sagte Red und holte tief Luft. »Mal sehen, ob ich das richtig mitgekriegt habe. Du willst morgen Vormittag abreisen.«

»Richtig.«

»Bevor ich in meiner neuen Wohnung bin.«

»Leider.«

»Die Sache ist nur«, sagte Red, »was ist mit meinem Computer?«

»Was soll damit sein?«

»Ich hatte mich darauf verlassen, dass du mein Wi-Fi einrichtest. Du weißt genau, dass ich mich mit so was nicht auskenne! Was ist, wenn ich nicht ins Internet kann? Was ist, wenn mein Laptop verrücktspielt, weil er jetzt woanders steht? Was ist, wenn ich einloggen will und es passiert nichts, und auf dem Bildschirm erscheint nur ›Kein Internetzugang‹? Was ist, wenn sich da bloß immer und ewig dieser

Ball dreht und ich ihn nicht wegkriege, keine Verbindung bekomme, nicht online gehen kann?«

Er fragte das nicht nur Denny, sondern alle, blickte sich wild mit verwirrtem Blick am Tisch um. Denny antwortete: »Dad. Amandas Hugh versteht *wesentlich* mehr von Computern als ich.«

Doch Amandas Hugh sagte: »Wer, ich?« Und Red fuhr einfach fort, einen nach dem anderen anzustarren. Schließlich legte Nora, die neben ihm saß, ihre Hand auf seine. »Wir werden uns um alles kümmern, Vater Whitshank, ich verspreche es.«

Red sah sie einen Moment scharf an und entspannte sich dann. Niemand wies darauf hin, dass Nora nicht einmal eine eigene E-Mail-Adresse hatte.

»Tja, wirklich toll«, sagte Jeannie zu Denny. Sie zog ihre Topfhandschuhe aus und knallte sie neben ihrem Teller auf den Tisch. »Du kommst hier anspaziert, wann immer es dir beliebt, und alles dreht sich nur noch um den feinen Herrn. Jeder ist ja so dankbar, dass du überhaupt so lange geblieben bist; jeder überschlägt sich geradezu, weil es ein so seltenes und großes Privileg ist, wenn du uns mit deiner Anwesenheit beehrst.«

»Der verlorene Sohn«, sagte Nora stillvergnügt und lächelte Petey über den Tisch hinweg an. »Stimmts?«, fragte sie ihn.

Aber Petey war in Gedanken beim Hurrikan. »Was ist, wenn man in die Luft gehoben wird, Onkel Denny, so wie die böse Nachbarin im *Zauberer von Oz*? Meinst du, das könnte vielleicht passieren?«

»Das kann man nie wissen«, antwortete Denny, nahm sich ein Brötchen aus dem Brotkorb und warf es schwungvoll hoch, bevor er es auf seinen Teller legte.

Der Sonntag begann bewölkt und bedrohlich, was nicht weiter überraschend war. Selbst wenn der Hurrikan die Stadt nicht direkt traf, musste man sich im Großraum Baltimore auf Wind, Regen und Stromstörungen gefasst machen. Bevor sich die Lage weiter verschlechterte, setzten Jeannie und Amanda ihre Männer am Haus ab, damit sie bei den schweren Sachen tragen halfen, und dann sammelte Amanda die drei Jungs und den Hund ein und nahm sie mit zu sich, damit sie aus dem Weg waren. Jeannies Aufgabe war es, Red in seine Wohnung zu fahren, zusammen mit einer Ladung Küchenutensilien, und ihm beim Einrichten zu helfen. Sie fanden es alle besser, ihn die endgültige Räumung des Hauses nicht mit ansehen zu lassen. Aber er trödelte herum. Er, der es normalerweise hasste, andere zu belästigen, hatte die von Nora angebotenen kalten Cornflakes zum Frühstück stur abgelehnt und Eier verlangt, obwohl die Eier inzwischen in einer Kühlbox verstaut waren und die Pfanne sich unten in einem Karton befand. »Dad ...«, setzte Stem an, doch Nora unterbrach: »Ist schon gut. Die Eier sind im Handumdrehen gemacht.«

Dann ließ sich Red beim Essen so viel Zeit, dass er längst noch nicht fertig war, als Jeannie eintraf. Sie musste warten, konnte ihre Ungeduld kaum verbergen, während er gemächlich und methodisch winzige Mengen in den Mund schob, in aller Gemütsruhe kaute und Stem und den beiden Hughs zusah, die immer wieder mit Kartons für Jeannies Auto durch das Esszimmer gingen. »Ständig sagt sie mir, dass sie es gleich hätte wissen müssen, was für ein Mensch ich bin, nämlich als sie festgestellt hat, dass ich nicht recycle«, sagte Amandas Hugh zu Stem, »aber was hätte *ich* nicht alles anhand des Zettels merken müssen, den sie geschrieben hat, um sich zu beschweren!«

Jeannie klimperte mit den Autoschlüsseln.

»Ich habe heute Nacht geträumt, das Haus sei abgebrannt«, erzählte ihr Vater.

»Was, dieses Haus?«

»Ich konnte alle Balken und Stützen sehen, die nicht mehr freigelegen haben, seit mein Vater das Haus gebaut hat.«

»Tja …«, sagte Jeannie und blickte verstohlen grimassierend zu Nora, die gerade die Pfanne wieder in Zeitungspapier einwickelte. »Das ist nur verständlich«, meinte sie und fragte dann: »Ist Denny gut zum Bahnhof gekommen?«

»Nein«, antwortete Red. »Ich glaube, er liegt noch im Bett.«

»Im Bett!«

Nora sagte: »Ich habe vor einer Weile an seine Tür geklopft, und er hat gesagt, dass er aufsteht, aber vielleicht ist er wieder eingeschlafen.«

»Er war doch derjenige, der es kaum erwarten konnte, zu verschwinden!«

»Beruhigt euch«, sagte Denny. »Ich bin ja auf.«

Er stand unter der Tür, hatte schon die Jacke an und über jeder Schulter eine Segeltuchtasche hängen, während eine dritte, wesentlich größere Tasche vor seinen Füßen stand. »Morgen, allerseits.«

Jeannie sagte: »Na endlich!«

»Der Regen scheint uns noch nicht erwischt zu haben.«

»Bis jetzt haben wir Glück«, sagte sie. »Ich dachte, du hast es so eilig!«

»Ich hab verschlafen.«

»Hast du deinen Zug verpasst?«

»Nö, ich hab noch Zeit.« Er blickte hinüber zu seinem Vater, der konzentriert ein verirrtes Stückchen Eiweiß mit der Gabel aufzuspießen versuchte. »Wie fühlst du dich, Dad?«, fragte er.

»Ganz okay.«

»Freust du dich auf die neue Wohnung?«

»Nein.«

»Da steht Kaffee«, sagte Nora zu Denny.

»Bemüh dich nicht. Ich hole mir einen am Bahnhof.« Er zögerte. »Soll ich mir ein Taxi rufen?«, fragte er. »Oder was?«

Er sah Jeannie an, aber es war Nora, die antwortete: »Ich kann dich fahren.«

»Du hast doch sicher jede Menge zu tun.«

Er sah wieder Jeannie an. Sie warf ihren Pferdeschwanz mit einem ärgerlichen Knall zurück und sagte: »Also *ich* kann dich nicht fahren. Mein Auto ist bis oben voll.«

»Es macht mir keine Umstände«, sagte Nora.

»Fertig, Dad?«, fragte Jeannie.

Red legte die Gabel hin. Er wischte sich mit einem Papierhandtuch den Mund ab und sagte: »Es ist nicht recht, einfach davonzulaufen und andere die ganze Arbeit machen zu lassen.«

»Aber wir haben genug in der neuen Wohnung zu tun. Du bist der Einzige, der mir sagen kann, wo du deine Pfannenwender haben willst.«

»Ist *mir* doch egal, wo meine Pfannenwender liegen!«, erwiderte Red zu abrupt und zu laut.

Dennoch hievte er sich hoch, und Nora ging zu ihm und legte ihre Wange an seine. »Wir sehen uns morgen Abend. Vergiss nicht, dass du versprochen hast, morgen zum Abendessen zu uns zu kommen.«

»Ich denk dran.«

Er nahm seine Windjacke von der Rückenlehne seines Stuhls und begann, sie anzuziehen. Dann hielt er inne und sah Denny an. »Sag mal«, fragte er. »Der Typ mit dem Waldhorn, war das *deine* Idee?«

Denny sagte: »Was?«

»Hast du das veranlasst? Passen würde es zu dir. Einem

Kerl gutes Geld zu bezahlen, bloß damit wir alle anfangen, dich zu vermissen.«

»Ich weiß nicht, wovon du redest.«

Red schüttelte kurz den Kopf und sagte: »Was solls.« Er lachte in sich hinein. »Das wäre ja auch zu verrückt.« Er zwängte sich in seine Windjacke und strich den Kragen glatt. »Trotzdem«, sagte er. »Wie viele Typen in Trägerhemden hören schon klassische Musik?«

Denny sah Jeannie fragend an, doch die ignorierte ihn. »Hast du alles, Dad?«, fragte sie.

»Natürlich *nicht*, aber die anderen werden es schon bringen, nehme ich an.« Dann ging er zu Denny und legte ihm die flache Hand auf den Rücken, eine Geste, die halb Klaps und halb Umarmung war. »Gute Reise, mein Sohn.«

»Danke«, sagte Denny. »Ich hoffe, es gefällt dir in der neuen Wohnung.«

»Das hoffe ich auch.«

Red wandte sich von Denny ab und verließ das Esszimmer, gefolgt von Jeannie und Nora. Denny hob die Tasche vor seinen Füßen auf und ging ihnen nach.

»Wir sehen uns«, sagte Red in der Halle zu den zwei Hughs. Sie kamen gerade, um eine weitere Ladung zu holen, beide leicht außer Atem.

Jeannies Hugh fragte Jeannie: »Fahrt ihr jetzt? Ich glaube, wir könnten noch einen Karton unterbringen.«

»Vergiss es, stellt ihn einfach auf den Laster«, sagte sie, »ich will endlich los.« Und sie schob sich an ihm vorbei und eilte hinter Red her, als hätte sie Angst, er könnte die Flucht ergreifen. Sie schlängelten sich zwischen den zurückgebundenen Gazebahnen auf der Veranda durch; Stem trat beiseite, um sie vorbeizulassen. »Wir müssten so in einer Stunde drüben sein«, sagte er zu Red. Red gab keine Antwort.

Am Fuß der Verandatreppe blieb er stehen und blickte

zurück auf das Haus. »Genau gesagt, war es kein Traum *per se*«, erklärte er Jeannie.

»Was denn, Dad?«

»Als ich geträumt habe, dass das Haus abgebrannt ist. Das war kein richtiger *geträumter* Traum. Es war eher so ähnlich wie die Bilder, die einem durch den Kopf gehen, wenn man am Einschlafen ist. Ich lag im Bett, und plötzlich überkam es mich – das ausgebrannte Gerippe des Hauses. Aber dann habe ich gedacht: ›Schluss damit, Schwamm drüber‹, hab ich gedacht. ›Das Haus kommt auch ohne uns zurecht.‹«

»Ganz bestimmt«, sagte Jeannie.

Red drehte sich um und ging den Plattenweg hinunter, während Jeannie auf Denny und Nora wartete, und als sie bei ihr ankamen, umarmte sie Denny über seine Taschen hinweg. »Sag dem Haus Auf Wiedersehen«, wies sie ihn an.

»Wiedersehen, Haus.«

»Das letzte Mal habe ich den Gottesdienst versäumt, als ich im Krankenhaus war und Petey bekommen habe«, sagte Nora zu Denny, während sie fuhr.

»Heißt das, dass du jetzt in die Hölle kommst?«

»Nein«, antwortete sie ganz ernsthaft, »aber es ist ein komisches Gefühl.« Sie schaltete den Blinker ein. »Vielleicht kann ich noch in die Abendandacht gehen, wenn wir bis dahin mit dem Umzug fertig sind.«

Denny starrte zum Seitenfenster hinaus, betrachtete die vorbeigleitenden Häuser. Seine linke Hand, die auf seinem Knie lag, klopfte den Rhythmus zu etwas Unhörbarem.

»Du bist bestimmt froh, wieder unterrichten zu können?«, fragte sie nach längerem Schweigen.

Er sagte: »Hm?« Dann: »Klar.«

»Willst du immer als Aushilfe arbeiten, oder möchtest du irgendwann eine feste Stelle?«

»Dafür müsste ich mehr Kurse belegen«, antwortete er. Er schien in Gedanken woanders zu sein.

»Ich bin sicher, dass du gut mit Highschool-Kindern umgehen kannst.«

Er richtete den Blick auf sie. »Nein, das hat mich sogar ziemlich fertig gemacht, ehrlich gesagt. Es war irgendwie deprimierend. Alles, was man ihnen beibringen soll, ist bloß ein Tropfen auf den heißen Stein – und nützt ihnen im wirklichen Leben sowieso nicht viel. Ich glaube, ich werde jetzt etwas anderes versuchen.«

»Nämlich?«

»Na ja, ich habe daran gedacht, Möbel zu bauen.«

»Möbel«, sagte sie, als probiere sie das Wort aus.

»Ich meine, eine Arbeit, die mir etwas gibt ... etwas Handfestes, weißt du? Damit ich am Ende des Tages etwas vorzuweisen habe. Und warum sich dagegen auflehnen: Ich komme nun mal aus einer Familie von Handwerkern.«

Nora nickte, nur so bei sich, und Denny begann, wieder aus dem Fenster zu schauen. »Die Sache mit dem Waldhorn«, sagte er zu einem vorbeifahrenden Bus. »Weißt *du*, was das sollte?«

»Ich habe keine Ahnung.«

»Hoffentlich dreht er nicht durch.«

»Er kommt bestimmt zurecht«, sagte Nora.

Sie hatten das obere Ende der St. Paul Street erreicht. Nun ging es geradewegs in südlicher Richtung zur Penn Station. Nora lehnte sich im Sitz zurück, die Finger leicht unten auf das Lenkrad gelegt. Selbst wenn sie Auto fuhr, schien sie zu schweben. Sie sagte: »Ich möchte dir nur sagen, Denny – Douglas und ich möchten dir nur sagen –, dass wir es zu schätzen wissen, dass du hergekommen bist, um auszuhelfen. Es hat deiner Mom und deinem Dad viel bedeutet. Ich hoffe, du weißt das.«

Er sah sie wieder an. »Danke. Ich meine, gern geschehen. Und danke auch *euch* beiden.«

»Und es war nett von dir, dass du nichts von seiner Mutter gesagt hast.«

»Das geht ja auch keinen was an.«

»Dass du Douglas nichts gesagt hast, meine ich. Als er jünger war.«

»Oh.«

Wieder herrschte Schweigen.

»Mir ist da etwas Merkwürdiges passiert«, sagte er plötzlich. Seine Stimme klang leicht erstaunt, als hätte er erst im letzten Moment zu sprechen beschlossen. »Weißt du noch, wie ich damals Dads Hemd geflickt habe?«

»Ja.«

»Diesen Dashiki von ihm?«

»Ja, ich erinnere mich.«

»Ich dachte, ich würde nie den richtigen Blauton finden, weil es so ein *leuchtendes* Blau war. Und dann bin ich zum Wäscheschrank gegangen, wo Mom immer ihren Nähkasten aufbewahrt hat, und hab die Tür aufgemacht, und noch bevor ich nach dem Kasten greifen konnte, ist eine leuchtend blaue Garnrolle auf mich zugekullert. Ich hab die hohle Hand an das Fach gehalten, und die Garnrolle ist hineingefallen.«

Sie mussten an einer roten Ampel halten. Nora warf ihm einen nachdenklichen, distanzierten Blick zu.

»Natürlich gibt es dafür eine Erklärung«, sagte er. »Erstens *musste* Mom diesen Farbton haben, weil sie den Dashiki ja selbst genäht hat und man eine Garnrolle nicht wegwirft, nur weil sie alt ist. Und der Grund, weshalb sie nicht im Nähkasten lag … ich hatte kurz davor einen Knopf angenäht, und dabei war einiges rausgefallen. Und dass sie gerollt ist, hatte vermutlich damit zu tun, dass ich die Schranktür aufgerissen habe und ein Schwung Luft reingekommen ist. So muss es wohl gewesen sein.«

Die Ampel sprang auf Grün, und Nora fuhr weiter.

»Aber in dem Sekundenbruchteil, bevor mir das alles klar war«, sagte er, »kam es mir fast wie ein, na ja, ein geheimes Zeichen vor. Blöd, stimmts?«

Nora sagte: »Nein.«

»Als wollte sie mir sagen, dass sie mir verzeiht«, sagte Denny. »Und dann bin ich mit dem Dashiki in mein Zimmer gegangen und hab mich aufs Bett gesetzt, um ihn auszubessern, und da ist mir aus heiterem Himmel *noch* ein Gedanke gekommen, nämlich: ›Sie will mir sagen, dass sie weiß, dass *ich ihr* verzeihe.‹ Und mit einem Mal überkam mich ein ungeheures Gefühl der Erleichterung.«

Nora nickte und gab das Zeichen zum Abbiegen.

»Egal, wie soll man so etwas auch verstehen?«, fragte Denny die vorbeigleitenden Reihenhäuser.

»Ich glaube, du hast es richtig verstanden«, meinte Nora.

Sie bog in die Zufahrt der Penn Station ein.

Auf der Kurzparkerspur schaltete sie auf Parkposition und ließ den Kofferraumdeckel aufspringen. »Vergiss nicht, mal wieder von dir hören zu lassen.«

»Geht klar. Ich kann doch nicht einfach verschwinden; die brauchen mich, weil ich für Dramatik sorge.«

Sie lächelte; ihre zwei Grübchen wurden tiefer. »Wahrscheinlich«, sagte sie. »Ich glaube tatsächlich, dass sie dich brauchen.« Und sie ließ sich von ihm ein Küsschen auf die Wange geben und winkte ihm dann, als er ausstieg, matt zu.

Die Wolken am Himmel waren inzwischen dunkelgrau und strudelten wie vom Grund eines Sees aufgewühltes schlammiges Wasser, und das Glasdach des Bahnhofsgebäudes – normalerweise ein Kaleidoskop von hellen durchscheinenden Aquamarintönen – sah von innen trüb aus. Denny ging an den Fahrkartenautomaten vorbei, vor denen Schlangen standen, die sich durch die halbe Halle zogen, und stellte sich bei den Schaltern an. Selbst dort warteten zehn oder zwölf Personen vor ihm, und so stellte er seine drei Gepäckstücke auf den Boden und schob sie mit dem Fuß weiter, sobald sich die Schlange bewegte. Er konnte die innere Unruhe der Menschen spüren. Ein Ehepaar mittleren Alters, das hinter ihm stand, hatte anscheinend nicht an eine Reservierung gedacht, und die Frau sagte ständig: »O Gott, o Gott, bestimmt gibt es keine Sitzplätze mehr, oder?«

»Aber sicher«, sagte ihr Mann. »Hör auf, so einen Wirbel zu machen.«

»Ich wusste doch, wir hätten vorher anrufen sollen. Alle Welt versucht, dem Hurrikan zu entkommen.«

Sie sprach leicht gedehnt und hatte eine raue Raucherstimme.

»Wenns keine Sitzplätze mehr gibt, nehmen wir eben den nächsten Zug«, erklärte ihr Mann.

»Den nächsten! Falls es überhaupt einen nächsten *gibt*. Nach diesem Zug stellen sie womöglich den Betrieb ein.«

Der Mann schnaubte ungehalten, doch Denny hatte Verständnis für die Frau. Obwohl er selbst einen Platz reserviert hatte, war ihm nicht ganz wohl. Was war, wenn der Zugverkehr eingestellt wurde, bevor sein Zug ankam? Was war, wenn er umdrehen und wieder in die Bouton Road zurückkehren musste? In seiner Familie festsaß, in der Falle steckte. Eingewachsen wie ein Zehennagel.

Der Mann vor ihm wurde an einen der Schalter gerufen, und Denny schob sein Gepäck weiter vor. Er würde bestimmt bei dem älteren Typ mit dem missmutigen Gesicht drankommen; das stand ja wohl fest. »Bedaure, Sir …«, würde der sagen, ohne eine Spur von Bedauern in der Stimme.

Aber nein, er kam zu der fröhlichen Afroamerikanerin, und ihre ersten Worte, als er ihr seine Reservierungsnummer gab, waren: »Sie sind wirklich ein Glückspilz!« Bereitwillig bezahlte er seine Fahrkarte, ohne wie sonst über den Preis zu schimpfen. Er bedankte sich und schleppte sein Gepäck zu Dunkin' Donuts, um sich einen Kaffee und dazu, nach kurzem Überlegen und zur Feier des Tages, ein Plunderteilchen zu kaufen. Trotz allem würde er von hier wegkommen.

Die wenigen Tische vor Dunkin' Donuts waren besetzt, ebenso alle Bänke im Warteraum. Er musste im Stehen essen, an einen Pfeiler gelehnt, sein Gepäck vor sich aufgetürmt. Im Bahnhof drängten sich sogar mehr Menschen als an Weihnachten oder Thanksgiving, und alle trugen eine gehetzte Miene zur Schau. »*Nein*, du kannst dir keinen Schokoriegel kaufen«, fuhr eine Mutter ihren kleinen Jungen an. »Du bleibst hier, sonst gehst du verloren.«

Aus dem Lautsprecher verkündete eine einschmeichelnde Stimme die Ankunft eines Zuges in Richtung Süden auf Gleis B. »B wie Bubblegum«, sagte die Stimme, was Denny etwas merkwürdig fand. Das fand die junge Frau neben ihm offenbar auch – eine attraktive Rothaarige mit goldbraunem Teint, der bei Rothaarigen immer so angenehm auffällt. Sie sah ihn mit hochgezogenen Augenbrauen an, eine Aufforderung, ihre Belustigung zu teilen.

Manchmal wirft man einen Blick auf eine Frau, und sie blickt zurück, und da ist dieses unterschwellige Erkennen, ein Augenblick der Komplizenschaft, und danach könnte alles passieren. Oder auch nicht. Denny drehte sich um und warf seinen Pappbecher in den Abfallbehälter.

Der Zug auf Gleis B-wie-Bubblegum fuhr nach Washington, D. C., wo offenbar niemand hinwollte, doch als Dennys Zug in Richtung Norden angekündigt wurde, drängte alles zur Treppe. Denny dachte daran, was Jeannies Hugh am Abend davor gesagt hatte; eigentlich sollten all diese Menschen doch vom Hurrikan *weg* fahren wollen. Aber sie waren nun einmal im Norden daheim, darauf hätte er wetten können – darum zog es sie unwiderstehlich dorthin, als wären sie Zugvögel. Sie schoben ihn vorwärts, die Treppe hinunter, und als er den Bahnsteig erreichte, erfasste ihn, als er zu dicht an die Schienen gedrückt wurde, eine Art Schwindelgefühl. Er machte sich frei und bahnte sich einen Weg zu dem Bereich, in dem die vorderen Wagen halten würden. Im Ruhewagen wollte er nicht sitzen, ruhige Wagen machten ihn nervös. Er saß gern umgeben von einem Meer von anonymem Geschnatter; er mochte die wohnzimmerartige Gemütlichkeit vielstimmiger und kunterbunter Handygespräche.

Der Zug kam in einem Bogen auf sie zu, fast so grau wie die dunkel gewordene Luft, durch die er sich bewegte, und mehrere Wagen rasten vorbei, bevor er kreischend zum Halten kam. Es schien keinen Ruhewagen zu geben, soweit Denny feststellen konnte. Er stieg durch die nächstgelegene Tür ein und nahm den ersten freien Sitz, neben einem Teenager in Lederjacke, weil ihm klar war, dass keine Chance bestand, allein zu sitzen. Er wuchtete seine Taschen in die Gepäckablage hinauf, und erst dann fragte er: »Ist hier frei?« Der junge Bursche zuckte die Schultern und blickte wieder zum Fenster hinaus. Denny ließ sich auf den Sitz fallen und steckte seine Fahrkarte in die Innentasche seiner Jacke.

Dieses wohlige Gefühl, wenn man sich endlich niedergelassen hat! Stets gefolgt, schon wenige Minuten später, von »Wann kann ich hier wieder *raus*?« Aber vorerst war er dankbar und völlig entspannt.

Die Menschen hatten Schwierigkeiten, einen Platz zu finden. Sie verstopften den Gang, quetschten sich mit ihren unförmigen Rucksäcken vorbei, riefen einander mit hektisch klingenden Stimmen. »Dina? Wo bist du?« – »Hier, Mom.« – »Weiter vorn gibt es noch Plätze!«, brüllte ein Schaffner am vorderen Ende.

Der Zug setzte sich in Bewegung, und die, die noch standen, taumelten und versuchten, sich irgendwo festzuhalten. Eine Frau, die durchaus alt genug war, dass man ihr seinen Sitzplatz anbot, blieb eine volle Minute neben Denny stehen, der hochkonzentriert seine Fahrkarte studierte, bis ihr eine andere Frau rief und sie weiterging.

Reihenhäuser zogen in langsamer, trostloser Folge vorbei – die rückwärtigen Fenster mit tristen Vorhängen verhüllt oder mit Rollos abgedunkelt, die hinteren Veranden vollgestopft mit Grills und Mülltonnen, in den Hinterhöfen ein Wust von rostigen ausrangierten Gerätschaften. Der Trubel im Wagen legte sich allmählich. Dennys Sitznachbar lehnte den Kopf ans Fenster und starrte hinaus. So unauffällig wie möglich zog Denny sein Handy aus der Tasche. Er drückte den Kurzwahlspeicher und beugte sich so weit vor, dass sein Oberkörper fast auf seinen Knien lag. Er wollte nicht, dass jemand sein Gespräch mithörte.

»Hallo! Hier ist Alison«, sagte die Stimme vom Band. »Ich bin entweder nicht da oder im Moment unabkömmlich, aber Sie können mir eine Nachricht hinterlassen.«

»Nimm ab, Allie«, sagte er. »Ich bins.«

Nach einer kurzen Pause war ein Klicken zu hören.

»Du glaubst, du brauchst nur ›Ich bins‹ zu sagen, schon lasse ich alles stehen und liegen und komme angerannt«, sagte sie.

Bei anderer Gelegenheit hätte er daraufhin vermutlich gesagt: »Stimmt doch, oder?« Vor drei Monaten hätte er das vermutlich noch gesagt. Jetzt sagte er: »Man wird ja wohl noch hoffen dürfen.«

Sie erwiderte nichts.

»Was treibst du so?«, fragte er schließlich.

»Ich versuche, mich auf Sandy vorzubereiten.«

»Wer ist Sandy?«

»*Was* ist Sandy, du Dummkopf. Der Hurrikan Sandy; wo lebst du eigentlich?«

»Ah.«

»In den Nachrichten zeigen sie, wie Leute ihre Eingänge mit Sandsäcken abdichten, aber wo in aller Welt gibt es die zu kaufen?«

»Ich kümmere mich drum«, sagte er. »Ich sitze nämlich schon im Zug.«

Wieder eine Pause, in der er sich ganz still verhielt. Dann sagte sie nur: »Denny.«

»Was?«

»Ich habe noch nicht Ja dazu gesagt.«

»Das ist mir klar«, antwortete er – ein wenig zu schnell, damit sie nichts hinzusetzen konnte. »Ich hoffe einfach, dass der Anblick meiner unwiderstehlichen Person Wunder wirken wird.«

»Hoffst du«, sagte sie ausdruckslos.

Er kniff die Augen fast zu und wartete.

»Wir haben doch schon über alles geredet«, meinte sie, »und nichts hat sich geändert. Ich bin nicht mehr bereit, so weiterzumachen wie bisher.«

»Das weiß ich.«

»Ich bin müde. Ich bin abgekämpft. Ich bin dreiunddreißig Jahre alt.«

Der Schaffner stand neben ihm. Denny setzte sich auf und hielt ihm, ohne hochzublicken, die Fahrkarte hin.

»Ich brauche jemanden, auf den ich mich verlassen kann«, fuhr sie fort. »Einen Mann, der seinen Arbeitsplatz nicht häufiger wechselt als andere Leute ihren Fitness-Club oder aus heiterem Himmel auf Reisen geht oder den ganzen Tag in Jogginghosen rumsitzt und kifft. Und vor allem jemanden, der nicht ständig mürrisch ist. Immer nur mürrisch, ohne ersichtlichen Grund! Mürrisch, mürrisch, mürrisch!«

Denny beugte sich wieder vor.

»Hör zu«, sagte er. »Allie. Du fragst mich immer, was eigentlich mit mir los ist, aber meinst du vielleicht, dass ich das nicht *selbst* gern wüsste? Ich frage mich das schon mein Leben lang; ich wache mitten in der Nacht auf und frage mich: ›Was *stimmt* nicht mit mir? Wie konnte ich so viel Mist bauen?‹ Ich denke daran, wie ich mich manchmal verhalte, und kann es einfach nicht erklären.«

Das Schweigen am anderen Ende war so tief, dass er schon dachte, sie hätte aufgelegt. »Al?«

»Was.«

»Bist du noch dran?«

»Ja.«

»Mein Dad sagt, dass ihm selbst im Schlaf noch bewusst ist, dass meine Mom nicht mehr da ist.«

»Wie traurig«, meinte Allie nach einer Weile.

»Mir gehts genauso«, sagte er. »*Mir* ist bewusst, dass *du* nicht mehr da bist, in jeder einzelnen Sekunde, seit ich weg bin.«

Alles, was er hörte, war Schweigen.

»Darum möchte ich zurückkommen, und diesmal will ich alles anders machen.«

Weiteres Schweigen.

»Allie?«

»Wir können es ja Schritt für Schritt angehen lassen.«

Er atmete erleichtert auf: »Du wirst es nicht bereuen.«

»Höchstwahrscheinlich doch.«

»Bestimmt nicht, ich schwöre es bei Gott.«

»Das Ganze ist ein Test, verstanden? Du bist auf Probe da.«

»Völlig klar. Keine Frage«, sagte er. »Du kannst mich beim ersten Fehler, den ich mache, rausschmeißen.«

»Mein Gott, warum lasse ich mich nur immer wieder bequatschen!«

Er fragte: »Sind meine Sachen noch in deiner Garage?«

»Zumindest als ich das letzte Mal nachgesehen habe.«

»Dann … kann ich sie also wieder ins Haus bringen?«

Als sie nicht antwortete, nahm er das Handy fester in die Hand. »Ich sage nicht, dass es unbedingt sein muss. Ich meine, wenn du willst, dass ich wieder über der Garage wohne, nur für den Anfang, dann verstehe ich das natürlich.«

Allie erwiderte: »Ich glaube, *so* weit müssen wir nicht gehen.«

Seine Hand entspannte sich.

Die beiden Mädchen direkt hinter ihm konnten nicht aufhören zu lachen. Immer wieder brachen sie in Kichern aus, prusteten und quietschten. Was fanden Mädchen in diesem Alter eigentlich so komisch? Die anderen Reisenden lasen, hörten Musik oder tippten in einem fort in ihre Computer, aber diese beiden sagten ständig »Oh, oh, oh«, rangen nach Luft und brachen erneut in schallendes Gelächter aus.

Denny warf einen Blick auf seinen Sitznachbarn, erwartete fast, einen verständnislosen Blick mit ihm wechseln zu können, doch zu seinem Entsetzen stellte er fest, dass der junge Bursche weinte. Er hatte nicht bloß Tränen in den Augen; er wurde von Schluchzern geschüttelt, hatte den Mund qualvoll verzerrt, die Hände krampfhaft um die Knie gepresst. Denny wusste nicht, was er tun sollte. Mitgefühl zeigen? Keine Notiz von ihm nehmen? Letzteres erschien ihm herzlos. Wenn jemand seinen Kummer so offen zeigte, war das doch ein Hilferuf, oder nicht? Denny sah sich im Wagen um, aber keiner schien etwas zu bemerken. Er heftete seinen Blick auf die Rückenlehne vor ihm und wünschte, der Moment ginge vorbei.

Es war wie damals, als Stem zu ihnen kam, als er noch in Dennys Zimmer schlief und sich jeden Abend in den Schlaf weinte und Denny stumm und steif dalag, in die Dunkelheit starrte und nichts zu hören versuchte.

Oder wie er selbst, Jahre später im Internat, als er sich den ganzen Tag nach dem Schlafengehen sehnte, nur damit er heimlich die Tränen über sein Gesicht hinunter auf das Kissen laufen lassen konnte, obwohl es keinen ersichtlichen Grund dafür gab, denn er war weiß Gott froh, von seiner Familie wegzukommen, und diese war froh, ihn los zu sein. Zum Glück hatten die anderen Jungs nie etwas gemerkt.

Dieser letzte Gedanke sagte ihm, was er bezüglich seines Sitznachbarn zu tun hatte: gar nichts. Einfach vorgeben, nichts zu bemerken. An ihm vorbei aus dem verregneten Fenster schauen. Sich ganz auf die Szenerie draußen konzentrieren, die nun sehr ländlich war. Und alles hinter sich lassen: die elenden Reihenhäuser, den Bahnhof unter seinem dräuenden dunklen Wolkendach, die leeren Straßen in der Innenstadt und die schmaleren Straßen weiter nördlich, wo die Bäume sich im Wind umstülpten, und das Haus in der Bouton Street, wo auf der Veranda die in Gaze gehüllten Gespenster hüpften und tanzten und niemand mehr da war, der ihnen zusah.